캐스터브리지의 시장

The Mayor of Casterbridge
Thomas Hardy

대산세계문학총서 137

캐스터브리지의 시장

The Mayor of Casterbridge

토머스 하디 지음 ─ 이윤재 옮김

문학과지성사
2016

대산세계문학총서 137_소설

캐스터브리지의 시장

지은이 토머스 하디
옮긴이 이윤재
펴낸이 주일우
펴낸곳 ㈜**문학과지성사**
등록번호 제1993-000098호
주소 121-840 서울 마포구 서교동 395-2
전화 02) 338-7224
팩스 02) 323-4180(편집) 02) 338-7221(영업)
전자우편 moonji@moonji.com
홈페이지 www.moonji.com

제1판 제1쇄 2016년 7월 15일

ISBN 978-89-320-2879-8
ISBN 978-89-320-1246-9 (세트)

이 도서의 국립중앙도서관 출판예정도서목록(CIP)은 서지정보유통지원시스템 홈페이지(http://seoji.nl.go.kr)와
국가자료공동목록시스템(http://www.nl.go.kr/kolisnet)에서 이용하실 수 있습니다.
(CIP제어번호: CIP2016015375)

이 책은 대산문화재단의 외국문학 번역지원사업을 통해 발간되었습니다.
대산문화재단은 大山 愼鏞虎 선생의 뜻에 따라 교보생명의 출연으로 창립되어
우리 문학의 창달과 세계화를 위해 다양한 공익문화사업을 펼치고 있습니다.

차례

일러두기

1. 이 책은 Thomas Hardy의 *The Mayor of Casterbridge*(New York: Oxford University Press Inc., 2008)를 우리말로 옮긴 것이다.
2. 본문의 주 가운데 '원주'라고 밝힌 것 말고는 모두 옮긴이의 것이다.
3. 맞춤법과 외래어 표기는 1989년 3월 1일부터 시행된 「한글 맞춤법 규정」과 『문교부 편수자료』『표준국어대사전』(국립국어연구원)을 따랐다.

이 소설을 읽는 사람 중 아직 중년에 이르지 못한 독자는 유념할 게 있다. 이 이야기가 회상하는 시대에는 국내 곡물 거래가 수많은 사건과 연루되면서 매우 중요했는데, 오늘날 싸구려 빵 덩어리에 익숙하고 또 수확기 날씨에 무심한 일반 대중은 거의 이해할 수 없는 정도였다.

서술되는 여러 이야기는 주로 세 개의 사건에서 비롯되는데, 그 사건들은 우연히 여기 주어진 시간 순서와 간격 또는 그 무렵 캐스터브리지라고 명명한 도시 및 인근 지역의 실제 역사 속에 배열되었다. 남편이 아내를 팔아넘긴 일,* 곡물법 철폐** 직전의 불안정한 수확, 그리고 왕족이 잉글랜드의 앞서 언급한 지역을 방문한 일이 그것들이다.

이번 판본(版本)도 과거의 판본처럼, 이 소설을 연재했을 때와 미국 판본에는 실렸으나, 처음의 잉글랜드 판에는 빠졌던 거의 새로운 한 장(章)을 복구했다.*** 대서양 너머 몇몇 훌륭한 평론가들이 이 같은 제안을

---

* 잉글랜드에서는 부유층이 아니면 이혼이 불가능했던 17세기 말 이래 가난한 남편들이 아내를 팔아넘기는 관습이 생겨나 19세기 말까지 이어졌다.
** 잉글랜드는 여러 세기 동안 지주 계층의 이익을 보호하기 위해 곡물법으로 곡물 무역을 제한하다가 1846년에 새로운 법을 제정하여 1849년부터 관세를 완전 철폐했다.
*** 이 소설은 1886년 1월부터 5월까지 주간지인 『그래픽 Graphic』과 『하퍼스 위클리

해주었는데, 그들은 잉글랜드 판본이 그 장을 누락하는 바람에 손해를 본다며 강력하게 문제를 제기했다. 잉글랜드와 미국의 최초 판본에 실렸다가 이제는 타당하지 않은 이유 때문에 생략하고 변경했던 단축된 구절이나 명칭들 역시 다시 대체하거나 삽입했다.

이 이야기는 아마도 내가 그린 웨섹스*의 일상에 나오는 다른 누구보다 한층 특별한 한 사람의 행동과 성격에 대한 탐구다. 제2의 주인공인 파프레이가 사용하는 스코틀랜드 말에 거부감을 나타낸 사람도 있었다. 스코틀랜드 출신의 어떤 인사는 트위드 강the Tweed 너머에서는 "워-르-를드warrld" "캐닛cannet" "어베어-르-리티스먼advairrtis-ment" 같은 말을 쓰지 않으며 쓸 수도 없다고 단언할 정도였다. 나를 교정하는 이 신사의 발음이 남부 사람인 내 귀에는 내가 쓴 철자가 의미하는 바를 정확하게 반복하는 것으로 여겨졌기에, 나는 그의 진실된 발언에 그다지 감동받지 않았다. 어쨌건 우리는 그 문제에 더 이상 깊이 들어가지 않았다. 기억해야 할 것은 소설 속 스코틀랜드 사람은 다른 스코틀랜드 사람들에게 나타나는 모습으로서가 아니라, 다른 지역 사람들에게 나타나는 모습으로 대표된다는 사실이다. 더군다나 이 소설에서는 파프레이의 모든 발음을 웨섹스 사람들이 발음하는 것 이상으로 음성학(音聲學)에 맞게 재생하려 하지 않는다. 그렇지만 나는 이 새로운 판본이, 확실한 권위자 중한 명인 문제의 방언 전문가**가 결정적으로 눈감아주는 바람에, 우연하

Harper's Weekly』에 연재된 이래 1920년까지 영국과 미국에서 여러 판(版)의 단행본이 출간되었다.

 * 웨섹스Wessex는 작가 하디의 고향이며 그가 일생에 걸쳐 천착했던 잉글랜드 남서부 도싯Dorset 일대를 약간 변형시킨 대안적 지명이다.
** 스코틀랜드의 생활과 문학에 대해 시집과 책을 저술한 조지 더글러스 경Sir George Douglas(1856~1935)으로 추정된다.

게 이득을 보았다는 사실은 덧붙여야겠다. 사실 그는 태어난 해부터 지극히 개인적인 이유로 방언을 사용하게 된 사람*이다.

나아가 스코틀랜드인은 아니지만 아주 매력적인 숙녀로, 엄격한 진실성과 명백한 통찰력을 가진, 잘 알려진 칼레도니아** 사람의 아내가 이 책이 처음 출판되고 얼마 지나지 않아 작가인 내게 와서는 파프레이가 자기 남편을 모델로 한 게 아니냐고 물었다. 그녀에게는 자신의 남편이 (의심할 바 없이) 행복한 그 사내의 살아 있는 초상으로 보였기 때문이었다. 공교롭게도 나는 파프레이라는 인물을 만들어내면서 한 번도 그녀의 남편을 생각해본 적이 없었다. 그러므로 나는 파프레이가 스코틀랜드 사람들에게는 스코틀랜드 사람으로 통하지 않더라도, 남부 지방 사람들에게는 스코틀랜드 사람으로 통할 수 있으리라 믿는다.

이 소설은 1886년 5월 처음으로 두 권짜리의 완전한 책으로 출간되었다.

1895년 2월~1912년 5월
토머스 하디

---

* 더글러스 경이 지브롤터(이베리아 반도 남단의 영국령)에서 태어난 사실을 가리키는 듯하다.
** Caledonia. 스코틀랜드의 옛 이름.

1

　19세기가 아직 3분의 1도 채 지나지 않은 해의 어느 늦은 여름날 저녁, 젊은 사내와 아이를 안은 여자가 어퍼웨섹스 주의 큰 부락인 웨이든-프라이어즈를 향해 다가가고 있었다. 먼 길을 걸어온 것이 분명한 그들은 신발과 옷에 허연 먼지가 두껍게 앉아서 비록 지금의 행색은 거렁뱅이처럼 추레해 보였지만, 실제로는 소박할지언정 꾀죄죄한 옷차림은 아니었다.

　사내는 풍채가 당당하고 얼굴은 가무잡잡하며 엄격해 보였다. 그의 옆얼굴은 거의 기울지 않아 직각에 가까운 안면각*을 보였다. 그는 갈색의 짧은 코듀로이 재킷을 입었는데 입고 있는 옷 가운데 가장 새것이었다. 그가 걸친 것들은 흰색 뿔 단추가 달린 퍼스티언** 조끼, 같은 재질의 반바지, 무두질한 레깅스였고 머리에는 검게 반짝이는 캔버스 천을 덮은

---

　* 귀-코를 잇는 선과 이마-위턱을 잇는 선이 이루는 각도.
　** fustian: 과거에 옷감으로 사용되던 누섭고 질긴 면직물.

밀짚모자를 썼다. 등에는 고리 모양의 끈을 엮어 단 골풀* 바구니를 멨다. 바구니 한쪽 끝으로 건초를 재단할 때 쓰는 나이프 자루가 튀어나왔고, 그 틈새로 건초를 묶을 때 사용하는 송곳이 눈에 띄었다. 침착하면서 활력이 없는 발걸음은 노련한 시골 남성의 동작이어서 산만하게 어기적거리는 도시 근로자의 보행과는 선명하게 구별되었다. 나아가 그가 발을 들었다 내릴 때마다 특유의 완고하고 냉소적인 무관심이 드러났는데, 그러한 개성은 그가 걸어갈 때 왼쪽 다리와 오른쪽 다리에 번갈아 규칙적으로 생기는 퍼스티언의 주름에서까지 느껴질 정도였다.

그러나 두 남녀의 보행에서 정말 유별난 것은 둘 사이에 흐르는 완벽한 침묵이었다. 워낙 특이해서 그것만 아니라면 그냥 지나쳐버릴 사람들도 관심을 기울이게 되는 침묵이었다. 둘은 서로 어깨를 나란히 하며 걸었고 멀리서 보기에는 마치 서로를 전적으로 의지하면서 낮은 음성으로 편안하고 은밀한 잡담을 나누는 것 같았다. 그러나 좀더 자세히 살펴보면 사내는 바구니 끈 사이로 약간 어렵사리 손을 내밀어 눈앞에 민요가 적힌 종이를 쥐고 그것을 읽거나 읽는 척하는 것을 알 수 있었다. 누가 봐도 분명히 알 만한 이 행동이 진짜인지 아니면 자기를 괴롭힐지도 모르는 대화를 피하기 위해 일부러 가장하는 짓인지는 당사자만 정확하게 알 수 있을 것이다. 하여간 그는 계속 침묵했고 그녀 역시, 함께 가고 있기는 해도, 그와 전혀 어울리지 않았다. 품에 안은 아이가 없다면 그녀는 사실 넓은 길을 혼자 걷는 셈이었다. 이따금 사내의 굽은 팔꿈치가 그녀의 어깨에 닿을 뻔했는데, 그것은 그녀가 그와 실제로 접촉하지는 않으면서 최대한 가깝게 붙어서 걷기 때문이었다. 하지만 그녀에겐 그의

---

* 줄기로 멍석, 바구니 등을 만드는 여러해살이 풀.

팔을 잡을 생각이 전혀 없어 보였고 그 또한 그녀에게 팔을 내밀 생각이 없어 보였다. 그녀는 자기를 무시하는 침묵을 의아해하기보다는 오히려 당연하다고 생각하는 눈치였다. 몇 안 되는 이 일행이 걸으며 무언가 입 밖에 내는 말이 있다면, 그것은 여자가 가끔씩 아이에게 속삭이는 소리와 그에 반응하여 아이가 웅얼대는 옹알이뿐이었다. 그 아이는 짧은 옷에 니트 원사(原絲)의 푸른 부츠를 신은 아주 어린 소녀였다.

젊은 여자의 얼굴이 가진 최고의, 그리고 거의 유일한 매력은 풍부한 표정이었다. 소녀를 곁눈질로 내려다볼 때 그녀의 얼굴은 예뻐지고 수려해지기까지 했는데, 특히 그녀의 움직임에 따라 강렬한 빛깔의 태양 광선이 비스듬히 그녀의 이목구비를 타고 들어올 때에는 햇빛으로 속눈썹과 콧방울이 투명해지고 입술이 불타올랐다. 조용히 생각에 잠긴 채 나무 울타리 그늘 속을 터벅터벅 걷는 그녀의 표정은, 시간과 기회가 주어진다면, 공명정대한 행동은 아닐지라도 무슨 일이든 할 수 있다고 여기는 사람처럼 냉정하면서도 절반쯤은 냉담했다. 처음 생김새는 하느님의 작업이었으니 다음 단계는 아마도 인간의 문명이 만든 것이리라.

사내와 여자가 부부 사이며 팔에 안긴 소녀가 그들의 딸이라는 사실은 거의 의심의 여지가 없었다. 그런 관계가 아니라면 길을 따라 움직이는 세 사람에게 마치 후광처럼 들러붙는 진부하고도 허물없는 분위기를 달리 설명할 도리가 없었다.

아내는 시선을 대체로, 별 관심은 두지 않은 채 앞쪽으로 고정했는데, 눈에 들어오는 장면은 매년 이맘때면 잉글랜드 어느 지방 어느 장소에도 어울릴 모습 같았다. 곧바르지도 굽지도 평평하지도 가파르지도 않은 길은 울타리와 나무와 다른 식물들로 경계가 지어졌다. 초목은 이미 진초록색 단계로 접어들고 있었는데 잎사귀들이 칙칙해지거나 노랑, 빨강의 단풍으로 변화하려면 겪을 수밖에 없는 과정이었다. 바쁘게 오가는 수레가 일으킨 먼지가 제방 가장자리에 돋아난 풀과, 도로에 인접한 관목 울타리 가지 위를 뒤덮고 있었다. 도로 위에도 쌓인 바로 그 먼지가, 마치 카펫 위를 걷는 것처럼, 그들의 발소리마저 삼켜버렸다. 앞서 언급한 대로 전혀 대화가 없는 데다가 발소리조차 나지 않았으므로 그들은 외부에서 들려오는 어떤 소리도 감지할 수 있었다.

한참 동안 연약한 새 한 마리가 언덕에서 지저귀는 흔하고 익숙한 저녁 노래 말고는 어떤 소리도 들리지 않았다. 이 지저귐 역시 이 계절의 해 질 녘이면 오랜 세월에 걸쳐 똑같은 떨림과 진동과 장단으로 울려왔을 그런 소리였다. 그러나 일행이 마을에 가까워질수록 잡다한 고함 소리와 소음이 들려왔다. 아직 나뭇잎들에 가려 보이지는 않았지만 소리는 그들이 가는 방향의 약간 높은 지점에서 나오고 있었다. 웨이든-프라이어즈의 외딴 집들이 막 보이기 시작했을 때 그들 일행은 도시락 가방을 매단 괭이를 어깨에 멘 순무 농사꾼과 마주쳤다. 종이를 읽던 사내가 재빠르게 눈을 들었다.

"이 마을에 일자리가 있을까요?" 그가 앞에 보이는 마을을 큰 종이로 흔들어 가리키며 무심하게 물었다. 농사꾼이 자기 말을 이해하지 못했다고 생각한 그가 다시 덧붙였다. "건초 묶는 일이라도 구할 수 없을까 해서요."

농사꾼은 사내의 말이 끝나기가 무섭게 머리를 가로젓기 시작했다. "참 한심한 사람이로군. 이런 계절에 그딴 일자리를 찾겠다고 웨이든에 오다니, 도대체 무슨 생각을 하는 거요?"

"그럼 세 들어 살 집은 있을까요? 막 지은 아담하고 작은 집이나 뭐 그 비슷한 거요." 사내가 물었다.

비관적인 농사꾼은 부정적으로 대꾸했다. "웨이든에서는 무너뜨리느라 난리야. 작년에만 집 다섯 채가 헐렸는데 올해에 또 세 채가 사라졌어. 사람들이 오갈 데가 없어. 그래, 지푸라기로 엮은 이동식 문틀만큼도 쓸모가 없어. 요즘 웨이든-프라이어즈에서 먹고사는 형편이 그 지경이라고."

건초 일꾼임이 분명한 사내는 약간 건방지게 고개를 끄덕였다. 그가 마을 쪽을 바라보며 말했다. "하지만 여기서 무슨 일인가 벌어지고 있는 건 사실이죠, 안 그래요?"

"아, 오늘은 큰 가축 시장이 서는 날이야. 하지만 아까 이른 시간에 알짜 장사는 다 끝났어. 그러니 지금 들려오는 소리는 아이들이나 멍청이들 돈을 빼앗아 삼키려는 녀석들이 바람 잡고 떠들어대는 뻔한 수작이지. 난 하루 종일 그 소리를 들으며 일했는데 올라가보진 않았어. 나랑 상관없는 그런 데는 안 간다고."

건초 일꾼 가족은 가던 길을 재촉해 바로 가축 시장 터에 들어섰다. 아침 시간에 수백 마리의 말과 양이 늘어서서 팔려나간 그곳에는 이미 상당수 철거되긴 했지만 가축을 묶었던 말뚝과 축사들이 아직 남아 있었다. 일행에게 정보를 알려준 농사꾼의 말대로 실질적 매매는 거의 끝났고 지금은 품질이 형편없는 일부 가축들만 주로 경매 방식으로 거래되고 있었다. 달리 처분할 길이 보이지 않는 그 동물들은 필경 일찌감치 다녀간 고급 장사꾼들이 퇴짜 놓은 놈들이었다. 막상 가축들의 거래는 파장이었지만, 인파는 지금이 오전 시간대보다 더 붐볐다. 뒤늦게 모여든 그들은 별 볼일 없는 방문객들로, 공휴일을 즐기러 외출한 장인(匠人)들, 휴가를 얻어 떠돌아다니는 몇몇 군인들, 마을에 있는 점포의 주인들과 그 비슷한 부류였다. 요지경 상자, 장난감 판매점, 밀랍 인형, 괴물로 분장한 사람들 사이에 끼어들어 즐겁게 노는 타지방 출신도 있었고, 봉사를 위해 다른 지역을 돌며 진찰하는 사심 없는 의사도 있었으며, 야바위꾼, 예쁜 장신구를 파는 노점상, 점쟁이도 있었다.

우리 보행자 일행은 누구도 이런 것에 특별한 관심을 보이지 않았다. 그들의 눈길은 초원 시장터에 점점이 펼쳐진 천막들을 죽 훑으며 가볍게 목을 축일 곳을 찾았다. 저물어가는 햇빛으로 아른거리는 황토색 아지랑이 속에서 가장 가까이 있는 두 개의 천막이 거의 동시에 그들을 초대하는 것 같았다. 하나는 새로운 우윳빛 캔버스천으로 만든 천막인데 꼭대기에 붉은 깃발들을 꽂고 "집에서 직접 만든 훌륭한 맥주, 에일* 및 사이더**"라는 광고를 걸었다. 다른 하나는 먼저 것보다 낡은 천막으로 뒤쪽에 작은 철제 화로의 연통 하나가 뻗어나왔고 앞쪽에는 "맛 조은 우유밀죽 잇슴"이라고 철자가 틀린 플래카드가 붙어 있었다. 사내는 마음속으로 두 천막의 광고문을 비교해보았다. 마음이 더 끌리는 것은 먼저 본 천막이었다.

"아니, 아니. 저 천막." 여자가 말했다. "난 늘 우유밀죽을 좋아하잖아. 엘리자베스-제인도 그렇고, 당신도 좋아할걸. 길고 힘든 하루를 보냈으니 영양 보충도 해야지."

"난 우유밀죽이란 거 한 번도 안 먹어봤어." 사내가 투덜대면서도 고집 피우지 않고 여자가 하자는 대로 따랐다. 그들은 지체 없이 우유밀죽 점포로 들어갔다.

천막 안에는 양쪽으로 길고 좁은 식탁이 자리 잡고 있었는데, 꽤 많은 손님들이 앉아 있었다. 맞은편 끝에는 숯불을 담은 화로가 있고 그 위

* ale: 라거lager와 달리 상면 발효 방식으로 제조한 맥주.
** cyder: 사과술.

에 커다란 삼발이 냄비가 걸려 있었다. 냄비의 둥근 테두리는 벨 메탈*
로 만들어졌음을 증명하듯 반짝거리며 윤이 났다. 점포 주인은 쉰 살가
량의 마귀할멈 같은 노파였는데, 펼쳐지는 만큼 권위를 풍기는 아주 넓
은 하얀 앞치마를 허리를 다 돌아 감을 정도로 두르고 있었다. 노파가
천천히 냄비의 내용물을 저었다. 옥수수 낟알, 밀가루, 우유, 작고 검은
건포도 따위의 재료가 섞인 그 구식 유동식이 타지 않도록 노파가 대형
국자로 냄비 바닥을 긁어대는 둔탁한 소리가 천막 구석구석까지 울려
퍼졌다. 노파 가까이에는 판자와 각목으로 만들어 하얀 천을 덮은 탁자
가 있고 그 위에는 각각의 식재료를 담은 그릇이 놓여 있었다.

　젊은 사내와 여자는 뜨거운 김이 나는 그 잡탕죽을 한 그릇씩 주문
하고 편안하게 먹으려고 앉았다. 지금까지는 매우 순조로웠다. 우유밀죽
은 여자가 말했던 대로 영양을 보충해주고, 레몬 씨앗만큼 부풀어 올라
표면에 떠다니는 밀 알갱이가 그 음식에 익숙하지 않은 사람들에게 처음
에는 께름칙할지라도, 영국 본토 안에서 구할 수 있는 음식으로는 적절
한 것이기 때문이었다.

　그러나 천막 안에는 무심한 시선과 마주치는 것 이상의 다른 것이
있었다. 비뚤어진 인간의 본능을 가진 사내는 재빨리 그 냄새를 맡았다.
사내는 자기 사발을 얕보는 투로 쳐다본 다음 그 못생긴 노파가 하는 행
동을 곁눈질로 살펴보고 이내 노파의 수작을 알아챘다. 사내는 노파에
게 윙크를 하고 노파가 끄덕거리는 것을 보자 자기 그릇을 내밀었다. 노
파는 탁자 밑에서 병 하나를 꺼내 은밀하게 병 속 내용물의 양을 가늠
하더니 병을 기울여 남자의 우유밀죽에 부었다. 그것은 럼주였다. 사내

---

* bell-metal: 구리와 주석을 약 8 대 2의 비율로 섞어 만든 합금.

역시 은밀하게 돈을 치렀다.

사내는 혼합물, 즉 알코올이 강력하게 가미된 혼합물이 원래 상태의 우유밀죽보다 훨씬 더 만족스럽다는 사실을 발견했다. 사내의 아내는 상황이 이렇게 전개되는 걸 매우 걱정스러운 눈초리로 바라보았다. 그러나 사내는 아내에게도 우유밀죽에 알코올을 섞으라고 설득했다. 한동안 불안해하던 여자 역시 부드럽게 약간만 타는 데까지는 동의했다.

사내는 그릇을 비우고 추가로 한 그릇을 더 주문하면서 럼주를 더 많이 넣어달라는 신호를 보냈다. 효과가 곧바로 사내의 태도에서 분명하게 나타났다. 여자는 먼저 본 허가 받은 술집 천막을 피하고 힘들게 남편을 이 천막으로 이끌었는데 결과적으로는 밀주업자 틈바구니 속 깊은 소용돌이에 빠져들게 되고 만 현실을 슬프게 수긍할 수밖에 없었다.

아이가 참다못해 재잘거리기 시작했고 여자는 여러 차례 남편에게 말했다. "마이클, 우리 어디서 잘 거야? 빨리 가지 않으면 잠잘 데를 찾기 어려울지 몰라."

그러나 사내는 새처럼 가냘프게 짹짹거리는 자기 가족의 소리를 귀담아듣지 않았다. 사내는 큰 소리로 사람들에게 지껄였다. 아이의 검은 눈동자는 촛불들이 켜졌을 때 천천히 동그래지면서 가만히 촛불을 쳐다보는 듯하더니 이내 아래로 떨구었다. 그러고는 떴다 감았다를 반복하더니 아이는 잠에 빠져 들었다.

첫번째 그릇을 해치울 무렵 사내는 평온해졌고, 두번째 그릇에서는 명랑해졌고, 세번째 그릇에서는 따져대는 투였다. 네번째 그릇에서는 얼굴 모습에, 이따금 꽉 다무는 입에, 또 어두운 눈에서 나오는 맹렬한 불꽃에 성격을 드러내면서 행동으로 옮겨가기 시작했다. 사내는 고압적인 데다가 뛰어나게 논쟁적이기까지 했다.

이와 같은 경우 흔히 그렇듯 대화는 크게 비약했다. 대화의 주제는 사악한 아내 때문에 파멸의 길을 가게 되는 훌륭한 남자, 더 특별하게는 경솔한 조혼(早婚)으로 전도유망한 많은 젊은이가 드높은 목표와 희망을 잃고 에너지가 고갈되는 문제였다.

"나란 놈은 철저하게 그런 인생을 살아왔어요." 건초 일꾼이 분노와 깊은 슬픔이 뒤섞인 말투로 떠들었다. "난 열여덟 살에 결혼했어요. 참 바보 멍청이였죠. 그 결과가 바로 요 모양 요 꼴이랍니다." 그는 자신의 감정 표현이 몹시 빈약하다고 드러내려는 듯 손을 휘저으며 손가락으로 자신과 가족을 가리켰다.

젊은 아내는 그의 하소연에 이미 익숙한 듯했다. 그녀는 마치 그의 말을 듣지 못하는 듯 행동하면서, 자다 깨다를 반복하는 아이에게 이따금 부드러운 트라이플* 이야기를 사사롭게 건네고 있었다. 아이는 여자가 팔이 아플 때에는 옆에 있는 벤치에 잠시 내려놓아도 괜찮을 만큼 제법 컸다. 사내가 계속 떠들어댔다.

"도대체 수중에 돈이 15실링 이상 남아나질 않아요. 이 분야에서는 나름 노련하고 훌륭한 일손인데 말입니다. 가축 사료에 관해서라면 내가 잉글랜드에서 최고일걸요. 만일 내가 다시 혼자 몸이 되면 일을 마치기도 전에 몸값이 1천 파운드까지 올라갈 겁니다. 헌데 사람은 행동할 기회가 모두 사라진 다음에야 이런 소소한 사항들을 알게 되지요."

바깥 장터에서 늙은 말을 거래하는 경매인의 외침 소리가 들려왔다. "이제 마지막 경매 순섭니다. 자, 헐값에 마지막 행운을 차지할 사람 없습니까? 40실링이면 거저요, 거저. 이놈은 다섯 살 조금 지난 아주 유망

---

* trifle: 케이크와 과일 위에 포도주와 젤리를 붓고 그 위에 커스터드와 크림을 얹은 디저트.

한 씨암말이오. 길을 함께 오던 녀석이, 그것도 딴 놈이 아닌 제 동생 녀석이 발굽으로 차는 바람에 등에 조그만 구멍이 나고 왼쪽 눈이 멀었답니다. 그것 말고는 전혀 다른 문제가 없는 놈이오."

"집시들이 제 소유의 말들에게 하는 것처럼, 결혼을 하긴 했지만 더이상 아내가 필요 없는 남자들이 아내를 떼어내버리면 왜 안 되는지, 난그 이유를 모르겠어요." 천막 안에서 사내가 말했다. "아내를 장터에 내다놓고 그런 게 필요한 남자들에게 경매로 팔면 왜 안 되느냐고? 응? 도대체 왜? 맹세컨대 나는 지금 이 순간이라도 사겠다는 작자만 나서면 아내를 팔아치울 거야!"

"그러려는 사람도 있을 거요." 천막의 손님들 몇몇이 결코 못생겼다고 할 수 없는 그의 아내를 쳐다보며 대꾸했다.

"맞아." 담배를 피우던 한 신사가 말했다. 그가 입은 코트는 칼라 깃과 팔꿈치, 솔기, 그리고 어깨뼈 주위가 미세하게 윤이 났는데, 그 반짝거림은 때가 묻은 표면과 오래 마찰하면서 생기는 것으로 보통은 옷보다 가구에서 보이는 게 더 바람직하다. 행색으로 보아 그는 아마도 인근지방의 가족 마부나 마차꾼이었을 것이다. "굳이 말하자면, 나도 남들처럼 내 식솔들이 좋은 사람들과 어울리게 해왔지." 그가 덧붙였다. "사람을 교양 있게 키우는 게 뭔지 나는 알아, 나 말곤 아마 다들 잘 모를거야. 그래서 단언하는데 저 여자는 교양 있게 자란 사람이야. 감히 말한다면, 타고난 사람이지. 가축 시장에 나온 여느 암컷만큼의 구실은 할거야, 약간 개량이 필요할 수는 있지만." 말을 마치자 그는 다리를 꼬고허공의 한 지점을 응시하면서 멋을 부려 다시 파이프 담배를 피우기 시작했다.

정신이 오락가락하는 젊은 남편은, 그처럼 훌륭한 자질의 아내를 대하는 자신의 태도가 과연 타당한 건지 반신반의하면서, 갑작스럽게 자기 아내를 칭찬하는 그 사람을 잠깐 빤히 쳐다보았다. 그러나 그는 다시 자기가 앞서 주장했던 신념으로 재빠르게 되돌아가 거칠게 소리 질렀다.

"자, 그럼 이제 여러분에게 기회가 왔습니다. 이 주옥같은 창작품에 가격을 매겨보세요."

여자가 남편에게 몸을 돌리며 낮은 소리로 말했다. "마이클, 당신 지난번에도 사람들 많은 데서 오늘같이 허튼소리를 떠들었잖아. 농담은 농담에서 그쳐야 해. 헌데 당신은 너무 자주 그러고 있어, 정신 좀 차려!"

"전에도 내가 그랬다는 거 아는데, 내 진심에서 그런 거거든. 내가 정말로 원하는 건 당신을 사겠다는 사람이 나타나는 거야."

그 순간 제비 한 마리가, 그 계절까지 남아 있던 마지막 제비 가운데 한 마리가, 우연히 천막 위쪽에 뚫린 구멍을 통해 천막 안으로 들어오더니 급하게 선회하며 사람들 머리 위를 앞뒤로 넘어 다녔다. 모두의 시선이 제비의 동작을 멍하니 따라다녔다. 천막 안의 사람들은 새가 밖으로 다시 빠져나갈 때까지 새를 지켜보느라 일꾼의 제안에 응하는 걸 잊어버렸고 그러다 보니 그 주제는 사람들의 관심 밖으로 멀어져 갔다.

그러나 15분 뒤, 자기 우유밀죽에 점점 더 진하게 알코올을 계속 섞어가던 사내는, 매우 의지가 강해서거나 아니면 용감한 술고래여서 그런지 여전히 아주 멀쩡해 보였는데, 마치 환상곡에서 악기가 원래 주제에 도달하듯이, 앞서의 분노 상태로 다시 돌아갔다. "여기, 내 제안에 대한 답을 기다리고 있습니다. 저 여자는 내게 아무 소용이 없어요. 자 누가 데려가겠습니까?"

이즈음이 되자 천막 안 사람들의 태도는 확실히 경박해졌다. 그들은 사내가 다시 묻기 시작하자 감탄한 듯 웃음을 터뜨렸다. 여자가 속삭였다. 그녀는 애원하고 또 걱정했다. "여보 제발, 날이 컴컴해지고 있어. 당신이 허튼소리를 계속하면 난 더 이상 못 참아. 당신이 같이 안 가겠다면 나 혼자라도 떠날래. 이제 그만 일어서!"

여자는 기다리고 또 기다렸지만 사내는 꼼짝도 하지 않았다. 다시 10분이 흐른 뒤 우유밀죽 손님들의 산만한 대화에 사내가 다시 끼어들었다. "내 질문에 아무도 대답하지 않네요. 누구 넝마장수나 신발 장수라도 내 물건 살 사람 없어요?"

여자의 태도가 달라졌다. 사내가 떠드는 소리를 듣는 여자의 얼굴 표정과 안색이 어두워졌다.

"마이클, 마이클," 그녀가 말했다. "점점 더 심각해지고 있어, 아! 너무 심각해!"

"누가 이 여자 안 살래요?" 사내가 말했다.

"나도 누가 그래주면 좋겠네." 여자가 단호하게 말했다. "여자는 지금의 남편이 전혀 마음에 들지 않거든요!"

"나도 당신이 맘에 안 들어." 사내가 말했다. "그럼 두 사람 의견이 똑같네. 여러분, 다 들었죠? 헤어지기로 합의한 겁니다. 여자가 원한다면 아이를 데리고 자기 길로 갈 수 있어요. 난 연장을 들고 내 길로 가고. 이건 마치 성경에 나오는 이야기만큼 단순해요. 자 수전, 이제 일어나서 당신을 보여드려야지."

"일어서지 마, 아기 엄마." 여자 옆에 앉은, 헐렁한 페티코트 차림에 가슴이 풍만한 코르셋 끈 장수가 속삭였다. "당신 남편은 지금 자기가 무슨 말을 하는지도 몰라."

그렇지만 여자는 정말 일어섰다. "자, 누가 경매를 진행할 거요?" 사내가 외쳤다.

"여기요." 키 작은 남자 하나가 재빠르게 대답했다. 남자의 코는 구리로 만든 손잡이를 닮았고 목소리는 축축했으며 눈알은 단춧구멍 같았다. "누구 이 부인의 가격을 부를 사람 있습니까?"

여자는 마치 최대한의 의지로 몸의 자세를 버티려는 듯 바닥을 내려다보았다.

"5실링요." 누군가가 말하자 웃음소리가 들렸다.

"약 올리지 말구요." 사내가 말했다. "1기니* 낼 사람 없습니까?"

아무도 대답하지 않았다. 그러자 코르셋 끈을 파는 그 여자가 끼어들었다.

"예끼 이 몹쓸 놈, 천당 가고 싶으면 똑바로 굴어! 오 저런 잔인한 놈과 결혼하다니 얼마나 불쌍한 영혼이람! 부부로서 함께 먹고 자는 게 어떤 이들에겐 정말로 소중한 일이거든. 하늘에 대고 맹세해도 좋아, 정말 그런 일이고말고!"

"경매인, 가격을 더 비싸게 올려요." 사내가 말했다.

"2기니!" 경매인이 말했고 아무도 대꾸하지 않았다.

"그 가격에 데려가지 않으면, 10초 뒤에는 더 많이 내야 할걸." 사내가 말했다. "그래 좋아. 자 경매인, 더 높이 불러봐요."

"3기니, 자 3기니로 갑니다!" 코감기에 걸린 경매인 남자가 말했다.

"정말 살 사람이 그렇게 없어?" 사내가 다시 말했다. "좋아요, 하느님, 제가 저 여자를 얻는 데는 왜 50배나 들었습니까? 1페니가 아니고 말이에요. 자, 계속해요."

"4기니!" 경매인이 외쳤다.

---

* guinea: 21실링에 해당하는 영국의 옛 금화(1663~1813).

"할 말이 있어요. 여자를 5기니 밑으로는 팔지 않을 겁니다." 사내가 떠들면서 주먹으로 탁자를 내려쳐 사발들이 춤을 췄다. "내게 돈을 지불하고 그녀를 잘 보살펴줄 남자라면 누구든 상관 않고 5기니에 팝니다. 누구든 여자를 영원히 소유하게 될 뿐 아니라 내게서는 결코 어떤 군말도 듣지 않을 겁니다. 그러나 그 이하로는 그녀를 안 줍니다. 자, 이제 5기니만 내면 누구든 여자를 갖게 됩니다. 수전, 당신도 동의하지?"

그녀는 아주 냉담하게 고개를 숙였다.

"5기니." 경매인이 말했다. "아무도 없으면 이 경매는 철회됩니다. 그만큼 낼 사람 있습니까? 이제 마지막입니다. 있어요 없어요?"

"여기 있습니다." 출입구에서 커다란 목소리가 들려왔다.

모든 시선이 그쪽을 향했다. 천막 출입문 역할을 하는 삼각형의 개방된 공간에 선원 한 사람이 서 있었다. 지난 몇 분 사이, 그는 다른 사람들이 알아채지 못하는 가운데 거기 와 있었다. 그의 확언이 있고 나서 현장은 쥐 죽은 듯 고요해졌다.

"당신이 정말로 그렇게 하겠다는 거야?" 선원을 응시하며 남편이 물었다.

"그럼요." 선원이 대답했다.

"말하는 것과 돈 내는 건 별개야. 돈은 어디 있어?"

선원은 잠시 머뭇거리며 새삼스레 여자를 바라보았다. 그러더니 천막 안으로 들어와 빳빳한 종이 다섯 장을 식탁보 위에 던졌다. 5파운드짜리 잉글랜드 은행권이었다. 그가 지폐 위에 땡그랑거리는 1실링짜리 동전들도 내려놓았다. 하나, 둘, 셋, 넷, 다섯.

그때까지는 약간 관념적으로 생각되던 금액이었지만 그만한 돈을 감히 낼 사람이 있겠느냐는 도전에 응답하듯 실제 돈을 전액 지불하는 광경을 보면서 구경꾼들은 크게 동요했다. 그들의 시선은 사건 주역들의 얼굴을 먼저 응시하다가 다음에는 동전이 누르고 있는 식탁보 위의 지폐로 고정되었다.

이때까지만 해도 사내의 열변이 호기심을 자극하기는 했어도 그가 실제 진지하다고 단정하기에는 어설픈 구석이 있었다. 구경꾼들은 사내가 하는 일련의 행동이 극단까지 한번 가보겠다는 유쾌한 장난에 불과하며, 실업 상태의 그가 세상과 사회, 그리고 가장 가까운 가족에 대해 분노를 표출하는 것이라고 여겼을 뿐이었다. 그러나 진짜로 돈을 요구하고 지불하는 상황이 되자 현장의 쾌활하고 경박하던 언동은 자취를 감추었다. 타는 듯이 빨간 빛깔이 천막을 채우면서 내부의 모든 모습을 바꾸는 것 같았다. 구경꾼들의 얼굴에 보이던 유쾌한 주름살이 사라졌다. 그들은 입술을 벌리고 다음에 전개될 일을 기다렸다.

"이제," 여자가 침묵을 깨고 말했다. 낮고 건조한 음성이 아주 크게 울렸다. "다음 행동으로 옮기기 전에, 마이클, 내 말을 주의 깊게 들어. 만일 당신이 그 돈에 손을 대면, 나와 아이는 저 남자와 함께 떠나. 명심해. 나는 농담하는 게 아냐."

"농담? 물론 농담이 아니지!" 그녀의 훈계조에 한층 화가 난 남편이 소리쳤다. "나는 돈을 챙기고 선원은 당신을 데려가. 그건 아주 분명한 사실이야. 어디에서든 일어나는 일이지. 그렇다면 여기서는 왜 안 돼?"

"조건이 있습니다. 그 젊은 여자는 전적으로 자발적이어야 합니다." 선원이 무뚝뚝하게 말했다. "나는 결코 그녀 가슴에 상처를 남기고 싶진 않습니다."

"믿으시오. 나도 그러는 건 원치 않아." 남편이 말했다. "하지만 여자는 아이만 함께 데려갈 수 있다면 기꺼이 그리할 거야. 바로 며칠 전 내가 비슷한 말을 했을 때 직접 그렇게 말했거든."

"당신 그 사실을 맹세합니까?" 선원이 여자에게 물었다.

"네 맹세합니다." 여자가 남편의 얼굴을 힐끗 보고 아무런 후회의 표정이 없다는 걸 확인하더니 대답했다.

"아주 잘됐어. 아이는 여자가 데리고 떠납니다. 이제 거래는 끝났어." 건초 일꾼 사내가 말했다. 그가 선원의 지폐를 집어 조심스레 접더니, 마지막 동작이라는 듯, 1실링짜리 동전들과 함께 가슴께에 있는 주머니에 집어넣었다.

선원이 여자를 보며 미소 지었다. "자 갑시다!" 그가 친절하게 말을 건넸다. "꼬마 아이도 함께. 식구는 많으면 많을수록 즐거움이 더욱 커지는 법입니다!" 여자가 눈을 들어 선원을 바라보다 잠시 멈칫했다. 그런 다음 눈을 다시 아래로 깔더니 아무 말도 하지 않은 채 아이를 안아 들고 입구를 향해 걸음을 옮기는 선원의 뒤를 따라 출입구에 이르렀다. 여기서 여자가 돌아서더니 손가락에서 결혼반지를 빼 건너편에 있는 건초 일꾼 사내의 얼굴을 향해 던졌다.

"마이클," 그녀가 외쳤다. "당신이란 인간과 여러 해 살았지만 내가 얻은 거라곤 더러워진 성깔 말고는 아무것도 없어! 이제 나는 당신과는 더 이상 상관이 없어. 나는 다른 곳에 가서 행복을 찾겠어. 그렇게 하는 게 나와 엘리자베스-제인 두 사람을 위해 더 좋은 길일 거야. 잘 있어!"

여자는 오른손으로 선원의 팔을 움켜쥐고 왼손으로는 작은 소녀를 안아 올린 채 심하게 흐느끼면서 천막 밖으로 나갔다.

결국 이런 결말에 이르리라고는 정말 기대하지 않았다는 듯 수심이 가득한 멍청한 표정이 남편의 얼굴을 덮었다. 구경꾼 몇몇이 폭소를 터뜨렸다.

"그녀가 정말 가버렸어요?" 사내가 물었다.

"믿으슈, 그렇수, 아주 깨끗이 떠나갔수." 문 가까이 있던 시골뜨기 몇 명이 대꾸했다.

사내가 일어서더니 자기가 마신 술의 취기를 의식하며 조심스레 출입문 쪽으로 발걸음을 옮겼다. 몇 사람이 그를 따랐다. 그들은 문에 서서 황혼을 바라보았다. 고집스러운 인간의 적개심과 전혀 다른 하위(下位) 자연계의 평화로움이 선명하게 드러났다. 천막 안에서 이제 막 끝난 거친 행동과는 대조적으로, 천막 밖에서는 집으로 돌아가기 위해 마구(馬具)가 채워지길 참을성 있게 기다리는 몇 마리의 말들이 서로 목덜미를 교차하며 사랑스레 비벼대고 있었다. 장터 밖의 계곡과 숲 속은 모두 고요했다. 태양이 막 넘어가며 남긴 서쪽 하늘의 붉은 노을은 영원한 듯 보이면서도 서서히 변화했다. 이 정경을 바라보는 일은 마치 컴컴하게 불이 꺼진 강당에 앉아 무대 위에서 공연되는 어떤 위대한 솜씨를 보는 것 같았다. 이어지는 한 장면 한 장면을 보면서, 차라리 존재하지 않았다면 아주 친절했을 우주의 오점에 지나지 않은 인간을 포기해버리고픈 자연스러운 충동도 느껴졌다. 그러나 세상 모든 천체의 상황은 끊어졌다 이어졌다 하는 것이며, 지금의 이 조용한 자연의 사물들이 격렬하게 요동치는 어느 밤에 인류는 오히려 순진하게 잠들어 있을 수도 있다는 생각이 들면서 충동은 사라졌다.

"그 선원은 어디 사는 사람이야?" 헛되게 주위를 두리번거리던 구경꾼 하나가 물었다.

"하느님이나 아시겠지." 상류사회를 아는 척하던 남자가 말했다. "틀림없이 그는 다른 지방에서 왔어."

"바로 5분 전에 여기 들어왔어." 우유밀죽을 파는 노파가 손을 넝넝이에 얹고 대화에 끼어들었다. "그가 잠깐 바깥으로 물러갔다가 다시 들여다보더군. 내 보기엔 그 사람이 조금도 나을 것 같지 않은데."

"남편에겐 인과응보야." 코르셋 끈 장수가 말했다. "그 여자처럼 예쁘고 훌륭한 몸매라면 남자가 더 이상 바랄 게 뭐가 있어? 나는 그녀의 영혼이 자랑스러워. 나라도 그랬을걸. 남편이 그런 식으로 행동하는 데도 만일 내가 그녀처럼 안 하면 하느님이 저주하실 거야! 나는 떠나고 남편은 목구멍이 얼얼해지도록 날 부르고 또 불러대겠지. 하지만 나는 결코 되돌아오지 않아, 승리의 나팔 소리가 커다랗게 들릴 때까지. 암 그러고말고!"

"음, 여자가 지금보다는 행복해지겠지." 좀더 사려 깊은 사람 중 누군가 말했다. "선원이라는 직업의 속성이 길 잃은 어린 양을 위해서는 아주 훌륭한 피난처거든. 게다가 그 남자는 돈도 많아 보이잖아. 모든 행색으로 짐작해보건대 최근에 그녀는 돈이 별로 없었던 것 같아."

"다들 날 잘 봐요. 난 여자 꽁무니를 뒤따라가진 않아!" 건초 일꾼이 제자리로 되돌아오면서 고집스럽게 내뱉었다. "갈 테면 가라고 해! 그녀가 그렇게 변덕스럽다면 그 대가로 고통을 받아야 해…… 그녀가 아이를 데려갈 권리는 없어, 그 아이는 내 아이야. 같은 일이 다시 벌어지면 아이를 데려가게 놔두진 않아!"

사건이 벌어지고 나서 얼마 되지 않아, 혹은 무방비 상태로 진행되는 상황을 그냥 묵인한 일말의 작은 죄책감으로, 혹은 시간이 늦어져서, 사람들은 하나둘 천막을 떠났다. 사내는 양 팔꿈치를 앞으로 뻗어 테이블 위에 얹고, 팔 위에 얼굴을 묻었다. 그러고는 곧 코를 골기 시작했다. 우유밀죽을 파는 노파는 밤이 되었으니 문을 닫아야겠다고 생각했다. 그래서 노파는 팔다가 남은 럼주 병, 우유, 옥수수, 건포도 등등을 수레에 올려 신고, 다시 사내가 자고 있는 곳으로 왔다. 사내를 흔들어보았으나 깨울 순 없었다. 가축 시장은 2, 3일 더 열릴 것이므로 그날 밤 누가 천막을 부수진 않을 터였다. 노파는 잠에 곯아떨어진 사내를 그냥 놔두어야겠다고 생각했다. 부랑자가 아닌 것은 분명하므로 그냥 자도록 내버려두기로 하고 사내의 바구니를 곁에 가져다놓았다. 노파는 마지막 촛불을 끄고 늘어뜨린 천막의 문을 바닥까지 내린 다음 천막에서 나와 수레에 올랐다.

2

　사내가 잠에서 깨어났을 때 햇빛이 천막의 갈라진 틈을 헤집으며 들어오고 있었다. 햇볕의 온기가 넓은 천막 내부의 공기를 골고루 데웠고, 커다란 푸른색 파리 한 마리가 윙윙 음악 같은 소리를 내며 천막 안을 빙빙 돌았다. 파리의 윙윙 소리 말고 다른 소리는 전혀 들리지 않았다. 주위를 돌아보았다. 의자들, 버팀목이 받치고 있는 탁자, 자신의 연장 바구니, 우유밀죽이 끓던 화로, 빈 그릇들, 껍질이 벗겨진 곡물 낟알들, 풀로 덮인 바닥에 점점이 버려진 코르크 마개들이 눈에 띄었다. 많은 잡동사니 가운데 유독 반짝이는 작은 물건 하나가 눈에 들어왔다. 사내는 그것을 골라 주워들었다. 아내가 끼던 반지였다.

　어제저녁의 사건이 사내에게 혼란스러운 기억으로 찾아온 것 같았다. 사내는 손을 가슴 높이의 주머니에 찔러보았다. 부스럭거리는 소리가 경솔하게 쑤셔 넣었던 지폐의 존재를 알려주었다.

　이 두번째 증거로 희미하던 기억이 선명해졌다. 사내는 이제 그 기억이 꿈이 아니라는 것을 깨달았다. 그는 한동안 앉은 채로 바닥을 내려다

보았다. "가능한 한 빨리 이곳을 벗어나야겠군." 바깥으로 내뱉지 않고
는 스스로의 생각을 확인할 수 없을 것 같아 마침내 사내는 의도적으로
소리내어 말했다. "그녀가, 그녀가 확실히 떠나갔어. 자기를 산 선원, 그
리고 어린 엘리자베스-제인과 함께 가버렸어. 우리는 걸어서 이곳에 왔
지. 나는 우유밀죽과 거기에 첨가한 럼주를 먹었고 그러고는 그녀를 팔
아넘겼어. 그래, 그런 일이 일어났는데 난 아직 여기 머물고 있어. 이제
무슨 일을 어떻게 해야 하지? 걸을 수 있을 만큼 술이 깼는지도 자신이
없네." 사내는 일어섰다. 몸은 발걸음을 옮기기에 아무 지장이 없을 만큼
아주 좋은 상태였다. 연장 바구니를 어깨에 걸어보았다. 그것들 역시 멜
만했다. 마침내 사내는 천막 문을 들어 올리고 바깥 대기 속으로 몸을
드러냈다.

그 자리에서 사내는 침울하면서도 궁금한 마음으로 주위를 둘러보
았다. 9월 아침이 상쾌하게 그를 격려하고 감싸 안았다. 어젯밤 도착했
을 때 그들은 너무 지친 탓에 아주 일부분만 빼고는 이곳을 제대로 살펴
보지 못했다. 사내는 지금 마치 새로운 물건을 마주하듯 주의 깊게 주위
를 돌아보았다. 탁 트인 구릉지대의 정상인 이곳은 한쪽 끝이 대규모 농
장과 맞닿으면서 굽이치는 도로와 이어졌다. 이 고지대와 이곳에서 매
년 열리는 가축 시장의 명칭이 유래한 마을은 아래쪽에 위치했다. 구릉
은 아래쪽으로 계곡까지 뻗친 다음 언덕들이 점점이 보이고 선사시대 요
새의 유적들이 파헤쳐진 다른 고지대들로 이어졌다. 모든 풍경은 새롭게
떠오른 태양의 광선 아래 누워 있었다. 태양은 아직 묵직한 이슬이 맺힌
풀잎 하나조차 말리지 않았다. 그 이슬에는 멀리 서 있는 노랗고 빨간
짐마차의 그림자들이 투사되었는데, 바퀴가 마치 혜성의 궤도처럼 길게
늘어진 모습이었다. 현장에 남은 십시와 동행사들은 자기들의 마차와 전

막 근처에 편한 자세로 누워 있거나 바닥에 깐 마의(馬衣)로 몸을 감싸고 죽은 듯 미동도 하지 않고 조용했다. 이따금 코고는 소리만 그들이 그곳에 있다는 것을 일깨워주었다. 그러나 '잠자는 일곱 사람'*에게 강아지 한 마리가 있었듯이, 이 부랑자들에게도 수상한 품종의 강아지들이 있었다. 강아지인 만큼 고양이와 닮았고 고양이인 만큼 여우와 닮은 그놈들 역시 이곳에 드러누워 있었다. 마차 밑에서 작은 놈 하나가 일어나더니 당연한 듯 짖어대고는 재빨리 다시 드러누웠다. 건초 일꾼이 웨이든의 가축 시장터를 떠나는 모습을 제대로 목격한 유일한 구경꾼은 그놈이었다.

이런 상황은 사내가 바라는 바와 일치하는 듯했다. 그는 조용히 생각에 잠겨 계속 걸어갔다. 가는 도중, 부리에 지푸라기를 물고 울타리 사이를 경쾌하게 날아다니는 노랑촉새와 왕관을 쓴 모양의 버섯이 보였고, 재수 좋게 가축 시장에 팔려나가지 않은 양 떼의 목에서 울리는 워낭 소리도 들려왔지만 그는 별 관심이 없었다. 어제저녁의 현장에서 족히 2킬로미터는 벗어난 작은 길에 이르렀을 때, 사내는 연장 바구니를 내동댕이치고 문짝에 기댔다. 한두 가지 어려운 문제가 마음에서 떠나지 않았다.

"어젯밤 누군가에게 내 이름을 말했나, 안 했나?" 그는 스스로에게 자문해보고 마침내 말하지 않았다는 결론에 도달했다. 그의 전반적 태도를 보면 아내가 자기 말을 그처럼 곧이곧대로 받아들였다는 사실에 정말 놀라고 화난 것이 분명했다. 얼굴 표정도 그러했고, 울타리에서 지푸라기 한 올을 뽑아내 물어뜯는 모습도 충분히 그러했다. 그는 아내가

---

* 기독교 전설에 나오는 7명의 귀족 출신 젊은이. 이들은 250년경 데시우스Decius 황제의 기독교 억압에 저항해 성지 에베소의 동굴에 숨어 깊은 잠에 빠졌는데 나중에 깨어보니 이미 180년이 흘러 기독교가 공인되었음을 알고 하느님께 감사와 영광을 돌렸다.

틀림없이 흥분했고 나아가 그 거래에 일종의 구속력이 있다고 믿어서 그렇게 행동한 것임을 깨달았다. 아내가 그렇게 믿었다고 그가 거의 확신한 이유는 그가 알고 지내온 아내는 성격이 결코 경망스럽지 않고 생각도 극단적으로 단순하기 때문이었다. 그녀의 차분한 성격이 순간적인 의심을 억눌렀겠지만 그 저변에는 무모함과 적개심 또한 충분히 있었을 것이다. 어제는 실제로 행동에 옮겼지만 그는 얼마 전에도 만취 상태에서 그녀를 떼어버리겠다고 선언한 적이 있었다. 그러자 그녀는 그런 말을 계속 반복한다면 실제로 그런 일이 생길 거라고 대꾸했다. 운명론자의 순종하는 말투로…… "하지만 내가 그럴 때, 올바른 정신 상태에서 그러는 게 아닌 걸 당신도 잘 알잖아!" 그가 소리쳤다. "아무래도 아내를…… 따라잡으려면 더 서둘러야겠다. 이렇게 날 부끄러움 속에 밀어 넣지 않고도 문제를 해결할 더 나은 방법이 얼마든지 있다는 걸 그녀는 왜 몰랐을까." 그가 울부짖었다. "내가 이상했던 거지 그 사람이 이상한 건 아니었어. 이건 마치 백치처럼 순진하게 수전이 자기가 순종한다는 걸 보인 것 같아. 그 순종이 내게는 가장 심하게 화를 퍼부은 것보다 더 큰 더 상처를 남겼어!"

그는 마음이 조금 가라앉자 어쨌건 아내와 어린 엘리자베스-제인을 찾아 나서야 하고 수치심은 최대한 견뎌내야 한다는 당초의 자각으로 돌아왔다. 어차피 자기 스스로 저지른 일이고 자기가 져야 할 부담이었다. 그는 우선 하나의 서약, 자기가 예전에 한 어떤 맹세보다도 훌륭한 서약을 남기겠다고 결심했다. 우선 제대로 된 서약을 하기 알맞은 장소와 이미지가 필요했다. 사내에게는 무언가 미신을 숭배하는 마음이 있었다.

그는 어깨에 바구니를 메고 다시 서둘러 걸었다. 걸어가면서도 그의 눈방울은 수변의 풍경을 몹시 누리번거리며 무언가를 찾았다. 마침내 5, 6킬로미터 떨어진 곳에서 마을의 지붕들과 교회 첨탑이 보였다. 그는 곧바로 교회를 향해 걸어갔다. 아직 시골의 소박한 일상이 멈춰 있는 때여서 마을은 아주 고요했다. 농사꾼이 들판에 일하러 나가는 시각과 일에서 돌아와 먹을 아침 식사를 준비하려고 아내와 딸이 일어나는 시각의 한가운데에 해당되는 시간이었다. 그래서 그는 남의 눈에 띄지 않고 교회에 도착했고 교회로 들어가자마자 바로 출입문의 빗장을 걸어 잠갔다. 그는 교회 입구 성수반(聖水盤) 옆에 연장 바구니를 내려놓고 중앙의 회중석(會衆席)을 지나 제단 난간까지 나아간 다음 문을 열고 지성소(至聖所)로 들어섰다. 그곳에서 그는 잠깐 낯선 느낌에 빠진 것 같았다. 이제 그는 제단 상단 위에 무릎을 꿇었다. 제단 위에 꺾쇠로 고정해놓은 성경책 위에 고개를 숙이면서 그가 큰 소리로 외쳤다.

"저, 마이클 헨처드는, 9월 16일 아침, 이 신성한 장소에서 하느님 앞에 서약합니다. 저는 제가 이제껏 살아온 햇수만큼 그러니까 앞으로 21년 동안 어떠한 독한 술도 입에 대지 않겠습니다. 저는 이 결심을 제 앞의 이 성경책에 대고 서약합니다. 제가 이 서약을 어기면 귀가 멀고, 눈이 멀고, 몸을 움직이지 못해도 좋습니다!"

그렇게 말하고 건초 일꾼은 커다란 성경책에 입을 맞춘 다음 일어났는데, 새로운 방향을 잡아 출발하게 되어 안도하는 것 같았다. 교회 현관에 잠깐 섰을 때 가까운 오두막의 빨간 굴뚝이 진한 나무 연기를 내기 시작했다. 그는 그 집의 주인 여자가 막 불을 지핀 걸 알고 문을 두드렸다. 주인 여자가 적은 돈에 아침 식사를 준비해주겠노라 해서 그러자고 했다. 그는 그렇게 요기한 다음 다시 아내와 아이를 찾으러 나섰다.

가족을 찾는 일이 얼마나 난처하고 당혹스러운 일인지는 금방 드러났다. 매일같이 여기저기를 조사하고 물어보며 걸었지만, 그 사건이 일어난 저녁 이래 어느 곳에서도 그가 묘사하는 사람들을 목격한 사람은 없었다. 일이 더 힘든 건 그가 선원의 이름을 전혀 알지 못하기 때문이었다. 수중에 가진 돈이 별로 없던 그는 얼마간 주저하다가 선원에게 받은 돈을 가족 찾기에 쓰기로 결심했다. 그래도 소용은 없었다. 사실대로 말하면, 그런 탐문 작업이 효과가 있으려면 소란스럽게 고함을 치며 추적하고 조사해야 하는데, 마이클 헨처드는 자기가 저지른 행동이 노출되기를 꺼리는 일종의 수치심 때문에 스스로 그렇게 하기를 삼갔다. 아내를 잃게 된 상황 설명을 빼놓고는 모든 노력을 다 기울였는데도 아무 실마리도 보이지 않은 것은 아마도 그 때문이었을 것이다.

여러 주가 쌓이고 다시 여러 달이 흐르도록 그는 사이사이 허드렛일을 하면서 계속 가족을 찾으려고 노력했다. 그러다가 그는 어느 항구에 도착했다. 그곳에서 그는 자기가 설명하는 모습과 닮은 일행이 얼마 전 다른 곳을 향해 떠났다는 정보를 들었다. 그 사실을 알게 된 그는 더 이상 가족을 찾으러 다니지 않고 그동안 마음속에 담아두었던 지역으로 가서 정착하겠다고 말했다. 다음 날 그는 남서쪽 방향으로 가는 여행길에 올랐다. 그 이후 그는, 밤이 되어 자려고 투숙하는 경우를 제외하고는, 쉬지 않고 계속 걸어 마침내 웨섹스 주의 변방에 위치한 작은 도시 캐스터브리지에 도착했다.

3

웨이든-프라이어즈 마을에 이르는 간선도로에는 다시 먼지가 카펫처럼 덮여 있었다. 수목들은 옛날처럼 칙칙한 초록 빛깔을 내고 있었고, 한때 헨처드 가족 세 사람이 따라 걷던 그 길을 이번엔 그 일행과 무관하지 않은 두 사람이 걸었다.

이곳의 대체적인 정경은 예전의 특성을 그대로 지니고 있었는데 아래 이웃 마을에서 들려오는 사람들의 목소리와 무언가 덜컹대는 소리까지 비슷해서 모습만으로는 앞서 기록했던 사건이 있던 바로 그 오후라고 해도 좋을 정도였다. 세밀하게 보아야 변화가 발견되었다. 그렇지만 이곳에서도 여러 해의 세월이 흘러간 건 분명했다. 길을 걷는 두 사람 중 하나는 앞선 사건에서 헨처드의 젊은 아내로 등장했던 바로 그녀였다. 지금은 과거의 통통한 얼굴은 찾아볼 수 없고 피부 조직도 달라졌으며 머리카락도 아직 색깔이 바래진 않았으나 예전보다 상당히 가늘었다. 그녀는 과부 상복(喪服)을 입고 있었다. 그녀의 동행 역시 검정 옷을 입었는데, 열여덟 살 정도의 맵시 있는 여성으로, 덧없지만 소중한 젊음의 정수를 완벽하게 갖춘 것 같았다. 젊음은 안색이나 얼굴 윤곽과 상관없이 그 자체가 아름다움이었다. 힐끗 보기만 해도 그녀가 수전 헨처드의 장성한 딸이라는 게 느껴졌다. 인생의 한여름에 해당하는 기간이 엄마의 얼굴에 경화(硬化)의 흔적을 새기는 동안, 시간의 신은 엄마의 화사했던 예전의 특성을 두번째 인물인 그녀의 자식에게 아주 좋은 솜씨로 물려줬다. 그래서 엄마가 알고 있는 어떤 사실을 자식이 모른다는 것은, 그러한 사실을 곰곰이 생각하는 사람의 눈에는, 그 순간 자연이 지닌 논리적 연속성의 권능에 어떤 특이한 결함이 생긴 것으로 보였을 것이다.

걸을 때 두 사람이 손을 잡는 모습은 소박한 애정의 표현으로 보일 만했다. 각자의 바깥쪽 손으로 딸은 유행에 뒤진 버드나무 바구니를, 엄마는 푸른색 보따리를 들었는데 보따리는 그녀가 입은 검정색 직물 드레스와 기묘하게 대비되었다.

그들은 마을 외곽에 이른 다음 예전에 갔던 길을 따라 가축 시장으로 올라섰다. 이곳에서도 역시 세월의 변화는 분명했다. 회전목마, 열기구 풍선, 체력 및 체중 측정 기계, 그리고 견과류 경품을 주는 매점의 과녁 맞추기 기계에서 일부 개량한 흔적이 보였다. 그러나 가축 시장의 실제 거래는 현저하게 줄었다. 인접한 마을 여러 곳에서 새롭고 커다란 시장들이 주기적으로 열리면서 수 세기 동안 이곳에서 거래되던 물량이 심각하게 줄어들기 시작했다. 양 떼를 가두어두는 축사의 수와 말들을 묶는 밧줄의 길이는 대략 과거의 절반밖에 되지 않았다. 양복점, 양품점, 술집, 직물상을 비롯해 이와 유사한 상점은 대부분 사라졌고 수레의 숫자도 훨씬 줄었다. 엄마와 딸은 인파 사이를 이리저리 피해서 약간 앞으로 나아가다 멈춰 섰다.

"왜 이런 곳에 와서 시간을 끄는 거지? 난 엄마가 계속 곧장 가고 싶어 하는 줄 알았는데?" 소녀가 물었다.

"맞아, 엘리자베스-제인, 우리 예쁜아." 엄마가 설명했다. "그런데 엄마는 여길 찾아와보고 싶었어."

"왜?"

"내가 처음 뉴슨을 만난 게 여기였어. 오늘 같은 그런 날이었지."

"아빠를 처음 만난 게 여기라고? 맞다, 내게 그런 얘기를 해준 적이 있어. 그렇지만 아빠는 바다에 빠져 돌아가셔서 이제 우리 곁에 없잖아!" 소녀는 말하면서 주머니에서 카드 한 장을 꺼내더니 한숨을 쉬며 바라보았다. 검은 테를 두른 카드에는 마치 명판에 글을 새긴 것처럼 다음과 같은 글이 적혀 있었다. '184-년 11월, 마흔한 살의 나이에 불행하게 바다에서 실종된 뱃사람 리처드 뉴슨을 사랑으로 기억하며.'

"또 그곳도 여기였어." 조금 더 주저하면서 엄마가 말을 이었다. "우리가 찾으려고 하는 그 친척 마이클 헨처드 씨와 마지막으로 헤어진 장소도."

"엄마, 그분이 정확하게 우리에게 어떻게 되는 친척이야? 난 한 번도 분명한 얘길 듣지 못했어."

"그 사람과는 결혼으로 맺어진, 아니—그가 죽었을지도 모르니까—맺어졌던 관계였어." 엄마가 조심스럽게 말했다.

"그건 엄마가 벌써 수도 없이 말했잖아!" 젊은 소녀가 엄마를 살피며 무뚝뚝하게 대꾸했다. "내 짐작인데, 가까운 친척은 아니지?"

"결코 아니지."

"엄마가 마지막으로 소식을 들었을 때 그 사람은 건초 묶는 일꾼이었다며, 안 그래?"

"그랬지."

"그 사람이 나를 알았던 적은 없지?" 소녀가 순진하게 계속 물었다.

헨처드 부인이 잠시 멈추었다가 거북한 듯 대답했다. "물론 널 모르지, 엘리자베스-제인. 그런데 이리 좀 와봐." 그녀가 장터의 다른 쪽으로 방향을 틀었다.

"여기서 누구 아느냐고 물어봐야 별 소용이 없을 것 같아, 내 생각엔." 딸이 주위를 돌아보며 의견을 말했다. "가축 시장에 오는 사람들은 나무 잎사귀처럼 변하잖아. 아마 엄마처럼 예전에 왔다가 오늘 또 여기 나타난 사람은 없을걸."

"난 그렇게까지 확신하지는 못하겠어." 이제 스스로를 뉴슨 부인이라고 부르는 엄마가, 그들과 좀 떨어진 곳에 있는 녹색 제방 아래의 무언가를 눈여겨보며 말했다. "저기 좀 봐."

딸이 엄마가 가리키는 방향으로 시선을 돌렸다. 엄마가 가리킨 물건은 땅에 막대기를 꽂아 만든 삼각대였다. 삼각대에는 세 발 달린 금속 냄비가 걸렸고 밑에선 연기 나는 장작불이 냄비의 열기를 지켜주고 있었다. 삐쩍 마르고 쭈글쭈글하며 거의 누더기 같은 옷을 입은 노파가 구부정하게 냄비 위로 몸을 굽히고 있었다. 노파는 커다란 주걱으로 냄비의 내용물을 저으며 가끔씩 찢어지는 목소리로, "여기 맛있는 우유밀죽 팔아요!"라고 꺽꺽댔다.

노파는 예전 우유밀죽 천막의 바로 그 여자 주인이었는데—한창 번창할 때에는 깨끗하고 하얀 앞치마를 두르고 돈 소리를 짤랑짤랑 냈지만—지금은 천막은커녕 식탁이나 의자도 없이 더럽기 짝이 없는 모습으로 단지 두 명의 희누르스름한 꼬마 소년을 손님이라고 상대하고 있었다. 아이들은 노파에게 다가가 "반 페니어치만 줘요. 많이 좀 쳐서 담아줘요"라고 수분했고 노파는 가상 흔한 섬토로 만든 이삘 빠진 노란 대집에

밀죽을 담아 내놓았다.

"저 여자가 그 당시 여기에 있었어." 뉴슨 부인이 마치 노파에게 가까이 다가가려는 듯 걸음을 옮기며 말했다.

"엄마, 저 여자한테 말 걸지 마, 점잖은 사람 같지 않아!" 딸이 엄마를 말렸다.

"한마디만 물어볼 테니까, 엘리자베스-제인, 넌 여기 있어도 돼."

소녀는 싫지 않았다. 엄마가 노파에게 가는 동안 소녀는 채색된 사진을 파는 좌판 쪽으로 방향을 돌렸다. 노파는 그녀를 보자마자 한 그릇 팔아달라고 애걸했다. 그리고 1페니어치만 달라고 헨처드 뉴슨 부인이 주문하자 노파는 젊었던 시절 6페니어치를 팔 때보다 더 민첩하게 움직였다. 예전의 풍성한 밀죽 대신 묽고 빈약하며 구정물 같은 것이 담긴 그릇을 그 **자칭** 과부가 받았을 때, 추한 노파가 화로 뒤에서 작은 바구니를 열고 교활한 눈을 반짝거리며 속삭였다. "죽에 럼주를 좀 넣으면 어떨까? 알다시피 밀수해서 들여온 건데. 2페니만 더 내면 돼. 그럼 코디얼*처럼 매끈하게 목구멍으로 넘어갈걸!"

노파의 고객은 옛날 속임수가 아직도 살아 있다는 사실에 쓴 웃음을 지으며 고개를 의미심장하게 가로저었는데, 노파는 결코 그 뜻을 이해할 수 없었다. 그녀는 노파가 준 무거운 스푼으로 우유밀죽을 약간 떠먹는 시늉을 했다. 그러면서 추한 노파에게 무뚝뚝하게 말했다. "더 좋았던 시절이 있었지요?"

"아이고, 부인, 그렇다마다!" 노파가 닫혔던 자기 마음의 수문을 활짝 열어젖히며 대답했다. "난 이 가축 시장에서 처녀로, 아내로, 그리

---

* cordial: 영국에서 마시는 음료의 일종.

고 과부로 서른아홉 해를 지켜왔어. 한때는 세상에서 가장 배부른 자들과 거래한다는 게 어떤 건지 알았지! 부인은 내가 이 가축 시장의 명소인 커다란 가설 천막의 주인이었다는 사실을 믿지 못할걸. 그때는 시장에 드나드는 사람치고 이 최고 여편네의 우유밀죽 한 그릇을 먹지 않은 사람이 없었을 정도였어. 나는 성직자의 입맛, 멋쟁이 신사의 입맛, 도시의 입맛, 시골의 입맛을 다 꿰뚫고 있었지. 상스럽고 뻔뻔스러운 계집들 입맛까지도 알았어. 그랬건만, 오 하느님. 세상은 기억하지 못해. 솔직하게 장사하면 이윤이 남질 않아. 이런 시대에는 교활한 자들과 은밀한 자들만 성공하지!"

뉴슨 부인이 주위를 둘러보았다. 딸은 아직도 멀리에서 좌판 위에 고개를 박고 있었다. "혹시," 그녀가 노파에게 조심스레 물었다. "18년 전 할머니 천막 안에서 남편이 자기 아내를 팔았던 사건 기억나요?"

추한 노파가 기억을 되살려보려고 노력하다가 머리를 절반쯤 가로저었다. "만약 그게 큰 사건이었으면 내가 단박에 기억할 텐데." 노파가 말했다. "난 심각한 부부 싸움이나, 살인 사건, 과실치사 사건은 물론 소매치기 사건까지도 모두 기억해낼 수 있어. 하여간 큰 사건들을 목격하는 게 내 운명이었으니까. 그런데 뭘 팔았다고? 차분하게 진행된 거래였나?"

"음, 네. 그랬던 것 같은데요."

우유밀죽을 파는 노파는 다시 머리를 절반쯤 가로저었다. "그랬다면," 노파가 말했다. "기억나는군. 그런 일을 저지른 남자를 기억할 수 있어. 코드 재킷을 입고 연장 바구니를 든 남자였지. 그런데, 어쩌지, 더는 생각이 안 나는걸. 더는 어떻게 된 일인지 모르겠어. 그 사내가 기억나는 건 순전히 *그*가 이듬해에 여기 가축 시장에 다시 와서 내게 아주 은밀하게 말했기 때문이지. 뭐라고 그랬느냐면 만일 어떤 여자가 자기에 대해 물으면 어디더라? 캐스터브리지, 그래 캐스터브리지로 갔다고 전해달라고 했어. 그런데, 제기랄, 내가 다시 떠올릴 일이 아닌데!"

만일 뉴슨 부인이 이 파렴치한 노파의 술 때문에 자기 남편이 품위를 잃고 말았다는 사실을 가슴속에 뼈저리게 간직하지 않았다면, 그녀는 감사의 표시로 사정이 허락하는 한 가진 돈의 일부를 노파에게 주었을 것이다. 그녀는 정보를 알려준 노파에게 간단히 고맙다고 인사하고 엘리자베스에게 다가갔다. 딸아이는 "엄마, 이제 그만 가. 그런 데서 간식을 사먹는 건 엄마에겐 전혀 어울리지 않아. 내가 보니까 밑바닥 사람들만 거기서 사 먹던데" 하며 그녀를 반겼다.

"그렇지만 내가 원하던 걸 알아냈어." 엄마가 조용히 말했다. "친척이 마지막으로 여기 가축 시장에 왔을 때 자기가 캐스터브리지에 산다고 말했대. 여기에서 가려면 먼, 아주 먼 길이고 또 그가 그렇게 말한 게 아주 오래전 일이긴 하지만, 내 생각엔 그곳에 가보는 게 좋겠어."

이 대화를 나눈 다음 그들은 장터에서 벗어났다. 길을 내려가 마을로 가서 하룻밤을 묵었다.

4

헨처드의 아내는 나름대로 최선을 다했지만 결국 자기 자신을 곤경 속에 밀어 넣었다. 그녀는 딸 엘리자베스-제인에게 자기 인생의 진짜 이야기, 즉 그녀가 지금 딸의 나이와 비슷했을 무렵 웨이든 가축 시장에서 벌어진 거래가 초래한 그 비극적 상황에 대해 몇백 번이나 말해주려고 했다. 그러나 그때마다 그녀는 자제했다. 그리하여 순진한 이 소녀는 다정한 선원과 엄마의 관계가 늘 보이는 대로 보통의 부부 관계라고 믿으며 자라났다. 헨처드 부인에게는, 아이의 성장 과정에서 혼란스러운 생각들이 많아져서 아이의 단단한 애정을 잃는 위험에 빠지는 상황은 생각만 해도 너무 두려웠다. 엘리자베스-제인을 똑똑하게 만들겠다는 생각은 실제로는 어리석은 짓이라고 여겨졌다.

수전 헨처드는 진실이 드러나 몹시 사랑하는 딸의 애정을 잃을까 걱정했지만 자기 자신이 잘못했다는 생각은 거의 하지 않았다. 원래 헨처드가 그녀를 경멸한 원인이었던 그녀의 단순성은 뉴슨이 자신에 대해 실제 존재하는 도덕적으로 정당한 권리를, 비록 그 권리의 정확한 의미와 법적 한계는 막연하지만, 돈을 주고 구매했다는 확신 속에서 그녀가 살아갈 수 있게 해주었다. 제정신을 가진 젊은 기혼 부인이 그와 같이 지위의 변동을 일으키는 거래를 진지하게 인정했다는 사실은 교양 있는 사람들에게는 이상하게 보일 것이며 또 같은 사고방식의 다른 사례들이 많지 않다면 인정받기 어려울 것이다. 다만, 아주 많은 시골 지방의 기록들이 보여주듯, 그녀가 농촌 여성으로서 자기를 구매한 사람에게 종교적으로 집착한 첫 여성도 아니고 마지막 여성도 아니었다.

지금까지 수전 헨처드가 겪은 우여곡절의 역사는 두세 개의 문장으로 설명될 수 있다. 그녀는 전혀 속수무책인 상태에서 캐나다로 동행하게 되었고 그곳에서 그들 부부는 커다란 세속적 성공을 이루지는 못한 채 여러 해를 살았다. 자신들의 보금자리가 쾌적하며 부족함이 없는 곳이 되도록 그녀는 다른 여자들만큼 아주 열심히 일했다. 엘리자베스-제인이 열두 살 때쯤 셋은 잉글랜드로 돌아와 펄마우스에 정착했다. 그곳에서 몇 년간 뉴슨은 뱃사공과 손재주가 있는 일반 잡역부 일로 생계를 꾸렸다.

그 이후 그는 뉴펀들랜드*를 오가며 무역에 종사했는데 수전이 무언가를 깨달은 것이 바로 이 즈음이었다. 그녀는 한 친구에게 자신의 과거를 은밀하게 털어놓았다. 얘기를 들은 친구는 자기 지위가 확연히 달라지는 거래를 진지하게 인정하고 받아들인 그녀의 어리석음을 비웃었다. 그러자 그녀의 마음속 평화는 송두리째 무너졌다. 어느 겨울 끝자락에 집에 돌아온 뉴슨은 자기가 그렇게 조심스레 지속시킨 환상이 영원히 사라져버렸음을 알게 되었다.

---

* Newfoundland: 캐나다 동부의 섬, 주(州).

이제는 슬픔의 시기가 찾아왔다. 그녀는 뉴슨에게 더 이상 그와 살수 있을지 회의가 든다고 말했다. 계절이 바뀌자 뉴슨은 다시 뉴펀들랜드 무역 일로 집을 비웠다. 얼마 있다가 그가 바다에서 실종되었다는 막연한 소식이 전해지면서 그녀의 유순한 양심을 고문하던 한 가지 문제가 해결되었다. 이제 그녀는 그를 더 이상 보지 않아도 되었다.

그들은 헨처드에 관하여는 아무 소식도 듣지 못했다. 노동으로 하루 벌어 하루 먹고사는 사람들에게 당시의 잉글랜드는 하나의 대륙만큼 컸고 1킬로미터는 지도상의 1도*만큼 멀었다.

엘리자베스-제인은 일찌감치 여성스럽게 성숙했다. 뉴슨이 뉴펀들랜드 어장 외곽에서 사망했다는 소식을 듣고 한 달 정도 흐른 어느 날, 열여덟 살 무렵의 소녀는 그들이 아직 살고 있는 오두막집의 버드나무 의자에 앉아 어부용 그물을 꿰고 있었다. 그녀의 엄마 역시 같은 방 뒤쪽 구석에서 같은 노동에 매달렸다. 엄마는 실을 꿰던 묵직한 나무 바늘을 떨어뜨려 가며 딸을 사려 깊게 살펴보았다. 햇빛이 문틈으로 파고들어 젊은 딸의 머리와 느슨하게 풀어진 머리카락에까지 닿더니 마치 개암나무 숲 속으로 스며들듯 그 깊은 곳까지 스며들었다. 소녀의 얼굴은 비록 창백하니 미완성 상태였지만 바탕에는 뛰어난 아름다움을 간직하고 있었다. 그녀의 내부에는 아직 채 성숙되지 못한 곡선 속에서도, 그리고 그들의 궁핍한 생활환경이 초래한 가벼운 손상 속에서도, 스스로를 드러내려 애쓰는 멋진 용모가 감춰져 있었다. 그녀는 멋지게 타고났으나 아직 실물이 멋지다고는 할 수 없었다. 얼굴의 고정되지 않은 부분들이 마지막 틀을 잡기 전에 하루하루 생존하기 위한 성가신 사건들을 피해 나갈

---

* 위도 1도의 거리는 114.6킬로미터, 경도 1도의 거리는 (서울 기준으로) 88킬로미터다.

수 없다면 그녀는 아마 결코 완전히 멋진 용모에 도달하지 못할 것이다.

딸의 모습이 엄마를 슬프게 만들었다. 그저 막연히 그런 게 아니라 논리적으로 따져보니 그랬다. 아직 두 사람은 엄마가 딸을 위해 그토록 여러 번 벗어나려 시도했던 그 가난의 굴레에 계속 머물러 있었다. 엄마는 오랫동안 동반자인 딸의 젊은 마음이 얼마나 열심히 또 꾸준하게 자신을 확장하려 몸부림치고 있는지 감지해왔다. 지금 열여덟 살이 되었어도 그 마음은 아직 그대로인 채 거의 펼쳐지지 못한 상태였다. 엘리자베스-제인의 진지하고 억제된 가슴속 욕망은, 진정으로 보고 듣고 이해하는 것이었다. 어떻게 하면 자기가 더 박식해지고 더 높은, 소녀의 정의로는 '더 훌륭한', 평판을 듣는 여자가 될 것인가, 이것이 소녀가 엄마에게 꾸준히 물어보는 바였다. 소녀는 자기와 비슷한 처지의 다른 소녀들보다 더 깊이 매사를 따지고 들었고, 엄마는 자신이 딸의 탐구 활동에 별 도움이 되지 못한다는 걸 깨달으며 괴로워했다.

선원은, 익사를 했건 안 했건, 이제 그들에겐 십중팔구 사라진 존재였다. 나중에 깨닫고 달라지기 전까지 그가 원칙적 남편이라고 고집하던 수전의 그 견고하고 독실한 집착 역시 더 이상 필요 없었다. 그녀는 자기가 다시 자유로운 여자가 된 지금 순간이, 매사가 불리하기만 한 이 세상에서 마주쳤던 그 순간들처럼, 엘리자베스를 상승시킬 필사적 노력을 기울일 적절한 기회가 아닌지 스스로에게 물어보았다. 현명하든 아니든, 자기가 자존심을 감추고 첫 남편을 찾아 나서는 것이 최선의 첫걸음 같았다. 그는 어쩌면 술독에 절어 이미 무덤 속에 들어갔을지도 모른다. 그러나 한편으로 그러기에는 그가 너무 감성이 풍부한지도 모른다. 그녀가 함께 보낸 시절의 그는 가끔 발작을 했을 뿐 상습적인 주정뱅이는 아니었기 때문이다.

어쨌든 만일 그가 살아 있다면 의심할 여지없이 그에게로 되돌아가는 게 적절했다. 그를 찾아 나서면서 거북한 것은 엘리자베스를 이해시키는 일로, 엄마로서는 생각만 해도 벅찬 과제였다. 엄마는 마침내 소녀에게는 헨처드와 자신의 옛 관계에 대해 털어놓지 않은 채로 그를 찾아나서겠다고 결심했다. 그를 찾기만 한다면, 소녀에게 진실을 알리기 위해 어떤 방식을 선택할지는 그에게 맡기겠다고 생각했다. 이 설명으로 가축 시장터에서 나눈 모녀의 대화 내용과 엘리자베스가 길을 떠나면서 사실의 절반쯤만 아는 상태였던 이유가 이해될 것이다.

이런 심정으로, 헨처드의 소재에 대해서는 우유밀죽 파는 노파가 알려준 희미한 정보에만 의지하면서 그들은 여정을 계속 진행했다. 최대한의 절약은 필수였다. 때로는 걷고 때로는 농부들의 마차를 얻어 타기도 하고 때로는 운수 회사의 작은 짐수레 위에 오르기도 하면서 그들은 캐스터브리지로 접근해갔다. 엘리자베스-제인은 엄마의 건강이 예전 같지 않고, 엄마가 이따금 자기만 없다면 철저하게 넌더리나는 인생을 여기서 끝내도 여한이 없다고 자포자기하는 투로 말하는 걸 듣는 게 불안했다.

그들이 목적지에서 1킬로미터 남짓 떨어진 언덕 꼭대기에 도착한 것은 9월 보름에 가까운 어느 금요일 저녁으로 막 황혼이 지려는 참이었다. 마차길 쪽으로 높게 돋운 울타리가 있어서 그들은 울타리 안의 초록 잔디밭에 올라가 앉았다. 그곳에서 그 도시와 도시의 외곽이 모조리 눈에 들어왔다.

"이 동넨 어쩜 이리 촌스러워!" 엄마가 지형 이외의 다른 것들에 대해 말없이 곰곰 생각하는 동안 엘리자베스-제인이 입을 열었다. "여긴 모든 게 함께 웅크리고 있어. 마치 상자로 테두리를 두른 정원 마당 터처럼 나무로 된 정사각형 담 안에 모두 갇혀 있어."

당시로서는 최신이기는 했어도 모더니즘의 아주 작은 물방울도 튀기지 않은 이 구식 자치도시, 캐스터브리지 자치도시에서 정사각형 모습은 정말 가장 눈에 띄는 특징이었다. 도시는 도미노를 담은 상자처럼 조밀했다. 그곳에는 통상적인 의미의 교외가 없었다. 시골과 도시가 하나의 수학적 선에서 만나고 있었다.

더 높이 솟아오르는 새들에게 보이는, 이 맑은 저녁 시간의 캐스터브리지는 틀림없이, 직사각형의 짙은 녹색 프레임에 부드러운 적색과 갈색과 회색과 수정(水晶)을 결합시킨 하나의 모자이크 작품이었을 것이다. 인간의 수평적 눈높이에서 보면 이 도시는 수 마일에 걸친 둥그런 초원과 오목한 들판 한가운데에 자리 잡은, 라임나무와 밤나무의 조밀한 목책 뒤에 서 있는 하나의 불명료한 덩어리였다. 덩어리는 보기에 따라 점차 탑과 박공(博栱)*지붕과 굴뚝과 여닫이창들로 갈라졌는데, 가장 높은 유리창들은 햇빛이 만든 서쪽의 노을 띠를 반사하여 구릿빛 화염이 흐린 윤곽으로 충혈된 듯 반짝였다.

나무들이 둘러싼 정사각형의 각 모서리 중앙에서 동, 서, 남쪽 방향으로 넓은 길들이 뻗어 나와 광활한 곡창 지대와 좁고 험한 골짜기까지 2킬로미터 정도 이어졌다. 우리 보행자 일행은 이들 길 중 하나로 막 들어가려는 참이었다. 출발하려고 일어서는 순간 두 남자가 논쟁하듯 대화를 나누며 울타리 바깥으로 지나갔다.

그들이 멀어져가자 엘리자베스가 말했다. "저 사람들이 말하는 도중 분명 헨처드라는 이름, 그 우리 친척 이름이 나왔지?"

"나도 그렇게 들었어." 뉴슨 부인이 말했다.

---

* 지붕 양쪽에 여덟 팔 자 모양으로 붙인 두꺼운 널.

"그럼 그 사람이 아직 이곳에 있다는 얘기잖아."

"그렇지."

"내가 저 사람들에게 뛰어가서 한번 물어볼까?"

"아냐, 안 돼, 그러지 마! 아직은 절대 그럼 안 돼. 어쩜 그가 구빈원에 있을지도 모르고 아니면 차꼬*에 갇혀 있을 수도 있잖아."

"세상에, 엄마는 왜 그런 식으로만 생각해?"

"그저 해본 말이야, 다른 뜻은 없어! 그렇지만 은밀하게 알아보는 게 좋아."

충분히 휴식을 취한 그들은 해가 넘어갈 무렵 다시 일어나 가던 길을 계속 걸었다. 길 양쪽 바깥의 탁 트인 대지에는 아직도 흐릿한 햇빛이 남았지만, 길은 촘촘한 가로수들로 터널처럼 어두웠다. 다시 말해서 두 사람은 두 황혼 사이에 낀 한밤을 지나는 셈이었다. 엘리자베스의 엄마는 사람 사는 냄새가 나타나기 시작한 도시의 특징들을 예민하게 관찰했다. 그들은 걷기 시작하자 곧바로 캐스터브리지의 골격을 이루는 울퉁불퉁한 나무 방책 자체가, 녹색의 낮은 제방이나 급경사면에 자리 잡은 하나의 큰길이라는 것을 알 수 있었다. 아직은 희미하게 그 바깥의 배수로도 보였다. 길과 제방 안쪽에는 조금씩 끊어지기도 하는 담이 있고 담 안에는 주민들의 가옥이 꽉 들어차 있었다.

두 여자는 모르는 사실이었지만 이 외부적 특징들은 하나의 산책길로 설치된 도시의 방어 장치였다.

이제 둘러쳐진 나무들 사이로 가로등 불빛이 반짝거리기 시작했다. 불빛은 안쪽으로는 훌륭한 아늑함과 평안함을 전달했지만, 동시에 불이

---

* 죄수를 가둘 때 쓰던 형틀. 두 개의 기다란 나무토막을 맞대어 그 사이에 구멍을 파서 죄인의 두 발목을 넣고 자물쇠로 고정했다.

켜지지 않은 바깥쪽 시골에는, 그곳이 생명에 가까이 있음에도, 이상하게 고독하고 공허한 모습을 만들었다. 자치도시와 평원의 차이 역시 커졌는데 그것은 지금 다른 어떤 것들보다도 그들의 귀를 사로잡는 브라스밴드의 연주 소리 때문이었다. 우리 여행자 일행은 시내 중심가로 들어섰는데, 그곳에는 위쪽 층이 돌출된 목조 가옥들이 있었다. 가옥의 작은 유리 격자창에는 매는 끈이 달린 디미티* 커튼이 쳐졌고, 지붕의 박공 밑에는 오래된 거미집이 미풍에 흔들렸다. 나무 골조 사이에 벽돌을 쌓아 메운 가옥들도 있었는데 그들은 이웃한 집들이 주로 받쳐주었다. 지붕의 종류로는 기와 조각으로 땜질한 석판지붕, 석판 조각으로 땜질한 기와지붕이 있고, 그리고 이따금 초가지붕도 보였다.**

도시가 생존하는 바탕인 이곳 주민들의 성향이 농업적이고 목가적이라는 것은 상점 진열장에 전시된 물품의 종류가 드러냈다. 철물상에는 큰 낫, 낫, 양털 가위, 밀낫, 삽, 곡괭이, 괭이가 있었다. 통 상점에는 벌통, 버터 만드는 작은 나무통, 큰 우유통, 착유 걸상과 원통 용기, 건초 갈퀴, 사육장에서 쓰는 큰 병, 종자 주머니가 있었다. 마구상(馬具商)에는 마차 로프와 쟁기 채우는 도구가, 바퀴 상점과 기계 상점에는 수레, 외바퀴 손수레, 방앗간 기어가, 약국에는 말 도포제(塗布劑)가 보였다. 장갑 가게와 가죽 재단사 가게에는 자루가 긴 장갑, 개초장이***의 무릎 씌우개, 농부의 레깅스, 마을 사람들이 신는 나무 덧신과 나막신들이 있었다.

두 사람은 회색빛이 감도는 교회로 갔다. 어두워지는 하늘을 향해 교회의 거대한 정사각형 탑이 온전하게 솟아 있었다. 탑의 하부는 아주

---

* dimity: 격자무늬의 얇은 능직 면포.
** 1912년인 지금 이 낡은 집들은 대부분 헐렸다(원주).
*** 초가지붕을 올리는 직공.

가까이에서 비추는 등불들로 환해서 그 석조물을 접합했던 회반죽이 시간의 흐름과 날씨의 변화에 따라 얼마나 완벽하게 조금씩 뜯겨 나갔는지 충분히 보여주었다. 총안(銃眼)이 있는 흉벽 높이의 갈라진 틈에 바로 회반죽이 발라져서 꿩의비름 같은 풀이 돌담 사이에 뿌리를 내릴 여지가 거의 없었다. 탑의 시계가 여덟 번 울리더니 곧바로 단호한 땡그랑 소리를 내며 종이 울리기 시작했다. 캐스터브리지에서는 아직도 만종(晚鐘)이 울렸고 주민들은 그 소리를 가게를 닫으라는 신호로 알아들었다. 종의 깊은 음정이 주택 정면에 울려나가기 무섭게 시내 중심가의 시작부터 끝까지 셔터를 닫는 덜거덕 소리가 들려왔다. 불과 몇 분 만에 캐스터브리지의 하루 영업이 마감되었다.

다른 시계들도 때가 된 듯 여덟 번씩 쳤다. 어느 것은 감옥에서 우울하게 울렸고, 다른 것은 삐걱대는 기계의 준비음과 함께 구빈원에서 울렸는데, 교회 종소리보다 더 크게 들렸다. 시계 상점 안에 줄지어 서 있는, 니스 칠로 광을 낸 커다란 괘종시계들도 셔터가 닫히는 바로 그 순간에 하나씩 번갈아가며 소리를 냈다. 마치 무대의 막이 내려가기 전 일렬로 선 배우들이 한 사람씩 마지막 스피치를 하는 것 같았다. 다음에는 차임벨들이 「시칠리아 선원들의 찬가」*를 더듬더듬 치는 소리가 울렸고, 그 소리를 들은 상급 학교의 연대학자**들은 먼저 수업의 모든 과제를 만족스럽게 마치기도 전에 다음 수업으로 가는 길에 나서는 모습이 뚜렷했다.***

---

* 전통적인 시칠리아 멜로디의 가톨릭 찬송가로 'O Sanctissima' 또는 「선원들의 찬가」라고도 한다.

** 천문학, 기후학, 역학, 이화학, 문헌학 등 관련된 모든 과학을 이용해 역사상의 사실에 대해 정확한 시간 또는 시간적 관계를 규명하는 학자.

*** 이 차임벨들은 다른 나라 교회들의 것과 마찬가지로 멈춘 지 여러 해가 되었다(원주).

교회 앞 광장으로 속옷이 보일 정도로 옷소매를 말아 올리고 치마를 걷어 올린 한 여자가 걸어가고 있었다. 그녀는 팔 아래에 긴 한 덩어리의 빵에서 조각들을 잘라내 함께 걷는 다른 여자들에게 넘겨주었고 여자들은 심각한 표정으로 빵조각을 조금씩 뜯어먹고 있었다. 그 모습을 보고 시장기를 느낀 헨처드-뉴슨 부인과 딸이 그 여자에게 가장 가까운 빵집이 어디냐고 물었다.

"시방 캐스터브리지에서 좋은 빵이라면 차라리 만나*를 찾는 게 났겠구먼." 그들에게 몸을 돌리며 여자가 말했다. "저 인간들은 나발을 크게 불고 북도 쾅쾅 칠 수 있을 겨. 그럼시롱 흥청대고 저녁밥도 묵겠제." 여자가 길 쪽으로 멀리 있는 한 지점을 향해 손을 흔들어댔는데 그곳에는 조명이 환한 한 건물 앞에 브라스밴드가 서 있었다. "헌데 우리들은 몸에 좋은 빵껍데기 찾기도 심들어지는 형편이여. 시방 캐스터브리지엔 괜찮은 빵이 좋은 맥주맨치도 없제."

"또 좋은 맥주는 김빠진 맥주보담 적제." 호주머니에 손을 꽂은 남자 하나가 말했다.

"괜찮은 빵이 없다니 대체 무슨 일이죠?" 헨처드 부인이 물었다.

"아, 그건 곡물상 땀새라. 우리 제분업자들과 제빵업자들이 상대허는 사람이 그 남정넨디, 글쎄 그 남정네가 업자들에게 웃자란 밀을 팔아불었제. 업자들이 말하는디, 지들은 오븐 전체로 밀가루 반죽이 수은처럼 흘러 빵들이 두꺼비맨치 납작혀져 그 속이 소 기름맨치 될 때꺼정 웃자란 밀이란 걸 몰랐다는구먼. 내가 여편네로 또 어매로 살아왔다 혀도, 캐스터브리지에서 이처럼 몰상식한 빵을 보기는 처음이여…… 근디 이

---

* manna: 이스라엘 민족이 광야를 방랑할 때 하늘에서 여호와가 내려준 양식(「출애굽기」 16장).

한 주일 동안 불쌍한 사람들 뱃속을 자루처럼 부풀어 오르게 헝 게 뭔지도 모르는 걸 보니 댁네들은 정말 여기가 첨인가베."

"그렇습니다." 엘리자베스의 엄마가 수줍게 대답했다. 자신의 미래에 대해 더 알기 전에 이 장소에서 계속 주목 받기가 싫었던 그녀는 딸과 함께 대화에서 벗어났다. 그들은 여자가 알려준 가게에서 한 끼 식사를 대용할 몇 개의 비스킷을 산 다음 본능적으로 음악이 들려오는 쪽으로 발걸음을 돌렸다.

5

그들이 수십 미터를 가자 도시 밴드가 연주하는 「옛 잉글랜드의 구운 쇠고기」*의 굉음이 도시의 유리창을 흔들어대는 현장이 나타났다.

밴드 대원들이 문 앞에 악보대를 설치하고 있는 건물은 캐스터브리지의 최고 호텔, 말하자면 '왕의 문장(紋章)'이 있는 킹스암즈 호텔이었다. 중앙의 포르티코** 위에는 널찍한 내닫이창이 길 쪽으로 돌출되었고, 열린 유리창으로 웅성거리는 소리와 유리잔의 딸랑거림과 코르크 마개를 뽑는 소리가 흘러나왔다. 창문에는 블라인드도 쳐지지 않아 길 맞은편의 사륜 우마차 사무실로 올라가는 돌계단 꼭대기에 서면 그 방의 실내전체가 들여다보였다. 그래서 빈둥대는 사람 여럿이 계단에 모여 있었다.

"우리가 마침내, 어쩜 친척 헨처드 씨에 관해 몇 가지 물어볼 수 있을지도 모르겠다." 캐스터브리지에 들어온 이후 이상하게도 연약하고 흥

---

* 'The Roast Beef of Old England': 리처드 레버리지Richard Leveridge가 작곡하고, 헨리 필딩Henry Fielding이 작사한 애국적 발라드.
** portico: 기둥으로 받친 지붕이 있는 현관.

분한 듯 보이는 뉴슨 부인이 속삭였다. "그런데 내 생각엔 여기가 그걸 해보기에 적합한 장소 같아. 있잖아, 단지 그 사람이 이 도시에서 어떤 지위인지만 알아보는 거야. 꼭 그럴 거라는 내 짐작대로 여기에 있다면 말이야. 그런 일에는 엘리자베스-제인 네가 더 알맞아. 난 너무 녹초가 되어서 아무것도 못하겠어. 먼저 모자 베일을 아래로 내리렴." 그녀는 가장 아래 계단에 주저앉았다. 엘리자베스-제인은 엄마의 말대로 빈둥거리는 사람들 사이로 끼어들어가 자리를 잡았다.

"오늘 밤 여기서 무슨 일 있어요?" 한 늙은 남자를 골라, 대화를 나눌 수 있는 이웃 같은 자격을 얻기 충분할 만큼 곁에서 오래 서 있은 다음, 소녀가 물었다.

"음, 니는 다른 지방에서 왔제." 늙은이가 창문에 눈을 고정한 채 말했다. "뭐, 가문이 좋거나 그런 지도층 인간들이 상석에 시장을 앉혀놓고 대규모 공식 만찬을 하고 있지라. 초대받지 못한 우리맨치 평범한 인간들에게는 무슨 일이 벌어지는가 짐작이라도 하게 여기 덧문을 닫지 않고 열린 채로 놔둔 거제. 니도 계단 위에 올라서면 보잉께. 저기 테이블 끝에 앉아 니 쪽으로 얼굴을 향한 사람이 헨처드 씨, 시장이제. 또 좌우에 앉은 사람들이 시의원이여…… 아, 그 사람들 대부분도 태어날 땐 시방의 나랑 별반 다르지 않았제!"

"헨처드!" 엘리자베스-제인이 놀라서 중얼거렸지만 그때만 해도 이 사실이 얼마나 엄청난 영향을 끼치게 될지 상상도 할 수 없었다. 소녀는 계단 꼭대기로 올라섰다.

소녀의 엄마는 고개는 비록 숙였지만 "헨처드 씨, 시장"이라는 늙은이의 말이 들리기 전에 이미 이상하게 자기의 주의를 끄는, 여인숙 창에서의 대화 같은 말투에 사로잡혀 있었다. 그녀는 일어나서, 특별한 열정을 드러내지는 않은 채, 최대한 재빨리 딸의 곁으로 올라섰다.

그녀의 눈앞에 호텔 식당 내부가, 테이블과 유리잔과 접시와 참석자들과 함께 펼쳐졌다. 창 쪽을 바라보는 권위 있는 상석에 마흔 살쯤으로 보이는 남자가 앉아 있었다. 듬직한 골격에 생김새가 굵고 목소리는 당당했으며 체구는 탄탄하기보다 대체로 거칠었다. 안색은 까무잡잡할 정도로 짙었고 눈동자는 까맣고 반짝였으며 눈썹과 머리카락은 검고 숱이 많았다. 가끔 좌중에서 나오는 어떤 발언에 폭소를 터뜨릴 때면 커다란 입이 뒤로 아주 멀리 당겨지며 벌어지고 그가 아직도 분명히 뽐낼 만한 스물세 개의 건강한 흰색 치아 중 스무 개 남짓이 샹들리에 불빛에 반짝였다.

그의 웃음소리가 낯선 사람들의 용기를 북돋아주는 건 아니었다. 그러므로 그 소리가 거의 들리지 않은 것이 좋았을 만도 했다. 그 웃음에 대해 많은 의견들이 나올 수도 있었을 터이다. 그 웃음은 그의 기질이 연약함에 대한 연민은 없으면서 위대함과 강력함에 대해서는 칭송을 아끼지 않을 거라는 추측에 부합되었다. 그런 웃음소리를 내는 사람이 혹시라도 개인적 선량함을 가지고 있다면, 그 사람이 혹시라도 가지고 있다면, 그건 아주 잠깐씩 보이다 마는 정도일 것이다. 온화하고 일관된 친절함이라기보다는 가끔가다 보이는 거의 억압적인 인자함일 것이다.

수전 헨처드의 남편, 적어도 법률상의 남편이 그들 앞에 앉아 있었다. 성숙한 체형, 경직된 얼굴 윤곽, 과장된 특성의, 단련되고 생각이 뚜렷해 보이는, 한마디로 나이가 더 든 그가 그곳에 있었다. 엄마만큼 거추장스러운 회상이 없는 엘리자베스는, 오래 찾아다닌 친척이 그처럼 예상치 못한 사회적 지위에 올랐다는 사실을 알게 되자 당연히 생긴 강렬한 호기심과 관심만으로 그를 바라보았다. 그는 구식의 야회복 차림이었고, 넓은 가슴 위로는 주름 장식을 단 셔츠의 넓게 퍼진 부분이 드러났다. 보석 장식의 단추와 묵직한 황금 목걸이도 보였다. 오른쪽으로 유리잔 세 개가 놓였는데, 그의 아내였던 수전에게는 놀랍게도, 와인용 잔 두 개는 비워져 있고 텀블러인 세번째 잔에만 물이 반쯤 채워져 있었다.

수전이 마지막으로 본 그는 코듀로이 재킷, 퍼스티언 조끼와 반바지, 그리고 무두질한 가죽 레깅스 차림에 뜨거운 우유밀죽 한 그릇을 자기 앞에 놓고 앉아 있는 모습이었다. 이렇게 많은 변화가 일어난 건 시간이 부린 마술이다. 그를 지켜보며 지난날들을 생각하던 그녀는 너무 감정이 고조된 나머지 뒷걸음질을 치다가 계단과 연결된 우마차 사무실 출입구 문설주에 부딪쳤고 그 그림자가 다행스럽게도 그녀의 이목구비를 가려 주었다. 그녀는 엘리자베스-제인이 가볍게 자기를 건드릴 때까지 딸이 있다는 것조차 잊어버리고 있었다. "엄마, 그 남자 봤어?" 소녀가 소곤거리며 물었다.

"응, 봤어." 소녀의 동행이 서둘러 대답했다. "그를 봤어. 난 그걸로 충분해! 지금 난 그냥 가버리거나 사라지거나 죽어버리고 싶구나."

"왜, 아니 왜?" 소녀가 가까이 다가와 엄마의 귀에 대고 소곤거렸다. "엄마 그 사람이 우릴 돌보지 않을 것 같아 걱정돼서 그래? 내 눈엔 너 그러워 보이는데. 그는 참 멋져, 안 그래? 다이아몬드 단추가 얼마나 반짝거리는데! 그가 차꼬에 갇혀 있거나 구빈원에 있거나 죽었을지도 모른다고 엄마가 말한 게 정말 이상하다! 다른 일에서는 그렇게까지 정반대로 간 적이 없었는데! 엄마는 그 사람이 왜 그리 두려워? 난 전혀 그렇지 않아. 내가 그 사람을 만나러 갈게. 그 사람이 자기에겐 우리 같은 먼 친척이 없다고 해도 그뿐이지 뭐."

"임민 진혀 모르겠어. 무엇부터 시삭해야 할지 판단이 안 선다. 마음이 너무 심란하구나."

"엄마가 그러면 안 돼, 여기 와서 이제 우리가 바라던 대로 그를 찾았잖아! 엄마는 저기 내려가서 좀 쉬어. 난 구경하면서 그에 대해 좀더 알아볼게."

"헨처드 씨를 만날 자신이 없어. 내가 생각하던 그 사람이 아냐. 그가 날 압도해! 내게서 그를 만나고 싶다는 소망이 사라졌어."

"그러지 말고 좀더 기다리면서 생각해봐."

엘리자베스-제인은 이제까지 살아오면서 지금만큼 다른 무언가에 흥미를 느낀 적이 전혀 없었는데, 지금 그러는 것은 부분적으로는 자기 역할이 코치와 유사하다는 사실을 발견하고 자연스레 의기양양해졌기 때문이었다. 소녀는 다시 현장을 바라봤다. 젊은 손님들은 활기차게 떠들며 먹고 있었고, 나이 든 사람들은 음식 조각들을 찾으며, 마치 도토리를 찾아 코를 비벼대는 암퇘지처럼 자기들 접시 위에 코를 대고 쿵쿵대며 꿀꿀거렸다. 손님들에게는 세 가지 주류—포트와인, 셰리, 럼주—가 제공된 것 같았는데 미각은 그 오래된 삼위일체 바깥까지는 좀처럼 미치지 않았다.

측면에 사람 모습이 조각된 크고 고색창연한 술잔들이 각각 스푼 하나씩과 함께 일렬로 막 테이블에 놓이더니, 술에서 나오는 증기에 노출되면 심각한 문제를 일으킬 정도로 아주 뜨거운 그로그*가 재빠르게 채워졌다. 엘리자베스-제인은 종업원들이 테이블을 이리저리 오가며 대단히 신속하게 술잔들을 채웠지만 아무도 시장의 술잔은 채우지 않았고, 시장은 여전히 포도주와 증류주를 위한 크리스털 술잔 더미 뒤의 텀

---

* grog: 럼주에 물을 탄 것.

블러에서 다량의 물만 마시는 것을 눈여겨보았다.

"저들이 헨처드 씨의 포도주 잔은 안 채우네요." 그녀가 팔꿈치 친구인 늙은이에게 용기를 내어 말했다.

"그럼, 안 그러제. 니 그 사람이 정말 말 그대로 유명한 금주가라는 거 모르능겨? 그는 귀가 솔깃한 술을 모두 비난할 뿐 아니라 한 번도 술에 손을 대는 법이 없제라. 진짜 그려. 그에겐 그런 고집스러운 성품이 있제. 소문엔 그가 과거 언젠가 성경에 손을 얹고 선서한 이후 금주를 지켜왔다는구면. 그래서 사람들은 그에게 마시라고 강요 안 혀. 그에게 강요하는 게 부당하다는 걸 아닝께. 성경에 손을 얹고 선서하는 건 엄숙한 일이여."

이들의 대화를 듣고 나이 지긋한 다른 남자가 끼어들며 질문을 던졌다. "얼마나 더 오래 금주해야 한다고 했지, 솔로몬 롱웨이즈?"

"두 해 더 기다려야 한다네그려. 그가 그렇게 기간을 정한 게 정말 무슨 이유당가 난 몰러. 그가 한 번도 아무한테도 털어놓지 않았제. 하지만 소문엔 정확하게 2년 더라고 그려. 그렇게 오래 버틴다니 정말 지독하제!"

"그라고말고…… 허지만 희망 속에는 엄청난 힘이 숨어 있제. 24개월의 세월만 지나면 스스로 속박에서 벗어나 무제한으로 마셔댐시로 그동안 참은 모든 고통을 보상받을 수 있다는 생각이 그의 금주를 계속 지켜주는 것이여. 내 말이 틀림없제."

"분명허제, 크리스토퍼 코니, 확실혀. 게다가 그에겐 그런 숙려(熟慮)가 필요허기도 혀. 외로운 홀아비 처지니께." 롱웨이즈가 말했다.

"언제 아내를 잃었대요?" 엘리자베스가 물었다.

"그 어지에 대혀선 알지 못혀. 그가 캐스터브리지에 오기 전 일이니께." 솔로몬 롱웨이즈는 마치 헨처드 부인에 대한 자기의 무지가 그녀의 사연에 대한 관심을 모두 박탈하기에 충분한 이유가 된다는 듯, 더 이상 그 얘기는 말자는 투로 대꾸했다. "허지만 내가 아는디, 그는 술에는 단호하게 절대 입을 대지 않을 겨. 만일 부하 중 누가 한 방울이라도 그러는 기미가 보이면, 하느님이 쾌활한 유대인에게 그러시듯, 부하들을 엄허게 야단칠 사람이구먼."*

"그에겐 부하가 많아요, 그럼?" 엘리자베스-제인이 물었다.

"많다마다! 이 속없는 아가씨야. 그는 시의회에서 제일 막강할 뿐만 아니라 이 일대에서는 정말 중요한 사람이여. 밀, 보리, 귀리, 건초, 뿌리 그런 농작물의 대규모 거래에는 언제나 헨처드가 껴들었제. 아, 문제는 그가 다른 일들에도 참견하려고 하는데 거기서 바로 그가 실수를 저질렀지라. 그가 여기 올 땐 빈털터리였는디 일하면서 차차 단계적으로 커가더니 시방은 이 도시의 기둥이여. 그러던 그가 자기가 계약해서 공급한 이 불량 곡물 때문에 올해 들어 약간 흔들리고는 있제. 나는 69년간 더너버 황야 위로 해가 뜨는 걸 본 사람인디, 내가 그를 위해 일을 시작한 이래, 헨처드 씨는 내가 힘없는 조그만 사람인 줄 알면서도, 내게 절대로 부당한 욕을 한 적은 없승게. 허지만 내 분명히 말해서 최근 헨처드의 밀로 만든 것처럼 엉망인 빵을 이전엔 먹어본 적이 없제. 그건 거의 몰트**라 부를 수 있을 정도로 웃자란 거니께. 빵 조각 바닥에 구두 밑창맨치 두터운 층이 생겼제라."

밴드는 이제 또 다른 멜로디를 연주했고 그 곡이 끝날 무렵에는 저

---

* 모세가 10계명을 받으러 시나이 산에 간 사이, 백성들이 금송아지를 만들고 숭배하다가 엄청난 단죄를 받은 걸 말한다(「출애굽기」 32장).
** malt: (맥주, 위스키 등의 원료가 되는) 맥아, 엿기름.

녁 식사도 끝나고 연설이 시작됐다. 바람이 잔잔한 저녁 시간인데다 아직 창문도 열려 있어서 연설 소리는 바깥에까지 뚜렷하게 들렸다. 헨처드의 목소리는 다른 사람들보다 높았다. 그는 자기가 경험한 건초 거래에 대해 말했는데, 이야기 속의 그는 자기보다 한 수 앞서려고 아주 열심이던 사기꾼보다 한 수 더 위였다.

"하하하!" 이야기의 결말에 청중들이 웃어댔다. 전반적으로 유쾌한 분위기에 젖었을 때 색다른 목소리가 들려왔다. "이 이야기야 모두 아주 좋제, 헌데 그 형편없는 빵은 어떻게 할 거요?"

목소리는 아래쪽 테이블 끝에서 나왔는데 그곳에는, 참석자 중 일부이기는 하지만, 다른 사람들보다 사회적 지위가 약간 낮아 보이는 소규모 소매상 여럿이 앉아 있었다. 그들은 일종의 독자적인 의견을 조성하면서 헤드 테이블에 앉은 사람들과 썩 어울리지는 않는 토론을 진행한 듯했다. 마치 교회 서쪽 끝에 앉은 사람들의 박자나 음정이 이따금 성단소(聖壇所)*에서 선도하는 사람들의 그것들과 끈질기게 뒤틀리는 것과 흡사했다.

형편없는 빵을 언급하여 시장의 말을 가로막은 행위는 바깥을 오가는 사람들에게 더할 수 없는 만족감을 주었고 일부는 남의 고통에서 쾌감을 찾는 그런 기분에 빠져들었다. 그래서 그들은 아주 자유롭게 메아리를 울렸다. "어이! 시장님, 그 형편없는 빵은 어떻게 할 겨?" 만찬에 참석한 사람들과는 달리 자제해야 한다는 어떤 강박감도 필요 없는 그들은 말을 덧붙일 여유까지 있었다. "선생은 오히려 그 얘기를 해야 혀요, 시장님!"

---

* 교회 예배 때 성직자와 합창대가 앉는 제단 옆자리로 보통 동쪽에 있다.

분위기를 바꾼 그 말은 시장이 충분히 빵 문제에 주목하게 만들었다.

"음, 그 밀이 불량으로 판명되었다는 사실은 나도 인정합니다." 그가 말했다. "하지만 내게서 그 밀을 산 제빵업자들만큼 나도 그걸 구매하면서 속임수에 넘어갔습니다."

"그렇다면 불쌍한 백성은 그걸 먹어야 혀요 말아야 혀요?" 창밖에서 시장의 말이 마음에 들지 않는 한 남자가 말했다.

헨처드의 얼굴이 어두워졌다. 그의 얇고 단조로운 피부 밑에는 성깔—거의 20년 전 부자연스럽게 격렬해져서 아내 한 사람을 사라지게 만들었던 성깔—이 숨어 있었다.

"대규모 사업을 할 때에는 일어날 수 있는 사고 요인들을 감안해야 합니다." 그가 말했다. "곡물을 막 수확하려던 시기의 기상 조건이 우리가 여러 해 경험해온 것보다 나빴다는 걸 이해해야 합니다. 하지만 그래서 나는 사업 방식을 고쳤습니다. 혼자서 보살피기에는 사업이 너무 크다는 것을 깨닫고 곡물 부서의 매니저 일을 맡길 아주 철저하고 훌륭한 사람을 구하는 광고를 냈습니다. 그런 사람이 채용되면 이런 실수를 다시 반복하진 않을 겁니다. 모든 업무를 더 주의 깊게 살피겠습니다."

"허지만 이미 저지른 실수에 대해서는 우리에게 어떻게 갚을 거요?" 앞서 말했던 그 남자가 물고 늘어졌다. 그는 제빵업자거나 제분업자 같았다. "우리가 아직 가지고 있는 웃자란 밀을 정상적인 낟알로 바꿔줄 거요?"

끼어드는 말들 때문에 헨처드의 얼굴은 더욱 엄숙하게 굳어져갔다. 그는 마음을 진정하거나 시간을 벌려는 듯 텀블러의 물을 들이켰다. 그가 직접적인 답변을 들려주는 대신 뻣뻣하게 말했다.

"만일 내게 웃자란 밀을 건강한 밀로 바꾸는 방법을 가르쳐주는 사람이 있다면 나는 기꺼이 그걸 돌려받겠습니다. 하지만 그런 일은 생길 수 없습니다."

헨처드는 더 이상 휘말리지 않을 작정이었다. 이렇게 말하고 그는 자리에 앉았다.

6

　지금 창밖의 무리는 지난 몇 분 동안 새로 도착한 사람들로 더 불어났다. 그들 일부는 영업시간이 끝나 가게 셔터를 내린 뒤 분위기를 살피러 나온 점잖은 가게 주인과 그 점원이고 일부는 하류층 사람이었다. 그곳으로 어느 부류에도 속하지 않는 이방인 하나—상냥해 보이는 겉모습이 두드러지는 젊은이—가 손에 여행용 가방을 들고 나타났다. 가방에는 당시 그런 물건에 널리 유행한 세련된 꽃무늬가 새겨져 있었다.

　그는 얼굴 혈색이 좋고 말쑥했으며 눈동자가 반짝거렸고 체격은 호리호리했다. 그가 나타난 시점이 곡물과 빵에 관한 언쟁이 벌어지던 때와 우연히 일치하지 않았더라면 그는 아마 멈추지 않고 그냥 이곳을 지나쳐버렸을 수도 있고, 아니면 고작해야 무슨 일인지 궁금해 아주 잠깐 눈만 힐끗 돌렸을 것이다. 그랬더라면 앞으로 벌어질 사연은 결코 생기지 않았을 것이다. 그러나 언쟁의 주제가 그를 사로잡은 것 같았고 그는 다른 구경꾼들의 몇몇 질문을 혼잣말로 속삭여보더니 귀를 기울이며 그곳에 머물렀다.

그는 헨처드의 "하지만 그런 일은 생길 수 없습니다"라는 마지막 말을 듣고 미소 짓더니 충동적으로 수첩을 꺼내 창에서 비치는 불빛의 도움을 받아가며 몇 마디를 갈겨썼다. 그러고는 갈겨쓴 종이를 수첩에서 찢어내 접더니 열린 유리창 사이로 던지려는 듯 식탁 위를 겨냥했다. 그러다 다시 한 번 생각하더니 몸을 옆으로 옮기며 어슬렁대는 사람들 사이를 지나 호텔 문 앞에 도달했다. 그곳에선 마침 실내에서 음식을 나르던 웨이터 하나가 문설주에 기대어 쉬는 중이었다.

"이걸 바로 시장에게 전달해줘요." 그가 급하게 휘갈긴 쪽지를 넘겨주며 말했다.

엘리자베스-제인은 그의 동작을 보고 말소리도 들었는데, 흥미롭게도 말의 내용과 억양 모두 그 지역 것이 아니었다. 색다르고 무언가 북방적이었다.

웨이터가 쪽지를 받아 들었고 젊은 이방인은 계속 말했다.

"그리고 여기보다 조금 싸면서 괜찮은 여관 하나 좀 소개해줄래요?"

웨이터가 무심하게 거리를 아래위로 훑어보았다.

"소문엔 바로 요 아래 스리 마리너즈가 아주 좋다고 합디다." 웨이터가 느릿느릿 대답했다. "그렇지만 내가 거기 묵어본 적은 없어요."

스코틀랜드 출신인 듯한 이방인은 웨이터에게 고맙다고 말하고 방금 들은 스리 마리너즈 방향으로 천천히 걸음을 옮겼다. 그는 분명 쪽지의 운명보다는 묵을 곳을 더 걱정했는데 이미 쪽지를 쓸 때의 일시적인 충동이 지나갔기 때문이었다. 그가 천천히 길을 내려가 사라질 때 웨이터가 문에서 벗어났고, 엘리자베스-제인은 만찬장으로 옮겨져 시장의 손에 전달되는 쪽지를 흥미롭게 바라봤다.

헨처드는 쪽지에 무심하게 눈을 수더니 한 손으로 펼쳐 쭉 읽어내렸다. 곧 예기치 못한 흥미로운 효과가 나타났다. 자신의 곡물 거래에 대한 문제 제기 후 그의 얼굴에 가득하던 짜증스럽고 침울한 모습이, 무언가에 사로잡힌 표정으로 바뀌었다. 그는 쪽지를 천천히 읽더니 생각에 빠져들었는데, 하나의 아이디어에 사로잡힌 사람처럼, 그의 상념은 침울하지 않고 끊어졌다 싶다가도 치열하게 이어졌다.

이 무렵이 되자 이미 밀 문제는 잊히고 건배와 연설이 계속되던 자리를 노랫소리가 차지했다. 사람들은 둘 또는 셋씩 머리를 맞대고 이런저런 얘기를 나누다가 무언극처럼 폭소를 터뜨리고 발작하듯 얼굴 표정을 찡그렸다. 일부는 마치 자기가 어떻게 이곳에 왔고 무엇을 하러 왔으며 또 어떻게 집에 돌아갈지 모르는 듯 보이기까지 했다. 그들은 일시적으로 멍한 미소를 지으며 앉아 있었다. 어깨가 떡 벌어진 남자들은 어느새 등이 꼽추처럼 구부정해졌고, 풍채 좋은 이들도 이목구비가 점점 희미해지고 몸이 한쪽으로 기우는 특이한 불균형 상태가 되며 위엄을 잃어갔다. 그사이 게걸스럽게 먹어대던 적지 않은 사람들의 머리가 어깨 사이로 가라앉고 그로 인해 그들의 입꼬리와 눈초리가 위쪽으로 방향을 틀었다. 헨처드만이 이처럼 흐트러질 대로 흐트러진 사람들과 달랐다. 그는 조용히 생각에 잠긴 채 위엄 있고 꼿꼿한 자세를 유지했다.

시계가 9시를 울렸다. 엘리자베스-제인이 동행에게 몸을 돌리며 물었다. "엄마, 밤이 깊어지고 있는데, 어떻게 할 작정이야?"

그녀는 아주 우유부단해진 엄마를 발견하고 놀랐다. "오늘 밤 누워 잘 곳을 잡아야 해." 엄마가 중얼거렸다. "내가 마침내 헨처드 씨를 찾았어. 내가 바랐던 건 그게 전부야."

"오늘 밤엔 어쨌든 그걸로 충분해." 엘리자베스-제인이 달래듯 대꾸했다. "그 사람에 대해 어떻게 하는 게 최선일지는 내일 생각해도 돼.

당장의 문제는 어떻게 우리가 묵을 장소를 구하느냐야, 안 그래?"

엄마가 대답하지 않자 엘리자베스-제인은 스리 마리너즈가 숙박료가 그다지 비싸지 않은 여관이라던 웨이터의 말을 기억해냈다. 한 사람에게 적합한 추천은 아마 다른 사람에게도 알맞을 것이다. "우리 그 젊은이가 찾아간 장소로 가자." 그녀가 말했다. "그 사람은 점잖아. 엄마 보기엔 어때?"

엄마가 고개를 끄덕였고 두 사람은 길을 따라 걸어 내려갔다.

앞서 말했듯이 쪽지를 읽고 깊은 생각에 빠진 시장은 그사이 계속 넋이 나간 상태로 있었다. 그러다가 의장석을 떠날 기회를 찾은 그가, 옆 사람에게 자기 자리에 와서 앉으라고 속삭였다. 그의 아내와 엘리자베스가 막 떠난 뒤였다.

그는 만찬장 문밖에서 아까의 웨이터를 발견하고 손짓으로 불러 15분 전에 전달된 그 쪽지를 누가 가져왔느냐고 물었다.

"어떤 젊은 청년인데, 시장님, 여행 중인 사람이었죠. 스코틀랜드 사람 같아 보였습니다."

"그가 어떻게 쪽지를 입수했다고 하던가?"

"그가 직접 썼어요, 시장님, 창밖에 서 있으면서요."

"오, 그가 직접 썼다…… 그 젊은이가 지금 이 호텔에 묵고 있나?"

"아뇨, 시장님, 스리 마리너즈로 갔을 겁니다."

시장은 마치 만찬장을 벗어나 단지 더 시원한 공기를 마시려는 것처럼 두 손을 코트 뒷자락 밑으로 쥔 채 호텔 현관 복도를 이리저리 거닐었다. 그러나 그가 여전히 그 새로운 아이디어에 완벽하게 사로잡혀 있다는 것은 의심할 여지가 없었다. 아이디어의 내용이 무엇인지는 알 수 없지만 말이다. 결국 그는 만찬상 문 앞으로 돌아가 잠시 멈춰 서서 자기가 없어도 노래와 건배와 대화가 아주 만족스럽게 진행되는 것을 확인했다. 시의회 의원, 일반 주민, 그리고 다양한 규모의 상인들은 시장뿐만 아니라 방대한 정치적 종교적 사회적 차이를 모조리 잊을 정도로 자신들을 위로하는 음주에 빠졌는데, 그 차이는 사실 낮 동안에는 그들 스스로도 필요하다고 느낄뿐더러 또 그들을 철제 석쇠처럼 갈라 놓던 것이었다. 이런 상황을 본 시장이 모자를 집어 들었고 웨이터는 그에게 얇은 네덜란드천* 외투를 걸쳐주었다. 마침내 그는 호텔 바깥으로 나와 포르티코 아래에 섰다.

길거리에는 사람이 거의 없었다. 인력에 끌리듯 그의 시선이 회전해 1백 미터 정도 떨어진 길 아래쪽 한 건물에 멈추었다. 바로 쪽지 작성자가 들어간 건물—스리 마리너즈—로, 그가 선 위치에서는 유명한 엘리자베스 1세 시대의 박공 두 개, 내닫이창, 그리고 통로의 불빛이 보였다. 잠시 그곳을 응시하던 그가 서서히 그쪽으로 발걸음을 옮겼다.

사람과 짐승을 재워주는 아주 오래된 이 건물은, 지금은 불행하게도 헐렸지만, 부드러운 사암(沙巖)으로 건축되었고 동일한 재질의 중간 문설주가 달린 창문들은 기초가 침하한 수직면으로부터 두드러지게 튀어나왔다. 여관 단골손님 사이에서 매우 인기를 끄는 내부 장식을 가진 내닫이창은 길거리 쪽으로 돌출된 채 덮개로 덮여 있었다. 각각의 덮개에는 하트 모양의 구멍이 났는데 그 좌우의 심실(心室)은 실제보다 약간 더 줄어든 상태였다. 모든 통행인들이 알고 있듯이 이 시간대에는 이 밝은 구멍들 속에 약 10센티미터의 거리를 두고 유리 장수 빌리 윌즈, 제화공 스마트, 잡화상 버즈포드, 그 밖에 중요도가 2급 정도인, 즉 '왕의 문장'

---

* 표백하지 않은 일종의 삼베 또는 삼과 무명을 섞어 짠 천.

이 있는 호텔에서 식사하는 사람보다 약간 격이 떨어지는 부류의 불그레한 뒤통수들이, 각자 긴 사기 담뱃대를 물고 자리 잡고 있었다.

출입문 위로 끝이 뾰족한 튜더*풍 천장 아치가 있고 아치 위에는 건너편 등불 빛이 비춰주는 간판이 있었다. 간판에는 화가가 단지 2차원의, 그림자처럼 평면적으로 그려낸 선원들이 고주망태의 자세로 열을 지어 서 있었다. 간판이 붙은 방향이 햇빛이 내리쬐는 길 쪽이어서 세 명의 선원은 대부분 뒤틀리고 갈라지고 바래고 수축되는 고통을 받았다. 그래서 그들은 간판을 구성하는 염료와 매듭과 못이라는 실체 위에서 절반만 보이는 얇은 막에 불과했다. 간판 상태가 이 지경인 것은 주인 스태니지가 소홀해서라기보다 캐스터브리지에는 그처럼 전통적인 사람들의 모습을 재현하는 작업을 할 만한 화가가 없었기 때문이었다.

여관으로 가는 길은 길고 좁고 불빛이 희미한 통행로였는데, 그 통행로 안에서는 건물 뒤쪽의 마구간으로 가는 말들과 여관을 찾아오고 또 떠나는 인간 고객들이 마구잡이로 어깨를 맞부딪쳤고 특히 인간들은 말들에게 발가락을 밟힐 위험성도 적지 않았다. 말과 사람 모두 이 길이 유일해서 그 장소에 도달하기가 얼마간 힘들기는 했지만, 그래도 말을 재우기 좋고 또 훌륭한 에일이 있다는 장점 때문에 캐스터브리지에서 뭘 좀 안다는 현명한 노인들은 끈질기게 마리너즈를 찾았다.

헨처드는 여관 밖에서 잠시 멈춰 섰다. 그러고는 갈색 홀랜드 코트의 단추를 채워 셔츠 앞부분을 여밈으로써 가능한 한 자신의 권위적인 자세를 낮추고 스스로를 평범한 일상의 모습으로 누그러뜨리면서, 문을 열고 여관으로 들어섰다.

---

* Tudor: 1485년에서 1603년까지 잉글랜드를 다스린 왕가.

7

엘리자베스-제인과 엄마는 20분 전쯤 먼저 도착해 있었다. 그들은 건물 밖에 서서 이 수수한 여관이, 비록 숙박비가 비싸지 않다는 추천은 받았지만, 자기들의 얄팍한 지갑에 비추어 너무 비싸지 않을까 걱정했다. 마침내 그들이 용기를 내 안으로 들어갔을 때 때맞춰 주인 스태니지와 마주쳤는데, 그는 조용한 남자로 종업원 여자들과 어깨를 나란히 하며 거품 나는 술잔을 이 방 저 방으로 날랐다. 그러나 일하는 게 어느 정도 선택적인 그는 여자들과는 대조적으로 위엄을 부리며 천천히 움직였다. 아내가 지시하지 않았다면 그는 전적으로 자기가 하고 싶은 일을 했을 것이다. 그의 아내는 카운터에 앉아 몸은 전혀 움직이지 않았지만 날렵한 눈과 예민한 귀를 열린 문과 승강구에 집중하면서, 남편이 가까이 있으면서도 알아채지 못하는 고객의 절실한 요망 사항을 관찰하고 들었다. 엘리자베스와 그녀의 엄마는 그저 일시 투숙 손님으로 접수되어 박공 아래의 작은 객실로 안내되었고 그들은 그곳에 짐을 풀었다.

이 여관은 복도와 바닥과 창문들이 낡아서 거북하고 뒤틀리고 어두웠는데, 그런 약점들을 보완하려는 듯 여기저기 넉넉하게 깔린 청결한 침구가 여행객들을 현혹하는 효과가 있었다.

"방이 지나치게 훌륭해. 우리 수준엔 어울리지 않아!" 자기들만 남게 되자 곧바로 불안한 마음으로 방 안을 둘러보며 엄마가 말했다.

"나도 그게 걱정이야." 엘리자베스가 말했다. "하지만 우리 점잖게 행세해야 해."

"점잖게 행세하는 것보다 빚지지 않는 게 먼저야." 엄마가 대꾸했다. "우리가 여기 왔다고 알리기에 헨처드 씨가 너무 높은 사람이 돼서 그게 참 걱정이구나. 우리가 기댈 건 가진 돈뿐이야."

"내가 해야 할 일이 무언지 알겠어." 엘리자베스-제인이 잠시 기다리다 말했는데, 그동안 아래층에서는 일이 너무 바빠 그들 일행의 식사를 챙겨주는 건 아예 잊어버린 듯했다. 엘리자베스는 방에서 나와 계단을 내려가더니 술을 파는 바에 들어섰다.

이 순진한 소녀를 특징짓는 다른 무엇보다도 훌륭한 점이 있다면, 그것은 여러 사람의 안녕을 위해 자기 개인의 편안과 품위를 기꺼이 희생하는 마음이었다.

"오늘 밤 아주 바쁘신 것 같군요. 엄마가 돈이 넉넉지 않아 그러는데 제가 바쁜 일 도와드리고 숙박비를 좀 할인 받을 수 없을까요?" 그녀가 주인 여자에게 물었다.

주인 여자는, 마치 액체 상태로 의자 속에 녹아들어 이제는 떼어낼 수 없는 것처럼 안락의자에서 꼼짝 않고 있다가, 의자 팔걸이에 손을 얹은 채로 미심쩍은 듯 소녀를 위아래로 훑어보았다. 엘리자베스가 제안한 계산 방식이 시골 마을에서 드문 일은 아니었지만, 캐스터브리지는 구식이긴 해도 그런 관행이 이미 한물 지난 곳이었다. 그럼에도 불구하고 주인 여자는 이방인들을 편하게 대하는 사람이어서 엘리자베스의 제안을 거절하지 않았다. 곧바로 엘리자베스는 뚱한 주인의 고갯짓과 몸짓에 의해 어떤 물건들이 어디에 있는지 알아내고 자기와 엄마가 식사할 거리를 챙기며 종종걸음으로 계단을 오르내렸다.

그녀가 이렇게 분주히 움직이는 동안 위층 초인종의 당김줄이 당겨지면서 여관 중앙의 나무 칸막이가 가운데로 흔들렸다. 아래의 벨이 딸랑하는 소리를 냈지만 막상 그 크기는 그 소리를 만들어낸 와이어와 크랭크의 튕김 소리보다 약했다.

"이 손님은 스코틀랜드 신사 분인디." 주인 여자가 박식한 듯 말하며 엘리자베스에게 시선을 돌렸다. "음, 그럼 니가 가서 그 손님께서 드실 저녁 식사가 쟁반에 다 담겼는지 확인 좀 해보겠냐? 준비가 다 됐으믄 그분께 갖다드리도록 혀. 요 위의 앞쪽 방이제."

엘리자베스-제인은 시장했지만 기꺼이 자기 식사를 잠시 미루고 주방 요리사에게 달려가 준비된 음식물 쟁반을 들고 나와 위층의 지시받은 방으로 가지고 올라갔다. 스리 마리너즈는 제법 큰 부지 위에 지어졌음에도 불구하고 막상 숙박 시설은 널찍함과 거리가 멀었다. 걸리적거리는 기둥과 서까래, 칸막이, 복도, 계단, 폐기된 오븐, 긴 나무 의자, 네 기둥 침대 등으로 사람을 위해 남은 공간은 상대적으로 협소했다. 더군다나 소규모 주류 판매업자들이 자가(自家) 양조를 포기하기 이전이었고, 주인이 아직도 자기네 에일의 12부셸 알코올 농도*를 신앙처럼 어김없이 고수해 그 일대에서 으뜸가는 술의 품질을 자랑하던 여관이어서, 술의 제조와 관련된 기구와 작업 공간이 모든 것에 우선해 장소를 차지했다. 그

---

* 맥주나 에일의 원료인 엿기름을 만드는 데 보리를 12부셸(1부셸은 약 36리터)이나 사용해 품질이 훌륭하다는 뜻이다.

런 연유로 엘리자베스는 스코틀랜드 신사가 묵는 객실이 자기와 엄마에게 배정된 작은 방과 아주 가까이 있다는 사실을 알게 되었다.

그녀가 들어섰을 때 방에는 젊은 남자만 있었는데 킹스암즈 호텔 창밖에서 서성대는 것을 그녀가 보았던 바로 그 사람이었다. 그는 지금 한가하게 지방 신문을 읽고 있었는데 그녀가 들어온 것을 거의 모르는 눈치였다. 그래서 그녀는 아주 침착하게 그를 바라보면서, 조명이 반사되는 그의 이마가 얼마나 반짝이는지, 그의 머리카락과 목 뒤쪽 피부 위의 벨벳 보풀이나 솜 같은 털이 얼마나 멋지게 다듬어졌는지, 그의 뺨이 둥근 공의 일부처럼 얼마나 정확한 곡선을 이루는지, 그리고 그의 숨겨진 눈을 가리고 있는 눈꺼풀과 속눈썹의 윤곽이 얼마나 분명한지 알게 되었다.

그녀는 쟁반을 내려놓아 그가 저녁 식사를 할 수 있게 펼친 다음 아무 말 없이 방에서 나왔다. 그녀가 아래층으로 내려오자, 살찌고 게으른 만큼 친절하기도 한 주인 여자는 엘리자베스-제인이 진심으로 자기를 도우려고 식사를 미루는 바람에 많이 지쳐 있는 것을 알아챘다. 그래서 스태니지 부인은 그녀와 엄마가 저녁을 먹을 생각이라면 이제 그렇게 하는 게 좋겠다고 짐짓 배려하는 듯 보이지만 여전히 명령조인 어투로 말했다.

엘리자베스는 스코틀랜드 사람에게 했듯이 자기들이 먹을 간단한 음식을 챙겨서 엄마 혼자 남겨둔 작은 방으로 올라간 다음, 소리가 나지 않게 쟁반 모서리로 밀며 방문을 열었다. 놀랍게도 엄마는, 엘리자베스가 방에서 나올 때처럼 침대 위에 비스듬히 누워 있는 게 아니라 입술을 벌리고 꼿꼿하게 앉아 있었다. 엘리자베스가 들어오자 엄마는 손가락을 들어 올렸다.

이 행동의 의미는 곧 분명해졌다. 두 여자에게 배정된 객실은 예전에는 스코틀랜드 사람이 묵는 객실에 딸린 옷방이었다. 그 사실은 두 방 사이에 서로 통하는 문이 있던 흔적이 입증했는데 그 문은 지금은 폐쇄되고 위에 벽지를 발랐다. 그러나, 스리 마리너즈보다 훨씬 고급인 듯 허세를 부리는 호텔에서도 흔히 그러하듯 이들 객실의 한쪽에서 말하는 소리가 다른 쪽 방에서 하나도 빠짐없이 분명하게 들렸다. 바로 그 소리가 지금 들려왔다.

상황을 눈치챈 엘리자베스가 쟁반을 조용히 내려놓고 다가가자 엄마가 속삭였다. "그 남자야."

"누구?" 소녀가 물었다.

"시장." 소녀처럼 완벽하게 진실을 의심하지 않는 사람이 아니라면 누구든 수전 헨처드의 떨리는 말투에서, 그녀가 그저 관계를 설명하기 위해 단순한 친척이라고 했을 뿐 사실은 그보다 더 가까운 사이였으리라고 추측했을 것이다.

젊은 스코틀랜드 남자와 시장, 두 남자는 정말 바로 옆방에서 대화를 나누는 중이었다. 헨처드는 엘리자베스-제인이 주방에서 저녁 식사가 준비되기를 기다릴 때 그 여관으로 들어와 주인인 스태니지가 직접 정중하게 위층으로 안내했던 터였다. 소녀는 소리를 죽이며 자기들이 먹을 소박한 식사를 펼쳐놓고 엄마에게 와서 함께 먹자는 손짓을 했다. 헨처드 부인은 기계적으로 딸의 말에 따르면서도 옆방에서 들려오는 대화에 온통 관심을 기울이고 있었다.

"집에 가던 길에 한 가지 내 호기심을 자극하는 것이 있어 직접 물어보려고 들렀소만." 시장이 꾸밈없이 다정하게 말했다. "헌데 아직 식사를 마치지 못했군."

"아, 금방 끝내겠습니다! 그냥 계세요, 시장님. 앉으세요. 거의 다 먹었습니다. 전 괜찮습니다."

내미는 의자에 헨처드가 앉는 것 같았고 곧바로 그가 다시 말을 꺼냈다. "음, 우선 묻겠는데, 이걸 당신이 썼나요?" 뒤를 이어 종이가 바스락거리는 소리가 났다.

"네, 제가 썼습니다만." 스코틀랜드 사람이 대답했다.

"그렇다면," 헨처드가 말했다. "내 생각엔 우리가 서로 약속을 지키려고 내일 아침이 되기를 기다리던 중에 우연히 만난 것 같은데? 내 이름이 헨처드고, 당신은 내가 신문에 낸 곡물 중개 매니저 구인 광고에 응모했지. 그러니까 그 일로 날 만나러 찾아온 거 아닌가?"

"아닙니다." 스코틀랜드 사람이 놀라며 말했다.

"당신이 그 사람이 분명한 것 같은데?" 헨처드가 주장을 굽히지 않으며 계속 말했다. "날 찾아와 만나기로 한 그 사람, 조슈아, 조슈아, 지프? 자프? 그 이름이 뭐더라?"

"틀렸습니다!" 젊은 남자가 말했다. "제 이름은 도널드 파프레이입니다. 곡물 사업을 하는 건 맞지만 전 어떤 구인 광고에도 응모하지 않았고 누구와 만날 약속을 하지도 않았습니다. 저는 브리스틀로 가는 길이지요. 그곳에서 지구 반대편으로 건너간 다음, 대량으로 밀이 생산되는 서반구에서 제 운을 시험해볼 작정입니다! 제게 곡물 거래에 유용한 발명이 몇 개 있는데, 이곳에서는 도무지 그걸 써먹을 전망이 보이지 않아서요."

"아메리카로 간다. 음, 음." 헨처드가 실망하는 어조로 말했는데, 그 말투는 낙담의 분위기가 느껴질 정도로 아주 강했다. "그런 줄도 모르고 자네를 그 사람이라고 단정할 뻔했군!"

스코틀랜드 사람이 다시 부정하는 말을 웅얼거렸고 그런 다음 침묵

캐스터브리지의 시장 75

이 흘렀다. 잠시 뒤 헨처드가 다시 입을 열었다. "그렇다면 나는 자네가 쪽지에 쓴 몇 마디 말에 정말로, 진심으로 고마워해야겠네."

"그건 별거 아니에요, 시장님."

"아니, 그건 바로 지금의 내겐 대단히 중요하다네. 하늘에 맹세코 말하는데, 사람들이 와서 불평하기 전까지 나도 나쁜 줄 몰랐던 그 웃자란 밀 소동 때문에 내가 속수무책 상태거든. 재고가 수천 킬로그램이나 있다네. 만약 자네가 제시한 재생 방법으로 그 밀을 다시 쓸 수 있다면 나는 수렁에서 빠져나올 수 있어. 난 단번에 그 안에 해답이 있겠다고 보았지. 하지만 나로서는 증거를 확인하고 싶어. 물론 자네는 먼저 돈을 제대로 받지 않으면 회복 과정의 각 단계들을 충분히 설명해주지 않겠지!"

젊은 남자는 잠시 생각에 잠겼다. "저도 반대할 이유가 없어요." 그가 말했다. "저는 다른 나라로 갈 겁니다. 또 품질이 불량한 곡물을 되살리는 건 제가 그곳에 가서까지 하려는 사업이 아닙니다. 그럴게요, 제가 시장님께 전부 말씀해드릴게요. 그 방법으로 제가 외국에서 버는 것보다 이곳에서 시장님이 얻을 게 더 많을 겁니다. 잠깐 이곳을 보세요, 시장님. 제 여행 가방에 있는 샘플을 가지고 보여드릴게요."

잠금 장치를 푸는 소리가 들리더니 이어서 체로 치고 바스락거리는 소리가 들렸다. 그런 다음 킬로그램당 몇 그램, 말리기, 그리고 냉장하기 등등의 논의가 오갔다.

"얼마 안 되는 이 낟알들만으로도 충분히 보여드릴 수 있습니다." 젊은 청년의 목소리였다. 그러고는 두 사람 모두 어떤 작업을 열심히 관찰하는 듯한 침묵이 흐른 뒤, 젊은이가 소리쳤다. "자, 이제 한번 맛을 보시지요."

"완벽해! 완전히 회복되었어, 아니, 음, 거의 회복되었어."

"1등급에 별로 뒤떨어지지 않는 2등급이랄 만큼 아주 충분히 회복 됐습니다." 스코틀랜드 사람이 말했다. "완전한 원상회복은 불가능하지 요. 자연이 그렇게까지 놔두진 않습니다. 하지만 우리가 그런 방향으로 크게 다가가기는 하는 거지요. 자, 시장님, 직접 보신 그 과정입니다. 제 겐 그다지 가치가 없어요. 왜냐하면 이곳보다 날씨가 고른 나라에서는 별 쓸모가 없는 방법이지요. 시장님께 도움이 된다면 저는 더할 나위 없 이 기쁩니다."

"잠깐 내 말을 귀담아들어보게." 헨처드가 간절하게 말했다. "알다 시피 내 사업 아이템은 곡물과 건초거든. 그런데 나는 단순히 건초 묶는 일꾼으로 자랐어. 지금은 내가 건초보다는 곡물 사업을 더 벌이고 있지 만 내가 제일 잘 아는 건 역시 건초 분야지. 만일 자네만 괜찮다면 나는 자네에게 곡물 사업 전체를 맡기고 보수도 고정 월급뿐만 아니라 성과급 도 두둑히 주도록 하지."

"시장님은 후하십니다, 아주 후하십니다. 하지만 아니, 아니죠. 전 안 됩니다!" 젊은 남자는 여전히 고민이 담긴 억양으로 대답했다.

"할 수 없군!" 헨처드가 결론 삼아 말했다. "자, 주제를 바꿔보지. 하나의 훌륭한 방향 전환은 또 다른 전환을 누릴 가치가 있으니까. 그 빈약한 식사 끝내려 하지 말고 내 집으로 가지. 자네에게 차디찬 햄이나 에일보다 훨씬 좋은 음식을 대접할 테니까."

도널드 파프레이는 감사하지만 자기가 응할 수 없어서 유감이라며 다음 날 일찍 떠나고 싶다고 말했다

"그럼," 헨처드가 바로 대응했다. "편할 대로 하게. 그렇지만 젊은이 가 알려준 방법이 샘플에 유효했던 대로 대규모 물량에도 그대로 통한다 면, 젊은이는 비록 처음 만난 사람이지만 내 신용을 살려준 사람이라는

사실만은 말해야겠네. 방법을 알려준 대가로 내가 뭘 해줘야 될까?"

"아무것도 필요 없습니다, 전혀요. 자주 사용하면 시장님에게 쓸모가 없어질지도 모르고, 어쨌든 제겐 전혀 가치가 없습니다. 시장님이 곤경에 빠졌고 그들이 시장님을 몰아붙이고 있어서 알려드려야겠다고 생각했을 뿐입니다."

헨처드가 잠시 말을 잇지 못하다가 "잊어서는 안 되는 도움을 받았군" 하고 말했다. "그것도 낯선 사람에게서! ……자네가 나와 약속했던 그 사람이 아니라는 사실을 난 믿을 수 없었어! 나는 '내가 누군지 알고 있는 그가 이런 재주를 부려 자기를 뽑도록 하려는 거구나' 하고 속으로 생각했거든. 그런데 결국 자네가 내 광고에 응모한 사람이 아니라 이방인이라고 밝혀졌어!"

"아, 네, 그런 셈이네요." 젊은이가 말했다.

헨처드가 또다시 말을 잇지 못했다. 그러더니 사려 깊은 음성이 흘러나왔다. "파프레이, 자네의 이마는 이미 죽어 헤어진 내 불쌍한 동생의 이마를 닮았어. 코도 그 아이의 코와 다르지 않다네. 내 짐작에 자네 키는 음, 175센티미터가 틀림없지? 나는 신발을 신지 않으면 187센티미터일세. 하지만 이게 다 무슨 상관이람? 내가 하는 사업에서는 용기와 북적거림이 회사를 세운다는 말이 맞아. 그러나 사업을 확실하게 지켜주는 건 판단력과 지식이지. 파프레이, 불행하게도 나는 과학을 모르고 숫자에도 서툴러. 말하자면 나는 주먹구구로 사업을 하는 사람이지. 자네는 나와 정반대의 사람이야. 내겐 그게 보여. 지난 2년 동안 자네 같은 사람을 찾았어. 자, 떠나기 전에 물어보지. 비록 자네가 내가 짐작했던 그 젊은이는 아니지만, 그게 무슨 상관이야? 그냥 여기 머물 수는 없을까? 아메리카에 간다는 건 정말 바꿀 수 없는 결심인가? 나는 완곡하게 말하지는 않겠어. 자네는 내게 매우 소중한 존재가 될 것 같아. 그건 말할 필요도 없겠지. 만일 떠나지 않고 내 매니저가 된다면, 자네가 충분히 보람을 느끼게 해주겠네."

"제 계획은 확고합니다." 젊은이가 부정적인 말투로 말했다. "저로서는 인생을 걸고 설계하며 준비해온 일이니까 그 문제는 더 이상 꺼내지 않으셨으면 합니다. 그렇지만 시장님, 저랑 한잔하지 않겠습니까? 이 캐스터브리지 에일은 배 속을 따뜻하게 데워줍니다."

"아니, 아니. 기꺼이 그러고 싶지만 그럴 수가 없네." 헨처드가 진지하게 말했다. 의자가 바닥을 긁는 소리가 그가 떠나려 일어선다는 사실을 듣는 이들에게 전달했다. "젊었을 때, 술에 너무 심하게, 지나치도록 심하게 빠져들어서 거의 파멸할 정도였어! 술버릇 때문에 죽을 때까지 수치스러워해야 할 큰 실수를 저질렀지. 그 실수가 내게 워낙 깊은 후회를 남겨서 나는, 그때 그 장소에서, 당시에 내가 살았던 햇수만큼 다가오는 기간 동안 차(茶)보다 강한 음료는 아무것도 마시지 않겠다고 맹세했다네. 이제까지 난 그 맹세를 지켜왔어. 그래서 파프레이, 나는 한여름 무더위에는 심하면 술통의 4분의 1까지도 마실 수 있을 정도로 갈증이 나지만, 그 맹세를 상기하면서 술이란 거는 아예 입에도 대지 않아."

"강요하지 않을게요, 시장님. 강요하지 않겠습니다. 시장님의 맹세를 존중합니다."

"어쨌거나 매니저는 분명 찾겠지만," 헨처드가 강한 확신을 담은 어조로 말했다. "그렇지만 자네처럼 내게 꼭 맞는 사람을 만나려면 한참 걸릴걸세!"

젊은 남자는 헨처드가 자신의 가치를 따뜻하게 인정해준 데 깊은 감동을 받은 것 같다. 두 사람이 함께 문 앞으로 갈 때까지 그는 말이 없었다. "제가 머물 수만 있으면 좋겠고, 정말 그러고 싶기도 합니다만," 그가 말했다. "그러나 아닙니다. 그럴 수는 없지요! 전 넓은 세상을 보고 싶습니다."

8

그들은 그렇게 헤어졌고, 엘리자베스-제인과 그녀의 엄마는 남았다.
두 사람은 식사를 하면서 각자의 생각에 빠져들었는데, 헨처드가 과거의
행동을 수치스러워한다고 고백한 이후 엄마의 얼굴은 이상하게도 밝아
졌다. 지금 칸막이가 심하게 흔들리는 것은 도널드 파프레이가 다시 벨
을 울렸다는 뜻이고 의심할 여지없이 자기가 먹은 식사를 치워달라는 것
이었다. 노래를 흥얼거리며 방 안을 오가는 것으로 보아 그는 아래층에
서 터져 나오는 일반 손님들의 생생한 대화와 노랫소리에 매료된 것 같
았다. 그는 층계참 위를 느긋하게 지나 계단을 걸어 내려갔다.

엘리자베스-제인은 파프레이의 식사 쟁반과 자기들이 먹은 쟁반을
들고 내려오면서, 이맘때면 늘 그렇듯, 아래에서는 지금 음식 심부름이
가장 바쁠 때라는 사실을 떠올렸다. 젊은 그녀는 그 심부름에 끼어들지
않도록 조심하면서, 조용히 살금살금 다가가서 현장을 훔쳐보았다. 해변
오두막의 격리 상태에서 갓 빠져나온 그녀에겐 아주 신선한 장면이었다.
커다란 응접실 안에는 횡목(橫木)을 낸 서른 개가량의 의자가 둥글게 벽

에 붙어 있고 온화해 보이는 사람들이 각각의 의자에 앉아 있었다. 바닥은 모래 색깔이고 문 안쪽에 검정 세틀* 하나가 벽에서 튀어나와 있었는데 그 세틀 덕분에 엘리자베스는 특별히 남의 눈에 띄지 않으면서 방 안에서 진행되는 모든 상황을 구경할 수 있었다.

젊은 스코틀랜드 사람이 이제 막 손님들 가운데 합류한 터였다. 손님들 중에는 내닫이창 쪽과 그 주변의 특별한 자리를 차지하고 앉은 점잖은 전문 소매상들뿐만 아니라 불을 밝히지 않은 벽 구석에 붙은 허름한 벤치에서 유리잔이 아닌 컵으로 술을 마시는 하류층 사람들도 있었다. 엘리자베스는 후자의 사람들 중에 킹스암즈 창문 밖에 서 있던 사람들도 있는 걸 알아보았다.

그들 등 뒤에는 작은 창이 있고 창의 판유리 하나에는 바퀴형 환풍기가 달려 있었다. 환풍기는 갑자기 툴툴툴툴 소리를 내며 빙글빙글 돌다가 갑자기 멈추었다가 또 갑자기 돌아가곤 했다.

그녀가 그처럼 은밀하게 나름의 조망을 하고 있을 때 세틀 정면에서 독특한 매력의 선율과 억양을 지닌 노래의 첫 가사가 그녀의 귀에 반갑게 들려왔다. 그녀가 내려오기 전에도 이미 사람들은 노래를 부르고 있었던 것이다. 그리고 지금은, 일부 전문 소매상들의 요청에 따라, 아주 일찌감치 집에서처럼 편안한 마음으로 동화된 그 스코틀랜드 사람이 짤막한 노래로 실내 분위기를 돋우는 상황이었다.

음악을 좋아하는 엘리자베스-제인은 노래를 들으려고 정지할 수밖에 없었다. 오래 들으면 들을수록 그녀는 더욱 노래에 도취되었다. 그녀는 일찍이 이런 식의 노래는 들어보지 못했다. 또 듣고 있는 사람들도 대

---

* settle: 등이 높은 긴 (나무) 의자. 좌석 아래에 상자가 있다.

부분 다른 때보다 훨씬 더 주의 깊게 귀를 기울이는 것을 보면 그들도 이런 노래는 자주 들어보지 못한 게 분명했다. 그들은 속삭이지도, 마시지도, 담배 파이프 자루를 적시기 위해 에일에 살짝 담그지도 않았고, 머그잔을 옆 사람 쪽으로 밀지도 않았다. 노래를 부르는 사람 또한 점점 더 감성이 깊어져서 그녀는 가사가 이어지는 동안 그의 눈에 맺히는 이슬을 상상할 수 있었다.

　　"고향, 고향, 나 진정 고향에 가고 싶어요,
　　오 고향, 고향, 나 살던 고향 산천!
　　다시 즐거운 일행과 애넌 강을 건널 때,
　　눈에 가득한 눈물, 환하게 피어나는 얼굴,
　　꽃망울이 맺히고, 가지에 나뭇잎이 매달리면
　　종달새가 노래해주리라, 나 살던 고향 산천!"

　박수가 터졌고, 박수보다 훨씬 더 감동적인 깊은 침묵이 흘렀다. 어두운 실내에 모인 사람 중 하나인 늙은 솔로몬 롱웨이즈가 가수를 격려한다고 담배 파이프 자루를 너무 오래 탁탁 두드린 행동조차 거칠고 부적절하게 보이게끔 만드는 그런 침묵이었다. 그때 유리창에 달린 환풍기가 발작적으로 다시 돌기 시작하는 바람에 도널드 파프레이의 노래가 일으킨 정서적인 파문은 잠시 지워졌다.

　"나쁘지 않았제. 전혀 나쁘지 않았구먼!" 역시 그 자리에 있던 크리스토퍼 코니가 중얼거렸다. 그는 담배 파이프를 입술에서 손가락 길이만큼 떼어내며 크게 소리 질렀다. "어이 젊은 신사, 다음 소절을 들어보드라구, 사."

"그려. 다시 한 번 들어보드라구, 낯선 친구." 튼튼하지만 멍청하기도 한 유리 장수가 허리에 하얀 에이프런을 말아 두른 채 거들었다. "이쪽 세상 사람들은 저러코롬 활기는 없제." 그렇게 말하면서 그가 몸을 돌려 작은 소리로 물었다. "저 젊은 친군 누구제? 스코틀랜드 사람?"

"맞제, 스코틀랜드 산악 지대에서 곧장 내려왔겄지, 내 짐작엔." 코니가 대답했다.

젊은 파프레이는 마지막 소절을 반복해 불렀다. 스리 마리너즈에서는 상당 기간 그처럼 애절한 노래를 듣지 못한 게 분명했다. 억양의 차이, 노래하는 사람의 격정, 짙은 북부 지방 분위기, 그리고 스스로를 절정으로 끌어올리는 그의 진지함이 이곳에 모여든 유지들을 놀라게 했는데, 그들은 비꼬는 말로 자기들의 솔직한 감정을 아주 잘 감추는 사람들이었다.

스코틀랜드 남자가 다시 감미롭게 "나 살던 고향 산천!"의 선율을 아스라이 사라지듯 부르자, "제기랄, 여기 우리가 사는 세상도 저렇게 노래 불러줄 만하면 좋겠구먼!" 하면서 유리 장수가 계속 떠들었다. "우리 가운데서 바보, 악질, 병신, 음탕한 년, 허튼 계집, 그 비슷한 인간들 모두 빼고 나면, 캐스터브리지에, 아니 인근 동내 죄다에, 노래 하나 멋지게 부를 사람은 거의 남아나지 않을 겨."

"맞어." 잡화상 버즈포드가 탁자의 결을 바라보며 말했다. "모든 걸 종합하면 캐스터브리지는 사악하고 재미없고 늙었제. 역사 기록에는 1, 2백 년 전 천주교가 국교이던 시절에, 여기 주민들이 왕에 대항해서 반란을 일으켰디아. 허다한 사람들이 갤로우즈 언덕에서 교수형에 처해지고 능지처참을 당했는디, 찢긴 사지가 푸줏간 정육처럼 전국 각지로 보내졌다니께. 나는 그게 곧이곧대로 사실이라고 믿는당께."

"이봐 재주 많은 젊은이, 자네가 고향에 대해 그렇게 가슴 아파한다면 뭣 땜시 스스로 멀리 떠나왔을까?" 뒤쪽에서 크리스토퍼 코니가 질문을 던졌는데 애초의 주제로 돌아가고 싶은 말투였다. "맹세컨대 우리 말에 젊은이가 신경 쓸 건 없지만서도 대가(大家) 빌리 윌즈가 말했듯 여기 우리 불안한 이 백성은 엄동설한에 먹을 입이 겁나게 많은디 전능하신 하느님은 당신의 작은 감자를 터무니없이 조금만 보내주시께. 그러니, 우리 가운데 아무리 훌륭한 사람도 가끔씩은 정직할 수가 없제. 우린 꽃이나 예쁜 얼굴 생김새 따위는 콜리플라워와 새끼 돼지 엉덩이 모양이 아니면 생각하지도 않제, 우리에게 그런 관심은 없어."

"그렇지 않아요!" 도널드 파프레이가 사람들의 얼굴을 빙 둘러보며 진지하게 말했다. "여러분 중에서 제일 훌륭한 사람도 정직할 수 없다니요— 정말 그렇진 않겠지요? 여러분 중 자기 소유가 아닌 걸 훔치며 살아온 사람은 없지요?"

"오 주여! 아니고말고!" 솔로몬 롱웨이즈가 뚱한 미소를 지으며 말했다. "그놈의 엄벙덤벙하는 버릇 때문에 그렇게 말이 나온 거여. 그는 생각이 언제나 그 모양으로 짧어." (그러고는 그가 꾸짖듯이 크리스토퍼 쪽으로 몸을 돌렸다.) "자넨 누군지도 모르는, 어쩜 멀리 북극에서 여행을 왔을 수도 있는 사람에게 너무 친한 친구처럼 대하는 거 아녀?"

크리스토퍼 코니는 조용해졌지만, 동조하는 사람이 아무도 없었으므로 자기 느낌을 혼잣말로 중얼거렸다. "어안이 다 벙벙혀, 만일 저 젊은 친구가 사랑하는 반만큼만이라도 이 나라를 사랑한다면 나는 죽기 전까지 옆집 돼지우리를 청소하면서 살아도 좋제! 나는 우리나라를 보타니 베이*만큼도 사랑 안 혀!"

---

* Botany Bay: 오스트레일리아 남동부 연안의 만(灣)으로 원래 영국의 죄수들을 실어 보내던 식민지였다.

"자자," 롱웨이즈가 말했다. "계속 젊은이의 발라드를 들어보드라고. 아님 우리가 여기서 밤을 새워야 혀."

"이제 다 불렀어요." 젊은이가 변명조로 말했다.

"내 몸의 영혼이 깨어나는 것 같았구먼. 여하튼 한 곡 더 들어보드라고!" 잡화상이 말했다.

"여자들을 위해 한 곡 더 불러주면 안 되겠능가, 젊은 선생?" 이런저런 무늬가 박힌 보라색 앞치마를 두른 뚱뚱한 여자가 물었는데, 앞치마의 허리끈은 양쪽 옆구리 때문에 보이지 않았다.

"그 사람 숨 좀 돌리게 혀. 잠깐 좀 쉬게 혀, 컥섬 할멈. 그가 아직 다시 기운을 차리지 못했는디." 유리 장수가 말했다.

"아 네, 하지만 이젠 기운이 돌아왔어요!" 젊은이가 소리쳤다. 그는 곧바로 「오 내니」*를 실수 없이 전조(轉調)하여 부르고 또 비슷한 감성을 담은 한두 곡을 더 부르더니 듣는 이들의 간곡한 요청에 따라 「올드 랭 사인」**으로 노래를 마무리했다.

이때쯤에는 그가 스리 마리너즈에 있는 사람들의 마음을 완벽하게 사로잡았는데 그 사람들 중에는 이따금 이상하게 심각한 말을 던져 사람들에게 터무니없는 감정을 일깨우는 늙은 코니도 끼어 있었다. 그들은 이제 젊은이의 분위기가 주위에 자아낸 듯한 황금빛 안개를 통해 그를 바라보기 시작했다. 캐스터브리지에는 감상도 있고 낭만도 있었지만 이 이방인의 감상은 성질이 달랐다. 아니 오히려 그 차이는 대부분 피상적이었다. 그들에게 그는 당대 사람들의 마음을 단숨에 사로잡는 새 유파

---

* 'O Nannie': 스코틀랜드 남동부 저지대 지방의 방언으로 바뀐 잉글랜드의 시(詩).
** 'Auld Lang Syne': 스코틀랜드 시인 로버트 번스(Robert Burns, 1759~1796)가 스코틀랜드의 전통 곡조에 맞춰 만든 우정을 기리는 시와 노래.

의 시인 같았다. 실제로 새로운 사람은 아니지만, 청중 모두가 그때까지 느끼기는 하면서도 희미한 상태로 남아 있던 것을 처음으로 분명하게 표현하는 사람 말이다.

젊은이가 노래하는 동안 조용한 주인 남자가 응접실에 들어와 세틀 위에 기댔다. 바에 있던 스태니지 부인까지도 앉았던 의자에서 용케 몸을 빼더니 멀리 문설주까지 갔는데, 그녀는 짐마차 마부가 와인통을 거의 수직 상태에서 통머리 부분의 튀어나온 테두리를 굴려 옮기듯 자기 몸을 둥글게 굴림으로써 그 동작을 해냈다.

"그럼 캐스터브리지에 계속 머무를 거유, 손님?" 그녀가 물었다.

"어— 아닙니다!" 스코틀랜드 사람은 마치 운명이라 어쩔 수 없다는 듯 우울한 목소리로 대답했다. "제겐 이곳이 단지 경유지일 뿐입니다! 브리스틀로 가는 길이었구요. 거기 가면 다른 나라로 떠날 예정입니다."

"우리로선 참말 섭하구먼." 솔로몬 롱웨이즈가 말했다. "자네처럼 아름다운 선율을 자아내는 목소리를 만났는디 그걸 잡지 못할 정도로 우린 여유가 없구먼. 정말, 저 먼 만년설의 땅, 말하자면 이 일대의 찌르레기처럼 늑대와 멧돼지와 아주 조그맣고 위험한 동물들이 흔한 땅에서 온 사람도 친구 삼지 못헐 정도의 형편이제. 나 원 참, 이런 기회는 우리에게 매일 오는 것이 아닌디. 한 곳에만 사는 우리 같은 붙박이들에겐 저런 사람이 입만 열어도 유용하고 건실한 정보가 수두룩한디."

"천만에요, 그런 어른께선 제 나라를 오해하고 있습니다." 젊은이가 그들을 둘러보다 비장하게 시선을 고정하며 말했는데, 그들의 오해를 바로잡겠다는 갑작스러운 열정에 눈심지를 세우고 뺨이 불타올랐다. "그곳엔 만년설도 늑대도 전혀 없어요! 겨울에 눈이 오고 그리고 음, 아주 가끔 여름에 눈이 올 때도 있어요. 또 여러분은 그걸 위험하다고 할 수도 있겠지만, 떠돌이 거지 한두 명이 여기저기 배회하기도 합니다. 네, 하지만 여러분은 여름 여행으로, 에든버러, 아더스시트,* 그런 곳을 빙 둘러보는 게 좋겠습니다. 그다음 번엔 5월과 6월에 호수와 하이랜드의 온갖 경치를 봐야 하겠지요. 그러면 늑대와 만년설의 땅이라는 말은 다시는 하지 않을 겁니다!"

"아니고말고. 자네 말이 합리적이제." 버즈포드가 말했다. "뭘 모르는 무식 때문에 그런 말을 허제. 그는 단순하고 투박한 사람이라 고상한 손님들에겐 어울린 적이 없었구먼. 그 인간 신경 쓰지 말게, 선생."

"플록베드,** 퀼트, 그릇, 작은 도자기 따위도 가지고 다니는 겨? 아니면 그냥 맨몸으로 다니는 겨, 물어봐도 괜찮혀?" 크리스토퍼 코니가 물었다.

"많진 않지만 짐은 벌써 부쳤습니다. 배를 오래 타고 가야 합니다." 말을 덧붙이면서 파프레이의 시선이 먼 곳을 향했다. "저는 '내가 직접 찾아 나서지 않는 한 결코 인생에서 소중한 걸 얻을 순 없다!'라고 스스로에게 다짐했어요. 그러고는 떠나겠다고 결심했습니다."

엘리자베스-제인은 전혀 공감하지 못했지만 실내의 손님들은 대체로 서운해하는 분위기였다. 그녀는 세틀 뒤에서 파프레이를 바라보면서 그의 매력적인 선율이 그의 다정함과 열정을 드러낸 것 못지않게 그의 발언 내용은 결코 가볍지 않고 그의 깊은 생각을 보여준다고 판단했다. 심각한 사안을 바라보는 심각한 관점이 존경스러웠다. 그는 캐스터브리지의 주정뱅이들처럼 애매모호한 말이나 속이는 짓거리로 농담을 하지

---

* Arthur's Seat: 에든버러 동쪽에 있는 250미터 높이의 화산 언덕. 에든버러 시가지가 내려다보이는 수려한 전망으로 유명하다.
** flockbed: 양털이나 솜 등 털 부스러기를 채운 개인용 침대.

않았다. 전혀 그러지 않았다. 농담은 없었다. 그녀는 크리스토퍼 코니와 그 부류의 저 형편없는 유머가 싫었는데 파프레이 역시 그걸 인정하지 않았다. 그는 인생과 인생을 둘러싼 환경에 대해 그녀가 느끼는 것, 즉 인생을 둘러싼 환경이 우습기보다는 비극적이고, 비록 가끔은 흥겨울 수 있지만 흥겨운 순간은 막간일 뿐 실제 인생의 일부는 아니라는 것을 정확하게 공감하는 것 같았다. 두 사람의 관점이 아주 흡사한 것은 예사롭지 않았다.

아직 이른 시간이었지만 스코틀랜드 젊은이가 쉬고 싶다고 말했다. 그 말을 들은 주인 여자가 엘리자베스더러 위층으로 빨리 올라가 그의 침대 시트를 젖혀놓으라고 속삭였다. 그녀는 촛대를 들고 시킨 일을 하러 가서 불과 몇 분 만에 작업을 끝냈다. 손에 촛불을 든 그녀가 계단 꼭대기로 올라갔다 다시 내려오는 순간 파프레이가 계단 밑에서 올라왔다. 그녀는 계단 위까지 완전히 물러설 수 없었다. 그들은 마주쳤고 계단이 꺾이는 모퉁이에서 서로 지나쳤다.

그녀는 소박한 의상에도 불구하고, 아니면 오히려 소박한 의상 때문에 어떤 의미에서 흥미롭게 보인 것이 틀림없었다. 그녀의 특징인 진지하고 냉철한 태도와 그녀가 걸친 수수한 직물은 잘 조화되었다. 그와 그런 식으로 마주친 것이 약간 어색했던 그녀는 얼굴을 붉히면서 시선을 바로 자기 코밑에 든 촛불 쪽으로 내리깔고 그의 곁을 지나쳤다. 이런 그녀와 마주치면서 파프레이가 미소를 지었다. 그러고는 한순간 마음이 가벼워진 사람처럼, 스스로 쉽사리 억제할 수 없는 탄력으로 노래의 날개에 올라타더니 그녀를 암시하는 듯한 짤막한 옛 노래를 감미롭게 불렀다.

"낮이 짐짐 따분해지고 있을 때,

나는 나무 그늘 드리운 문을 밀고 들어섰네,

아 누군가 계단을 내려오고 있네

어여쁜 페그 바로 내 사랑이네."*

당황한 엘리자베스-제인이 오히려 서둘러 지나갔고 스코틀랜드 남
자의 노랫소리도 멀어졌다. 그는 자기 침실에 들어가 문을 닫고서도 콧노
래로 같은 곡을 한참 더 불렀다.

이 장면과 감정은 현재로서는 여기에서 끝났다. 곧이어 소녀가 엄마
에게 다시 왔을 때, 엄마는 아직도 생각에 빠져 있었다. 젊은 남자의 노
래와는 전혀 다른 사안에 대해서였다.

"우리가 실수했어." 그녀는 (스코틀랜드 사람이 엿듣지 못하게) 속삭
였다. "오늘 밤 이 여관에서 네가 손님 시중드는 걸 도와준 건 어떤 경우
에도 하지 말아야 했어. 우리 때문이 아니라, 그 남자를 위해서 말이야.
만일 그가 우리 친구가 되고 우리와 함께 다니게 되었을 때, 네가 여기
묵으며 무얼 했는지 알게 되면, 그가 이 도시의 시장으로 당연히 누리는
자존심에 상처를 받을 거야."

시장과의 관계를 정확히 알았다면 엘리자베스 또한 자기 엄마보다
더 두려워했겠지만 현재 상태로는 그다지 많은 걱정을 하지 않았다. 그
녀의 '그 남자'는 불쌍한 자기 엄마의 '그 남자'와는 다른 사람이었다.
"내 입장에선," 엘리자베스가 말했다. "그를 위해 약간 시중드는 게 전혀
언짢지 않았어. 그 사람은 무척 존경받을 만하고 교양도 있어. 이 여관
에 있는 어떤 사람보다 훨씬 수준이 높아. 그들은 여기에서 자신들끼리

---

* 제목은 「보니 페그Bonnie Peg」로 역시 로버트 번스의 작품이다.

왈가왈부하는 형편없고 막연한 수작을 그가 모를 거라고 생각했어. 그래, 물론 그는 몰랐어. 그런 일을 이해하기에는 그의 마음이 너무 고상했으니까!" 그렇게 그녀는 그를 진지하게 옹호했다.

한편 엄마의 '그 남자'는 엄마와 딸이 짐작하는 만큼도 멀리 있지 않았다. 스리 마리너즈를 떠난 그는 텅 빈 시내 중심가를 한가로이 오르락내리락 산책하면서 그 여관을 여러 번 지나쳤다. 스코틀랜드 남자가 노래 부를 때는 그 목소리가 창문 덮개의 하트 모양 구멍을 통해 헨처드의 귀에까지 들려와서 그를 덮개 밖에 오래 멈춰 서 있게 만들었다.

"확실해, 저 친구가 날 끌어당기는 건 확실해!" 하고 그는 혼잣말을 했다. "내가 몹시 외로워서 이러는 게 분명해. 그가 머물기로 했으면 내 사업의 3분의 1은 떼어 주었을 텐데!"

9

이튿날 아침 엘리자베스-제인이 경첩이 달린 여닫이창문을 열어젖히자 부드러운 공기가 곧 다가올 가을의 정취를 느끼게 했다. 그 느낌은 마치 그녀가 가장 외진 작은 마을에 있는 것처럼 아주 뚜렷했다. 캐스터브리지는 주위의 시골 생활과 반대되는 도시가 아니라 그 생활을 보완해주는 곳이었다. 도시 꼭대기의 곡물을 재배하는 들판에 사는 벌과 나비는 도시 맨 아래 목초지로 가고 싶을 때 우회로를 선택하지 않고, 자기들이 낯선 지대를 가로지르고 있다는 명확한 의식도 없이, 곧장 시내 중심가를 따라 내려갔다. 가을이면 공 모양의 가벼운 엉겅퀴 관모(冠毛)들이 이 중심가를 날아다니다가 점포 앞쪽에 내려앉기도 하고 배수구로 날아들기도 했으며, 또 수없이 많은 황갈색과 황색 낙엽은 보도 위를 스치듯 날아다니다가 사람들이 드나드는 출입구를 통해, 소심한 방문객들의 스커트처럼, 망설이듯 바닥을 긁으며 살며시 복도로 들어왔다.

목소리들이 들려왔고, 그중 하나는 가까운 곳에서 들려왔다. 엘리자베스가 창문 커튼 뒤로 목을 움츠리며 바깥을 내다보았다. 지금은 더 이상 저명인사가 아니라 한 사람의 번창하는 사업가로 차려입은 헨처드 씨가 도로 중간으로 올라오다 잠시 멈춰 있었고 스코틀랜드 남자가 그녀의 창문과 인접한 창문에서 내다보고 있었다. 헨처드는 여관을 약간 지나치고 나서야 전날 저녁에 만났던 친구를 의식한 것 같았다. 그는 몇 발짝 다시 돌아왔고, 도널드 파프레이는 창문을 더 활짝 열어젖혔다.

"곧 떠나겠군?" 헨처드가 위에다 대고 말했다.

"네, 지금 거의 떠날 시간이 됐어요, 시장님." 상대방이 말했다. "마차가 저를 데리러 올 때까지 걸어갈까 합니다."

"어느 쪽으로?"

"시장님이 가고 있는 방향으로요."

"그럼 우리 도시 꼭대기 쪽으로 함께 걸어갈까?"

"잠깐만 기다리세요." 스코틀랜드 남자가 말했다.

몇 분 지나 남자가 손에 가방을 들고 나타났다. 헨처드는 적을 보듯 가방을 쳐다봤다. 그것은 젊은이의 출발에 관한 한 아무런 차질이 없다는 의미였다. "이보게 친구." 그가 말했다. "자네가 현명한 사람이라면 내 곁에 머무를 텐데."

"네, 네. 그게 더 현명할 수도 있겠지요." 파프레이가 아주 멀리 떨어져 있어 지극히 작게 보이는 집들로 시선을 던지며 말했다. "오직 진실만을 말한다면 제 계획이 막연하다고 해야겠지요."

이 무렵 그들의 발걸음은 이미 여관 부근을 벗어나서 엘리자베스-제인에게 더 이상 두 사람의 대화는 들리지 않았다. 그러나 그녀가 보는 그들은 대화를 계속했고, 헨처드는 가끔 상대방에게 몸을 돌리고 어떤 말은 제스처를 써가며 강조하고 있었다. 그렇게 그들은 킹스암즈 호텔, 곡물 거래실, 섰 피터 교히 묘지의 담을 지나 긴 거리의 위쪽 끝까지 올라갔다. 지금 그들은 곡물 낱알처럼 작게 보였다. 그러고는 갑작스레 오른쪽으로 방향을 돌려 브리스틀 로드로 들어서더니 시야에서 벗어났다.

"좋은 사람이었지. 하지만 그는 떠나갔어." 그녀가 혼잣말을 했다. "난 그에게는 아무것도 아니었어. 그러니 그가 내게 작별 인사를 해야 할 이유도 없지."

이 같은 단순한 생각, 곧 잠재된 모욕감은 다음의 사소한 사실에서 비롯되었다. 그 스코틀랜드 남자는 여관 문을 나서면서 우연히 그녀를 올려다봤는데 그녀에게 고개를 끄덕이거나 미소를 짓거나 말을 걸거나 하지 않고 눈길을 돌려버린 것이다.

"아직도 생각하고 있네, 엄마." 그녀가 실내 쪽으로 몸을 돌리며 말했다.

"그래, 난 헨처드 씨가 갑자기 젊은이를 좋아하는 이유에 대해 생각 중이야. 그는 항상 그랬어. 그런데 그가 아무 관계도 없는 사람에게 그렇게 다정하게 대한다면 틀림없이 자신의 직계 친척에게도 마찬가지로 따뜻하게 대하지 않겠니?"

그들이 이 문제에 대해 의견을 나눌 때 침실 창문 높이까지 건초를 잔뜩 실은 다섯 대의 대형 짐마차가 지나갔다. 마차는 시골에서 왔는데 코에서 김을 뿜어대는 말들은 아마 지난밤 대부분을 멈추지 않고 달려왔을 터였다. 마차마다 끌채*에는 다음과 같이 하얀 글씨를 적은 작은 판자가 매달려 있었다. "헨처드, 곡물중개인 겸 건초상." 이 광경은 딸을 위해 그와 재결합해야 한다는 아내의 확신을 다시 굳혀주었다.

엄마와 딸은 아침 식사 도중에도 의논을 계속했다. 결국 헨처드 부

---

* 수레의 양쪽에 대는 긴 나무.

인은 엘리자베스-제인을 헨처드에게 보내 그의 친척이자 죽은 선원의 미망인인 수전이 이곳에 와 있다는 내용을 담은 메시지를 전달하고, 그가 그녀를 인정할지 말지는 전적으로 그에게 맡기겠다고 결심했다. 그녀가 이런 결심을 하게 된 것은 대체로 두 가지를 참작해서였다. 하나는 그가 외로운 홀아비라고 불려온 점이었고, 또 하나는 그가 자기 인생에서 과거에 저지른 거래가 수치스럽다고 말했다는 점이었다. 두 가지 모두 좋은 징조였다.

"만일 그가 모른다고 말하면," 엘리자베스-제인이 일어서서 보닛*을 쓰고 떠날 채비를 마쳤을 때 수전이 딸에게 일렀다. "만일 우리를 초대해서 자기에게 먼 친척이 있다고 인정하는 게 자기가 이 도시에서 달성한 훌륭한 지위에 어울리지 않는다고 생각하면, '그럼, 더 이상 나으리를 방해하지 않겠어요. 우린 왔을 때처럼 조용히 캐스터브리지를 떠나 살던 곳으로 돌아가겠어요'라고 말해…… 내가 그를 못 본 지 여러 해고 또 우리가 그 사람하고 연관된 게 거의 없다시피 하니 난 차라리 그가 그렇게 말하면 좋겠다는 생각도 들어!"

"그가 만일 반가워하면?" 더 자신감이 넘치는 딸이 물었다.

"그럴 경우엔," 헨처드 부인이 조심스레 대답했다. "그가 언제 어떻게 우릴, 아니면 **날** 만날지 편지로 써달라고 해."

엘리자베스-제인이 층계참 쪽으로 몇 걸음 움직였을 때 "그 사람에게 이것도 말해라" 하고 엄마가 덧붙였다. "내가 그에 대해 아무 권리도 없다는 걸 충분히 알고 있다고. 그리고 잘 나가고 있는 그를 보니 기쁘다고. 또 오래 살고 행복하기를 내가 소망한다고. 자, 가봐." 이 가엽고 너

---

* bonnet: 끈을 턱 밑에서 묶는 (아기들이 쓰는, 또는 예전에 여자들이 쓰던) 모자.

그러운 여인은 마음이 썩 내키지는 않았지만 꺼림칙함을 억누르고, 그 사실을 알아채지 못하는 딸에게 이렇게 심부름을 시켰다.

엘리자베스가 시내 중심가를 걸어 올라간 때는 10시 무렵이고 그날은 장날이었다. 그녀는 아주 서두르지는 않았는데 그녀 자신이 단지 어느 부자 친척을 찾아가도록 위임 받은 가난한 친척의 입장이기 때문이었다. 따뜻한 가을 날씨에는 얌전한 시민이 우산을 도둑맞을까 걱정할 일도 없어서 민가의 앞쪽 출입문은 거의 다 열려 있었다. 따라서 길쭉하고 곧게 에워싸여 뻗은 출입 통로 끝에, 마치 터널 끝처럼, 금련화, 후쿠시아,* 진홍색 제라늄, '블러디 워리어즈',** 금어초,*** 그리고 달리아로 눈부신 뒤꼍의 이끼 낀 정원들이 보였는데, 이 화려한 꽃 색깔을 받쳐주는 해묵은 잿빛 석조물은 길거리의 유서 깊은 석조물보다 한층 오래된 캐스터브리지의 유산이었다. 이들 민가에서 구식 뒷면보다 더 낡은 구식 앞면이 보도에 수직으로 솟았는데, 요새처럼 보도 쪽으로 내닫이창을 돌출시켜서 시간에 쫓기는 보행자는 몇 미터마다 **오른발로 한 발 나아갔다가 왼발로 미끄러져 한 발 다가가는** 무용 동작으로**** 그것들을 피해야 했다. 보행자는 또 현관 계단, 문간의 구두 흙 털개, 지하 저장고의 승강구, 교회의 버팀벽, 그리고 원래는 야단스럽지 않았으나 나중에 가운데나 위아래가 불룩 튀어나온 담 모서리를 피하기 위해 테르프시코레*****의 다른 동작들도 진화시켜야 했다.

---

* fuchsia: 바늘꽃과의 관상용 관목.
** bloody warriors: 진한 빨간색의 꽃무(십자화과의 다년초).
*** snap-dragon: 흰색, 붉은색, 노란색, 보라색 따위의 금붕어 입처럼 생긴 꽃이 피는 다년초.
**** 원문에는 무용 동작을 가리키는 'chassez-déchassez'라고 되어 있다.
***** Terpsichore: 그리스 신화에 나오는 노래와 춤의 여신.

개별적인 경계가 없음을 그토록 서슴없이 드러내는 이들 고정된 장애물에 더하여 움직이는 물건들도 당혹스러울 정도로 보도와 도로를 차지하고 있었다. 우선 멜스톡, 웨더베리, 힌톡스, 셔톤아버스, 킹스비어, 오버컴비, 그리고 주위의 다른 도시나 마을에서 캐스터브리지를 오고 가는 운송업자들의 밴*이 있었다. 밴의 소유주는 하나의 종족이 될 만큼 숫자가 많았고 하나의 인종이라 할 만큼 특별했다. 밴들이 막 도착하더니 길 양쪽에 서로 가까이 열을 지어 서서 보도와 도로 사이 곳곳에 벽을 만들었다. 게다가 상점들은 자기네 물건의 절반을 도로 경계석 위에 있는 트레슬**과 상자에 내놓았다. 허약한 경찰 두 명이 타일렀지만 상인들은 매주 너나없이 진열 공간을 조금씩조금씩 더 도로 쪽으로 늘려갔고, 결국에는 도로 중앙에 마차를 위한 구불구불한 좁은 길만 남았는데 마차 고삐를 다루는 기술을 연마하는 좋은 기회를 제공했다. 햇빛이 비치는 길 쪽 보도 위에는 차양이 걸렸는데, 유명한 낭만적 전설에서 크랜스툰의 도깨비 심부름꾼***의 보이지 않는 손이 벗겨주듯, 여행자가 모자를 벗고 멋진 뷔페 식사를 할 수 있게 설치되어 있었다.

팔려 갈 말들이 줄을 지어 묶여 있는데 앞발은 보도에 뒷발은 도로에 둔 자세 때문에 가끔씩 그놈들은 학교에 가는 어린 소년들의 어깨를 쳤다. 다른 집보다 약간 뒤로 앉은 집의 전면에 우묵 들어간 솔깃한 공간은 돼지 매매인들이 임시 우리로 활용하고 있었다.****

＊ van: (뒷부분에 지붕이 덮인) 유개(有蓋) 화물마차.

＊＊ trestle: 엑스 자 모양으로 짠 막대기 위에 가로장을 올려놓은 구조물 다리.

＊＊＊ Goblin Page: 영국의 시인이자 소설가인 월터 스콧(Walter Scott, 1771~1832)의 서사시 『최후의 음유시인의 노래Lay of the Last Minstrel』에 나오는 난쟁이 심부름꾼. 주인의 결혼식에서 기만적인 행동으로 큰 소동을 일으킨다.

＊＊＊＊ 시간의 흐름과 발전의 결과로 이처럼 묘사된 그 도시의, 여기 열거된 다수 또는 대

아주 오래된 이 거리에 일을 보러 모여든 자작농, 농부,* 낙농가, 그리고 도시 주민들은 말을 딱 부러지게 하지 않았다. 대도시의 중심가에서 대화 상대방의 말을 알아듣지 못한다는 건 그가 뜻하는 바를 전혀 모른다는 얘기다. 그러나 이곳에서는 얼굴, 팔, 모자, 지팡이, 몸 전체가 혀와 마찬가지로 말했다. 캐스터브리지의 장사꾼은 만족을 표시하기 위해 말만 하는 게 아니라 볼도 벌리고 눈도 찡긋하고 어깨도 뒤로 젖혔는데 그런 뜻은 거리의 반대편 끝에서도 이해할 수 있었다. 만일 상대가 미심쩍어했다면, 헨처드의 모든 손수레와 짐마차들이 덜컹거리며 지나가고 있어도, 당신은 상대의 진홍색 입속이 보이고 과녁처럼 시선이 돌아가는 모습에서 그의 심사를 알아챌 것이다. 생각이 복잡할 경우에는 인접한 담의 이끼를 지팡이로 잡다하게 찔러대거나 수평으로 썼던 모자를 약간 기울였다. 지루하다는 느낌은 무릎을 벌려 마름모꼴의 구멍을 만들어 몸을 낮추고 팔을 뒤트는 동작으로 표현했다. 어느 모로 보나 이 정직한 자치도시에서 교묘한 책략, 속임수는 발붙일 곳이 없었다. 소문에 따르면, 아주 가까운 법원에서는 변호사가 자기 편 논거를 내놓을 때 가끔씩 순수한 아량으로 (분명 운이 나빴지만) 상대방을 돕는 강력한 논거를 포함시키기도 했다는 것이다.

이처럼 캐스터브리지는 모든 면에서 주위 전원생활의 기둥이고 초점이며 신경 마디로, 평원에 놓인 암석처럼 자신과 전혀 공통점이 없는 녹색 지대에 이물질로 자리 잡은 수많은 제조업 도시와는 달랐다. 캐스터

부분의 구식 모습이 사라졌다는 사실을 독자가 구태여 상기할 필요는 없을 것이다(원주).

* 원문 'farmer'는 지주에게 땅을 임차하고 임금노동자인 농사꾼을 고용해 영리적 농업 활동을 경영하는 '농업경영자'이지만 여기선 그냥 '농부'로 번역한다.

브리지는 이웃 마을들처럼 직접 농사를 짓지 않았을 뿐 농업으로 먹고 살았으며 그 이상은 아니었다. 주민들은 시골 사람들의 모든 조건의 변화를 이해했는데, 그 변화가 근로자의 소득만큼 자신들의 소득에도 영향을 미치기 때문이었다. 마찬가지 이유로 주변 10여 킬로미터 일대에 사는 귀족 가문들이 뭉클해하는 골칫거리와 즐거움에 그들도 빠져들었다. 전문직 가정의 만찬 파티에서도 곡물, 가축의 질병, 파종과 수확, 울타리 치기와 식목이 대화의 주제였다. 그들의 눈에 보이는 정치는 권리와 특권을 가진 시민인 자기들의 문제가 아니라 시골 이웃들의 문제였다.

시장이 열리는 이 희한한 도시에서 진기하고 또 어느 정도 온당하기도 해서 눈요기의 기쁨을 준 모든 고색창연한 부자연스러움과 혼란은, 해변 오두막에서 후릿그물로 물고기를 잡다가 갓 올라온 미숙한 엘리자베스-제인에게는 대도시의 참신함으로 여겨졌다. 그녀는 어디로 가야 하는지 거의 물어볼 필요가 없었다. 헨처드의 집은 가장 좋은 집으로 표면이 칙칙한 적회색의 오래된 벽돌 건물이었다. 앞쪽 출입문이 열려 있어서, 다른 집도 그랬듯이, 그녀는 통로 사이로 거의 400미터나 떨어진 정원의 끝까지 볼 수 있었다.

헨처드는 집 안이 아니라 곡물 저장용 마당에 있었다. 그녀는 담을 통과하는 작은 문을 거쳐 이끼 긴 정원으로 안내되었는데, 그 문에 박힌 녹슨 못들로 보아 여러 세대에 걸쳐 과실수가 재배된 곳이었다. 문은 마당 쪽으로 열렸고 여기부터 그녀는 안내 없이 혼자서 그를 찾아가야 했다. 건초 헛간이 옆에 있는데 그날 아침 그녀가 여관 앞을 지나치는 걸 목격한 그 짐마차들에서 대량의 사료가 모두 다발로 묶여 헛간 안으로 옮겨지고 있었다. 마당의 다른 쪽에는 짧은 사다리를 이용해 입구로 올라가게 되어 있는 목조의 곡물 서상ㅗ늘이 석조 수춧돌 위에 서 있고,

여러 층 높이의 창고도 하나 있었다. 어디를 가나 창고의 출입문들은 열려 있고, 내부에는 터질 듯한 수많은 밀 포대들이 조밀하게 포장되어, 오지 않을 것 같은 기근을 기다리는 모양*으로 쌓여 있었다.

그녀는 곧 있을 면담 생각에 불안을 느끼며 그를 찾아 마당을 돌아다녔다. 그러다가 아주 피곤해진 그녀는 용기를 내어 한 소년에게 어느 구역에 가면 헨처드 씨를 만날 수 있는지 물어보았다. 소년은 그녀가 이제까지 보지 못했던 사무실을 가리켰다. 그녀가 문을 노크하자 "들어오세요" 하는 외침이 들려왔다.

엘리자베스가 손잡이를 돌려 문을 여니 테이블 위에 놓인 몇 개의 샘플 가방 위로 몸을 숙인 사람이 보였는데 그는 곡물상이 아니라 젊은 스코틀랜드 사람 파프레이 씨로 밀 낟알 한 줌을 이 손에서 저 손으로 비스듬히 붓고 있었다. 그의 모자가 뒤쪽의 못에 걸려 있고 그의 여행용 가방에 새겨진 장미꽃 무늬가 한구석에서 빛을 발하고 있었다.

헨처드 씨를 상대하려고, 오직 그 사람 하나만을 상대할 생각으로, 감정을 조절하고 입에서 나올 말을 준비했던 그녀는 잠시 혼란스러웠다.

"네, 무슨 일입니까?" 스코틀랜드 사람이 마치 평생 동안 그곳을 다스려온 듯 말했다.

그녀가 헨처드 씨를 만나뵙고 싶다고 말했다.

"아, 그렇습니까? 잠깐만 기다리시죠. 그분은 지금 한창 바쁘십니다." 젊은이가 대꾸했는데 그녀가 여관에서 마주쳤던 바로 그 소녀라는 사실은 분명 모르고 있었다. 그는 그녀에게 앉으라고 의자를 권하고는 다시 샘플 가방 쪽으로 몸을 돌렸다. 엘리자베스-제인이 이 젊은 남자의

---

* 애굽에 간 요셉이 바로 왕에게 기근을 예언하여 대비시킨 사건(「창세기」 41장)을 암시한다.

출현을 크게 의아해하면서 앉아 기다리는 동안, 그가 어떻게 이곳에 오게 됐는지 간단하게 설명해보자.

그날 아침 새롭게 지인이 된 두 사람이 배스와 브리스틀로 가는 길목에서 그녀의 시야를 벗어난 다음, 그들은 어느 정도의 진부한 대화 이외에는 아무 말 없이 계속 길을 걸어 내려가 초크워크라 불리는 도시 성벽 위의 넓은 길에 이르렀다. 그 길은 북쪽과 서쪽의 급경사면이 만나는 모서리로 연결되었다. 이 정사각형 토루(土壘)*의 높은 가장자리에서는 광활한 들판이 보였다. 오솔길 하나가 초록색 급경사면을 가파르게 내려가면서 성벽 위의 그늘진 산책로와 비탈 바닥의 도로를 연결했다. 스코틀랜드 사람은 이 오솔길로 내려갈 참이었다.

"그럼, 자네의 성공을 비네." 헨처드가 오른손을 내밀고 왼손으로 그 경사면을 막아선 쪽문에 기대면서 말했다. 그 동작에는 자신의 제안이 받아들여지지 않고 소망이 좌절된 사람의 무뚝뚝함이 배어 있었다. "나는 지금 이 순간을, 또 자네가 어떻게 딱 적절한 순간에 와서 곤경에 처한 나를 도와주었는지 앞으로 자주 기억하게 될걸세."

여전히 젊은이의 손을 잡은 채 그가 잠시 침묵하다가 의식적으로 덧붙였다. "지금 내가 할 말이 없어서 자네의 이상을 내려놓으라는 건 아니네. 이제 자네가 영원히 떠나기 전에 말하겠어. 다시 한 번 묻는데, 이곳에 머물 생각은 없는가? 상황은 그래, 단호하고 명백해. 자네에게 부담을 주는 것이 모두 내 이기심 때문만은 아니라는 걸 자네도 알 수 있잖은가. 내 사업이 비범한 지적 능력을 요구할 만큼 아주 과학적인 것은 아니니까. 다른 사람도 그 일을 할 수 있다는 건 의심할 여지가 없지. 이기

---

* 방어하기 위한 목적에서 흙으로 쌓아 만든 둑이나 보루.

심이 약간 있긴 하지만 그 이상의 무엇이 있다네. 그게 무엇인지 내가 다시 말하고 싶진 않네. 자 나랑 함께 일하며 살지 않겠나. 조건은 자네가 정하게. 나는 한 마디 이의 없이 기꺼이 동의하겠네. 젠장, 파프레이, 난 자네가 정말 잘되면 좋겠어!"

젊은이의 손이 잠깐 헨처드의 손에 잡힌 채 가만히 있었다. 그는 발 아래 펼쳐진 비옥한 들판을 내려다보더니 시선을 뒤로 돌려 도시 정상부로 이어진 그늘진 산책로를 쳐다보았다. 파프레이의 얼굴이 벌겋게 상기되었다.

"전 이 정도까진 기대하지 않았습니다. 절대로 말예요!" 그가 말했다. "하느님의 섭리입니다. 그 뜻을 어찌 거역하겠습니까? 그러진 못합니다. 아메리카에 가는 걸 포기하지요. 여기 남아서 선생님 사람이 되겠습니다!"

헨처드의 손에 맥없이 잡혀 있던 그의 손이 헨처드의 손을 꽉 잡았다.

"잘 생각했어." 헨처드가 말했다.

"저도 좋습니다." 도널드 파프레이가 말했다.

헨처드의 얼굴에서 치열할 정도로 힘이 담긴 만족감이 뿜어 나왔다. "지금부터 자네는 내 친구야!" 그가 소리쳤다. "내 집으로 가세. 우리 마음이 편해지게 서로 말했던 걸 당장 명료한 단어로 매듭짓지." 파프레이가 자기 가방을 들고, 왔던 때처럼 헨처드와 일행이 되어 다시 북서쪽 넓은 길을 되짚어 갔다. 지금 헨처드는 완전히 자신감에 넘쳤다.

"누군가를 좋아하지 않을 때 난 세상에서 가장 냉담한 사람이야." 그가 말했다. "하지만 누군가에게 반하면 확 빠져들지. 자네는 지금 틀림없이 한 번 더 아침을 먹을 수 있겠지. 여관에 설령 먹을 게 좀 있더라도 그렇게 이른 시간엔 제대로 먹질 못하는데, 거긴 줄 것도 없는 곳이잖아. 자네만 좋다면 내 집에 가서 제대로 된 식사를 든든하게 먹으면서 서로 조건들을 문서로 확정하세. 물론 내가 언급한 그대로가 내 약속이지만. 나는 아침엔 항상 훌륭한 식사를 대령할 수 있어. 방금 만든, 아주 근사한 차가운 비둘기 고기 파이가 있네. 자네가 원하면, 있잖은가, 자가 양조한 술도 마실 수 있어."

"술 마시기엔 너무 이른 아침인데요." 파프레이가 미소 지으며 말했다.

"아, 물론, 내가 그 생각을 미처 못 했군. 나는 맹세했기 때문에 술은 안 마시지만. 그래도 아랫사람들 마실 술은 만들어야지."

그런 식으로 대화를 나누며 돌아온 그들은 뒷길과 마차들의 출입문을 지나 헨처드 소유 부지의 경내에 들어섰다. 이곳에서 아침 식사를 하며 조건들을 마무리했는데, 헨처드는 젊은이의 접시에 지나칠 정도로 많은 음식을 쌓아 담았다. 그는 파프레이가 브리스틀에 있는 짐을 찾아오기 위해 편지를 쓰고 우체국에 보낼 때까지 만족에 겨워 쉬려 하지 않았다. 그 일마저 끝났을 때, 충동이 강한 이 사나이는 새 친구에게 어느 정도 마땅한 거처를 찾을 때까지만이라도 자기 집에서 함께 지내자고 제안했다.

이제 그는 파프레이를 데리고 여기저기 안내하며 곡물 저장고와 다른 재고 창고들을 보여주었다. 그러고는 마지막으로 두 사람 중 연하인 파프레이가 엘리자베스가 앞서 그를 발견한 그 사무실로 들어갔던 것이다.

10

그녀가 아직 스코틀랜드 사람의 눈앞에 앉아 있을 때 한 남자가 다가와서 출입문에 도착했다. 그 순간 헨처드가 엘리자베스를 면담하려고 더 안쪽 사무실의 문을 열었다. 새로 온 남자는, 베데스다*에 뛰어드는 아주 동작 빠른 장애인처럼, 앞으로 새치기를 하더니 그녀 대신 헨처드의 방에 들어갔다. 그가 헨처드에게 하는 말이 그녀에게 들려왔다. "제가 조슈아 조프입니다, 나리, 약속하신 새 매니저입죠."

"새 매니저라니! 매니저는 자기 사무실에 있는데." 헨처드가 직설적으로 말했다.

"자기 사무실에 있다니요!" 남자가 멍해진 표정으로 말했다.

"나는 목요일이라고 말했어." 헨처드가 말했다. "자네가 약속을 지키지 않아서 다른 매니저를 고용했네. 처음엔 그가 틀림없이 자네라고 생

---

* 예루살렘에 있는 연못으로 천사가 내려와 물을 움직일 때 가장 먼저 연못 안으로 들어가면 병이 낫는다는 전설이 있다. 천사를 기다리며 그 곁에서 38년 동안 누워 있던 병자를 예수가 일으켜 세워 치료했다(「요한복음」 5: 2~9).

각했거든. 자네 보기엔 사업이 불확실한데 내가 기다릴 수 있을 것 같나?"

"목요일 아니면 토요일이라고 하셨잖아요, 나리." 새로 온 남자가 편지를 꺼내며 말했다.

"음, 너무 늦었네." 헨처드가 말했다. "자네에게는 미안하네. 정말 미안하지만 어쩔 수 없게 되었네."

더 이상 할 말이 없게 된 남자가 방에서 나와 문밖으로 나가다가 엘리자베스-제인과 마주쳤다. 그녀의 눈에 남자의 입이 분노로 씰룩거리고 실망과 억울함이 얼굴 전체로 가득 퍼진 표정이 들어왔다.

이제 엘리자베스-제인이 들어가 저택 주인 앞에 섰다. 그의 어두운 눈동자, 신체적인 사실이라고 말하기는 어렵지만 항상 빨간 불꽃을 담은 듯한 눈동자가 짙은 눈썹 아래에서 무심하게 주위를 두리번거리다가 그녀에게 닿자 멈췄다. "자, 무슨 일로 왔지요, 젊은 여자 분?" 그가 붙임성 있게 물었다.

"사업에 대한 것 말고 다른 말씀을 드려도 될까요, 어르신?" 그녀가 말했다.

"안 될 거야 있겠소." 그가 그녀를 더 친절한 눈빛으로 바라보았다.

"선생님께 말씀을 전달하라고 보낸 사람이 있습니다, 어르신." 그녀가 천진스레 계속했다. "결혼에 의해 선생님의 먼 친척이 된 수전 뉴슨, 어느 선원의 과부가 이 도시에 와 있다는 사실을 전하라고 했습니다. 또 선생님이 자기를 만날 생각이 있는지 여쭤보라고 했습니다."

그의 표정에서 아주 짙은 **적(赤)과 흑(黑)** *의 색깔이 미세하게 흔들렸

---

* rouge-et-noir: 신화에서 악마를 묘사할 때 흔히 쓰이는 색깔. 사악함을 상징한다.

다. "아, 수전이— 아직 살아 있어요?" 그가 힘겹게 물었다.

"네, 어르신."

"아가씨가 수전의 딸?"

"네 어르신, 그분의 유일한 딸입니다."

"이름이? 그러니까 기독교 이름이?"

"엘리자베스-제인입니다, 어르신."

"아까 뉴슨이라고 하지 않았던가?"

"엘리자베스-제인 뉴슨입니다."

이 말을 듣고 헨처드는 자신이 결혼 생활 초기에 웨이든 가축 시장에서 저지른 거래가 상대방의 가족사에는 기록되지 않았음을 알았다. 이는 그가 기대할 수 있었던 것 이상이었다. 아내는 자신의 파렴치한 행위에도 불구하고 그를 증오하지 않았으며 자신이 당한 일을 아이나 세상에게 밝히지 않은 것이다.

"나는 음, 아가씨가 가져온 소식에 아주 관심이 많아." 그가 말했다. "이건 사업 얘기가 아니라 기쁜 일이니까 내실에 들어가 얘기를 나누는 게 좋겠어."

그는 엘리자베스가 놀랄 정도로 온화하고 섬세한 태도를 보이며 안쪽 사무실에서 나와 바깥 사무실로 지나는 통로로 그녀를 안내했다. 바깥 사무실에서는 도널드 파프레이가 신입 책임자로서 검사의 의무를 다하려고 저장용 상자와 샘플을 점검하고 있었다. 헨처드가 벽에 붙은 문을 열자 갑자기 정원과 꽃들이 눈앞에 펼쳐졌다. 헨처드가 앞장서서 정원을 지나더니 곧장 집 안으로 들어섰다. 그가 엘리자베스를 데려간 식당에는 파프레이에게 제공되었던 호화로운 아침 식사의 찌꺼기들이 아직 널려 있었다. 식당에는 아주 진한 스페인풍 적색의 중후한 마호가니 가구가 지나칠 정도로 많이 비치되어 있었다. 양쪽 덧판이 너무 낮게 내려져 거의 바닥에 닿을 정도인 펨브로크 테이블* 몇 개가 보였는데, 코끼리 다리를 흉내 낸 테이블 다리가 벽에 붙어 있고, 테이블 하나에는 세 권의 커다란 2절판 책, 즉 가정용 성경, 『요세푸스*Josephus*』,** 그리고 『사람의 모든 본분*Whole Duty of Man*』***이 놓여 있었다. 벽난로 구석에는 뒤편에 반원형 홈을 판 쇠살대가 하나 있어서 그 위로 주전자와 꽃줄 장식을 안심하고 던져놓았다. 의자들은 치펀데일과 셰라턴****의 이름을 빛나게 한 그런 종류였는데 사실상 의자들의 모양은 듣도 보도 못한 저 걸출한 목수들과 같았을지도 모른다.

"앉아, 엘리자베스-제인. 자 앉아." 그가 말했다. 그녀의 이름을 입 밖에 내면서 그의 목소리는 떨렸다. 앉으면서 그는 손을 자기 무릎 사이에 늘어뜨리고 눈은 카펫 위를 바라봤다. "엄마는, 그렇다면, 건강하신가?"

"아뇨, 엄마는 매우 지쳐 계세요, 여행 때문이죠, 어르신."

"선원의 과부라니― 그가 언제 죽었지?"

"아버지는 지난봄 실종되었어요."*****

헨처드는 '아버지'라는 단어에 움찔 놀랐다. "아가씨와 엄마는 그러

---

* 양쪽의 덧판을 접어서 내릴 수 있는 테이블로 펨브로크는 영국 웨일스 남부에 위치한 도시 이름이다.
** 유대의 역사가이자 장군인 플라비우스 요세푸스Flavius Josephus(37~93)의 저작 중 하나.
*** 1658년 최초로 발간된 익명의 책으로 부부 상호간의 의무, 절제 등을 수록했다.
**** Thomas Chippendale(1709~1779): 로코코 스타일로 유명한 영국의 가구 제작자. Thomas Sheraton(1751~1806): 네오클래식 디자인으로 유명한 영국의 가구 제작자.
***** 제3장(38쪽)에는 뉴슨의 실종 시점이 11월로 나온다.

니까 해외에서, 아메리카나 호주에서 온 건가?" 그가 물었다.

"아뇨, 우리는 지난 몇 해 동안은 잉글랜드에서 살았어요. 우리가 캐나다에서 여기로 올 때 제가 열두 살이었어요."

"아, 그랬군." 그런 방식으로 대화하면서, 그는 아내와 딸을 그처럼 완벽한 어둠 속에 감추어두어 자기에게 오래전 그들이 죽은 것으로 믿게 만든 정황의 자초지종을 알아냈다. 이런 사정들이 명백해졌으므로 그는 다시 현재로 돌아왔다. "그럼 엄마는 지금 어디 머물고 계신가?"

"스리 마리너즈예요."

"그리고 아가씨가 그 딸인 엘리자베스-제인이고?" 헨처드가 또 한 번 물었다. 그가 일어나 그녀에게 다가가 얼굴을 자세히 들여다보았다. "내 생각엔," 눈에 이슬이 맺힌 그가 갑자기 몸을 돌리며 말했다. "내가 편지를 써줄 테니 엄마에게 전해줘. 엄마를 만나고 싶군…… 엄마의 돌아간 남편이 남긴 재산이 많지는 않았나 보군?" 그의 시선이 엘리자베스가 입은 옷에 꽂혔다. 검정색 옷은 그런대로 괜찮고 그녀에게는 최상의 정장이었지만, 캐스터브리지의 잣대로 보기에도 확실히 유행에는 뒤떨어진 의상이었다.

"별로였어요." 그녀는 자기가 굳이 말하지 않아도 그가 먼저 알아채준 것을 고마워하며 말했다.

그가 테이블 곁에 앉아 몇 줄을 썼다. 그런 다음 지갑에서 5파운드 지폐를 꺼내 편지와 함께 봉투에 넣고 나중에 생각이 난 듯 5실링을 추가했다.* 전체를 조심스레 봉인하고 수신인을 "뉴슨 부인, 스리 마리너즈 여관"이라고 쓴 다음 그 작은 뭉치를 엘리자베스에게 넘겨주었다.

---

* 1파운드는 20실링이며 1기니는 21실링이므로, 5파운드 5실링은 5기니와 같다.

"이걸 엄마에게 직접 전해줘, 꼭." 헨처드가 말했다. "이렇게 아가씨를 만나서 무척 기뻐, 엘리자베스-제인. 아주 기뻐. 바로 지금은 아니지만 우리가 함께 나눌 얘기가 아주 많아."

그가 헤어지면서 소녀의 손을 잡았다. 하도 따뜻하게 손을 잡아서 이런 애정을 거의 경험한 적이 없는 그녀는 깊은 감동을 받았고 옅은 회색 눈에 눈물마저 고였다. 그녀가 떠나가고 사라진 순간 헨처드의 상태는 더 정확하고 분명하게 드러났다. 그는 문을 닫고 식당에 꼿꼿한 자세로 앉아 맞은편 벽을 응시했다. 마치 거기에 기록된 자신의 역사를 읽는 것 같았다.

"맙소사!" 그가 벌떡 일어서더니 느닷없이 소리쳤다. "그걸 미처 생각 못했군. 어쩌면 남의 이름을 사칭하는 건지도 몰라. 수전과 아이는 진작 죽었고!"

그러나 엘리자베스-제인의 무언가가 이내 그를 안심시켰다. 그녀에 관해서는 의심할 여지가 없었다. 게다가 몇 시간 후면 그녀 엄마의 신원 또한 확인될 것이다. 편지에 그날 저녁 만나자고 썼기 때문이었다.

"어려운 일은 겹쳐 일어나기 마련이군!" 헨처드가 말했다. 새 친구가 된 스코틀랜드 사람에 대해 열정적으로 들떠 있던 그의 관심은 이제 이 사건으로 무색해졌다. 도널드 파프레이는 그날 나머지 시간 중 헨처드를 거의 볼 수가 없었다. 그래서 그는 자기 고용주의 심기가 갑작스레 달라진 것을 의아해했다.

그사이 엘리자베스는 여관에 도착했다. 그녀의 엄마는, 도움의 손길을 기다리는 가난한 여인의 호기심으로 편지를 바로 받는 대신, 그것을 보자마자 먼저 진한 감동에 빠졌다. 그녀는 그가 엘리자베스를 어떻게 대했는지 어떤 말을 했는지 꼼꼼히 물었지만 편지는 바로 읽지 않았다.

엘리자베스가 등을 돌렸을 때 그녀의 엄마가 편지 봉투를 열었다. 편지 내용은 이랬다.

"당신만 가능하다면 오늘 저녁 8시에 버드마우스 도로에 있는 링* 에서 만납시다. 찾기 아주 쉬워. 지금은 더 이상 말할 수 없어. 당신 소식에 내가 정신이 나갈 뻔했어. 아이는 모르는 것처럼 보였어. 내가 당신을 만날 때까지는 그냥 모르게 놔둬.

M. H."

그는 동봉한 5기니에 대해서는 아무 말도 없었다. 그 금액은 의미가 컸다. 그것은 그가 그녀를 다시 사들인다는 암묵적인 발언일 수 있었다. 그녀는 초조해하며 해가 저물기를 기다렸다. 엘리자베스-제인에게는 헨처드 씨가 자기를 만나자고 초대했으며 자기 혼자서 갈 거라고 말했다. 하지만 그녀는 만날 장소가 그의 집이 아니라는 것을 드러내는 어떤 말도 하지 않았고, 편지를 엘리자베스에게 건네주지도 않았다.

---

* Ring: 원형경기장.

11

캐스터브리지의 '링'은, 영국에 남은 것 중 최상은 아니더라도 그에 버금가는, 현지의 로마 시대 원형경기장을 단순하게 부르는 명칭이었다.

캐스터브리지는 모든 길, 골목, 구역에서 옛 로마의 숨결을 드러냈다. 도시는 고대 로마처럼 보였고 로마의 예술을 보여주었으며 죽은 로마인을 감추고 있었다. 도시의 들판과 정원 근처를 50센티미터 정도만 파내려 가면 어김없이 로마 제국의 키 큰 병사나 로마인이 드러났는데, 그 유골은 그곳에 1천5백 년 동안 조용히 겸손하게 쉬면서 누워 있었던 것이다. 대부분 백악(白堊)*의 타원형 구덩이에서 껍질 속 병아리처럼 옆으로 누워 무릎은 가슴까지 당겨지고 때로는 창의 잔해가 팔을 향하며, 가슴이나 이마에 청동 장식 핀이나 브로치가 달리고, 무릎 부근에 주전자, 목 부근에 항아리, 입 부근에 병이 하나씩 있는 모습으로 발견되었다. 캐스터브리지 길거리의 소년과 어른들은 길을 지나다 익숙한 그 광경

---

* 흰색의 연토질 석회암.

을 보려고 한 순간 몸을 돌려서는 신비롭다는 시선으로 유골을 바라보며 이런저런 추측을 하곤 했다.

자기 정원에서 비교적 최근의 유골이 나오면 불쾌감을 느꼈을 주민들도 상상력이 풍부하여 이들 회백색의 형체들에는 전혀 동요하지 않았다. 로마인들은 아주 오래전에 살았고 그들의 시대는 오늘날과 전혀 다르며 그들이 품었던 희망이나 삶의 원동력 또한 오늘날의 우리가 품는 희망이나 삶의 원동력과는 전체적으로 무척 동떨어진 것이므로, 그들과 오늘날의 우리 사이에는 혼령조차 건널 수 없을 만큼 널찍한 만(灣)이 뻗어 있는 것 같았다.

원형경기장은 둥글게 울타리를 두른 거대한 땅으로 남북의 지름 양쪽 끝 사이에 브이 자형의 좁은 골짜기가 있었다. 기울어진 내부의 형태는 요툰*의 타구(唾具)**라고 불릴 만했다. 캐스터브리지에서 원형경기장의 의미는 근대 로마에서 황폐한 콜로세움이 갖는 의미와 동일했다. 저녁의 황혼은, 이 시사적인 장소의 진정한 인상을 느끼기에 알맞은 시간이었다. 그 무렵 경기장 한가운데에 서면 그 공간이 얼마나 광대한지 점점 분명해지는데 그 사실은 한낮에 정상 부분에서 대충 보아서는 놓치기 쉬웠다. 우울하고 장엄하고 한적하면서도 도시의 어디에서든 접근 가능한 이 역사적인 원형경기장은 은밀한 만남이 빈번하게 이루어지는 장소였다. 이곳에서 음모가 진행되고, 분열과 반목 뒤의 시험적인 회합도 이곳에서 시도되었다. 그러나 한 가지 만남, 그것도 다른 것들보다 가장 흔한 만남이 이 원형경기장에서는 거의 이루어지지 않았는데 그건 행복한 연인끼리의 만남이었다.

---

　* Jotuns: 북유럽 신화에서 신들과 자주 다투는 거인족.
**　가래나 침을 뱉는 타원형의 그릇으로 과거에는 가정에서도 사용했다.

널찍하고 접근하기 편하며 또 격리된 장소여서 누군가와 만나 얘기하기에 더없이 좋은 장소인데도 가장 유쾌한 유형의 만남이 왜 이 폐허의 땅을 전혀 좋아하지 않았는지는 흥미로운 탐구 대상일 것이다. 아마 이곳에서는 무언가 불길한 게 연상되기 때문이리라. 이곳의 역사가 그 사실을 입증했다. 그 안에서 실제로 벌어졌던 피비린내 나는 성격의 경기뿐만 아니라, 이곳의 과거에는 다음과 같은 사건들이 덧붙여졌다. 이곳의 한 모퉁이에 수십 년 동안 도시의 교수대(絞首臺)가 설치되었고, 1705년에 남편을 살해한 여인이 1만 명의 구경꾼이 보는 앞에서 절반쯤 목이 졸려진 상태로 화형에 처해졌다. 화형이 진행되면서 그녀의 심장이 몸 밖으로 터져 나와 구경꾼 모두가 공포에 질렸고, 그래서 이 사건 이후 구경꾼 1만 명 중 아무도 뜨겁게 구운 고기를 좋아하지 않았다는 전설이 내려온다. 이러한 과거의 비극적 사건에 더해, 이 고립된 경기장에서는 최근까지 거의 죽을 때까지 치고받는 권투 시합이 열렸다. 바깥 세계와 완전히 차단된 경기장은 정상에 올라가야만 보였는데, 매일 일과에 바쁜 도시 주민들은 그런 수고를 하지 않았다. 그러므로 비록 마차 전용도로와 가까웠지만 사람들 눈에 띄지 않는 이곳에서는 대낮에도 범죄가 자행되었을 것이다.

최근에는 일부 소년들이 원형경기장 중앙을 크리켓 시합장으로 사용해 이 폐허를 조금이라도 유쾌한 곳으로 만들어보려 했다. 그러나 경기는 대개 맥이 빠졌는데 그 이유는 앞서 언급한 대로였다. 즉 그 둥근 형태의 흙바닥에 내재된 음울한 폐쇄성이, 하늘만 남겨놓고는, 여행객들의 감탄 어린 시선과 외부인들의 찬사를 모두 차단하기 때문이었다. 그런 상황에서 시합을 한다는 것은 빈집에서 연극을 하는 것과 같았다. 아니 소년들 역시 겁이 났을 것이다. 일부 노인들이 말하기를, 여름철 대낮의 어느 순간 경기장에서 책을 보거나 졸고 있던 사람들이 눈을 치켜떴을 때 하드리아누스*의 대군(大軍)이 경사면을 빽빽이 채운 채 마치 검투사의 경기를 지켜보듯 빤히 응시하는 게 보이고 흥분해 질러대는 그들의 고함이 들렸는데, 그 장면은 단지 한 순간 번개 같은 섬광으로 남아 있다가 사라지더라고 했기 때문이었다.

남쪽 출입문 밑에는 경기에 참가하는 들짐승과 검투사를 받아들이던 작은 방들이 출토되어 아직 남아 있다고 했다. 경기장은 아직도 매끄럽고 둥글어서 원래 용도로 사용된 게 그다지 오래되지 않은 것 같은 착각을 불러일으켰다. 관중들이 자기 좌석을 찾아 올라가던 경사진 통로는 아직도 통로였다. 하지만 모든 것을 풀이 덮고 있었다. 여름의 끝자락인 지금 붓질하듯 부드러운 바람이 불면, 풀밭에는 마치 수염 같은 시든 겨이삭 줄기가 파도처럼 흔들리는데, 그것은 주의 깊게 듣는 이에게는 아이올로스**의 변조(變調)를 들려주고, 날아다니는 엉겅퀴 관모의 구체(球體)를 한동안 붙들기도 했다.

헨처드가 이 장소를 고른 것은 오래전 헤어진 아내를 남의 눈에 띄지 않고 가장 안전하게 만날 수 있는 곳인데다 해가 떨어진 뒤에도 이방인이 찾기 쉬운 곳이라고 생각했기 때문이었다. 지켜야 할 평판이 있는 그 도시의 시장으로서 그는 무언가 확실한 방향을 정하기 전에 섣불리 그녀를 집에 오라고 할 수는 없었다.

그는 8시가 되기 직전 인적이 없는 토루로 다가가 예전 동굴들의 **잔해**를 건너 내려가는 남쪽 길로 그곳에 들어갔다. 얼마 지나지 않아 북쪽

---

* Publius Aelius Hadrianus: 잉글랜드에서 로마의 입지를 강화하려 애쓴 로마 황제(117~138 재위).
** Aiolos: 그리스 신화에 나오는 바람의 신.

넓은 문 또는 입구를 지나 슬며시 들어오는 여성의 모습이 보였다. 두 사람은 경기장 한가운데에서 만났다. 어느 쪽도 바로 입을 열지 않았다. 말할 필요가 없었다. 그러자 가엾은 여인이 몸을 헨처드에게 던졌고 그는 그녀를 끌어안았다.

"난 술을 입에 대지 않아." 그가 낮고 머뭇거리는 사죄의 음성으로 말했다. "듣고 있어, 수전? 나는 이제 술을 안 마셔. 그날 이후 안 마셨어." 그게 그가 처음 한 말이었다.

그녀가 긍정하며 고개를 숙인 것을 그는 그녀가 이해한 것으로 느꼈다. 잠시 후 그가 다시 말했다.

"살아 있는 줄 몰랐어, 수전! 당신과 아이가 죽어 더 이상 이 세상에 없다고 믿을 근거가 너무나 많았어. 당신을 찾기 위해 할 수 있는 짓은 다 해봤어. 여기저기 찾아다니고 광고도 내봤어. 결국 나는 당신이 그 남자와 함께 어딘가 식민지를 향해 떠났는데 항해 도중 익사하고 말았다고 결론 내렸어. 그동안 왜 그렇게 조용히 지낸 거야?"

"아, 마이클! 그 사람 때문이지 다른 이유가 어디 있겠어? 나는 우리 가운데 어느 한쪽은 죽는 날까지 그에게 신의를 지켜야 한다고 생각했어. 어리석었지만, 나는 그 흥정에 엄숙하고 의무적인 게 있다고 믿었어. 날 위해 선의로 그렇게 큰돈을 지불한 그를 내가 도의상으로도 감히 버려선 안 된다고 생각했어. 지금 나는 다만 그의 미망인 자격으로 당신을 만나는 거야. 스스로 그렇게 생각하고 있고 당신에 대해 아무 권리가 없다는 것도 알아. 그가 죽지만 않았다면 난 절대 오지 않았을 거야, 절대로! 내가 무슨 말을 하는 건지 당신도 잘 알 거야."

"이런 이런! 당신은 어쩌면 그렇게 단순할 수 있어?"

"난 모르겠어. 어쨌건 내가 그런 식으로 생각하지 않았다면 그건 아주 사악한 짓이었겠지!" 수전이 울먹이며 말했다.

"맞아 맞아 그랬겠지. 나는 당신이 정말 순수한 여자라고 생각해. 그건 그렇고, 내가 따로 할 얘기가 있어!"

"뭔데, 마이클?" 그녀가 놀라며 물었다.

"음, 우리와 엘리자베스-제인이 다시 결합하는 문제가 간단치 않아. 아이가 모든 걸 알게 되면 안 돼. 그럼 아이는 우리 둘 모두를 아주 경멸할 거야. 난 그런 일이 생기는 건 참을 수 없어!"

"그래서 나도 아이한테는 당신의 존재를 감추고 키웠어. 나 역시 그런 일은 견딜 수 없어."

"그렇다면 아이가 지금 믿고 있는 대로 믿게 하면서, 한편으로는 상황을 분명하게 밝혀나가기 위한 계획도 의논해야 해. 나는 여기서 큰 사업을 벌이고 있어. 이 도시의 시장이고, 또 교회의 교구위원*이기도 해. 당신 그런 얘기는 들었겠지?"

"응." 그녀가 중얼거렸다.

"내 지위가 그렇기도 하지만 무엇보다 망신스러운 과거를 아이가 알게 될까 몹시 두려워. 극도로 조심해서 행동해야 해. 그런데 내가 이제껏 제대로 돌보지도 않았고 또 내 눈앞에서 사라졌던 아내와 딸, 당신들 두 식구를 어떻게 내 집으로 떳떳하게 맞아들일 수 있을지 마땅한 방법이 생각나지 않아. 그게 고민이야."

"우리가 당장 떠나면 되잖아. 내가 온 건 단지—"

"아니, 아니, 수전. 당신보고 가라는 게 아냐, 오해하지 마!" 그가 다정하면서도 엄격한 말투로 얘기했다. "내가 생각한 계획은 이런 거야. 당

---

* 영국 국교회에서 교구를 대표해 목사를 도우며 교회의 회계 등 사무를 관장하는 신도.

신과 엘리자베스가 과부가 된 뉴슨 부인과 그녀의 딸이라며 이 도시에
작은 집 하나를 얻어. 내가 당신을 만나면서 당신과 연애를 하고 당신과
결혼하고, 엘리자베스는 의붓딸이 되어 내 집에 오는 거지. 이건 너무 자
연스럽고 쉬워서 생각만 해도 이미 절반은 이룬 거야. 이렇게 하면 떳떳
하지 못하고 분별없고 수치스러웠던 내 젊은 날의 인생은 전혀 노출되지
않고, 오로지 당신과 나 사이의 비밀로 남게 돼. 그러면서도 나는 내 지
붕 아래에서 아내는 물론 내 유일한 아이를 돌보는 즐거움을 누리게 되
겠지."

"나는 전적으로 당신 하자는 대로 할게." 그녀가 온순하게 말했다.
"내가 여기 온 건 엘리자베스를 위해서야. 내 문제라면 당신이 나더러 내
일 아침 떠나고 이 근처에 다신 얼씬거리지 말라고 해도 좋아."

"자, 자, 그런 말은 듣기 싫어." 헨처드가 부드럽게 말했다. "당신도
물론 다시 떠나고 싶지 않잖아. 내가 여러 시간 구상한 계획을 깊이 생
각해봐. 당신에게 더 좋은 아이디어가 없다면 우리 그 계획대로 하는 거
야. 불행하게도 나는 사업차 하루나 이틀 도시를 비워야 해. 하지만 그동
안 어디 묵을 데가 있을 거야. 이 도시에서 두 사람에게 알맞은 장소들
은 주로 시내 중심가의 도자기 가게 근처에 있어. 아니면 아까 언급한 작
은 집도 찾아볼 수 있을 테고."

"시내 중심가에 있는 숙소들은 비싸지 않겠어?"

"걱정 마. 우리 계획대로 실행하려면 당신은 상류층 행세를 해야 해.
돈 문제는 내게 맡겨. 나와 다시 만날 때까지 쓸 돈은 충분히 가지고 있
어?"

"그럼." 그녀가 말했다.

"지금 묵고 있는 여관은 지내기 괜찮고?"

"오, 그렇고말고."

"아이가 자기에 대해서, 또 우리에 대해서 망신스러운 사연을 알게 되면 어쩌나 하는 걱정은 하지 않아도 될까? 난 그게 제일 신경 쓰여."

"아이가 꿈에서라도 진실을 짐작할 가능성은 거의 없어. 당신이 놀랄 정도야. 걔가 그런 일을 어떻게 상상이라도 할 수 있겠어!"

"맞아."

"난 우리가 다시 결혼 생활을 시작한다는 아이디어가 마음에 들어." 헨처드 부인이 잠시 멈췄다가 말했다. "모든 일이 지나간 다음이잖아. 그 방법이 유일하게 옳은 방향인 듯싶어. 이제 엘리자베스-제인에게 돌아가서, 친척인 헨처드 씨가 친절하게도 우리가 이 도시에 머물길 원하신다고 말해줘야겠어."

"아주 잘됐어. 그 일은 당신이 알아서 처리해. 당신과 조금 같이 걸을게."

"아니, 그러지 마. 위험한 짓은 하지 마!" 아내가 걱정스레 말했다. "돌아가는 길은 나도 찾을 수 있어. 아직 늦은 시간이 아니니까. 나 혼자 가게 해줘."

"그래." 헨처드가 말했다. "하나만 물을게. 당신 날 용서하는 거지, 수전?"

그녀가 우물거리며 무언가를 말했지만, 자기의 의견을 제대로 표현하기 어렵다고 느끼는 것 같았다.

"걱정 마, 말할 때가 오겠지." 그가 말했다. "내가 앞으로 하는 행동을 보고 날 판단해줘. 잘 가!"

아내가 아래쪽 길을 지나 바깥으로 나가는 동안 그는 뒤로 물러나 원형경기장의 솟아오른 부분에 서 있다가 나무 밑을 지나 시내로 내려갔다. 그런 다음 헨처드 자신도 집으로 향했는데, 아주 빠른 속도로 걸어서 집 앞에 도착했을 때는 방금 헤어진 여인을, 그녀가 모르는 사이에 바싹 따라잡을 뻔했다. 그는 길을 올라가는 그녀의 모습을 지켜보다가 방향을 틀어 집으로 들어갔다.

12

아내가 시야에서 사라지는 것을 지켜본 다음 출입문을 통과한 시장
은, 정원에 이르는 터널 모양의 통로를 계속 걸어 창고와 곡물 저장고로
연결되는 뒷문에 이르렀다. 사무실 창에서 불빛이 비쳐 나왔다. 블라인
드가 없었으므로 헨처드는 실내를 자세히 볼 수 있었다. 도널드 파프레
이는 아직도 자기가 떠날 때 앉아 있던 자리에서 장부들을 정밀하게 점
검하면서, 이 집안의 사업관리 업무를 파악하고 있었다. 헨처드는 "이렇
게 늦게까지 일하는 자네를 방해하진 않겠네"라고 말하면서 안으로 들
어섰다.

그는 파프레이가 앉은 의자 뒤에 서서 총명한 스코틀랜드 사람이 헨
처드 장부, 즉 자기 장부의 숫자들을 깔끔하게 정리하는 재능을 지켜보
았다. 숫자들이 하도 엉망진창으로 방치된 상태여서 처음에는 파프레이
조차 몹시 당황했다. 곡물 중개인 헨처드의 표정에는 절반쯤은 경탄하면
서도, 한편으로는 대수롭지도 않은 세세한 사항에 그처럼 신경을 쓰는
게 안쓰럽다는 일말의 동정심도 담겨 있었다. 때 묻은 종이에서 중요한

세부 내용을 뒤져 찾는 일은 헨처드 자신에게는 정신적 육체적으로 어울리지 않았다. 근대적 의미로 말하면, 그는 아킬레스의 교육*을 받았고 글씨 쓰기는 애를 먹이는 특수한 기술의 하나라는 걸 알았다.

"오늘 밤은 이쯤 하지." 마침내 그가 자신의 커다란 손을 종이 위에 얹으며 말했다. "내일도 시간은 충분해. 나랑 같이 집 안에 들어가 저녁을 먹세. 자 그만두라니까! 내가 같은 말 반복하게 만들지 말게." 그가 호의를 보이며 회계 장부들을 강제로 덮었다.

파프레이는 숙소로 돌아가고 싶었지만, 동료이자 고용주인 헨처드가 요구나 충동을 자제할 줄 모르는 성격이라는 걸 이미 아는 터였으므로 정중하게 그의 제안에 따랐다. 파프레이는 헨처드의 온정이 불편하기도 하지만 좋았다. 두 사람의 판이한 성격이 호감을 키웠다.

그들은 사무실 문을 잠근 다음 작은 개인용 출입문으로 나서는 동료의 뒤를 젊은이가 따라갔다. 출입문은 헨처드의 정원으로 직접 연결되어 단번에 그들을 실리의 세계에서 아름다움의 세계로 이동시켰다. 고요하고 이슬 젖은 정원에는 꽃향기가 가득 퍼져 나갔다. 집 뒤쪽으로 길게 뻗은 정원으로는 먼저 잔디와 화단이 나오고 다음에는 과수원이 이어졌다. 과수원에는 낡은 집만큼이나 오래 묵여 지낸 이스팰리어**들이 아주 질기고 배배 꼬인 옹이투성이가 되어 뒤틀린 모습으로 서 있었다. 버팀목들은 땅에서 뽑혀나갔고 비틀어진 나무들은, 잎이 무성한 라오콘***이

---

* 그리스 신화에서 아킬레스는 반인반마(半人半馬)의 현자(賢者) 케이론에게서 학문과 무술을 익힌다.
** espalier: 건물, 담, 철책, 격자 구조물 등을 타고 납작하게 붙어 자라는 과실나무 또는 식물.
*** Laocoon: 그리스 신화에 나오는 사제(司祭)로 트로이 전쟁에서 목마의 계략을 알아차린 죄로 두 아들과 함께 아테나 여신이 보낸 두 마리 바다뱀에 감겨 사망한다.

식물의 고통을 호소하는 것 같았다. 아주 달콤한 냄새를 풍기는 꽃들을 따로 분간하기는 힘들었다. 두 사람은 그렇게 꽃과 나무를 지나 집 안으로 들어섰다.

그날 아침에 받은 환대가 반복되었다. 식사를 마치자 헨처드가 입을 열었다. "소중한 친구, 자네 의자를 벽난로 가까이 끌고 오게. 불 좀 때야겠군. 아직 9월이지만 나는 꺼져 있는 벽난로가 제일 싫어." 그가 밑에 깔려 있던 땔감에 불씨를 지피자 사방으로 따뜻한 광채가 퍼져 나갔다.

"참 이상하지." 헨처드가 말했다. "우리 두 사내가 만난 건 순전히 사업 때문인데, 그 첫째 날이 끝나가는 순간에 자네에게 내 가족사를 털어놓고 싶어지니 말이야. 하지만, 빌어먹을, 나는 외로운 사람이야, 파프레이. 말을 나눌 다른 상대가 없네. 또 내가 자네에게 말 못 할 이유가 뭐가 있겠나?"

"도움이 된다면 제가 기꺼이 들어드리겠습니다." 도널드가 말했다. 그러면서 그의 시선은 벽난로 위 선반에 놓인 정교한 목각(木刻)들로 부지런히 옮겨다녔다. 천을 우아하게 씌운 황소 머리 양쪽에 화관(花冠)으로 장식한 하프, 방패, 화살통 등이 놓여 있었고, 옆에는 아폴로와 다이애나*의 두상을 얕게 돋을새김한 목각이 놓여 있었다.

"내가 항상 지금의 나처럼 살지는 않았어." 헨처드가 말을 이었는데, 단호하고 깊은 음성이 전례 없이 거의 떨리지 않았다. 그는 때로는 오래된 친구에게는 말하지 않을 것을 새로이 알게 된 친구에게는 털어놓게 만드는 이상한 충동에 끌리는 게 분명했다. "나는 건초 묶는 일꾼으로 사회에 첫걸음을 내디뎠어. 그리고 열여덟 살 때 내 직업을 믿고 결혼했

---

* 그리스-로마 신화에서 아폴로와 다이애나는 쌍둥이로 아폴로는 남성적 아름다움, 시, 음악, 의학, 예언의 신이며 다이애나는 순결, 초목, 달, 다산 등의 여신이다.

지. 자네는 날 결혼한 사람으로 생각했나?"

"주민들이 시장님을 홀아비라고 말하는 건 들었습니다만."

"아, 그랬군. 당연히 자네는 그 말을 들었겠지. 헌데, 내가 19년 전인가 그 무렵에 아내를 잃었어. 내 실수 때문에…… 그 일이 발생한 경위를 말해주지. 어느 여름날 저녁 나는 일자리를 찾으려고 돌아다니던 중이었어. 아내는 우리 둘 사이의 유일한 혈육인 아기를 안고 내 옆에서 걸었지. 우리는 가축 시장이 열린 어느 지방의 천막 가게에 도착했어. 그땐 내가 술을 참 좋아했거든."

헨처드가 잠시 멈추고 몸을 뒤로 젖혔다가 팔꿈치를 테이블 위에 올려놓았다. 그의 이마에 손 그늘이 졌지만 그래도 그가 선원과의 거래가 있던 당시의 사건을 아주 자세하게 설명할 동안 그의 이목구비에서 드러난 자기성찰적 강직함을 가리지는 않았다. 스코틀랜드 사람은 처음에는 무관심한 듯했으나 점점 진지하게 듣고 있었다.

헨처드는 계속해서 자기가 아내를 찾으려 애쓴 노력, 자기가 맹세한 선서, 그 이후 오랜 시간 그가 견뎌온 고독한 인생에 대해 설명했다. "나는 19년 동안 내 맹세를 지켜왔어." 그가 말을 이었다. "그리고 나는 지금 자네가 보는 지위에 올라섰네."

"그랬군요!"

"음, 그 오랫동안 난 아내에 대해 아무런 소식도 듣지 못했어. 게다가 천성이 여자를 싫어하는 부류의 인간인지라, 난 대개의 경우 섹스를 멀리하고 살아도 힘든 줄 몰랐네. 아내에 대해 아무 소식도 못 들었단 말이야, 이봐, 바로 오늘이 올 때까지 말이야. 그런데 지금, 그녀가 돌아왔어."

"돌아있다니요, 부인이 밀입니까!"

"그래, 오늘 아침, 바로 오늘 아침에. 그럼 이제 난 어떻게 해야 하지?"

"부인을 모셔와 함께 사시지요. 조금씩 잘못을 갚아나가면 되지 않겠습니까?"

"안 그래도 그렇게 계획하고 제안했네. 하지만 파프레이." 헨처드가 침울하게 말했다. "내가 수전에게 옳은 일을 하면 죄 없는 다른 여인에게 나쁜 짓을 저지르게 되네."

"설마 그런 일이 있겠습니까?"

"세상일이란 게 보통 그렇지 않나, 파프레이. 나 같은 종류의 인간이 20년 동안 인생의 온갖 풍파를 겪으면서 더 이상 실수 없이 사는 행운을 얻기란 거의 불가능하지. 나는 여러 해 동안 특히 감자와 뿌리채소가 나오는 시즌이면, 사업을 위해 저지 섬*으로 건너가곤 했네. 난 지금도 그런 품목들은 그곳 사람들과 대규모로 거래를 하지. 그런데 어느 가을 내가 그곳에 들렀다가 그만 앓아눕게 됐어. 나는 외로운 가정생활 때문에 때때로 음울한 흥분 상태에 빠지곤 하는데, 그때 그곳에서 병을 앓다가 그리 된 거야. 일단 흥분 상태가 시작되면 세상이 지옥의 암흑처럼 캄캄하게 보이고, 그러면 욥처럼 나는 내가 태어난 날을 저주하게 되거든."**

"아, 저런. 전 그런 기분에 빠져보진 못했습니다." 파프레이가 말했다.

"그럼 하느님께 절대로 그런 일이 없게 해달라고 기도하게, 젊은 친구. 내가 그런 상태에 빠졌을 때 나를 가엾게 본 여인이 있었어. 젊은 숙

---

* Jersey: 영국해협의 여러 섬 중 가장 큰 섬.
** 『구약성서』에서 욥은 사탄의 시험을 겪으면서 자신의 생일을 저주한다(「욥기」 3: 4).

녀라고 불러야 하겠지. 좋은 집안 출신에다가 곱게 양육되고 훌륭한 교육을 받았으니까. 조금 덤벙대는 장교의 딸이었는데 그 군인은 무언가 어려움에 빠져 봉급이 압류된 상태였어. 그러다가 부친이 죽고 모친마저 세상을 떠나 그녀가 나처럼 외로운 처지가 되었지. 우연하게도 이 젊은 여자가 내가 거처로 삼은 하숙집에 묵었어. 그리고 내가 아파 뻗어 있을 때 그녀가 나를 간호하는 책임을 떠맡았어. 하느님께선 이유를 아실 거야. 나는 그럴 만한 가치가 없는 인간이었어. 그렇지만 한 집에 함께 있었고 그녀의 감정이 따뜻해서 우리는 자연스레 가까워졌지. 우리가 어떤 관계까지 갔는지 속속들이 다 말하진 않겠네. 두 사람은 진심으로 결혼할 생각이었다고 말하면 충분하겠지. 그러다 보니 스캔들이 퍼져 나갔는데 내겐 상처가 될 게 없었지만 그녀에게는 물론 파멸이었지. 파프레이, 내가 자네와 나 사이의 비밀로, 남자 대 남자로서 엄숙하게 단언하는데, 여자들과 바람을 피우는 건 내겐 죄악도 선행도 아무것도 아니었어. 그녀는 지독할 정도로 외모에 전혀 개의치 않았고 나는 아마 더 그랬는데 그건 내 음울한 상태 때문이었을 거야. 스캔들이 퍼진 건 이런 상황에서였어. 그러다가 나는 몸이 회복되어 본토로 돌아왔어. 내가 떠나온 뒤 그녀는 나 때문에 많은 고통을 받았다네. 그녀는 내게 한 통 한 통 써보내는 편지에서 그런 사연들을 빼놓지 않고 말했고 마침내 나는 최근 들어 그녀에게 무언가를 해주어야 한다고 느끼게 되었어. 수전의 소식을 그처럼 오래 듣지 못한 상태에서 나는 이 여인이 내가 유일하게 돌아갈 곳이 아닐까 하는 생각이 들었거든. 그래서 나는 그녀에게, 나 있는 그대로, (내 생각으론 가능성이 아주 희박하지만) 수전이 살아 있을지 모르는 위험을 감수하고라도 나와 결혼하겠느냐고 물을 생각이었어. 그녀는 기쁨에 펄쩍 뛰고, 우리 둘은 의심할 여지없이 바로 결혼했겠지. 그런데, 이봐, 바로 그때 수전이 등장한 거야!"

파프레이는 자신의 단순한 경험으로는 상상하기도 어려울 만큼 복잡한 그 상황이 매우 걱정스럽다는 표정을 지었다.

"자, 인간이 자기 주위 사람에게 어떤 상처를 남길 수 있는지 한번 보게! 젊은 시절 가축 시장에서 비행을 저지른 이후에라도 내가 결코 이기적이지 않았다면, 다시 말해 저지 섬의 이 들뜬 여성이 자기 이름에 흠집을 내면서까지 나를 헌신적으로 돌보게 만들 만큼 이기적이지만 않았다면, 지금은 모든 게 잘되었겠지. 하지만 지금은 두 여자 중 한 사람을 몹시 실망시킬 수밖에 없는 상황이라네. 그리고 만일 그래야 한다면 저지 섬의 그녀를 실망시킬 수밖에 없지. 내 우선적 의무는 수전에 대한 것이거든. 그건 의심의 여지가 없어."

"두 사람 모두 아주 서글픈 처지네요. 정말 그렇습니다!" 파프레이가 중얼거렸다.

"그들 처지가 딱해! 나 자신은 걱정하지 않아. 어쨌든 나는 한 가지 결론에 이르겠지만 저 두 사람은 그렇지 않거든." 헨처드가 말을 멈추고 상념에 잠겼다. "나는 저지 섬의 그녀에게도 수전보다 부족하지 않게 해줘야 할 의무감을 느껴. 그런 상황에 처한 남자가 할 수 있는 한 최대로 친절하게 말이야."

"어, 음, 달리 어쩔 수는 없겠습니다!" 대화 상대인 젊은이가 침착하면서도 비통한 어조로 말했다. "그 젊은 숙녀에게 시장님이 먼저 편지를 써야 합니다. 편지에는 예전 아내가 돌아와서 시장님이 그녀를 아내로 맞을 수 없고 다시 만날 수도 없지만, 앞으로 정말 행복하길 바란다고 분명하고 정직하게 써야 합니다."

"그 정도론 안 될걸. 하늘에서도 다 보고 계셔. 그보다는 조금 더 성의 있는 행동이 필요할 거야! 내 생각엔 그녀가 부유한 자기 삼촌이나 이모 얘기를 하면서 늘 그들에게서 유산을 받을 것처럼 떠벌렸지만 내가 그녀에게 도움이 될 만한 얼마간의 돈을 보내야 할 것 같아. 가련한 숙녀에 대해 단지 약간이라도 보상한다는 표시로…… 자, 이와 관련해 나를 좀 도와주게. 내가 자네에게 말한 모든 걸 가능한 한 부드럽게 풀어써서 그녀에게 해명할 초안을 만들어줄 수 있을까? 나는 편지 쓰는 데 아주 서툴거든."

"그러겠습니다."

"아, 내 얘기 아직 다 안 끝났어. 아내 수전이 딸과 함께 있어. 가축시장 사건이 벌어진 날 아내의 팔에 안겨 있던 아기, 그 소녀는 결혼으로 연결된 어떤 친척이라는 것 말고는 내가 누군지 전혀 몰라. 아이는 내게서 엄마를 양도받은, 지금은 죽고 없는 선원을 자기 아버지, 곧 엄마의 남편이라고 믿고 자랐거든. 지금 아내와 나는, 아내가 아이 엄마로서 그동안 늘 느껴오던 고민을 공유하고 있어. 아이가 진실을 알게 되어 우리의 수치스러운 과거를 그대로 보게 할 수는 없어. 자, 자네라면 어떻게 할 건가? 자네 충고가 듣고 싶네."

"저라면 위험하더라도 진실을 말하겠습니다. 따님이 두 분을 용서할 겁니다."

"절대 안 돼!" 헨처드가 말했다. "나는 아이가 진실을 알지 못하게 하겠어. 아이 엄마와 나는 다시 결혼할 거야. 그렇게 하는 것만이 우리가 계속 아이의 존경을 받을 수 있는 방법일 뿐 아니라 가장 적절한 해결책이 될 걸세. 수전은 자기를 선원의 과부라고 여기니까 달리 종교적 의식을 거치지 않고 그냥 예전처럼 나와 함께 사는 건 상상하지 못할 거야. 그건 그녀가 옳아."

그러자 파프레이는 더 이상 말하지 않았다. 저지 섬의 젊은 여인에게 보낼 편지는 스코틀랜드 사람이 조심스럽게 기초를 잡았고 둘 사이의 면담은 그가 떠날 때 헨처드가 다음과 같이 말하는 것으로 끝났다. "파프레이, 아는 친구에게 고민을 털어놓으니 정말 마음이 편안하군! 자네는 지금 캐스터브리지의 시장이, 남들이 그의 재산 상태를 보고 짐작하는 것만큼 마음도 편안하게 번창하지는 못한다는 걸 알겠지."

"맞습니다. 시장님이 참 안됐습니다!" 파프레이가 말했다.

그가 가버린 다음 헨처드는 초안을 편지지에 옮겨 적고 한 장의 수표를 동봉했다. 우체국에서 편지를 부치고 돌아오는 길에 그는 곰곰 생각에 잠겼다.

"일이 이처럼 수월하게 진행될 수도 있군!" 그가 말했다. "가엾은 사람 같으니— 하느님께서 다 아실 테지! 자 지금부터는 수전에게 보상을 할 차례야!"

13

둘이서 계획한 바에 따라 마이클 헨처드가 아내 수전을 위해 뉴슨 명의로 빌린 작은 집의 위치는 도시 서쪽의 높은 지대로, 가까이에는 로마 시대의 성벽과 그 그림자가 깔린 넓은 길이 있었다. 가을날에 이곳을 비추는 저녁 햇빛은 다른 어느 곳보다도 한층 노랗게 보였다. 시간이 깊어갈수록 햇살은 플라타너스의 가장 아래쪽에 달린 가지 밑까지 파고들었고, 이파리들에 의해 위쪽과 분리된 아래쪽의 광채는 초록색 덧문이 달린 그 집의 1층을 흠뻑 적셨다. 거실에서는 도시 성벽 위의 플라타너스 아래로 멀리 고지의 봉분과 흙으로 축조된 요새가 보였다. 모든 것을 종합하면, 밖을 내다볼 때 과거의 유적이 두드러지게 보여 일반적으로 우울한 느낌을 주긴 했지만, 쾌적한 집이었다.

엄마와 딸이 편안하게 정착하고 하얀 앞치마를 두른 하녀까지 더해져 모든 것이 완비되자 헨처드가 방문해 차를 마실 때까지 머물렀다. 엘리자베스는 헨처드와 수전이 매우 용의주도하게 일상적 분위기로 이끄는 대화에 속아 넘어갔다. 아내가 특별히 마음에 들어 하진 않았지만, 대화는 헨처드에게 어느 정도 유머를 허용하는 분위기였다. 시장은 업무처럼 작심한 듯 다시 연이어 방문했다. 그는 저지 섬의 그 여성과 자기 자신의 감정에 어떤 대가를 치르더라도, 우선권이 있는 이 여인에 대해서는 엄격한 기계적 정의에 어긋남이 없이 처신하겠다고 스스로에게 단단히 다짐한 것 같았다.

어느 날 오후 헨처드가 방문했을 때 마침 딸이 집 안에 없었다. 그가 은근하게 말했다. "수전, 당신에게 행복하다는 말을 해달라 부탁하기에 딱 좋은 기회군."

가련한 여인은 힘없이 미소 지었다. 오로지 딸이 좋은 평판을 듣게 하려고 선택한 상황을 두고 농담이 오가는 게 그녀는 즐겁지 않았다. 그녀는 애초에 딸을 속이자는 말에 자신이 왜 동의했는지, 그래서 용기 있게 딸이 자신의 과거를 알게 하지 못했는지 회의가 들 정도로 정말 그런 농담이 싫었다. 그러나 육신은 연약하고, 진실에 대한 설명은 적절한 때가 되어야 듣게 되는 법이다.

"오 마이클!" 그녀가 말했다. "나는 이 모든 게 당신의 시간을 빼앗고 말썽이라도 부릴까 봐 두려워. 나는 절대로 그러길 기대한 적 없어!" 그러면서 그녀는 그와, 부유해 보이는 그의 옷, 그리고 그가 방에 들여놓은, 그녀의 눈에는 화려하고 사치스러운 가구를 바라보았다.

"천만에." 헨처드가 듣기 거북하게 상냥한 목소리로 말했다. "이건 단지 작은 오두막일 뿐이야. 내겐 거의 부담되지 않아. 내 시간을 빼앗기는 문제도." 이 대목을 말하면서 그의 검붉은 얼굴이 만족감에 불타올랐다. "지금 내겐 사업을 감독할 정말 좋은 친구가 있어. 예전이라면 결코 내가 손에 넣을 수 없었을 사람이야. 나는 머지않아 모든 책임을 그에게 넘기고 지난 20년간 사업에 바친 것보다 더 많은 시간을 가족을 위해 쓸 작정이야."

헨처드가 이곳을 아주 빈번하게 또 규칙적으로 방문하게 되면서 곧 소문이 퍼졌다. 캐스터브리지에서는 능수능란하고 강압적인 이 도시의 시장이 품위 있는 과부 뉴슨 부인에게 사로잡혀 무기력해졌다는 이야기가 공공연한 화제가 되었다. 그는 여성 집단을 거만하게 무시하는 것으로 유명했으며 또 섹스에 관한 대화가 나오면 조용하게 회피한다는 것도 잘 알려진 사실이었다. 그러다 보니 멋대가리 없는 화제였을 이야기에 짜릿함이 더해졌다. 두 사람이 일종의 친척 관계라는 건 알려졌으므로 이 결혼이 감성적 욕정이 끼어들 수 없는 하나의 가정사라는 근거 말고는, 그가 그처럼 가련하고 연약한 여성을 선택한 이유를 달리 설명할 수 없었다. 소년들은 헨처드 부인의 창백한 얼굴을 보고는 "유령"이라고 불렀다. 헨처드는 산책로라 불리는 성벽 위의 넓은 길을 그녀와 함께 걸을 때 이따금 우연하게 이 별명을 듣곤 했는데, 그럴 때면 그렇게 말한 사람을 두들겨 팰 듯한 표정으로 쏘아보며 불길할 정도로 안색이 검게 변했다. 하지만 그는 아무 말도 하지 않았다.

그는 이 창백한 사람과의 결합, 아니 재결합을 악바리 같은 불굴의 근성으로 서둘러 준비했고 주위에서는 이것을 그의 성실성에 대한 칭찬 거리로 삼았다. 그의 외면적인 처신만 보고서는 그 누구도 삭막한 대저택에서 무언가 부산스럽게 진행되기는 하지만 불꽃 같은 연애나 로맨스의 흥분은 없고 단지 세 가지 커다란 다짐만 있었다는 사실을 눈치채지 못했을 터이다. 하나는 자기가 방치했던 수전에게 보상하는 것이고, 다른 하나는 아버지인 자신의 보살핌 아래 엘리자베스-제인에게 안락한 가정을 제공하는 것이며, 셋째는 이들 보상 행위에 수반되는 가시들로 자신을 크게 책망하는 것이었다. 그 가시 중에는 그처럼 상대적으로 수수한 여인과 결혼함으로써 자신의 위신에 대한 평판이 추락하는 것도 있었다.

결혼식 날 수전 헨처드는 자신과 엘리자베스-제인을 교회로 데려가기 위해 문 앞에 와서 대기하던, 말 한 필의 소박한 사륜마차에 올라탔다. 그녀는 평생 처음으로 마차 안에 앉았다. 바람이 없고 따뜻한 11월의 비 내리는 아침이었다. 비는 굵은 가루처럼 흘러 내려 파우더같이 모자와 코트의 보풀 위에 내려앉았다. 교회 안은 발 디딜 틈이 없었지만 문밖에 모인 사람은 거의 없었다. 그 스코틀랜드 남자가 신랑의 들러리로 도왔는데, 그는 물론 주인공들 외에 계약 당사자들의 진짜 상황을 아는 유일한 참석자였다. 그러나 그는 너무 경험이 없고, 너무 생각이 많고, 너무 공정하고, 너무 열심히 그 일의 심각성을 의식해서, 현장의 감격적인 국면에 적극 참여하지 못했다. 그래서 크리스토퍼 코니, 솔로몬 롱웨이즈, 버즈포드, 그 밖의 친구들의 특별한 재치가 빛을 발했다. 하지만 그들은 비밀을 전혀 몰랐고, 교회를 떠날 시간이 다가오자 가까운 보도 위에 모여 자기들 나름의 관점으로 이번 일에 대해 떠들어댔다.

"여기 이 도시에 산 게 마흔다섯 해가 되었지만," 코니가 말했다. "놀랍게도, 나는 그렇게 조금 가지려고 그렇게 오래 기다린 사람은 본 적이 없었제라! 낸스 모크리지, 이번 일을 보면 당신에게도 기회가 있제라." 이 언급은 자기 어깨 뒤에 서 있는 한 여인을 향한 것이었는데 그녀는 엘리자베스와 수전이 캐스터브리지에 들어섰을 때 헨처드의 빵이 형편없다고 공공연하게 비난했던 바로 그 여자였다.

"그 사람처럼 내가 누군가와 결혼헌다면 차라리 천벌을 받겠제, 당신도 마찬가지고." 여자가 대꾸했다. "크리스토퍼 당신이 어떤 사람인지는 우리가 다 아니께, 말을 적게 허는 게 상책이제. 그 사람이라면 음, 저기 (목소리를 낮추며) 그가 작은 교구의 가난한 견습생이었다는 소문이 있제. 난 꼭 그렇다고 단정허고 싶진 않어. 그러나 한 마리 까마귀와 다름없이 빈털터리로 인생을 시작한 작은 교구의 가난한 견습생이었대."

"그리고 지금은 1분 1초도 아주 가치 있는 사람이 되었제." 롱웨이즈가 중얼거렸다. "누군가 1분 1초도 아주 가치 있는 사람이라고 알려지면 그는 존경받을 만한 사람이지라!" 몸을 돌리는 그에게 그물 모양으로 주름이 잡힌 둥근 원반이 보였는데, 그것은 스리 마리너즈에서 한 곡 더 부르라고 요청하던 뚱뚱한 여자의 웃는 얼굴이었다. "음, 컥섬 할머니." 그가 말했다. "어떻게 생각혀? 저기 해골바가지처럼 삐쩍 마른 뉴슨 부인이 자기를 돌봐줄 새 남편을 얻었제, 당신처럼 무게가 나가는 여자는 못 얻구."

"난 못 얻었제. 허지만 달리 날 패댈 사람도 없어…… 그래, 맞아, 컥섬은 죽었제. 그러니 가죽 채찍으로 맞는 일도 없을 겨!"

"그렇지, 하느님의 축복으로 가죽 채찍은 사라지겠제."

"내 나이에 새 남편을 생각허는 게 무슨 소용이 있어?" 컥섬 할머니가 계속했다. "허지만서도 내가 그 여자맨치 남부끄럽지 않게 태어난 사람이라는 사실에는 목숨을 걸어도 좋제."

"정말, 당신 어머님은 아주 훌륭한 여자였제. 그분이 생각나네. 그분은 교구의 도움 없이 건강헌 아이들을 가장 많이 출산혔고 그 밖에도 고결하고 경이로운 업적들을 남겨서 농업조합*의 상도 받아부렀제."

"덕분에 우리는 아주 납작 땅을 기며 살아야 했제, 끔찍하게 배고픈 가족으로."

---

* 영국의 자치주들은 1840년을 전후해 농업에 과학기술을 도입하려고 농업조합을 결성했다.

"그랬간. 돼지가 많을수록 음석물 찌끼는 묽어지는 법이니께."

"우리 엄마가 어떻게 노래 불렀던가 기억 안 나, 크리스토프?" 컵섬 할머니가 지난날을 회상하는 데 불을 붙이면서 계속 떠들었다. "당신 기억하겠제, 우리가 어떻게 멜스톡에서 열린 파티에 엄마를 동반했는지. 농사꾼 샤이너의 이모, 나이 먹은 데임* 레드로우 집에서 열렸던 파티였잖여? 우리는 그녀를 두꺼비 피부라고 부르곤 혔어. 얼굴이 너무 누렇고 주근깨가 많아서. 기억나제?"

"기억허제, 히-히, 기억허고말고!" 크리스토퍼 코니가 대답했다.

"그리고 음, 내가 자랄 때는 남편을 공경해야 혀는 시대였으니께, 나는 사람들이 말하듯 절반은 소녀고 절반은 어른 여자였제. 당신도 기억하겠제?" 그녀가 손가락 끝으로 솔로몬의 어깨를 쿡 찔렀다. 그러는 사이 그녀의 눈동자는 눈꺼풀 틈새에서 깜박거렸다. "셰리 와인과 은제 스너퍼**가 있었제. 우리가 집으로 돌아올 때 존 더메트가 얼마나 떡이 되었던지 잭 그릭스가 진흙탕 속에서 그녀를 업고 옮겨야 혔는데, 그가 그녀를 낙농가 스위트애플의 젖소 헛간 속에 떨어뜨리는 바람에 우리가 그녀의 드레스를 풀로 닦아야 했잖혀. 정말이지 그런 엉망인 상태는 두 번다시 겪지 않았제?"

"아아, 그거 나도 기억나, 히히, 옛날에는 그런 개 같은 짓을 혔어, 틀림없이! 아, 그때는 내가 몇 마일씩 걸었제. 그런데 지금 나는 밭고랑도 건널 수 없이 힘이 빠져부렀어야!"

그들의 회상은 재결합한 두 사람이 등장하면서 갑자기 끊어졌다. 헨처드는 빈둥대는 사람들을 애매모호한 눈빛으로 둘러봤는데, 그의 시선

---

* Dame: 영국에서 남자의 경(Sir)에 해당하는 훈장을 받은 여성에게 붙는 직함.
** snuffers: 양초가 지나치게 타들어가지 않도록 심지를 자르는 가위.

은 어느 한 순간에는 만족의 표정으로 다른 순간에는 불같은 업신여김으로 보였다.

"음, 두 사람 사이에는 차이가 있제, 비록 그가 자기는 술을 마시지 않는다고 말허지만," 낸스 모크리지가 말했다. "그녀는 자기가 그에게 최선을 다허기에 앞서, 자기 수중에 자기 처지를 바꿀 마지막 수단이 남아 있기를 바랄 겨. 그런가 허면 그에게선 푸른 턱수염 사내*의 모습이 보이제, 세월이 흐르면 없어지겠제만."

"부질없는 소리. 그는 그런대로 괜찮제! 자기 행운에 아부해주기를 원허는 사람들도 있제. 내게 대양(大洋)처럼 넓은 선택의 여지가 있더라도 더 나은 남자를 바라진 않을 겨. 불쌍허고 푸념허는 그녀 같은 여자에게 그 사람은 하늘이 내린 선물이제. 그녀의 이름에 점프스**나 나이트가운 같은 고급 옷은 어울리지 않제."

소박하고 작은 사륜마차가 엷은 안개 속으로 사라졌고, 빈둥대던 사람들도 흩어졌다. "음, 이 시대에는 세상사를 어떻게 읽어야 헐지 도통 알 수가 없제라!" 솔로몬이 말했다. "여기서 아주 멀지는 않은 곳에서 어제 한 남자가 떨어져 죽었제. 그 일도 있고 이렇게 날씨도 축축항게, 오늘은 뭔가 중요헌 일을 시작헐 만한 날은 아니제라. 나는 지난 한두 주간 싸구려 약한 맥주밖엔 마시지 않고 조용하게 지냈어라. 가는 길에 마리너즈에 들러 목 좀 축여야겄네."

"솔로몬, 내가 자네와 함께 가지 않으면 달리 무얼 헐 겨." 크리스토퍼가 말했다. "나도 카클-스네일***만큼 몸이 차고 축축허구먼."

---

* 프랑스 전설에 나오는 무정하고 잔인한 남자로 차례로 아내를 여섯이나 죽였다.
** jumps: 19세기 시골에서 몸통을 가늘게 지탱하기 위해 입던 구식의 여성용 조끼.
*** cockle-snail: 새조개 껍데기에 사는 해양 연체동물.

14

헨처드 부인의 삶에서 '성 마르틴 축일의 여름'*에 해당되는 시기는 남편의 큰 저택과 점잖은 사회적 영향권 속으로 그녀가 합류하면서 시작되었고, 그 여름은 그런 여름들이 그렇듯 밝게 빛났다. 헨처드는 자기가 줄 수 있는 것보다 더 깊은 애정을 그녀가 바라게 되는 일이 없도록 자신의 애정을 애써 드러내 표현했다. 여러 가지를 했지만 그는 특히 녹이 슬어 지난 80년간 칙칙하게 열려 있던 철책을 밝은 녹색으로 칠했으며, 육중한 빗장과 작은 창유리를 끼운 조지 왕조풍의 내리닫이창도 세 번씩이나 흰색으로 칠해 생동감을 살렸다. 그는 그녀에게 남자로서, 시장으로서, 그리고 교회 교구위원으로 할 수 있는 최대한의 친절을 베풀었다. 저택은 크고 방의 천장은 높았으며 층계참은 널찍했다. 재미없는 여인 두 사람이 눈에 띌 정도로 저택의 내용물에 무언가를 덧붙이는 일은

---

* 성 마르틴 축일이 있는 11월까지 지속되는 여름. 성 마르틴 축일(Martimas Matin's Day)은 프랑스 교회의 수호성인 중 하나인 마르티노Martinus 주교(316?~397)를 기념하는 날로 11월 11일이며 St Martin's Day라고도 한다.

거의 없었다.

엘리자베스-제인에게는 이때가 아주 의기양양한 시절이었다. 그녀가 체험하는 자유, 관대한 대우는 그녀가 기대했던 것 이상이었다. 사실 엄마의 결혼으로 처음 경험하게 된 그 평온하고 편안하며 풍족한 인생은 엘리자베스에게 일어나는 커다란 변화의 시초였다. 그녀는 자기가 부탁만 하면 멋진 개인용품과 장신구를 가질 수 있고, 중세의 격언이 표현하듯, '잡다' '가지다' '간직하다'가 유쾌한 단어라는 사실을 발견했다. 마음의 평화와 함께 성장이 오고, 성장과 함께 아름다움이 따라왔다. 위대한 자연적 통찰의 결과인 지식은 그녀에게 부족하지 않았다. 그러나 아쉽게도, 배움과 성취는 그녀에게 없었다. 그럼에도 그녀의 갸름한 얼굴과 몸매는 겨울과 봄이 지나면서 더 둥글고 더 부드러운 곡선으로 채워져 갔다. 젊은 이마에 있던 주름과 수축 현상도 사라졌다. 좋은 일이 많이 생기는 변화가 찾아오면서 그녀가 자신의 타고난 운명이라고 여겼던 탁한 피부가 사라지고 뺨이 건강한 혈색으로 빛났다. 사려 깊어 보이는 그녀의 회색 눈동자 역시 아마 장난꾸러기 같은 흥겨움을 때로는 드러냈을 터이지만 그런 일이 흔하진 않았다. 그녀의 동공에 나타나는 다소간의 지혜는 들뜬 분위기와 쉽게 어울리지 않았다. 험한 시절을 경험한 모든 이들처럼 그녀에게는 근심 없고 마음 편한 일상이, 가끔씩 무모하게 기대할 수는 있겠지만, 그대로 탐닉하기에는 너무 도리에 맞지 않고 당치 않아 보였다. 아주 어려서부터 몸에 익은, 매사를 걱정스럽게 따져보는 습관을 갑자기 버릴 수 없었기 때문이다. 그녀는 아주 많은 사람들이 까닭 없이 괴로워하는 마음의 기복은 전혀 느끼지 않았다. 최근 어떤 시인이 한 말을 달리 풀어서 표현한다면 엘리자베스-제인의 영혼에는 진혀 어둠이 없었지만, 그녀는 어둠이 어떻게 그곳에 왔는지 잘 알았으며* 지금 그녀의 쾌활함은, 쉽게 달라지지 않겠다는 그녀 자신의 단단한 약속과 아주 잘 어울렸다.

어떤 소녀가 급속하게 예뻐지고, 생활이 편해지고, 또 평생 처음 마음껏 돈을 쓰게 되었다고 가정할 때, 사람들은 그녀가 바보같이 옷치장에 빠지리라 상상할지 모른다. 그러나 아니었다. 엘리자베스는 거의 모든 일에서 합리성을 앞세웠는데 그 태도는 옷 문제에서 가장 두드러졌다. 사치할 수 있을 때 그러지 않는 것은 사업상의 기회를 놓치지 않는 것만큼이나 소중한 습관이다. 순박한 이 소녀는 타고난 분별력으로 그렇게 행동했는데 그 처신이 거의 천재적이었다. 그래서 봄날 그녀는 물에서 피어나는 한 송이 꽃처럼 치장하길 삼가고, 그녀와 같은 상황의 캐스터브리지 소녀 대부분과 마찬가지로 주름잡아 부풀린 옷차림에 작은 장식을 달았다. 신중한 행동은 승리감을 진정시켰다. 그녀에게는 상당한 장래성에도 불구하고 아직껏 '운명의 날카로운 쟁기 날을 두려워하는 들쥐의 공포'가 있었는데, 그런 공포는 일찍이 가난과 억압의 고통을 받아 사려 깊어진 사람들 사이에서는 흔한 것이다. "나는 어떤 이유가 있더라도 지나칠 정도로 화려하게 치장하진 않을 테야." 그녀는 스스로에게 다짐하곤 했다. "내가 그러면 하느님의 노여움을 사서 그분이 엄마와 나를 쓰러뜨리고 과거처럼 다시 시달리게 할 거야."

우리는 지금 검정색 실크 보닛을 쓰고 짙은 색 드레스를 입었으며 겉에는 비로드 망토나 짧은 실크 재킷을 걸치고 양산을 든 그녀를 만난다. 양산의 가장자리에는 선을 그어 소박한 테두리를 만들고 양산이 함부로 펼쳐지지 않게 상아 고리를 끼웠다. 양산은 별난 용도가 있었다. 그

---

* '최근 어떤 시인'은 괴테를 가리키며, 이어지는 인유(引喩)는 매슈 아널드Matthew Arnold의 「워즈워스Wordsworth」에서 시인 워즈워스가 괴테에 대해 언급한 내용이다.

녀는 안색이 맑아지고 핑크 빛 두 뺨이 탄생하면서 자기 피부가 햇빛에 점점 더 민감해졌다는 사실을 발견했다. 그녀는 티끌 하나 없이 여성다워야 하는 부분이라고 여기면서 두 뺨을 당장 양산으로 보호했다.

헨처드는 그녀를 아주 좋아하게 되었고, 이제 그녀는 엄마보다 더 자주 그와 함께 외출했다. 어느 날 그녀의 외모가 아주 매력적이라고 느낀 그가 그녀를 뜯어보듯 살폈다.

"우연히 리본이 옆에 있길래 그걸로 꾸며봤어요." 상당히 밝은 장식 몇 개를 처음 단 것이 아마 그의 마음에 들지 않나 보다고 짐작하면서 그녀가 더듬거렸다.

"오 그랬구나. 분명히 말하는데," 그가 당당한 투로 대꾸했다. "네가 하고 싶은 대로 해, 아니면 엄마가 권하는 대로 하거나. 훌륭해. 네가 뭘 어떻게 입든 난 거기에 대해선 말할 게 없어!"

실내에서 그녀는 귀에서 귀로 하얀 무지개처럼 아치 모양을 한 가르마로 머리카락을 나누고 지냈다. 가르마의 앞부분 모두는 두껍게 자리 잡은 곱슬머리가 덮었고, 뒷머리는 모두 부드럽게 손질해서 둥글게 말아 올렸다.

어느 날 가족 셋이 아침 식사를 하려고 식탁에 앉았다. 자주 그러듯이 헨처드는 말없이 이 머리카락 부분을 보고 있었는데, 갈색인 머리 색깔이 어둡기보다는 오히려 밝았다. "엘리자베스-제인의 머리카락에 대해 생각했어. 엘리자베스가 아기일 때 당신이 아이 머리카락이 검정일 것 같다고 말하지 않았던가?" 그가 아내에게 물었다.

그녀는 놀란 것 같았다. 경고를 받은 듯 자기 발을 휙 움직이며 낮은 목소리로 말했다. "내가 그랬어?"

엘리자베스가 세 방으로 들어가사 곧바로 헨처드가 다시 말했다.

"이런, 방금 내가 해서는 안 될 말을 했어! 내 말의 의도는 그 애가 아기였을 때 머리 색깔이 분명 진해질 것 같았다는 거였어."

"그랬었지. 하지만 머리카락은 그런 식으로 변하기도 해." 수전이 대답했다.

"내가 알기에 아기들 머리카락은 점점 진해져. 그런데 옅어지기도 한다는 걸 내가 몰랐던 거야?"

"아 그래." 그렇게 말하는 그녀의 얼굴에 앞서의 불편한 표정이 드러났다. 거기에 미래를 푸는 열쇠가 있었지만 헨처드가 계속 떠드는 바람에 그 화제는 밀려났다.

"음, 그런 게 훨씬 더 좋아. 수전, 나는 이제는 아이가 뉴슨 양이 아닌 헨처드 양으로 불리길 원해. 많은 사람들이 태평스럽게 이미 그렇게 불러. 그것이 아이의 법률상의 성(姓)이잖아. 그러니 그게 보통 때의 성이면 좋겠어. 나는 어쨌건 내 혈육에게 다른 성이 붙는 게 싫어. 내가 캐스터브리지 신문에 그렇게 한다는 광고를 낼 거야. 남들도 그런 식으로 해. 아이도 반대하지 않겠지."

"반대하지 않겠지, 그럴 리가 없지. 하지만—"

"자 그럼 내가 그렇게 할게." 그가 단호하게 말했다. "정말로, 아이만 좋다면, 당신도 나만큼 그렇게 바뀌길 바라는 거지?"

"오 그렇지. 아이만 찬성하면 우리 꼭 그렇게 해." 그녀가 대답했다.

그 이후 헨처드 부인은 조금 모순되게 행동했다. 속임수라고 욕할 수도 있었겠지만, 그녀의 태도는 감성적이었으며 큰 위험을 감수하더라도 올바르게 행동하길 원하는 진지함이 충만했다. 그녀는 엘리자베스-제인에게 갔다. 소녀는 위층 자신의 거실에서 바느질을 하고 있었다. 그녀는 딸에게 헨처드가 성을 바꾸자고 제안한 것을 말해주었다. "너 찬성하니?

그렇게 하는 게 뉴슨을 모욕하는 건 아니란다, 지금 그는 죽고 없으니까."

엘리자베스는 생각에 잠겼다. "한번 생각해볼게, 엄마." 딸이 대답했다.

그날 늦게 헨처드를 만난 엘리자베스는 엄마에게서 비롯된 감정의 흐름이 꾸준히 지속되었음을 그대로 드러내며 곧장 그 문제를 언급했다. "제 성을 바꾸기를 몹시 바라신다면서요, 아저씨?" 그녀가 물었다.

"바란다고? 왜, 내 빌어먹을 조상들이 바란다고 그러지. 당신네 여자들은 사소한 일로 야단법석을 떠는군! 그래 내가 그렇게 제안했어. 그뿐이야. 자, 엘리자베스-제인, 하고 싶은 대로 해. 네가 어찌할지 내가 참견한다면 날 욕해라. 이제 이해됐니? 그러니 날 기쁘게 하겠다고 그러지는 마라."

이것으로 그 주제에 대한 대화는 중단되고 더 이상 언급되지 않았다. 아무 변화도 없었고, 엘리자베스는 여전히 법률상 성이 아니라 뉴슨 양으로 통했다.

그사이 헨처드의 대규모 곡물 및 건초 사업은 도널드 파프레이의 지휘 아래 과거 어느 때보다도 번창했다. 예전에는 사업이 덜커덩거리며 굴러갔다면 지금은 기름을 친 바퀴처럼 매끄럽게 돌아갔다. 과거 헨처드의 **구두**(口頭) **지시로*** 돌아가던 조잡한 시스템에서는 매사를 그의 기억에 의존하고 계약도 입으로만 체결되었다. 그러나 이제 그런 방식은 완전히 사라졌다. "내가 그렇게 하리다"와 "당신에게 보내겠소" 대신에 문서와 원장(元帳)이 자리를 차지했다. 또 진보의 모든 경우에서처럼 과거 방식의 투박한 운치 역시 그 불편함과 함께 사라졌다.

---

* 원문은 vivâ voce(라틴어).

엘리자베스-제인의 방은 조금 높게 자리 잡아서 정원 너머의 건초 창고와 곡물 저장고들이 바라보였고, 그쪽에서 진행되는 일들을 정확하게 관찰할 수 있었다. 그녀는 파프레이와 헨처드 씨가 떨어질 수 없는 사이라는 것을 보았다. 함께 걸을 때면 헨처드는 파프레이가 마치 동생이나 되는 듯 스스럼없이 팔을 그 매니저의 어깨 위에 얹곤 했는데, 하도 묵중하게 얹어서 파프레이의 가냘픈 몸매가 밑에서 꺾일 지경이었다. 이따금 그녀는 파프레이가 한 말에 헨처드가 계속 폭소를 터뜨리는 소리를 듣곤 했는데, 파프레이는 영문을 모르겠다는 표정으로 전혀 웃지 않았다. 헨처드는 자신의 고독한 생활에서, 이 젊은이가 사업을 의논하는 데도 도움이 되지만 인생의 동지로도 바람직하다는 사실을 확실하게 깨달았다. 처음 만났을 때 곡물 중개상 헨처드를 감탄하게 만들었던 파프레이의 총명한 지성은 그 뒤로도 줄곧 이어졌다. 헨처드는 파프레이의 호리호리한 몸을 보고 뱃심이며 체력 그리고 추진력이 떨어질 거라고 평가하고 굳이 감추지도 않았는데 파프레이의 우수한 두뇌에 대한 그의 엄청난 존경심은 그런 부정적 평가를 상쇄하고도 남았다.

그 젊은 사람을 향한 헨처드의 맹렬한 애착, 파프레이를 가까이 두고자 하는 그의 끈질긴 구애가 가끔씩 위세를 부리는 경향이 있었지만, 그런 태도는 파프레이가 실제로 언짢다는 표시를 하는 순간 자제되었다. 엘리자베스의 침착한 눈은 이런 정황을 알아봤다. 하루는 그녀가 위에서 내려다보면서 두 사람이 정원과 마당 사이 출입문에 서서 말하는 것을 들었다. 파프레이는 두 사람이 거의 동시에 걷고 마차를 타는 습관이, 우두머리가 없는 장소에서 기능해야 할 제2인자로서의 자신의 가치를 오히려 무력화한다고 말했다. "아, 빌어먹을." 헨처드가 소리 질렀다. "도대체 뭣 땜에 그래! 나는 말 상대가 되는 친구를 좋아할 뿐이야. 자

우리 집에 가서 식사나 하자고, 이런저런 일 너무 신경 쓰지 말고, 아님 자네가 날 미치게 만들겠어."

한편 엘리자베스는 엄마와 함께 나선 산책길에서 자주 그 스코틀랜드 남자가 별난 호기심으로 자신들을 바라보는 것을 목격했다. 그녀와 스리 마리너즈에서 만났었다는 사실만으로 그의 이런 행동을 설명하기는 불충분했다. 그녀가 몇 번 그가 묵은 방에 들어가긴 했지만 그때 그는 눈을 들어 쳐다보지도 않았었다. 게다가 그가 더 특별하게 바라보는 사람은 그녀가 아닌 엄마여서, 엘리자베스-제인은 거의 무의식적으로, 단순하기 그지없지만 어쩌면 용납할 수 있을 만한 실망감을 느꼈다. 따라서 그녀는 파프레이가 자신의 매력에 호기심을 보인다고 볼 수는 없고, 결국 그가 원래 저런 식으로 시선을 던지는 게 분명하다고 결론지었다. 그녀는 개인적으로 우쭐하지 않는 그의 태도가 설명하는 부분을 충분히 간파하지 못했는데, 그 태도는 지금 엘리자베스 곁에서 걷고 있는 창백한 표정의 온순해 보이는 엄마에게 헨처드가 과거에 저지른 짓을 모두 터놓고 얘기한 상대가 바로 파프레이라는 사실에서 비롯된 것이었다. 그 과거에 대한 그녀의 추측은 우연히 듣고 본 상황에 기초한 희미한 짐작에서 한 발짝도 더 나아가지 못했다. 그 짐작은 헨처드와 엄마가 젊은 시절 연인 관계였다가 다투고 헤어졌을 거라는 단순한 추측이었다.

캐스터브리지는, 앞서 시사했듯, 곡물을 재배하는 들판 위 한 구역에 자리 잡은 도시였다. 근대적 의미의 교외나 도시와 초원 사이의 과도적인 혼합 지역은 없었다. 인접한 널찍하고 비옥한 땅과의 관계는 녹색 식탁보 위에 놓인 체스판과 같이 선명하고 뚜렷했다. 농부 아들이 탈곡하지 않은 보리 낟가리 아래에 앉은 채 시청 서기의 사무실 창으로 돌을 던질 수 있었다. 활차(滑車) 사이에서 곡물을 수확하던 사람들이 보도

모서리에 서 있는 지인들에게 고개를 끄덕였다. 붉은 법복을 입은 판사
는 양을 훔친 절도범을 꾸짖으면서, 선고문을 '음매' 하는 양의 울음소리
에 맞춰 발음했는데, 창으로 흘러드는 그 소리는 가까이에서 열심히 풀
을 뜯고 있는 나머지 양 떼가 내는 것이었다. 사형집행을 할 때에는 군중
들이 바로 교수대 앞의 초원으로 몰려들어 기다렸는데, 그곳은 구경꾼
들을 위해 젖소들을 일시적으로 쫓아내고 만든 공간이었다.

   이 자치도시의 높은 지대에서 자란 곡물은 더너버라 불리는 동쪽 변
두리에 사는 농부들이 저장했다. 이곳에는 지붕 모양으로 짚을 엮어 덮
은 곡물 더미가 고대 로마 시대 거리 위로 튀어나왔고 그 처마는 교회의
탑을 찌르고 있었다. 솔로몬 신전의 문만큼 높은 출입구를 가진 녹색 이
엉의 헛간들은 직접 주요 직통로를 향해 열려 있었다. 헛간들은 정말 아
주 많아서 길을 따라가면 집 여섯 채마다 하나꼴로 번갈아 나타났다. 이
곳에는 매일 휴경지(休耕地)를 걸어 다니는 시민들이 살았고, 양치기들은
성벽 안쪽의 좁은 공간에 빽빽하게 살았다. 농부들의 주택이 늘어선 거
리로 시장(市長)과 회사가 지배하는 거리지만, 아직도 쿵 하는 도리깨 소
리, 풍구*가 흔들리는 소리, 들통으로 우유가 가르랑거리며 흘러가는 소
리가 넘치는 거리, 도시적인 것이라곤 아무것도 지니지 않은 거리, 이것
이 캐스터브리지의 더너버 변두리였다.

   헨처드는 당연히 가까운 소농들의 종묘장이나 모판과 주로 거래했
고 그래서 그의 짐마차들은 자주 그쪽으로 내려갔다. 어느 날, 앞서 언급
한 농장 가운데 한 곳에서 가정용 곡물을 구입하기 위해 협의하고 있을
때, 엘리자베스-제인에게 인편으로 쪽지 하나가 전달됐다. 쪽지에는 그녀

---

* 바람을 일으켜 곡물에 섞인 먼지, 겨, 쭉정이 등을 제거하는 농기구.

가 바로 더너버 언덕의 한 곡물 창고로 와주면 고맙겠다고 적혀 있었다. 이 창고는 헨처드가 내부에 있던 물건을 치우던 곳이라 그녀는 그의 사업과 관련 있는 요청이라는 생각에 보닛을 쓰고 곧장 그쪽으로 달려갔다. 창고는 바로 농장 안마당에 있었는데 석조 토대 위에 높게 서 있어서 사람들이 그 밑으로 걸어가도 되었다. 마당 출입문은 열려 있었으나 안에는 아무도 없었다. 하지만 그녀는 안으로 들어가 기다렸다. 이내 출입문으로 다가오는 한 인물이 보였는데 도널드 파프레이였다. 그는 교회 시계를 올려다보더니 마당 안으로 들어왔다. 그녀는 무어라 설명할 수 없는 수줍음과 그를 그곳에서 홀로 만나지 않았으면 하는 희망에서, 창고 입구로 연결되는 발판 사다리를 서둘러 올라가 그에게 들키지 않고 창고 안으로 들어갔다. 파프레이는 자기가 혼자라고 생각하면서 계속 다가왔다. 빗방울이 떨어지기 시작했으므로 그는 방금 전까지 그녀가 서 있던 위치로 옮겨 섰다. 여기서 그는 석조 토대에 기대선 채 참을성 있게 기다렸다. 그 역시 누군가를 기다리는 게 분명했다. 그게 자기일까? 만일 그렇다면, 무슨 이유일까? 몇 분 후 그가 시계를 보고 종이쪽지를 꺼냈는데, 그것은 그녀가 받은 쪽지의 사본이었다.

상황이 몹시 어색해졌다. 그녀가 기다리면 기다릴수록 더욱 어색해졌다. 그녀는 자기가 그의 머리 바로 위에 있는 입구에서 나와 사다리를 내려가 거기 숨어 있었다고 밝히는 것이 매우 어리석기 짝이 없는 짓이라고 여겨졌다. 계속 기다리던 그녀가 긴장감을 덜기 위해 가까이 있는 풍구의 손잡이를 부드럽게 돌렸다. 그러자 밀 껍질이 갑자기 그녀의 얼굴 쪽으로 구름처럼 밀려와 옷과 보닛을 덮고 빅토린* 모피에도 들러붙

---

* victorine: 끝에 긴 술이 달린 여성용 모피 어깨걸이.

었다. 그가 위를 올려다보고 발판 사다리로 올라온 걸 보면 그 경미한 움직임을 들은 것이 틀림없었다.

"아, 뉴슨 양이었습니까?" 창고를 들여다볼 만큼 올라온 그가 말했다. "당신이 거기 있는 줄 몰랐어요. 난 약속을 지켰습니다. 무슨 일이든 시키시죠."

"오, 파프레이 씨." 그녀의 목소리가 더듬거렸다. "나도 약속을 지켰어요. 그러나 난 날 보겠다고 한 사람이 당신인지 몰랐어요. 그런 줄 알았더라면 나는—"

"내가 당신을 보자 했다고요? 오, 아닙니다. 적어도, 말하자면, 뭔가 오해가 생겼나 봅니다."

"내게 이곳에 와달라 하지 않았어요? 이거 당신이 쓴 거 아닌가요?" 엘리자베스가 쪽지를 꺼냈다.

"아뇨. 난 그런 생각 근처에도 간 적이 없어요. 그렇다면 당신이, 당신이 내게 요청한 게 아닙니까? 이게 당신 글씨 아닌가요?" 그러고는 그도 자신이 가진 쪽지를 꺼내 들었다.

"전혀 아녜요."

"일이 정말 그렇게 된 거라면! 그렇담 누군가 우리 두 사람을 모두 만나려는 거네요. 우리가 조금 더 기다리는 게 좋겠습니다."

이렇게 생각한 그들은 그곳에서 좀더 기다리기로 했다. 엘리자베스-제인의 얼굴은 초자연적인 평정심을 나타내는 표정이었고, 스코틀랜드 젊은이는 창고 아래에서 바깥 길을 지나는 모든 발걸음을 바라보면서 행여 지나가던 사람이 들어와 자기가 바로 두 사람을 오라고 한 사람이라고 밝히지 않을까 싶어 기다렸다. 그들은 빗방울들이 건너편 건초 더미의 이엉에서 지푸라기에 지푸라기를 이어 슬금슬금 미끄러져 땅바닥으로 흘러내려가는 모습을 지켜보았다. 그러나 결국 아무도 오지 않았고 창고 지붕에서도 빗방울이 뚝뚝 떨어지기 시작했다.

"올 거 같지 않습니다." 파프레이가 말했다. "아마 누가 장난을 쳤나 봅니다. 만일 그랬다면, 시간을 이렇게 허비한 게 참 유감이네요. 할 일이 쌓여 있는데."

"이건 엄청나게 무례한 짓이에요." 엘리자베스가 말했다.

"정말 그러네요, 뉴슨 양. 우리가 언젠가는 이 일의 진상을 듣고, 이런 짓을 한 자가 누군지도 알게 되겠지요. 난 이런 식으로 날 훼방하는 건 참지 못해요. 당신은 어떻습니까, 뉴슨 양?"

"나는 신경 쓰지 않아요. 그다지." 그녀가 대답했다.

"나도 그렇긴 해요."

그들은 다시 침묵에 빠졌다. "당신은 다시 스코틀랜드로 돌아가고 싶은 생각이 간절하지 않아요, 파프레이 씨?" 그녀가 물었다.

"아 아닙니다, 뉴슨 양, 왜 내가 그래야 하죠?"

"난 단지 당신이 스리 마리너즈에서 부른 노래, 그 스코틀랜드와 고향에 대한 노래를 듣고 당신이 그럴 거라고 짐작했어요. 당신은 그 노래를 가슴속 깊이 절감하는 것처럼 보였어요. 그래서 우리 모두 당신을 동정했거든요."

"네, 거기서 노래를 불렀죠, 맞아요…… 그렇지만, 뉴슨 양," 파프레이의 음성은, 그가 진지해지면 늘 그러듯이, 두 반음(半音) 사이에서 음악적으로 파동 쳤다. "몇 분 동안 어떤 노래에 감동하고 눈동자 가득 눈물이 고일 수는 있지만 그런 감동에도 불구하고 노래가 끝난 다음 오랫동안 그것을 신경 쓰거나 생각하지는 않잖아요. 오, 천만에요, 난 돌아가고 싶지 않습니다! 그렇지만 언제든 당신만 좋다면 당신을 위해 기꺼이 노래를 부르겠습니다. 당장이라도 부를 수 있어요, 괜찮습니까?"

"정말 고맙군요. 그런데 난 그만 가봐야 할 것 같아요. 비가 내리든 말든."

"아! 그래야죠, 뉴슨 양. 당신은 이 장난질에 대해선 아무 말도 하지 않는 게 좋겠어요. 염두에 두지도 말고 그 사람이 무언가 말한다면, 당신은 전혀 개의치 않는 것처럼 그 남자 또는 여자에게 정중하게 대해요. 그래서 그 똑똑한 사람에게서 웃음이 사라지게 해요." 그렇게 말하는 그의 시선이 여전히 밀 껍질이 총총히 박힌 그녀의 옷에 고정되었다. "당신은 지금 껍질과 먼지에 덮여 있다는 걸 모르죠?" 그가 지극히 섬세한 어조로 말했다. "옷에 곡식 겉겨가 묻었을 때 비를 맞으면 최악입니다. 비가 섬유 속으로 흘러들어 옷을 버립니다. 내가 도와줄게요. 입으로 불어 터는 게 상책입니다."

엘리자베스가 동의도 반대도 하지 않는 사이에 도널드 파프레이는 그녀의 뒷머리카락, 옆머리카락, 목덜미, 보닛 꼭대기와 빅토린 모피에 대고 입바람을 불기 시작했다. 엘리자베스는 그가 훅 불 때마다 매번 "오, 감사해요"를 반복했고 마침내 꽤 깔끔해졌다. 그러나 그 상황에서 자신의 첫 근심거리를 해결한 파프레이는 결코 그녀가 빨리 출발하도록 서두르는 것 같지 않았다.

"음, 이제 우산을 가져다줄게요." 그가 말했다.

그녀는 제의를 사양하고 밖으로 걸어 나갔다. 파프레이는 그녀가 작아지는 모습을 보면서 생각에 잠긴 채 천천히 걸음을 옮겼다. 그러고는 조용히 휘파람으로 「내가 캐노비를 거쳐 내려왔을 때」*를 불었다.

---

* 로버트 번스의 작품 「보니 페그」의 가사 일부로 추정된다(89~90쪽 참조).

15

처음에는 뉴슨 양의 꽃봉오리 같은 미모에 대해 캐스터브리지의 어느 누구도 큰 관심을 두지 않았다. 지금 도널드 파프레이의 시선이 시장의 이른바 의붓딸에게 꽂힌 것은 사실이지만, 그가 유일했다. 진실을 말하자면 그녀는 예언자 바루크*가 교활하게 정의한 "즐거워지기를 좋아하는 숫처녀"의 불쌍하고 구체적인 실례에 불과했다.

밖에 나다닐 때 그녀는 자기 내면의 상념에 몰두해서, 눈에 띄는 사물에 대해선 가벼운 필요만 느끼는 것 같았다. 그녀는 입는 것에 대해 즐거운 상상을 하지 않겠다는 특이한 다짐을 했는데, 돈에 여유가 생긴 순간에 천박하게 치장한다는 게 자신의 과거 생활과 모순되기 때문이었다. 하지만 단순한 상상에서 진화하는 소망과 단순한 소망에서 진화하는 욕심보다 더 방심할 수 없는 것은 없다. 어느 봄날 헨처드는 엘리자베스-제인에게 정교하게 염색된 장갑을 선물했다. 그녀는 그의 친절에 감사를 표

---

* Baruch: 구약 외경(外經)에 나오는 인물로 예언자 예레미아의 비서이자 동료이다.

시하기 위해 장갑을 끼고 싶었는데 장갑과 잘 어울리는 보닛이 없었다. 미적 탐닉에 빠진 그녀는 어울리는 보닛이 있었으면 하고 생각했다. 그녀에게 그런 보닛이 생겼을 때 이번엔 보닛과 어울리는 드레스가 없었다. 이제야말로 완벽한 마무리가 필요했다. 그녀는 필요한 드레스를 주문했는데 다시 그 드레스와 어울리는 양산이 없다는 걸 발견했다. 일단 시작한 일은 끝을 보는 게 좋다. 그녀는 양산을 샀고 마침내 전체 구성은 완성되었다.

모든 사람이 그녀에게 매료되었다. 어떤 사람은 지난날 그녀의 순진함은 예술을 은폐하는 재주, 즉 로슈푸코*가 언급한 "정교한 사기(詐欺)"였다고 말했다. 그녀는 하나의 효과, 즉 대비(對比)를 연출했는데 고의적인 행동이었다. 사실 이것이 진심은 아니었지만 그 나름의 효과는 있었다. 캐스터브리지는 그녀가 교활하다는 생각이 들자마자 그녀에게 주목하기 시작했다. "내 평생 그렇게 많은 찬사를 받아보기는 처음이야." 그녀가 혼잣말을 했다. "찬사라고 해봐야 아마 내게 별 소용이 없는 사람들이 떠드는 거지만."

도널드 파프레이 역시 그녀에게 감탄했다. 또 전체적으로 보아 그녀에게는 신이 나는 시기였다. 예전의 그녀는 뚜렷하게 여성적이라고 하기에는 지나치게 몰개성적인 인간이었으므로 그녀의 내면에서 성(性)이 그토록 강하게 자기를 드러낸 적이 결코 없었다. 전례 없이 성공한 뒤 어느 날 그녀는 집에 돌아와 위층으로 올라갔다. 그러고는 옷이 구겨지고 상할지도 모른다는 걱정은 아예 잊은 채 침대에 엎어져 "맙소사" 하고 속삭였다. "어떻게 이럴 수가? 여기서 내가 도시 미인인 척하다니!"

---

* François de La Rochefoucauld(1613~1680): 프랑스의 귀족 출신 소설가이자 격언(格言)작가.

깊이 생각해본 끝에 그녀는 자신이 늘 두려워하던 바로 그 상태, 즉 외모를 과장하고 싶어 하는 욕망에 빠져들었다는 사실을 깨닫게 되었고 매우 슬퍼졌다. "모든 게 뭔가 잘못되고 있어." 그녀는 골똘히 따져봤다. "그들이 내가 얼마나 덜 떨어진 소녀인지, 이탈리아 말도 못 하고, 지구본도 사용할 줄 모르고, 그들이 기숙학교에서 배우는 것 중 한 가지도 보여줄 수 없다는 걸 알게 되면 날 얼마나 경멸할까! 이 화려한 옷과 보석을 모두 팔아버리고 내게 도움이 되는 문법책과 사전과 온갖 철학이 담긴 역사책을 사는 게 한결 나을 거야!"

창밖을 내다보니 건초 저장 마당에서 대화하는 헨처드와 파프레이가 보였다. 이즈음 그들의 소통 방식에서 흔히 볼 수 있는 것처럼 시장 쪽에선 성급한 진심이, 젊은 남자 쪽에선 상냥한 겸손이 드러났다. 남자와 남자 사이의 우정이었다. 두 사람이 증명하듯 그 속에는 얼마나 강건한 힘이 있는가. 그렇지만 그 순간 이 우정의 토대를 헐어버리게 될 씨앗이 갈라진 틈으로 뿌리를 내리고 있었다.

6시경이었다. 일꾼들이 하나둘 퇴근했다. 마지막으로 퇴근한 사람은 둥근 어깨에 눈을 깜빡거리는 열아홉 또는 스무 살 정도의 젊은 남자였는데, 그의 입은 걸핏하면 벌어지곤 했다. 입을 지탱할 턱이 없어 그런 것처럼 보였다. 그가 출입문을 나설 때 헨처드가 큰 소리로 불렀다. "어이 에이벌 휘틀!"

휘틀이 몸을 뒤로 돌려 몇 발짝 뛰어왔다. "네, 어르신." 그가 마치 다음에 무슨 일이 벌어질지 아는 것처럼 숨을 죽이며 애원하듯 말했다.

"다시 한 번 말하는데 내일 아침 지각하지 마. 뭘 해야 할지 자네가 알잖아. 내 말 잘 들어. 더 이상 날 우습게 보면 가만두지 않을 거야."

"네, 어르신." 그런 다음 에이벌 휘틀도 떠나고 헨처드와 파프레이도 떠났다. 이제 엘리자베스에게는 더 이상 아무도 보이지 않았다.

헨처드가 이런 명령을 한 데는 그럴 만한 이유가 있었다. 남들이 '가련한 에이벌'이라고 부르는 그는 늦잠을 자고 일터에 늦게 나오는 고질적인 습관이 있었다. 본인은 아주 간절히 가장 일찍 출근하는 직원이 되고 싶어 했다. 그러기 위해 그는 항상 자기 엄지발가락에 끈을 감아서 묶고 그 끈을 창문 밖으로 늘어뜨려놓았다. 하지만 동료들이 잊어버리고 끈을 당기지 않으면, 그의 의지는 바람처럼 날아가 제 시간에 일터에 나올 수 없게 되는 것이다.

에이벌은 건초의 무게를 달거나 크레인으로 자루를 들어 올릴 때 자주 보조 역할을 했고 또 다량의 구매 물품을 가져오기 위해 멀리 시골로 나가는 마차를 호송해야 하는 직원 가운데 하나였으므로, 그의 고질적인 지각 버릇은 허다한 불편을 야기했다. 이번 주만 해도 그는 아침에 두 번이나 다른 일꾼들을 거의 한 시간씩 기다리게 했고, 그런 연유로 헨처드에게 협박까지 받게 된 것이다. 내일 무슨 일이 일어날지는 두고 봐야 할 일이었다.

시계가 6시를 울렸지만 에이벌은 나타나지 않았다. 6시 반에 헨처드가 마당으로 들어섰다. 에이벌이 호송하기로 한 마차에는 말이 묶였고 동행할 남자는 20분을 기다리고 있었다. 헨처드가 다짐을 하는 바로 그 순간 에이벌이 숨을 몰아쉬며 나타났다. 곡물 중개인은 그에게 달려들더니 맹세코 이것이 마지막 기회라고 선언했다. 만일 한 번 더 지각하면, 하느님께 맹세코, 자기가 가서 그를 침대에서 끌어내릴 거라고 고함쳤다.

"지가 생겨먹은 게 무슨 문제가 있지라, 높으신 어르신!" 에이벌이 말했다. "특히, 제 몸 속이 말인디요. 가련하고 멍청한 이 골통에서 말라빠진 기도 몇 마디 나오기도 전에 벌써 제가 고주망태가 되부러라. 그래

152

요, 품삯을 제대로 받지 못하던 애송이 시절부터 그랬어라. 헌데 사실 전혀 제대로 잠자지 못혀요. 침대에 눕자마자 잠이 들어버리는디 잠에서 깨기 전에 몸이 먼저 일어나제라. 숙성되지 않은 것들로 내장을 못살게 굴었지라, 주인님, 그러니 어쩌겠당가? 지난밤 지가 자기 전에 먹은 건 단지 치즈 조금과—"

"그 따위 소리 듣기 싫다니까!" 헨처드가 으르렁거렸다. "내일 마차는 4시에 출발해야 해. 만일 여기에 없을 거면 어슬렁거리지 마. 내가 널 위해 네 몸뚱이에 굴욕을 줄 테니까!"

"허지만 지가 요점을 설명허게 혀주셔야제, 고명하신 어르신—"

헨처드는 외면했다.

"나한테 묻고는 내 대답은 안 들으려 혀!" 에이벌이 마당에 대고 공공연히 투덜거렸다. "난 이제 오늘 밤 내내 그 사람이 무서워서 (한 번에 1분씩 넘어가는) 시계 분침처럼 경련을 일으키겠제!"

다음 날 마차가 가야 할 길은 블랙무어 계곡까지의 먼 여정이어서 새벽 4시부터 마당에 등불들이 흔들렸다. 그러나 에이벌은 나타나지 않았다. 동료 중 누가 에이벌의 집에 달려가 그에게 경고할 틈도 주지 않고 헨처드가 정원 출입문에 나타났다. "에이벌 휘틀 어디 있어? 내가 그렇게까지 타일렀는데도 안 나왔다 이거지? 그렇다면, 내 신성한 조상님들에게 걸고, 내가 말한 걸 실행하겠어. 녀석에게 좋은 일은 아니지! 내 그렇게 하고 만다."

헨처드가 자리를 떠 에이벌의 집으로 들어갔는데, 뒷골목에 있는 그 작은 집의 기식자들에게는 도둑맞을 만한 물건이 전혀 없어서 늘 문이 열려 있었다. 휘틀의 침대 머리맡에 이르자 곡물 중개상은 낮은 베이스 음성으로 아주 힘차게 소리 질렀다. 그 소리에 깜짝 놀라 깬 에이벌이 자기를 굽어보고 있는 헨처드를 보고는, 옷도 걸치지 못하고, 화들짝 경련을 일으켰다.

"침대에서 내려와야지, 선생. 빨리 곡물 저장용 마당으로 뛰어가. 안 그러면 오늘 넌 해고야! 네놈은 따끔한 맛을 봐야 해. 앞으로 행진해. 반바지 따위 신경 쓰지 말고!"

가엾은 휘틀은 소매에 조끼를 황급히 끼고 계단 끝자락에서 간신히 장화를 신었다. 그사이 헨처드는 그의 머리 위에 거칠게 모자를 뒤집어 씌웠다. 그다음 휘틀은 빠른 걸음으로 뒷골목을 걸어갔고 헨처드가 엄숙하게 그 뒤를 따랐다.

바로 이때 헨처드를 찾아 그의 집에 왔던 파프레이가 뒤쪽 출입문에서 나왔다. 새벽 어둠 속에서 하얗게 흔들리는 무엇이 보였는데, 그는 곧 그것이 조끼 아래로 드러난 에이벌의 셔츠 일부라는 것을 감지했다.

"아니 도대체, 이게 무슨 꼴이지?" 에이벌을 뒤따라 마당에 들어서면서 파프레이가 말했는데, 이때까지도 헨처드는 몇 걸음 뒤에서 오고 있었다.

"보랑게, 파프레이 씨." 에이벌이 체념의 미소와 함께 공포에 질린 듯 횡설수설했다. "내가 더 일찍 일어나지 않음 내 몸에 굴욕을 줄 거라고 말허더니, 그가 이제 그걸 실행할 참이구먼! 어쩔 수 없다는 걸 당신도 알잖여, 파프레이 씨. 때로는 야릇한 사건들도 일어나는 법이제! 그래 블랙무어 계곡에 지금처럼 절반을 벌거벗은 채로 갈 겨. 그가 그러라고 명령했으니께. 허지만 그다음에 난 자살해버릴 겨. 이 치욕을 견디며 어떻게 살 겨. 여자들이 오가는 길 내내 내 참담한 모습을 창문 너머로 내다보면서, 날 바지 벗은 남자라고 경멸하며 비웃을 거 아녀! 파프레이 주인님, 내가 그런 일을 어처콤 느끼는지, 얼마나 비참한 생각이 날 괴롭히는

지 알겄지라. 맞어. 내가 몸에 스스로 상처를 내야것제. 그 순간이 다가오는구먼!"

"집에 돌아가요. 가서 바지 입고 그리고 사나이답게 일하러 나와요! 안 그러면 당신은 거기 서서 죽는 거나 다름없어요!"

"유감스럽게도 그럴 수가 없제! 헨처드 씨가 말허기를—"

"난 헨처드 씨가 뭐라 했든, 아니 누가 뭐라 했든 상관하지 않습니다! 이런 짓거리는 아주 어리석어요. 가서 당장 옷을 입으라구요, 휘틀."

"어이, 기다려!" 헨처드가 뒤에서 나타나며 말했다. "누구 마음대로 그를 돌려보내?"

모든 사람이 파프레이를 쳐다봤다.

"제가 그러라고 했습니다." 파프레이가 말했다. "있잖습니까, 이 우스운 짓은 충분히 목적을 이뤘습니다."

"내 생각으로는 아직 아니야! 마차에 올라타, 휘틀."

"절 매니저로 인정하시면 그렇게는 못합니다." 파프레이가 말했다. "그가 집으로 가든지 아니면 제가 이 마당에서 영원히 나가든지 둘 중 하납니다."

헨처드가 엄숙하게 얼굴을 붉히며 그를 쳐다봤다. 파프레이가 잠시 멈칫하면서 두 사람의 눈이 마주쳤다. 헨처드가 이 일을 후회하기 시작했다는 표정을 읽고 파프레이가 그에게 다가섰다.

"자," 파프레이가 조용히 말했다. "시장님처럼 지위가 높은 분은 더 잘 아시잖습니까, 시장님! 그런 행동은 폭압적이고 시장님답지 않습니다."

"폭압적인 행위가 아니라니까!" 헨처드가 골난 소년처럼 중얼거렸다. "그건 저 너석이 정신을 차리라고 한 행동이야!" 심한 상처를 입은 사람의 말투로 그가 바로 덧붙였다. "사람들 앞에서 왜 그런 식으로 내게 말하는 거지, 파프레이? 우리 둘만 남게 될 때까지 잠자코 있을 수도 있는데. 아, 왠지 알겠어! 내가 인생의 비밀을 자네에게 털어놨기 때문이야. 그렇게 한 내가 바보였어. 자네가 그런 나를 이용하는 거야!"

"전 그 일은 이미 잊었습니다." 파프레이가 담백하게 말했다.

헨처드는 땅바닥을 보고 더 이상 아무 말도 하지 않더니 발길을 돌려 가버렸다. 그날 파프레이는 일꾼들에게서 헨처드가 지난겨울 내내 에이벌의 늙은 모친에게 연료용 석탄과 코담배를 대줬다는 사실을 들었고, 그래서 곡물 중개인에 대한 적대감은 다소 누그러졌다. 그러나 헨처드는 계속 언짢은 기분으로 뚱하니 말이 없었으며, 일꾼 중 하나가 그에게 귀리 일부를 위층으로 들어 올릴지 말지 물었을 때 퉁명스럽게 대꾸했다. "파프레이에게 물어봐. 그가 여기 주인이니까!"

사실상 그의 처지가 그랬고 그것은 의심의 여지가 없었다. 이제까지는 헨처드가 그 사회에서 가장 존경 받는 인물이었지만 이제 더는 아니었다. 어느 날, 더너버 지역에서 농부 아버지를 여읜 딸들이 자기네 건초 더미의 가격이 얼마나 되는지 의견을 말해주면 고맙겠다고 파프레이에게 심부름꾼을 보냈다. 어린아이였던 심부름꾼은 마당에서 파프레이가 아닌 헨처드와 마주쳤다.

"좋아." 그가 말했다. "내가 가지."

"아뇨 파프레이 씨가 가셨으면 허는디요?" 그 아이가 말했다.

"내가 간다니까…… 파프레이는 왜?" 헨처드가 생각에 빠져 굳은 표정으로 말했다. "왜 사람들이 항상 파프레이를 찾는 거니?"

"제 생각엔 사람들이 그를 아주 좋아허니께요— 그렇다고 사람들이 말혀요."

"아 알았어. 그렇다고 사람들이 말하는구나, 그렇지? 사람들은 그가 헨처드보다 똑똑하고 더 많이 아니까 그를 좋아하는구나. 요컨대, 헨처드는 그와 비교가 안 되는 거로구나, 응?"

"네 바로 그말이여요, 어르신. 부분적으로는요."

"오, 더 있어? 물론 더 있겠지! 또 뭔데? 말해봐, 여기 너 사탕 사먹을 6펜스 동전 줄게."

"게다가 그는 성격이 더 좋고, 헨처드는 그에 비하면 바보라고 사람들이 말혀요. 또 여자들이 집으로 걸어가면서 허는 말도 들었는디요. '그는 보석 같어— 그는 다루기 쉬운 녀석이여— 그가 최고여— 그는 돈을 벌게 해주는 망아지구먼.' 그렇게들 말혀요. 그들은 또 '두 사람 중에선 단연코 그가 더 똑똑혀. 난 헨처드 대신 그가 주인이면 좋겠어'라고 말혀요."

"그들이 무슨 말인들 못하겠니." 헨처드가 잔뜩 우울한 기분에 빠져 말했다. "자, 이제 가보렴. 그리고 내가 건초 가격을 매기러 갈 거야, 알았들었니? 내가 말이야." 소년이 떠나자 헨처드가 중얼거렸다. "그가 여기 주인이 되길 바란다고, 그것들이?"

그가 더너버로 향했다. 그는 가는 도중 파프레이를 따라잡았다. 두 사람은 함께 걸었지만 헨처드의 시선은 거의 땅에 고정되었다.

"기분이 별로 안 좋아 보입니다, 오늘?" 파프레이가 물었다.

"아냐, 난 아주 좋은데." 헨처드가 말했다.

"그런데 약간 우울해 보이십니다. 우울한 게 틀림없죠? 우울해하실 필요 없습니다! 우리가 블랙무어 계곡에서 훌륭한 물건을 사들였거든요. 그건 그렇고 더너버 사람들이 자기네 건초 가격을 매겨달라고 하네요."

"그래, 그리로 가는 중이야.'

"저노 함께 가겠습니다. 헨처드가 대꾸를 하지 않자 파프레이는 소토 보체*로 음악 한 곡조를 연습하며 부르다가 그 유족들이 사는 집 문 앞에 도착하자 노래를 멈췄다.

"오, 그들 아버지가 돌아갔으니 이렇게 노래를 계속 부르면 안 되죠. 그걸 잊으면 안 돼요!"

"자네는 사람들의 감정에 상처를 안 주려고 참 세밀하게 신경을 쓰는군." 헨처드가 반쯤은 빈정거리는 투로 말했다. "자네는 그렇지, 내가 알아. 특별히 내 감정에 대해!"

"제 말에 상처를 받으셨다면 사과드릴게요. 시장님." 파프레이가 잠자코 서서 대꾸하고 후회 가득한 얼굴 표정을 지으며 같은 감정을 다시 토로했다. "왜 그런 말씀을 하시고, 왜 그런 생각을 하십니까?"

헨처드의 이마에서 구름이 걷혔다. 파프레이가 말을 마쳤을 때 곡물 상인은 그가 있는 쪽으로 몸을 돌려 얼굴보다 가슴을 바라보았다.

"날 짜증나게 하는 말을 많이 들었어." 그가 말했다. "그런 말들이 내 행동을 조급하게 만들고 자네의 진정한 가치를 간과하게 만들었어. 지금 나는 건초와 관련해 여기 들어가고 싶지가 않네. 파프레이 자네가 나보다 더 잘할 수 있어. 그들이 부르러 보낸 사람도 자네고. 나는 11시에 열리는 시의회 모임에 출석해야 하니 이제 그만 가봐야겠네."

그렇게 두 사람은 새로워진 우정을 확인하며 헤어졌다. 파프레이는 자기에게 아주 분명하지 않은 의미들을 헨처드에게 물어보는 것은 삼갔다. 헨처드에게는 이제 다시 평온이 찾아왔다. 그럼에도 불구하고 파프레이에 대해 생각할 때마다 어렴풋한 두려움이 떠나지 않았다. 그는 젊은이에게 진심을 말하고 또 인생의 비밀까지 털어놓은 걸 자주 후회했다.

---

* sotto voce: '소리를 낮추어'라는 뜻의 이탈리아어.

16

이런 일이 있은 뒤 파프레이를 대하는 헨처드의 태도는 점점 더 서
먹서먹해졌다. 헨처드는 정중했다. 너무 정중했다. 파프레이는 여태껏 온
화하고 성실하긴 하지만 제대로 훈련받지는 못했다고 여겨온 상대의 여
러 자질 중 처음으로 훌륭한 예의범절이 드러나 적지 않게 놀랐다. 곡물
중개인은 이제 젊은이의 어깨에 팔을 얹고 기계화된 우정의 압력으로 파
프레이를 내리누르는 듯하던 행위를 거의 또는 전혀 하지 않았다. 그가
파프레이의 숙소로 찾아와 복도에 대고 "어이 파프레이, 이봐 저녁이나
같이 먹으러 가자고! 이 쓸쓸한 감옥에 갇혀 지내지 말고!"라고 소리치
는 일도 더는 벌어지지 않았다. 그렇지만 그들 사업의 일상적 업무에는
거의 변화가 없었다.

그렇게 그런대로 굴러가던 두 사람 사이는 최근 벌어진 국가적 경사*
를 축하하기 위해 전국적 차원의 임시 공휴일이 제안되면서 변화를 맞게

---

* 영국 왕실의 2세 탄생을 가리킨다. 앨리스Alice 공주는 1843년에, 앨프리드Alfred 왕자
는 1844년에 출생했다.

되었다.

본래 움직임이 굼뜬 캐스터브리지에서는 한동안 아무런 반응도 없었다. 그러던 어느 날 도널드 파프레이가 헨처드에게 무거운 방수포 몇 장만 빌려줄 수 있겠느냐며 얘기를 꺼냈다. 파프레이와 동료들이 그 공휴일에 몇 가지 여흥을 계획했는데 일종의 간이시설을 만들고 1인당 얼마씩 입장료를 받을 거라고 했다. 방수포는 그 시설을 만들기 위해 필요한 재료였다.

"몇 장이든 필요한 대로 가져다 써." 헨처드가 대답했다.

헨처드는 자기 매니저가 준비에 착수하는 걸 보고 경쟁심이 불타올랐다. 일찌감치 회의를 열어 공휴일에 열 행사를 의논하지 않은 건 자기가 생각해도 분명 시장으로서 아주 태만했다. 그러나 파프레이의 행동은, 구식의 당국자들이 주도권을 잡을 기회가 없을 만큼, 고약하게 민첩했다. 그래도 아직 너무 늦은 건 아니었다. 그는 다시 생각해보더니, 다른 시의원들이 일임해준다면 자기 책임 아래 오락 시설을 꾸며보겠다고 결심했다. 시의원들은 이 제안에 흔쾌히 동의했는데 그들 대다수는 나름 괜찮게 늙었으나 융통성은 없는 인물들로 걱정 없는 인생을 확고하게 지지했다.

그래서 헨처드는 유서 깊은 이 도시에 어울리는 정말로 멋진 행사를 준비하기 시작했다. 헨처드는 파프레이가 추진 중인 소규모 행사에 대해서 거의 잊고 있다가 이따금 생각나면 혼잣말을 했다. "사람 머릿수에 따라 입장료를 얼마씩 받는다니 그게 꼭 스코틀랜드 사람들이 하는 짓이거든! 1인당 얼마씩 받는다니 누가 내려고 하겠어?" 시장이 제공하는 오락 시설은 완전 무료가 될 것이다.

이미 파프레이에게 매사를 의지하던 터라 그는 이 행사에 관해서도 파프레이를 불러 상의하고픈 유혹에서 벗어나기 어려웠다. 그러나 그는 억지로 자제했다. 안 돼, 그는 생각했다. 파프레이는 내 매니저인 주제에 나를 자기 재능을 따라가며 단지 화음이나 긁어주는 제2바이올린, 즉 제2인자의 지위로 주저앉히는 따위의 개선책을, 그 빌어먹을 이지적인 방식으로 제안할 테지.

주민들은 모두 시장이 제안한 오락 행사에 박수를 보냈다. 특히 그가 모든 비용을 부담할 방침이라는 사실이 알려졌을 때 그랬다.

이 일대에는 토루(土樓)들이 블랙베리만큼 널려 있었는데, 도시 가까이에 아주 오래된 정사각형 토루에 둘러싸여 주위보다 높이 솟은 녹색의 공간이 있었다. 캐스터브리지 주민들은 떠들썩한 축제나 집회, 양 매매 등 길거리보다 넓은 공간이 필요한 다양한 행사를 그곳에서 열었다. 한쪽 경사면이 프롬 강으로 이어지고, 어느 지점에서건 수 킬로미터에 걸쳐 주변의 시골 경치가 펼쳐진 곳이었다. 이 쾌적한 고지대가 헨처드의 위업의 현장이 될 것이었다.

그는 이곳에서 온갖 종류의 게임이 열릴 것이라며 도시 여기저기에 핑크색의 긴 포스터를 내걸고 광고를 했다. 또한 자기가 직접 지휘하는 소규모 인력도 가동시켰다. 그들은 꼭대기까지 기어올라가 그곳에 매단 훈제 햄과 지역 특산 치즈를 차지하는 게임을 위해 기름 친 장대들을 세웠다. 뛰어넘을 장애물도 줄을 지어 설치했다. 강을 가로질러 미끄러운 막대기 하나를 설치하고 반대편에는 이웃 마을의 돼지 한 마리를 산 채로 묶어놓아, 막대기 위로 강을 건너 반대편에 도달한 사람이 돼지를 차지하는 게임도 준비했다. 경주용 외바퀴 손수레, 당나귀, 권투와 레슬링 등 일반적으로 피를 흘릴 무대, 속으로 뛰어들 푸대들도 준비되었다. 나아가 헨처드는 자신의 원칙을 잊지 않고 도시 주민 누구나 무료로 자유롭게 마시도록 엄청난 양의 차도 제공했다. 테이블들이 성벽의 안쪽 경사면과 평행으로 놓였고 그 위로는 차양이 설치되었다.

앞뒤로 지나다니면서 시장은 서쪽 산책로의, 외관이 그다지 매력적이지 못한 파프레이의 행사장을 보았다. 그곳에는 각각 다른 크기와 색깔의 방수포가 모양에 상관없이 둥글게 나뭇가지에 묶여 있었다. 그는 자기가 준비한 것이 파프레이가 준비한 것보다 훨씬 훌륭하다는 생각을 하며 그제야 마음이 편해졌다.

마침내 행사 날 아침이 밝았다. 하루 이틀 전까지도 매우 청명했던 하늘을 구름이 덮었는데 날씨는 금방이라도 비를 뿌릴 듯 위협했고 바람은 틀림없이 비가 올 것임을 시사했다. 헨처드는 청명한 날씨가 지속되리라고 철석같이 믿었던 걸 후회했다. 그러나 일정을 조정하거나 연기하기에는 이미 늦어 행사는 그대로 진행되었다. 정오에 비가 내리기 시작했다. 비는 적지만 꾸준히 거의 눈에 띄지 않을 정도로 내리다가 서서히 빗발이 거세졌기 때문에 언제 건조한 날씨가 끝나고 비가 오기 시작했는지 정확하게 말하기도 어려웠다. 하지만 한 시간 만에 가벼운 물줄기는 하늘에서 땅을 때리는 한결같은 강타로, 끝을 예상할 수 없이 퍼붓는 급류로 변해버렸다.

몇몇 사람이 용감하게 그곳에 모였지만 3시가 되었을 때 헨처드는 자기가 벌인 일이 실패로 끝날 운명이라는 걸 깨달았다. 장대 끝에 매달렸던 햄은 갈색 분비물처럼 바뀌어 물안개같이 떨어졌고, 돼지는 바람에 덜덜 떨었으며, 상담용 테이블의 낟알은 식탁보에 들러붙은 게 언뜻언뜻 보였다. 차양에서 떨어진 빗물이 제멋대로 아래쪽에서 흘러 다녔기 때문인데, 이제 와서 차양의 모서리들을 묶어봐야 소용이 없을 것 같았다. 강 건너 풍경도 사라졌다. 바람은 텐트를 묶은 끈 위에서 아이올로스*의

---

* Aiolos: 그리스 신화에 등장하는 바람의 신.

즉흥곡을 연주했다. 바람이 마침내 절정을 향해 고조되더니 모든 구조물이 땅 위로 비스듬히 기울어져서 그 안에 대피했던 사람들이 네 발로 기어 나와야 했다.

그러나 6시가 가까워지면서 폭풍은 진정되고 한층 건조한 미풍이 불어와 잔디에 맺힌 물기를 털어주었다. 결국 행사를 진행하는 게 가능할 것처럼 보였다. 차양이 다시 설치되었다. 대피소에 있던 밴드가 불려나와 연주를 시작하라는 지시를 받았고, 테이블이 놓였던 곳은 테이블이 치워지고 춤을 추기 위한 장소로 바뀌었다. "헌데 주민들은 어디들 갔어?" 단지 남자 둘과 여자 하나만 춤을 추겠다고 서 있는 채로 30분이 지나자 헨처드가 말했다. "가게가 모두 문을 닫았는데 사람들이 왜 안 오는 거지?"

"주민들은 서쪽 산책로에 있는 파프레이의 행사장에 있제." 시장과 함께 현장에 있던 시의원 하나가 대답했다.

"내 생각에 일부는 거기 있겠지. 하지만 나머지 대다수 주민들은 어디에 있는 거야?"

"외출헌 사람들은 모두 거기로 갔제."

"그렇다면 그들은 더 멍청하군!"

헨처드는 우울한 기분으로 자리를 비켰다. 젊은 친구 몇 명이 씩씩하게 다가오더니 햄을 낭비하지 않겠다며 장대에 기어올랐다. 그러나 구경꾼도 없고 전반적으로 아주 을씨년스러워서 헨처드는 행사를 중단하고 오락 또한 끝내라고 지시하고, 음식물은 도시 빈민층에게 나눠주라고 지시했다. 얼마 지나지 않아 일부 장애물과 텐트와 장대를 빼고는 현장에 아무것도 남지 않았다.

헨처드는 집에 돌아와 아내, 딸과 차를 마신 뒤 다시 밖으로 나왔다. 어둠이 깔리는 시간이었다. 그는 막 산책에 나선 사람들이 산책로의 특정 지점을 향해 몰려가는 것을 보고 그쪽으로 발길을 옮겼다. 파프레이가 세운 울타리 안쪽 그가 파빌리온*이라고 부른 그 장소에서 현악기 밴드의 연주 소리가 흘러 나왔다. 시장은 그곳에 도착하고 나서야 대형 텐트가 막대기나 로프를 사용하지 않고 정교하게 세워졌다는 사실을 알게 되었다. 플라타너스 가로에서 가장 밀집도가 높은 지점이어서 나뭇가지가 서로 빈틈없이 얽혀 머리 위에 둥근 천장을 만들어냈다. 이 나뭇가지들에 캔버스 천을 묶은 결과 하나의 반원통형 지붕이 탄생했다. 바람이 불어오는 쪽의 말단에는 울타리를 둘렀고 반대쪽 말단은 개방했다. 헨처드는 빙 돌아가 안쪽을 들여다보았다.

형태로 보면 박공 하나를 들어낸 성당의 신도석 같았지만 내부의 모습은 전혀 종교적이지 않았다. 사람들이 모여 일종의 릴** 또는 플링***을 추고 있었다. 평소에는 차분한 파프레이가 지금은 스코틀랜드 고지인(高地人)의 야생 의상을 입고 춤추는 사람들 사이에서 즐거움을 만끽하면서 장단에 맞춰 몸을 흔들었다. 잠깐 동안이었지만 헨처드는 웃지 않을 수 없었다. 그때 그는 여자들 얼굴에 스코틀랜드 남자를 향한 깊은 경탄의 표정이 나타나는 것을 보았다. 이 구경거리가 끝나고 새로운 춤이 제안되었을 때, 원래 복장으로 갈아입느라 잠시 사라졌다 돌아온 파프레이는 파트너를 마음대로 골라서 춤을 출 수 있었다. 모든 소녀가 그처럼 춤동작의 우아함을 제대로 이해하는 사람과 춤추고 싶어 하는 분위기였기 때문이다.

* pavilion: 전시회 등을 위해 일시적으로 세워 사용하는 특설 가건물.
** reel: 스코틀랜드, 아일랜드, 미국에서 보통 2명이나 4명이 추는 빠른 춤.
*** fling: 팔과 다리가 매우 활력 있게 움직이는 춤.

도시 전체가 그 산책길로 모여든 셈이었는데 그때까지 주민들에게 그와 같이 유쾌한 무도회장을 열어보자는 아이디어가 나온 적은 한 번도 없었다. 구경꾼 중에는 엘리자베스와 그녀의 엄마도 있었는데 딸은 조용히 생각에 잠겨 있으면서도 매우 흥미를 느껴서 마치 자연이 코레지오*의 충고를 받아 창조되기라도 한 것처럼 간절한 시선을 계속 반짝거렸다. 춤판은 조금도 수그러들지 않고 활기차게 계속되었고, 헨처드는 아내가 집에 가자고 할 때까지 산책을 하며 기다렸다. 그가 계속 밝은 곳에만 있으려 한 건 아니지만 그가 어두운 곳에 들어갔을 때가 더 불편했다. 그곳에서 그는 점점 더 빈번해지는 험담을 들었다.

"헨처드 씨의 축하 행사는 여기에 대면 안녕하냐는 인사조차 할 수 없제." 누군가 말했다. "오늘 사람들이 그 음산한 장소에 올라갈 거라 생각했다면 그는 정말 고집불통 돌대가리제."

그 대화의 상대방은 시장에게 부족한 점이 어디 그런 일에서만 드러나느냐는 게 여론이라고 대꾸했다. "젊은 동료가 없다면 시장의 사업이 어찌 됐겠어? 정말 행운의 여신이 헨처드에게 보낸 사람이제. 파프레이 씨가 왔을 때 회계장부는 가시투성이 나무 같았제. 예전엔 모든 포대를 마치 정원의 말뚝처럼 일렬로 세워놓고 그가 분필로 찍찍 그으며 숫자를 세고, 건초 더미 부피는 팔을 뻗어 측정했어. 다발의 무게는 한 번에 들어 올리는 짐으로 재고, 건초 상태는 한 잎 씹어서 평가하고, 그리고 가격은 악담을 해가며 해결했제. 근데 지금은 기량이 뛰어난 젊은 청년이 모든 걸 계산하고 계량하며 해내고 있제. 또 밀도 있잖여. 한때는 쥐 냄새가 하도 심하게 나서 빵으로 만들어도 사람들이 분명하게 구별할 정도

---

* Antonio Allegri da Correggio(1494~1534): 명암 대비와 원근법 사용으로 유명한 16세기 이탈리아 화가.

였는데, 파프레이에겐 그것들을 제거할 계획이 있다제. 그렇게 그 쬐끄만 네발짐승이 밀 위를 걸었다고 다시 상상하는 일은 없을 겨. 오 그래, 확실히 말해, 모든 사람이 그에게 몰두하고, 헨처드 씨가 그를 붙들기 위해 어떻게 할 건지에 집중허고 있제!" 신사가 결론 삼아 말했다.

"허지만 헨처드가 오랫동안 붙들진 않을 겨, 어쩌겠어." 그의 대화 상대가 말했다.

"안 하지!" 나무 뒤에서 헨처드가 혼자 중얼거렸다. "만일 그가 붙든다면, 자기가 18년 동안 쌓아온 명성과 지위를 모두 잃을지도 모르는 위태로운 상황에 빠질 텐데!"

그는 춤판이 벌어지는 파빌리온으로 돌아갔다. 파프레이가 엘리자베스-제인과 함께 진기한 작은 춤곡의 스텝을 밟는 중이었다. 옛 시골의 춤으로 그녀가 아는 유일한 것인데, 그녀의 한층 얌전한 발놀림에 보조를 맞추기 위해 파프레이가 자신의 동작을 매우 작게 했는데도 그의 부츠 바닥에서 반짝이는 작은 징 무늬가 구경꾼 모두의 눈에 친숙해졌다. 곡조는 엘리자베스를 음악 속으로 끌어당겼다. 바쁘게 뛰어넘고 뛰어오르는 곡조였다. 바이올린마다 은색 현 위에서 어느 정도 낮은 음들을 연주하다가, 이제는 사다리를 뛰어올라갔다 내려가듯 팔짝팔짝 줄넘기하는 음정을 작은 현으로 만들어냈다. 파프레이는 곡명이 「에어의 맥러드 양」* 이라고 말하면서, 자기 고향에서 아주 인기 있는 곡이라는 설명도 덧붙였다.

춤곡이 끝나자 소녀는 헨처드를 바라보며 동의를 구했다. 그러나 그는 허락하지 않았다. 그는 소녀를 보지 않는 것 같았다. "이봐, 파프레

---

* 'Miss M'Leod of Ayr': 옛 스코틀랜드의 노래.

이." 그가 마치 정신 나간 사람처럼 말했다. "내일 브레디 항구의 큰 시장에는 나 혼자서 가겠어. 자네는 여기 머무르면서 상자에 자네 옷들 제대로 집어넣고, 그리고 괴팍한 언행으로 상했을지도 모르는 무릎의 원기나 회복하게." 그가 적의를 보이며 파프레이를 쏘아보았는데 처음에는 미소로 시작했던 눈초리였다.

주민 몇이 다가오는 바람에 파프레이가 옆으로 비켜섰다. "이게 무슨 경우여, 헨처드." 부시장 터버가 치즈 감식가처럼 엄지손가락을 곡물 중개상에게 들이대며 물었다. "당신이 다루기 힘드니까 반대하는 겨, 응? 그가 제 주인만큼 훌륭한데, 응? 그가 당신을 능가혔제, 안 그려?"

"이보라고, 헨처드 씨." 또 다른 점잖은 변호사가 말했다. "당신이 실수한 장소는 아주 멀리 나가야 하는 벌판이었제. 당신이 그의 장부에서 힌트를 얻고 당신 여흥도 여기처럼 대피할 수 있는 장소에서 열었어야 혔제. 그런데 당신에겐 그런 생각이 없었제, 자 봐여. 그는 해냈제. 그래서 당신이 그 사람에게 흥분허는 거여."

"그 사람이 얼마 지나지 않아 두 사람 중 윗자리를 차지하고, 그런 다음 완벽하게 성공할 것이제." 익살맞은 터버 씨가 덧붙였다.

"아뇨." 헨처드가 침울하게 말했다. "그는 그렇게 되진 않을 겁니다. 나와 곧 헤어질 테니까요." 헨처드가 파프레이 쪽을 바라보았는데 그는 다시 가까이 와 있었다. "파프레이 씨가 내 매니저인 시간은 끝나갑니다. 그렇지 않아, 파프레이?"

젊은이는 이제 억센 흔적이 많은 헨처드의 얼굴에서 주름살과 굴곡의 의미를 마치 분명한 구두(口頭)의 비문(碑文)인 듯 해석할 수 있었다. 그는 조용히 동의했다. 그리고 사람들이 그 사실을 안타까워하며 왜 그러느냐고 물있을 때, 그는 헨처드 씨가 더 이상 자신의 도움을 청하지 않는다고 간결하게 대답했다.

    헨처드는 분명 만족하는 모습으로 집에 돌아갔다. 그러나 아침이 되어 질투하던 기분이 사라져버리자, 자기가 저지른 말과 행동 때문에 그는 가슴이 철렁했다. 파프레이가 이번에는 그의 말을 단호하게 곧이곧대로 듣기로 했다는 사실을 깨닫고 그는 한층 더 불안해졌다.

17

헨처드의 태도에서 엘리자베스-제인은 자기가 파프레이의 청을 받아들여 춤을 춘 것이 일종의 실수였다는 것을 감지했다. 단순한 그녀로서는 알고만 지내는 어떤 사람이 넌지시 깨우쳐줄 때까지 왜 실수인지도 몰랐다. 그녀는 파빌리온을 채운 잡다한 인파 속에서 춤춘 것이 시장의 의붓딸인 자신의 지위에 꼭 합당한 행동은 아니었다는 걸 알게 되었다.

그러자 그녀는 귀와 뺨과 턱이 타고 있는 석탄처럼 발개졌다. 자신의 취향이 지위에 어울리게 고상하지 않고 자신을 망신시킬 것이라는 생각이 떠올랐기 때문이다.

이런 생각으로 아주 비참해진 그녀는 엄마가 어디에 있는지 두리번거렸다. 그러나 엘리자베스보다 인습에 덜 민감한 헨처드 부인은 딸이 마음 내킬 때 돌아오라고 놔둔 채 이미 가버리고 없었다. 딸은 어둠이 짙게 깔린 옛 가로수길, 도시의 경계를 따라 나무들이 자연스레 만들어낸 둥근 천장 아래로 몸을 옮겨 곰곰이 생각해보았다.

몇 분 지나지 않아 따라 나온 남자가, 천막에서 나오는 빛줄기 쪽을 향해 있던 그녀의 얼굴을 알아봤다. 그는 파프레이였는데, 자신의 해고를 의미하는 헨처드와의 대화를 막 끝내고 나오는 참이었다.

"아 여기 있었군요, 뉴슨 양? 당신을 찾느라 많이 헤맸습니다!" 그가 곡물 상인과의 불화로 생긴 서글픔을 참으며 말했다. "당신 집으로 갈 때 꺾이는 길모퉁이까지 함께 걸어도 될까요?"

그녀는 그러는 게 뭔가 잘못이라는 생각은 했지만 입 밖으로 말해 거절하지는 않았다. 그래서 둘은 처음엔 서쪽 산책로로 다음엔 볼링 산책로로 함께 걸었다. 마침내 파프레이가 말했다. "제가 머지않아 당신 곁을 떠날 것 같습니다."

그녀가 움찔했다 "왜요?"

"아, 단지 사업상 이유 때문에요. 그 이상은 아닙니다. 하지만 걱정하진 않습니다. 그게 결국 최선입니다. 난 당신과 한 번 더 춤추고 싶었는데."

그녀는 자기가 제대로 된 춤을 추지 못해 미안하다고 말했다.

"아뇨, 당신은 제대로 춤을 췄습니다! 유쾌한 댄서를 만드는 건 능숙한 스텝이 아니라 오히려 느낌이거든요…… 유감스럽지만 내가 이 행사장을 세워서 당신 아버지의 기분을 상하게 했답니다! 난 이제 아마 완전히 지구 반대편으로 가야 할 테지요!"

이 말은 몹시 우울한 전망처럼 들렸다. 엘리자베스는 그가 듣지 못하게 숨을 조금씩만 뱉으며 한숨을 쉬었다. 그러나 어둠은 사람을 진실되게 만드는 법이어서 스코틀랜드 남자는 충동적으로 계속 말했고, 아마 그녀의 한숨 소리도 결국은 들었을 것이다.

"내가 더 부자면 좋겠어요, 뉴슨 양. 그랬으면 당신 의붓아버지 기분이 상하진 않았을 테죠. 당신에게 묻고 싶은 게 하나 있어요. 네, 오늘 밤 물을 겁니다. 그렇지만 날 위해 그러는 건 아닙니다!"

그녀에게 무엇을 물을 생각인지 그는 말하지 않았다. 그녀는 그에게 용기를 북돋아주는 대신 무기력하게 침묵했다. 두 사람은 그렇게 서로 어려워하며 볼링 산책로의 맨 아래 부근까지 계속 걸어갔다. 스무 발짝만 더 가면 가로수길이 끝나고 길모퉁이와 가로등이 나타날 것이다. 이 사실을 의식한 그들이 걸음을 멈췄다.

"그날 우리를 바보처럼 심부름시켜 더너버의 곡물 창고로 보낸 사람이 누구였는지 난 결국 알아내지 못했습니다." 파프레이가 기복이 심한 그의 말투로 말했다. "당신은 집히는 데가 있습니까, 뉴슨 양?"

"전혀요." 그녀가 말했다.

"왜 사람들이 그런 짓을 했는지 모르겠습니다!"

"장난치려고 그랬겠죠, 아마."

"아마 장난은 아니었을 겁니다. 우리 두 사람이 거기서 함께 기다리면서 서로 얘기를 주고받길 기대하지 않았겠어요? 아, 정말! 여기 캐스터브리지 주민들이 내가 떠나더라도 날 잊지 말아주면 좋겠네요."

"그건 제가 확신해요. 우린 안 잊을 거예요!" 그녀가 진지하게 말했다. "저는— 당신이 아예 떠나지 않기를 바라요."

그들이 가로등 불빛이 비치는 곳에 들어섰다. "음, 그것도 신중히 생각해볼게요." 도널드 파프레이가 말했다. "집 문 앞까지는 가지 않으렵니다. 여기서 그만 헤어집시다. 아님 당신 아버지가 더 화를 낼지 몰라요."

둘은 헤어졌다. 파프레이는 어두운 볼링 산책로로 되돌아갔고, 엘리자베스-제인은 길을 올라갔다. 자기가 무얼 하고 있는지 아무 의식도 없이 그녀는 온 힘을 다해 뛰기 시작해 마침내 아버지의 집 앞에 도착했다. "아 이런 어쩌나— 내가 뭘 하려는 거지?" 그녀는 멈춰 서서 가쁜 숨을 몰아쉬며 생각했다.

집 안에 들어온 그녀는 파프레이가 자기에게 기꺼이 묻고 싶었으나 감히 묻지는 못한 수수께끼 같은 말의 의미를 곰곰 추측해보았다. 조용히 관찰하는 성격을 가진 엘리자베스는 오랜 기간 그가 시민들의 호감을 받으며 떠오르는 모습을 눈여겨봤다. 또 이제는 헨처드의 기질도 파악해서 파프레이의 매니저 자리가 머지않아 끝날 것이라는 걱정도 하던 터였다. 그래서 해고 발표에 별로 놀라지는 않았다. 파프레이가 스스로의 언급과 아버지의 해고 조치에도 불구하고 캐스터브리지에 그냥 남게 될까? 이 문제에 그가 어떻게 대처하느냐에 따라 그가 그녀에게 던진 불가해한 발언의 의미가 풀릴지 모른다.

이튿날은 바람이 거셌다. 너무 심하게 불다 보니 도널드 파프레이가 사업에 관해 작성한 편지 초안의 일부가 사무실 담을 넘어 날아갔고 정원을 걷던 엘리자베스가 그것을 주웠다. 그녀는 불필요한 그 쪽지를 실내로 가져와 자기가 경탄해 마지않는 필체를 옮겨 적기 시작했다. 쪽지는 "친애하는 선생님"으로 시작했다. 그녀는 곧바로 돌아다니는 종잇조각에 "엘리자베스-제인"이라고 쓰고는 그것을 "선생님"이라는 글자 위에 덮어 그 문구가 "친애하는 엘리자베스-제인"이 되도록 만들었다. 그곳에서 그녀가 하는 짓을 보는 사람은 아무도 없었지만 그 배합을 보는 순간 그녀는 금방 얼굴이 빨개지고 온몸이 흥분되었다. 그녀는 재빨리 종이를 찢어 던져버렸다. 그런 다음 다시 침착해진 그녀는 웃음을 짓고 방 안을 왔다 갔다 하다가 또 웃었다. 기뻐서 웃는다기보다는 괴로워서 웃는 것이었다.

파프레이와 헨처드가 서로 갈라서기로 결심했다는 소문은 금방 캐스터브리지에 퍼져나갔다. 파프레이가 도시를 떠난다는 소식을 듣게 될까 두려운 엘리자베스-제인의 근심은 최고조에 달했고, 더 이상 스스로 그 이유를 숨길 수 없는 그녀는 괴로웠다. 그런데 그녀의 귀에 그가 떠나지 않기로 했다는 소식이 들려왔다. 헨처드가 하는 사업과 내용은 동일하지만 아주 작은 규모로 장사를 하던 사람이 파프레이에게 사업체를 넘겼고, 파프레이는 곧바로 자신의 책임으로 곡물 및 건초상 사업을 시작할 참이었다.

남아 있기로 결심한 듯한 파프레이의 행보를 들었을 때 그녀의 가슴은 가볍게 두근거렸다. 하지만 그녀를 좋아하는 남자가 헨처드에 대항하는 사업을 시작함으로써 그녀를 향한 구애를 위험에 빠뜨린 것일까? 분명히 아니다. 그렇다면 그녀에게 그토록 부드럽게 말을 걸도록 만든 건 분명 일시적으로 지나가는 그의 충동에 불과했을 것이다.

그날 춤추던 자기 모습이 첫눈에 보고 순간적으로 사랑을 불러일으킬 정도였던가 확인해보고 싶어서, 그녀는 그날 입었던 모슬린,* 짧은 재킷, 샌들, 양산을 그대로 차려입고 거울을 들여다보았다. 거울에 비친 모습은, 자기 생각엔, 정확히 일시적인 관심을 불러일으킬 정도였지 그 이상은 아니었다. "단지 그를 멍하게 만들기 충분했을 뿐, 그를 그렇게 계속 잡아둘 만큼은 아니었어." 그녀가 분명하게 단정했다. 엘리자베스는 한결 절제된 마음으로, 예쁜 외면이 알려주는 영혼이 얼마나 소박하고 평범한 것인지 지금쯤은 그가 발견했겠다고 생각했다.

그리하여 그녀는 자기 마음이 그를 향하고 있는 걸 느낄 때, 고통스러운 거짓 야유를 스스로에게 중얼거리곤 했다. "아냐 아냐 엘리자베스-제인. 그런 꿈은 네겐 당치도 않아!" 그녀는 그와 만나지도 않고, 그에

---

* muslin. 숱이 나 미시른 고운 면식물.

대해 생각하지도 않으려고 노력했는데, 전자의 시도는 아주 완벽하게 성공했지만 후자의 시도는 그다지 완벽하게 성공하지는 못했다.

툭하면 화를 내는 자기 성질을 파프레이가 더 이상 참지 않으려는 것을 알고 상처를 받았던 헨처드는, 그 젊은이의 대안이 무엇인지 알고 나서는 몹시 격분했다. 그는 시청사에서 시의회가 끝난 후, 이 도시에 독립적으로 정착하려는 파프레이의 **일격**(一擊)을 알게 되었는데, 그가 동료 시의원들에게 자기감정을 토로하는 목소리가 멀리 공동 펌프가 있는 곳까지 들릴 정도였다. 비록 자제력을 오래 유지함으로써 시장과 교구위원 등등이 되었지만, 흥분한 말투를 보면 마이클 헨처드의 외피 아래에는 아직도, 그가 웨이든 가축 시장에서 아내를 팔아넘길 때와 똑같은, 제멋대로 폭발하는 격렬한 기질이 남아 있었다.

"이것 보쇼, 그는 내 친구고, 또 나도 그의 친구거든. 그런 관계가 아니면 우리가 뭐야? 도대체 내가 그의 친구가 아니라면 누가 그의 친구란 말이야? 그가 처음 여기 왔을 때 발에 온전한 신발이나 하나 신었어? 내가 있으라고 붙잡고 생계를 도와줬잖아? 돈을 벌게, 아니 뭐든 그가 원하는 대로 내가 도와주지 않은 게 어딨어? 난 처음부터 끝까지 아무것도 요구하지 않았거든. 난 '원하는 가격을 불러봐'라고 말했어. 나는 마지막 빵 껍질까지도 한꺼번에 그 젊은 녀석과 나눠왔고, 정말 그를 좋아했어. 그랬는데 지금 그가 감히 내게 도전을 하네! 빌어먹을 놈, 난 이제 그와 맞붙어 싸울 거야. 공정하게 사고팔면서. 조심하라고, 제값으로 사고파는 거야! 내가 만일 그놈 같은 애송이보다 비싸게 값을 쳐주지 못한다면 난 교구위원 자격이 없어! 이 사업은 우리가 어느 곳의 어느 누구보다도 잘 안다는 걸 보여주겠어!"

시의회의 동료들은 특별히 대응하지 않았다. 거의 2년 전 그들은 헨처드의 놀라운 추진력에 반해서 그를 시장으로 뽑았지만 지금 그들 사이에서 그의 인기는 사그라들었다. 그들은 집단적으로는 그의 곡물 중개상 자질 덕분에 이윤을 보았지만 개인적으로는 한 번 이상씩 당황스러운 일을 경험했다. 그들의 무덤덤한 대응을 뒤로하고 헨처드는 청사에서 나와 혼자 거리를 내려갔다.

집에 도착하자 그가 무언가를 기억하고 씁쓸하게 만족하는 듯 보였다. 그가 엘리자베스-제인을 불렀고 그가 들어올 때 모습이 어땠는지 아는 그녀는 겁먹은 표정을 지었다.

"널 나무라려고 그러는 게 아니다." 그녀의 근심스러운 모습을 보며 그가 말했다. "애야, 단지 주의를 주려는 거야. 그 남자, 파프레이에 대한 건데, 네가 그와 대화하는 걸 두세 번 봤어. 지난번 행사 날 그 친구가 너랑 춤을 추고 또 집에 올 때 동행했지. 자, 자 널 비난하는 게 아니지만 꼭 귀담아들어라. 그 녀석에게 뭐 어리석은 약속은 하지 않았지? 가볍게 시시덕거린 것 이상은 전혀 없지?"

"네. 아무것도 약속한 거 없어요."

"좋아. 끝만 좋으면 만사가 다 좋은 법이다. 특별히 네게 당부하는데 그 사람 다시는 만나지 마라."

"꼭 그럴게요, 아저씨."

"나랑 약속하지?"

그녀가 잠시 망설이더니 대답했다.

"네. 제가 꼭 그러길 바라신다면."

"그러길 내가 바란다. 그는 우리 집안의 원수야!"

그녀가 나간 뒤 그는 자리에 앉아 파프레이에게 다음과 같이 위압적인 편지를 썼다.

"선생,

앞으로는 내 의붓딸과 서로 모르는 사이로 지내도록 하게. 그 아이 쪽에서도 자네가 더 이상 구애하지 않기를 바란다고 약속했어. 그러니 자네가 억지로 그녀에게 수작을 걸지 않으리라 믿겠네.

M. 헨처드."

사람들은, 헨처드가 파프레이를 자기 사위가 되도록 부추기는 것보다 더 좋은 타협*은 없다는 속셈을 가지고 있었다고 짐작했을지도 모른다. 그러나 무모한 재능을 타고난 그 시장에게 경쟁자를 매수하는 그러한 책략은 추천할 만한 일이 결코 아니었다. 그런 종류의 모든 가정적(家庭的)인 수완**은 그와 어울릴 가망이 없었다. 누군가를 사랑하거나 아니면 증오하는 그의 사교 능력은 물소처럼 외고집이었다. 또 그의 아내 역시, 여러 가지 이유에서, 자기가 기쁜 마음으로 환영할 만한 방안을 감히 제시하려고 하지는 않았다.

그동안 도널드 파프레이는, 헨처드의 창고에서는 가급적 멀리, 또 예전에 자기 친구이자 고용주였던 사람의 고객들은 피하겠다는 충분한 의도를 가지고, 더너버 언덕의 한 지점에 자기가 직접 경영하는 곡물 중개상을 개업했다. 젊은이에게는 두 사람 모두에게 도움이 되도록 나누어 가질 틈새가 보였다. 도시는 작았지만, 곡물과 건초 교역은 상당히 컸고, 영리함을 타고난 그는 그 사업에 한몫 끼어들 기회를 포착했다.

시장과 마치 사업상 대립하는 것처럼 보이는 일은 일절 하지 않겠다

---

* 원문은 modus vivendi(라틴어).
** 원문은 finesse(프랑스어).

는 그의 결심은 아주 확고해서 그는 자신의 첫 고객이 될 뻔한, 평판이 훌륭하고 대규모 농장을 가진 농부를 거절했다. 헨처드와 그 농부가 지난 3개월 동안 서로 거래한 실적이 있었기 때문이다.

"그분은 한때 제 동료였습니다." 파프레이가 말했다. "그에게서 사업을 뺏어오는 건 제가 할 일이 아닙니다. 실망을 드려 죄송합니다만, 제게 그렇게 친절했던 분의 사업에 상처를 낼 순 없습니다."

이렇듯 칭찬받을 방침에도 불구하고 스코틀랜드 사람의 사업은 번성했다. 느긋한 웨섹스 지역의 유지들 사이에서 그의 북부 사람으로서의 활기가 압도적 작용을 한 때문인지, 아니면 순전히 운수소관인지, 그가 손을 대는 사업마다 번창한 것은 사실이었다. 파단-아람*의 야곱처럼 그가 겸손하게 띠 모양의 줄무늬가 있고 반점이 있는 예외적인 곡물만을 대상으로 스스로 거래를 제한하자 곧바로 띠 모양의 줄무늬가 있고 반점이 있는 예외적인 곡물 거래가 몇 배로 늘어나고 유행했다.

그러나 아무래도 행운이 따라 그런 것은 아니었다. 노발리스**는 성격이 운명을 좌우한다고 말했는데 파프레이의 성격은 헨처드와 아주 정반대였다. 헨처드에게는, 저속한 남자들의 생활 방식은 버렸지만 더 나은 길로 그를 인도하는 빛이 없는 격렬하고 침울한 존재라는 파우스트에 대한 묘사를 그대로 가져와도 부적절할 게 없었다.

파프레이는 엘리자베스-제인에게 더 이상 관심을 두지 말라는 요청을 당연히 받아들였다. 그가 했던 행동은 그에겐 아주 사소한 것이어서

---

* Pad(d)an Aram: 아람(오늘날의 시리아) 지역. 성경에서 아브라함-이삭-야곱이 등장하는 하란 땅이 위치했던 지역이다(「창세기」 30: 25~43, 31: 1~16).
** Novalis(1772~1801): 독일의 낭만파 시인이자 소설가로 본명은 프리드리히 레오폴트 Friedrich Leopold, 프라이헤어 폰 하르덴베르크Freiherr von Hardenberg.

그런 요청 자체가 거의 필요없었다. 그럼에도 불구하고 그가 그녀에게 상당한 흥미를 느꼈던 건 사실이었는데, 그는 얼마간 깊이 생각하더니 이 시점에는 자기뿐만 아니라 그 젊은 소녀를 위해서도 자기가 로미오 역을 맡지 않는 게 좋겠다고 결심했다. 그래서 막 시작된 애정이 억제되었다.

가능하면 예전의 동료와 충돌하지 않으려 했지만, 파프레이는 순전히 자기를 방어하기 위해 어쩔 수 없이 헨처드와 목숨을 건 사업상의 접전을 벌이게 되었다. 단순히 회피해가면서 헨처드의 사나운 공격을 막기는 더 이상 힘들었다. 그들의 가격 전쟁이 시작되자마자 모든 주민들이 관심을 기울였고 일부는 전쟁의 결말을 추측했다. 어찌 보면 이 싸움은 북부 사람의 통찰력이 남부 사람의 집요함에 대항해, 마치 단검이 곤봉에 대항하듯 겨루는 것이었는데, 헨처드의 무기는 만일 그것이 최초 또는 두번째 타격으로 상대방을 격파하지 못하면 그 후에는 상대방에게 거의 속수무책으로 당할 수밖에 없는 그런 것이었다.

일주일 단위로 열리는 사업의 주기에 따라 토요일이면 장터 부근에 수많은 농부들이 모여들었고 두 사람은 그 틈에서 거의 매주 토요일 서로 마주쳤다. 파프레이는 항상 몇 마디 친절한 말을 건넬 준비를 했고 또 그럴 수 있기를 간절히 바랐지만 시장은 언제나 그를 쌀쌀맞게 쳐다보고 지나가버렸다. 자기는 참을 만큼 참았고 경제적 손실을 입었으며 절대로 잘못을 용서할 수 없다고 믿는 사람 같았다. 당혹감에서 비롯된 파프레이의 납작 엎드린 자세도 전혀 그를 누그러뜨리지 못했다. 대농(大農)이나 곡물상, 제분업자, 경매인, 그 밖의 사업자들은 곡물 거래실에 각자 공식적인 상품 진열대를 소유하고 있었으며 진열대 위에는 페인트로 각자의 이름을 적어놓았다. 일련의 익숙한 이름인 '헨처드' '에버딘' '샤이너' '달튼' 등등에 더해 눈에 띄는 새 글씨로 '파프레이'라고 새겨진 진열대가 추가되었을 때 헨처드의 마음은 분노로 이글거렸다. 그는 마치 벨레로폰*처럼 영혼이 서서히 파괴되는 것을 느끼며 인파에서 벗어났다.

그날 이후 헨처드의 집에서 도널드 파프레이의 이름은 거의 언급되지 않았다. 아침 또는 저녁 식사 자리에서 엘리자베스-제인의 엄마가 무심코 자기 마음에 드는 파프레이의 거동을 암시할 때, 소녀는 엄마에게 조용히 해달라고 눈길로 애원하곤 했다. 그러면 그녀의 남편은 "당신은— 뭐야, 당신도 내 적이야?"라고 말하곤 했다.

---

* Bellerophon: 그리스 신화에서 천마(天馬)를 타고 괴물 키메라를 퇴치한 영웅. 신들은 자기네 처소를 넘보는 그를 엄하게 응징했고 이후 그는 폐인으로 전락했다.

18

엘리자베스가 한동안 예상해오던 충격적인 일이 마침내 벌어졌다. 그것은 마부 옆에 나란히 앉아 가던 승객이 큰길 건너 도랑에서 급작스럽게 다가오는 어떤 동작을 예상하는 것과 닮았다.

엄마가 병이 났는데, 너무 아파 방에서 나오지도 못했다. 짜증이 날 때만 빼놓고는 아내를 간곡하게 보살피던 헨처드는 곧바로 자기가 생각하기에 최고의 의사인, 가장 부자이면서 가장 바쁜 의사를 부르러 보냈다. 잠잘 시간에도 그들은 밤새 촛불을 켰다. 하루 이틀 지나 엄마는 원기를 되찾았다.

밤을 꼬박 새운 엘리자베스가 이튿날 아침 식사 자리에 나타나지 않았으므로 식탁에는 헨처드 혼자 앉게 되었다. 그는 저지 섬으로부터 너무 익숙하고 또 결코 다시 보고 싶지 않은 필적의 편지가 도착한 것을 보고 놀랐다. 그는 편지를 손으로 들어 올려 마치 한 편의 그림, 하나의 환상, 과거 공연의 어떤 추억을 바라보듯 쳐다보았다. 그런 다음 그는 별로 중요하지 않은 마지막 판독 절차로 편지를 읽었다.

편지를 보낸 사람은 그가 다시 결혼한 마당에 그와 자기가 더 이상 연락을 주고받는 게 얼마나 불가능한 일인지 마침내 깨닫게 되었다고 썼다. 또 자기는 그의 재결합이 그에게 열려 있던 유일하면서도 정직한 진로라고 인정할 수밖에 없노라고 말했다. "그래서 침착하고 진지하게 생각해봤어." 그녀가 계속했다.

"우리의 관계가 비록 경솔했지만 당신은 아무것도 감춘 게 없어. 당신이 내 앞에서 엄숙하게 밝혔잖아. 아내 쪽에서 15, 6년 동안 아무 소식이 없음에 비추어 가능성이 크지는 않지만, 그래도 내가 당신과 친밀해지면 위험이 따를 거라고. 나는 그 사실을 기억하면서 나를 이처럼 곤경에 빠뜨린 당신을 전적으로 용서하기로 했어. 모든 게 당신의 잘못이 아니라 내 불운이라고 여기기로 했어.

그래서 마이클, 한창 내 감정이 들뜬 상태에서 매일같이 당신을 성가시게 했던 그 편지들에 대해 눈감아달라는 부탁을 해야겠어. 당신의 행동이 내게 잔인하다고 느꼈을 때 쓴 것들이야. 하지만 지금 나는 당신이 당시에 처했던 자세한 상황을 더 많이 알게 되었고 내 비난들이 얼마나 사려 깊지 못했던가를 깨닫고 있어.

이제 당신은, 앞으로 내가 어떤 식으로든 행복해지려면, 우리의 인생을 서로 연결했던 과거가 이 섬 바깥에서 비밀로 지켜져야 한다는 걸 이해하겠지. 난 당신이 그러리라고 확신해. 당신이 우리 과거를 발설하지 않으리라는 건 나도 알아. 또 글로 쓰지도 않으리라 믿어. 그러나 안전장치 하나를 더 언급할 필요가 있어. 내가 쓴 것이나 내 소유의 잡동사니들을 부주의나 망각 때문에 당신이 그냥 가지고 있으면 안 돼. 그래서 내가 요청하는 거야. 당신이 혹 가지고 있는 것들, 특히 내가 당신에게서 버림받았다고 처음 느꼈을 때 쓴 편지들을 돌려줘.

상처에 대한 위로로 보내준 많은 돈에 대해서는 이루 말할 수 없이 고마워.

지금 내 유일한 친척을 만나려고 브리스틀로 가는 중이야. 그녀는 부유하니까 내게 무언가를 해주면 좋겠어. 나는 캐스터브리지와 버드마우스를 통과해서 돌아올 계획이야. 버드마우스에서 여객용 정기선을 탈 거야. 당신이 편지와 잡동사니를 들고 나와서 나를 만날 수 있을까? 나는 수요일 저녁 5시 반에 앤티로프 호텔 앞에서 말을 바꿔 매는 마차 안에 있을 거야. 가운데가 빨간색인 페이즐리* 숄을 걸칠 거니까 나를 찾기 쉬울 거야. 그것들을 우편으로 받지 않고 내가 직접 돌려받는 게 마음이 편해.

아직도 당신을 영원히 사랑하는,

루시타."

헨처드가 한숨을 쉬었다. "불쌍한 사람 같으니. 차라리 날 만나지 않았으면 더 행복했을 텐데! 내 가슴과 영혼에 대고 맹세하는데, 내가 만약 당신과 결혼할 수 있는 처지가 되면, 나는 **틀림없이** 그렇게 한다. 틀림없이 그렇게 할 거야, 정말!"

그가 생각하는 만약이란 물론 헨처드 부인이 세상을 떠나는 경우였다.

요청 받은 대로 그는 루시타의 편지들을 밀봉하고 그녀가 약속한 날이 될 때까지 그 꾸러미를 한쪽으로 치워놓았다. 그것들을 직접 돌려받

* Paisley: 스코틀랜드 남서부의 공업 도시 또는 그곳에서 유래한, 깃털이 휘어진 모양의 무늬.

겠다는 것은 분명히 과거에 대해 한두 마디 얘기라도 나누고 싶은 젊은 여인의 얄팍한 **계략**이었다. 그는 그녀를 만나지 않는 방법을 선택할 수도 있었지만, 그 정도는 모르는 척해도 대단한 손해가 아니라고 여겼다. 약속한 날의 황혼 무렵 그는 역마차 매표소 맞은편에 가서 기다렸다.

저녁 날씨는 춥고 마차는 늦게 도착했다. 헨처드는 마차의 말을 바꿔 매는 동안 길을 건너갔다. 그러나 마차 안에도 밖에도 루시타는 없었다. 그녀에게 무언가 약속을 수정해야 할 일이 생긴 것으로 결론 내린 그는, 다소 안도하면서, 꾸러미 전달을 포기하고 집으로 돌아왔다.

그사이 헨처드 부인의 몸은 눈에 띄게 쇠약해졌다. 그녀는 더 이상 외출하지 못했다. 하루는 그녀가, 그러는 것 자체가 아주 고통스러운 듯 심사숙고하더니, 무언가를 쓰고 싶다고 말했다. 펜, 종이와 함께 작은 탁자가 그녀의 침대 위에 얹혀졌다. 그녀가 다른 사람들은 방에서 나가달라고 말했다. 그녀는 잠깐 무언가를 쓰고 나서 조심스레 자기가 쓴 종이를 접더니 엘리자베스-제인을 불러 가느다란 초와 밀랍을 가져오라고 했다. 그런 다음 여전히 다른 사람의 도움을 마다하고, 직접 종이를 봉하고 겉봉을 쓴 뒤 그것을 자기 책상 서랍 속에 넣고 잠갔다. 그녀는 겉봉에 아래와 같이 썼다.

'마이클 헨처드 씨에게. 엘리자베스-제인의 결혼식 날까지는 개봉하지 말 것.'

딸은 매일 밤 있는 힘을 다해 엄마를 간호했다. 천지만물에 대해 심각하게 받아들이는 법을 배우려면 조심스럽게 관찰하는 것, 즉 시골 사람들이 '잠을 깨우는 자'라고 부르는 사람이 되는 것 이상의 지름길은 없다. 엘리자베스의 귀에는 마지막 술주정꾼이 지나가고 첫 참새가 몸을 부르르 떨 때까지 지속되는 캐스터브리지의 정적을 깨뜨리는 것은 야경꾼이 드물게 내는 소리 말고는 오로지 계단에 걸린 벽시계에 대항하여 미친 듯 똑딱거리는 침실의 시계 소리뿐이었다. 징처럼 쨍그랑거릴 때까지 그 소리는 점점 심하게 똑딱거렸다. 이 오랜 시간 내내 예민한 영혼의 소유자인 소녀는 스스로에게 물어보았다. 자기는 왜 태어났고 왜 방 안에 앉아 촛불에 눈을 깜빡이는지, 주위의 사물들은 다른 모든 가능한 형체에 우선해서 왜 현재와 같은 모습이 되었는지, 왜 그것들은 마치 현세의 제약에서 자신들을 풀어줄 어떤 요술 지팡이의 손길을 기다리듯이 자기를 그처럼 무력하게 응시하고 있는지, 지금 이 순간 자기 내부에서 팽이처럼 돌고 있는 이른바 의식이라 불리는 그 혼돈은 어디를 향하고 어디에서 시작하는지. 그녀의 눈이 감겼다. 눈을 다시 떴을 때 그녀는 잠에 취한 상태였다.

엄마의 말 한 마디가 그녀를 잠에서 깨웠다. 느닷없이 그리고 자기 마음속에 이미 진행되고 있는 장면의 속편(續編)처럼 헨처드 부인이 말했다. "너와 파프레이가 받은 그 더너버의 헛간에서 누군가 만나자고 요청한 쪽지 기억하겠지. 넌 그게 널 놀리려는 장난이라고 생각했지?"

"응."

"널 놀리려 했던 게 아니다. 너희 둘을 함께 있게 하려고 그런 거다. 내가 한 짓이야."

"왜?" 놀라며 엘리자베스가 물었다.

"난 네가 파프레이 씨와 결혼하기를 원했단다."

"아 엄마!" 엘리자베스-제인이 고개를 너무 아래로 숙여 머리가 무릎 속에 꽉 묻힌 것처럼 보였다. 그러나 엄마가 말을 계속하지 않았으므로 그녀가 물었다. "이유가 뭐야?"

"음, 내겐 그럴 이유가 있었어. 언젠가는 알려질 거야. 내가 살아 있을 때 네가 그와 결혼하면 좋겠어! 하지만 소망하는 대로 되는 일이 없구나. 헨처드가 그를 미워해."

"어쩌면 우린 다시 친구 사이가 될 수도 있어." 소녀가 속삭였다.

"난 몰라, 모르겠어." 이렇게 말하고 나서 엄마는 조용해지더니 이내 꾸벅꾸벅 졸기 시작했다. 그녀는 더 이상 아무 말도 하지 않았다.

그 후 얼마 지난 어느 일요일 아침 파프레이가 헨처드의 집 앞을 지나갈 때 창문의 블라인드가 모두 내려져 있는 게 보였다. 그가 초인종을 눌렀는데 아주 부드러워서 제대로 된 음 하나와 작은 소리만 울렸고, 그는 헨처드 부인이 바로 그때 숨을 거뒀다는 소식을 들었다.

나중에 그가 공동 펌프 옆을 지나게 되었는데 마침 나이 든 주민들이 많이 모여 있었다. 원래의 수원(水源)에서 나오는 그곳 물이 자기네 우물물보다 더 깨끗하기 때문에 그들은 이때처럼 물을 받으러 올 시간적 여유가 있으면 언제든지 그곳에 모여들었다. 주전자를 들고 하염없이 기다리던 컥섬 부인이 간호사에게서 들은 대로 헨처드 부인의 임종에 대해 설명하고 있었다.

"또 그녀는 대리석처럼 창백했디아." 컥섬 부인이 말했다. "게다가 아주 사려 깊은 여자이기도 혔제. 아, 가련한 영혼, 보살펴야 할 모든 사소한 것들까지 다 신경을 쓸 정도였디아. '그래요' 하면서 그녀가 말했디아, '내가 죽고 내 마지막 숨까지 꺼지면, 방 안쪽 창문 옆에 있는 옷장 맨 위 서랍을 열어보세요. 내 수의(壽衣)가 보일 거예요. 플란넬 한 장이 있으니 그건 몸 밑에 깔아주고 작은 조각은 머리 밑에 깔아주세요. 새 스타킹은 발에 신겨주세요. 그것들은 접어서 나란히 놓여 있어요. 내 다른 물건들도 옆에 있구요. 또 내가 가장 무게가 나간다고 찾아낸 1온스 싸리 봉선 네 개가 삭은 리넨 조각에 각각 묶여 있는데 추로 쓰기 위한 거예요. 두 개는 내 오른쪽 눈에 또 두 개는 내 왼쪽 눈에' 하고 또 그녀가 말했디아. '당신이 그것들을 사용해서 내 눈이 계속 감겨 있으면, 착한 영혼이 담긴 그 동전들은 땅에 묻고 다른 데 쓰지 말아주세요, 나는 그러는 게 싫으니까요. 그리고 내 관이 나가면 바로 창문을 열어줘요. 엘리자베스-제인을 위해 당신이 가능한 한 명랑해지도록 하세요' 그랬디아."

"아, 불쌍한 사람!"

"그래서, 마르타가 말한 대로 혔디아. 그 온스 동전들도 정원에 묻었제. 그런데 당신들은 믿기 어려운 얘기겠지만, 글쎄 그 녀석, 크리스토퍼 코니가 묻힌 동전들을 파내 스리 마리너즈에서 써버렸제. '참' 허더니 그가 '왜 누구의 죽음이 4페니의 생명까지 빼앗어야 허제? 죽음이란 게 우리가 그 정도로까지 존중해야 헐 그런 좋은 사건은 아녀' 하고 말혔제."

"어디 그런 식인종 같은 행동이 있어라!" 그 말을 들은 사람들이 비난을 쏟아냈다.

"아니 잠깐, 나라면 그렇게 욕허진 안 혀." 솔로몬 롱웨이즈가 말했다. "내 오늘 주일날 아침에 굳이 말허는데, 나는 이런 때에는 6펜스짜리 은화 한 닢을 준다 혀도 부당한 말은 하지 않제. 나는 그의 행동에 아무런 해악도 없다고 보걸랑. 돌아간 사람에 대한 존경의 표시는 건전한 찬양의 문구로 하는 거지. 또 실직하지 않는 한 무덤을 파헤쳐 해골을, 적어도 존경헐 만한 사람의 해골을 의학도와 강의실에 팔아넘기는 일은 용납할 수 없제. 그러나 돈은 귀하고 목구멍은 말라가는디, 왜 죽음이 4펜스의 생명을 박탈해야 혀? 나는 그 짓이 대역죄는 결코 아니라고 말하겠어야."

"어쨌거나, 가엾은 영혼이제, 그녀는 지금 속수무책이제, 아무것도 감출 수 없제." 컥섬 할머니가 대꾸했다. "반짝이는 열쇠 모두 빼앗기

186

고 그녀의 찬장도 열리것제. 그녀가 숨기고 싶었던 사소헌 것들도 누군
가 보게 될 테고 이젠 그녀의 소망과 습관들 모두 없는 것처럼 돼버리겠
제!"

19

헨처드와 엘리자베스가 난롯가에 앉아 대화를 나누었다. 헨처드 부인의 장례를 치르고 3주가 지난 때였다. 촛불은 켜지 않았다. 석탄 위에서 곡예사처럼 들썩이는 화염이 반응할 수 있는 모든 형체를 그늘진 담벼락에 그려냈다. 창문틀 사이에 끼워 배치한 키 큰 거울, 그 금박의 원주 기둥과 거대한 엔태블러처,* 그림 액자, 여러 종류의 손잡이, 벽난로 위 선반 양쪽에 놓인 리본 당김줄의 끝에 매단 놋쇠 소재의 장미 매듭이 담벼락에서 미소 짓는 것 같았다.

"엘리자베스, 너 옛날 일 많이 생각나니?" 헨처드가 말했다.

"네, 아저씨, 자주요." 그녀가 말했다.

"네 옛 사진으로는 누구 걸 끼워놓고 있니?"

"아버지와 어머니요. 다른 사람은 거의 없어요."

엘리자베스-제인이 리처드 뉴슨을 "아버지"라고 말할 때면 헨처드는

---

* entablature: 측면 기둥이 떠받치는 수평 부분.

항상 고통을 참으려고 열심히 노력하는 사람처럼 보였다. "아! 나는 네 모든 것에서 빠져 있구나, 그렇지?" 그가 말했다…… "뉴슨은 다정한 아버지였니?"

"네, 아저씨, 아주요."

헨처드의 얼굴이 멍청하게 외로운 표정이 되었다가 점차 더 부드러운 무언가로 변해갔다. "내가 네 친아버지였다면 어쩌겠니?" 그가 말했다. "그럼 네가 리처드 뉴슨을 좋아했던 것만큼 나를 좋아했겠니?"

"그건 상상할 수 없어요." 그녀가 서둘러 말했다. "저는요, 제 아버지 말고는 아무도 아버지라고 생각할 수 없어요."

헨처드의 아내는 사망으로 그와 분리되었다. 그의 친구이자 조력자였던 파프레이는 불화로, 엘리자베스-제인은 사실에 대한 무지로 그와 분리되었다. 그에게는 그중 단 한 사람만 돌아올 수 있을 것으로 보였고 그 사람은 다름 아닌 소녀였다. 그의 마음은 그녀에게 자신을 드러내고픈 소망과 그냥 홀로 놔두겠다는 방침 사이를 오락가락하기 시작했고 마침내 그는 더 이상 가만히 앉아 있을 수가 없었다. 그가 방 안을 이리저리 거닐다가 그녀 쪽으로 다가와 그녀의 머리카락을 위에서 내려다보며 그녀가 앉은 의자 뒤에 섰다. 그는 더 이상 자신의 충동을 억제할 수 없었다. "네 엄마가 나에 대해 뭐라 말하디, 내 과거에 대해?" 그가 물었다.

"결혼으로 생긴 관계라고 했어요."

"엄마가 더 말했어야 했어, 네가 날 만나기 전에! 그랬으면 내가 할 일이 이렇게 힘들진 않을 텐데…… 엘리자베스, 네 아버지는 바로 나야, 리처드 뉴슨이 아니라. 오로지 수치심 때문에 너의 비참한 부모 둘이 다 살아 있을 때 네게 진실을 털어놓지 못했단다."

엘리자베스의 뒷머리는 잠자코 있었고 어깨는 호흡의 미동조차 없었다. 헨처드가 계속했다. "네가 모르고 지내게 하기보다 차라리 내가 네 경멸과 불안 그 어떤 거라도 받는 게 더 낫겠다. 내가 미워하는 건 네가 진실을 모르는 거야. 우리가 젊었을 때 네 엄마와 나는 부부였어. 네가 본 건 우리의 두번째 결혼이야. 네 엄마는 너무 정직했어. 우리는 서로가 죽은 걸로 생각했었어. 그래서 뉴슨이 엄마의 남편이 되었던 거야."

헨처드로서는 이것이 완벽한 진실에 가장 가깝게 처리하는 방법이었다. 개인적으로 그는 자신에 관해 아무것도 숨기고 싶지 않았지만 더 훌륭한 아버지를 둘 만한 이 어린 소녀의 성(性)과 나이를 존중해서 그렇게 말한 것이다.

계속되는 그의 상세한 설명으로 과거에 일어난 사소하고 무시되었던 일련의 사건들이 모두 이상하게 입증될 때, 말하자면 그가 말하는 얘기가 진실이라고 믿어질 때, 그녀의 마음은 극심하게 흔들렸다. 그녀는 몸을 테이블 쪽으로 돌려 얼굴을 거칠게 묻으며 흐느꼈다.

"울지 마라, 울지 마!" 헨처드가 극심한 비애를 느끼며 말했다. "난 네가 그러는 걸 참을 수 없어. 앞으로도 참지 않을 거야. 내가 아버진데 왜 울어? 내가 그렇게 무섭고, 그렇게 밉니? 날 싫어하지 마, 엘리자베스-제인!" 그가 그녀의 젖은 손을 잡으며 울부짖었다. "날 싫어하지 마라. 한때 술주정뱅이였고 네 엄마를 거칠게 대했다마는 지난날의 나보다 네게 더 잘해주마! 네가 날 아버지로 대해주기만 한다면 내 무슨 짓이든 다 하마!"

그녀는 일어서서 그에게 충분한 신뢰감을 보이려고 해봤지만 그럴 수 없었다. 요셉의 고백 장소에 있던 형제들*처럼, 그녀에게는 그가 거기

---

* 형제들에게 버림받았던 요셉이 나중에 이집트의 총리가 된 후 가뭄으로 식량을 구하러 온 옛 형제들에게 자신의 신분을 밝힌다(「창세기」 45: 1).

있는 게 괴로웠다.

"단번에 네가 내게 다가오길 바라지는 않는다." 헨처드가 갑자기 생각난 듯, 바람 속에 흔들리는 거대한 나무처럼 움직이며 말했다. "그래, 엘리자베스, 내 그러지 않을 게. 이제 자리를 피해줄게. 또 내일까지 아니 네가 원할 때까지 널 만나지 않으마. 그 이후에 내 약속을 입증할 서류를 보여줄게. 자, 간다, 더 이상 널 방해하지 않으마…… 딸아, 네 이름을 지은 사람은 나야. 네 엄마는 수전이라고 부르고 싶어 했지만. 음, 내가 네 이름을 지었다는 사실을 잊지 말거라!" 그는 문밖으로 나온 다음 방 안에 있는 그녀를 위해 부드럽게 문을 닫았고 그녀는 그가 정원으로 사라지는 소리를 들었다. 그러나 그것이 끝이 아니었다. 그녀가 움직이기 전에, 어쨌건 그가 밝힌 얘기의 충격에서 벗어나기 전에, 그가 다시 나타났다.

"한 마디만 더, 엘리자베스." 그가 말했다. "이제 내 성(姓)을 받아들여라 응? 네 엄마는 그러는 걸 반대했다만, 네가 그렇게 해주면 내 기분이 훨씬 좋아질 것 같구나. 너도 알다시피 법적으로는 그게 네 성이야. 하지만 다른 사람들이 알 필요도 없어. 그저 네가 선택한 것처럼 그 성을 가지면 돼. 내가 변호사에게 말해두마. 정확한 법적 절차는 내가 잘 모르지만 이렇게 하는 게 어떨까? 네 성이 헨처드가 될 거라고 내가 신문에 광고를 내면 말이다."

"만일 그게 제 성이라면 바꾸는 게 당연하죠, 그렇지 않아요?" 그녀가 물었다.

"그럼, 그럼, 이런 종류의 일에서는 어떻든 사용하는 게 제일 중요해."

"엄마가 왜 그 성을 바라지 않았나 궁금하지 않아요?"

"아, 가련한 사람의 일시적 기분이었을 거다. 이제 종이를 가지고 와서 내가 말하는 대로 짧은 문서를 작성하자꾸나. 하지만 먼저 불을 밝히는 게 낫겠다."

"벽난로 불빛으로도 볼 수 있어요." 그녀가 대답했다. "저는 이대로가 좋아요."

"좋도록 해라."

그녀가 종이 한 장을 가져와 벽난로 앞의 철망 가까이로 몸을 숙여 그가 불러주는 대로 써내려갔다. 그것은 분명 그가 어떤 광고를 보고 외운 문장으로, 이제까지 엘리자베스-제인 뉴슨으로 알려진 그녀, 이 글을 쓰는 사람은, 앞으로는 스스로를 엘리자베스-제인 헨처드로 부르기로 한다는 것이었다. 이제 서류가 완성되어 묶였고 겉봉에는 『캐스터브리지 크로니클』 신문사 귀하'라고 적혔다.

"이제," 헨처드가 말했다. 자기 의견이 관철될 때 항상 격정적으로 분출하는 만족감을 드러냈지만 이번에는 다정함으로 일부 누그러뜨린 모습이었다. "나는 위층에 올라가 네게 모든 걸 입증할 만한 문서가 뭐가 있는지 찾아보마. 그렇지만 그것들을 가지고 오늘 다시 널 괴롭힐 생각은 없다. 잘 자거라, 사랑하는 엘리자베스-제인!"

당황한 소녀가 모든 게 무엇을 의미하는지 깨닫기도 전에, 그의 자식이라는 자신의 감각을 새로운 중력의 중심으로 조율하기도 전에, 그는 가버렸다. 그녀는 남은 저녁 시간에 자기 혼자 있게 되었음을 감사하면서 벽난로를 마주보고 앉았다. 그녀는 조용히 있다가 흐느꼈다. 이번엔 엄마를 위해서가 아니라, 자기가 뭔가 잘못을 저지른 것 같은 다정한 선원 리처드 뉴슨을 위해서였다.

그사이 헨처드는 위층으로 올라갔다. 그는 가정사 관련 서류를 보관하는 침실 서랍의 자물쇠를 열었다. 서류를 살펴보기에 앞서 그는 뒤로 몸을 기대고 느긋한 상념에 빠졌다. 엘리자베스가 마침내 자기 자식이 되었다. 그 아이는 분별력과 다정한 마음씨를 가진 소녀니까 틀림없이 자기를 좋아하게 될 것이다. 그는 감동을 주는 것이든 아니면 화를 잘 내는 것이든 자신의 열정을 쏟아부을 상대방이 반드시 있어야 하는 그런 타입이었다. 애정이 충만한 인간관계를 재건하고 싶은 간절한 열망은 아내가 살아 있을 때 그의 마음속에서 아주 크게 울렸고, 이제 그는 아무런 주저와 두려움 없이 그 갈망의 지배에 무릎을 꿇었다. 그는 다시 서랍으로 몸을 구부려 서류를 찾아 나갔다.

여러 서류 사이에 아내의 작은 책상에 있던 내용물도 놓여 있었는데 책상 열쇠는 아내의 요청에 따라 그가 가지고 있었다. 그가 수신인이고, '엘리자베스-제인의 결혼식 날까지는 개봉하지 말 것'이라는 제한 사항이 붙은 편지가 있었다.

헨처드 부인은, 남편보다 참을성은 더 있었지만, 매사를 야무지게 처리하는 사람은 아니었다. 그녀는 자기가 쓴 쪽지를 밀봉하면서 옛날 방식대로 봉투 없이 종이를 접어 속으로 집어넣었는데 접합 부분에 많은 양의 왁스를 발랐지만 반드시 똑같이 발라야 할 안쪽에는 바르지 않았다. 봉인이 갈라졌고 편지가 개봉되었다. 헨처드는 제한 사항이 심각하고 중요한 것이라 생각할 이유가 없었고, 죽은 아내에 대한 그의 감정 역시 아내를 깊이 존중하지는 않았다. "가엾은 수전의 사소한 바람 같은 거겠지." 그가 중얼거렸다. 그의 눈이 별 호기심 없이 편지를 훑어보았다.

"사랑하는 마이클,

우리 모두를 위해 당신에게 지금까지 비밀로 지켜온 게 하나 있어. 내가 왜 그랬는지 당신이 이해해주면 좋겠어. 나는 아마 당신이 날 용서하지는 못하더라도 이해는 해주리라고 믿어. 사랑하는 마이클, 나는 결과가 좋았으면 하는 마음에서 그렇게 했어. 당신이 이 편지를 읽을 때면 나는 무덤에 누워 있고 엘리자베스-제인에겐 가정이 생겼겠지. 마이클, 날 욕하지 말아줘. 내가 어떤 처지였는지 이해해줘. 쓰기가 너무 힘들지만 사실대로 알려줄 게. 엘리자베스-제인은 당신의 엘리자베스-제인, 그러니까 당신이 날 팔았을 당시 내 팔에 안겨 있던 아이가 아니야. 사실이야, 그 아인 그 뒤 석 달 만에 세상을 떠났어. 지금 살아 있는 아이는 다른 남편에게서 얻었어. 나는 그 아이에게 우리가 첫째아이에게 주었던 똑같은 이름을 붙여주었어. 그 아이는 먼저 아이를 잃은 나의 고통을 메워주었어. 마이클, 난 곧 죽을 테고, 입을 다물 수도 있겠지만, 그러나 그럴 수는 없잖아. 그 아이의 남편에게 이 사실을 말해주든가 말든가 그건 당신의 판단대로 해. 그리고, 당신이 그럴 수만 있다면, 당신이 한때 못된 짓을 저질렀던 한 여인을 용서해줘, 그녀가 당신을 용서하듯이.

수전 헨처드."

그녀의 남편은 마치 그것이 수 킬로미터 멀리 내다보게 해주는 유리창이라도 되는 듯 그 편지를 가만히 지켜보았다. 입술이 씰룩거렸고 그는 더 잘 참아내려고 자신의 감정을 억제하는 것 같았다. 그는 운명이 자기에게 가혹한지 아닌지 깊이 생각하지 않는 습관이 있었다. 불행한 일이 생겼을 경우 그는 단순히 우울한 기분으로 '고통을 받을 사람이 나지, 내가 알아.' '이렇게 심한 채찍질은, 그러니까, 날 위한 거야'라는 식으로 생각했다. 그러나 지금 그의 격정적인 머리에 폭풍처럼 이런 생각, 저주스러운 폭로는 그가 당해 마땅한 것이라는 생각이 몰려왔다.

소녀의 이름을 뉴슨에서 헨처드로 바꾸자는 말에 아내가 극도로 주저했던 이유가 이제 충분히 설명되었다. 그것은 다른 사안들에서 그녀의 성격을 특징지었던 그 부정직 속의 정직을 보여주는 또 다른 실례였다.

거의 두 시간을 불안하고 우유부단한 상태에서 보낸 그가 갑작스레 입을 열고 말했다. "아, 편지 내용이 사실이라고 믿을 수가 없어!"

그는 충동적으로 벌떡 일어나 슬리퍼를 발로 차버리고 맨발로 촛불 하나를 든 채 엘리자베스-제인의 방문 앞으로 갔다. 열쇠 구멍에 귀를 대고 방 안의 동정을 살피니 그녀가 숨을 길게 들이쉬고 내쉬는 소리가 들렸다. 헨처드는 부드럽게 손잡이를 돌려 안으로 들어가 불빛을 가리며 침대 곁으로 갔다. 촛불을 차폐 커튼 뒤에서부터 조금씩 꺼내면서 빛이 그녀의 눈에는 닿지 않되 얼굴에는 비스듬히 비치도록 들었다. 그는 그녀의 이목구비를 뚫어져라 뜯어보았다.

그녀의 이목구비는 희었다. 그의 이목구비는 검었다. 그러나 이것은 중요하지 않은 하나의 서론에 불과했다. 사람은 자는 시간에는 그동안 파묻혀 있던 가계(家系)를 나타내는 특징, 조상 전래의 곡선미, 죽은 자들의 인상이 표면으로 노출되지만, 낮 시간에는 활기찬 기동성이 이것들을 차단하고 압도한다. 지금 수면을 취하고 있는 조각상 같은 젊은 소녀의 얼굴에는 틀림없이 리처드 뉴슨의 인상이 반영되어 있었다. 그는 그런 그녀의 모습을 더 이상 참고 볼 수 없어서 서둘러 자리를 떴다.

불행이 그에게 가르쳐준 건 오직 저항하며 인내하라는 것이었다. 이미 아내는 저 세상 사람이었고 처음에 불타오르던 복수의 충동은 자기가 그녀에게 닿을 수 없다고 자각하면서 사라졌다. 그는 악령을 보듯 바깥의 밤을 내다보았다. 그 부류의 사람들이 그랬듯이 헨처드는 미신을 믿고 있었다. 그는 오늘 밤의 일련의 사건은, 그를 단죄할 목적으로 작정하고 덤비는 어떤 사악한 영(靈)의 책략이라고 생각할 수밖에 없었다. 그럼에도 불구하고 사건의 진행은 자연스러웠다. 만일 그가 자기의 과거사를 엘리자베스에게 밝히지 않았더라면 서류를 찾으려고 서랍을 뒤지지도 않았을 것이고, 그러면 그 이후의 일은 없었을 것이다. 꼴사나운 일은, 소녀더러 자기에게 부성의 보호를 요청하라고 가르치자마자 소녀와 자기가 아무런 친족 관계도 아니라는 사실을 발견하게 됐다는 점이었다.

사건들이 일어난 이 얄궂은 순서가, 주변 사람의 버릇없는 장난처럼, 그를 화나게 했다. 사제왕 요한의 경우처럼 그에게도 식탁이 펼쳐졌는데 악마 같은 하피들이 음식을 잡아채갔다.* 그는 집밖으로 나왔다. 그러고는 시무룩하게 보도 위를 계속 걸어 시내 중심가의 맨 끝에 위치한 다리에 이르렀다. 여기서 그는 방향을 틀어 도시의 북동쪽 경계를 둘러가는 강둑 위의 우회도로로 발걸음을 옮겼다.

남쪽의 넓은 길들이 도시의 활기찬 분위기를 담았다면, 이쪽 구역은 캐스터브리지 일상의 애절한 모습을 담고 있었다. 이 부근의 모든 길에는 여름철에도 햇빛이 들어오지 않았고, 봄철에도 따뜻한 공기로 안개가 끼는 다른 곳과는 달리 하얀 서리가 계속 남아 있었다. 겨울철이면 그해에 주민들이 고생하게 될 온갖 통증, 류머티즘, 고문처럼 가혹한 복통이 이곳에서 먼저 발생해 퍼져나갔다. 이 북동쪽의 풍경이 배치되지 않았다면 (환자가 줄어들어)** 캐스터브리지의 의사들은 분명 영양실조로 여위어

* 중세 유럽의 전설에 따르면, 동방 어딘가에 있는 기독교 왕국의 사제왕 요한Prester John이 젊은 시절 주제넘게 에덴동산을 찾아 나섰다가 눈이 멀었고, 차려진 음식을 먹으려 할 때마다 하피harpy(여자의 머리와 새의 날개와 발을 가진 괴물)들이 음식을 채가고 식탁과 음식에 배변을 했다고 한다.
** 괄호 안은 옮긴이가 삽입했다.

갔을 것이다.

더디고 조용하게 흐르는 검은 강물, 캐스터브리지의 검정 물은 낮은 절벽 아래로 흘러갔고, 강과 절벽이 어우러진 자연 상태 그대로 하나의 요새를 이뤄 이쪽에는 성벽이나 인위적인 토루를 쌓을 필요가 없었다. 여기에 프란체스코 수도원과 부속 물방앗간의 잔해가 남았고 방앗간의 물이 뒤쪽의 수문 밑으로 처량한 울부짖음처럼 포효하며 떨어졌다. 절벽 위쪽인 강의 배후에는 건물 더미가 서 있고 그 건물 더미 앞에 정사각형 모양의 덩어리 하나가 하늘을 향해 솟아 있었다. 그것은 막상 조각상은 사라져버린 조각상 받침대 같았다. 사라진 부분, 즉 그것이 없으면 디자인이 미완성 상태로 남게 되는 부분은 사실 인간의 시신이었다. 정사각형 덩어리는 교수대의 토대였고, 뒤의 건물 더미는 그 지방의 교도소였다. 언제든지 형이 집행될 때면 헨처드가 지금 걷고 있는 이 초원에 군중들이 모여들곤 했고 그들은 보(洑)에서 포효하는 물소리를 들으며 그 비참한 장면을 구경했다.

어둠으로 과장된 이 지역의 우울한 분위기는 헨처드에게 기대 이상의 깊은 인상을 주었다. 그에게는 이 장소와 자기 가정 상황의 침울함이 아주 완벽하게 조화되었다. 그는 집에서 일어난 일의 결과와 장면과 그 어렴풋한 윤곽을 참지 못하던 터였다. 그의 짜증스러움이 우울감으로 바뀌었다. 그가 외쳤다. "도대체 왜 내가 여기에 온 거지!" 그는, 잉글랜드 전역에서 그 직업을 단 한 사람이 독점하기 전, 현지의 늙은 교수형 집행인이 살다 죽은 오두막집 앞을 지났다. 그러고는 경사가 급한 뒷길로 올라가 도시에 들어섰다.

쓰라린 실망감에서 비롯되어 그날 밤 그가 겪은 고통은 동정을 받아 마땅함지도 모른다. 그는 절빈 징도 정신이 나간 상태여서 회복할 수도 완전히 기절할 수도 없는 사람처럼 보였다. 입으로는 그가 아내를 비난할 수 있었으나 가슴으로는 그럴 수 없었다. 또 그녀가 편지의 겉봉에 쓴 그 현명한 지침을 따랐더라면 그는 오랫동안, 아마도 영원히, 이 고통을 모면할 수 있었을 것이다. 왜냐하면 엘리자베스는 결혼이라는 투기와도 같은 길을 찾아 자기가 누려온 안전하고 한적한 처녀로서의 행로를 벗어나겠다는 욕망을 보이지 않고 있었기 때문이다.

혼란스러운 밤이 지나고 아침이 찾아왔다. 무언가 계획을 세울 필요가 있었다. 그는 아주 옹고집이라 자기 입장에서 물러날 위인은 아니었고 굴욕감이 개입될 때 특히 그랬다. 어떤 위선이 개입되었더라도 자기가 그녀에게 그렇게 강하게 주장한 자기의 딸, 그리고 그녀가 늘 그렇게 스스로를 생각하게 될 자기의 딸이었다. 그러나 그는 새로운 상황에 첫발을 내디딜 준비는 되어 있지 않았다. 그가 아침 식사를 먹으러 식당에 들어서는 순간 엘리자베스가 노골적으로 신뢰감을 드러내며 다가와 그의 팔을 붙잡았다.

"말씀하신 문제에 대해 밤새 생각하고 또 생각했어요." 그녀가 솔직하게 말했다. "모든 게 말씀하신 대로 되어야 한다는 걸 알아요. 제가 사실대로 아버지로 여기고, 더 이상 헨처드 씨라고 부르지 않을게요. 이제 제겐 아주 분명해요. 정말 그래요, 아버지. 단지 의붓딸이었다면 그동안 아버지가 제게 해준 것의 절반도 해주지 않고, 그렇게 전적으로 제 마음대로 하게 놔두지도 않고, 그 많은 선물을 사주시지도 않았을 거예요! 뉴슨 씨 그분, 불쌍한 엄마가 그런 이상한 실수로 결혼한 그 분은(여기서 헨처드는 자기가 진실을 위장한 것이 기뻤다) 아주 다정했어요. 정말 매우 다정했어요!" 그녀는 말하면서 눈물을 글썽거렸다. "하지만 그것이 결국 누군가의 진짜 아버지가 되는 것과 같지는 않아요. 자, 아버지, 아침 식

198

사가 기다리고 있어요!" 그녀가 명랑하게 말했다.

헨처드가 허리를 굽혀 그녀의 뺨에 키스했다. 그 순간과 그 행동은 여러 주일에 걸쳐 그가 두근거리는 가슴으로 미리 상상하던 것이었다. 그런데 막상 그 순간이 찾아왔건만 그의 상황은 비참하고 무미건조할 뿐이었다. 그가 그녀의 엄마를 원래의 상태로 회복시켰던 주된 목적은 소녀를 위해서였다. 그런데 모든 책략의 열매가 결국은 이와 같은 티끌*이 되었다.

---

* '가치 없음'의 성경적 표현이다(「창세기」 18: 27, 「욥기」 30: 19).

20

어떤 소녀가 살면서 부딪치는 모든 불가사의한 일 중에서도 헨처드가 엘리자베스에게 아버지라고 소명한 이후에 보인 수수께끼 같은 태도는 좀처럼 이해하기 힘든 것이었다. 그는 그녀에게 애정을 절반쯤 담은 열정과 불안감을 보이며 자기가 아버지라고 밝혔는데 그럼에도 불구하고 바로 이튿날 아침부터, 그녀가 이전에는 결코 볼 수 없었을 정도로 태도가 부자연스러워졌으니 이게 어찌 된 일인가.

냉담함은 이내 노골적인 책망으로 넘어갔다. 엘리자베스의 큰 결점 중 하나는 때때로 지독하고 기발한 방언을 쓰는 것이었는데 그 방언은 진정한 상류층과 구별되는 끔찍한 하층민의 표시였다.

그때는 저녁 식사 시간이었다. 두 사람은 식사 때 말고는 마주치는 법이 없었다. 그녀는 그가 식탁에서 일어나는 순간 무언가를 보여주려는 의도로 무심코 말했다. "거기서 잠깐 꼼짝 마요, 아버지. 제가 보여드릴게 있어요."

"거기서 꼼짝 마라!" 그가 날카롭게 반복했다. "이거 큰일 났군. 네가 그런 상스러운 언어를 쓰다니. 네가 돼지 여물통으로 음식 찌끼 나르는 그런 사람이니?"

그녀의 얼굴이 수치와 슬픔으로 빨개졌다.

"제 말은 '잠깐 그대로 계시라'는 의미였어요, 아버지." 그녀가 기어들어가는 공손한 목소리로 말했다. "제가 더 조심해야 했어요!"

그는 아무 대꾸도 없이 방을 나가버렸다.

그 날카로운 질책이 그녀에게 효과가 없지는 않았다. 이윽고 그녀는 '용 났다' 대신 '성공했다'를 쓰고, '왕풍뎅이'라 말하는 대신 '호박벌'이라 말했으며, 젊은 남녀에 대해 더 이상 '함께 걷는 사이'라고 말하지 않고 '약혼한 사이'라고 말했다. 그녀는 '들백합'을 '야생 히아신스'로 말하게 되고, 제대로 잠자지 못한 다음 날 하인들에게 '가위눌렸다'고 우습게 말하는 대신 '소화불량으로 고통 받았다'라고 말하게 되었다.

그러나 이러한 개선은 이어지는 이야기를 약간 앞지르는 것이다. 헨처드는 자기 자신도 교양이 없으면서, 하얀 피부의 소녀가 저지르는 실수에 대해서는, 그녀가 닥치는 대로 이것저것 읽어가며 공부를 했기 때문에 이제는 정말 사소한 실수에 불과한 데도, 매우 혹독하게 흠을 잡았다. 이제 글씨체를 둘러싼 쓸데없는 시련이 다시 한 번 그녀에게 닥쳐오고 있었다. 어느 날 저녁 그녀가 식당 문을 지나치다 무언가를 찾으려고 방 안에 들어가게 되었다. 그녀는 문을 열고서야 방 안에서 시장이 어떤 남자와 상담 중인 것을 알았다.

"이리 와, 엘리자베스-제인." 헨처드가 그녀를 돌아보며 말했다. "내가 말하는 걸 받아 적기만 해. 나와 이 신사분이 서명할 합의문 몇 마디야. 내 펜글씨는 아주 엉망이거든."

"이럴 수가, 저도 마찬가지입니다." 신사가 말했다.

그녀가 압지(押紙) 책과 종이와 잉크를 가져와 준비하고 앉았다.

"자 이제 '오늘 10월 16일에 합의에 이르다' 그걸 먼저 써."

그녀는 종이 위로 코끼리 발걸음처럼 둔중하게 펜을 움직이기 시작했다. 그녀의 글씨는 그녀 자신이 고안한 매우 인상적으로 둥글고 대담한 서체로, 시대가 더 요즘에 가까웠다면 그녀가 미네르바*와 같은 사람으로 보일 만한 스타일이었다. 그러나 당시의 지배적인 생각은 달랐다. 헨처드의 신조는 제대로 된 소녀라면 숙녀의 글씨체를 써야 한다는 것이었다. 그뿐만 아니라, 그는 꼿꼿한 글자가 성별 그 자체와 마찬가지로 품위 있는 여자다움의 본질적이고 분리될 수 없는 부분이라고 믿었다. 그러므로 엘리자베스-제인이 갈겨쓰는 글씨 대신에, 아이더 공주**처럼,

포효하는 동풍(東風)에 벌판의 곡식이
모든 귀를 숙일 때와 같은 글씨체로,

쇠사슬 탄환과 모래주머니같이 둥근 글씨로 한 줄을 작성했을 때, 그는 그러는 그녀가 부끄러운 듯 성이 나서 얼굴이 빨갛게 되었다. 그는 독단적으로 "그만뒤, 내가 끝내지"라고 말하면서 그녀더러 당장 그 자리에서 나가라고 했다.

타인을 깊이 배려하는 그녀의 성격이 이제 그녀에게 예기치 않은 위험이 되었다. 그녀가 때로는 짜증날 정도로, 또 불필요하게 직접 육체노

---

* Minerva: 로마 신화의 전쟁과 시, 의술, 지혜, 상업, 기술, 음악의 여신.
** Princess Ida: 앨프리드 테니슨(Alfred Tennison, 1809~1892)의 작품 『공주*The Princess*』(1847)의 여주인공.

동을 부담하고 싶어 하는 것은 사실이었다. 피비*가 두 번씩 올라오지 않도록 그녀는 초인종을 치는 대신에 직접 주방으로 달려가곤 했다. 고양이가 석탄 통을 뒤집었을 때 그녀는 부삽을 손에 든 채 무릎을 꿇고 앉았다. 게다가 그녀는 식사 시중을 드는 하녀에게 끈질기게 감사 인사를 해서 어느 날 하녀가 방에서 나간 뒤 마침내 헨처드가 폭발했다. "맙소사, 마치 천사라도 된 것처럼 저 계집에게 감사하는 짓은 제발 그만둬라! 내가 걔한테 네 시중들라고 1년에 12파운드나 지불하는 거 몰라?" 고함 소리에 엘리자베스가 너무 표나게 위축되자 몇 분 뒤 미안해진 그는 자기가 그렇게 거칠게 떠들 생각은 없었다고 말했다. 집 안에서의 감정 표현은 이처럼 바닥에 깔린 것들을 들추어내기보다는 암시하는, 작게 튀어나온 뾰족한 암초와 같았다. 그러나 격노보다 더 무서운 것은 그의 냉담함이었다. 그가 더 자주 냉담한 분위기에 빠져든다는 것은 반감이 점점 커져 그녀를 싫어하게 되었다는 슬픈 소식을 의미했다. 이제 외모와 태도를 그녀 스스로 가꿀 수 있게 되고 또 실제로 지혜롭게 다듬어진 그녀의 온화함이 점점 관심을 끌수록, 그녀는 점점 더 그와 멀어지는 것 같았다. 때때로 그녀는 거의 견디기 힘들 정도의 험악하고 불쾌한 눈초리로 자기를 쳐다보는 그와 마주쳤다. 그녀는 비밀을 모르는 상태였으므로, 그녀가 그의 성을 선택했을 때 처음으로 그의 적대감을 불러일으켰다는 건 참담한 이율배반이었다.

그러나 가장 지독한 시련이 아직 남아 있었다. 최근 들어 오후가 되면 엘리자베스는 마당에서 송곳으로 건초 묶음띠에 구멍을 뚫는 낸스 모크리지에게 사과술이나 에일 한 컵과 치즈 바른 빵을 내놓는 습관이

---

* Phoebe: 여자 이름.

생겼다. 낸스는 처음엔 그것을 감사하며 받았으나 시간이 흐르면서 당연한 일처럼 생각했다. 어느 날 헨처드가 경내에 있다가 자기 의붓딸이 이 심부름을 하러 건초 헛간에 들어가는 걸 목격했다. 음식을 놓을 마땅한 장소가 없는 그곳에서 그녀는 곧장 건초 두 묶음으로 테이블처럼 만드는 작업을 했는데, 그동안 모크리지는 손을 엉덩이에 얹고 편안히 서서 자기 대신 그녀가 준비하는 모습을 바라보았다.

"엘리자베스, 이리 오지 못해!" 헨처드의 말에 그녀가 그에게로 갔다.

"너 왜 그렇게 엉망으로 너 자신의 값어치를 떨어뜨리니?" 그가 분노를 억누르며 말했다. "그러지 말라고 내가 수십 번 말하지 않았니? 응? 저 낸스같이 흔한 여자 일꾼을 위해 너 스스로 힘든 일을 악착같이 찾아 하다니! 왜, 날 아주 바닥까지 망신 주지 그래!"

방금 그가 내지른 소리는 몹시 커서 헛간 안의 낸스에게까지 들렸다. 자신을 비방하는 말에 화가 머리끝까지 솟은 그녀는 문 쪽으로 다가오면서 자기가 하는 말이 초래할 결과가 어찌 되든 상관하지 않고 소리소리 질렀다. "그런 식으로 말씀하겠다는 거제, 마이클 헨처드 씨. 그럼 그녀가 더 형편없는 사람들의 시중을 들기도 했다는 걸 알려드리제!"

"그녀가 그랬다면 틀림없이 분별력보다 자선의 마음이 더 앞섰기 때문일걸." 헨처드가 말했다.

"오 천만에, 그렇진 않았제. 그건 자선을 위한 게 아니라 돈을 벌려는 거였제. 그것도 이 도시의 어떤 여관에."

"그게 사실일 리가 있나!" 헨처드가 화가 나서 외쳤다.

"바로 본인에게 물어보시제." 낸스가 팔꿈치를 편안하게 긁으려는 듯이 맨팔을 접으며 말했다.

헨처드가 엘리자베스-제인을 훑어보았는데 칩거 생활을 해 분홍과 흰색인 그녀의 얼굴에 이제 예전의 안색은 거의 남아 있지 않았다. "이게 무슨 소리야?" 그가 그녀에게 물었다. "근거 있는 말이니, 아님 전혀 허튼소리니?"

"사실이에요." 엘리자베스-제인이 말했다. "하지만 그건 단지—"

"그랬다는 거야, 안 그랬다는 거야? 어디에서?"

"스리 마리너즈에서요. 하룻저녁에 그것도 잠깐 동안만요. 우리가 거기 묵었을 때요."

낸스가 의기양양하게 헨처드를 쳐다보더니 당당하게 헛간으로 들어갔다. 바로 그 순간 자리를 뜬 걸 보면 자신의 승리를 최대한 이용할 작정이었다. 그러나 헨처드는 그녀가 가도 좋다는 말을 전혀 하지 않았다. 자기 자신의 과거 때문에 그런 일들에 지나치게 민감한 그는 마지막 치욕에 이르도록 완벽하게 으깨어진 사람의 모습이었다. 엘리자베스는 죄인처럼 그의 뒤를 따라 집으로 갔다. 하지만 집 안에 들어섰을 때 그녀는 그를 볼 수 없었다. 그랬을 뿐 아니라 그날 그를 다시 보지 못했다.

그 사실이 그의 귀에까지 들려온 적이 없었음에도, 그로 인해 분명히 자신의 지역적 명성과 지위가 뼈아픈 손상을 받았다고 확신한 헨처드는 언제든 그녀와 마주칠 때면 자기 딸이 아닌 소녀의 존재에 대해 확실한 혐오감을 드러냈다. 그는 식사도 주로 집 바깥인, 최고의 호텔 두 곳 중 한 곳의 곡물 거래실에서 농부들과 함께하면서 그녀를 완전한 고독 속에 남겨두었다. 그녀가 그 조용한 시간을 어떻게 활용하는지 볼 수만 있었다면 그는 그녀의 자질에 대한 자신의 판단을 뒤집을 이유를 발견했을 것이다. 그녀는 끊임없이 책을 읽고 메모를 했다. 지독한 근면함으로 세'싱사를 숙시해갔고, 스스로 부과한 과제에서 꽁무니를 빼는 일도 결코 없었다. 그녀는 살고 있는 도시의 로마적 특성에서 자극을 받아 라틴어 공부를 시작했다. "내가 만일 견문이 넓지 않다면 그게 나 자신의 잘못 때문은 아냐." 그녀는 이 교육적인 저작물 다수의 놀랄 만한 난해함 때문에 완전한 좌절감에 빠질 때 이따금 복숭아 같은 뺨 위로 미끄러져 내리는 눈물 속에서 혼자 중얼거리곤 했다.

그런 식으로 그녀는 감성이 깊고 커다란 눈을 가진 사람으로, 가까이 있는 어떤 존재의 이해도 받지 못한 채 조용히 살아갔다. 막 시작된 파프레이에 대한 관심도 그것이 일방적이고 처녀답지 못하며 어리석게 보인다는 이유를 들어 끈기 있는 용기로 억제했다. 그렇다. 파프레이가 해고된 뒤 그녀는, 자기만이 알고 있는 이유로, 방을 (자기가 대단한 흥미를 가지고 살았던) 마당이 보이는 안쪽 방에서 길거리가 내다보이는 정면의 방으로 옮겼다. 그러나 젊은 청년은 그 집 앞을 지나갈 때 머리를 거의 또는 전혀 돌리지 않았다.

겨울이 거의 다 되었다. 불안정한 날씨는 그녀가 집 안의 사물에 더욱 의지하게 만들었다. 그러나 캐스터브리지에는 햇빛이 비치면 대기가 비로드같이 부드러운 이른 겨울날들이 있었다. 험악한 남서쪽 폭풍이 불고 난 다음 하늘마저 기진맥진한 날들이었다. 그녀는 이런 날을 잡아 주기적으로 엄마가 묻힌 묘지를 찾아갔다. 그곳은 옛 로만-브리티시 도시 때부터 아직까지 사용 중인 묘지로 바로 그 매장 장소로서의 지속성이 관심을 끌었다. 헨처드 부인의 유해는 유리 머리핀과 호박 목걸이로 장식되어 누워 있는 여인들과, 하드리아누스, 포스투무스, 그리고 콘스탄티누스 황제들의 동전*을 입에 문 남자들의 유해 틈바구니에 섞여 있었다.

---

* 브리튼 섬을 다스린 로마 지배자들의 이름. 동전은 저승으로 갈 때 뱃사공에게 내는 뱃삯.

오전 10시 반 무렵이 그녀가 이곳을 방문하는 시간이었다. 그 시간은 도시의 넓은 길들이 카르나크*의 대로들처럼 비어 있을 때였다. 업무를 보는 이들은 그 넓은 길들을 지나 일상의 작은 사무실로 들어간 지오래되었고, 여가를 즐기는 시간은 아직 시작되지 않았다. 그래서 엘리자베스-제인은 걸으면서, 또 책을 읽거나 대충 살펴보면서 묘지가 있는 교회 경내에 이르렀다.

그곳에서 자기 엄마의 묘지에 다가가던 그녀는 자갈 깔린 통로 가운데에 외롭고 어두워 보이는 사람이 서 있는 걸 보았다. 이 여인 역시 무언가를 읽고 있었는데 책은 아니었다. 여인이 몰입해서 읽고 있는 것은 헨처드 부인의 묘비에 새겨진 비문이었다. 여인도 엘리자베스처럼 상복을 입었으며, 엘리자베스 정도의 나이와 몸집이었다. 엘리자베스보다 훨씬 아름다운 옷을 입었다는 사실만 아니었다면 엘리자베스의 유령이거나 엘리자베스가 1인 2역을 하는 거라고 착각할 정도였다. 엘리자베스-제인은 일시적인 변덕이나 목적이 없는 한 옷을 입는 데 비교적 무심했지만, 지금 그녀의 두 눈은 여인의 외관이 가진 예술적 완벽함에 진정으로 매료되었다. 여인의 걸음걸이 역시 나름대로 유연해서 일부러 그러는 것이라기보다는 타고난 기질에 의해 모난 동작을 피하는 듯했다. 인간이 이러한 외적 발달의 단계에 도달할 수 있다는 것은 엘리자베스에게는 하나의 계시였다. 그녀는 한 번도 그것을 의심한 적이 없었다. 그 순간 그녀는 그 이방인 이웃이 자기에게서 모든 신선함과 은혜를 훔쳐갔다고 느꼈다. 이 느낌은 지금 엘리자베스가 당당하게 아름다운 반면 그 젊은 여인은 단순히 예쁘다는 사실에도 불구하고 그랬다.

---

* Karnak: 고대 이집트 수도 테베의 한 지역으로 고대 유적이 많이 발굴된 곳이다.

엘리자베스가 시기심이 강했다면 여인을 미워했을 것이지만 그녀는 그러지 않았다. 그녀는 여인에게 매료되는 자신을 인정했다. 그녀는 여인이 어디에서 왔는지 궁금했다. 여인의 걸음걸이는 이 지역의 정직하고 가정적인 사람들처럼 투박하고 실용적인 걸음걸이가 아니었고, 옷차림 또한 단순하게 입거나 잘못 입는 이 일대의 두 가지 의상 스타일에 부합하지 않는 게 분명 캐스터브리지 여성은 아니었다. 여인이 손에 든 여행 안내서 비슷한 책 역시 그녀가 이곳 여성이 아님을 시사했다.

이방인은 이윽고 헨처드 부인의 묘비 앞을 떠나 담 모퉁이 뒤로 사라졌다. 이제 엘리자베스가 홀로 묘지에 가보니 바닥에 여인이 거기 오랫동안 서 있었음을 의미하는 선명한 발자국 두 개가 나 있었다. 엘리자베스는 마치 무지개나 북극광, 진귀한 나비나 카메오*에 대해 생각하듯 자기가 목격한 것을 골똘히 생각하면서 귀갓길에 올랐다.

바깥 상황은 흥미로웠지만 집에서의 그날은 그녀에게 나쁜 날 중 하나가 되고 말았다. 2년의 시장 임기가 끝나가던 헨처드는 자기가 공석인 시 참사회원 자리의 후임자로 선정되지 않은 반면 파프레이는 시의회 의원이 될 것 같다는 사실을 알게 되었다. 이 사실 때문에 자기가 시장인 도시에서 엘리자베스가 시중을 들었다는 심히 유감스러운 사건이 그의 마음에 더욱 극심한 고통을 주었다. 그는 당시의 상황을 개인적으로 수소문해보고, 그녀가 그렇게 창피스러운 일을 하게 된 발단이 도널드 파프레이, 불성실하고 건방진 바로 그 녀석 때문이라는 걸 알았다. 스리 마리너즈에 모였던 명랑한 사람들은 이미 오래전에 잊어버린 그 사건을 스태니지 부인은 별로 중요하게 생각하지 않는 것으로 보였지만, 헨처드의

---

* cameo: 양각으로 아로새긴 보석이나 조가비 등 장신구.

영혼은 그 단순한 절약 행위가 사회적 재앙과 거의 다르지 않다고 간주할 만큼 거만했다.

아내가 딸을 데리고 캐스터브리지에 도착한 그 저녁 이후 그의 운을 바꾼 어떤 기운이 계속 감돌았다. 킹스암즈에서 동료들과 나눈 만찬은 헨처드의 아우스터리츠*였다. 그 이후에도 그가 성공하긴 했으나 상승세를 탄 건 아니었다. 그는 자치도시 시민 중의 귀족 지위인 참사회원이 되기를 고대하다가 오늘 무산되고 말았다는 자각에 성질이 뒤틀려 있었다.

"음, 어디 다녀온 거야?" 그가 간결하고 퉁명스러운 말투로 물었다.

"산책로와 교회 경내를 거닐다가 왔어요, 아버지. 속이 아주 허해질 때까지요." 그녀가 재빨리 손으로 입을 막았지만 때는 이미 늦었다.

이 말은 그날 그렇지 않아도 다른 시련을 겪은 헨처드를 격분시키기에 딱 알맞았다. "네가 또다시 그런 식으로 말하도록 **그냥 놔두지 않겠어!**" 그가 소리 질렀다. "'허해져,' 정말. 사람들은 네가 농장에서 일한 걸로 생각하겠구나. 하루는 네가 여관 일을 도왔다는 얘길 듣게 되더니, 이젠 또 네가 시골뜨기처럼 말하는 소리를 듣는구나. 내 속이 부글부글 끓는다. 계속 이런 식이라면 우리는 이 집에서 함께 살 수 없어."

이런 일을 치르고 난 그녀가 잠자리에 들면서 기분 좋은 생각을 하는 유일한 방법은 자기가 그날 본 여인을 회상하며 다시 만나게 되기를 소망하는 것이었다.

그 시간 헨처드는 깨어 앉아, 자기 딸도 아닌 소녀를 빼앗기지 않겠다고 파프레이에게 말도 걸지 말라고 금지했던 자신의 어리석음에 대해

---

* Austerlitz: 1805년 나폴레옹 1세가 러시아와 오스트리아 연합군을 격파한 체코 남동부 모라비아 지방의 소도시. 이 전투 이후 프랑스가 유럽 대륙에서 압도적 우위를 누리게 되었으나 한편으로는 1806년 프로이센이 전투에 가담하게 되는 빌미가 되었다.

곰곰 생각했다. 만일 두 사람의 관계가 계속 진행되도록 허락했다면 그녀 때문에 귀찮은 일도 없었을 터였다. 마침내 그는 벌떡 일어나 필기용 테이블로 가면서 혼자 만족해 중얼거렸다. "아! 그자는 이것이 화해, 그리고 결혼지참금을 의미한다고 생각하겠지. 내가 그 애 때문에 이 집에서 애먹기를 원치 않고, 또 지참금이 전혀 없다는 생각은 못하겠지." 그는 다음과 같이 썼다.

"선생, 생각해봤는데, 자네가 엘리자베스-제인을 좋아한다면, 나는 자네가 그 아이와 교제하는 일에 간섭하고 싶지 않아. 그러니 내가 반대를 철회하겠네. 다만 한 가지 조건이 있어. 그 교제가 내 집 안에서 벌어지지만 않도록 해. 그럼 이만.

M. 헨처드

파프레이 씨에게."

다음 날은 쾌청한 날씨였고 엘리자베스-제인은 다시 교회 경내에 있었다. 어제의 그 여인을 찾아보던 그녀는 갑작스럽게 출현한 파프레이를 보고 깜짝 놀랐다. 정문 밖을 지나고 있던 그는 길을 가면서 수첩 속에 도형을 그리는 것 같았는데 잠시 그 수첩에서 눈을 들어 힐끗 그녀를 쳐다보았다. 그녀를 알아보았는지 아닌지 그는 별 관심을 보이지 않더니 그냥 사라졌다.

자기가 하찮은 존재에 지나지 않는다는 느낌으로 몹시 침울해진 그녀는 십중팔구 그가 자기를 경멸했다고 상심하며 벤치에 앉았다. 자기 처지가 비참하다는 상념에 빠진 그녀가 마침내 아주 큰 소리로 외쳤다. "아, 차라리 사랑하는 엄마와 함께 눈을 감았으면 좋았을걸!"

벤치 뒤의 담 아래로 주민들이 자갈 위를 걷는 대신 이따금 이용하는 작은 산책로가 있었다. 벤치에 무언가 닿는 느낌이 들었다. 그녀가 뒤돌아보았을 때 베일에 가렸지만 그래도 선명한 얼굴 하나가 그녀 위로 고개를 숙였다. 어제 보았던 그 젊은 여인의 얼굴이었다.

엘리자베스-제인은 자기 말을 누군가 엿들었다는 걸 알고 당황스러우면서도 묘한 쾌감을 느꼈다. "그래요, 내가 당신이 말하는 걸 들었어요." 여인이 그녀의 시선에 응대하며 쾌활한 목소리로 말했다. "무슨 일이 있었나 봐요?"

"말하지 않겠어요. 당신에겐 말해줄 수 없어요." 엘리자베스가 부끄러움으로 금방 붉어지는 얼굴을 감추려고 손을 가져가며 말했다.

잠시 동안 아무런 움직임도 말도 없었다. 잠시 후 그녀는 젊은 여인이 자기 옆에 앉는 걸 느꼈다.

"당신이 어떤 기분인지 짐작 갑니다." 여인이 말했다. "저기가 당신 어머니 무덤이죠." 그녀가 손을 들어 묘비를 가리켰다. 엘리자베스는 마치 자신에게 그녀를 신뢰할 수 있겠는지 물어보듯이 눈을 들어 그녀를 바라보았다. 여인의 태도가 워낙 간절하고 진지해서 소녀는 신뢰할 수 있으리라고 결론지었다. "그분이 내 엄마였어요." 소녀가 말했다. "내 유일한 친구였지요."

"하지만 당신 아버지, 헨처드 씨. 그는 살아 있지요?"

"네, 살아 있어요." 엘리자베스-제인이 말했다.

"그런데 그가 당신에게 다정하지 않군요!"

"아버지에 대해 불평하고 싶진 않아요."

"서로 의견이 안 맞는 일이 있었어요?"

"약간."

"아마 당신이 잘못했나 보죠?" 이방인이 넌지시 물었다.

"내가 잘못했어요, 여러 가지로." 온순한 엘리자베스가 한숨을 쉬었다. "하인이 청소해야 할 석탄을 내가 치우고, 또 내가 속이 허하다고 말했어요. 그래서 아버지가 내게 화를 냈죠."

대답을 들은 여인이 그녀에 대해 온화해지는 것 같았다. "당신 말이 내게 어떤 인상을 주었는지 알아요?" 여인이 솔직하게 말했다. "그가 욱하는 성미에 약간 거만하고 아마 야심이 대단하지만, 나쁜 사람은 아니라는 거죠." 엘리자베스의 편을 들면서도 여인이 헨처드를 비난하지 않으려 애쓰는 것이 흥미로웠다.

"오 아무렴요, 물론이지요 **나쁘진** 않아요." 정직한 소녀가 동의했다. "아버지는 엄마가 돌아가신 뒤 최근까지 한 번도 내게 불친절하게 대하지 않았어요. 하지만 화를 내는 일이 계속될 때는 견디기가 매우 힘들어요! 모두 내 결점 때문이에요. 또 감히 말하면 내 결점은 내 내력 때문이고요."

"당신의 내력이 뭔데요?"

엘리자베스-제인은 생각에 잠겨 질문을 던진 상대방을 쳐다보았다. 상대방이 자기를 바라보고 있다는 걸 발견한 그녀가 눈을 내리깔고 어쩔 수 없이 다시 과거를 회상하는 것 같았다. "제 내력은 즐겁지도 매력적이지도 않아요." 그녀가 말했다. "그럼에도 불구하고, 당신이 진정으로 알고 싶다면 말해줄 수 있어요."

여인은 그녀에게 자기가 정말 알고 싶어 한다는 확신을 주었다. 그래서 엘리자베스-제인은 자기가 이해하는 대로 자기의 일생 이야기를 들려줬는데, 그 이야기는 가축 시장에서 있었던 매매 행위가 포함되지 않은 것만 빼고는 대체로 진실이었다.

소녀의 예상과는 반대로 새 친구는 충격을 받지 않았다. 그래서 그녀에게 용기가 생겼다. 그렇지만 그녀는 최근 들어 자기가 아주 거친 대우를 받고 있는 집으로 돌아갈 생각을 하자 다시 우울해졌다.

"어떻게 돌아가야 할지 모르겠어요!" 그녀가 중얼거렸다. "어디로 멀리 떠나버릴까 생각하기도 해요. 하지만 내가 무얼 할 수 있겠어요? 어딜 갈 수 있겠어요?"

"어쩜 곧 나아지겠죠." 친구가 다정하게 말했다. "그러니까 나라면 멀리 떠나지 않겠어요. 자, 내 계획에 대해 한번 생각해봐요. 난 머지않아 누군가 내 집에 들어와 살게 할 계획이에요. 부분적으로는 살림도 맡아주고 부분적으로는 말동무도 할 사람으로 내 집에 들어와 같이 살지 않을래요? 그렇지만 아마도—"

"오, 물론!" 엘리자베스가 눈물을 글썽이며 외쳤다. "난 정말 그러고 싶어요. 독립할 수만 있다면 어떤 일이라도 할 거예요. 그러면 아마 아버지가 나를 사랑하게 될 거예요. 그렇지만— 어쩌지!"

"왜요?"

"나는 전혀 교양이 없어요. **당신**과 말동무를 하려면 교양이 있어야 하잖아요."

"아니 꼭 그럴 필요는 없어요."

"아녜요? 그래도 난 때때로 촌스러운 말을 내뱉곤 해요. 내가 그럴 생각이 없을 때에도요."

"걱정 마요. 내가 그런 말들을 알고 싶어 하게 될 거예요."

"그리고 그러면 안 된다는 걸 나도 알지만—" 그녀는 어처구니 없다는 듯 웃음을 터뜨리며 소리 질렀다. "나는 뜻하지 않게 여성 글씨체 대신에 듬그스럽힌 글씨체도 쓰는 걸 배웠어요. 물론 당신은 여성 글씨체로 쓰는 사람을 원하겠지요?"

"음, 아뇨."

"뭐라고요? 꼭 여성 글씨체로 쓰지 않아도 된다구요?" 엘리자베스
가 기뻐하며 소리쳤다.

"물론이죠."

"그런데 어디에 살아요?"

"캐스터브리지요. 아니 차라리 이렇게 말하는 게 정확하겠군요. 오
늘 12시 이후부터 여기 이 도시에서 살 거예요."

엘리자베스는 놀라움을 금치 못했다.

"집을 준비하는 며칠 동안은 버드마우스에서 머물렀어요. 내가 들어
갈 집은 남들이 하이플레이스 홀이라 부르는 곳인데 시장에 이르는 작은
길이 내려다보이는 오래된 석조 저택이지요. 모든 방은 아니지만 두세 개
의 방은 살기 적합해요. 나는 오늘 밤 처음으로 그곳에서 자게 돼요. 이
제 내 제안에 대해 심사숙고해보고 다음 주 날씨가 맑은 첫째 날 이곳에
서 다시 만나요. 그때까지도 당신 마음이 변하지 않았는지 그날 말해주
겠어요?"

엘리자베스는 눈을 반짝이며 현재의 참을 수 없는 처지에서 탈출할
수 있다는 생각에 기쁨에 차서 동의했다. 두 사람은 교회 경내로 이어진
정문 앞에서 헤어졌다.

21

어린 시절부터 입으로 줄줄 되뇌던 격언이라도 연륜이 쌓여 그 말을 실현하기 전까지는 현실성을 띠지 못하는 것처럼, 엘리자베스-제인이 백 번은 들었을 하이플레이스 홀도 이제야 처음으로 그녀 앞에 모습을 드러 냈다.

그날 남은 시간 내내 그녀의 마음은 그 이방인과 저택, 그리고 그곳 에 자신이 살 기회에만 쏠려 있었다. 오후에 그녀는 시내에서 몇 장의 청 구서 대금을 지불하고 잠깐 쇼핑을 했다. 그때 그녀는 자신에게는 새로 운 발견인 것이 길거리에서는 이미 화젯거리라는 걸 알게 되었다. 가게 주인들은 하이플레이스 홀이 지금 수리 중이며 어떤 여인이 곧 그곳에 살러 들어온다는 사실을 다 알고 있으면서도 그 여인이 자기네 고객이 될 가능성은 높게 보지 않았다.

그러나 엘리자베스-제인은 뭉텅이로 접하게 된 그 새로운 정보에 모 자를 덧씌우는 정도의 손질을 할 수 있었다. 그 숙녀는, 그녀가 말했다. 오늘 방금 도착했어요.

가로등은 들어왔으나 아직 굴뚝이나 다락방이나 지붕들이 보이지 않을 정도까지 어두워지지는 않았을 때, 엘리자베스는 거의 연인과 같은 심정으로 하이플레이스 홀의 외관을 보고 싶었다. 그녀는 그 집 방향으로 길을 올라갔다.

그 집은 도심과 매우 가까운 주택으로는 유일하게 회색의 파사드*와 난간을 갖추고 있었다. 그 집은 무엇보다도 시골 대저택의 특징이라고 할 새 둥지가 있는 굴뚝, 이끼가 자라는 축축한 모퉁이, 자연의 풍화작용이 만들어낸 울퉁불퉁한 표면이 두드러졌다. 밤이면 등불이 어슴푸레한 담에 검은 그림자 무늬로 통행인들의 형체를 그려냈다.

오늘 저녁에는 새로운 임차인이 입주함에 따라 집 안 이곳저곳에 지푸라기들이 널려 있는 등 매우 어질러진 상태였다. 전체가 석조 건물인 이 저택은 규모가 그다지 크지 않으면서도 고급스러운 취향을 드러내는 전형적인 저택이었다. 건물 전체가 귀족풍으로 지어진 것도 아니었고, 더욱이 거드름도 덜 피웠다. 그럼에도 불구하고, 그곳의 장식물들에 대한 막연한 의견밖에 없으면서도, "피가 그것을 세웠는데, 부(富)가 그것을 누린다"고 본능적으로 말한 구식의 이방인도 있었다.

그러나 적어도 누리는 것에 관해서는 그 이방인의 말이 틀렸을지도 모른다. 오늘 밤 새 입주자가 도착하기까지 이 저택에는 1, 2년간 아무도 살지 않았고, 그 전에도 빈집일 때가 많았다. 인기가 없었던 이유는 금방 분명해졌다. 저택의 방들 중 일부는 시장을 내다보고 있는데, 예비 입주자들은 그런 주거에서 그와 같은 전망을 바람직하거나 점잖다고 여기지 않았다.

---

* façade: 건물 정면.

엘리자베스의 시선이 저택의 위쪽 방들을 훑었다. 그리고 그곳에 등불이 켜진 걸 보았다. 여인이 도착한 것이 분명했다. 여인의 어지간히 세련된 매너가 학구적인 소녀의 마음에 매우 깊은 인상을 남겼기에, 소녀는 길 건너 아치형 입구 아래 선 채 맞은편 벽 안에 이 매력적인 여인이 있다고 상상하면서 여인이 지금 무엇을 하고 있을까 궁금해하는 것만으로도 즐거웠다. 맞은편 건축물에 대한 그녀의 감탄은 전적으로 건축물이 감싸고 있는 입주자 때문이었다. 그렇긴 했지만 건축물 자체도 감탄할 만했으며, 적어도 연구할 가치는 있었다. 그것은 팔라디오풍*으로 고딕 시대** 이후의 대부분의 건축물처럼 디자인이기보다는 하나의 편집이었다. 하지만 적절하게 이루어진 편집으로 인상적인 건축물이 만들어졌다. 사치스럽지 않으면서도 충분히 다채로웠다. 다른 인간사에서와 마찬가지로 인간의 건축물이 지닌 궁극적 공허함을 제대로 인식함으로써 예술적으로 지나치게 치장하는 걸 막을 수 있었다.

조금 전까지도 일꾼들이 짐 꾸러미와 포장용 상자들을 들고 들락날락해서 출입구와 복도는 마치 모두에게 공개된 통로 같았다. 엘리자베스는 저녁 어스름을 틈타 열린 문을 지나 종종걸음으로 안뜰로 들어갔다가 자신의 무모함에 깜짝 놀라 다시 뒷마당의 높은 담 아래 또 다른 열린 문으로 재빨리 나왔다. 그녀는 자신이 이 도시에서 거의 지나다니는 사람이 없는 골목길에 서 있는 걸 발견하고 놀랐다. 골목에 고정된 외딴 가로등 불빛에 의지해 자기가 방금 나온 문을 살펴보니, 그것은 아치 모

---

* Palladian: 후기 르네상스 건축가 안드레아 팔라디오(Andrea Palladio, 1508~1580)의 영향을 받은 건축 스타일. 18세기 초·중엽 잉글랜드의 대표적 건축양식으로 대칭-개방성과 고전 양식에 대한 학문적 집착이 강하다.
** 12세기 중엽부터 16세기 르네상스가 출현할 때까지의 시기. 고딕 건축은 뾰족한 아치, 반아치형 받침대인 석조 구조물, 스테인드글라스, 풍부한 세부 장식 등이 특징이다.

양으로 아주 오래된, 집보다 더 오래된 것이었다. 문짝에는 금속 장식이 달려 있고, 아치 꼭대기의 이맛돌은 가면 형태였다. 아직도 알아볼 수 있지만 원래의 가면은 코믹하고 음흉한 미소를 드러냈는데, 여러 세계에 걸쳐 캐스터브리지의 소년들이 가면의 벌린 입을 겨냥해 돌을 던진 결과 가면의 입술과 턱이 마치 질병으로 괴사된 것처럼 떨어져 나갔다. 그녀는 흐린 가로등의 깜박이는 불빛에 비친 너무나도 섬뜩한 그 외관, 자신이 이곳에 와서 처음으로 마주친 불쾌한 모습을 더 이상 바라볼 수 없었다.

낡은 문의 수상한 위치와 음흉하게 미소 짓는 이상한 가면의 존재는 다른 무엇보다도 저택의 과거 역사와 관련 있는 한 가지, 즉 음모를 암시했다. 이 도시의 어떤 구역에서든지, 낡은 극장, 유서 깊은 황소 골리기* 터와 닭 싸움터, 이름 없는 젖먹이들이 사라졌던 웅덩이에서부터도 이 골목까지 눈에 띄지 않고 올 수 있었다. 하이플레이스 홀은 의심할 여지없이 그 편리함을 뽐낼 만했다.

그녀는 집으로 가기 위해 가장 지름길인 골목길로 내려가려고 몸을 틀었다. 그때 그 방향에서 누군가 다가오는 발소리가 들려왔다. 그런 장소에서 그런 시간에 누군가와 맞닥뜨리고 싶을 리 없던 그녀는 재빨리 몸을 숨겼다. 다른 쪽으로 비킬 수는 없었으므로 그녀는 그 불청객이 길을 지나갈 때까지 벽돌 기둥 뒤에 서서 기다렸다.

만일 그녀가 그 불청객을 쳐다보았더라면 깜짝 놀랐을 것이다. 그가 길을 올라와 바로 아치형 출입구로 가는 것을 목격했을 것이고, 그가 빗장 위에 손을 얹고 멈춰 섰을 때 가로등 불빛에 헨처드의 얼굴이 드러나

---

* 과거 영국의 잔인한 오락으로 개들을 부추겨 황소를 성나게 하고 물어 죽이는 걸 구경하는 놀이다.

는 것을 목격했을 테니 말이다.

그러나 엘리자베스-제인은 기둥 뒤에 몸을 바싹 붙이고 숨었으므로 아무것도 알아채지 못했다. 헨처드 역시 그녀가 그의 정체를 알아채지 못한 것과 마찬가지로 그녀의 존재를 알지 못한 채 안뜰로 들어가 어둠 속으로 사라졌다. 엘리자베스는 다시 골목길로 나와 최대한 서둘러 집으로 돌아갔다.

헨처드의 책망이 그녀에게 상스럽다는 말을 들을 행동은 삼가야 한다는 신경과민적인 두려움을 야기했고, 그 두려움이 흥미롭게도 중요한 순간 서로를 알아보지 못하도록 만들었다. 만일 서로를 알아보았다면 많은 일들이 벌어졌을 것이다. 어느 쪽에서건 적어도 똑같은 질문, 즉 도대체 그 또는 그녀가 거기서 무얼 하고 있느냐는 질문이 나왔을 것이다.

여인의 집에서 무슨 용건을 보았는지, 헨처드는 엘리자베스-제인이 귀가하고 나서 불과 몇 분 뒤에 집에 돌아왔다. 엘리자베스는 이날 저녁 그의 집에서 떠나겠다는 이야기를 꺼낼 작정이었다. 그날 겪은 사건들이 더 그녀를 재촉했다. 그러나 이야기를 잘 풀어내려면 그의 기분이 좋아야 해서 그녀는 자신을 대하는 그의 태도가 어떨지 걱정하며 기다리던 터였다. 그런데 그의 태도가 달라져 있었다. 그는 더 이상 화난 모습이 아니었다. 무언가 더 나쁜 게 보였다. 화를 내는 대신 극도로 무관심했으며 냉담함이 너무 지나쳐, 그녀는 그가 성질을 부릴 때보다 더 이 집을 떠나야겠다는 생각이 굳어졌다.

"아버지, 제가 떠난다고 하면 반대하실 거예요?" 그녀가 물었다.

"떠난다고? 아니, 반대할 생각 전혀 없어. 어디로 가려고?"

그녀는 자신에게 그처럼 무관심한 사람에게 지금 자신의 목적지를 언급하는 것은 바람직하지도 또 필요하지도 않다고 생각했다. 그는 곧 알게 될 것이다. "제가 더 세련되고 훌륭해지고, 또 덜 게을러질 기회에 대해 들었어요." 그녀가 주저하며 대답했다. "공부도 하면서 고상한 생활 태도도 배울 수 있는 집에 자리가 하나 났어요."

"그럼 최대한 활용해보렴, 제발. 지금 사는 이곳에서 더 세련될 수 없다면 말이다."

"반대 안 하세요?"

"반대를 해? 내가? 호, 아냐! 절대 아냐." 잠깐 멈추더니 그가 말했다. "하지만 누가 널 도와주지 않으면 네 의욕적인 계획을 실행하기엔 돈이 부족할걸? 너만 괜찮다면, 세련된 인간들이 지불할 것 같은, 겨우 굶주림을 면할 정도의 그 형편없는 임금에 네가 목매달지 않아도 되게 내가 기꺼이 정기적으로 용돈을 주지."

이 제안에 그녀가 감사를 표시했다.

"이 사안이 적절하게 마무리되면 좋겠군." 그가 잠시 멈칫하다가 말했다. "내게서 독립적일 수 있게 네가 소액의 연금을 받아주기 바란다. 그러면 나도 너한테서 독립적일 수 있고. 그렇게 하면 마음에 들겠니?"

"물론이죠."

"그렇다면 그 내용대로 오늘 바로 처리하마." 이 합의로 그녀에게서 손을 떼게 된 그는 후련해 보였고, 그들 사이에서 그 사안은 매듭지어졌다. 이제 그녀는 여인과의 재회만을 기다리게 되었다.

약속한 날짜와 시간이 되었다. 비가 부슬부슬 내렸다. 엘리자베스-제인은 이제 즐거운 독립에서 고된 자립으로 궤도를 변경했으므로, 자기처럼 영광이 수그러든 사람에게는 축축한 날씨가 적합하다고 생각했다. 자기 친구가 그 현실을 직시해준다면 말이다, 의심스럽기는 하지만. 그녀는 장화보관실로 가서 자기가 잘 나가면서부터 신지 않고 걸어둔 나막신을 내린 다음 가죽이 검은색을 드러내도록 흰 곰팡이를 닦아내고, 오래 전처럼 다시 신었다. 그렇게 준비를 완료하고 망토와 우산을 챙긴 그녀는 약속 장소를 향해 출발했다. 여인이 그곳에 없으면 집으로 찾아가리라고 생각하면서.

악천후가 몰려오는 교회 마당의 한쪽은 짚으로 엮은 아주 낡은 진흙 담장이 막고 있었는데 담장의 처마는 50센티미터가량 튀어나와 있었다. 담장 뒤는 곡물 저장고와 헛간이 있는 마당이었다. 여러 달 전 그녀가 파프레이를 만난 장소였다. 처마 밑에 한 인물이 보였다. 젊은 여인이 먼저 와 있었다.

그녀의 존재가 소녀가 품은 최고의 소망을 실현시킨 게 너무 이례적이어서 소녀는 자신의 행운이 두려울 정도였다. 공상은 가장 강인한 마음속에 자리 잡는다. 여기 문명의 역사만큼 오래된 교회 마당에, 최악의 날씨 속에, 다른 곳에서는 볼 수 없는 기이한 매력을 가진 한 낯선 여인이 있다. 그녀의 존재를 둘러싸고 고약한 장난이 벌어지고 있는지도 모른다. 그래도 엘리자베스는 교회의 탑을 향해 계속 걸음을 옮겼고 탑 꼭대기에서는 깃대에 묶은 로프가 바람에 흔들거렸다. 그렇게 그녀는 담장에 이르렀다.

보슬비 속에서 여인이 아주 쾌활한 표정을 보이는 바람에 엘리자베스는 공상에서 벗어났다. "왔어요?" 여인이 말했다. 그 단어와 함께 그녀의 얼굴을 감싼 검정 플리스* 사이로 그녀의 하얀 치아가 조금 보였다. "결심했어요?"

"네, 확고하게요." 엘리자베스가 간절하게 말했다.

---

* fleece. 모온용 난삼의 보풀이 양털같이 부드러운 직물.

"아버지도 기꺼이 동의했어요?"

"네."

"그럼 와서 함께 살아요."

"언제요?"

"지금 당장. 당신만 좋다면요. 바람 부는 날씨라 나오지 않을지도 몰라서 집으로 오라고 사람을 보낼까도 생각했어요. 하지만 외출도 할 겸 먼저 와서 기다리기로 했어요."

"내 생각도 그랬어요."

"그 사실만 봐도 우리는 마음이 맞겠네요. 그럼 오늘 올 수 있을까요? 집이 너무 텅 비고 적적해서 무언가 생명체가 있어야 해요."

"내 생각엔 그럴 수 있을 거 같아요." 소녀가 깊이 생각해보고 말했다.

바로 그 순간 담장 뒤편에서 그들 쪽으로 바람과 빗방울에 실린 목소리가 건너왔다. "자루" "구역" "탈곡" "찌꺼기" "다음 토요일 시장" 각각의 문장은 돌풍에 의해 깨진 거울 속 얼굴처럼 부서졌다. 두 여자가 귀를 기울였다. "저 사람들은 누구지요?" 여인이 물었다.

"한 사람은 내 아버지예요. 아버지가 저쪽 마당과 헛간을 빌려 쓰고 있어요."

여인은 곡물 거래의 세부 사항에 귀를 기울이느라 당장 할 일을 잊은 듯 보였다. 마침내 그녀가 갑작스레 물었다. "그에게 당신 가는 곳이 어디라고 말했어요?"

"아뇨."

"오, 왜 그랬죠?"

"나는 우선은 나오고 보는 게 더 안전하다고 생각했어요. 왜냐하면 아버지는 성격이 아주 불안정하거든요."

"어쩌면 당신이 옳겠지요…… 그런데 내가 당신한테 한 번도 내 이름을 말하지 않았죠. 내 성은 템플먼이에요…… 담 저편에 있던 사람들, 그 사람들 갔어요?"

"아뇨. 그들은 곡물 저장고로 올라가 안에 들어갔을 뿐이에요."

"음, 여기는 점점 축축해지네요. 당신이 오늘 오는 걸로 알고 기다릴 게요. 오늘 저녁 음, 6시에."

"어느 길로 가는 게 좋을까요, 부인?"

"출입문이 있는 앞길로요. 내가 알기에 다른 길은 없어요."

엘리자베스-제인은 골목길 쪽의 문으로 갈까 생각하던 중이었다.

"기왕 목적지를 언급하지 않았으니 당신이 완전히 나올 때까지 그 문제는 함구하는 게 좋겠어요. 혹시 그가 마음을 바꿀지 모르잖아요?"

엘리자베스가 머리를 가로저었다. "나도 생각해봤는데 그런 일은 없을 거예요." 그녀가 슬프게 말했다. "아버진 정말 내게 냉담해졌어요."

"좋아요, 그럼 6시에."

그들이 탁 트인 길로 나와 헤어질 때 각각 펼친 우산이 바람에 날리지 않게 붙잡느라 힘들었다. 그럼에도 불구하고 여인은 곡물 마당의 출입문을 지나가면서 안쪽을 들여다보더니 잠시 한쪽 발에 몸을 기댄 채 멈춰 섰다. 그러나 보이는 것은 건초가리, 이끼가 쿠션처럼 깔린 곱사등이 헛간, 그리고 로프가 아직도 계속 깃대를 때려대는 교회의 탑을 배경으로 우뚝 솟은 곡물 저장고뿐이었다.

헨처드는 엘리자베스-제인이 설마 그렇게 신속하게 이사해 나가리라고는 전혀 눈치채지 못했다. 그는 6시 직전 집에 돌아왔는데 킹스암즈에서 온 전세 마차가 문 앞에 서 있고, 의붓딸이 삭은 가방과 박스들을 늘고 마차에 타는 것을 보고 깜짝 놀랐다.

"가도 좋다고 말하셨잖아요, 아버지?" 엘리자베스가 마차 창문으로 내다보며 설명했다.

"말했다고! 그랬지. 그렇지만 난 네가 다음 달이나 다음 해를 의미하는 줄 알았지. 그랬군. 넌 좋은 기회는 놓치지 않고 잘도 잡는구나. 그래 이게 널 그렇게 걱정한 나를 대접하는 방식이란 말이지?"

"오, 아버지— 어쩜 그런 식으로 말씀하세요? 그렇게 말씀하시면 서운해요!" 그녀가 힘주어 말했다.

"음, 그래, 네 마음대로 해라." 그렇게 대꾸하고 집 안으로 들어간 그는 짐이 아직 다 옮겨지지 않은 것을 확인하고는 어떤 상황인지 보려고 그녀의 방으로 올라갔다. 그녀가 사용한 이후 그가 그녀의 방에 들어간 것은 처음이었다.* 방 구석구석에 그녀가 신경 쓰며 개선하려고 애쓴 증거들, 즉 책과 스케치와 지도와 고상한 효과를 내기 위한 작은 배열들이 눈에 들어왔다. 그것들을 가만히 바라보던 그가 갑자기 몸을 돌려 문을 향해 내려갔다.

"이봐," 그가 목소리를 바꾸어 말했다. 이제 그는 그녀를 이름으로 부르는 법이 없었다. "날 떠나지 마. 내가 네게 좀 심하게 말했는지도 몰라. 하지만 그동안 너 때문에 무척 슬퍼서 그랬어. 거기에는 다 이유가 있어."

"저 때문에요?" 그녀가 매우 근심스럽게 물었다. "제가 무슨 잘못이라도……."

"지금 말해줄 순 없어. 하지만 네가 떠나지 않고 내 딸로 계속 살아

---

* 헨처드는 이미 수전이 남긴 편지를 읽은 다음 엘리자베스-제인이 자고 있는 그녀의 방에 들어간 적이 있다(195쪽). 이 부분은 작가의 착오로 보인다.

가면 언젠가는 모든 걸 말해주마."

그러나 헨처드의 제안은 한발 늦었다. 그녀는 벌써 마차를 탔고, 상상 속에선 이미 자신을 그토록 매력적으로 대해주는 여인의 집에 가 있었다. "아버지." 그녀는 할 수 있는 한 최대의 배려를 담아 말했다. "제 생각엔 지금 떠나는 게 최선이에요. 오래 머물 필요가 없어요. 멀리 있지는 않을 거예요. 만약 제가 정말 필요하시면 바로 돌아올 수 있어요."

그가 예전과 다름없이 약간 고개를 끄덕였다. 그녀의 결심을 받아들였을 뿐 그 이상은 아니라는 표시였다. "멀리는 안 간다는 말이로구나. 새 주소가 어디니? 네게 편지를 쓸 경우를 대비해서 묻는 거야, 안 그러면 내가 알 길이 없잖니?"

"오, 그럼요— 바로 이 도시 안이에요. 하이플레이스 홀요."

"어디라고?" 헨처드가 얼굴이 굳어지며 말했다.

그녀가 되풀이해 말했다. 그는 움직이지도 말하지도 않았다. 그녀는 그에게 손을 흔들어 최상의 친밀감을 표시하며 마부에게 말을 몰아 거리를 올라가자고 말했다.

22

헨처드의 태도를 설명하기 위해 잠시 그 전날 밤으로 돌아가보자.

엘리자베스-제인이 자기 상상 속 여인의 거주지를 은밀하게 살펴보려 계획할 무렵, 헨처드는 눈에 익은 루시타의 자필 편지를 받고 적지 않게 놀란 상태였다. 그녀의 먼젓번 편지에서 드러났던 자제와 체념의 심기는 사라지고 없었다. 편지에는 그들이 교제하던 초기에 그녀의 특징이었던 천성적인 쾌활함이 일부 섞여 있었다.

"하이플레이스 홀.

나의 사랑 헨처드 씨,

놀라지 마. 내가 캐스터브리지에 살려고 온 건 당신과 나의 행복을 위해서야. 얼마나 오래 살게 될지는 모르겠어. 그건 내가 아닌 다른 사람에게 달려 있으니까. 그 사람은 남자고, 장사꾼이고, 시장이고, 그리고 내 애정을 우선적으로 차지할 권리를 가진 사람이야.

진지하게 이야기하는데, 내 사랑,* 나는 사실 이 편지가 주는 인상처럼 그렇게 가벼운 마음은 아니야. 나는 당신 부인이 돌아갔다는 소식을 들었기 때문에 이곳에 왔어. 그녀는 당신이 아주 여러 해 전에 죽었다고 생각했던 사람이었지! 가련한 여인, 불평은 안 했지만 피해자였고 아는 것은 별로 없었지만 바보는 아니었던 것 같아. 나는 당신이 그녀 곁에서 사리에 맞게 처신한 게 기뻐. 나는 그녀가 더 이상 이 세상 사람이 아니라는 걸 알자 곧바로 내가 저지른 경솔한 실수**로 내 이름 위에 거칠게 걸린 그림자를 꼭 걷어내야 한다고 절실하게 느꼈어. 당신이 내게 한 약속을 지키라고 요청함으로써 말이야. 나는 당신이 나와 같은 생각이길 바라고 또 당신이 이를 위해 필요한 조치를 취해주길 바라. 하지만 나는 당신이 어떤 처지인지, 또 우리가 헤어진 뒤 무슨 일이 있었는지 모르는 상태였으므로 당신과 직접 연락하기 전에 일단 내가 먼저 이곳에 와서 자리를 잡겠다고 결심했어.

이 일에 대해 당신도 아마 나처럼 느끼리라 믿어. 며칠 지나면 당신을 볼 수 있겠지. 그때까지 잘 있어.

당신의 사랑,
루시타.

추신: 지난번 캐스터브리지를 경유해 지나가면서 잠시 당신과 만나려던 약속을 지키지 못했어. 가족에게 어떤 일이 생겨 계획이 변경되었는데, 그게 무슨 일이었는지 들으면 당신도 놀랄 거야."

헨처드는 하이플레이스 홀이 어느 임차인의 입주를 준비하고 있다

---

* 원문은 mon ami(프랑스어).
** 원문은 étourderie(프랑스어).

는 소식은 이미 듣고 있었다. 그는 얼떨떨한 기분이 되어 처음 마주친 사람에게 물었다. "그 저택에 누가 살러 온답니까?"

"나가 알기로는 템플먼이라는 이름의 여자라고 헙디다, 시장님." 상대방이 정보를 알려줬다.

헨처드는 곰곰 생각해봤다. "내 짐작으론 루시타가 그 여자와 관련이 있어." 그가 혼자 중얼거렸다. "그래, 내가 분명 그녀에게 적절한 지위를 찾아줘야 해."

그가 지금 도덕적 필요성을 중요하게 여기는 이유가 한때 그랬듯이 압박감 때문은 결코 아니었다. 그것은 정말 온정은 아닐지라도 관심 때문이었다. 엘리자베스-제인이 자기와 아무 관련이 없고 자기는 자식이 없는 남자라는 사실을 확인했을 때 헨처드의 쓰라린 실망감은 내면에 정서적 공백을 남겼고 그는 무의식적으로 그 공백을 간절히 채우고 싶었다. 비록 강력한 의지는 없었지만, 그는 이런 심리 상태에서 골목길을 정처 없이 올라갔고, 엘리자베스와 거의 마주칠 뻔했던 뒷문을 통해 하이플레이스 홀로 들어갔다. 그는 그곳에서 안뜰로 걸어가, 상자에서 사기그릇 짐을 풀고 있는 한 남자에게 르쉬외르 양이 그곳에 사는지 물었다. 르쉬외르는 루시타, 또는 당시 그녀가 스스로를 부르던 "뤼세트"의 성으로 그가 알던 이름이었다.

일꾼은 아니라고, 이 집에 온 사람은 템플먼 양뿐이라고 대답했다. 헨처드는 루시타가 아직 입주하지 않은 것으로 판단하고 그곳을 떠났다.

이튿날 엘리자베스-제인의 출발을 목격한 시점은 그가 이처럼 흥미로운 탐색을 진행하던 단계였다. 그녀가 말하는 주소를 듣는 순간 그는 갑작스레 루시타와 템플먼 양이 동일 인물일 거라는 이상한 생각에 사로잡혔다. 두 사람이 아주 가깝던 시절, 그가 얼마쯤은 가공의 인물로 여겼던 그녀의 부유한 친척의 이름이 템플먼이었다는 사실이 기억났기 때문이다. 그는 재산을 탐내 결혼하려는 사람은 아니었지만, 루시타가 친척에게서 대단히 많은 재산을 상속받은 여인으로 고상하게 변신했을 가능성은, 그러지 않았더라면 불가능했을 어떤 매력을 그녀의 이미지에 보냈다. 그는 물질적인 것들이 점점 더 마음을 사로잡는 밋밋한 중년을 향해 나이를 먹어가던 차였다.

그러나 헨처드의 초조한 상태는 오래갈 수 없었다. 두 사람의 결혼 계획이 낭패로 끝난 뒤 빗발치게 편지를 보냈듯이 루시타는 지금 하염없이 써대는 일에 빠져들었고, 엘리자베스가 시장의 집에서 떠나자마자 하이플레이스 홀에서 새로운 편지가 도착했다.

"난 좋은 저택에 있어. 그리고 편안해. 이곳에 오느라 지치긴 했지만. 당신은 내가 무슨 말을 하려는지 알겠지, 아님 혹시 모를까? 당신이 실재하는 인물인지 의아해했을 뿐만 아니라 그녀의 부에 대해서는 더 의심하곤 했던 나의 착한 템플먼 이모, 은행가의 과부가 얼마 전에 돌아가셨어. 그러면서 자기 재산의 일부를 내게 물려줬어. 자세한 사항까지 언급하고 싶진 않지만 내가 그녀의 성을 따르기로 했다는 건 말해야겠지. 그건 나 자신에게서, 또 내가 저지른 과실들에게서 도망가기 위한 수단이었어.

이제 나는 자유의 몸이 되어 캐스터브리지에, 하이플레이스 홀의 임차인으로 살기로 작정했어. 그러면 최소한 당신이 날 만나려고 해서 난처한 일은 생기지 않을 테니까. 원래는 당신과 길거리에서 마주칠 때까지 내 인생의 변화를 모르게 할 의도였는데 이렇게 알려주기로 생각을 바꿨어.

아마 당신의 딸과 내가 맺은 합의에 대해서도 알고 있겠지. 그리고 내가 그녀와 함께 지내기로 한 그 뭐라고 할까? (전적으로 호의에서 나온) 장난에 대해 듣고 틀림없이 웃었겠지. 그러나 내가 그녀와 처음 마주친 건 순전히 우연이었어. 마이클, 당신은 내가 왜 그랬는지 부분적으로는 이해하지? 당신이 내게 오면서 마치 딸을 보러 오는 것처럼, 그래서 자연스럽게 나와 친해지는 것처럼 구실을 만들어주려는 거야. 그녀는 정말 착한 소녀인데 당신이 자기를 지나치게 엄격하게 대했다고 생각하고 있어. 나는 당신이 서두른 나머지 그랬고 일부러 그러진 않았다고 믿어. 어쨌든 그 덕분에 그녀가 내게 오게 되었으니 당신을 책망할 마음은 없어. 서둘러 썼어. 항상 당신을 사랑해.

루시타."

우울한 기분에 빠졌던 헨처드는 이 소식에 흥분이 되고 더할 나위 없이 즐거워졌다. 한동안 그는 식탁 곁에 꿈을 꾸듯 앉아 있었다. 엘리자베스-제인 및 도널드 파프레이와 소원해진 뒤 허비되던 감성들이 채 메마르기도 전에 거의 기계적으로 루시타의 주변으로 이동했다. 그녀는 분명 결혼할 의향이었다. 하긴 과거 그에게 신뢰를 잃을 정도로 무턱대고 자기 시간과 마음을 바쳤던 이 불쌍한 여인에게 달리 무슨 선택이 가능하겠는가? 애정 못지않은 분별력이 아마 그녀를 이곳으로 이끌었을 것이다. 그는 그녀를 비난하지 않았다.

"교활하고 귀여운 여인 같으니!" 그는 (노련하고 상냥하게 엘리자베스-제인을 다루는 루시타의 영리한 술책이 떠올라) 미소 지으며 중얼거렸다.

루시타를 보고 싶다는 생각이 들자 헨처드는 바로 그녀의 집을 향해 출발했다. 그는 모자를 쓰고 길을 나섰다. 그녀의 집에 도착한 것은

8시에서 9시 사이였다. 그에게 전달된 답변은 그날 저녁에는 템플먼 양이 바빠서 안 되지만 이튿날에는 그를 기꺼이 만나겠다는 것이었다.

'좀 건방을 떠는 것 같군!' 그는 생각했다. '우리 관계를 생각하면―' 그러나 그날은 그녀가 단순히 자기가 올 것을 기대하지 않았겠다는 생각에 그는 조용히 거절을 받아들이기로 했다. 그렇지만 그는 바로 이튿날에는 가지 않겠다고 다짐했다. "고약한 계집애들 같으니. 그것들 속에는 솔직한 구석이 조금도 없어!" 그가 말했다.

헨처드 씨가 생각하는 궤적을 마치 그것이 클루 라인*인 것처럼 따라가보자. 또 이 특별한 저녁의 하이플레이스 홀 내부도 들여다보자.

엘리자베스-제인이 도착하자 나이 지긋한 여자가 위층으로 따라 올라와 그녀가 벗는 옷가지를 받아주겠다고 무심하게 말했다. 그녀는 성의를 다해 그런 수고를 끼치고 싶지 않다고 대꾸하고 곧바로 복도에서 스스로 보닛과 망토를 벗었다. 그런 다음 그녀는 층계참에 있는 첫번째 문으로 안내되었고 그 뒤로는 혼자 알아서 하게 되었다.

눈앞에 드러난 방에는 내실이나 작은 응접실처럼 예쁘게 가구가 배치되었고 두 개의 원통형 쿠션이 놓인 소파 위에 매력적인 여인이 비스듬히 기대 앉아 있었다. 머리가 검고 눈이 커서 부계나 모계가 프랑스 혈통일 게 분명한 그녀는 나이가 엘리자베스보다 몇 살 위로 보였는데, 눈동자가 반짝거리며 빛났다. 소파 앞의 작은 테이블에는 카드 한 벌이 앞면이 보이게 널려 있었다.

최대한 널브러져 있던 여인의 몸은 문 열리는 소리가 들리자 곧바로

---

* clue line: 돛을 접을 때 돛의 귀를 끌어올리기 위한 밧줄 또는 도르래 장치.

용수철처럼 튀어 올랐다.

문을 연 사람이 엘리자베스라는 사실에 마음이 편안해진 그녀가 무모할 정도로 깡충대며 엘리자베스에게 다가왔다. 그래도 타고난 애교 때문에 그 걸음이 난폭해 보이지는 않았다.

"이런, 시간이 늦었네요." 그녀가 엘리자베스의 손을 잡으며 말했다.

"사소하게 챙겨야 할 물건들이 아주 많았어요."

"그래서 활기가 없고 지친 것 같군요. 내가 배운 멋진 마술로 원기를 되찾아줄게요. 그냥 심심풀이예요. 거기 앉아서 움직이지 마요." 그녀가 카드를 추려 모으고 테이블을 자기 앞으로 당기더니 엘리자베스에게 몇 장을 고르라며 재빠르게 카드를 나누기 시작했다.

"자, 골랐어요?" 마지막 카드를 던지며 그녀가 물었다.

"아뇨." 몽상에서 깨어나면서 엘리자베스가 말을 더듬거렸다. "정말 깜빡했어요. 당신과 나에 대해, 또 내가 여기 있다는 것에 대해 얼마나 낯선 일인지 생각에 빠지는 바람에."

템플먼 양이 흥미로운 눈초리로 엘리자베스-제인을 바라보더니 카드를 내려놓았다. "아! 걱정 마요." 그녀가 말했다. "당신이 내 곁에 앉아 있는 동안 여기 좀 누울게요. 우리 서로 애기나 나눠요."

엘리자베스는 소파 머리 부분으로 조용히 다가가면서 속으로 기뻐했다. 비록 환대해주는 사람보다 나이는 어리지만 몸가짐이나 일반적인 안목에서는 자기가 더 슬기로워 보인다는 것을 알 수 있었다. 템플먼 양은 앞서의 널브러진 자세로 소파 위에 걸터앉아 팔을 이마 위에 제멋대로 얹은, 예컨대 티치아노*가 고안한 그 유명한 자세를 취했다. 그녀는 자기 이

---

* Tiziano Vecellio: 16세기 베네치아의 화가로 비스듬히 누운 여인들의 육감적인 초상화로 유명하다.

마와 팔 사이로 엘리자베스-제인을 밑에서 위로 올려다보며 얘기했다.

"당신에게 얘기해줄 게 있어요." 그녀가 말했다. "당신이 벌써 알아챘을지도 모르지만, 내가 이 큰 저택과 막대한 재산의 주인이 된 건 아주 최근의 일이에요."

"오! 아주 최근요?" 엘리자베스-제인이 중얼거리며 고개를 조금 숙였다.

"나는 소녀 시절에 수비대 주둔 도시나 그 일대에서 아버지와 살았어요. 그러다 보니 성격이 아주 전투적이고 불안정해졌죠. 아버지는 육군 장교였고요. 당신이 진실을 아는 게 최선이라고 생각하지 않았다면 내가 굳이 이런 말까진 하지 않았을 거예요."

"네, 그럼요." 엘리자베스가 생각에 잠겨 방 안을 둘러보았다. 놋쇠 무늬가 새겨진 작고 네모진 피아노, 창문 커튼, 램프, 카드 테이블 위의 희고 검은 킹과 퀸, 그리고 마지막으로 뒤집힌 루시타 템플먼의 얼굴을 보았다. 크고 번쩍이는 눈은 얼굴의 위아래가 거꾸로여서 아주 특이한 효과를 냈다.

학식에 대한 엘리자베스의 관심은 거의 병적일 정도로 집요했다. "프랑스어와 이탈리아어는 분명히 유창하겠군요." 그녀가 말했다. "나는 서투른 라틴어 조금 말고 다른 외국어는 아직 배우지 못했어요."

"음, 그 얘기라면, 내가 태어난 작은 섬에선 프랑스어를 하는 게 뭐 대단치 않아요. 오히려 그 반대지요."

"그 작은 섬이 어딘데요?"

템플먼 양은 조금 내키지 않는 투로 말했다. "저지 섬. 거기 사람들은 길 이쪽에선 프랑스어를, 저쪽에선 영어를, 그리고 도로 중간에선 섞인 언어를 말해요. 하지만 나는 그곳을 떠난 지 오래됐어요. 우리 집안은 실제로는 바스* 출신이에요. 저지 섬의 조상들도 잉글랜드의 어느 누구 못지않게 훌륭한 분들이었죠. 그들은 르쉬외르 가문이었는데 당대에 훌륭한 일을 많이 한 전통 있는 가문이에요. 나는 아버지께서 돌아가신 뒤 그곳으로 돌아가 살았어요. 하지만 내 생각에 그런 과거사는 별로 중요하지 않아요. 내 감정이나 취향으로 보면 나는 전적으로 잉글랜드 사람이에요."

루시타의 혀가 그녀의 사리분별보다 앞질러 나갔다. 그녀는 바스 출신 여성으로 캐스터브리지에 도착했으며, 그녀의 인생에서 저지 섬을 지워야 할 분명한 이유들이 있었다. 그러나 엘리자베스가 그녀에게 자유롭게 말하도록 부추겼고, 그래서 계획적으로 다듬었던 그녀의 결심이 깨져버리고 말았다.

그나마 가장 안전한 동료 사이에서 깨진 것이 다행이었다. 루시타의 말은 더 이상 퍼져나가지 않았고, 이날 이후 그녀가 각별히 주의를 기울였으므로, 과거 중요한 시기에 헨처드의 애인이었던 저지 섬의 그 젊은 여인과 그녀를 동일시할 위험성은 별로 없었다. 조금도 재미있지 않은 그녀의 예방 수단 중에는 영어 단어 대신 그에 해당하는 프랑스어 단어가 무심코 입에서 나오려 할 경우 단호하게 막는 것도 있었다. 그녀는 "네 말소리가 너를 드러낸다!"라는 비난**을 들은 연약한 사도처럼 프랑스어 단어를 재빨리 삼켰다.

---

* Bath: 잉글랜드 남서부 서머싯 주의 온천 도시.
** 사도 베드로는 체포된 예수를 모르는 사람이라고 세 차례 부인하는데, "네 말소리가 너를 드러낸다"는 말은 그가 세번째 부인을 하기 직전 주변 사람에게서 듣는 말이다(「마태복음」 26: 73).

다음 날 아침 루시타는 눈에 띄게 기대에 부풀어 있었다. 그녀는 헨처드 씨를 위해 몸단장을 하고 한낮까지 안절부절못하며 그가 찾아오기만을 기다렸다. 그가 오전에 오지 않자 그녀는 오후 내내 또 계속 그를 기다렸다. 그러면서도 엘리자베스에게 자기가 기다리는 사람이 그녀의 의붓아버지라는 말은 하지 않았다.

그들은 루시타의 커다란 석조 저택의 같은 방에서 서로 인접한 창문 곁에 앉아 뜨개질을 하며 시장에서 벌어지는 생생한 장면들을 내려다보았다. 엘리자베스는 아래에 보이는 여러 모자들 사이에서 의붓아버지가 쓴 모자를 알아볼 수 있었지만, 루시타가 똑같은 대상을 더 깊은 관심으로 주시한다는 사실은 눈치채지 못했다. 그는 인파 사이를 뚫고 돌아다녔다. 한쪽은 개미탑처럼 사람들이 활발하게 붐볐지만, 다른 쪽은 상대적으로 차분했고, 또 과일과 채소를 파는 매점들로 갈라져 있었다. 농부들은 비바람이 들이치지 않도록 자기들을 위해 마련한 어둑어둑한 실내 거래실보다는, 사람들이 북적거려 불편하고 오가는 마차와 수레 때문에 위험하더라도, 옥외 교차로*에서 거래하는 것을 대체로 선호했다. 일주일 중 이날 하루 그들은 레깅스, 회초리, 그리고 견본 자루들의 작은 세계를 만들며 이곳에 몰려들었다. 그들 중에는 배가 엄청나게 나와 산비탈처럼 경사를 이룬 남자, 11월 강풍에 흔들리는 나무처럼 머리를 흔들며 걷는 남자, 대화할 때 무릎을 벌려 자세를 낮추고 멀리 안쪽 재킷 주머니에 손을 찌르며 자세를 자주 바꾸는 사람도 있었다. 그들의 얼굴은 열대지방의 열기를 분출했다. 그들의 표정이 집에 있을 때는 계절마다 바뀌었지만, 일단 장터에 나오면 일 년 내내 작은 불꽃처럼 상기되었기 때문이다.

---

* 원문은 carrefour(프랑스어).

이곳에서는 모든 덧옷이 마치 귀찮은 물건처럼, 애물단지 필수품처럼 닳은 상태였다. 잘 차려입은 남자들도 있지만, 대다수는 개의치 않으면서 자신들의 행적, 태양에 그을린 자국, 그리고 지나간 여러 해의 몸부림이 역사처럼 기록된 의복을 입고 나타났다. 그래도 많은 사람들은 은행에서 잔고가 네 자리 숫자 이하로 내려가지 않도록 철저하게 규제하고는, 구깃구깃한 수표책을 주머니에 넣고 다녔다. 사실상 이들 둥글고 볼록한 인간들이 특별하게 대변하는 것은 준비된 돈, 끊임없이 준비된 돈이었다. 그 돈은 귀족의 돈처럼 다음 해에 준비되는 것도 아니고, 흔히 전문직 종사자의 경우처럼 단지 은행에 준비된 것도 아닌, 자신들의 크고 통통한 손에 준비된 돈이었다.

오늘 우연히 그들 한가운데에 모두 두세 개의 키 큰 사과나무가 마치 그 자리에서 자라난 듯 솟아 있었다. 사과술의 생산지에서 온 사람들이 그것들을 팔려고 붙들고 있는 게 보였는데, 그들은 부츠에 자기네 고장의 진흙까지 묻혀가지고 왔다. 자주 그들을 보아온 엘리자베스-제인이 말했다. "매주 똑같은 나무들이 오는 건지 모르겠네?"

"무슨 나무들?" 헨처드가 나타나기를 열중해서 기다리면서 루시타가 말했다.

하지만 엘리자베스는 그 순간 어느 사건에 시선이 팔려 그저 희미하게 대답했다. 나무 한 그루 뒤쪽에서 파프레이가 견본 자루를 두고 한 농부와 열심히 흥정을 하고 있었다. 헨처드가 다가와 우연히 젊은이와 마주쳤는데, 젊은이의 얼굴은 "우리 얘기 좀 나눌까요?"라고 묻는 것 같았다.

그녀는 의붓아버지가 그의 눈을 향해 "싫어!"라는 쌀쌀한 눈초리를 던지는 것을 보았다. 엘리자베스-제인이 한숨을 쉬었다.

236

"저기 바깥에 있는 어떤 사람에게 특별히 관심이 있어요?" 루시타가 말했다.

"오, 아니에요." 루시타의 동료가 금방 얼굴이 빨개지면서 말했다. 다행히도 사과나무가 바로 파프레이의 모습을 가려주었다. 루시타가 뚫어지게 그녀를 바라봤다. "정말 확실해요?" 그녀가 말했다.

"네, 그럼요." 엘리자베스-제인이 대답했다.

다시 루시타가 밖을 내다보며 말했다. "저 사람들은 모두 농부겠지요?"

"아니에요. 벌즈 씨도 있어요, 그는 포도주 무역상이에요. 벤저민 브라운릿도 있고요, 말 장수죠. 또 돼지 사육사 킷슨, 경매인 요퍼, 그 밖에 누룩 장수, 제분업자 등등 여러 분야의 사람들이 있어요." 파프레이가 이제는 아주 분명하게 눈에 띄었지만 그녀는 그에 대해서는 언급하지 않았다.

토요일 오후는 그렇듯 산만하게 흘러갔다. 장터는 견본을 보여주는 시간에서 귀가를 시작하기 직전의 한가한 시간으로 넘어갔다. 객담이 오고가는 시간이었다. 헨처드는 그토록 가까이 서 있으면서도 아직 루시타를 찾아오지 않았다. 그녀는 그가 아주 바빴던 게 틀림없다고 생각했다. 일요일이나 월요일에는 꼭 오겠지.

그날들이 오고 루시타가 세심한 주의를 기울여 몸단장을 반복했지만 방문객은 오지 않았다. 그녀는 낙담했다. 루시타는 그와 처음으로 교제할 때 자신의 특징이었던 그 모든 따뜻한 헌신을 더 이상 품지 않겠다고 단번에 선언할 수도 있을 것이다. 당시에는 그녀의 행동이 구설에 올라 순수한 사랑을 상당히 냉각시켰다. 그러나 이제 아무것도 방해할 게 없는 그녀로서는 그와 결합하고 싶은 진지한 소망이 남아 있었다. 이것은 자신의 지위를 바로잡는 일로 그 자체가 그녀가 갈망하는 행복이었다. 그녀에게는 그와 결혼해야 할 강력한 사회적 이유가 있고, 그로서는 상속받은 재산이 그녀에게 있으므로 결혼을 연기해야 할 더 이상의 이유가 없었다.

화요일은 성대한 성촉절(聖燭節)* 축제날이었다. 아침 식사 중 그녀가 엘리자베스-제인에게 아주 침착하게 말했다. "내 짐작인데 오늘 당신 아버지가 당신을 보러 오지 않을까요? 그가 시장에서 다른 곡물 중개상들과 가까이 있지 않겠어요?"

엘리자베스가 고개를 가로저었다. "오지 않을 거예요."

"왜?"

"아버지는 내가 싫어졌거든요." 엘리자베스가 약간 쉰 듯한 목소리로 말했다.

"내가 아는 것보다 더 심하게 싸웠나 보죠?"

엘리자베스는 아버지라고 믿고 있는 남자가 어떤 비정상적인 혐오도 받지 않기를 바라면서 말했다. "네."

"그렇다면 당신의 주거지는 여러 곳 중에서도 그가 피하고 싶은 장소겠네요?"

엘리자베스가 슬픈 표정으로 고개를 끄덕였다.

루시타는 얼이 빠진 듯 보이더니, 아름다운 눈썹과 입술을 씰룩거리다가 갑자기 발작적으로 흐느꼈다. 여기에 재앙이 있었구나, 그녀의 기발한 계략이 완전히 쓸모없게 되다니!

"아니, 템플먼 양 왜 그래요!" 그녀의 동료가 소리쳤다.

---

* Candlemas: 가톨릭에서 성모 마리아의 순결을 기념해 촛불행진을 하는 축제일.

"나는 당신과 함께 지내는 게 정말 좋아요!" 입을 열 수 있게 되자마자 루시타가 말했다.

"네, 네, 나도 당신과 함께 있는 게 좋아요!" 엘리자베스가 그녀를 진정시키며 맞장구를 쳤다.

"하지만— 하지만—" 그녀는 문장을 끝낼 수가 없었다. 당연히 그 문장은, 만일 헨처드가 이 소녀에 대해 지금 짐작되듯이 그렇게 뿌리 깊은 반감을 가지고 있다면 필요성이 사라진 엘리자베스-제인은 이 집에서 나가야 한다는 것이었다.

그녀의 머리에 순간적으로 지략(智略) 하나가 떠올랐다. "헨처드 양 아침 식사가 끝나는 대로 심부름 좀 해주겠어요? 음, 그래주면 참 고맙겠어요. 대신 가서 주문 좀 해줘요—" 이때 그녀는 잡다한 가게에서 처리할 여러 사항을 나열했는데, 그 모든 걸 마치려면 앞으로 적어도 한두 시간은 엘리자베스가 다른 일을 하지 못할 것이었다.

"참, 박물관에는 가봤어요?"

엘리자베스-제인은 아직 가보지 못했다.

"그렇다면 당장 가보도록 해요. 거기에 가면 오전 시간이 다 갈 거예요. 뒷길에 있는 오래된 건물인데 어딘지 나는 잊어버렸지만 찾기 어렵진 않을 거예요. 흥미로운 물건들이 수도 없이 많아요. 해골, 이빨, 옛날 주전자와 냄비, 옛 장화와 신발, 새의 알, 모든 게 매력적이고 도움이 돼요. 아주 시장해질 때까지 꼭 거기 있도록 해요."

엘리자베스는 서둘러 옷을 차려입고 출발했다. "오늘 왜 날 떼어놓으려는 건지 모르겠네!" 그녀는 외출하면서 서글픔에 젖어들었다. 엘리자베스-제인에게 봉사나 가르침이 아니라 부재(不在)를 바란다는 게 너무나도 분명해 보였지만, 왜 그랬는지는 그 욕망의 동기를 생각해야 하는 일이기에 짐작하기가 어려웠다.

그녀가 떠나고 10분도 채 지나지 않아 루시타의 하인이 편지를 들고 헨처드에게로 떠났다. 편지의 내용은 간단했다.

"사랑하는 마이클,

오늘 당신이 업무를 보느라 두세 시간은 내 집 가까이 있게 될 테니 제발 와서 날 만나줘. 나는 당신이 더 일찍 오지 않아 몹시 실망했어. 왜냐하면 당신과 나의 애매한 관계에 대해 걱정하지 않을 수 없거든. 지금은 특히 이모에게서 받은 유산으로 세간의 이목이 내게 쏠리고 있잖아? 당신 딸이 나랑 있는 게 당신이 소홀한 원인도 될 거야. 그래서 내가 오전 내내 그녀가 멀리 있도록 내보냈어. 집에 들어올 때는 사업상 왔다고 말해. 나는 완벽하게 혼자 있을게.

루시타."

헨처드에게 갔던 전령이 돌아오자 여주인은 만일 어떤 신사가 찾아오면 그를 곧장 실내로 모시라고 지시했다. 그런 다음 의자에 앉아 그가 오기를 기다렸다.

그녀는 그렇게까지 그가 보고 싶은 건 아니었지만, 그의 방문이 지체되어 지친 상태였다. 그러나 그를 만나는 것은 필요했다. 그녀는 한숨을 쉬면서 의자에 앉아 자신을 아름답게 꾸몄다. 처음엔 이렇게, 그리고는 저렇게, 그다음엔 빛이 머리 위로 비치도록. 그러다가 그녀는 자기에게 아주 어울리는 사이마 렉타* 곡선으로 긴 의자에 털썩 주저앉았다.

---

* cyma-recta: 건축 용어로 윗부분은 오목하고 아랫부분은 볼록하게 깎은 모양.

240

팔을 이마 위에 얹고 문 쪽을 바라봤다. 그녀는 결국 이것이 최상의 자세라고 결정했다. 그래서 그녀는 계단에서 남자의 발소리가 들리기 전까지는 그대로 있었다. 소리가 들리자 루시타는 (아직까지는 천성이 기교보다 아주 강했으므로) 자기의 곡선도 잊은 채 벌떡 일어섰지만, 갑자기 수줍은 생각이 들어 창문 커튼 뒤로 달려가 몸을 숨겼다. 시들어가는 격정에도 불구하고 이 상황은 마음을 뒤흔들었다. 그녀는 저지 섬에서 헨처드와 (당시의 추측으로는) 일시적이었던 이별 이후 그를 보지 못했다.

그녀는 하인이 방문객을 방으로 안내하는 소리, 그를 방 안에 남기고 문을 닫는 소리, 그리고 마치 여주인을 찾으러 가는 것처럼 떠나는 소리를 들을 수 있었다. 루시타는 불안하게 인사하며 커튼을 거칠게 열어젖혔다. 그녀 앞에 서 있는 남자는 헨처드가 아니었다.

23

루시타가 커튼 뒤에서 뛰어나오던 순간, 방문객이 다른 사람일지 모른다는 추측이 정말 번개처럼 그녀의 머릿속을 스쳐갔다. 그러나 거두어들이기에는 이미 늦었다.

그는 캐스터브리지의 시장보다 나이가 아주 젊었는데, 살결이 희고 말쑥하며 날씬하게 잘생긴 사람이었다. 그는 하얀 단추가 달린 우아한 천의 레깅스와 끈 구멍이 무수히 많은 부츠를 신고, 검정 무명 비로드 코트를 입었으며 조끼 아래로는 밝은 코듀로이 반바지 차림이었다. 손에는 상단이 은도금 처리된 회초리를 들었다. 루시타는 안색이 빨개져서 입을 삐죽 내미는 것과 웃는 것이 혼합된 별난 얼굴 표정을 지으며 말했다. "이런— 제가 실수했습니다!"

그녀와 반대로 방문객은 절반의 주름이 생길 만큼도 웃지 않았다. "아니, 제가 정말 죄송합니다!" 그가 애원하는 투로 말했다. "제가 와서 헨처드 양이 계시냐 물었더니 이, 이곳으로 안내했습니다. 미리 알았더라면 절대로 이처럼 무례하게 부인과 마주치지는 않았을 겁니다!"

"무례한 사람은 저였어요." 그녀가 말했다.

"그러면 부인, 제가 집을 잘못 찾은 겁니까?" 당황한 파프레이 씨가 약간 눈을 깜빡이고 불안하게 자기 레깅스를 회초리로 툭툭 두드리며 말했다.

"오, 아닙니다, 선생님, 앉으세요. 기왕 오셨으니 잠깐 앉았다 가시지요." 루시타가 그의 어색함을 덜어주기 위해 친절하게 대꾸했다. "헨처드 양은 곧 올 겁니다."

지금 한 말은 엄밀하게는 사실이 아니었다. 그러나 루시타는 젊은이에게서 나오는 그 무엇, 일찍이 헨처드와, 엘리자베스-제인과, 스리 마리너즈에 있던 유쾌한 무리들의 흥미를 일깨운 극북인(極北人)*의 상쾌함, 엄중함, 그리고 잘 조율된 악기와 같은 매력을 보자마자, 뜻밖에 나타난 이 사람에게 마음이 끌렸다. 그는 주저하며 의자를 바라보다가 그녀의 말대로 해도 별 위험은 없겠다고 생각해(실제로는 있었지만) 의자에 앉았다.

파프레이의 갑작스러운 등장은 헨처드가 그에게 만일 엘리자베스에게 구애할 마음이 있으면 그녀를 만나도 좋다고 허락한 데 따른 단순한 결과였다. 처음에 그는 헨처드의 퉁명스러운 편지에 아무런 관심도 없었다. 그러나 아주 운이 좋게 거래 하나가 성사되어 이제 그는 모든 사람들과 친한 관계를 맺을 수 있었고 자기가 선택하기만 하면 어떤 상대와도 분명히 결혼할 수 있게 되었다. 그렇다면 엘리자베스-제인만큼 그렇게 상냥하고, 알뜰하며, 모든 면에서 만족스러운 상대가 있을까? 그녀의 개인적 장점 이외에도 그녀와 결합하게 되면 자연스럽게 옛 동료인 헨처드와 화해하는 과정이 뒤따를 것이다. 그래서 그는 시장의 퉁명스러움

---

* Hyperborean: 그리스 신화에 등장하는 북극의 '상춘(常春)의 나라'에 사는 사람. 여기에서는 스코틀랜드 출신인 파프레이를 가리킨다.

을 용서하고 장이 서는 오늘 아침 장터로 나가는 길에 엘리자베스의 집을 찾아갔는데, 그곳에서 그녀가 템플먼의 집에 살고 있다는 사실을 알게 되었다. 여느 비현실적인 남자들처럼 그녀가 준비하고 기다릴 것으로 기대했다가 그녀를 발견하지 못해 약간 흥분한 그는 서둘러 하이플레이스 홀로 달려갔는데, 막상 맞닥뜨린 사람은 엘리자베스가 아니라 그곳의 여주인이었다.

"오늘 서는 장은 클 것 같네요." 그들의 시선이 자연스레 창문 바깥의 번잡한 장면으로 옮겨갔을 때 그녀가 말했다. "당신들이 돌아다니는 허다한 장날과 장터가 제겐 흥미진진해요. 이곳에서 눈여겨보면서 정말 제가 많은 걸 생각한답니다!"

그가 어떻게 대꾸할지 주저하는 것 같았다. 그들이 앉아 있는 동안 바깥에서는 왁자지껄한 소리가 들려왔다. 잔물결이 이는 바다의 작은 파도 같은 음성들이었는데 때때로 다른 것들 위로 솟아오르는 목소리도 들렸다. "밖을 자주 내다보십니까?" 그가 물었다.

"네, 아주 자주요."

"아는 분을 찾으시는가 보죠?"

그녀가 사실대로 대답해야 할 이유가 있겠는가? "저는 단지 하나의 그림을 보듯 바라봅니다. 그렇지만." 그녀가 상냥하게 그에게 몸을 돌리며 말했다. "이젠 그럴지도 모르겠어요. 당신을 찾아볼지도 모르겠군요. 당신은 언제나 장터에 나오시죠, 안 그래요? 아 제가 심각하게 말하는 건 아녜요! 하지만 인파 속에서 아는 사람을 찾는 건 재미있는 일이에요. 상대를 원하지 않더라도요. 그것은 군중에 둘러싸여 있으면서도, 그 군중과 단 한 사람의 개인적 접점도 없다는 지독한 중압감을 벗겨주지요."

"오, 어쩌면 아주 외로우신가 봅니다, 부인?"

"얼마나 외로운지 아무도 몰라요."

"그렇지만 부자시라고 그러던데요?"

"부자라 해도 내 재산을 가지고 어떻게 즐기는지 몰라요. 내가 캐스터브리지로 온 건 이곳에 사는 걸 좋아하게 될 거라고 생각했기 때문이에요. 헌데 그럴 수 있을는지 모르겠어요."

"어디서 오셨습니까, 부인?"

"바스 근처에서요."

"저는 에든버러 근처에서 왔습니다." 그가 낮은 목소리로 말했다. "고향에서 지내는 게 한결 낫지요, 그건 사실입니다. 하지만 남자라면 돈이 벌리는 곳에 살아야 해요. 참 유감스러운 일이지만 항상 그렇습니다! 어쨌건 저는 올해 성과가 아주 좋았습니다. 정말로 말입니다." 그는 꾸밈없이 열정적으로 말을 이어갔다. "저기 칙칙한 황갈색 캐시미어 코트 입은 사내 보입니까? 가을에 밀 가격이 떨어졌을 때 그가 가진 물량 대부분을 내가 샀어요. 나는 그 후 약간 값이 올랐을 때 가지고 있던 모든 물량을 내다 팔았습니다. 나는 아주 조금 이윤을 냈지만, 농부들은 더 가격이 오를 거로 기대하면서 자기네 물량을 팔지 않았어요. 쥐가 건초 더미가 움푹 들어갈 정도로 갉아먹고 있었지만요. 내가 막 팔았을 때 시세는 더 떨어졌고 나는 망설이던 사람의 곡물을 처음 살 때보다 더 낮은 가격에 있는 대로 다 샀습니다. 그런 다음." 파프레이가 환한 얼굴로 격렬하게 소리쳤다. "몇 주 지나 공교롭게도 다시 가격이 올랐을 때 물건을 팔았어요! 그런 식으로, 적은 이윤으로 만족하는 방식을 자주 반복하면서 나는 얼마 지나지 않아 5백 파운드나 벌었답니다. 야호! (테이블 위에 자기 손을 내려놓고, 자기가 어디에 있는지 까맣게 잊은 채) 남들은 물건을 손에 쥐고 한 푼도 못 버는 동안에 말입니다!"

루시타는 대단한 호기심으로 그를 바라보았다. 그녀가 보기에 그는 정말 새로운 유형의 인간이었다. 마침내 그의 시선이 부인의 눈으로 옮겨가면서 두 사람의 시선이 마주쳤다. "오 이런, 제가 부인을 피곤하게 만들고 있군요!" 그가 소리쳤다.

그녀가 얼굴을 약간 붉히며 말했다. "아니에요, 아니고말고요."

"안 그랬나요?"

"전혀 그렇지 않았어요. 당신은 정말 재미있는 분이에요."

이번에는 파프레이의 얼굴이 약간 붉어졌다.

"내 말은 당신네 스코틀랜드 남자들은 모두," 그녀가 서둘러 말을 돌리며 덧붙였다. "남부의 극단적인 사고방식에서 아주 자유롭다는 뜻이에요. 우리 보통 인간들은 모두 이쪽 아니면 저쪽이지요. 덥거나 춥거나, 열정적이거나 냉랭하거나. 그런데 당신은 내면에 두 가지 기질 모두를 동시에 갖고 있어요."

"음, 무슨 뜻인가요? 분명하게 좀 설명해주세요, 부인."

"당신은 활기에 넘쳐요. 그러면서 성공에 대해 생각하지요. 다음 순간 선생님은 슬퍼요. 그러면서 스코틀랜드와 친구들 생각을 하고 있지요."

"맞습니다. 난 이따금씩 고향 생각에 빠집니다!" 그가 간결하게 대꾸했다.

"저도 그러지요. 할 수 있는 한 말예요. 그런데 제가 태어난 낡은 집을 사람들이 보수공사를 한다며 허물어버렸어요. 그래서 지금은 생각할 고향집조차 없어요." 루시타는, 그럴 수도 있었지만, 그 집이 바스가 아니라 상텔리에*에 있었다는 말은 덧붙이지 않았다.

---

* St. Helier : 영국 해협의 저지 섬에 있는 휴양 도시.

"그래도 산, 안개, 바위는 그냥 그곳에 있지 않습니까? 그것들이 있으면 고향처럼 생각되지 않습니까?"

그녀가 고개를 가로저었다.

"제겐 그것들이 그렇게 해줍니다. 제겐 그래요!" 그가 중얼거렸다. 그의 마음이 멀리 북쪽을 향해 날아가는 듯 보였다. 그 유래가 민족적이든 개인적이든, 루시타가 언급한 것은 정말 사실이었다. 파프레이의 인생 맥락에 존재하는 상업적인 것과 낭만적인 것의 흥미로운 두 가닥은 때때로 아주 선명했다. 얼룩덜룩한 끈의 다양한 색깔들처럼 대비되는 가닥들은 서로 얽혀 있되 아직 혼합되지는 않은 듯했다.

"고향에 다시 돌아가기를 소망하는군요." 그녀가 말했다.

"아, 아닙니다, 부인!" 파프레이가 갑자기 제정신으로 돌아와 말했다.

창문 바깥 장터는 지금 한창 사람들이 빽빽하게 밀려들어 소란스러워지고 있었다. 오늘은 올해의 가장 중요한 고용박람회가 열리는 날로 얼마 전 열렸던 시장과는 아주 달랐다. 실질적으로 박람회는 하얀 얼룩 반점이 있는 희끄무레한 군중*들, 일할 곳을 기다리는 인부 집단의 장터였다. 마차의 차양처럼 길쭉한 여성들의 보닛과 그들의 면직 드레스와 체크무늬 숄도 짐마차꾼의 작업복과 섞여 있는데 그들 역시 일자리를 원했다. 다른 사람들 가운데 보도의 모퉁이에 부동자세로 서 있는 한 늙은 양치기가 루시타와 파프레이의 시선을 끌었다. 분명히 그는 고생으로 단련된 사람이었다. 무엇보다도 체구가 작은 그에게는 생존하기 위한 투쟁이 가혹했다. 지금은 험한 노동과 나이 때문에 등이 몹시 굽어서, 뒤에

---

* 인부들이 새해에 자기가 고용될 수 있음을 알리기 위해 작업복을 입고 있는 모습.

서 다가가는 사람에게는 머리가 거의 보이지 않았다. 그는 손잡이가 구부러진 지팡이의 자루 부분을 도로의 배수로에 꽂고 굽은 손잡이에 몸을 기대었는데 손잡이는 손과의 오랜 마찰에 의해 은색 광채로 반짝거렸다. 그는 자기가 어디에 있는지, 무얼 하러 왔는지 모조리 망각한 상태에서 시선을 땅에 떨어뜨리고 있었다. 조금 떨어진 곳에서 그에 대한 협상이 진행되고 있었지만 그는 그들의 말소리를 듣지 못했다. 그의 마음속에는 자신의 기술이 훌륭해서 어떤 농장이건 부탁만 하면 갈 수 있을 정도였던 전성기 시절의 성공적 고용 계약에 대한 즐거운 환상이 스쳐 지나가는 것 같았다.

홍정은 먼 마을에서 온 농부와 늙은이의 아들 사이에 진행되었다. 이 홍정에는 한 가지 어려움이 있었다. 농부는 빵의 속이 없이 껍질만, 다시 말해, 젊은이 없이 늙은이만 데려갈 생각은 없는데 아들에게는 현재 일하는 농장에 애인이 있었다. 그 애인은 곁에 서서 창백한 입술로 홍정 결과를 기다리고 있었다.

"널 두고 떠나 미안해, 넬리." 청년이 북받치는 감정으로 말했다. "하지만, 너도 알잖아, 아버지를 굶어 죽게 할 순 없어. 아버지는 레이디 데이*가 되면 일자리를 잃어. 멀어봤자 50킬로미터밖에 안 돼."

소녀의 입술이 떨렸다. "50킬로미터!" 그녀가 중얼거렸다. "아 됐어! 다시는 널 안 만날 거야!" 그것은 정말 댄 큐피드의 자석**으로 끌어당기기에는 희망이 없는 먼 거리였다. 다른 곳과 마찬가지로 캐스터브리지에서도 젊은 남자는 젊은 남자였기 때문이다.

---

* Lady Day: 성모영보(聖母領報) 대축일. 가브리엘이 성모 마리아에게 예수의 잉태를 알린 날이다.
** Dan Cupid's magnet: 연인들을 끌어당기는 힘.

"오, 안 돼, 이러지 마, 절대로 널 안 만나." 자기 손을 꼭 잡은 그에게 그녀가 고집을 부렸다. 그녀는 우는 것을 보이지 않으려고 루시타 집 벽 쪽으로 고개를 돌렸다. 농부는 젊은이에게 반시간의 대답할 여유를 주겠다고 말하고는 그 일행이 슬퍼하도록 놔둔 채 가버렸다.

눈물이 가득 고인 루시타의 두 눈이 파프레이의 눈과 마주쳤다. 놀랍게도 그 장면을 목격한 그의 눈매 역시 축축했다.

"정말 가혹해!" 그녀가 감정이 격해져서 말했다. "연인들이 저렇게 헤어지면 안 돼요. 아, 내게 소원이 있다면, 사람들이 자기 마음 내키는 대로 살고 사랑하게 하는 거예요!"

"어쩌면 제가 저들이 헤어지지 않게 만들 수도 있겠어요!" 파프레이가 말했다. "제겐 젊은 짐마차꾼이 필요합니다. 그리고 아마 저 늙은 인부도 쓸 곳이 있어요. 그래요, 그가 그리 비싸지도 않을 테고, 틀림없이 어느 정도 제 쓰임새에 맞을 겁니다!"

"어머, 당신 참 훌륭하네요." 그녀가 기뻐 소리쳤다. "어서 그 사람들한테 가서 말해요. 그리고 성사되면 제게 알려줘요."

파프레이가 밖으로 나갔다. 그녀는 그가 일행과 대화하는 것을 보았다. 모두의 눈이 밝아졌고 곧바로 계약이 성립되었다. 파프레이가 그 일을 마치고 곧바로 그녀에게 돌아왔다.

"당신은 정말로 친절한 마음씨를 가졌군요." 루시타가 말했다. "저는요, 제 하인 모두에게 자기가 원하는 사람을 애인으로 갖게 해주겠다고 결심했어요. 당신도 똑같이 결심해요."

파프레이는 고개를 180도나 가로저으면서 좀 심각한 인상을 지었다. "저는 그보다는 약간 더 엄격해야 합니다." 그가 말했다.

"왜죠?"

"당신은 유복한 부인이지만, 전 고작 발버둥 치는 건초와 곡물 장수가 아닙니까."

"전 야심이 전혀 없는 여자예요."

"아, 제가 설명 못 해도 어쩔 수 없어요! 야심이 있든 말든, 여자에게 어떻게 말해야 하는지 전 모릅니다. 어쨌든 그건 사실이니까요!" 파프레이가 매우 유감스럽다는 듯 말했다. "저는 모든 사람에게 정중하려고 애씁니다. 그뿐이죠."

"당신이 말하는 대로 행동하는 사람이라는 건 저도 알아요." 이 감정적 언쟁에서 그녀가 현명하게 유리한 고지를 차지하며 대답했다. 이처럼 안목을 드러낸 상태에서 파프레이는 다시 창문 밖으로 시선을 돌려 밀집한 인파를 살펴보았다.

두 농부가 만나 악수를 하는데 창문과 아주 가까워서 앞서의 사람들처럼 그들의 대화 내용도 그대로 들려왔다.

"오늘 아침 젊은 파프레이 씨 봤능가?" 농부 하나가 말했다. "12시 정각에 여기에서 만나기로 약속혔제. 근데 박람회장을 가로지르며 여기저기 대여섯 번씩 돌아도 코빼기도 안 보여라. 그와 약속하고 이런 일은 없었는디."

"제가 약속이 있는 걸 깜빡 잊었습니다!" 파프레이가 중얼거렸다.

"지금 일어서야겠네요." 그녀가 말했다. "안 그래요?"

"갑니다." 그가 대답했다. 하지만 그는 움직이지 않았다.

"떠나는 게 좋겠어요." 그녀가 재촉했다. "아님 고객이 떨어져 나가겠어요."

"아니, 템플먼 부인, 저를 화나게 하려는 겁니까!" 파프레이가 언성을 높였다.

250

"가지 않으면 그럼, 좀더 있을 건가요?"

그가 자기를 찾는 농부를 근심스럽게 바라보았는데, 바로 그때 농부가 기분 나쁘게도 헨처드가 서 있는 곳으로 길을 건넜다. 그러자 그가 그녀와 방 안을 살펴보더니, "더 있고 싶지만, 떠나야 할 것 같군요!"라고 말했다. "사업을 등한시할 순 없어요, 그렇죠?"

"잠시라도 그러면 안 되죠."

"맞는 말입니다! 다른 때에 올 겁니다. 그래도 된다면, 부인?"

"그럼요." 그녀가 말했다. "오늘 우리에게 있었던 일이 아주 흥미롭군요."

"우리가 각자 혼자가 되었을 때 곰곰 생각해볼, 그런 일 같습니다."

"아, 거기까진 모르겠어요. 그런 일은 아주 흔해요, 결국에는."

"아니지요, 전 그런 식으로 말하진 않겠어요! 오, 절대로!"

"자, 그게 무엇이건 이젠 끝났어요. 밖에선 당신을 부르고 있어요."

"그래요 그래. 장터 사업! 이 세상에 사업이란 게 없으면 좋겠습니다!"

루시타는 거의 소리 내어 웃을 뻔했다. 정말 웃었을 테지만, 그때 그녀의 내부에서 약간의 감성이 움직였다. "당신도 변하는군요!" 그녀가 말했다. "이렇게 쉽게 변하면 안 되죠."

"예전에는 그런 생각을 한 적이 없습니다." 스코틀랜드 남자가 자신의 약점에 대해 소박하고 부끄러운 사과의 표정을 지으며 말했다. "이러는 건 여기 와서 당신을 보고 난 다음부텁니다!"

"사실이 그렇다면 더 이상 절 바라보지 않는 게 좋겠어요. 이런 어쩌나, 제가 당신을 정말 의기소침하게 만들었나 봅니다!"

"하지만 바라보건 말건, 마음속으로는 당신을 만나지 않겠습니까?······ 음, 가겠습니다. 즐거운 방문이 되게 해줘 감사합니다."

"같이 있어줘서 고마워요."

"밖으로 나가 몇 분만 지나면 내 장사꾼 기질로 돌아갈 수 있어요." 그가 중얼거렸다. "그런데 모르겠어요, 내가 왜 이러는지!"

그가 떠날 때 그녀가 간절하게 말했다. "시간이 흐르면서 캐스터브리지 사람들이 저에 대해 떠드는 걸 듣게 되겠지요. 그들이 당신에게 제가 요부라고 말하면, 제 인생의 어떤 사건들 때문에 일부는 그렇게 부를 수도 있겠지만, 그 말을 믿지는 마요. 저는 그런 사람이 아니니까."

"전 절대 그 따위 말은 안 믿을 겁니다. 맹세할게요." 그가 열정적으로 말했다.

두 사람은 그렇게 만나고 헤어졌다. 그녀가 젊은이의 열정을 자극해서 그는 마침내 감성이 흘러넘치는 사람이 되었다. 반면에 그는 그녀에게 단지 새로운 형태의 나태를 누리게 하는 데서 시작했다가 그녀의 심각한 고독을 일깨우는 데까지 가버렸다. 왜 이런 일이 일어났을까? 그들은 말할 수 없었을 것이다.

젊은 여인인 루시타가 소매상인을 만난 적은 거의 없었을 것이다. 그러나 헨처드와의 불장난으로 절정에 이른 운명의 부침을 겪고 나서 그녀는 사회적 지위에 대해 너그럽게 되었다. 가난했을 때 자신이 속했던 사회로부터 거부당했던 그녀는, 이제 그런 사회를 향해 새로운 시도를 할 대단한 열정 같은 건 없었다. 그녀의 마음은 자신이 날아가 쉴 수 있는 노아의 빙주* 같은 곳을 갈망했다. 거칠거나 부드럽거나 상관없었다. 따뜻하기만 하면 됐다.

---

* 비둘기가 앉을 땅을 찾지 못해 돌아온 방주(「창세기」 8: 9). 안전하게 보호될 수 있는 곳을 뜻한다.

배웅을 받고 나가는 파프레이는 자신이 엘리자베스를 만나러 왔었다는 사실을 새까맣게 잊어버렸다. 루시타는 창가에 서서 그가 농부와 일꾼들의 틈바구니를 요리저리 빠져나가는 모습을 눈여겨봤다. 그녀는 그의 발걸음에서 그가 자신의 시선을 의식하고 있다는 것을 눈치챘고, 그녀의 마음은 그의 온화함, 다시 찾아와도 좋다고 하기엔 부적절한 사람이라는 그녀의 양식에 대고 간청하는 그 온화함을 좇아 바깥으로 그를 따라갔다. 그는 곡물 거래실로 들어갔고 더 이상 그녀의 눈에 띄지 않았다.

3분 후, 그녀가 창문에서 멀어졌을 때, 여러번이 아니라 힘차게 두드리는 노크 소리가 집 안에 울려 퍼졌고 하녀가 경쾌한 걸음으로 올라왔다.

"시장님이십니다." 그녀가 말했다.

루시타가 비스듬히 누워 자기 손가락 사이로 꿈을 꾸듯 쳐다보았다. 그녀가 바로 대꾸하지 않았으므로 하녀가 다시 다음과 같이 덧붙였다. "시장님이 말씀하시기를, 유감스럽지만 시간이 많지 않다고 하셨습니다."

"그랬구나. 그럼 그분께 내가 오늘은 두통이 있어서 붙들 생각이 없다고 전해드려라." 그 메시지가 아래층에 전해졌고 문이 닫히는 소리가 들렸다.

루시타는 자신에 대한 헨처드의 감성을 자극하기 위해 캐스터브리지로 왔다. 그녀는 실제로 그것을 자극했지만 지금 그녀는 그 성과에 관심이 없어졌다.

아침에 엘리자베스-제인을 하나의 방해 요소로 보았던 그녀의 관점이 바뀌었다. 소녀의 의붓아버지를 붙잡기 위해 소녀를 제거해야 할 필요성이 더 이상 강하게 느껴지지 않았다. 그 젊은 소녀가 소류의 방향이 바뀐 것을 미처 모르고 상냥하게 집 안으로 들어왔을 때 루시타가 다가가 아주 진지하게 말했다. "나는 당신이 내 집에 와서 정말 기뻐요. 나와 함께 오래 살아요, 그럴 거죠?"

그녀의 아버지를 멀리 떨어뜨려놓기 위한 경비견으로서의 엘리자베스. 이 얼마나 훌륭한 아이디어인가. 게다가 싫은 일도 아니었다. 헨처드는 과거에 형언할 수 없이 자기를 더럽혔는데도 요즘 자기를 무시해왔다. 헨처드가 자유의 몸이 되고 그녀가 부유하다는 것을 알게 되었을 때, 그가 최소한 할 수 있었던 것은 그녀의 초대에 진심으로 또 신속하게 응하는 일이었을 것이다.

그녀의 감정이 올라가다 떨어지면서 오르락내리락했고 갑작스러운 감정의 기복은 그녀를 터무니없는 억측에 빠지게 했다. 그날 그렇게 루시타에게 다양한 경험이 지나갔다.

24

불쌍한 엘리자베스-제인은, 자신의 불길한 별점이 도널드 파프레이의 마음에 싹트기 시작한 자신을 향한 관심을 사그라뜨린 것도 전혀 모른 채, 계속 있어달라는 루시타의 말을 듣고 기뻤다.

루시타의 집이 자기 생활의 근거라는 사실에 더하여, 장터를 멀리까지 내다볼 수 있는 전망은 루시타뿐만 아니라 그녀에게도 매력적이었다. **교차로**는 화려한 드라마가 정기적으로 열리는 광장 같았는데, 그곳에서 벌어지는 사건들은 항상 인접한 주민들의 생활과 관련되었다. 농부, 상인, 낙농 경영자, 돌팔이 의사, 행상 들이 매주 그곳에 나타났다가 오후가 지나갈 무렵이면 사라졌다. 그곳은 모든 궤도가 지나치는 교점(交點)이었다.

이제 젊은 두 여인에게 토요일과 토요일 사이는 하루와 하루 사이와 같았다. 정서적 의미로 보면 그사이 그들은 전혀 사는 게 아니었다. 다른 날에는 어디로 나가 돌아다니더라도, 장날에는 반드시 집에 있었다. 두 사람은 교활하게도 창문 밖으로 몰래 파프레이의 어깨와 뒤통수를 훔쳐

보았다. 그의 얼굴은 좀처럼 보지 못했는데, 그가 부끄러웠는지 아니면 장사 분위기에 방해가 될까 봐 그랬는지, 그들이 사는 쪽을 좀처럼 쳐다보지 않았기 때문이었다.

그렇게 일상이 흘러가던 터에, 어느 장날 아침 새로운 사건이 발생했다. 엘리자베스와 루시타가 아침 식사를 하고 있을 때 런던에서 보낸 드레스가 담긴 소포 두 개가 루시타에게 배달되었다. 그녀가 식사를 하던 엘리자베스를 침실로 불렀고, 엘리자베스는 친구의 침실에 들어가면서 침대에 펼쳐진 가운들을 보았는데, 하나는 짙은 체리 색이었고 다른 것은 더 밝은 빛깔이었다. 소매 끝마다 장갑 한 짝씩이, 목 부분 위에 보닛 하나씩이, 그리고 장갑을 가로질러 양산들이 놓여 있었다. 루시타는 사람 모습으로 펼쳐놓은 그것들 옆에서 깊은 생각에 잠겨 있었다.

"나라면 그렇게까지 열심히 고민하지는 않겠어요." 가장 잘 어울리는 게 이걸까 저걸까 질문을 바꿔가며 집중하는 루시타에게 엘리자베스가 말했다.

"새로 입을 옷을 결정하는 건 정말 힘들어." 루시타가 말했다. "다가오는 봄철 내내 (펼쳐놓은 것들 중 하나를 가리키며) 당신이 저 사람일 수도 있고 (다른 것을 가리키며) 아니면 전적으로 다른 **저** 사람일 수도 있어요. 어느 쪽인지는 모르지만 둘 중 하나가 아주 못마땅한 것으로 밝혀질 수도 있어요."

마침내 템플먼 양은 무슨 일이 있더라도 체리 색의 사람이 되기로 결심했다. 그 옷이 몸에 꼭 맞는다고 단언한 루시타는 체리 색 옷을 입고 거실로 나왔다. 엘리자베스도 그녀의 뒤를 따라 거실로 나왔다.

그 아침은 그맘때 날씨로는 예외적으로 화창했다. 태양은 루시타네 동네의 맞은편 집들과 보도 위를 아주 고르게 비추어서 그쪽에서 반사된 밝은 빛이 루시타네 집 안으로 밀려들었다. 갑자기 바퀴가 덜거덕거리는 소리가 나더니 기왕의 한결같은 밝음에 더하여 천장 위에 일련의 환상적인 광선들이 투사되며 회전했다. 두 친구가 창문으로 달려가 내다보니 바로 맞은편에, 마치 그곳에서 전시를 하려는 듯, 이상한 종류의 운반 기구가 정지해 있었다.

그것은 아직도 파종할 때 헵타르키* 시대처럼 유서 깊은 종자 그릇을 사용하던 이 시골 지방에 미처 알려지지 않은, 말[馬] 파종기**라 불리는 현대적 형태의 신식 농기구였다. 그것의 등장으로 채링크로스***에 비행선이 나타났을 때 일어났을 법한 소동이 곡물 시장에 일어났다. 농부들이 그것을 에워싸고 모여들었고, 여자들도 가까이 다가갔으며, 아이들은 밑으로 기어 들어갔다. 초록, 노랑, 빨강의 밝은 색조로 칠해진, 그 기계의 전체 모습은 말벌과 메뚜기와 새우의 혼합물을 엄청나게 확대한 것과 닮았다. 아니면 그 모습은 앞면이 없는 수직의 악기와 비슷하기도 했다. 그 형태에 충격을 받은 루시타가 말했다. "어머, 일종의 농사용 피아노네."

"곡물과 관련 있는 물건 같아요." 엘리자베스가 말했다.

도널드 파프레이는 농부는 아니었지만 영농기업들과 긴밀하게 동맹을 맺고 있어서 두 여자 모두의 마음속에는 혁신자로 각인되어 있었다. 마치 그들의 생각에 반응하듯 바로 그 순간 그가 나타났다. 그는 기계를 바라보고 한 바퀴 빙 돌더니 마치 그 물건에 대해 무언가 아는 사람

---

* Heptarchy: 영국을 6세기에서 9세기까지 지배한 7개 앵글로-색슨 왕국의 연합체.
** horse-drill: 말이 끄는 파종 기계로, 흙에 작은 고랑을 내고 그 고랑에 씨를 떨어뜨린 다음 씨를 흙으로 덮어주는 작업을 수행한다.
*** Charing Cross: 영국 런던 도심의 번화가.

처럼 그것을 만졌다. 두 관찰자는 그가 다가오자 내심 흠칫 놀랐다. 엘리자베스는 창에서 비켜나 방 뒤쪽으로 가서 마치 벽의 판자 속에 흡수된 듯 몸을 붙였다. 그녀가 자신의 그런 행동을 자각하지 못할 때, 루시타는 새 옷을 입은 걸 파프레이에게 보여주고 싶은 생각이 넘쳐 "저게 뭐든, 우리 밖에 나가 그 기계를 보기로 하죠"라고 말했다.

엘리자베스가 곧바로 아무렇게나 보닛과 숄을 쓰고 걸친 다음, 두 사람은 바깥으로 나왔다. 새로운 기계를 에워싸고 그곳에 모여든 모든 농업 종사자 중 기계를 소유하기에 적합한 유일한 사람은 루시타처럼 보였다. 그녀만이 빛깔에서 그 기계에 필적했기 때문이다.

그들은 기계를 흥미롭게 살펴보았다. 트럼펫 모양의 튜브가 크기에 따라 서로 겹쳐 열을 지었고, 지면으로 씨앗을 옮겨주는 튜브의 상단으로 씨앗을 던지는 작은 스쿠프*들이 보였다. 마치 회전하는 소금 숟가락 같았다. 그때 누군가가 "그간 잘 지냈니, 엘리자베스-제인?"하고 말했다. 고개를 들어보니 의붓아버지가 서 있었다.

그의 인사말은 약간 냉담하면서도 소리가 우레와 같이 커서 엘리자베스-제인은 침착함을 잃고 당황했다. 그녀가 나오는 대로 더듬거리며 말했다. "아버지, 이분이 저와 함께 사는 여자분, 템플먼 양이에요."

헨처드가 손을 모자에 얹었다가 자기 무릎쯤에서 몸에 닿을 때까지 커다랗게 흔들며 내렸다. 템플먼 양도 고개를 숙여 인사했다. "헨처드 씨, 선생님을 알게 되어 기쁩니다." 그녀가 말했다. "기계가 흥미롭군요."

"그렇죠." 헨처드가 대답했다. 그러고는 그가 기계에 대해 설명했는데 설명이라기보다 신랄한 조롱에 가까웠다.

---

* scoop: 아이스크림, 밀가루 등을 덜 때 쓰는 작은 국자처럼 생긴 용구.

"누가 이걸 여기로 가져왔어요?" 루시타가 물었다.

"아, 제게는 묻지 마세요, 부인." 헨처드가 말했다. "문제는 이게 왜 작동이 불가능한가입니다. 이 기계는 우쭐대는 어떤 날라리 녀석이 추천해서 우리 기계 전문가가 가져왔는데, 그 녀석의 생각이란 게—"그의 눈이 엘리자베스-제인의 애원하는 얼굴을 목격하고 말을 멈췄다. 아마 파프레이와 엘리자베스 사이에 구애가 진행되고 있다고 생각했을 것이다.

헨처드가 떠나려고 몸을 돌렸다. 그때 그의 의붓딸이 이건 정말 환각이 분명하다고 믿고 싶은 일이 벌어졌다. 틀림없이 헨처드의 입술에서 낮은 목소리가 새어 나왔는데, 그 가운데 "내가 만나자는 걸 네가 거절했어!"라며 루시타를 책망하는 말이 감지되었다. 그녀는 그런 말이 의붓아버지의 입에서 나왔다는 걸 믿을 수 없었다. 정말 그것은 가까이 있는 노란색 각반을 찬 농부 중 하나를 향한 말이었을지 모른다. 그럼에도 불구하고 루시타는 침착해 보였다. 마침 그때 기계 내부에서 흘러나오듯 흥얼대는 콧노래 소리가 들려와 그 사건에 대한 모든 상념을 흩어버렸다. 이때 헨처드는 이미 곡물 거래실 안으로 사라지고 없었고, 두 여자는 소리가 나는 곡물 파종기 쪽을 힐끗 쳐다봤다. 기계 뒤에서 그것이 작동하는 단순한 비밀을 숙지하려고 머리를 처박은 한 남자의 굽은 등이 보였다. 흥얼대는 노랫소리가 이어졌다.

　　"어어느 여어름 오오후여-었네
　　해애가 지이기 아주 조금 저언,
　　키티가 멋진 새애 가아운을 입고
　　어언덕을 너어머 가우리로 오올 때."

엘리자베스-제인은 누가 노래 부르는지 단번에 알아채고 자기도 모르게 죄를 지은 표정이 되었다. 곧이어 그를 알아본 루시타가 허둥대지 않고 교활하게 말했다. "씨앗 파종기 속에서 「가우리의 아가씨」*가 들려오다니 이게 어찌 된 일이람!"

마침내 기계를 살펴본 결과에 만족한 젊은이가 허리를 폈다. 그의 눈이 기계 꼭대기 너머로 여자들의 시선과 마주쳤다.

"우리는 멋진 새 파종기를 둘러보는 중이에요." 템플먼 부인이 말했다. "하지만 그게 실제로는 멍청한 물건이라면서요, 안 그래요?" 헨처드가 말한 정보를 토대로 그녀가 덧붙였다.

"멍청하다고 했습니까? 오, 절대 그렇지 않아요!" 파프레이가 진지하게 말했다. "이 기계는 이 일대의 파종 작업을 급격하게 바꿀 겁니다. 파종하는 사람들이 씨앗을 내던지듯 뿌려서, 일부는 길가에 또 일부는 가시나무에 떨어지는 그런 일은 사라질 겁니다. 낱알 하나하나가 계획된 곳에 똑바로 자리 잡고 다른 곳으로 흩어지는 일은 없게 되지요!"

"그럼 사람이 씨앗을 뿌리는 낭만은 영원히 사라지겠네요." 엘리자베스-제인이 말했다. 그녀는 적어도 성경 읽기에서는 자기가 파프레이와 일체감이 있다고 느끼던 터였다. "'풍세(風勢)를 살펴보는 자는 파종하지 못할 것이오.'** 그렇게 전도자가 말했지만, 그 말이 더 이상 딱 들어맞지는 않겠군요. 정말 세상이 달라지네요!"

---

* Lass of Gowrie: 스코틀랜드의 여성 시인이자 작곡가인 네언Baroness Carolina Nairne(1766~1845)이 지은 노래.
** 이상적 조건을 기다리지 말고 필요한 일을 해나가라는 『구약성서』(「전도서」 11: 4)의 표현이다.

"아 네…… 그럴 수밖에 없습니다!" 자신의 시선을 멀리 공터에 고정시키면서 파프레이가 인정했다. "하지만 잉글랜드 동부와 북부에선 벌써 이 기계를 아주 널리 쓰고 있습니다." 그가 변명조로 덧붙였다.

루시타는 이 일련의 감상적 흐름에서 벗어나 있는 것 같았다. 성서에 대한 지식이 다소 제한적이기 때문이었다. "기계는 당신 건가요?" 그녀가 파프레이에게 물었다.

"아 아닙니다, 부인." 엘리자베스-제인과 말할 때는 아주 편하게 상대하던 그가 막상 루시타의 음성을 듣자 당황하고 공손해지면서 말했다. "전혀 아니죠, 저는 그저 그걸 사와야 한다고 추천했을 뿐입니다."

그 이후의 침묵 속에서 파프레이는 루시타만을 의식하는 것 같았다. 그의 인식 대상이 엘리자베스에서 엘리자베스가 속한 곳보다 더 밝은 존재의 영역으로 옮겨간 것 같았다. 루시타는 지난번 그가, 부분적으로는 상업적 거래와 관련해서, 또 부분적으로는 낭만적 분위기에 빠져서, 아주 혼란스러운 상태였던 사실을 기억해내고 명랑하게 말했다. "자, 우리를 위해 그 기계를 저버리지 마요." 그러고는 자기 동행과 함께 집으로 들어갔다.

엘리자베스는, 왜 그런지 이해할 수는 없었으나, 자기가 방해가 되었다는 느낌을 받았다. 그들이 다시 거실로 돌아왔을 때 루시타는, "일전에 내가 파프레이 씨와 얘기할 기회가 있었어요. 그래서 오늘 아침 그를 알아보았지요"라고 두 사람의 관계를 대충 설명했다.

그날 루시타는 엘리자베스에게 매우 친절했다. 그들은 함께 장터가 복잡해지는 것을, 시간이 흘러 태양이 도시의 위쪽 끝으로 서서히 기울면서 사람들이 빠져나가는 것을, 그리고 태양 광선이 세로로 길을 붙잡고 긴 픽둥로의 처음부터 끝까지 샅샅이 스며드는 것을 보았다. 이륜마차와 유개(有蓋) 마차들이 하나둘씩 사라지더니 마침내 도로 위에 수레가 하나도 남지 않았다. 타고 다니는 세상의 시간은 지나가고 보행자의 세상이 왔다. 들판에서 수고한 노동자와 그 가족들이 일주일에 한 번 하는 장보기를 위해 마을에서부터 무리를 지어 들어왔다. 일찍이 덜거덕거리며 도는 바퀴 소리와 터벅터벅 걷는 말발굽 소리가 주로 들리던 그곳에 이제는 여러 사람들이 움직이는 부산한 발소리만 들렸다. 모든 옥외 활동의 도구들이, 모든 농부들이, 모든 부유한 부류들이 사라졌다. 도시에서 이뤄지는 거래의 성격도 규모에서 다양성으로 바뀌었고, 그날 앞선 시간에 파운드였던 거래 금액의 단위는 지금은 펜스*가 되었다.

루시타와 엘리자베스는 이 변화의 과정을 내다보았다. 밤이긴 했지만, 가로등에 불이 켜졌고, 가게들이 아직 셔터를 내리지 않았기 때문이었다. 벽난로의 불이 희미하게 깜박거리는 가운데 두 사람은 한층 자유로운 기분이 되어 얘기를 나눴다.

"당신 아버지가 당신에게 거리를 두던데요." 루시타가 말했다.

"네." 그녀는 헨처드가 루시타에게 말을 건 듯한 그 순간적인 미스터리를 깜빡 잊은 채 계속 말했다. "그건 내가 품위가 없다고 생각하기 때문이죠. 나는 당신이 상상할 수 없을 정도로 품위 있는 사람이 되려고 노력했는데 결국에는 소용이 없었어요! 엄마가 아버지와 헤어졌던 게 내겐 불운이었어요. 인생살이에 그런 그늘을 가진다는 게 뭔지 당신은 모르죠."

루시타가 움찔 놀라는 것 같았다. "나는 그런 종류의 일은 정확하게는 몰라요." 그녀가 말했다. "하지만 사람은 다른 식으로 불명예스러운

---

* pence: 영국의 작은 동전이자 화폐 단위인 페니penny의 복수형으로 100펜스가 1파운드.

감각이나 수치를 느낄 수도 있어요."

"그런 느낌 가져본 경험이 있어요?" 손아래 여자가 천진난만하게 물었다.

"아 아니." 루시타가 재빨리 대답했다. "여자들은 이따금 자기는 아무 잘못이 없는데도 세상의 시선 때문에 난처한 입장에 빠지게 되잖아요. 나는 그럴 때 무슨 일이 벌어질까를 생각하고 있었어요."

"그런 일은 틀림없이 나중에 그들을 매우 불행하게 만들어요."

"불안하게 만들기도 하죠. 왜냐하면 다른 여자들이 그들을 경멸하지 않겠어요?"

"전적으로 경멸하지는 않을 거예요. 그렇다고 그들을 아주 좋아하거나 존경하지도 않겠지만."

루시타가 다시 움찔했다. 그녀의 과거는 조사해보면 드러날 수밖에 없을 테고, 그 사실은 캐스터브리지에서도 마찬가지였다. 무엇보다 자신이 처음의 흥분 상태에서 헨처드에게 써 보낸 수많은 편지를 전혀 돌려받지 못했다. 그것들은 어쩌면 파기되었을 것이다. 하지만 그녀는 처음부터 그런 편지를 쓰지 않았으면 좋았을 텐데 하고 바랐을지도 모른다.

파프레이와 조우하고 또 루시타를 대하는 그의 태도를 목격한 엘리자베스는 멋지고 정감이 있는 자신의 동료를 더욱 사려 깊게 지켜보게 되었다. 며칠 뒤 그녀의 시선이 외출하는 루시타의 눈과 마주쳤을 때, 그녀는 템플먼 양이 그 매력적인 스코틀랜드 청년을 만나보고 싶은 희망을 키워가고 있음을 어느 정도 알아챘다. 그 사실은, 엘리자베스가 막 알아챈 것처럼, 웬만한 사람은 누구나 알아볼 수 있게끔 루시타의 뺨과 눈 전체에 커다랗게 표시되어 있었다. 그녀 앞을 루시타가 지나쳤고 길 쪽의 문이 닫혔다.

선지자의 영혼이 엘리자베스를 사로잡으며 그녀를 압박했다. 난롯가에 앉아, 일어날 사건들을 이미 그녀가 보유한 자료로 아주 확실하게 예측하고 그래서 목격한 것으로 단정하라고 압박했다. 그녀는 마음속으로 루시타를 따라갔다. 루시타가 마치 우연인 듯 어디선가 파프레이와 마주치는 게 보였고, 여자를 만날 때면 특별한 옷차림인 그가 이번엔 루시타를 만나서 더 강렬한 의상을 입은 게 보였다. 그의 간절한 태도가 그려졌다. 헤어지기 싫은 감정과 눈에 띄지 않길 바라는 욕망 사이에서 두 사람 모두 망설이는 게 보였다. 두 사람이 악수하는 장면이 보였다. 십중팔구 그들이, 자기들 말고는 아무에게도 들키지 않게 더 작은 표정으로 열정의 불꽃을 드러내면서 일반적인 표정이나 동작으로는 얼마나 냉담하게 헤어지는지도 보였다. 명민한 이 여자 마법사가 이 같은 상념을 다 끝내기도 전에 루시타가 소리 없이 뒤로 다가왔다. 그녀는 깜짝 놀랐다.

그녀가 그려본 것은 모두 사실이었다. 그녀는 맹세할 수도 있었다. 루시타는 자기 뺨의 진출색(進出色)*뿐만 아니라 눈에서도 고조된 빛을 반짝거렸다.

"파프레이 씨를 만났군요." 엘리자베스가 점잖게 물었다.

"네." 루시타가 말했다. "어떻게 알았어요?"

루시타가 난롯가에 무릎을 꿇고 앉더니 흥분하여 친구의 손을 잡았다. 그러나 자기가 언제 어떻게 그를 만났는지 그가 뭐라 말했는지는 끝내 언급하지 않았다.

그날 밤 루시타는 잠을 이루지 못했고 아침에는 신열이 났다. 아침 식사 시간에 그녀는 자기 마음속에 고민이 있다고 동료에게 말했다. 자

* advanced colour: 미술에서, 앞쪽으로 두드러지게 나타나 보이는 빨강, 노랑, 주홍 따위로 명도와 채도가 높고 따뜻한 느낌을 주는 색깔.

기가 관심이 많은 어떤 사람과 관련된 일이라고 했다. 엘리자베스는 열심히 경청하고 공감했다.

"이 사람은 여잔데 한때 어떤 남자를 많이 사모했어요, 아주 많이." 그녀가 망설이며 말을 꺼냈다.

"아." 엘리자베스-제인이 말을 받았다.

"두 사람은 가까웠어요, 무척. 남자는 여자만큼 깊이 그녀를 생각하지는 않았어요. 그런데 어느 순간 그가 충동적으로, 순전히 보상 심리에서, 그녀에게 아내가 돼달라고 청혼했고 그녀도 동의했어요. 그녀는 그에게 아주 몰입한 상태라서, 혹시 자기가 바란다 하더라도, 순전히 양심의 문제로 결코 다른 남자의 사람이 될 수는 없다고 느꼈어요. 그런데 그렇게 진행되던 결혼에 생각하지 못했던 걸림돌이 생겼고 그 후 두 사람 사이는 아주 멀어졌어요. 오랫동안 서로에 대해 아무 소식도 듣지 못했고 그녀는 자기 인생이 꽉 막혀버렸다는 기분에 빠졌어요."

"저런, 불쌍한 소녀 같으니!"

"상황이 그 지경이 되었다고 그를 전적으로 비난할 수는 없지만, 그녀는 남자 때문에 무척 괴로워했어요. 그러다가 마침내 두 사람을 갈라놓은 장애물이 천우신조로 제거되었고, 그래서 그가 그녀에게 청혼하러 왔어요."

"아주 기쁜 일이네요!"

"그런데 그동안 그녀가, 내 가련한 친구가 더 좋아하는 남자가 생겨버린 거예요. 이제 본론으로 돌아가, 그녀가 도의상 첫 남자를 버릴 수 있을까요?"

"더 좋아하는 새로운 남자라니, 그건 나빠요!"

"그렇겠죠." 루시타가 마치 농농 펌프의 손잡이를 흔드는 소년에게 짜증을 내듯 말했다. "그건 나쁜 짓이겠죠! 그녀가 첫 남자와 사고 때문에 억지로 애매한 입장에 놓이게 되었고, 첫 남자가 나중 남자만큼 교양이 넘치거나 세련되지도 못하고, 또 애초에 생각했던 것보다 첫 남자에게 남편으로서 바람직스럽지 못한 여러 자질이 있음을 발견했더라도 말이죠."

"나로선 대답하기 힘드네요." 엘리자베스-제인이 생각에 잠겨 말했다. "아주 어려워요. 그걸 해결하려면 교황님이 오셔야겠어요."

"아마 대답하고 싶지 않은 모양이죠?" 루시타는 간절한 어조로 자기가 얼마나 엘리자베스의 판단에 의존하고 있는지를 드러냈다.

"맞아요, 템플먼 양." 엘리자베스가 시인했다. "대답하고 싶지 않아요."

그럼에도 불구하고 루시타는 자기 사정을 조금이라도 털어놓았다는 단순한 사실에 안도하는 것 같았다. 그러면서 그녀의 두통도 서서히 누그러졌다. "거울 좀 가져다줘요. 내 모습이 어떻게 보여요?" 그녀가 힘없이 말했다.

"음, 약간 수척해 보이네요." 비평가가 의심스러운 그림을 주의 깊게 살펴보듯 엘리자베스가 그녀를 훑어보며 대답했다. 엘리자베스가 거울을 뻗쳐 루시타에게 거울에 비친 자기 모습을 살펴볼 수 있게 해주자 루시타는 근심스럽게 거울을 들여다봤다.

"언제까지나 내가 젊어 보일지 모르겠어요." 잠시 후 그녀가 자기 생각을 말했다.

"그럴 거예요."

"내 얼굴 어디가 최악이죠?"

"눈 밑요, 약간 갈색으로 보여요."

"그래요. 내겐 거기가 제일 약점이에요, 맞아요. 당신 생각엔 내 매력이 절망적으로 사라지지 않고 몇 년이나 더 갈 것 같아요?"

나이가 어리더라도 이런 종류의 대화에서 경험 많은 현자(賢者) 역할을 하는 사람은 엘리자베스였는데 그렇게 되는 과정이 흥미로웠다. "5년 정도일 걸요." 그녀가 선고하듯 말했다. "조용히 지내면 10년까지도 갈 수 있어요. 사랑에만 빠지지 않는다면 10년은 예상할 수 있겠죠."

루시타는 일사부재리(一事不再理) 판결을 대하듯 이 말을 곰곰 생각하는 것 같았다. 그녀는 제3자의 경험처럼 개략적으로 알려준 과거의 애착에 대해서는 더 이상 엘리자베스-제인에게 언급하지 않았다. 냉정하면서도 인정이 넘쳐흐르는 엘리자베스는 그날 밤 침대에 누워, 예쁘고 돈 많은 루시타가 자기에게 고백을 하면서도 자기를 충분히 신뢰하지 않아 이름과 날짜에 관해서는 언급하지 않았다는 생각에 한숨지었다. 엘리자베스가 루시타의 이야기에 등장한 '그녀'에게 속아 넘어가진 않았기 때문이다.

25

파프레이가 분명 두려워하면서도 시험 삼아 루시타를 방문함으로써 헨처드 대신 그가 그녀의 마음에 자리 잡게 되었다. 형식적으로 말해 그는 템플먼 양뿐만 아니라 그녀의 동료인 엘리자베스와도 대화를 나누었지만 사실상 엘리자베스는 방 안에서 눈에 띄지 않게 앉아 있는 존재였다. 파프레이는 그녀를 전혀 보지 않는 것 같았고 그녀의 몇 마디 안 되는 지혜로운 발언에 대해서도 시선과 관심은 온통 루시타에게 고정한 채 그저 그런 단음절 단어로 정중하게 대답할 뿐이었다. 루시타는 겉모습뿐만 아니라 기분과 의견 그리고, 아아, 원칙에서조차 엘리자베스보다 더 프로테우스 신* 같은 다양성을 뽐낼 수 있었다. 루시타는 끈질기게 엘리자베스를 대화의 고리 속으로 끌어들이려 했으나 엘리자베스는 그 고리가 닿지 않는 어색한 제3의 지점처럼 고립되어 있었다.

더 열악한 상황에서도 꿋꿋함을 잃지 않았던 수전 헨처드의 딸은

---

* Proteus: 그리스 신화에서 프로테우스는 자유자재로 변신하고 예언의 힘을 가진 바다의 신이다.

냉담하게 대접받는 고통을 참아내고, 자신과 어울리지 않는 그 방에서 용케 아무도 눈치채지 않게 최대한 서둘러 빠져나왔다. 스코틀랜드 남자는 사랑과 우정 사이의 미묘한 균형을 유지하며 자기와 더불어 춤추고 산책하던 그 파프레이와는 전혀 다른 사람 같았다. 그때가 그녀에게는 사랑의 역사에서 혼자 지내면서도 고통스럽지 않았다고 말할 수 있는 기간이었다. 그녀는 태연하게 침실에서 자기 운명에 대해, 마치 그것이 아주 가까운 교회의 탑 꼭대기에 적혀 있다는 듯 창밖을 내다보면서 곰곰 생각해봤다. "그래," 그녀가 마침내 손바닥으로 창틀을 토닥거리며 말했다. "**그**가 바로 그녀가 내게 언급한 두번째 남자야!"

이즈음 루시타를 향한 헨처드의 부글거리는 감정은 상황이 꼬이면서 점점 더 분노로 고조되어갔다. 그는 자신이 한때 측은하다고 동정했던 이 젊은 여인이, 외려 동정심은 거의 다 식고, 이제는 만나기도 쉽지 않은 데다 아름다움은 더 성숙해져서 자신의 인생을 만족시킬 장본인으로서 충분한 자격을 갖추었음을 발견하는 중이었다. 하지만 하루하루가 지나면서 그녀 쪽에서 아무런 반응이 없자, 그는 자신이 멀리 떨어진 채 초연히 지내면서 그녀를 데려오겠다는 생각만 해봐야 아무 소용이 없다는 사실을 깨달았다. 마침내 그는 항복하고 집에 엘리자베스가 없을 때 그녀를 다시 찾아갔다.

그는 방을 가로질러 약간 어색하고 무거운 걸음걸이로 그녀에게 다가갔다. 그녀를 응시하는 그의 눈길은 파프레이의 온화한 시선과 비교하면 달과 이웃한 태양처럼 강렬하고 따뜻했으며, 무척 친근한 태도도 전혀 부자연스럽지 않았다. 하지만 그녀는 지위의 변화에 따라 완전히 달라진 사람처럼 보였고, 그에게 손을 내미는 우정의 표시조차 아주 쌀쌀해서 그는 눈에 띄게 힘이 빠진 모습으로 공손하게 자리에 앉았다. 그는 의상의 유행에 대해 아는 바가 거의 없었지만, 이제까지 거의 자기 소유인 듯 꿈꿨던 그녀 곁에 앉고 보니 자신의 옷차림이 대단히 부적절하다는 느낌이 들었다. 그녀는 그가 친절하게 방문해준 데 대해 매우 정중하게 뭐라고 말했다. 이 말을 듣고 그는 균형감을 회복했다. 그는 외경심을 버리고 그녀의 얼굴을 기묘한 눈초리로 바라보았다.

"물론 찾아온 사람은 나지, 루시타." 그가 말했다. "그런데, 지금 무슨 허튼 수작을 부리는 거야? 알잖아, 나도 그러고 싶었지만 어쩔 수 없었다는 걸. 나로선, 어떤 호의를 가졌다 해도 어쩔 수 없었어. 내가 찾아온 건, 자기 자신은 거의 신경 쓰지 않고 나를 너무 많이 생각한 당신의 헌신과 그로 인해 당신이 잃은 것들을 보상해주기 위해, 관습에서 허용하는 대로, 당신과 결혼할 준비가 되어 있다고 말하기 위해서야. 언제든지 당신에게 알맞은 달과 날짜를 잡아. 난 전적으로 당신 뜻에 따를 거야. 이런 일들은 당신이 나보다 잘 알잖아."

"그 얘기를 하기엔 아직 일러." 그녀가 얼버무리며 말했다.

"그럼 그럼, 나도 그렇게 생각해. 하지만 있잖아, 루시타, 그 불쌍하고 불운했던 수전이 세상을 떠나자 바로 내가 느낀 건, 재혼 생각을 하면 안 될 때인데도, 불행해진 우리 관계를 바로잡는 일이 쓸데없이 지체되지 않도록 내가 나서야 한다는 생각이었어. 그래도 난 서둘러 찾아오진 않으려 했어. 왜냐하면— 당신이 유산으로 받은 재산이 내게 어떤 생각을 갖게 했는지 당신은 짐작하겠지." 그의 목소리가 조금씩 낮아졌다. 그는 이 방에서 자신이 구사하는 억양과 매너가, 거리에선 볼 수 없는 무례한 행동임을 의식했다. 그는 그녀를 둘러싼 참신한 벽걸이 장식과 정교한 가구를 둘러보았다. "놀라운데. 나는 캐스터브리지에서도 이런 가구를 구할 수 있는지 몰랐어." 그가 말했다.

"구할 수 없어." 그녀가 말했다. "앞으로도 이 도시가 50년은 더 발전해야 살 수 있는 물건들이야. 저 가구들을 이곳으로 가져오는 데만 커다란 마차 한 대와 말 네 필이 들었어."

"음, 마치 당신은 돈을 길에 버리며 사는 것 같군."

"오 아냐, 그렇지 않아."

"돈이야 많으면 많을수록 좋지. 그러나 사실대로 말하면 당신이 이런 식으로 자리를 잡으니까 당신을 대하는 내 태도가 오히려 어색해져."

"그건 왜?"

대답이 꼭 필요한 것도 아니어서 그는 대답하지 않았다. "음," 그가 계속했다. "나도 당신이 이런 재산을 상속받기를 바랐어, 루시타. 또 난 당신보다 이 재산에 더 잘 어울리는 사람도 없다고 확신해." 그가 그녀에게 몸을 돌리며 아주 열렬하게 축하의 찬사를 떠들어서, 그를 아주 잘 알고 있는 그녀로서도 약간 움찔했다.

"내가 모든 면에서 당신에게 신세진 게 아주 많아." 그녀가 매우 의례적인 어투로 말했다. 서로 교감하기를 꺼려하는 그녀의 태도를 의식하자 헨처드가 곧바로 억울함을 드러냈다. 그보다 더 빨리 감정을 드러내는 사람은 없었다.

"당신이 내게 신세를 졌을 수도, 아닐 수도 있어. 당신이 최근 난생처음으로 기대할 줄 알게 된 그 세련됨이 내가 하는 말에는 없는지 모르겠지만, 내 말은 사실이야, 루시타 마님아."

"내게 무척 무례한 투로 말하는군." 루시타가 험악한 눈으로 입을 삐죽 내밀었다.

"천만에!" 헨처드가 노기를 띠고 말했다. "이봐, 내 말 들어봐. 난 당신과 다투고 싶지 않아. 나는 저지 섬에 있는 당신의 적들을 침묵시킬 진지한 제안을 가지고 왔어, 당신이 감사해야 할걸."

"어떻게 그런 식으로 말을 지껄여!" 그녀가 바로 발끈하며 되받았다. "내게 죄가 있다면, 품행이 방정해야겠다고 생각할 겨를도 없이, 바보같이 당신을 향한 소녀 같은 열정에 빠져든 것뿐이라는 걸 잘 아는 당신이, 그리고 사람들이 날 비난하는 내내 내가 **스스로** 주장한 것처럼 무죄였다는 걸 잘 아는 당신이 내 가슴을 그렇게 찔러대면 안 되지! 나는 그 애타는 시간 동안 충분히 고통 받았어. 그때 당신은 아내가 돌아왔으므로 날 버리겠다는 편지를 보냈어. 그러니 지금 내가 약간이라도 독립적이라면 분명 그 지위는 나 스스로 얻은 거 아냐?"

"맞아, 그렇긴 하지." 그가 말했다. "하지만, 인생에서 우리는, 무엇인지가 아니라 어떻게 보이는지로 평가를 받아. 그러니까 당신이 날 받아들여야 한다고 나는 생각해. 당신 자신의 명성을 위해서라도 말이야. 당신이 태어난 저지 섬에서 퍼진 얘기는 여기에서도 퍼질 테니까."

"당신은 저지 섬에 대해 계속 수다를 떠네. 난 잉글랜드 출신인데."

"그래, 그래. 어쨌건, 내 제안에 대해선 뭐라고 말할 거야?"

서로를 알게 된 후 처음으로 루시타가 유리한 수를 둘 차례가 되었다. 그렇지만 아직도 그녀는 뒷걸음질을 쳤다. "당분간은 그냥 좀 내버려둬." 그녀가 약간 당황하며 말했다. "날 그저 아는 사람으로만 상대해. 나도 당신을 지인으로 대할 테니까. 시간이 지나면—" 그녀가 말을 멈췄다. 그 역시 잠시 그 간격을 채우는 말을 하지 않았다. 절반 정도만 아는 사람들 사이에서 드러나는, 말할 의향이 없는데도 말하도록 만드는 압력이 그들 사이엔 없었기 때문이다.

"그게 우리가 가야 할 길이야, 안 그래?" 마침내 그가 자기 생각이 맞는다는 듯 고개를 끄덕이며 단호하게 말했다.

272

잠깐 동안 방 안이 햇빛을 반사한 노란색으로 충만했다. 시골에서 새롭게 다발을 엮은 건초 한 짐이, 파프레이의 이름이 표시된 짐마차에 실려 지나가며 만들어낸 빛이었다. 건초 더미 옆으로 파프레이가 말을 타고 지나갔다. 루시타의 얼굴은 사랑하는 사람이 유령처럼 눈앞에 떠올랐을 때의 표정이 되었다.

헨처드가 눈만 돌렸더라면, 창문을 통해 힐끗 바라보기만 했더라면, 자기가 그녀에게 접근하지 못했던 비밀을 알 수 있었을 것이다. 그러나 헨처드는 그녀의 말투를 평가하느라 바닥을 내려다보고 있어서 루시타의 표정에 드러난 온화한 심리 상태를 눈치채지 못했다.

"내가 잘못 생각했어, 여자들에 대해 잘못 생각했어!" 그가 이윽고 자리에서 벌떡 일어나 몸을 비틀거리며 단호한 투로 말했다. 그러자 그가 진실을 알게 될까 봐 애가 탄 루시타가 서둘러 가지 말라고 부탁했다. 그녀는 사과 몇 알을 집어 와서는 깎아줄 테니 먹고 가라고 고집을 부렸다.

그는 사과를 집으려 하지 않았다. "아니, 싫어. 나 그런 거 안 먹어." 그가 무미건조하게 말하면서 문 쪽으로 발을 옮겼다. 밖으로 나가면서 그가 그녀에게 시선을 돌렸다.

"당신은 전적으로 나 때문에 캐스터브리지에 살겠다고 왔어." 그가 말했다. "그런데도 당신은 지금 여기서 내 제안에 대해 아무 대답도 하지 않으려고 해!"

그가 계단으로 내려가자마자 그녀는 자포자기 상태로 소파 위에 쓰러졌다가 다시 벌떡 일어났다. "나는 파프레이를 사랑**할 테야!**" 그녀가 격렬하게 소리질렀다. "게다가 **헨처드**는 성질이 조급하고 인정사정없어, 그런 사실을 알면서도 나 자신을 그에게 결박하는 건 미친 짓이야. 과거의 노예가 되기 싫어. 나는 내가 선택하는 사람을 사랑할 테야!"

이제 그녀가 헨처드와의 관계를 끊기로 결심한 이상 파프레이보다 더 나은 사람을 목표로 할 수 있다는 추정도 가능할 것이다. 그러나 루시타는 전혀 논리적으로 따져보지 않았다. 그녀는 일찍이 알고 지내던 사람들에게서 험담을 듣는 게 두려웠다. 그녀에게는 남아 있는 친척도 없었다. 그래서 천성적으로 가벼운 마음으로 운명이 제시하는 대로 기꺼이 따라갔다.

엘리자베스-제인은 수정같이 맑고 솔직한 마음으로 두 연인 사이에 낀 루시타의 처지를 살펴보면서, 자기가 아버지라 부르는 사람과 도널드 파프레이가 매일 자신의 친구를 향해 더 필사적으로 달려드는 것을 놓치지 않고 지켜보았다. 파프레이로서는 자연스러운 젊음의 격정이었고, 헨처드 쪽에서는 원숙한 나이에 부자연스럽게 자극된 갈망이었다.

그녀는 두 사람이 손톱만큼도 자신의 존재를 염두에 두지 않아 고통스러웠지만 그 고통은 그녀가 때때로 그들의 우스꽝스러움을 감지함으로써 절반 정도 사라졌다. 루시타가 손가락이 찔렸을 때 그들은 마치 그녀가 죽어가는 것처럼 깊이 걱정한 반면 엘리자베스가 심각하게 아프거나 위험에 빠졌다는 소식을 들었을 때에는 틀에 박힌 동정의 말만 입밖에 내고는 바로 잊어버렸다. 그러나 헨처드마저 자신을 그렇게 대한다고 깨닫는 것은 자식의 입장에서는 비통한 일이었다. 그가 배려해주겠다고 공언한 뒤 자신이 과연 어떤 행동을 했기에 그렇게 무시당하는 건지 그녀는 자문하지 않을 수 없었다. 그녀는 파프레이의 무시에 대해서도 솔직하게 심사숙고해본 다음 그의 행동이 아주 자연스럽다고 판단했다. 루시타와 견주면 자기는 무엇인가? 하늘에 달이 떴을 때 '더 초라한 밤의 미인'* 중 하나일 뿐이다.

그녀는 포기의 교훈을 배웠다. 그녀는 하루로 설정된 태양에 익숙하
듯 매일 소망이 좌절되는 것에 익숙했다. 만일 세상을 살면서 그녀가 독
서로 배운 약간의 철학이 있다면 적어도 이 상황은 그녀에게 그것들을
훌륭하게 실습시켰다. 더욱이 그녀는 순수한 실망보다는 일련의 대용품
들을 통해 자신의 경험을 쌓아왔다. 언제나 그녀가 갈망했던 것은 허용
되지 않았고, 그녀에게 허용되었던 것은 그녀가 갈망했던 것이 아니었으
니. 그런 연유로 그녀는 이제는 사라져버린 지난날, 자기가 드러내지 않
고 파프레이를 사랑했던 그날들을 거의 태연스럽게 돌아보았으며, 하늘
에서 그 사람을 대신해 어떤 달갑지 않은 사람을 보내줄까 궁금해했다.

---

* 영국의 작가이자 외교관이며 정치인이었던 헨리 워튼 경Sir Henry Wotton(1568~
1639)의 「보헤미아 여왕, 그의 정부(情婦)에 대하여On his Mistress, the Queen of
Bohemia」에 나오는 시구(詩句)의 일부.

26

어느 맑은 봄날 아침에 도시 남쪽의 성벽을 따라가는 밤나무 산책로에서 헨처드와 파프레이가 우연히 만났다. 각자 막 이른 아침 식사를 끝내고 나오는 길이었고 주위에 그들 말고는 아무도 없었다. 헨처드는 자기가 보낸 쪽지에 대해 루시타가 보내온 편지를 읽고 있었는데, 편지에서 그녀는 그가 바라던 두번째 만남을 그녀가 바로 받아들일 수 없다는 변명을 늘어놓았다.

파프레이는 현재의 부자연스러운 상황에 대해 예전의 친구와 대화하고 싶지 않았지만 그렇다고 찡그린 얼굴로 말없이 지나치고 싶진 않았다. 그가 고개를 끄덕였고, 헨처드도 똑같은 동작을 했다. 서로가 지나쳐 몇 발짝 멀어졌을 때 "파프레이!" 하고 외치는 음성이 들렸다. 멈춰 서서 파프레이를 바라보는 헨처드의 목소리였다.

"자네 기억하나." 헨처드가 마치 사람이 아니라 어떤 상념과 대화를 나누듯 말했다. "내가 말했던 두번째 여인, 나와의 경솔한 친교로 고통받은, 그 여인을 기억하나?"

"기억하죠." 파프레이가 말했다.

"그 모든 일이 어떻게 시작되고 어떻게 끝났는지 자네에게 말한 거 기억하나?"

"네."

"좋아. 내가 그녀에게 결혼하자고 제안했어. 지금은 내가 그럴 수 있으니까. 그런데 그 여자가 나랑 결혼하지 않으려고 해. 음, 자넨 그녀에 대해 어떻게 생각하나? 의견을 듣고 싶은데?"

"저— 선생님은 이제 더 이상 그녀에게 빚진 게 없잖습니까." 파프레이가 솔직하게 말했다.

"그건 사실이야." 헨처드는 그렇게 말하더니 가던 길을 계속 갔다.

헨처드가 편지를 읽다가 고개를 들어 물어봤다는 사실은, 루시타가 그 두번째 여인일지 모른다는 모든 상상을 파프레이의 머릿속에서 완벽하게 지워버렸다. 실제로 그녀의 현재 지위는 헨처드의 얘기에서 나온 젊은 여인과 너무 달라서, 그것만으로도 파프레이가 그녀의 정체를 두고 판단력을 잃기에 충분했다. 헨처드 역시 불현듯 의심이 가는 부분이 생겼다가 파프레이의 말과 행동에서 자신감을 되찾았다. 두 사람은 서로가 경쟁 상대임을 의식하지 못했다.

그럼에도 불구하고 헨처드는 누군가 경쟁 상대가 있다는 사실은 확실하게 깨닫고 있었다. 그는 그것을 루시타를 둘러싼 분위기에서 감지하고 그녀의 펜이 돌아가는 모습에서 느꼈다. 어떤 적대적인 힘이 작용해서 그녀 가까이에서 서성거릴 때면 자신이 마치 역류하는 물결 속에 서 있는 것 같았다. 그것이 그녀의 타고난 변덕 때문이 아니라는 것을 그는 점점 더 확신했다. 그녀의 창문은 마치 그를 원치 않는 것처럼 빛을 반사해냈고, 커튼은 마치 쫓아버릴 존재를 막으려는 듯 음흉한 모습으로 걸려 있었다. 경쟁자가 누구인지, 결국 파프레이인지 아니면 다른 사람인지 알아내기 위해 그는 그녀를 다시 만나려고 전력을 다했고 마침내 성공했다.

루시타와 만나 얘기하면서 그녀가 차를 내올 때 그는 조심스레 파프레이를 아느냐고 물었다.

그렇고말고, 그 사람 알지, 그녀가 분명하게 말했다. 자기는 도시의 중심이자 활동 무대가 내려다보이는 정자와 같은 곳에 사니까 캐스터브리지의 거의 모든 사람을 알 수밖에 없다고 말했다.

"싹싹한 젊은 친구지." 헨처드가 말했다.

"그래." 루시타가 말했다.

"우리 둘 다 그를 알아요." 다정한 엘리자베스-제인이 동거인의 쑥스러움을 간파하며 말했다. 출입문을 두드리는 소리가 들렸다. 세 번의 느린 노크 후 마지막에 작은 노크 소리가 났다.

"저런 종류의 노크가 의미하는 건 얼치기야. 상하귀천의 중간에 있는 인간이지." 곡물 상인이 혼잣말을 했다. "그러니까 그가 왔다 해도 난 놀라지 않아." 아니나 다를까 곧바로 파프레이가 들어섰다.

루시타가 안절부절못하고 허둥대서 헨처드의 의심이 더 커졌지만 그 의심이 맞는다는 특별한 증거가 드러난 건 아니었다. 그는 여자를 바라보고 있는 자신의 이상한 처지를 자각하면서 여간 사나워진 상태가 아니었다. 루시타는 모두에게 손가락질 받을 때 버리고 떠났다고 그를 비난한 여자, 그래서 그에게 강력하게 보상을 요구한 여자, 그를 기다리며 인생을 살아온 여자였다. 처음으로 적절할 때 그를 찾아와 그의 사람이 되겠으니 그를 위해 헌신하느라 생긴 잘못된 지위를 바로잡아달라고 요청한 여자였다. 그녀는 그런 사람이었다. 그런데 지금은 자기가 그녀의 관심을 끌려 애를 쓰며, 마치 사랑에 빠진 바보 같은 젊은이처럼 성적 분노감 때문에 함께 자리한 남자를 악한이라고 느끼면서 그녀의 차탁에 앉아 있다.

그들이 어둠이 깔리는 탁자에 나란히 뻣뻣하게 앉은 모습은 마치 엠마오에서 저녁 식사를 하는 두 사도를 그린 토스카나*의 회화 같았다. 루시타는 제3의 후광이 비치는 인물**로 그들 맞은편에 앉아 있었다. 엘리자베스-제인은 게임에서 벗어나 일행과 떨어져 있었으므로 마치 그것을 기록해야 하는 복음서의 저자처럼, 그들 모두를 멀리서 관찰할 수 있었다. 그녀는 바깥의 모든 정황, 즉 창문 아래 보도에 구두 뒷굽이 딸깍거리는 소리, 손수레나 짐마차가 지나가는 소리와 짐마차꾼의 휘파람 소리, 길 건너 공동 펌프에서 살림꾼들이 양동이로 물을 붓는 소리, 그 이웃끼리 인사를 나누는 소리, 그리고 저녁 보급품을 옮기는 소 한 쌍의 멍에가 덜컹대는 소리가 마침내 스푼과 사기 그릇을 만지는 소리로 잦아들 때, 그곳에 긴 침묵의 공간이 있음을 보았다.

"버터 바른 빵 더 드실래요?" 루시타가 헨처드와 파프레이 사이로 길게 썬 빵조각 접시를 내밀며 말했다. 둘 다 자기에게 권한 것으로 확신하면서 헨처드는 헨처드대로 파프레이는 파프레이대로 빵조각의 양 끝을 잡았는데 아무도 포기하지 않아 결국 빵조각은 둘로 찢어졌다.

"아, 죄송해요!" 루시타가 신경이 곤두서서 킥킥 웃으며 말했다. 파프레이도 웃으려 했지만, 그 사건을 비극적이 아닌 관점으로 보기에는 그가 너무 사랑에 빠져 있었다.

---

* Toscana: 이탈리아 중부에 위치한 주(州)로 수도가 피렌체이며 르네상스 문화의 꽃을 피운 지역이다.
** 부활한 예수를 상징한다.

"세 사람 모두 정말 어리석군!" 엘리자베스가 혼잣말을 했다.

헨처드는 비록 증거는 전혀 없었지만 경쟁자가 파프레이일 것이라는 심증 속에 그 집을 나섰다. 그는 아직 단정할 생각은 없었다. 그러나 엘리자베스-제인에게는 파프레이와 루시타가 막 시작된 연인 사이라는 것이 공동 펌프의 존재만큼 분명했다. 루시타는 조심했지만 그래도 몇 번이고 힐끗 쳐다보는 자신의 시선이, 마치 새가 둥지를 향해 날아가듯, 파프레이의 눈 속으로 쏜살같이 빠져드는 걸 억제할 수 없었다. 그러나 헨처드는 저녁 불빛 아래에서 이처럼 사소한 동작을 알아채기에는 지나치게 통이 큰 사람이어서, 그에게 그것은 인간의 귀가 감지할 수 있는 범위를 넘어서는 벌레 소리와 다름없었다.

하지만 헨처드는 불안했다. 두 사람의 사업에서 뚜렷하게 감지되는 경쟁심리에 구혼자 신분에서 비롯된 불가해한 경쟁의식이 엄청나게 추가되었다. 경쟁의 거친 물질성에 불타오르는 영혼이 추가되었다.

그런 식으로 고조된 적대감은, 헨처드로 하여금 당초 파프레이 때문에 밀려났던 매니저 조프를 불러들게 만들었다. 헨처드는 오가는 길에 이 사내를 자주 보았고, 그의 행색에서 곤궁한 처지라는 것을 알았으며, 그가 도시 뒷골목 빈민가로 캐스터브리지의 주거로는 최후의 수단*인 더러운 믹센레인**에 산다는 말을 들었다. 그것들만으로도 사내가 하찮은 조건에 집착할 수 없는 상황이라는 증거는 충분했다.

조프는 어둠이 깔린 후 찾아왔다. 그는 저장고 마당의 출입문을 지나 손으로 건초와 밀짚을 더듬어가며 헨처드가 외롭게 앉아 기다리는 사무실로 갔다.

---

* 원문은 pis aller. 최후의 수단이나 편법, 임시변통의 것을 가리키는 프랑스어.

** Mixen Lane: mixen은 똥이나 쓰레기 더미를 가리킨다.

"나는 다시 십장이 없는 상태야." 곡물 중개상이 말했다. "어디 사는 곳은 있나?"

"거지가 사는 정도는 아닙죠, 나리."

"얼마나 주면 되겠나?"

조프가 금액을 제시했는데 매우 저렴한 액수였다.

"언제면 올 수 있나?"

"바로 지금 이 순간부터요, 나리." 조프가 말했다. 그는 햇빛이 코트의 어깨 부분을 허수아비 같은 초록색으로 바래게 만들 때까지 손을 호주머니에 꽂고 길모퉁이에 서서, 장터를 오가는 헨처드를 규칙적으로 관찰하며 그의 됨됨이를 평가하고 익혀온 터였다. 정적 속에 있는 사람에게는 바쁜 사람이 스스로를 아는 것보다 더 그를 잘 알게 되는 그런 힘이 있다. 또 조프에게는 유리한 경험이 있었다. 루시타가 비록 바스에서 오긴 했지만 사실을 말하자면 저지 섬 출신이라는 걸, 헨처드와 말수가 적은 엘리자베스를 빼놓고는 캐스터브리지에서 유일하게 그만 알고 있었다. "저도 저지 섬을 압니다, 나리." 그가 말했다. "나리가 이런저런 사업을 하실 때 제가 그곳에 살고 있었죠. 그래요, 그곳에서 자주 나리를 보곤 했습죠."

"그렇군! 아주 좋아. 자 이제 결정됐네. 자네가 처음 지원했을 때 내게 보여준 추천서면 충분해." 어려울 때에는 성격이 한층 나빠진다는 사실이 아마 헨처드 머리에는 떠오르지 않았을 것이다. 조프는 고맙다고 말하며 마침내 자기가 정식으로 그곳에 소속되었다는 생각에 발에 더 단단히 힘을 주었다.

"지금," 헨처드가 강렬한 눈초리로 조프의 얼굴을 꼼꼼히 살피며 말했다. "이 일대 최대의 곡물 및 건초 거래상인 내게 필요한 일이 하나 있어. 이 도시의 거래를 그처럼 대담하게 장악해가는 스코틀랜드 친구를 쫓아내야 해. 듣고 있나? 나와 그자가 공존할 수는 없어. 그건 분명하고 확실한 사실이야."

"저도 모든 걸 보아왔습죠." 조프가 말했다.

"물론 공정하게 경쟁해서야." 헨처드가 계속했다. "하지만 공정 못지 않게 아니 오히려 더 열심히, 격렬하게, 당당하게 경쟁해야 해. 단골 농부 고객을 잡기 위한 입찰에서는 그가 지쳐 자빠지도록 필사적인 가격을 제시해서 그를 말려 죽이는 거야. 내겐 돈이 있어, 알겠지, 내겐 그렇게 할 힘이 있단 말이야."

"저도 그런 식으로 생각하고 있습죠." 새로운 십장이 말했다. 일찍이 자신의 자리를 빼앗아간 파프레이에 대한 조프의 반감이 그를 헨처드의 수족으로 만들었지만, 그것은 동시에 헨처드가 상업적으로 선택할 수 있는 가장 위험한 동료를 만들었다.

"저는 때때로," 그가 덧붙였다. "그가 이듬해를 내다보는 어떤 망원경을 가진 게 틀림없다고 생각했습죠. 그는 매사를 자기에게 복이 되게 만드는 재주가 있더군요."

"그에게는 모든 성실한 사람의 안목을 뛰어넘는 깊이가 있긴 하지. 그렇지만 우리는 그를 더 얄팍한 사람으로 만들어야 해. 그보다 싸게 팔고, 그보다 비싸게 사서, 그래서 그의 심지를 아주 잘라버리자고."

그러고 나서 그들은 목표를 달성하기 위한 특별한 세부 절차를 의논하느라 밤늦은 시간이 되어서야 헤어졌다.

엘리자베스-제인은 의붓아버지가 조프를 고용했다는 말을 우연히 들었다. 그녀는 조프가 그 자리에 합당한 사람이 결코 아니라고 확신했기에, 헨처드가 화를 낼 걸 뻔히 알면서도 그를 만났을 때 자신의 우려를 표명했다. 그러나 쓸데없는 짓이었다. 헨처드는 그녀의 의견을 딱 잘라 묵살했다.

계절 날씨는 그들의 계략에 우호적인 것 같았다. 당시는 외국과의 경쟁으로 곡물 거래에 커다란 변혁이 일어나기 바로 직전이어서, 아주 오래전부터 내려온 관례대로 아직도 매달 밀의 거래 가격이 국내 수확에 전적으로 의존할 때였다. 수확이 나쁘거나 나쁠 전망인 경우 몇 주 사이 곡물 가격은 두 배로 뛰었고, 풍성한 수확이 분명하게 예상될 때는 가격이 급격하게 떨어졌다. 곡물 가격은, 딱히 공학기술을 활용하지도 않고 땅을 평평하게 고르지도 않고 평균치를 적용하지도 않은 채 단계별로 지역적 여건만 감안해서 깔아놓은, 경사가 가파르기 짝이 없는, 당시의 도로와 같았다.

농부의 소득은 자기 시계(視界) 안의 밀 수확량이 지배하고, 밀 수확량은 날씨가 지배했다. 그리하여 농부는 항상 하늘과 주위의 바람에 몸소 더듬이를 내미는 일종의 육체 기압계가 된다. 농부에게는 자기 지역의 분위기가 전부였으며, 다른 지역의 분위기는 무시해도 좋았다. 농부가 아닌 시골 사람 대다수도 당시에는 날씨의 신을 오늘날보다 더 중요하게 생각했다. 날씨에 관한 한 당시 소작농들의 생각은, 요즘처럼 기온이 한결같은 때에는 거의 이해할 수 없을 정도로, 아주 진지했다. 그들은 때이른 비와 폭풍이 몰려오면 비탄에 젖어 꿇어 엎드릴 정도로 충격을 받았는데, 비와 폭풍은 가난이 죄가 되는 집안에 찾아오는 알라스토르*였다.

한여름이 지나간 뒤 그들은, 대기실에서 앉아 기다리며 찾아간 집의 하인을 지켜보듯이, 수탉 모양의 풍향계를 지켜보았다. 태양이 그들의 기

* Alastor: 그리스 신화에 나오는 복수의 신.

운을 북돋아주는가 하면, 조용히 내리는 비가 그들의 정신을 차분하게 만들어주기도 하고, 여러 주에 불어오는 습한 폭풍이 그들을 멍하게 만들기도 했다. 하늘이 컴컴하면 지금은 마음에 들지 않을 뿐이지만 당시에는 나쁜 짓을 하는 것으로 보였다.

때는 6월이고 날씨는 매우 불길했다. 인접한 아주 작은 마을과 촌락들 모두의 형편이 알려지고 드러나는 중심 지역으로서의 캐스터브리지는, 확실히 침체된 분위기였다. 가게의 진열장에는 새로운 제품 대신에 지난여름 팔지 못한 물건이 다시 나와 있었다. 폐기된 낫, 모양이 흉한 갈퀴, 팔리지 않고 오래된 레깅스, 낡아서 빳빳해진 방수 장화들이, 새 것에 가깝도록 깨끗이 닦여 다시 등장했다.

조프를 배후에 거느린 헨처드는 곡물 비축이 형편없다는 기사를 읽고 그 보도를 토대로 파프레이에 대항하는 전략을 짜기로 결심했다. 그러나 그는 행동에 옮기기 전에 그토록 많은 사람들이 원해온바, 지금은 단지 상당한 가능성에 불과한 것을 확실하게 알고 싶었다. 고집불통의 성격을 가진 자들이 흔히 그렇듯 그는 미신을 믿었는데, 그것과 관련해 그의 마음속에는 조프에게조차 드러내지 않은 한 가지 아이디어가 자라고 있었다.

이 도시에서 몇 킬로미터 떨어진 외딴 마을에 일기예보자 또는 날씨예언자라는 별난 명성을 가진 남자 하나가 살고 있었는데, 이른바 외딴 마을이라 불리는 다른 곳들은 차라리 바글거린다고 할 정도로 그곳은 아주 외졌다. 그의 집으로 가는 길은 꼬불꼬불한 진창이고, 지금처럼 일기가 엉망인 계절에는 찾아가기조차 어려웠다. 비가 아주 세차게 퍼부어서 담쟁이덩굴과 월계수로 떨어지는 빗소리가 멀리 소총의 사격 소리처럼 울려 퍼지고 옥외에 나간 사람이 귀와 눈을 천으로 가려도 양해가 되는 어느 저녁, 그처럼 뒤집어쓴 한 인물이 예언자의 단층집 위에 빗물을 뚝뚝 떨어뜨리는 엷은 갈색의 잡목 숲 방향으로 걸어가는 것 같았다. 넓은 도로가 좁은 도로로, 좁은 도로가 우마차나 다니는 길로, 우마차나 다니는 길이 사람과 말이나 다닐 만한 길로, 사람과 말이나 다닐 만한 길이 사람만 걸을 수 있는 길로 바뀌었다. 사람만 걸을 수 있는 길은 잡초가 무성했다. 외로운 보행자는 여기저기서 미끄러지고 가시나무 덤불이 만든 천연의 덫에 발이 걸려 비틀거리면서 마침내 그 집에 당도했다. 높고 빽빽한 울타리가 집과 정원을 에워싸고 있었다. 단층집은 비교적 넓었는데, 주인이 직접 진흙으로 지어 올리고 지붕도 혼자서 짚으로 이은 집이었다. 그는 항상 이곳에서 살았고 또 이곳에서 죽을 것으로 짐작되었다.

그는 눈에 띄지 않는 물자들로 살아갔다. "그의 주장에는 아무 내용도 없어"라는 판에 박힌 말로 그의 단언을 비웃는 이웃이 거의 대부분이고 모두 그렇게 확신하는 얼굴 표정을 지었지만, 은밀한 마음속에서조차 믿지 않는 사람은 아주 드문 이례적인 상황이었다. 그와 의논할 때마다 그들은 그 의논을 "재미 삼아" 했다. 그에게 돈을 지불할 때 그들은 각각의 계기에 맞추어 "성탄절의 아주 가벼운 선물" 또는 "성촉절 선물"이라고 말했다.

그는 자기 고객들이 더 정직해지고 엉터리 조롱은 줄이기를 원했을 것이다. 그래도 그는 그들이 얄팍하게 빈정대기는 해도 근본적으로는 믿는다는 사실에서 위안을 받았다. 이미 언급한 대로, 그는 먹고살 수 있었다. 사람들은 등을 돌린 채로 그를 후원했다. 때때로 그는 사람들이 교회에서는 그렇게 많이 고백하고 그렇게 적게 믿으면서, 자기 집에 와서는 그토록 적게 고백하고 그토록 많이 믿을 수 있다는 사실에 깜짝 놀랐다.

그의 평판 때문에 사람들은 등 뒤에서는 그를 "사기꾼"이라고 불렀다. 하지만 그의 면전에선 폴 "씨"라고 불렀다.

정원의 울타리는 입구 위가 아치 모양이고 벽에 끼우듯 문짝 하나가 달려 있었다. 문짝 바깥에 키가 큰 나그네가 멈춰 서서 마치 치통을 앓는 사람처럼 손수건으로 얼굴을 감고는 통로로 걸어 올라갔다. 창의 덧문들이 닫혀 있지 않아 실내에서 저녁 식사를 준비하고 있는 예언자가 보였다.

노크 소리에 응답하여 폴이 손에 촛불을 들고 문으로 다가왔다. 방문객은 불빛에서 약간 뒤로 물러서더니 "말씀 좀 드릴 수 있을까요?"라고 의미심장한 어조로 물었다. 들어오라는 상대방의 초대에 "고맙습니다만, 전 이대로 괜찮습니다"라고 그 지역의 판에 박힌 대답을 하는 바람에 집주인은 나오는 수밖에 달리 방법이 없었다. 그는 촛불을 서랍장 위한 모퉁이에 내려놓고 못에 걸린 모자를 들어 쓴 다음 자기 뒤로 문을 닫고 현관으로 나와 낯선 사람과 마주했다.

"전 오랫동안 당신이 음, 어떤 종류의 일을 할 수 있다고 들어왔습니다만?" 상대방이 가급적 자신의 개성을 드러내지 않으면서 말을 꺼냈다.

"아마 그랬겠지, 헨처드 씨." 일기예보자가 말했다.

"아, 왜 날 그렇게 부르죠?" 방문객이 깜짝 놀라 물었다.

"그게 당신 이름이니까. 당신이 올 거라고 느껴져서 기다렸지. 당신이 걸어오느라 조심스러웠겠단 생각에 저녁 식사 2인분을 준비했어. 여길 봐." 그가 문을 열고 저녁 식탁을 공개했는데 그가 말한 대로 식탁에는 주인 것 말고 또 한 벌의 의자, 나이프와 포크, 접시, 머그잔이 보였다.

헨처드는 자기가 마치 사무엘이 맞이한 사울*이 된 듯한 느낌이 들

---

* 사울은 아버지의 나귀를 찾으려고 선견의 힘을 가진 사무엘을 찾아간다(「사무엘 상」 9: 19).

어 잠시 잠자코 있다가, 이제껏 유지했던 쌀쌀함의 가면을 벗어던지며 말했다. "그렇다면 헛되이 온 건 아니군요…… 음, 예를 들어, 당신은 주술로 피부의 사마귀를 낫게 할 수 있나요?"

"간단하지."

"연주창*도 치료합니까?"

"그것도 해보았지. 사람들이 낮과 마찬가지로 밤에도 두꺼비 가방**을 목에 두르려고 할까 고려하면서 말이야."

"미리 날씨를 예측하는 건요?"

"노동과 시간만 들인다면."

"그렇다면 이것을 받아요." 헨처드가 말했다. "크라운 은화*** 한 닢입니다. 자, 보름 후 수확이 어떨까요? 언제쯤 알 수 있나요?"

"이미 그 해답은 구해놨어, 당장에 알 수 있지." (사실은 이 일대의 여러 고장으로부터 이미 다섯 명의 농부가 같은 걸 알아보려고 그에게 다녀갔다.) "태양, 달과 별들의 움직임을 보고, 구름, 바람, 초목, 촛불, 제비 그리고 허브 냄새를 맡아보면, 또 마찬가지로 고양이 눈, 큰 까마귀, 거머리, 거미 그리고 외양간의 똥 더미에 따르면, 8월의 마지막 보름은— 비가 오고 폭풍이 불어."

"확신할 수는 없겠죠, 물론."

"매사가 불확실한 세상이니 뭐 그럴 수도 있겠지. 어쨌든 이번 가을엔 잉글랜드에서가 아니라 계시록**** 속에 사는 것 같을 거야. 당신을 위해

---

　* scrofula(원문은 the evil): 림프샘의 결핵성 부종인 갑상샘종이 헐어 터지는 병.

　** 두꺼비 다리를 넣은 작은 가방. 목에 두르면 연주창이 치료된다는 속설이 있었다.

　*** crown piece: 5실링에 해당하는 돈.

**** 『신약성서』 마지막의 「요한계시록」.

천상도(天象圖)*에 그 사실을 스케치해드릴까?"

"아 아뇨, 아녜요." 헨처드가 말했다. "나는 어떤 예측도 믿지 않아서 늘 다시 한 번 생각해봅니다. 하지만 나는—"

"안 믿으신다, 당신은 안 믿으신다 이 말이지, 잘 알겠어." 사기꾼이 경멸하는 느낌은 삼가며 말했다. "당신은 아주 많이 가진 사람이라 내게 크라운 은화 하나를 주기도 했지만 나와 함께 저녁을 먹지 않겠소? 음식이 준비되어 있으니까."

헨처드는 기꺼이 합석하고 싶었다. 스튜 향기가 식욕을 강렬하게 자극하며 그 단층집 안에서 현관까지 가득 차서 그의 후각이 고기, 양파, 후추, 허브 냄새를 구별해낼 수 있을 정도였다. 그러나 이곳에서 날씨 예언자와 막역한 사이처럼 마주 앉아 식사를 하면 자기가 그의 사도처럼 비칠까 봐 그는 거절하고 그곳을 떠났다.

다음 주 토요일에 헨처드는 이웃들, 변호사, 와인 상인, 의사 사이에서 상당한 화제가 될 정도로 어마어마한 물량의 곡물을 사들였다. 그날뿐만 아니라 가능한 모든 날에 계속 사들였다. 그의 곡물 저장고가 숨이 막힐 정도로 가득 채워졌을 때 캐스터브리지의 모든 풍향계들이 삐걱거리더니 마치 남서쪽에는 진절머리가 난다는 듯 수탉의 얼굴들이 다른 방향을 향했다. 날씨가 달라졌다. 여러 주일 주석같이 침침하던 햇빛이 토파즈의 황옥(黃玉) 색깔을 띠었다. 무기력하던 하늘의 기운이 자신감이 넘치기 시작했다. 대풍(大豊)의 수확 전망이 거의 확실했고 그 결과 곡물 가격이 폭락했다.

이 모든 변화가 제3자에게는 즐거운 일이었지만, 비뚤어진 그 곡물

---

* scheme: 천체의 실제와 상상의 상대적 위치를 나타내어 예언을 정당화하는 데 사용하는 점성술 그림.

중개인에게는 끔찍한 재앙이었다. 예전에 그가 잘 알았던 사실, 사람은 도박장의 정사각형 초록 구역에 돈을 걸듯이 들판의 정사각형 초록 구역에 선뜻 돈을 걸 수도 있다는 사실이 그의 머리에 떠올랐다.

헨처드는 날씨가 나쁠 것이라는 데에 돈을 걸었고 명백하게 손해를 봤다. 그는 홍수의 방향이 바뀌는 정도를 조류의 방향이 바뀌는 것으로 오해했다. 거래 물량이 매우 컸기 때문에 대금 결제를 오래 끌 수 없었다. 그는 결제를 위해 바로 몇 주 전 쿼터당 몇 실링씩 비싸게 구입한 곡물을 헐값에 팔아넘길 수밖에 없었다. 곡물의 상당 부분은 몇 킬로미터 밖에 무더기로 쌓아놓은 채 아직 옮기지도 못한 상태여서 그가 보지도 못한 것들이었다. 그렇게 그는 엄청난 손실을 입었다.

햇빛이 눈부신 8월 초의 어느 날 그는 장터에서 파프레이와 마주쳤다. 파프레이는 (그 거래가 자기를 겨냥했다는 의도는 짐작하지 못했지만) 그의 거래에 대해 듣고 있던 터라 위로의 말을 던졌다. 두 사람의 관계는 지난번 남쪽 산책로에서 대화를 나눈 뒤에는 서로 퉁명스럽게 말을 건네는 정도였다. 헨처드는 잠깐 그의 동정에 분개하는 듯하다가 갑자기 태도를 바꿔 전혀 개의치 않는 모습으로 말했다.

"어이, 아냐, 아니지! 심각할 거 없네, 이 사람아!" 그가 지나칠 정도로 쾌활하게 소리쳤다. "이런 일들이야 언제든 생기잖아, 안 그래? 요즘 내 사업이 단단히 망가졌다는 소문이 돈다는 거 나도 알아. 하지만 뭐 그게 드문 일인가? 남들이 짐작하듯 내 사정이 그렇게 나쁘진 않아. 제기랄, 거래하다 일어나는 흔한 위험까지 조심스러워하는 사람이야말로 정말 바보라고!"

그러나 그날 그는 한 번도 경험해보지 못한 이유로 캐스터브리지 은행에 불려가야 했고, 오랜 시간 부자연스러운 자세로 동업자의 방에 앉아 있어야 했다. 이 도시와 인근에 있던 헨처드 명의의 부동산과 농산물 가게 다수가 사실상 거래 은행들의 소유로 넘어갔다는 소문이 금방 퍼져나갔다.

은행 계단을 내려오던 헨처드가 조프와 마주쳤다. 헨처드는 아침에 파프레이가 보인 동정이 빈정거림을 위장한 것이라고 생각해서 그처럼 상처를 받은 데다가, 막 끝낸 우울한 거래가 더해지는 바람에 흥분이 고조된 상태였다. 그러다 보니 조프가 결코 평범하지 않은 그의 대응과 맞닥뜨리게 되었다. 조프는 이마를 닦기 위해 모자를 벗으면서 아는 사람에게 "맑지만 더운 날씹니다"라고 말하는 중이었다.

"자네는 이마의 땀을 닦고 또 닦으면서, '맑지만 더운 날씹니다'라고 말할 수나 있지, 안 그래!" 그가 조프를 자기와 은행 벽 사이로 밀면서 사나우면서도 낮은 목소리로 외쳤다. "네놈의 빌어먹을 조언만 없었더라면 오늘이 충분히 맑은 날이었을 텐데. 왜 나더러 계속 진행하라고 했어, 응? 너나 다른 사람의 입에서 의심하는 말 한마디라도 나왔더라면 내가 몇 번씩이고 다시 생각해보았을 텐데! 날씨란 놈은 지나가버릴 때까지는 결코 확신할 수 없는 거니까 말이야."

"제가 드린 조언은 말입죠, 나리. 나리께서 판단하시기에 최선이라는 걸 실행에 옮기시라는 것이었습죠."

"쓸모 있는 친구네. 그래 그런 식으로 다른 사람 도와주러 가는 게 빠르면 빠를수록 더 좋겠네!" 헨처드는 비슷한 말투로 조프에게 계속 떠들다가 결국 그곳에서 바로 조프를 해고하고 휙 돌아서서 가버렸다.

"나리는 이번 일을 후회하게 될 겁니다. 인간이 할 수 있는 최대한의 후회를 하게 될 겁니다!" 창백해진 조프가, 인근 장사꾼 인파 속으로 사라지는 곡물 상인의 모습을 눈으로 좇으며 말했다.

27

수확에 들어가기 직전이었다. 가격이 쌌으므로 파프레이는 계속 사들였다. 언제나 그렇듯, 아주 확실하게 흉작으로 끝날 날씨를 예상한 직후였으므로 현지 농부들은 반대편 극단으로 치달았다. 그들은 생산량이 지나치게 풍부할 것으로 확신하고 머리를 굴려 (파프레이의 견해에 따르면) 너무 무모하게 팔아치웠다. 그래서 파프레이는 해묵은 곡물을 정말 말도 안 되는 가격에 계속 사들였다. 지난해 생산된 곡물이 알곡은 작아도 품질은 탁월했기 때문이었다.

헨처드가 비참한 방식으로 부채를 청산하고 엄청난 손실을 보며 자기가 사들였던 부담스러운 물량을 처분했을 때 수확이 시작되었다. 화창한 날씨가 사흘 계속된 다음 헨처드가 말했다. "결국 그 저주 받을 점술가 놈의 예측이 맞으면 어떻게 되지!"

낫질이 시작되자마자 대기는 마치 갓류 식물이 다른 자양분이 없어도 잘 자랄 것처럼 눅눅하게 느껴졌다. 사람들이 밖으로 나다닐 때 축축해진 플란넬 셔츠처럼 습기가 그늘의 뺨을 문질렀다. 거세고 후덥지근한 바람이 불었다. 멀리 유리창에 빗방울이 점점이 별처럼 떨어졌다. 햇빛은 갑자기 열린 환풍기처럼 나타나 희부옇고 창백한 광채로 창문의 모습을 방바닥에 비췄다가 나타날 때처럼 다시 갑자기 사라졌다.

그날 그 시각부터 결국 대단한 풍작은 없을 것이라는 게 명백해졌다. 만일 헨처드가 충분히 오래 기다렸더라면 그는 이윤은 못 보더라도 적어도 손실은 피했을 것이다. 그러나 그는 탄력이 붙으면 참을 줄 모르는 성격이었다. 운명의 저울이 바뀌는 순간 그는 침묵했다. 그의 마음은 어떤 힘이 자신을 거스르며 작동하고 있다는 생각에 빠져드는 듯했다.

"혹시," 그가 으스스한 불안을 느끼며 스스로에게 물었다. "누군가 내 밀랍 조상(彫像)을 구웠거나 나를 난처하게 만들려고 사악한 음료를 젓기라도 한 걸까? 정말 그런 일이 가능한 걸까? 그런 세력이 존재한다고 믿지 않지만 그래도 그들이 그런 짓을 해왔다면 어떡하지!" 그는 범인이, 만일 있다 하더라도, 파프레이라는 건 인정할 수 없었다. 미신으로 고립된 이 시간은 헨처드가 변덕스러운 우울증에 빠져 있을 때 찾아왔는데, 그때는 실질적으로 과장된 그의 모든 견해가 몸 밖으로 다 빠져나간 다음이었다.

그러는 동안 도널드 파프레이는 번창했다. 그는 바닥을 친 시장에서 구매했으므로 현재의 약간 비싼 가격만으로도 작은 꾸러미가 있던 자리에 커다란 황금 더미를 충분히 쌓을 수 있었다.

"이런— 그가 곧 시장이 되겠군!" 헨처드가 말했다. 승리의 마차를 타고 카피톨*로 향하는 그 녀석을, 다른 누구도 아닌 자기가 따라간다는 건 생각만 해도 힘든 일이었다.

---

* Capitol: 고대 로마의 카피톨리노Capitolino 언덕에 있던 주피터 신전. 로마에게 패한 병사들은 그곳까지 승리의 행렬을 따라가야 했으며 그 뒤 노예 신분으로 전락했다.

주인들의 경쟁은 아랫사람들에 의해 계속되었다.

9월의 밤 캐스터브리지에 그늘이 내려왔다. 벽시계가 8시 반을 치더니 달이 떴다. 그처럼 비교적 이른 시각에 도시의 거리는 신기하게도 조용했다. 땡그랑거리는 말방울과 묵직한 바퀴 소리가 거리를 지나갔다. 곧이어 루시타의 집 밖에서 성난 목소리가 들려왔다. 소음을 들은 그녀와 엘리자베스-제인이 창문으로 달려가 블라인드를 올렸다.

나란히 서 있는 곡물 거래실과 시청은 아래층을 빼놓고는 이웃 교회와 붙어 있는데, 그 아래층에는 아치형의 큰 직통로가 불스테이크라 부르는 커다란 광장으로 이어졌다. 광장 한가운데에 서 있는 석조 말뚝은 예전에 근처 도살장에서 소를 잡기 전에 묶어놓고 강아지들에게 화를 돋우도록 해서 육질을 부드럽게 만들려는 용도로 사용하던 것이었다. 광장의 한 모퉁이에는 차꼬가 서 있었다.

지금 광장으로 연결되는 직통로를 사륜마차 두 대와 마차를 끄는 말들이 가로막았는데, 그중 하나에는 건초 다발이 잔뜩 실렸고, 선두의 말들은 이미 서로를 지나치며 머리에서 발끝까지 얽혀 꼼짝 못하고 있었다. 빈 마차였다면 서로 통과가 가능했겠지만 그중 하나처럼 침실 창문 높이까지 건초를 높이 올린 상태에선 교행이 불가능했다.

"네가 일부러 그랬제!" 파프레이의 마부가 말했다. "오늘 같은 밤에는 반 마일 앞서부터 내 말방울 소리를 들을 수 있능겨."

"네가 멍청이처럼 입을 쩍 벌리고 이쪽저쪽 한눈파는 대신 네 일에 신경 썼으면 날 봤을 거 아녀!" 머리끝까지 화가 난 헨처드의 부하가 되받아 쏘았다.

그러나 엄격한 도로 규칙에 따르면 과실 대부분이 헨처드 쪽 사람에게 있었으므로 그는 중심가 쪽으로 후진을 시도했다. 그 와중에 왼쪽 뒷

바퀴가 교회 경내의 담에 부딪쳐 솟으면서 산더미처럼 실은 짐 전체가 자빠지고, 바퀴도 네 개 중 두 개가 허공에 뜨고, 끌채 말*의 네 다리도 그런 모양이 되고 말았다.

쏟아져 내린 짐을 어떻게 수습할까 고민하는 대신 마부 둘은 주먹 싸움으로 맞붙었다. 누군가 헨처드를 부르러 달려갔고 1회전 주먹질이 채 끝나기도 전에 그가 사고 현장에 나타났다.

헨처드는 한 손으로 하나씩 비틀거리는 마부 둘의 멱살을 잡고 서로 반대쪽으로 보낸 다음, 넘어진 말 쪽으로 몸을 돌려 약간 고생을 하며 그 말을 끄집어냈다. 그러고는 어찌 된 상황이냐고 물었는데, 자기 마차 와 짐 상태를 보고는 파프레이의 부하를 심하게 꾸짖기 시작했다.

이때 이미 루시타와 엘리자베스-제인은 거리의 모퉁이로 뛰어 내려 와 밝은 달빛 아래 누워 있는 건초 더미와 그 사이로 헨처드와 마부들의 형체가 오가는 걸 지켜보고 있었다. 남들이 보지 못한 그 불상사의 원인 을 목격한 두 여인 중 루시타가 말했다.

"내가 다 봤거든, 헨처드 씨." 그녀가 외쳤다. "대부분 당신 부하가 잘못했어!"

헨처드가 장광설을 늘어놓다 말고 몸을 돌렸다. "저런, 템플먼 양 당 신이 있는 줄 몰랐어." 그가 말했다. "내 부하 잘못이라고? 아 그랬겠군. 그랬겠지! 하지만 그럼에도 불구하고 난 뭐라는지 모르겠어. 상대방 마 차는 짐도 없는데 계속 몰고 왔으니 그가 책임져야지."

"아니에요, 저도 그 장면을 봤어요." 엘리자베스-제인이 말했다. "정 말이에요, 그는 어쩔 수 없었어요."

---

* 끌채의 중간에 배치하는 말.

"저들은 **제**정신이 아녀라!" 헨처드의 부하가 중얼거렸다.

"왜 아냐?" 헨처드가 날카롭게 물었다.

"아니, 저, 주인님, 여자들은 모두 파프레이 편을 들죠. 빌어먹을 젊은 멋쟁이, 그가 그런 부류랑께요. 양의 뇌 속에 들어간 선회병(旋回病)* 벌레처럼 처녀들의 가슴속으로 몰래 들어가 그들 눈에 비뚤어진 것도 똑바른 것처럼 보이게 만드는 그런 인간이제요."

"그렇더라도, 네가 그런 식으로 말하는 저 여자가 누군지 알아? 내가 주의를 기울이고 있고, 아까부터도 그러고 있는 거 안 보여? 말조심해."

"지는 모르제. 전 아무것도 모르제 주인님, 일주일에 8실링이라는 것만 알제."

"그래, 파프레이 씨도 그걸 잘 알고 있나? 그는 거래에는 영리하지만 자네가 암시한 것처럼 그렇게 부정한 짓을 할 사람은 아냐."

낮은 소리로 나눈 이 대화를 루시타가 들어서인지 아닌지, 그녀의 모습이 실내로 통하는 출입구에서 사라졌고, 그녀와 더 대화를 나누려는 헨처드가 다가가기 전에 문이 닫혔다. 마부의 말을 듣고 마음이 무척 심란해져서 그녀와 더 친밀하게 얘기를 나누고 싶었던 그는 상황이 이렇게 되자 실망했다. 그가 잠시 생각에 빠진 동안 나이 먹은 순경 하나가 올라왔다.

"오늘 밤에는 아무도 저 건초와 사륜마차를 거슬러 마차를 몰지 못하도록 그저 감시만 하게, 스터버드." 곡물 상인이 말했다. "아직 일손이 모두 들판에 나가 있으니 아침까지는 기다릴 수밖에 없어. 만일 큰 사륜

---

* 양의 뇌수 또는 척수에 벌레의 유충이 들어가 양을 한쪽으로 빙빙 돌게 만드는 병.

마차건 가벼운 마차건 통과하길 원한다면 그들더러 뒷길로 우회하라고 하고 지켜보게…… 내일 시청에서 다룰 사건이 뭐 있나?"

"네, 한 건 있습니다, 어르신."

"그래, 뭔데?"

"교회 벽에다 대고, 어르신, 마치 선술집인 양 끔찍스럽고 불경한 욕을 퍼붓고 소란을 피운 극악무도한 노파 사건이 하나 있습니다. 그게 전붑니다, 어르신."

"그렇군. 시장은 관외 출타 중이지, 안 그런가?"

"그렇습니다, 어르신."

"그렇다면 내가 가야지. 저 건초를 계속 지켜봐야 한다는 거 명심하게. 자, 잘 있게."

그러는 동안 헨처드는 그녀가 회피하겠지만 그래도 루시타를 꼭 만나야겠다고 굳게 마음먹었다. 그가 그녀의 집에 들어가려고 출입문을 두드렸다.

그에게 돌아온 대답은, 템플먼 양은 외출 약속이 있어서 그날 저녁 그를 다시 만날 수 없다는 유감의 표시였다.

헨처드는 문에서 물러나 길 맞은편으로 건너갔다. 그는 자신의 건초 옆에 외롭게 서서 몽상에 잠겼다. 순경은 어디선가 순찰을 돌 테고 말들도 치워진 상태였다. 아직 달이 밝게 비치지는 않았으나 불이 들어온 가로등도 없었다. 그는 불스테이크 광장으로 연결되는 직통로의 기둥 중 하나가 만든 그늘 속으로 들어갔다. 이곳에서 그는 루시타 집의 출입문을 지켜보았다.

그녀의 침실에서 촛불이 들락날락 돌아다녔고, 이 늦은 시각에 어떤 약속인지는 모르겠지만 그녀가 약속을 위해 옷을 입는 게 분명했다.

불빛이 사라졌을 때 벽시계가 아홉 번을 쳤다. 그리고 거의 같은 순간 파프레이가 반대편 모퉁이에서 돌아 나와 노크를 했다. 금방 그녀가 직접 문을 연 것으로 보아 바로 문 안쪽에서 그를 기다리고 있던 것이 확실했다. 그들은 집 정면의 거리를 피해 서쪽으로 난 뒷골목으로 함께 걸어갔다. 그들이 어디로 가고 있는지 추측하면서 그는 따라가기로 작정했다.

변덕스러운 날씨로 수확이 아주 늦어졌기 때문에, 언제든 맑은 날이 오면 손상된 농작물 중 건질 만한 것들을 추려내기 위해 모든 근육이 긴장 상태였다. 해가 급속히 짧아지고 있어서 수확을 돕는 일꾼들은 달빛 아래에서 일을 했다. 그래서 오늘 밤에도 캐스터브리지 시에서 조성한 광장 양쪽에 인접한 밀밭에는 일손들이 모여들어 활기가 넘쳤다. 그들의 고함과 웃음소리가 곡물 거래실 옆에서 기다리는 헨처드의 귀에까지 들려왔다. 그는 파프레이와 루시타가 길을 꺾어 가는 것을 보고 그들도 그 장소로 가고 있다는 걸 거의 의심하지 않았다.

도시의 거의 모든 주민이 들판으로 나간 상태였다. 캐스터브리지 주민들은 아직도 상부상조의 소박한 관습을 유지했다. 그래서 비록 곡물은 작은 농업공동체인 더너버 지구의 주민들에게 속하는 것이었지만 그 곡물들을 그들의 집으로 옮기는 작업에는 다른 지구의 주민들도 똑같이 힘을 모았다.

골목길 꼭대기에 도착한 헨처드는 성벽 위의 그늘진 큰길을 건너고 초록의 성벽을 미끄러지듯 내려가 그루터기 가운데에 섰다. 광활한 황색 벌판에 곡물 더미들이 텐트처럼, 위는 서로 기대고 아래는 벌어지게, 세워져서 솟았는데 그것들은 멀어질수록 달빛을 받은 희뿌연 안개 속에 점섬 희미해졌다. 그는 당장은 작업이 진행되고 있지 않은 구역으로 들어갔지만 다른 두 사람은 작업 현장으로 들어갔다. 그는 그들이 곡물 더미 사이로 꾸불꾸불 돌아가는 모습을 볼 수 있었다. 그들은 자기들이 걸어가는 방향에 대해 별 생각이 없어 보였는데, 그들의 막연한 꿈틀거림이 막 헨처드 쪽을 향해 돌진해오기 시작했다. 그들과 마주치는 건 어색할 것 같아서 그는 가장 가까운 곡물 더미 속에 들어가 앉았다.

"내가 허락할 테니," 루시타가 명랑하게 말했다. "하고 싶은 말 다 해 봐요."

"그렇다면," 파프레이가 순결한 연인의 말투로 대답했는데, 그것은 일찍이 헨처드가 들어본 적이 없는, 그의 입가에 완전히 공명을 일으키는 말투였다. "당신은 지위, 재산, 재능, 그리고 미모 때문에 당연히 많은 사람들의 선망의 대상입니다. 하지만 당신은 수많은 구애자가 있는 여자가 되고픈 유혹을 물리치고, 그렇지요, 단지 아늑하기만 한 한 사람에게 기꺼이 만족하겠습니까?"

"그리고 그 한 사람이 바로 지금 말하고 있는 당신이란 말이죠." 그녀가 웃으며 말했다. "좋아요, 선생님, 다음엔 뭐죠?"

"아, 내 느낌이 예의에 어긋날까 두렵습니다!"

"단지 그 이유 때문에 당신에게 예의가 없다고 한다면, 나는 당신에게 아예 예의가 없길 바라겠어요." 헨처드는 제대로 못 들었지만, 그녀가 띄엄띄엄 몇 마디를 말한 뒤 덧붙였다. "당신은 자신이 질투하지 않을 거라고 확신하나요?"

파프레이는 그녀의 손을 잡는 행동으로 그녀에게 자기가 그러지 않겠다는 다짐을 보이는 것 같았다.

"도널드, 당신은 내가 다른 사람을 사랑하지 않는다고 확신하는군요." 그녀가 곧바로 말했다. "하지만 나는 어떤 일은 내 마음대로 하고 싶어요."

"하나에서 열까지 모두 들어드리겠습니다! 뭘 특별히 맘에 두고 있는 게 있습니까?"

"가령, 여기서는 행복할 수 없다는 걸 알게 되어 캐스터브리지에서 계속 살지 않으려 한다면 어쩌겠어요?"

헨처드는 대답은 듣지 않았다. 더 들을 수 있었지만 그는 더 이상 남의 말을 엿듣는 짓은 하고 싶지 않았다. 그들은 작업 현장을 향해 걸어 갔는데, 그곳에서는 1분에 열두 개씩의 곡물 다발이 멀리 떠날 수레와 사륜마차에 실리고 있었다.

일하고 있는 사람들과 가까워지자 루시타가 파프레이와 헤어지겠다고 고집했다. 일하는 사람들에게 볼일이 있던 파프레이가 잠깐만 기다려달라고 애원했지만 고집이 센 그녀는 혼자서 집을 향해 경쾌하게 걸어갔다.

그러자 헨처드가 들판을 벗어나 그녀 뒤를 쫓았다. 그는 들뜬 마음으로 루시타의 집에 도착하자 노크도 하지 않고 바로 문을 열고 들어갔고, 또 그녀가 있으리라 기대하며 곧바로 그녀의 거실로 걸어 올라갔다. 그러나 거실은 비어 있었다. 그는 서둘러 이곳으로 오면서 자기가 그녀를 지나쳤다는 사실을 깨달았다. 하지만 오래 기다릴 필요도 없었다. 잠시 후 그녀의 옷이 현관에서 바스락거리는 소리와 문이 부드럽게 닫히는 소리가 들렸다. 곧바로 그녀가 나타났다.

불빛이 너무 어두워 처음에 그녀는 헨처드를 알아보지 못했다. 그를 보자마자 그녀는 거의 공포에 질려 작은 비명을 질렀다.

"어쩜 그렇게 사람을 놀라게 만들어!" 그녀가 빨갛게 상기된 얼굴로 소리 질렀다. "10시가 넘은 시간이야. 이 늦은 시간에 당신이 여기 와서 날 놀라게 할 권리는 없어."

"내게 그럴 권리가 없는지는 모르겠어. 하지만 그럴 이유는 있어. 내가 예의와 관습을 생각해야 하는 게 그렇게 중요해?"

"예의에 어긋나게 아주 늦은 시간이잖아— 내 평판도 해칠 수 있고."

"한 시간 전에 찾아왔는데 당신은 날 만나주지 않았어. 방금 와서 난 당신이 집 안에 있는 걸로 생각했어. 잘못하고 있는 건 루시타, 당신이야. 당신이 이렇게 날 따돌리는 건 옳지 않아. 당신은 잊어버렸나 본데, 당신의 기억을 되살려줄 사소한 사안이 있어."

그녀가 창백한 표정으로 쓰러지듯 의자에 주저앉았다. 그가 그녀의 드레스 끝자락 가까이 선 채, 넌지시 저지 섬에서 보낸 날들을 말하기 시작하자 그녀가 두 손을 저으며 말했다. "그 얘긴 듣고 싶지 않아, 듣고 싶지 않단 말이야!"

"그래도 당신은 내가 하는 말을 들어야 해." 그가 말했다.

"그때의 일은 허사가 되었어, 그것도 당신 때문에. 그렇다면 지독한 슬픔을 견뎌내며 얻은 자유를 내가 좀 누릴 수 있게 하는 게 어때! 당신이 순수하게 사랑하는 마음으로 내게 청혼했더라면 나는 지금도 의무감을 느꼈을지 몰라. 그런데 당신은 내가 당신의 병구완을 했기 때문에 단순히 측은한 마음에서, 거의 마음에 들지 않는 의무로서 결혼하려고 했어. 나는 그 사실을 알게 됐어. 나는 체면을 구겼는데 당신은 내게 빌린 걸 갚을 생각만 하더군. 그 이후로 나는 당신을 예전처럼 깊이 좋아하지는 않았어."

"그런데 왜 날 찾아 이곳까지 왔어?"

"당신이 자유의 몸이 되었으니까. 내가 당신을 그렇게 좋아하지는 않았지만 양심에 거리낌이 없도록 당신과 결혼하는 게 옳다고 생각했어."

"그러면 왜 지금은 그렇게 생각하지 않지?"

그녀는 침묵했다. 새로운 사랑이 끼어들어 지배권을 차지하기 이전에는 그런대로 양심이 지배해온 게 분명했다. 이런 생각이 들자 그녀는 잠시 자신을 부분적으로 정당화하는 논거를 잊어먹었다. 그것은 헨처드의 성격적 결함을 발견한 이상 한번 멀어졌던 그의 손에 다시 자신의 행복을 맡기기는 위험하다는 논거였다. 하지만 그녀가 할 수 있는 말은 그저 "그때 나는 가난한 소녀였지만 지금은 내 상황이 달라졌어. 나는 거의 다른 사람이야"였다.

"그건 맞아. 그래서 내가 어색한 상황이 됐어. 하지만 나는 당신 돈에는 손대고 싶지 않아. 난 당신 재산의 마지막 한 푼까지도 기꺼이 당신 개인적인 용도로 쓰도록 놔둘 작정이야. 게다가 당신 주장에는 아무 알맹이가 없어. 당신이 생각하고 있는 남자는 나보다 나을 게 없어."

"당신이 그 사람만큼 훌륭하다면 날 그냥 놔둘 거야!" 그녀가 흐느끼며 몸부림쳤다.

불행하게도 이 말이 헨처드를 자극했다. "당신은 신의상 나를 거부할 수 없어." 그가 말했다. "당신이 바로 오늘 밤 내 아내가 되겠다고 약속하지 않으면, 나는 우리의 깊은 관계를 폭로하겠어. 다른 남자들에게 두루두루 공정하기 위해서 말이야!"

그녀의 얼굴에 확연하게 체념하는 표정이 나타났다. 헨처드는 그 침통함을 보았다. 루시타의 사랑이 파프레이가 아닌 다른 사람을 향했더라면 헨처드는 아마 이 순간 그녀에게 연민을 느꼈을 것이다. 그러나 헨처드 자신을 대신하려는 자는 그의 어깨를 딛고 올라서서 유명해진 (헨처드가 그를 부르듯이) 건방진 녀석이었다. 자신의 가차 없는 모습을 보여줄 수밖에 없었다.

그녀는 다른 말 없이 벨을 울려, 자기 방에 있는 엘리자베스-제인을 불러 오라고 지시했다. 열심히 공부하던 엘리자베스가 놀란 표정으로 나타났다. 헨처드를 보자마자 그녀는 방을 가로질러 예의 바르게 그에게 다가갔다.

"엘리자베스-제인." 그가 손을 잡으며 말했다. "네가 이 말을 듣기 바란다." 그러고는 몸을 루시타 쪽으로 돌려 물었다. "나와 결혼하겠어, 말겠어?"

"당신이— 그러길 바란다면, 나도 동의할 수밖에 없네!"

"동의하는 거지?"

"동의해."

약속하는 말을 마치자마자 그녀는 뒤로 쓰러져 기절해버렸다.

"무슨 끔찍한 일이 있기에 그녀에게 이렇게 말하게 하는 거예요, 아버지? 그처럼 고통을 주면서 말예요." 엘리자베스가 루시타 곁에 무릎을 꿇고 앉으며 물었다. "그녀의 의지를 거슬러가며 뭘 하라고 강요하지 마세요. 제가 그녀와 함께 살아서 잘 아는데 루시타는 잘 견디지 못하는 성격이에요."

"북쪽 땅 얼간이처럼 굴지 마!" 헨처드가 냉담하게 말했다. "이 약속으로 그 남자는 자유로운 사람이 되는 거야, 널 위해서. 네가 그를 원한다면 말이다. 그리 되지 않겠니?"

루시타가 이 말을 듣고 놀라 깨어난 것 같았다. "그를? 누구 얘기를 하는 거야?" 그녀가 미친 듯이 말했다.

"아무도 아녜요, 내가 아는 한에는." 엘리자베스가 단호하게 말했다.

"아, 그런 거군. 그렇다면 내가 실수했어." 헨처드가 말했다. "하지만 지금 일은 나와 템플먼 양 사이의 문제야. 그녀가 내 아내가 되겠다고 동의했어."

"그렇더라도 지금 그걸 자꾸 다짐하진 마세요." 엘리자베스가 루시타의 손을 잡으며 애원했다.

"그녀가 약속만 한다면 나도 반복하고 싶지 않아." 헨처드가 말했다.

"내가 그랬잖아, 이미 말했잖아." 루시타가 고통과 무기력으로 팔다리를 도리깨처럼 흔들면서 신음했다. "마이클, 그 얘기는 이제 제발 더 꺼내지 마!"

"그럴게." 그가 말했다. 그런 다음 그는 모자를 들고 떠나갔다.

엘리자베스-제인은 계속 루시타 곁에 무릎 꿇고 있었다. "어찌 된 일이에요?" 그녀가 물었다. "우리 아버지를 마치 잘 아는 사람처럼 마이클이라 부른 거예요? 또 아버지가 어떻게 당신이 의지와는 달리 아버지와 결혼하겠다고 약속하게 만들 수 있는 거죠? 아, 당신은 내게 숨기는 게 아주아주 많군요!"

"당신도 내게 숨기는 게 있지 않겠어요?" 루시타가 눈을 감고 중얼거렸지만 그녀는 거의 의심이 없어서, 엘리자베스의 가슴속 비밀이 자기 가슴에 이런 피해를 초래한 그 젊은 남자에 관한 것이라고는 생각하지 않았다.

"난 절대로 당신을 거스르는 일은 하지 않겠어요!" 엘리자베스가 더듬으며 말했다. 그녀는 자기가 터뜨릴 준비가 될 때까지 모든 감정 표현을 억제했다. "아버지가 어떻게 그처럼 당신에게 명령할 수 있는지 이해가 안 돼요. 난 아버지의 그런 행동에 전혀 공감하지 않아요. 내가 아버지한테 가서 당신을 놓아달라고 부탁할게요."

"아니, 아니." 루시타가 말했다. "모든 걸 그냥 내버려둬요."

28

이튿날 아침 헨처드는 소규모 치안재판*에 참석하기 위해 루시타네 집 아래쪽의 시청으로 나갔다. 그는 전직 시장으로서 아직 그해의 치안 판사였다. 집 앞을 지나면서 루시타의 방 창문을 올려다보았으나 그녀의 흔적은 아무것도 보이지 않았다.

치안판사로 앉은 헨처드는 처음에는 섈로우와 사일런스**보다 훨씬 더 부적합해 보였다. 그러나 그의 거칠지만 유능한 직관과 무자비한 단순 명쾌함은 법정에서 그에게 배당되는 아주 단순한 사건들을 신속하게 처리할 때에는 훌륭한 법률 지식보다 더 도움이 되었다. 오늘은 올해의 시장인 초크필드 박사가 부재중이어서 곡물 상인 헨처드가 대형 주심석에 앉았다. 그의 시선은 아직도 멍하니 창문 밖으로 뻗어나가 마름돌***로 만든 하이플레이스 홀의 정면에 꽂혔다.

---

* 배심원 없이 치안판사가 경미한 사건을 다루는 재판.
** Shallow and Silence: 셰익스피어의 희곡 「헨리 4세」에 나오는 두 명의 엉터리 판사.
*** 일정한 치수의 크기로 잘라놓은 돌.

사건은 하나뿐이었고 그의 앞에 서 있는 범죄자는 얼굴이 얼룩덜룩한 노파였다. 그녀는, 일부러 만들어서가 아니라 그렇게 되어버린 황갈색도, 적갈색도, 녹갈색도, 그렇다고 잿빛도 아닌 이름 모를 제3의 색조의 숄, 구름에서 기름방울이 떨어지는* 다윗 왕국에서나 착용했을 법한 끈적거리는 검정색 보닛, 그녀의 다른 의상과 아직 분명히 대비될 만큼 비교적 최근까지 흰색을 유지한 앞치마를 입고 있었다. 전체적으로 술에 전 듯한 노파의 모습은 그녀가 시골 출신이 아니며 지방 도시 출신도 아님을 보여주었다.

그녀는 건성으로 헨처드와 차석 치안판사를 쳐다보았다. 헨처드는 마치 그녀가 그의 마음에 재빠르게 스쳐가는 누군가 또는 무언가를 희미하게 상기시키는 것처럼, 잠깐 멈칫하면서 그녀를 바라보았다. "자 그럼, 저 노파가 무슨 짓을 했지?" 그가 사건 기록을 내려다보며 물었다.

"저 노파는, 판사님, 여성 풍기문란 혐의와 소란 혐의로 기소되었습니다." 스터버드가 작은 소리로 말했다.

"어디서 그런 짓을 저질렀나?" 다른 치안판사가 물었다.

"이 세상에 끔찍한 장소가 그렇게 많은데, 하필이면 교회 옆에서 그랬습니다! 제가 저 노파를 현행범으로 잡았습니다, 판사님."

"이제 뒤로 물러서게." 헨처드가 말했다. "진술을 듣기로 하지."

스터버드가 선서했고, 헨처드는 친히 필기하는 사람이 아니므로 치안판사의 서기가 펜을 잉크에 담갔다. 스터버드 순경이 진술하기 시작했다.

"우리 주님의 올해 이번 달 5일 11시 25분에 제가 불법적인 소음을

---

* 천국의 풍요를 뜻하는 「시편」 65장 11절 "주의 길에는 기름방울이 떨어지며"에서 따온 것이다.

듣고 거리를 내려갔습니다. 그때 제가—"

"그렇게 빨리 좀 말하지 마, 스터버드." 서기가 말했다.

순경이 서기의 펜을 쳐다보며 서기가 종이 긁는 소리를 멈추고 "자"라고 말하기를 기다렸다. 스터버드가 계속했다. "제가 현장에 갔을 때 피고를 다른 장소, 즉 배수로에서 보았습니다." 그는 다시 서기의 펜 끝을 보며 멈추었다.

"배수로에서 보았습니다— 계속하게, 스터버드."

"4미터 또는 그 정도 떨어진 지점인데, 어디서부터냐 하면 제가—"
여전히 서기가 받아쓰는 속도를 초과하지 않게 주의하면서 스터버드가 다시 멈췄다. 외워서 하는 증언이기 때문에 어디쯤에서 말을 끊는지는 그에게 중요하지 않았다.

"증언에 이의 있어!" 노파가 큰 소리로 외쳤다. "'4미터 또는 그 정도 떨어진 지점인데, 어디서부터냐 하면 제가—'는 제대로 된 증언이라 할 수 없어."

치안판사들이 협의를 하더니 차석판사가, 선서한 남자가 말하는 4미터를 재판부가 인정하기로 합의했다고 말했다. 스터버드는 엄정함이 이겼다는 승리감을 애써 참는 표정으로 노파를 바라보며 계속 증언했다. "서 있던 장소에서부터입니다. 그녀는 아주 위험하게 직통로를 향해 비실거리며 걸어갔고, 제가 더 가까이 갔을 때 소란을 피우며 저를 모욕했습니다."

"'저를 모욕했습니다'…… 자, 그녀는 뭐라고 말했지요?"

"그녀가 말했습니다, '그 씨팔 놈의 손전등 치워,' 그녀의 말입니다."

"그래서."

"그녀의 말입니다, '너 듣고 있어? 이 늙은 순무 대가리야. 그 씨팔 놈의 손전등 치우라니까. 빌어먹을 너 같은 바보보다 빌어먹을 더 잘생긴 새끼들도 내가 때려잡았어. 이 개새끼, 널 그러지 못하면 내가 빌어먹겠다.' 그녀의 말입니다."

"증언에 이의 있어!" 노파가 끼어들었다. "내가 했다는 말을 제대로 듣지 못했어. 내가 듣지 못했다면 그 말은 증언이 될 수 없어."

재판부가 협의를 위해 재판을 다시 중단하고 법전을 참고하더니 마침내 스터버드에게 다시 계속하라고 허락했다. 사실은 노파가 그들 치안판사보다 아주 여러 번 더 법정에 나왔으므로 판사들은 재판 진행 절차에 엄중하게 주의를 기울여야 했다. 그러나 스터버드가 약간 더 장황하게 증언하자 헨처드의 조급함이 터져 나왔다. "자 우린 더 이상 그 '빌어먹을'이나 '씨팔' 소리 듣고 싶지 않아! 남자답게 발언해, 그렇게 조심스러워하지 말고, 스터버드. 그러지 않을 거면 그냥 내버려둬!" 그가 노파에게 몸을 돌리며 물었다. "자 그럼, 저 순경에게 물어볼 질문이나 할 말 있어요?"

"네." 그녀가 눈을 반짝거리며 대답했다. 그러자 서기가 펜을 잉크에 살짝 담갔다.

"20년 전이나 그 무렵쯤 나는 웨이든의 큰 가축 시장에서 천막을 치고 우유밀죽을 팔고 있었다우—"

"'20년 전'— 음, 그건 최초의 최초로구면. 천지창조로 돌아갈 생각이오?" 서기가 빈정대는 투로 말했다.

그러나 노파를 빤히 응시하던 헨처드는 무엇이 증거였고 무엇이 아니었는지는 완전히 잊어버렸다.

"어떤 남자와 여자가 어린아이를 데리고 내 천막에 들어왔어." 노파가 계속했다. "그들은 앉아서 각각 양푼 하나씩을 받았어. 오, 주여 절

보살펴주소서! 당시 나는 사업을 크게 벌이는 지상(地上) 밀수업자였으니까 지금보다는 꽤 괜찮은 처지였지. 나는 손님 중에서 요청하는 사람에겐 우유밀죽에 간이 들게 럼주를 부어주곤 했어. 그 남자에게도 럼주를 부어줬지. 그 뒤 그는 점점 더 많이 부었어. 결국 그가 자기 아내와 싸웠고 가장 가격을 높이 부르는 사람에게 아내를 팔겠다고 제안했어. 선원 하나가 들어오더니 5기니를 부르더군. 그러고는 돈을 지불하고 그녀를 데리고 떠났지. 그렇게 제 아내를 팔아넘긴 사람이 저기 훌륭한 큰 의자에 앉아 있는 저 남자야." 그 발언자는 헨처드를 향해 고개를 끄덕이고 팔짱을 끼면서 말을 끝냈다.

모두 헨처드를 쳐다보았다. 그의 얼굴은 마치 재를 뒤집어쓴 듯 흐릿한 빛깔에다 낯설어 보였다. "당신의 일생과 모험에 대해선 듣고 싶지 않아요." 차석판사가 침묵을 깨며 날카롭게 말했다. "당신에게 물어본 건 이 사건에 대해 말할 게 있느냐는 거였어요."

"내가 말한 게 이 사건과 관련 있어. 그가 나보다 나을 게 없고, 저기에 앉아서 날 판단할 권리가 없다는 걸 증명하거든."

"그건 날조된 얘기요." 서기가 말했다. "그러니 잠자코 있으시오."

"아니, 그건 사실이야." 이 말은 헨처드에게서 나왔다. "빛처럼 분명한 사실이야." 그가 천천히 말했다. "맹세코 그 사실은 내가 저 여자보다 나을 게 없음을 증명해! 또 내게 복수한 그녀를 엄하게 다루고 싶은 유혹에서 벗어나기 위해 당신에게 그녀에 대한 판단을 맡기겠소."

재판정의 충격은 형언할 수 없을 정도로 컸다. 헨처드는 주심석을 떠나 밖으로 나왔지만, 계단과 건물 바깥에 평상시보다 한결 많이 모여든 인파를 뚫고 지나가야 했다. 늙은 우유밀죽 노파는 이곳에 온 후, 자기가 묵고 있는 골목 주민들에게, 훌륭한 사람이라는 헨처드와 관련해서 마음만 먹으면 한두 가지 수상한 사연을 폭로할 수도 있다고 은밀한 힌트를 준 것 같았다. 그래서 사람들이 이곳에 몰려들었던 것이다.

"오늘 왜 저렇게 많은 놈팡이들이 시청 주위에서 어슬렁대지?" 상황이 이미 끝났을 때 루시타가 하인에게 물었다. 느지막하게 일어난 그녀가 막 창밖을 내다보던 때였다.

"아, 저 마님, 헨처드 씨를 둘러싸고 소동이 생겼어요. 어떤 여자가 증언을 했는데, 그가 신분이 높아지기 전에 큰 가축 시장의 가설 점포에서 5기니를 받고 아내를 팔았대요."

여러 해 동안 헨처드는 아내 수전과 별거했고 수전이 죽은 게 분명하다며 루시타에게 이런저런 설명을 했지만, 별거하게 된 직접적 이유에 대해서는 한 번도 명확하게 설명하지 않았다. 그녀는 이제야 처음으로 진상을 들었다.

전날 밤 헨처드가 자신에게 억지로 빼앗다시피 한 약속에 대해 곱씹으면서, 루시타의 고뇌는 점점 커져 안면 전체로 퍼져나갔다. 그렇다, 헨처드는 실제로는 이런 사람이다. 자기 자신을 그의 보호에 맡겨야 하는 여인에게 혹시 일어날지도 모르는 만일의 사태란 얼마나 끔찍스러운가?

그날 낮 그녀는 외출하여 원형경기장과 다른 장소들을 돌아다니다가 거의 땅거미가 질 때가 되어서야 귀가했다. 집에 들어온 그녀는 엘리자베스-제인을 보자마자 며칠간 집을 떠나 해변인 포트브레디에서 지낼 작정이라고 말했다. 캐스터브리지는 너무 음울하다고 하면서.

엘리자베스는 창백하고 불안해 보이는 그녀가 걱정스럽고, 변화를 갖는 게 그녀에게 위안이 되리라는 생각에서, 좋은 생각이라고 용기를 주었다. 그녀는 루시타의 눈에서 캐스터브리지를 덮을 듯한 음울함이 보이는 게 부분적으로는 파프레이가 집에서 멀리 떠나 있기 때문이라고 의

심하지 않을 수 없었다.

엘리자베스는 동료를 포트브레디로 떠나보내고, 그녀가 돌아올 때까지 하이플레이스 홀을 떠맡았다. 끊임없이 비가 내리는 가운데 고독하게 보낸 2, 3일이 지난 뒤 헨처드가 집으로 찾아왔다. 그는 루시타가 없다는 말에 실망한 듯했다. 겉으로는 무심하게 고개를 끄덕이면서도 그는 턱수염을 만지며 화가 난 표정으로 가버렸다.

이튿날 그가 다시 찾아왔다. "지금은 와 있어?" 그가 물었다.

"네, 오늘 아침 돌아왔어요." 그의 의붓딸이 대답했다. "그런데 집안에는 없어요. 포트브레디로 가는 마차 전용도로를 따라 산책 나갔어요. 해 떨어지기 전에는 돌아오겠죠."

그는 자신의 불안한 조급증만 드러낼 뿐인 몇 마디를 던진 후 다시그 집을 떠났다.

29

이 시각 루시타는 엘리자베스가 밝힌 그대로 포트브레디로 뻗은 도로를 따라 활기차게 걷고 있었다. 그녀가 세 시간 전 마차를 타고 캐스터브리지로 돌아온 바로 그 도로를 자신의 오후 산책길로 고른 게 특이했다. 각각 그 나름의 원인을 갖게 마련인 연속된 사건 속에서 굳이 무언가를 특이하다고 부른다면 말이다. 그날은 큰 시장이 서는 토요일이었는데도, 이런 날로는 처음으로 파프레이가 경매장 안에 있는 자신의 곡물 판매대에 나타나지 않았다. 그렇지만 그가 그날 밤에는, 캐스터브리지에서 쓰는 표현을 빌린다면 '일요일을 위해서' 집으로 돌아온다고 알려졌다.

루시타는 계속 걸어서 마침내 도시에서 여러 방향으로 뻗어 나오는 간선도로와 경계를 이루며 줄지어 선 나무들이 끝나는 지점에 도착했다. 그 지점에 1마일 표지가 서 있는데 그곳에서 그녀는 멈췄다.

그 지점은 양쪽의 완만한 오르막 사이에 놓인 골짜기였다. 아직도 로마 시대에 구축한 기초를 그대로 사용하는 도로는, 아주 멀리 산등성이에서 사라질 때까지 측량사의 노끈처럼 일직선으로 뻗어 나갔다. 이제 눈앞에는 울타리도 나무도 보이지 않았다. 도로는 마치 물결 모양의 옷에 난 주름처럼 그루터기가 많은 광활한 곡물 재배 지역에 들러붙어 있었다. 그녀 근처에 있는 헛간 하나가 그녀의 시선이 미치는 범위에서는 건물이라 부를 만한 유일한 것이었다.

그녀가 두 눈에 힘을 주고 가늘어지는 도로를 바라보았지만 그 위에는 아무것도, 작은 점 하나도 나타나지 않았다. 그녀는 한숨과 함께 "도널드!" 한마디를 내뱉고는 뒤로 물러나려고 시내 쪽으로 얼굴을 돌렸다.

이쪽은 상황이 달랐다. 어떤 인물이 그녀에게 다가오고 있었다. 엘리자베스-제인이었다.

루시타는 혼자였음에도 불구하고 약간 곤혹스러운 눈치였다. 엘리자베스는 친구를 알아보자마자 아직 말을 나눌 만큼 가까운 거리가 아닌데도 얼굴이 다정다감한 표정으로 변했다. "갑자기 여기 와서 당신을 만나보고 싶다는 생각이 들었어요." 그녀가 미소 지으며 말했다.

루시타의 입술에서 대꾸가 나오려는 순간 뜻밖에 주의를 돌릴 일이 벌어졌다. 그녀가 서 있는 곳에서 오른편으로 샛길 하나가 들판에서부터 간선도로로 내려가는데, 그 길 아래쪽에서 황소 한 마리가 루시타와 엘리자베스를 향해 머뭇거리며 걸어오고 있었다. 등을 돌리고 서 있는 엘리자베스는 그 황소를 보지 못했다.

매년 마지막 분기가 되면 아브라함의 성공*처럼 계속 번식이 진행된 축우(畜牛)는, 캐스터브리지와 이웃 일대의 가족들에게 중요한 생업이 되었지만 동시에 두려운 존재였다. 이 계절에는 현지 경매인을 통한 매매를 위해 이 도시로 몰려드는 가축의 머릿수가 엄청나게 많았다. 이 뿔 달린

---

* 여호와는 믿음의 조상 아브라함에게 "내가 너의 자손을 땅의 먼지처럼 셀 수 없이 많아지게 하겠다"고 약속했다(「창세기」 13: 16).

짐승들은 이리저리 돌아다니면서 여자와 아이들을 아무것도 할 수 없게 피난처로 내몰았다. 다른 곳이라면 대부분의 경우 짐승들은 아주 조용하게 걸었을 테지만, 캐스터브리지에서는 가축을 몰 때 반드시 야후*의 익살스러운 행동과 몸짓을 보이며 섬뜩한 고함을 지르고, 커다란 채찍을 흔들며, 야생견들을 부르는 전통이 있었다. 이 모든 행동은 맹렬한 기질의 녀석들은 격분시키고 온순한 녀석들은 겁먹게 만들기 쉬웠다. 그러다 보니 집주인이 응접실에서 나왔을 때 현관이나 복도를 가득 메운 어린아이, 보모, 나이 든 여자, 또는 젊은 여자 무리와 마주치는 일이 다반사였다. 그들은 "황소 한 마리가 경매에서 빠져나와 거리를 활보해요"라며 자기들이 그곳으로 대피한 것을 사과하곤 했다.

루시타와 엘리자베스는 문제의 짐승을 의심스러운 눈초리로 쳐다보았는데, 녀석은 그러는 동안에도 그들을 향해 천천히 다가왔다. 그 품종치고는 덩치가 크고 암갈색을 띤 녀석이었는데, 옆구리가 지저분하고 진흙 얼룩이 들러붙어 있어 볼꼴이 사나웠다. 뿔은 굵고 끝에 놋쇠가 씌워졌으며 두 콧구멍은 옛날의 원근장난감**으로 본 템스터널*** 같았다. 두 구멍 사이에는 코의 연골을 통과한 견고한 구리 코뚜레가 거스의 놋쇠 목걸이****처럼 제거할 수 없게 용접되어 있었다. 코뚜레에 1미터가량 되는 재 묻은 지팡이가 달렸는데 녀석은 고개를 도리깨처럼 흔들어대는 동작으로 그걸 떼어내려고 안달이었다.

젊은 여자들은 달랑대는 지팡이를 목격하자 몹시 불안해졌다. 지팡

---

* Yahoo: 조너선 스위프트의 『걸리버 여행기』에 등장하는, 사람의 모양을 한 짐승.
** perspective toys: 3차원 효과와 거리가 서서히 멀어지는 인상을 만들어내는 장난감.
*** Thames Tunnel: 영국 로더히스와 와핑을 연결하는 두 개로 된 아치형 터널.
**** 월터 스콧Walter Scott의 소설 『아이반호Ivanhoe』에서 노예 거스Gurth가 착용한 목걸이.

이는 가축 상인이 녀석을 통제하고 거리를 유지하기 위한 용도였을 터인데, 지금은 그 황소가 몰고 가기 어려울 정도로 매우 교활하고 몹시 사나운 녀석이며, 어쨌거나 도망친 녀석이라는 사실을 드러내주기 때문이었다.

그들은 피할 곳이나 숨을 곳을 찾아 주위를 둘러보다가 아주 가까이 있는 헛간이 알맞겠다고 생각했다. 그들의 시선이 자기에게 머물러 있는 동안 녀석은 일종의 순종적 태도를 취하며 다가왔다. 그런데 그들이 헛간을 향해 등을 돌리는 순간, 녀석은 머리를 홱 쳐들면서 완전히 그들을 겁주려는 자세를 취했다. 이 동작에 놀란 속수무책의 두 여성은 미친 듯이 뛰었고 그 모습을 본 황소는 그들을 공격하기 위해 달려왔다.

헛간은 진흙투성이의 파란 연못 뒤에 서 있으면서 그들 눈에 보이는 두 짝의 문짝 중 하나는 닫혀 있었고 열린 문짝은 사립짝 막대*가 떠받치고 있었다. 두 사람은 이 열린 공간으로 뛰어들어갔다. 헛간은 한쪽 구석에 마른 클로버 더미 하나만 놓여 있을 뿐 최근 한바탕 탈곡 작업을 한 뒤라, 내부가 텅 비어 있었다. 엘리자베스-제인이 상황을 파악하고 말했다. "우리 저 더미 위로 올라가야 해요."

그러나 그들이 그 더미에 접근하기도 전에 황소가 바깥의 연못을 지나 날쌔게 달려오는 소리가 들렸고, 순식간에 녀석이 헛간 안으로 달려들면서 사립짝 막대를 쓰러뜨렸다. 무거운 문짝이 녀석의 뒤에서 쾅하고 닫혔다. 이제 헛간 안에 셋이 모두 갇힌 형국이었다. 판단을 잘못한 짐승이 그들을 보더니 그들이 도망친 한쪽 구석으로 느릿느릿 걸어왔다. 여자들이 아주 영리하게 갑자기 되돌아 뛰었기 때문에 추적자는 도망자

---

* 사립짝(hurdle, 나뭇가지 등을 네모나게 엮어 이동할 수 있게 만든 틀)의 수직 기둥을 만들기 위해 자른 90센티미터가량의 짧은 막대기.

들이 반대편 구석으로 이미 절반쯤 갔을 때야 벽과 마주쳤다. 녀석이 큰 몸집을 돌려 반대쪽으로 따라갈 때 그들은 이미 가로질러 도망했고 그런 식으로 추적이 계속되다 보니 녀석의 콧구멍에서 뿜어대는 뜨거운 공기가 시로코* 같았다. 그러나 엘리자베스나 루시타가 문을 열어젖힐 만한 순간은 찾을 수 없었다. 이런 상황이 지속되었을 경우 어떤 일이 벌어졌을지는 알 수 없지만, 잠시 후 덜커덩거리는 문소리로 상대편의 주의를 분산시키면서 남자 하나가 나타났다. 그는 코뚜레에 달린 지팡이를 향해 앞으로 달려 나가 그것을 잡더니 마치 황소의 머리를 바로 꺾어버릴 것처럼 확 비틀었다. 실제로 비트는 그 동작이 무척 난폭해서 황소의 굵은 목이 버티지 못하고 절반쯤 마비된 것 같았고 코에서는 피가 뚝뚝 떨어졌다. 코뚜레라는 인간의 발명품은 충격적인 폭력을 쓰기에 매우 적합했고 그래서 황소는 움찔했다.

　남자는 어둠 속에서 보아도 체격이 좋고 주저함이 없어 보였다. 그가 황소를 문으로 끌고 갔는데 햇빛에 드러난 남자는 다름 아닌 헨처드였다. 그는 재빨리 황소를 바깥으로 끌어내고 다시 루시타를 구하러 들어왔다. 그는 클로버 더미 위에 올라간 엘리자베스는 알아채지 못했다. 헨처드는 히스테리 상태의 루시타를 품에 안아 문까지 옮겼다.

　"당신이 날 살려냈어!" 말을 하게 되자마자 루시타는 울부짖었다.

　"당신의 친절에 보답했을 뿐이야." 헨처드가 부드럽게 대답했다. "언젠가 당신도 나를 살렸잖아."

　"어쩜, 당신이 왔다니 놀라워, 어떻게 온 거야?" 그녀가 묻기는 했지만 그의 대답을 귀 기울여 듣지는 않았다.

---

* sirocco: 사하라 사막에서 지중해 주변 지역으로 부는 습하고 찌는 듯한 바람.

"당신을 찾으러 왔어. 최근 며칠 동안 당신에게 하고 싶은 말이 있었는데 당신이 멀리 떠나서 말할 수 없었어. 당신은 아마 지금은 얘기를 나누기가 어렵겠지?"

"아, 그래. 엘리자베스는 어디 갔어?"

"나 여기 있어요!" 안 보이던 그녀가 쾌활하게 소리쳤다. 그러더니 사다리를 놓기도 전에 금방 클로버 더미의 표면을 타고 미끄러져 바닥으로 내려왔다.

헨처드가 한쪽으로는 루시타를 다른 쪽으로는 엘리자베스를 부축했다. 그렇게 세 사람은 오르막길을 따라 천천히 걸어갔다. 그들이 꼭대기에 이르렀다가 다시 내려오는 도중에 이제는 많이 회복된 루시타가 자기 머프*를 헛간에 떨어뜨린 걸 기억해냈다.

"내가 뛰어갔다 올게요." 엘리자베스-제인이 말했다. "내겐 아무 일도 아녜요. 난 당신만큼 지치진 않았어요." 그녀는 곧바로 서둘러 다시 헛간으로 갔고, 남은 두 사람은 가던 길을 계속 걸었다.

당시에는 그런 물건의 크기가 제법 커서 엘리자베스는 바로 머프를 찾았다. 그녀는 헛간 밖으로 나오면서 잠시 멈춰 서서 황소를 보았는데, 자기들을 죽이려던 게 아니라 그저 장난을 치려고 덤볐을지 모르는 녀석이 계속 코피를 흘리는 모습이 지금은 오히려 안쓰러웠다. 헨처드가 지팡이를 헛간 문짝의 경첩에 쑤셔 넣고 말뚝을 끼워 고정시킴으로써 녀석은 단단히 붙들려 있었다. 이런저런 생각을 하던 그녀가 마침내 서둘러 돌아가려고 몸을 돌렸을 때, 반대 방향에서 말 한 필이 끄는 초록과 검정 색깔의 이륜마차 한 대가 다가오는 것이 보였다. 파프레이가 모는 마

---

* muff: 원통형의 모피로 그 안에 양손을 넣는 방한용 토시.

차였다.

그가 이곳에 출현한 것이 루시타가 이쪽으로 산책 나온 이유를 설명하는 듯했다. 파프레이가 엘리자베스를 보고 다가와 마차를 세우더니 무슨 일이 있었는지 급히 알고 싶어 했다. 루시타가 얼마나 극심한 위험에 빠졌었는지 엘리자베스가 말해주자, 그는 그녀가 예전에 그에게서 봤던 것과 종류는 다르되 격렬함은 결코 덜하지 않게 동요했다. 그는 상황에 너무 몰두한 나머지 그녀를 자기 옆자리에 오르도록 도와주겠다고 생각하면서도 자기가 무엇을 하고 있는지 제대로 모를 지경이었다.

"그녀가 지금 헨처드 씨랑 함께 돌아가고 있단 말입니까?" 마침내 그가 물었다.

"네, 아버지가 그녀를 집까지 데려다주고 있어요. 지금쯤 거의 도착했을걸요."

"그럼 당신은 그녀가 집에 도착할 수 있다고 확신하는 거지요?"

엘리자베스는 강하게 확신했다.

"당신 의붓아버지가 그녀를 구했다니?"

"전적으로요."

파프레이가 마차의 속도를 늦췄다. 엘리자베스는 왜 그럴까 추측했다. 그는 지금 순간은 앞서 간 두 사람을 방해하지 않는 게 최선이라고 생각하고 있었다. 헨처드가 루시타를 구해냈는데, 루시타가 파프레이를 상대로 더 깊은 애정을 드러낼지도 모르는 상황을 유발하는 것은 현명하지 못할 뿐 아니라 비열한 짓이었다.

당장 서로 대화할 주제가 고갈되었으므로 엘리자베스는 과거의 연인 곁에 앉아 있는 것이 더 당황스러웠다. 그러나 얼마 지나지 않아 앞서 가던 두 사람이 도시로 들어가는 길목을 지나는 것이 보였다. 루시타는 자주 뒤를 돌아보았지만 파프레이는 말에 채찍을 가하지 않았다. 마차에 탄 그들이 도시의 성벽에 도착했을 때 헨처드와 그의 동행은 이미 거리로 내려가 보이지 않았다. 파프레이는 그곳에서 내리겠다고 간청하는 엘리자베스를 내려주고는 숙소 뒤켠에 있는 마구간을 향해 빙 둘러서 마차를 몰았다.

그런 이유로 파프레이는 뒤쪽 정원을 건너 집 안으로 들어갔는데, 자기가 쓰던 숙소로 올라가 보니 실내가 매우 어지러웠다. 방에서 꺼낸 짐 상자들이 층계참에 놓여 있고 책꽂이는 세 부분으로 분해되어 세워져 있었다. 그러나 그는 이 상황에 조금도 놀라지 않는 것 같았다. "물건 나가는 게 언제 모두 끝납니까?" 그가 이사를 지휘하고 있는 그 집 주인 여자에게 물었다.

"8시 전에는 못 마칠 것 같지라, 선생님." 그녀가 말했다. "오늘 아침까지는 선생님이 이사 나가는 줄 우리가 몰랐제. 그렇지 않았음 더 서둘렀을 건디."

'아, 이런— 걱정 마세요, 괜찮습니다!" 파프레이가 명랑하게 말했다. "더 늦지만 않는다면 8시도 그런대로 괜찮습니다. 자 서서 얘기만 하지 말고 일하세요. 잘못하면 그게 12시가 되겠습니다." 그렇게 말하고 그는 앞문으로 나가 거리를 올라갔다.

그동안 헨처드와 루시타는 다른 종류의 경험을 했다. 엘리자베스가 머프를 찾으러 떠난 뒤 곡물 상인은 루시타의 손을 자기 팔로 감싸안으며 속마음을 솔직하게 고백했다. 그녀는 바로 손을 빼내고 싶었지만 그러질 못했다. "사랑해 루시타, 지난 며칠 동안 당신이 아주아주 보고 싶었어." 그가 말했다. "지난번 당신을 만난 뒤로 내가 그날 밤 당신에게 약속을 받아낸 방법에 대해 깊이 생각해봤어. 당신은 만일 내가 진짜 남자라면 고집하지 않을 거라고 말했지. 그 말이 내 가슴을 찔렀어. 나는 그 말에 일말의 진리가 있다고 느꼈어. 난 당신을 비참하게 만들고 싶지 않은데 지금 당장 나와 결혼하면 당신이 정말 비참해질 것 같아. 유감스럽지만 그건 분명한 사실이야. 그래서 나는 기한을 정하지 않은 약혼을 했으면 해. 결혼에 대한 모든 생각을 한두 해 연기하는 거지."

"하지만, 그렇지만, 나는 다른 종류의 행동은 아무것도 할 수 없는 거야?" 루시타가 말했다. "나는 당신이 더 이상 고마울 수가 없어, 내 생명의 은인이니까. 게다가 당신이 나를 보호해주는 것은 핀 숯을 내 머리 위에 놓은 것*과 같이 나를 부끄럽게 해. 나는 지금 돈이 많아. 당신의 친절에 대한 보답으로 내가 틀림없이 무언가 할 수 있을 거야. 무언가 현실적인 게 없을까?"

헨처드가 생각에 잠겼다. 그는 분명 이런 것은 기대하지 않았다. "당신이 할 수 있는 게 한 가지 있어, 루시타." 그가 말했다. "그러나 정확히 당신이 언급한 그런 종류의 것은 아냐."

"그럼 어떤 종류인데?" 다시 불안감이 살아나는 듯 그녀가 물었다.

"그걸 부탁하려면 당신에게 비밀 하나를 말해야 해…… 내가 올해에 운이 나빴다는 얘기는 들었겠지. 내가 예전에는 안 하던 짓을 저질렀어. 무모하게 투기를 했다가 손해를 본 거야. 그래서 내가 경제적으로 아주 곤란한 처지에 빠졌어."

"그럼 내가 돈을 좀 빌려주었으면 하는 거야?"

"아냐 아냐!" 헨처드가 거의 화를 내듯 말했다. "나는 상대방이 당신처럼 거의 내 사람이라 할지라도 여자에게 빌붙어 사는 그런 남자

---

* "그리 하는 것은 핀 숯을 그의 머리에 놓는 것과 일반이요"(「잠언」 25: 22)에서 따온 표현이다.

는 아냐. 루시타, 당신이 할 수 있는 일이 있고 그렇게만 하면 날 구해줄 수 있어. 내게 돈을 많이 빌려준 채권자가 그로워야. 내가 누군가 때문에 고생한다면 그 사람 때문일 거야. 그가 2주일만 참아주면 나는 충분히 회복할 수 있어. 당신이 그에게 내 약혼녀라는 것과 2주일 후 우리가 조용히 결혼한다는 걸 알게 하면 어쨌든 그에게서 벗어날 수 있을 거야. 자, 여기까지야, 당신은 못 들은 걸로 해! 이 스토리를 그가 알게 만들자고. 물론 그가 우리의 실제 약혼 기간이 오래갈 거라는 사실에 대해서는 아무런 예상도 하지 못하게 하면서 말이지. 다른 사람은 아무도 알 필요 없어. 나와 함께 그로워 씨 앞에 가서 내가 당신에게 마치 우리가 그런 관계인 것처럼 말하게만 해줘. 그러면서 그에게 비밀을 지켜달라고 부탁하는 거야. 그러면 그가 기꺼이 그때까지 기다려줄 거야. 2주일이 다 되어갈 무렵 내가 그를 대면하면서 우리 사이의 모든 일이 한두 해 미뤄졌다고 차분하게 말할 수 있을 거야. 주민 누구도 당신이 어떻게 날 도와줬는지 알 필요가 없어. 당신이 내게 도움을 주고 싶다니까 말했는데, 그게 당신이 할 수 있는 일이야."

지금은 하루 중 '붉게 물들어가는' 때라고 불리는, 즉 땅거미가 지기 바로 15분 전이었으므로, 그가 처음에는 자기 말에 대한 그녀의 반응을 파악하지 못했다. "다른 일이었으면 좋겠어." 그녀가 입을 열었다. 타들어간 그녀의 입술이 목소리에 묻어나왔다.

"하지만 그건 아주 사소한 일이잖아!" 그가 심하게 비난하는 투로 말했다. "당신이 제안한 것보다 쉬운 일이야. 방금 당신이 내게 해주겠다고 한 것의 시작에 불과해! 내가 직접 말할 수도 있었지만, 내 말을 그가 믿으려 하지 않을 것 같아 그러는 거야."

"그럴 생각이 없어서가 아냐. 내가 도저히 그럴 수가 없기 때문이야." 그녀가 점점 심해지는 고통을 느끼며 말했다.

"약 올리는 거야?" 그가 폭발했다. "나는 당신이 약속한 걸 단번에 실행하라고 할 수도 있어!"

"난 못 해!" 그녀는 필사적으로 고집을 부렸다.

"왜 못 해? 방금 내가 당장은 약속을 이행하지 않아도 된다고 당신을 풀어줬잖아."

"왜냐하면, 그가 증인이었거든!"

"증인이라니, 무슨 일의?"

"당신에게 이걸 꼭 말해야 하나— 제발, 날 야단치지 마!"

"그래 무슨 말인지 들어나 볼까?"

"그로워 씨가 내 결혼의 증인이었어."

"결혼?"

"그래, 파프레이 씨와. 오 마이클, 난 벌써 그 사람의 아내야. 우리는 이번 주에 포트브레디에서 결혼했어. 여기서는 결혼할 수 없는 이유들이 있었으니까. 그로워 씨가 우연히 그때 포트브레디에 있게 되어서 증인을 섰어."

헨처드는 마치 바보가 된 듯 멍청하게 서 있었다. 그의 침묵에 무척 불안해진 그녀가 위기의 2주를 넘길 충분한 돈을 빌려주겠다고 무슨 말인가를 중얼댔다.

"그와 결혼했어?" 마침내 헨처드가 입을 열었다. "이런— 뭐야, 그와 결혼했다니, 나와 결혼한다고 약속해놓고?"

"어떻게 된 거냐 하면," 그녀가 눈물을 글썽거리며 떨리는 목소리로 설명했다. "제발 잔인하게 굴지 마! 나는 그 사람을 아주 사랑했어. 그리고 당신이 그에게 내 과거를 말할 거라고 생각했어. 그 생각만 하면 나는 너무 슬펐어. 그러던 차에, 내가 당신에게 약속한 상태에서, 당신에 대한 소문을 들었어. 당신이 큰 가축 시장에서 첫 아내를 마치 말이나 소처럼 팔아넘겼다는 그 소문. 그걸 들었는데 내가 어떻게 약속을 지킬 수 있어? 나 자신을 당신에게 맡기는 모험은 할 수 없었어. 그런 추문을 들었는데도 내가 당신 이름을 받아들이면 스스로 위신을 잃게 되었을 거야. 게다가 도널드를 당장 잡지 않으면 그를 잃을 거라는 사실을 나는 알고 있었어. 왜냐하면 당신은 나를 당신에게 묶어놓을 수만 있다면, 그에게 당신과 나의 과거를 털어놓을 테니까. 그렇지만 지금은 우리를 갈라서게 하기에는 이미 너무 늦었으니까 안 그럴 거지? 응, 마이클?"

그녀가 말하는 동안 그들의 귀에 성 베드로 성당의 종소리가 아주 크게 들려오고, 북채를 아낌없이 두드리는 것으로 유명한 타운 밴드가 아래쪽 길에서 규칙적으로 정겨운 쿵쾅 소리를 냈다.

"그렇다면, 내 짐작에, 저들이 만들어내는 소음이 그 결혼 때문이겠네?" 그가 말했다.

"맞아 그가 그들에게 말했을 거야, 아니면 그로워 씨가 말했거나…… 이제 나는 가도 될까? 그 사람은 오늘 일이 많아 포트브레디에 붙잡혔어. 그래서 날 자기보다 몇 시간 앞서 보냈어."

"그럼 내가 오늘 오후에 구출해낸 건 **그의 아내의** 목숨이었네."

"그래, 그 사람은 당신에게 영원히 고마워할 거야."

"내가 그에게 엄청나게 감사해야겠군…… 아 당신은 부정(不貞)한 여자야!" 헨처드의 감정이 폭발했다. "내게 약속까지 해놓고!"

"그래, 그랬어. 하지만 그건 강제된 것이었고, 나는 당신의 과거를 모두 알지도 못했어—"

"난 지금 당신에게 마땅히 받아야 할 만큼의 벌을 주겠다고 마음먹었어! 어떻게 날 꼬드겼는지 새 남편에게 한마디만 하면, 당신의 소중한 행복은 산산조각 날 거야."

"마이클, 날 불쌍하게 생각하고 너그럽게 대해줘!"

"당신은 동정 받을 가치가 없어. 예전엔 그랬지만 지금은 아냐."

"당신이 빚을 갚을 수 있게 도와줄게."

"내가 파프레이의 아내에게서 연금을 받아? 나는 안 해! 더 이상 내 옆에 있지 마, 더 심한 말 나오기 전에. 어서 집으로 꺼져."

그녀가 남쪽 산책로의 가로수 아래로 사라졌다. 이때 그녀의 행복을 축하하는 밴드가 모든 나무와 돌에 메아리를 울리며 길모퉁이를 돌아 나왔다. 루시타는 그들을 염두에 두지 않고 뒷길로 뛰어가 남들 눈에 띄지 않게 자기 집에 도착했다.

30

파프레이가 주인 여자에게 한 말은 자신의 상자와 소지품을 지금까지 머물던 숙소에서 루시타의 집으로 옮기는 일에 관한 것이었다. 작업량은 많지 않았지만, 갑작스러운 이사에 놀라 내뱉는 감탄사들이 빈번하게 일을 중단시켜 큰 방해가 되었다. 착한 주인 여자는 불과 몇 시간 전에 편지로 간단하게 이사를 통보받은 터였다.

파프레이는 포트브레디를 떠나려던 마지막 순간, 존 길핀*의 경우처럼 중요한 고객들에게 붙잡혔는데, 그는 예외적인 상황에서조차 고객을 무시하는 사람이 아니었다. 게다가 루시타를 먼저 그녀의 집으로 보내는 게 편안한 점도 있었다. 그 집에서는 아직 아무도 무슨 일이 벌어졌는지 모르므로 집안사람들에게 처음으로 결혼 소식을 알려주고 남편이 지낼 장소에 대해 지시를 내리기에는 그녀 이상 적합한 사람이 없었다. 그래

---

* John Gilpin: 영국 시인 윌리엄 쿠퍼(William Cooper, 1731~1800)의 시집 『존 길핀 *The Diverting History of John Gilpin*』(1782)의 주인공으로 막 도착한 세 명의 고객을 돌보느라 아내와 함께 떠나지 못하는 인물이다.

서 그는 그녀에겐 그날 저녁 자신의 도착 예정 시각을 말해주었고, 사륜마차 하나를 빌려 결혼한 지 이틀밖에 안 된 신부를 태워 보내면서, 자기는 벌판 너머 몇 마일이나 떨어진 밀과 보리 보관 창고로 갔던 것이다. 이것이 두 사람이 헤어진 뒤 네 시간이 지나 그녀가 그를 만나러 종종걸음으로 외출하게 된 이유였다.

루시타는 헨처드와 헤어진 뒤 몹시 힘들게 노력한 결과, 파프레이가 먼저의 숙소를 떠나 하이플레이스 홀에 도착할 즈음엔 그를 제대로 맞이할 만큼 안정을 찾았다. 틀림없는 사실 하나가 그녀에게 이런 능력을 주었는데, 그것은 어떤 일이 있어도 자신이 그를 차지했다는 사실이었다. 그녀가 집에 오고 반 시간이 지나 그가 도착해 집 안으로 들어왔다. 그녀는 설령 한 달 동안 위험하게 떨어져 있다 재회했더라도 이보다 더 강렬할 수는 없을 정도로 안도하며 그를 반갑게 맞이했다.

"아직 끝내지 못한 일이 하나 있어요, 중요한 거예요." 그녀가 황소와 겪은 아슬아슬한 사건에 대해 얘기하고 나서 진지하게 말했다. "나와 각별한 엘리자베스-제인에게 우리 결혼 소식을 알려야 해요."

"아직— 말하지 않았습니까?" 그가 생각에 잠겨 말했다. "그녀가 헛간에서 집으로 돌아올 때 마차에 태워줬어요. 하지만 나도 아무 말 안 했거든요. 그녀가 거리에서 얘길 듣고도 수줍어 축하 인사를 참고 있는 걸로 생각해서요. 그게 전붑니다."

"그녀는 거의 소식을 못 들었을 거예요. 하지만 알아보죠. 지금 그녀에게 가볼게요. 그리고 도널드, 이제까지처럼 그녀가 이 집에서 그냥 함께 살아도 당신은 문제없겠어요? 정말 말이 없고 겸손한 여자거든요."

"오, 그럼요. 정말 난 괜찮습니다." 파프레이가 조금은 어색한 기미를 보이며 대답했다. "헌데 그녀가 그러려고 할까요?"

"아, 그럼요." 루시타가 간절하게 말했다. "난 그녀가 반드시 그럴 거라고 확신해요. 게다가 딱하게도 그녀는 달리 살 데도 없어요."

파프레이는 루시타를 바라보면서 그녀가 자기보다 더 내성적인 자기 친구의 비밀을 전혀 의심하지 않는다는 걸 알았다. 그는 그렇게 분별이 없는 그녀가 더욱 좋았다. "어쨌든 좋을 대로 얘기를 나눠봐요." 그가 말했다. "내가 당신 집에 오는 거지, 당신이 내게 오는 게 아니잖아요."

"얼른 가서 얘기해볼게요." 루시타가 말했다.

그녀가 위층에 올라가 엘리자베스-제인의 방에 갔을 때 엘리자베스는 외출복을 벗고 편하게 책을 보고 있었다. 순간적으로 루시타는 그녀가 아직 소식을 모르는 걸 눈치챘다.

"템플먼 부인, 내가 내려가보질 못했어요." 엘리자베스가 꾸밈없이 말했다. "당신이 공포 상태에서 완전히 깨어났는지 가서 물어보려 했는데 손님이 있더군요. 무슨 일로 종이 울리고 밴드가 연주를 하죠? 누가 결혼하는 게 틀림없거나, 아니면 성탄절 예행연습을 하는 거겠죠."

루시타가 입 밖으로 애매하게 "그러게요" 하고는 젊은 여자 곁에 앉아 생각에 잠긴 눈으로 그녀를 바라보았다. "당신 참 외로운 사람이군요." 이윽고 루시타가 말했다. "무슨 일이 벌어지는지 모르고, 어느 곳이건 모이기만 하면 사람들이 흥미진진하게 떠들어대는 이야기도 전혀 모르고 있으니 말이에요. 바깥에 나가 다른 여자들처럼 남들 험담도 하고 그래야 내게 그런 허튼 질문을 하지 않겠죠. 자 이제 내가 하는 얘기 잘 들어요."

엘리자베스-제인은 매우 고맙다고 말하면서 듣는 자세를 취했다.

"내가 한참 거슬러 올라가 얘기해야겠네요." 루시타가 말했다. 사려 깊은 옆 사람에게 자신을 만족스럽게 이해시키기 어려워하는 게 음절마다 뚜렷하게 드러났다. "내가 얼마 전 얘기했던 그 양심적으로 괴로워하던 여자의 사연 기억하죠? 첫사랑과 두번째 사랑에 대한 이야기요." 그녀는 자기가 말했던 이야기의 주요 단어 한두 개를 어색하게 발음했다.

"아 네, 기억나요, **당신 친구** 얘기였죠." 엘리자베스는 루시타의 홍채가 정확하게 무슨 색인지 파악하려는 듯 상대를 빤히 바라보며 무미건조하게 말했다. "그 두 연인, 옛 연인과 새 연인. 결혼하고 싶은 사람은 새 연인인데 결혼해야 할 의무감은 첫 남자에게 느끼고, 그래서 더 나은 길을 놔두고 불길한 쪽을 따라간다는 얘기였죠. 내가 요즘 번역하고 있는 시인 오비디우스*의 '나는 더 좋은 일을 보며 그것이 좋다고 인정하지만, 따라가는 것은 더 나쁜 것이네'**라는 구절처럼 말이에요."

"아, 아녜요, 정확하게 말하면 그녀는 불길한 쪽을 따라가지 않았어요!" 루시타가 허둥대며 말했다.

"그렇지만 당신은 그녀가, 아니 내 생각으론 **당신**이," 엘리자베스가 더 이상 감정을 감추지 않고 대응했다. "명예와 양심상 첫 남자와 결혼해야 한다고 말하지 않았나요?"

속내를 간파당한 부끄러움으로 얼굴이 화끈 달아올랐다가 가라앉은 루시타가 걱정스럽게 대답했다. "그거 절대 발설하면 안 돼요. 안 그럴 거지요, 엘리자베스-제인?"

"물론 안 그러죠, 당신이나 말하지 마요."

"그럼 이렇게 말해야겠네요. 내가 얘기한 것보다 상황이 훨씬 복잡하다고, 아니 사실은 더 나쁘다고 말예요. 나와 첫 남자는 이상한 운명

---

* Publius Ovidius Naso(기원전 43~서기 17): 아우구스투스 황제에게 추방당해 유배지에서 죽은 로마의 시인으로 사랑을 일종의 병적 상태인 동요(動搖)로 묘사했다.
** 원문은 'Video meliora proboque, deteriora sequor'(라틴어).

속에 함께 던져졌고 우리는, 사람들이 우리에 대해 말한 것처럼 서로 결합해야 한다고 느꼈어요. 자신의 첫 아내 소식을 여러 해 동안 일절 듣지 못한 그는 자기가 홀아비라고 생각했어요. 그러나 아내는 돌아왔고 우리는 헤어졌어요. 그녀는 지금 죽어서 없고 그 남편은 이제 우리의 목적을 완성하자면서 내게 다시 구애하고 있어요. 하지만 엘리자베스-제인, 나는 다른 여인이 되어 돌아왔으니 모든 맹세에서 면책되었고, 지금 그는 내게 새롭게 구애하는 거예요."

"당신이 먼저 했던 약속을 최근 갱신하지 않았나요?" 손아래 여자가 침착하게 추측하며 말했다. 그녀는 직감으로 첫번째 남자가 누구인지 알고 있었다.

"그건 내게서 억지로 쥐어짠 거예요, 협박해서요."

"그렇죠, 그건 그랬어요. 그래도 나는 누군가 과거에 당신처럼 불행하게 한 남자와 얽혔다면 그녀는, 자기가 잘못하지 않았더라도, 가능한 한 그 남자의 아내가 되어야 한다고 생각해요."

루시타의 얼굴에서 생기가 사라졌다. "그는 결혼하기 두려운 사람으로 판명됐어요." 그녀가 항변했다. "정말 불안해요. 내가 약속을 갱신한 다음에야 그런 사실을 알았거든요."

"그렇다면 정직하게 사는 길은 단 하나밖에 없어요. 독신으로 남아 있어야 해요."

"그러지 말고 다시 생각해봐요. 여러 사정을 고려해서—"

"내 생각은 확실해요." 그녀의 동료가 대담하게 가로막았다. "난 그 남자가 누구인지 정확하게 알고 있어요. 내 아버지예요. 분명히 말하는데 당신이 결혼할 상대는 내 아버지거나 아니면 아무도 없어요."

빨간 천 조각이 황소를 흥분시키듯, 부적절한 것에 대한 의구심은 엘리자베스를 흥분시켰다. 절차적 올바름에 대한 그녀의 갈망은 정말 지독했다. 그녀는 예전에 자기 엄마와 관련해 겪은 곤경 때문에 '변칙'과 비슷한 것을 몹시 두려워했는데, 자신의 성에 대해 의심을 받아본 적이 없는 사람은 그 두려움을 이해할 수 없었다. "당신은 헨처드 씨와 결혼해야 해요. 다른 남자는 아무도, 절대로 안 돼요." 그녀가 떨리는 입술로 거듭 말했는데, 그 동작 속에는 두 가지 격한 감정이 담겨 있었다.

"난 당신 말을 인정할 수 없어요." 루시타가 격렬하게 대꾸했다.

"인정하건 말건, 그건 사실이에요."

루시타가 마치 더 이상은 항변할 수 없다는 듯, 왼손은 엘리자베스에게 내밀고 오른손으로는 자기 눈을 가렸다.

"이런, 그와 벌써 결혼**했군요!**" 엘리자베스가 루시타의 손가락을 힐끗 보고는 기뻐 벌떡 일어서며 소리 질렀다. "언제 했어요? 이렇게 놀리지 말고 내게 진작 말하지 그랬어요? 당신은 정말 지조가 있네요! 그가 엄마에게 한 번 못되게 굴긴 했어요. 만취 상태에서 그랬던 것 같아요. 그리고 그가 이따금 아주 엄한 것도 사실이에요. 하지만 나는 당신의 미모와 재산과 교양이면 그를 완전히 지배할 수 있다고 확신해요. 당신은 그가 무척 좋아할 여자예요. 우리 셋이서 지금부터 행복하게 함께 살면 돼요."

"아, 이봐요 엘리자베스-제인!" 루시타가 고통을 참지 못하고 외쳤다. "내가 결혼한 건 그가 아니라 다른 사람이에요! 나는 너무 절박했고, 다른 무언가에 강제되는 것이 너무 무서웠고, 내 과거가 폭로되어 나에 대한 그의 사랑이 식을까 너무 두려웠어요. 그래서 나는 어떤 어려움이 있어도 즉시 결혼하고, 어떤 대가를 치러서라도 행복한 일주일을 지내기로 결심했어요."

"당신은 결혼을, 파프레이 씨와 했다는 거군요!" 엘리자베스-제인이 울음을 터뜨리며 나단*의 어조로 말했다.

루시타가 고개를 숙였다. 그녀는 제정신으로 돌아왔다. "그래서 종이 울린 거예요." 그녀가 말했다. "남편이 아래층에 있어요. 더 적당한 거처가 준비될 때까지 그가 여기 살 거예요. 내가 남편에게 당신이 이전처럼 함께 살면 좋겠다고 말했어요."

"그 문젠 내게 생각할 시간을 줘요." 소녀가 마음의 혼란을 담담하고 침착하게 억누르며 재빨리 대답했다.

"그렇게 해요. 난 우리가 함께 행복할 걸로 확신해요."

루시타가 아래층 파프레이에게로 갔다. 그곳에서 그녀는 아주 편안해하는 그를 보고 기뻤지만 그 기쁨 너머로 막연한 불안이 느껴졌다. 불안감은 친구 엘리자베스 때문은 아니었다. 엘리자베스-제인의 감정적 거동에 대해 그녀는 조금도 의심하지 않았다. 그러나 헨처드의 격렬한 감정이 걱정되었다.

수전 헨처드의 딸은 이제 더 이상 이 집에서 살지 않겠다고 곧바로 결심했다. 루시타의 행동이 부적절했다는 가치판단에 더하여, 자기 스스로 거의 연인으로 인정했던 파프레이가 이곳에 와서 사는 이상 자기가 계속 머물 수는 없다고 생각했다.

그녀가 서둘러 외출복을 걸쳐 입고 외출한 것은 아직 이른 저녁때였다. 지리를 잘 아는 그녀는 잠시 후 적합한 숙소를 찾아내고 그날 밤에 이사하기로 합의했다. 집에 돌아와 아무 소리 없이 제 방에 들어온 그녀는 예쁜 드레스를 벗고 일상복으로 바꿔 입었다. 앞으로는 절약하며 살

---

* Nathan: 선지자 나단. 우리아의 아내 밧세바를 범하고 그 사실을 감추려고 우리아를 전쟁터에 내보내 죽게 한 다윗 왕을 근엄한 어조로 책망한다(「사무엘하」 12: 7-14).

아야 하므로 벗은 드레스는 자신의 가장 좋은 옷으로 보관하기로 했다. 그녀는 지금 파프레이와 함께 방문 너머 응접실에 있는 루시타에게 편지를 써서 남겼다. 그런 다음 엘리자베스-제인은 외바퀴 손수레를 가진 남자 일꾼을 불렀다. 그녀는 이삿짐 상자들이 수레에 실리는 걸 보면서 새 숙소를 향해 총총걸음으로 내려갔다. 그 집은 헨처드가 사는 거리에 있었는데 거의 그 집 맞은편이었다.

새 거처에 앉아 그녀는 앞으로 살아갈 방도를 곰곰이 생각해보았다.

의붓아버지가 매년 그녀에게 지불하는 약간의 금액으로 간신히 연명은 가능할 것이다. 어릴 적 뉴슨의 집에서 예인망(曳引網)을 만들며 습득한, 온갖 종류의 그물 제품을 다루는 훌륭한 기술이 쓸모가 있을 것이다. 또 그동안 끈질기게 이것저것 공부한 것도 그녀에게 더 큰 도움을 줄 것이다.

이 무렵이 되자 루시타와 파프레이의 결혼 소식은 이미 캐스터브리지 전역에 알려졌다. 이 소식은 길의 갓돌 위에서는 시끄럽게, 카운터 뒤에서는 비밀리에, 스리 마리너즈에서는 명랑하게 화제가 되었다. 사람들은 파프레이가 자기 사업을 접고 아내의 돈으로 신사인 척할지, 아니면 화려한 결연에도 불구하고 자기 사업을 고수할 정도로 독립성을 보일지에 대해 대단한 관심을 나타냈다.

31

치안판사들 앞에서 우유밀죽 노파가 응수했다는 소문은 빠르게 퍼져나갔다. 만 하루가 되기도 전에, 캐스터브리지의 주민이라면 아주 오래전 웨이든 프라이어즈 가축 시장에서 헨처드가 저지른 미친 기행을 모르는 사람이 없게 되었다. 당초 저지른 행동의 극적인 강렬함 때문에 사건 이후 그가 잘못을 보상하려고 기울인 노력은 더 이상 사람들의 눈에 들어오지 않았다. 그것이 오래전부터 유명했던 사건이었다면 이미 지금쯤은, 오늘날의 (약간 고집불통이지만) 한결같고 성숙한 이곳 주민들과 공통점이라곤 거의 없는 젊은 사내가, 한때의 약간 과장된 방종으로 거의 유일하게 저지른 사건이라고 가볍게 넘겨갔을 것이다. 그러나 이 행위는 사건이 벌어진 이후 줄곧 조용하게 숨겨온 상태여서 여러 해가 흘러갔다는 사실이 제대로 부각되지 못했다. 그의 청년 시절의 검은 얼룩이 마치 최근 저질러진 범죄처럼 사람들에게 각인되었다.

치안재판소 사건은 그 자체로는 사소한 일이었지만, 헨처드의 '운명'이라는 비탈에서는 위기 또는 전환점을 만들어냈다. 그날 거의 그 순간,

그는 성공과 명예의 산등성이를 지나 급속하게 반대편으로 하강하기 시작했다. 그에 대한 호평은 이상할 정도로 빠르게 주저앉았다. 아주 놀랍게도 사회적으로 그는 손가락으로 튕겨지는 벌레처럼 바닥으로 전락했고, 무모한 거래로 이미 상업적인 회복력도 상실한 처지였으므로 양쪽 모두 그의 추락은 시간이 흐르면서 더욱 빨라졌다.

그는 돌아다닐 때 시선을 땅바닥에 두고 집들을 바라보는 일은 피했다. 시선을 사람들의 발과 레깅스에 두고, 눈을 깜박이게 만들던 예전의 강렬한 시선으로 사람들의 눈동자를 똑바로 보는 일은 피했다.

그의 몰락에는 새로운 사건들도 가세했다. 그해는 그가 아닌 다른 사람들에게도 안 좋은 해였고 그가 아낌없이 신뢰하던 한 채무자의 엄청난 실패가, 휘청거리던 그의 신용을 완전히 무너뜨렸다. 게다가 자포자기 상태의 그가, 샘플과 실제 대량거래 상품의 품질이 엄격하게 일치해야 한다는 곡물 거래의 생명과도 같은 원칙을 지키지 않았다. 이 사건은 그의 부하 직원 하나가 결정적으로 잘못해서 일어났다. 이 인물은 정말 어리석기 짝이 없게도, 헨처드가 수중에 보유한 엄청난 물량의 2등급 곡물의 샘플을 꼼꼼히 살펴본 다음, 오그라졌거나 말라버렸거나 깜부기병에 걸린 낟알을 수도 없이 골라내 제거해버렸다. 정직하게 그대로 제시했더라면 이 물건에서 아무런 추문도 생기지 않았을 것이다. 그러나 위기의 순간에 일어난 '허위 표시' 실책은 헨처드의 이름을 시궁창으로 끌어내렸다.

그의 실패의 세세한 항목들은 평범한 것들이었다. 하루는 엘리자베스-제인이 킹스암즈 앞을 지나는데 장날이 아닌데도 보통 때보다 많은 사람이 부산하게 그곳을 들락날락했다. 한 구경꾼이, 그녀가 모르고 있다니 놀랍다며 헨처드 씨의 파산에 따른 지방행정관들의 회합이라고 귀

뜀해주었다. 그녀의 눈에 눈물이 핑 돌았다. 그녀는 들어가서 호텔 안에 있다는 그를 만나보고 싶었지만, 그날은 그녀가 함부로 나서지 않는 게 좋겠다는 사람들의 권고를 존중했다.

채무자와 채권자들이 모인 방은 길 쪽 전면에 있었는데 창밖을 내다 보던 헨처드가 철망 블라인드 사이로 엘리자베스의 모습을 발견했다. 그에 대한 심리(審理)가 끝나 채권자들이 방을 떠나고 있었다. 엘리자베스의 등장으로 몽상에 빠져들었던 그가 창문에서 얼굴을 돌리고 남들보다 우뚝 솟아올라서 잠깐 더 채권자들의 주의를 환기시켰다. 그의 붉은 얼굴은 사업이 번창할 때의 느낌과는 조금 달랐다. 검은 머리와 구레나룻은 변함없었지만 잿빛의 얇은 막이 붉은색을 덮고 있었다.

"신사 여러분," 그가 말했다. "우리가 이제까지 의논한 자산, 그리고 대차대조표에 나타난 자산에 덧붙여 내게 이것들도 있습니다. 모든 게 여러분 소유입니다. 내가 가졌던 다른 모든 것과 마찬가지로 말입니다. 나는 이것들을 지니고 싶지 않습니다. 난 그런 사람이 아닙니다." 이 말과 함께 그가 주머니에서 금시계를 꺼내 테이블 위에 놓았다. 다음엔 자기 지갑, 모든 농부와 중개인들이 지닌 것과 동일하게 노란 캔버스 천으로 만든 돈 주머니의 끈을 풀고 흔들더니 테이블 위 시계 옆자리에 돈을 꺼내놓았다. 지갑은 그가 한 순간 재빨리 잡아당겼는데, 루시타가 자기에게 만들어준 머리카락 가리개를 없애버리기 위해서였다. "자 이제 내가 이 세상에서 가졌던 모든 걸 여러분에게 내놨습니다." 그가 말했다. "여러분을 위해선 더 많았으면 좋겠습니다만."

채권자, 농부의 마지막 한 사람까지, 그가 내놓은 시계와 돈을 보더니 거리로 시선을 돌렸다. 그때 웨더베리에서 온 농부 제임스 에버딘이 입을 열었다.

"아녀, 아녀 헨처드." 그의 음성은 따뜻했다. "우리는 그것까진 원허지 안혀. 당신은 부끄러움을 알제. 허지만 그건 넣으쇼. 여러분 할 말 있능겨, 다 동의하능겨?"

"그럼, 물론이제. 우리는 그런 건 전혀 바라지 않제." 또 다른 채권자인 그로워가 말했다.

"그렇고말고라, 그가 그냥 가지게 허제." 또 다른 사람이 뒤쪽에서 낮은 목소리로 말했다. 볼드우드라는 이름의 조용하고 내성적인 젊은이였다. 나머지 사람들도 모두 같은 의견으로 대답했다.

"자," 선임 지방행정관이 헨처드에 대해 언급하며 입을 열었다. "이 사건은 절망적이제. 허나 내 경험으로 보건디 그가 가장 공정허게 행동한 채무자라는 걸 인정헐 수밖에 없구먼. 대차대조표를 최대한 정직하게 작성했다는 걸 내가 여러분에게 증명했제. 우리는 아무 곤란도 안 겪었구 그가 회피하거나 감추는 것도 없었지라. 무모허게 거래해서 불행한 상황이 초래된 건 아주 명백하지만, 내가 아는 한, 그는 아무한테도 부당하지 않게 대우하려는 모든 노력을 기울였제."

헨처드는 자신의 본심을 알아달라고 노력한 것 이상으로 그들의 말에서 감동을 받았다. 그는 다시 창가로 물러났다. 지방행정관의 발언에 뒤따라 낮은 목소리로 일반적 동의가 나왔고 회합은 마무리되었다. 그들이 다 떠나자 헨처드는 돌려받은 손목시계를 바라보았다. "이건 당연히 내 물건이 아녀." 그가 혼잣말을 했다. "도대체 왜 이걸 안 가져갔지? 난 내 소유가 아닌 건 원하지 않아." 과거의 기억에 가슴이 뭉클해진 그는 맞은편 시계 상점에 가서 소매상이 부르는 가격에 당장 시계를 판 다음, 그 돈을 가지고 소규모 채권자 중 하나로 더너버의 오두막집에 사는 사람을 찾아가 바로 건넸다.

헨처드 소유의 모든 재산에 딱지가 붙고 경매가 진행되면서 도시에서는 꽤 동정적인 반응이 나타났는데 그러기 전 얼마 동안은 단지 그에 대한 비난만 난무했다. 이제야 이웃 사람들은 헨처드의 일생 전체에 대한 분명한 그림을 보았고, 그가 절대적 무(無)의 상태에서 부유한 지위에 오르기까지 유일한 재능인 활력, 바구니에 송곳과 나이프를 넣은 날품 팔이 건초 일꾼으로 처음 이 도시에 왔을 때 정말로 그가 보여줄 수 있는 전부였던 그 활력을 얼마나 훌륭히 사용했는지 알아볼 수 있었다. 그들은 크게 놀랐고 그의 몰락을 아쉬워했다.

엘리자베스는 그를 만나려고 시도해도 결코 만날 수가 없었다. 다른 사람은 그러지 않더라도 그녀는 아직도 그를 신뢰하고 있었다. 그녀는 자신을 난폭하게 대했던 그의 지나간 행동을 용서하고, 곤란한 상황에 빠진 그를 도울 수 있기를 원했다.

전면의 회갈색 벽돌 여기저기 윤이 나고 굵은 금속 창살이 달린 거대한 그의 저택으로 갔다. 그곳은 한때 자기가 매우 행복하게 살던 집이었다. 그러나 헨처드는 더 이상 그곳에 없었다. 전직 시장은 자기가 번영을 누리던 터전을 떠나 수도원 방앗간 옆에 위치한 조프의 오두막으로 가버렸다. 그곳은 그녀가 자기 핏줄이 아니라는 것을 알게 된 날 밤 헨처드가 거닐던 슬픈 옛 왕실림(王室林) 지역이었다. 그녀는 그쪽으로 발을 옮겼다.

엘리자베스는 그가 물러나 살 장소로 이곳을 고른 것을 이상하게 생각하면서도, 궁핍해서 달리 선택의 여지가 없었으리라 짐작했다. 수도사가 심었을 정도로 아주 오래된 듯한 나무들이 아직도 주위에 서 있고, 방앗간 뒤쪽 해치에서는 아직도 멋지게 포효하는 작은 폭포를 만들어내고 있었다. 오두막 건물은 오래전 해체된 수도원의 오래된 석재, 즉 트레이서리*의 파편, 성형(成型) 창문의 세로 기둥, 벽의 잔해와 뒤섞인 상인 방(上引枋)** 등을 사용해 지은 것이었다.

오두막에서 그는 두서너 개의 방을 차지했는데, 주택 소유자는 헨처 드가 고용하고 학대하고 회유하고 또다시 해고한 조프였다. 그러나 그녀 는 이곳에서도 의붓아버지를 만날 수 없었다.

"딸인데도 안 됩니까?" 엘리자베스가 애원했다.

"지금은 아무도 안 됩니다. 그가 지시한 겁니다." 그녀에 대한 통보였 다.

그런 일이 있은 뒤 어느 날 그녀는 헨처드의 사업본부였던 곡물 저 장고와 건초 헛간 앞을 지나게 되었다. 그가 더 이상 그곳의 주인이 아니 라는 건 알고 있었지만 낯익은 입구를 바라본 그녀는 놀라지 않을 수 없 었다. 안개 속 선박처럼 희미하게 나타난 글자이긴 했지만, 헨처드의 이 름을 지우려고 진한 납색 페인트를 이름 위에 마구 칠하고 그 위에 선명 한 흰색으로 파프레이의 이름을 쓴 것이 보였다.

에이벌 휘틀이 삼주문(三柱門)에 뼈대를 끼워 넣는 중이었다. "파프레 이 씨가 여기 주인인가요?" 그녀가 물었다.

"넵, 헨처드 아가씨." 그가 말했다. "파프레이 씨가 사업체를 인수했 고 일꾼들도 모두 함께 넘어왔지라. 우린 옛날보다 좋아졌제, 의붓딸 아 가씨한테 할 말은 아니지만. 지금은 일은 더 열심히 하는데 겁은 먹지 않아도 되제. 예전엔 하도 겁을 주니까 얼마 남지 않은 머리카락이 아주 가늘어졌제. 지금은 부수는 것도 없고, 문을 쾅 닫는 것도 없고, 영구불 멸의 영혼에 끼어들지도 않고 뭐 그라제. 주급이 1실링 줄어들었지만 더

---

* tracery: 고딕식 창문 위쪽의 장식적인 골조.
** arch-label: 창틀의 맨 위쪽에 있는 돌.

부자가 된 기분이제. 맴이 늘 쫓기며 살면 세상 모든 게 무슨 소용이 있남, 헨처드 아가씨?"

그가 한 말은 대체로 진실이었다. 헨처드의 파산을 처리할 동안 마비된 상태로 방치되었던 창고들은 새 임차인이 들어오면서 다시 활기를 찾기 시작했다. 그때부터 고리 모양의 사슬을 감은 빽빽한 자루들이 닻고리* 밑에서 급하게 위아래로 움직이고 서로 다른 쪽 출입구에서 털북숭이 팔이 튀어나와 곡물 자루를 당겨갔다. 건초 다발이 헛간에서 들려나와 다시 던져지고 송곳들이 삐걱거렸다. 그러면서 예전에는 눈대중으로 거래하는 게 관행이던 곳에서 이제는 큰 저울과 대저울**이 바쁘게 움직이기 시작했다.

---

* 닻채의 위쪽에 닻줄을 매게 되어 있는, 쇠붙이로 된 둥근 고리.
** 대에 눈금이 새겨져 있고 추가 매달려 있는 저울로 한쪽의 접시나 고리에 물건을 얹고 추를 대의 이쪽저쪽으로 움직여 평형을 이루도록 하여 무게를 측정하는 저울.

32

캐스터브리지 시내의 저지대 부근에는 다리가 두 개 있었다.

비바람으로 얼룩진 첫째 다리는 바로 시내 중심가의 끄트머리에 위치했다. 도심의 큰길에서 작은 도로가 갈라져 나와 나지막이 자리 잡은 더너버의 작은 길들에 둥그렇게 연결되었다. 그래서 다리 주변은 고결함과 극심한 궁핍이 합류하는 지점이 되었다. 둘째 다리는 석조의 교량으로 멀리 간선도로에 위치했는데, 사실 아직 도시 경계의 안쪽이긴 하지만 완전히 초원 지대였다.

이들 다리는 생생한 표정을 담고 있었다. 다리의 모든 돌출물은 뭉툭했다. 일부는 날씨 때문에 그렇게 되었으나 대부분은 여러 세대가 지나도록 어슬렁거리던 사람들의 마찰로 닳아 그렇게 되었다. 매년 그들은 여러 관심사에 대해 심사숙고하며 다리 위에 서 있을 때 발가락과 발뒤꿈치를 난간에 대고 끊임없이 움직였다. 잘 부서지는 벽돌과 돌일 경우 평평한 표면조차 이 같은 혼합 작용으로 마모되고 움푹 꺼졌다. 위쪽 석소 부문은 절사로 조여 고정시켰는데 그것은 치안판사들의 경고를 제멋대로 무시하는 극단적인 사람들이 갓돌*을 비틀어 떼어내 강물에 던지는 일이 비일비재했기 때문이다.

이 한 쌍의 다리가 도시의 모든 실패를 끌어당겼다. 사업, 사랑, 금주, 범죄에 실패한 사람들이 다리로 밀려왔다. 근처의 불행한 사람들이 심사숙고를 하기 위한 장소로 왜 울타리나 출입문, 또는 출입용 계단**이 아니라 이런 다리를 선택하는지는 그리 분명하지 않았다.

가까운 벽돌 다리로 자주 가는 사람과 멀리 석조 다리로 자주 가는 사람 사이에는 질적 차이가 현저했다. 최하층 계급 사람들은 시내에 인접한 벽돌 다리를 선호했다. 그들은 날카로운 세인의 이목을 신경 쓰지 않았다. 그들은 성공해도 상대적으로 중요하지 않은 사람이었고 또 몰락해도, 의기소침할는지는 모르지만, 스스로 별 수치심을 느끼지는 않았다. 그들은 대개 손을 주머니에 꽂고, 엉덩이나 무릎에 가죽 띠를 둘렀으며, 여러 줄의 끈이 필요하나 하나도 얻지 못한 것 같은 부츠를 신었다. 그들은 자신들의 시련에 대해 한숨을 쉬는 대신 침을 뱉었고, 엄청난 고난을 겪었다고 말하는 대신 운이 기울었다고 말했다. 조프가 괴로울 때 종종 이곳에 섰고 컥섬 할머니, 크리스토퍼 코니, 그리고 불쌍한 에이벌 휘틀도 그랬다.

더 멀리 있는 다리에 멈춰서는 불행한 사람들***은 상류 계층이었다. 그들 중에는 파산한 사람, 심기증(心氣症)**** 환자, 실수나 불운 때문에 소위 '실직 상태의' 사람, 전문직 계급의 무능하고 허세 부리는 사람이 섞였는

---

* 담이나 난간 꼭대기에 빗물이 흘러내리도록 한 줄로 얹은 벽돌이나 타일.

** 가축을 가둔 들판의 울타리를 쉽게 넘어갈 수 있도록 만든 계단이나 막대기들.

*** 원문은 misérables(프랑스어).

**** 사실과는 달리 몸에 무슨 병이 있으리라는 생각으로 증상을 느끼고 고통스러워하는 병적 증상.

데, 그들은 아침과 저녁 식사 사이의 따분한 시간과, 저녁 식사와 캄캄한 어둠 사이의 더더욱 따분한 시간을 어찌 보내야 할지 몰랐다. 이 부류의 인간들은 다리에 서서 난간 아래로 흐르는 강물을 내려다보았다. 그곳에서 그처럼 강물을 뚫어지게 쳐다보는 게 목격된 인간은, 거의 틀림없이, 이러저러한 이유로 세상의 우호적 대접을 받지 못한 사람이었다. 시내 쪽 다리 위의 궁핍한 사람은 자기가 어떻게 보이든지 아랑곳하지 않으면서 행인들을 살피려고 등을 난간에 기댄 반면에, 이쪽 다리 위에 선 곤궁한 사람은 결코 길 쪽을 향하지 않고 다가오는 발소리에도 전혀 고개를 돌리지 않았다. 그래도 그는 자기 처지에 예민하여, 낯선 사람이 다가올 때마다, 밀어(密漁)*로 이미 여러 해 전에 지느러미를 가진 놈들이 모두 사라져버린 강물을, 마치 이상한 물고기가 자신의 흥미를 끈다는 듯 지켜보았다.

그곳에서 그렇게 그들은 생각에 잠겼다. 고난이 억압 때문이라면 그들은 자기 자신이 왕이기를 원했다. 가난 때문이라면 백만장자이기를 소망했다. 죄악 때문이라면, 성자나 천사이기를 바랐다. 괄시받은 사랑 때문이라면 주민들의 명성이 자자하고 성대한 대우를 받는 아도니스** 같은 사람이기를 꿈꿨다. 뚫어지게 아래를 응시하며 너무 오래 생각해서, 궁극적으로는 그 응시에 자신의 불쌍한 시신마저 따라가게 되었다고 알려진 사람들도 있었다. 그들은 다음 날 아침 고통의 손아귀에서 벗어난 몸으로, 이곳이나 블랙워터라 불리는 약간 상류의 깊은 웅덩이에서 발견되었다.

---

* 허가 없이 물고기를 잡는 행위.
** Adonis: 그리스-로마 신화에서 아프로디테와 페르세포네의 사랑을 동시에 받은 미소년.

먼저 다녀간 다른 불행한 사람들처럼 헨처드도 이 다리로 왔다. 이곳에 올 때 그는 도시 변두리의 으스스한 강변 오솔길을 이용했다. 그가 이 다리에 서 있는 어느 바람 부는 오후, 더너버 교회의 시계가 다섯 번 울렸다. 그 선율이, 중간의 낮은 습지를 가로지르는 세찬 바람에 실려 그의 귀에 닿을 때, 뒤에서 지나가던 한 남자가 헨처드의 이름을 부르며 인사했다. 몸을 조금 뒤로 돌린 헨처드는 한때 자신의 십장이었으며 지금은 남에게 고용된 조프가 다가오는 걸 보았다. 헨처드는 그를 미워했지만 그에게서 거처를 구했는데, 그 이유는 몰락한 곡물상이 무시할 정도로 관찰력과 의견을 경멸한, 캐스터브리지에서 유일하게 만만한 인물이 조프였기 때문이었다.

헨처드가 그에게 거의 알아보지 못할 정도로 고개를 끄덕이며 알은체하자 조프가 발을 멈췄다.

"그들 부부가 오늘 새 집으로 이사했습죠." 조프가 말했다.

"그랬나." 헨처드가 무심코 말했다. "그게 어느 집인가?"

"나리께서 사시던 집이죠."

"내 집으로 들어갔다고?" 헨처드가 깜짝 놀라 덧붙였다 "시내에 딴 집도 많은데 하필 **내** 집이라니!"

"글쎄요, 거기도 틀림없이 누군가 살아야 하는데, 나리께서 살 수 없다면, 누가 살든지 뭐 해로울 거야 없죠."

그건 사실이었다. 헨처드는 그들이 그 집에 살아도 자기에게는 아무 피해가 없다고 느꼈다. 이미 마당과 창고를 인수한 터에, 파프레이는 분명 사업상 오가기가 편해서 그 집에 살기로 했을 것이다. 그럼에도 불구하고, 원래 임차인이던 자신은 작은 오두막집에 살고, 파프레이는 그 널찍한 저택에 살기로 했다는 사실이 헨처드에게는 형언할 수 없이 분했다.

조프가 이어서 말했다. "나리가 쓰던 물건들을 헐값에 팔아넘길 때 그중 최고급 가구만 모조리 사갔다는 친구 소문 들었죠? 놈은 다른 사람이 아닌 파프레이에게 계속 입찰을 붙였답니다. 그가 이미 임대차계약을 맺었으니 가구들은 집 밖에 나오지도 않았죠."

"내 가구들까지! 그자는 틀림없이 내 육체와 영혼도 그런 식으로 사가겠군."

"그러지 말라는 법도 없죠, 나리가 기꺼이 팔려고만 한다면 말이죠." 조프는 한때 자신의 거만한 주인이던 사람의 가슴에 상처를 심어놓고 다시 가던 길을 갔다. 헨처드는 다리와 자기가 함께 뒤로 물러나는 느낌이 들 때까지 질주하듯 흘러가는 강물을 응시하고 또 응시했다.

낮은 지대는 점점 캄캄해지고 회색 하늘도 더 어두워졌다. 그곳 풍경이 잉크 방울을 흘린 그림처럼 보일 때, 또 다른 행인이 그 대형 석조 다리로 다가왔다. 그는 말 하나가 끄는 이륜마차를 역시 시내 쪽으로 몰고 있었다. 중앙 아치의 둥근 장소에 마차가 섰다. "헨처드 씨?" 마차에서 파프레이의 목소리가 들려왔다. 헨처드가 고개를 돌렸다.

자기 추측이 맞았다는 것을 안 파프레이는 동행하던 남자에게 마차를 몰고 집으로 가라고 말했다. 그러고는 혼자 마차에서 내려 지난날의 동료에게 다가갔다.

"해외 이민을 생각 중이시라고 들었습니다, 헨처드 씨." 그가 말했다. "그게 사실입니까? 여쭤볼 이유가 있어서 그럽니다."

헨처드가 잠깐 대꾸하지 않고 있다가 말했다 "그래, 그 말이 맞아. 여러 해 전 내가 자네를 못 가게 막고 여기 살도록 했을 때 자네가 가려 했던 그곳으로 떠날 생각이야. 돌고 도는 게 인생이니까, 그렇지 않나? 내가 자네를 설득할 때 우리가 초크워크에 이처럼 서 있던 것 기억나나?

자네는 그때 자기 명의로 된 변변한 재산이 하나도 없었고, 나는 콘스트리트에 있는 집의 주인이었어. 그런데 지금 나는 지팡이 하나 넝마 한 조각 없는 빈털터리고 자네는 그 집 주인이 됐네."

"네, 그렇네요, 그렇게 됐습니다! 세상만사가 그렇고 그렇게 돌아가네요!" 파프레이가 말했다.

"허허, 사실이야!" 헨처드가 우스꽝스러운 분위기에 빠져들면서 외쳤다. "오르내리는 기복! 난 그러는 데 익숙해. 그래서 결국 뭐가 문제야!"

"자, 제 말 좀 들어보세요. 오래 걸리진 않습니다." 파프레이가 말했다. "제가 선생님 말에 귀 기울였던 그대로 하세요. 떠나지 말고 그냥 집에 계세요."

"그런데 난 달리 할 수 있는 게 아무것도 없어, 이 사람아." 헨처드가 가소롭다는 듯이 말했다. "내가 가진 몇 푼 안 되는 돈으로는 몇 주 동안만 간신히 연명할 수 있어. 아직 날품팔이로 돌아가고 싶은 마음은 없지만 그렇다고 아무 일도 안 하며 살아갈 순 없잖아. 내게 최선의 방법은 다른 곳으로 떠나는 거야."

"아닙니다. 제 말을 들으시겠다면 제안을 하나 할게요. 예전 집에 와서 지내세요. 방 몇 개는 아주 쉽게 내드릴 수 있습니다. 아내도 틀림없이 전혀 거북해하지 않을 겁니다. 선생님 일자리가 새로 생길 때까지 말이에요."

헨처드는 깜짝 놀랐다. 아마도 파프레이가 전혀 의심하지 않고 머릿속에 그렸을, 자신과 루시타가 한 지붕 아래에 있는 그 그림은 너무나 충격적이어서 차분하게 받아들일 수가 없었다. "아냐, 안 돼." 그가 퉁명스럽게 말했다. "우리는 다투게 될 거야."

"선생님 혼자서만 사용하는 공간을 드릴 텐데요." 파프레이가 말했다. "참견할 사람도 아무도 없을 거예요. 지금 지내는 강변의 거처보다 한결 나을 겁니다."

그래도 헨처드는 거절했다. "자네가 권하는 게 무슨 의미인지 자네는 몰라." 그가 말했다. "어쨌든 감사하단 말은 하겠네."

헨처드가 스코틀랜드 청년에게 남아달라고 설득할 당시 그랬듯이 두 사람은 시내를 향해 함께 나란히 걸었다. "안에 들어와 간단히 식사하고 가시겠습니까?" 각자의 방향이 오른쪽과 왼쪽으로 갈리는 중간 지점에 이르자 파프레이가 말했다.

"아니, 그냥 가겠어."

"그건 그렇고, 제가 거의 잊고 있었는데요. 선생님이 쓰던 가구를 제가 꽤 많이 임차했습니다."

"그랬다고 들었네만."

"제가 몹시 갖고 싶어서 그런 건 아니었습니다. 선생님이 갖고 싶은 게 있다면 모두 골라 가면 좋겠습니다. 친밀한 인간관계가 담겨 애착이 가는 거라든지, 선생님 사용하시기에 특별히 알맞은 거라든지, 그런 것들은 선생님 집으로 가지고 가면 됩니다. 그렇게 해도 제게서 빼앗는 게 아닙니다. 우린 덜 있어도 아주 잘 지낼 수 있어요. 더 가질 기회도 앞으로 많이 생길 테고요."

"뭐야, 아무 대가 없이 그걸 내게 주겠다고?" 헨처드가 말했다. "하지만 자네는 채권자들에게 물건 값을 지불했잖아."

"아, 그랬지요. 하지만 그것들은 나보다 선생님에게 더 가치가 있다고 생각합니다."

헨처드는 살짝 감동을 받았다. "나는 가끔 내가 자네에게 나쁜 짓을 저질렀다고 생각한다네!" 밤 그늘이 감춰주는 얼굴의 불안 상태를 드러내는 말투로 그가 말했다. 그는 갑작스레 파프레이와 악수하고, 마치 자신의 본색을 더 이상 드러내는 것이 마음에 걸린다는 듯, 서둘러 헤어졌다. 파프레이는 그가 불스테이크로 가는 도심의 큰길에서 방향을 틀어 수도원 방앗간을 향해 사라지는 것을 보았다.

그동안 엘리자베스-제인은 선지자의 방*보다 크지 않은 윗방에서, 자신의 전성시대에 입던 실크 옷은 상자에 처박아둔 채, 스스로 입수할 수 있는 서적들을 보며 공부하는 시간 틈틈이 아주 부지런히 그물을 만들었다.

그녀의 숙소가, 지금은 파프레이가 사는 의붓아버지의 이전 거처와 거의 마주하고 있어서, 그녀는 파프레이와 루시타가 아주 대단한 열정으로 현관문을 빠르게 들락날락하는 것을 볼 수 있었다. 그녀는 가능한 한 그쪽을 보지 않으려 했으나 인간의 본성상 문이 쾅 닫힐 때조차 시선을 돌린 채로 있기는 어려웠다.

이렇듯 조용하게 지내는 그녀에게 헨처드가 감기에 걸려 방에서 나오지도 못한다는 소식이 들렸다. 아마 축축한 날씨에 목초지 근처에서 지내기 때문일 것이었다. 그녀는 곧장 그의 집으로 달려갔다. 이번에는 뭐라고 하더라도 반드시 들어가겠다고 단단히 마음먹은 그녀는 그냥 위층으로 밀고 올라갔다. 헨처드는 커다란 코트를 몸에 두르고 침대에 앉아 있었는데 처음에는 그녀의 침입에 몹시 화를 냈다. "당장 가! 어서 꺼져." 그가 말했다. "난 널 만나고 싶지 않아."

"하지만 아버지."

---

* 수넴 지방의 한 여인과 남편이 선지자 엘리사를 위해 자기네 집 천장에 만들어준, 침상과 책상과 의자와 촛대만 있는 작은 방(「열왕기하」 4: 10).

"난 널 보고 싶지 않다니까." 그가 반복했다.

그러나 이내 분위기는 누그러졌고 그녀는 남아서 방을 더 안락하게 정리하고 아래층 사람들에게 지침도 주었다. 그래서 그녀가 떠날 무렵에는 앞으로 계속 찾아와도 괜찮다는 의붓아버지의 허락을 받았다.

그녀의 보살핌 또는 그녀의 단순한 방문이 효과가 있어 그는 금세 회복되었다. 그는 곧 외출할 수 있을 정도로 좋아졌고 이제 그의 눈에는 사물들이 새로운 빛깔을 입은 것처럼 보였다. 그는 더 이상 해외 이민은 생각하지 않고 엘리자베스에 대한 생각에 더 많은 시간을 보냈다. 다른 무엇보다도 그를 더 음울하게 만드는 것은 아무 할 일이 없다는 사실이었다. 마침 파프레이에게 품었던 감정도 누그러지고 또 정직한 노동은 수치스러워할 일이 아니라는 생각도 들었다. 그래서 그는 어느 날 태연하게 파프레이의 작업 마당을 찾아가 건초를 묶는 날품팔이 일꾼으로 써달라고 부탁했다. 그는 당장에 고용되었다.

이번에 헨처드를 고용한 사람은 십장이었다. 파프레이는 꼭 필요하지 않을 경우 예전의 곡물 중개상과 개인적으로 접촉하는 것이 바람직하지 않다고 느꼈다. 돕고 싶은 생각이야 간절하지만, 이미 예측 불가능한 헨처드의 기질을 잘 알게 된 상황이므로 조금은 거리를 두고 지내는 게 최선이라고 믿었다. 같은 이유에서 여기저기 시골 농장에 나가 건초 다발을 묶으라고 그가 헨처드에게 내리는 일상적 지시도 늘 제3자를 통해서 전달했다.

한동안 이런 방식은 잘 작동되었다. 다른 곳으로 옮겨지기 이전의 다발은 밀짚이나 잡초가 퇴적된 각각의 마당에서 묶는 것이 관습이었고, 건초는 인근의 여러 농장에서 구매했으므로, 헨처드는 자주 현장에 나가 일주일 내내 자리를 비우곤 했다. 이 작업이 모두 끝나고 헨처드가 얼마간 익숙해졌을 때 그는 남들과 마찬가지로 집 마당으로 매일 일하러 나왔다. 한때 번영한 상인이고 시장이었던 사람이 그런 식으로 일찍이 자신이 소유했던 헛간과 저장고의 일용직 노동자로 나섰다.

"나는 예전에도 날품팔이로 일한 적이 있어, 안 그래?" 그는 도전적인 태도로 말하곤 했다. "그걸 지금 다시 하는 게 무슨 문제야?" 그렇지만 지금 날품팔이인 그의 모습은 일찍이 날품팔이일 때와는 아주 달라 보였다. 그때 그는 깨끗하고 보기 좋으며 색조가 밝고 가벼운 옷을 입었다. 레깅스는 마리골드*처럼 노랬고, 코듀로이는 새 아마처럼 티 없이 깔끔했으며, 네커치프**는 꽃밭 같았다. 지금 그가 걸친 것은 신사처럼 굴던 시절에 입고 남은 낡은 청색 옷가지와 색이 바랜 실크 모자, 그리고 한때는 검정색으로 곱고 보드라운 견직이었으나 지금은 때가 묻고 추레해진 목도리였다. 아직도 40대 초반의 상대적으로 활동적인 남자인 그는 그 차림으로 여기저기를 오갔고, 남들과 함께 마당에서, 정원으로 연결되는 초록 문을 드나드는 도널드 파프레이와 커다란 저택과 루시타를 보았다.

겨울로 넘어갈 즈음 캐스터브리지 부근에서는 이미 시의회에 진출한 파프레이 씨가 1, 2년 임기의 시장에 추천될 것이라는 소문이 파다했다.

어느 날 헨처드가 파프레이네 건초 헛간으로 가는 도중 이 소문을 듣고 혼잣말을 했다. "맞아, 그녀는 현명해, 세상 물정에 밝아!" 그는 자기가 묶는 띠에 구멍을 뚫으면서 곰곰이 생각했다. 이 소식 하나가 자신의 오래된 생각, 다시 말해 도널드 파프레이가 자신을 짓밟고 의기양양해하는 경쟁자라는 생각을 다시 소생시키는 숨결이 되었다.

"그 또래 친구가 정말 시장이 되려 하다니!" 그가 입가에 썩은 미소

---

* marigold: 천수국(千壽菊, 국화과의 꽃).
** 장식이나 보온을 위해 목에 두르는 정사각형의 얇은 천.

를 지으며 중얼거렸다. "그런데 그의 지위를 올려주는 건 그녀의 재산이 잖아. 하하, 이 얼마나 이상한 노릇인가! 여기에 그의 옛 주인인 내가 그의 부하로 그를 위해 일하고 있는데, 그는 주인이 되어 내 집과 가구와 어찌 되었건 내 아내를 모두 제 것으로 만들었다니."

그는 하루에도 여러 번 이 말을 반복했다. 루시타와 교분을 맺은 이래, 그가 지금 그녀를 잃은 것을 후회하는 만큼 그렇게 필사적으로 그녀를 자기 소유라고 주장하고 싶었던 적은 없었다. 그녀의 재산이 그녀를 개성 있는 남자들을 매혹하는 독립적이며 자신만만한 여성으로 만들어주어 그들로 하여금 그녀를 욕망하게 만드는 수단이 된 것은 사실이지만, 그를 움직이는 것은 그녀의 재산으로 돈을 벌고 싶다는 갈망이 아니었다. 옹색했던 시절의 그녀를 아는 그의 시선에는 재산이 그녀에게 하녀와 집과 훌륭한 의복을 주었을 뿐만 아니라, 그 무대가 그녀에게 놀라운 신선함을 부여한 것으로 보였다.

이 때문에 그는 침울해졌다. 곧 있을 선거에서 자치도시의 수장으로 파프레이가 뽑힐 가능성이 회자될 때마다 그에게선 스코틀랜드 남자에게 품었던 증오가 되살아났다. 이와 동시에 그에게 도덕적 변화도 일어났다. 그는 때때로 두드러지게 난폭한 어조로 말했다. "2주일만 더 있어봐!" "열이틀만 더 있어봐!" 이런 식으로 매일 자신의 숫자를 줄여가면서 말이다.

"왜 열이틀만이라고 말하는 겨?" 귀리의 무게를 재는 곡물 저장고에서 일할 때 솔로몬 롱웨이즈가 곁에 있는 헨처드에게 물었다.

"열이틀만 지나면 내가 한 맹세에서 해방되거든요."

"무슨 맹세?"

"알코올 성분이 많은 액체를 마시지 않겠다는 맹세요. 열이틀만 지나면 내가 맹세한 지 21년이 되고, 그러면 나는 정말 즐겁게 살 작정이거든요, 오 제발, 하느님."

어느 일요일 엘리자베스-제인이 창가에 앉아 있는데 바깥 길 아래에서 헨처드의 이름이 등장하는 대화가 들려왔다. 무슨 일인가 궁금하던 차에 막 그곳을 지나던 제3의 인물이 그녀가 마음에 품었던 질문의 대답을 듣게 해주었다.

"마이클 헨처드가 21년 동안 금주허다 마침내 그걸 깼다제."

엘리자베스-제인은 벌떡 일어나 외출복을 걸치고 밖으로 나갔다.

33

당시 캐스터브리지에는 하나의 흥겨운 관습이 관습으로 인식되지 않으면서도 확실하게 자리를 잡아 유행했다. 매주 일요일 오후가 되면 캐스터브리지에서는 꾸준히 교회에 다니는 차분한 성격의 대규모 일용 노동자들이 예배가 끝난 후 교회에서 나와 열을 지어 스리 마리너즈 여관으로 가로질러 갔다. 보통 행렬 뒤쪽으로 성가대가 저음 비올라, 바이올린, 플루트를 겨드랑이에 끼고 따라갔다.

성스러운 날의 명예가 걸려 있으므로 각 개인이 마실 술의 양은 2분의 1파인트*로 엄격하게 제한되었다. 여관 주인은 이 용의주도함을 아주 잘 이해해서 일행 전체에게 딱 그만큼 분량이 들어가는 컵을 제공했다. 컵은 모두 똑같이 뿔모양이며, 잎이 없는 황갈색 보리수가 측면에 새겨져 한쪽은 마시는 사람의 입술을 향하고 다른 쪽은 나머지 일행을 향했다. 여관 주인이 이 컵을 모두 몇 개 가지고 있는지가 어린이들이 즐기는 '불

---

* pint: 액체의 경우 영국에서는 1파인트가 0.568리터.

가사의 알아맞히기' 문제였다. 요즈음 큰 방에서는 적어도 마흔 개는 보였을 텐데, 그것들은 열여섯 개의 다리가 있는 대형 참나무 테이블의 가장자리를 돌아가며 마치 단일 암석으로 된 선사시대의 원형 스톤헨지*처럼 하나의 고리를 이루고 있었다. 마흔 개 컵의 바깥쪽 위로는 마흔 개의 도자기 파이프**가 뿜어대는 마흔 개의 연기가 하나의 동그라미를 그렸다. 파이프 바깥으로, 둥그렇게 놓인 마흔 개 의자에 등을 기댄 교회 출석자 마흔 명의 얼굴이 보였다.

대화의 내용은 평일과 달랐다. 전체적으로 논점은 더 날카롭고 어조는 더 높았다. 그들은 예외 없이 설교에 대해 토론하면서 그것을 해부하여 평균 이상인지 이하인지 평가했다. 그것이 비평자와 비평을 받는 사안의 관계라는 점만 빼놓으면 일반적으로는 자기들의 인생과 아무 관계가 없는 숙련된 솜씨나 연기로 간주했다. 저음 비올라 연주자와 사무직원의 말은 다른 사람보다 더 권위가 있었는데 그것은 그들이 설교자와 맺고 있는 공식적 관계 때문이었다.

스리 마리너즈는 지금 헨처드가 한 모금도 마시지 않고 지내온 그 오랜 기간을 마감하려고 선택한 장소였다. 그는 자신의 입장 시간을, 관례적으로 마흔 명의 교회 출석자들이 한잔 마시려고 그 큰 방에 들어와 자리를 잡는 시간에 맞췄다. 그의 얼굴에 나타난 홍조는 21년에 걸친 맹세가 지나가고, 무모함의 시대가 새롭게 시작되었음을 당장 선언하고 있었다. 그는 교회 신자들이 앉는 거대한 참나무 테이블 가까이의 작은 테이블에 앉았다. 그들 일부가 자리에 앉으면서 고개를 끄덕이고 말을 걸었다. "잘 있었능가, 헨처드 선생? 여기 나타나다니 뜻밖이구먼."

---

* Stonehenge: 잉글랜드 월트셔 주의 솔즈베리 인근에 있는 선사시대의 석조 유적.
** 점토를 구워서 만든 담뱃대.

헨처드는 시선을 자신의 뻗은 다리와 부츠에 고정한 채 잠시 아무런 대답도 하지 않았다. "네," 그가 마침내 입을 열었다. "그러네요. 난 몇 주일 동안 우울한 마음으로 보냈습니다. 여러분 중 이유를 아는 사람도 있습니다. 내가 지금은 좋아졌지만, 아주 평온하지는 못합니다. 성가대 친구들이 한 곡조 연주해주기 바랍니다. 그래서 그 음악과 스태니지가 양조한 이 맥주로 침울한 기분에서 완전히 벗어나고 싶습니다."

"진심을 다해 해보제." 제1바이올린 연주자가 말했다. "우리가 악기 줄을 풀어놓았지만 바로 다시 당겨 조이면 되제. 자 여러분, 에이A 음이랑게. 저 남자를 위해 한 악절 연주해보드라고."

"나는 가사가 뭐든 조금도 개의치 않습니다." 헨처드가 말했다. "찬송가든 발라드든 또는 저질 쓰레기 음악이든 「악당 행진곡」*이든 아기 천사의 노래든 훌륭한 화음으로 잘만 연주되면 내겐 모두 똑같습니다."

"음 허허, 우린 할 수 있제. 우리 중 연주석에 앉은 지 20년이 안 된 사람은 하나도 없어." 밴드의 악장이 말했다. "오늘은 주일이니께, 여러분, 내가 편곡한 새뮤얼 웨이클리의 곡조에 맞춰 「시편」 제4편을 되살려 해보제."

"당신이 편곡한 새뮤얼 웨이클리의 곡조는 놔두고," 헨처드가 말했다. "「시편」 책 하나 던져주시오. 맞춰 노래할 가치가 있는 유일한 곡조는 옛 월트셔**요. 내가 착실한 청년이었을 때 바다처럼 내 혈기를 밀려오고 밀려가게 했던 찬송가죠. 그 곡조에 알맞을 가사를 찾아보겠소." 그

---

* 'Rogue's March': 일명 '추방곡'. 옛 영국에서 군인을 군대에서 쫓아내며 조롱하듯 연주한 반주곡.
** Wiltshire: 영국의 조지 스마트(George T. Smart, 1776~1867)가 만든 보통운율(普通韻律). 옛 영국에서 다수의 찬송가와 「시편」, 특히 「시편」 제34장을 이 운율에 맞춰 연주했다.

가 「시편」 책을 들고 책장을 넘기기 시작했다.

그 순간 그가 우연히 창밖을 내다보다가 한 떼의 사람들이 지나가는 것을 보았다. 그들은 더 위쪽에 있는 교회에서 방금 예배를 마친 사람들이었는데 그곳의 설교가 아래쪽 교구보다 길었기 때문이었다. 지역 유지들 사이에서 시의원 파프레이가 루시타와 팔짱을 끼고 걸었는데 그녀는 소규모 소매상 여자들 모두에게 관찰과 모방의 대상이었다. 헨처드는 입을 약간 삐죽대고는 계속 책장을 넘겼다.

"자, 그럼," 그가 말했다. "「시편」 제109편을 윌트셔의 선율에 맞춰 부릅시다. 10절부터 15절까지. 내가 읽어보겠습니다.

> 그의 자녀가 고아가 되고, 그의 아내는
> 비탄에 빠진 과부가 되며
> 그의 부랑자 자식들은 빵을 구걸하러 다니지만
> 아무도 위안을 줄 수 없게 하소서.
>
> 그가 부정하게 모은 재산은
> 고리대금업자의 먹이가 되고
> 그의 모든 수고의 열매는
> 낯선 자들이 빼앗아 가게 하소서.
>
> 그가 필요로 하는 것에는
> 저들의 자비가 뻗치지 않아 아무것도 찾지 못하고,
> 그의 무력한 자녀에게
> 도움을 주는 자 없게 하소서.

신속한 파멸이 곧 그의

불행한 자손을 붙들게 하고

다음 시대에는 증오 받은 그의 이름이

완전히 소멸되게 하소서.”

“그「시편」알제— 나도 그「시편」알제!” 악장이 서둘러 말했다. “하지만 난 그걸 부르고 싶지 않당게. 그건 노래로 부르라고 만들어진 게 아녀. 집시가 교구 주임목사의 암말을 훔쳤을 때 그 목사의 비위를 맞추려고 한번 부른 적이 있는디 그가 아주 당황해했어. 망신당하지 않고는 아무도 부를 수 없는「시편」을 만들면서 주의 종 다윗은 무슨 생각을 했는지, 나는 헤아리지 못혀! 자 그럼「시편」제4편을 내가 편곡한 새뮤얼 웨이클리의 선율에 맞춰.”

“이런 건방진 놈이 있나! 내가 제109편을 윌트셔 곡조에 맞춰 부르라고 하잖아. 그럼 넌 그걸 불러야 해!” 헨처드가 고함쳤다. “그「시편」을 부르기 전에는 웅얼거리는 너희 패거리 중 한 놈도 이 방에서 못 나갈 줄 알아!” 그가 테이블에서 벗어나 부지깽이를 잡더니 출입문으로 가서 문짝에 등을 기댔다. “자 이제, 시작해. 당신들 골통이 깨지기 싫으면!”

“제발, 제발 그렇게 흥분하지 말어! 이보드라구, 오늘은 안식일이고, 또 그건 주의 종 다윗이 한 말이고 우리가 한 말이 아닝게. 어쩜 이번만은 괜찮지 않겠능가?” 겁먹은 성가대원 하나가 나머지 대원들을 죽 돌아보며 말했다. 그래서 악기들이 조율되었고 그 위협적인「시편」을 불렀다.

“고맙습니다, 고마워요.” 헨처드가 부드러워진 음성으로 말했다. 눈은 풀이 죽어갔고 내노는 그 선율에 무척 감동을 받은 사람의 것이었다.

"당신들은 다윗을 비난하지 않나요?" 그가 눈은 들지 않고 머리만 가로 저으며 낮은 어조로 계속했다. "다윗이 이 「시편」을 쓸 때 자신의 처지를 알았죠. 이처럼 인생이 침울하고 어두울 때 내게 연주와 노래를 들려주는 교회 성가대를, 여유가 있는데도 자비로 유지하지 않는다면 나는 교수형을 당해도 싸죠. 그러나 고통스러운 일은, 부자일 때는 가질 수 있어도 필요하지 않았는데, 지금 내가 가난해지고 나서는 필요한 것을 내가 가질 수 없다는 겁니다!"

그들이 잠시 멈췄을 때 루시타와 파프레이가 이번에는 집 방향으로 다시 지나갔다. 그들도 남들처럼 교회 예배와 티타임 사이에 한길로 가볍게 산책을 나왔다가 돌아가는 습관이 있었다. "우리가 부른 노래에서 얘기한 남자가 저기 있군요." 헨처드가 말했다.

연주자와 성가대 사람들이 머리를 돌려 쳐다보고 그가 말한 뜻을 알아차렸다.

"이를 어쩐당가!" 베이스 연주자가 말했다.

"그가 그 남자요." 헨처드가 집요하게 반복했다.

"그러니께 만일 내가," 클라리넷 연주자가 엄숙하게 말했다. "그것이 실제 살아 있는 사람을 향했다는 걸 알았음, 그 「시편」을 불기 위한 입김이 내 숨통에서는 나오지 않았을 것이제!"

"나한테서도 안 나왔을 거제." 성가대의 으뜸가수*가 말했다. "그런데, 내 생각으로, 그 「시편」은 만들어진 지 아주 오래되었으니께 아마 그 속에 별 뜻이 없을 겨. 그러니 나라면 이웃의 소원을 들어주겠지라. 선율에 대해선 아무것도 말할 게 없으니께."

---

* 최고음(最高音)의 가수.

"아니, 이 사람들이, 당신들이 그걸 불렀잖아." 헨처드가 의기양양하게 말했다. "그에 대해 말하자면, 그가 나를 뛰어넘고 또 밖으로 내던진 건 부분적으로는 자기 노래를 통해서야…… 나도 그처럼 그에게 할 수 있지만 안 하는 거야!" 그가 부지깽이를 자기 무릎에 대고 그것을 마치 잔가지인 것처럼 구부러뜨리더니 바닥에 내팽개쳤다. 그런 다음 그가 문짝에서 벗어났다.

바로 그때 의붓아버지의 소재를 찾은 엘리자베스-제인이 창백하고 고통스러운 얼굴로 실내로 들어섰다. 성가대와 나머지 일행들도 2분의 1 파인트 규칙에 따라 일어나 움직이기 시작했다. 엘리자베스-제인이 헨처드에게 다가가 함께 집에 가자고 간청했다.

이 무렵에는 화산 불 같던 성질도 사그라지고 술을 아주 많이 마신 것도 아니어서 그는 마지못해 따라나섰다. 그녀가 그의 팔을 잡았고 둘이서 함께 걸었다. 헨처드는 성가대가 부른 마지막 소절을 흥얼거리면서, 마치 장님처럼 무표정하게 걸음을 옮겼다.

"다음 시대에는 증오 받은 그의 이름이
완전히 소멸되게 하소서."

마침내 그가 그녀에게 말했다. "나는 한번 말하면 지키는 사람이야. 나는 내 맹세를 21년이나 지켰어. 지금 나는 양심에 아무 거리낌 없이 마실 수 있어…… 그를 생각해서 내가 행동에 옮기지 않으면— 음, 나는 마음만 먹으면 사실 아주 무서운 사람이야. 내가 가진 모든 걸 그가 빼앗아갔어. 맹세컨대 그와 마주치면 내가 무슨 행동을 할지 책임질 수 없어!"

이 절반만 표명된 말에 엘리자베스는 불안해졌다. 헨처드의 표정에서 드러나는 소리 없는 투지 때문에 더욱 그랬다.

"뭘 할 건데요?" 헨처드가 암시하는 바를 너무도 잘 아는 그녀가 불안에 떨며 조심스레 물었다.

헨처드는 대답이 없었다. 둘은 그의 오두막집에 도착할 때까지 계속 함께 걸었다. "제가 들어가도 될까요?" 그녀가 말했다.

"아니, 아니, 오늘은 들어오지 마." 헨처드의 말에 그녀는 발을 돌렸다. 그녀는 파프레이에게 주의를 환기하는 것이 자신의 의무라고 느꼈는데, 꼭 그렇게 하고 싶었기 때문이었다.

파프레이와 루시타는 일요일과 마찬가지로 평일에도 두 마리의 나비거나, 아니면 차라리 살아가기 위해 연합한 한 마리의 벌과 한 마리의 나비처럼 시내를 촐랑거리며 돌아다녔다. 루시타는 남편 없이 외출하는 건 즐기지 않는 듯 보였다. 그래서 파프레이가 사업상 오후 시간을 낼 수 없을 때면 그녀는 그가 돌아올 때까지 집 안에 머무르면서 시간이 흐르길 기다렸고, 그녀의 얼굴은 엘리자베스의 높은 창에서도 보였다. 그러나 엘리자베스는 파프레이가 그녀의 그 같은 헌신에 감사해야 한다고 생각하지는 않았으며, 오히려 독서를 많이 했기에 그녀는, 로절린드의 감탄사 "여인이여, 너 자신을 알라. 무릎을 꿇고 훌륭한 남자의 사랑을 위해 금식하시는 하느님께 감사하라"*를 생각해냈다.

그녀는 헨처드도 계속 관찰했다. 어느 날 건강이 어떠냐는 그녀의 질문에 그는 마당에서 함께 일하는 에이벌 휘틀이 동정의 시선으로 자기를 쳐다보는 게 견디기 힘들다고 대답했다. "그놈은 아주 멍청해서," 헨

---

* 셰익스피어의 희극 「뜻대로 하세요(As You Like It)」에서 여주인공 로절린드Rosalind가 실비우스Silvius의 헌신적 사랑을 거부해온 피비Phoebe에게 던진 말.

처드가 말했다. "내가 주인일 때 가졌던 마음 상태에서 전혀 벗어나질 못해."

"허락만 해주시면 제가 그 사람 대신 아버지 작업 마당에 가서 구멍을 뚫을게요."

그녀는 의붓아버지가 작업하는 파프레이네 마당에 직접 나가 그곳에서 일어나는 상황을 관찰하고 싶었다. 헨처드의 위협이 그녀를 아주 불안하게 만들었으므로, 그와 파프레이가 얼굴을 마주할 때 그가 어떻게 행동하는지 보고 싶었다.

그녀가 마당에 나가고 2, 3일이 지날 동안 파프레이는 한 번도 나타나지 않았다. 그러다가 어느 날 오후 초록 문이 열리고 처음에는 파프레이가, 그리고 뒤따라 루시타가 마당에 들어섰다. 파프레이는 주저 없이 아내를 데리고 앞으로 나섰는데, 그는 그녀와 현재의 날품팔이 건초 일꾼 사이에 말 못 할 과거가 있다고는 전혀 의심하지 않는 눈치였다.

헨처드는 아무에게도 시선을 돌리지 않고 마치 그 일만이 자신을 열중하게 만든다는 듯, 자기가 비트는 끈만 바라보았다. 쓰러진 경쟁자에게 승리를 자랑하는 듯한 행동은 일절 하지 않으려고 늘 조심하는 섬세한 감정의 파프레이는 헨처드와 그의 딸이 일하는 건초 헛간에서 멀리 떨어진 곡물실로 갔다. 그러는 동안, 헨처드가 자기 남편에게 고용된 사실을 전혀 들은 적이 없는 루시타는 어슬렁거리며 헛간으로 갔다가 그곳에서 헨처드와 마주쳤다. 그녀는 깜짝 놀라 "아!" 하고 작은 소리를 뱉었는데, 행복하고 바쁜 파프레이는 너무 멀리 있어서 그 소리를 듣지 못했다.

헨처드는 상대를 움칫하게 만드는 겸손한 태도를 보이며, 휘틀과 나머지 사람들이 하듯 그녀를 향해 자기 모자의 챙을 잡았고, 그러는 그에게 그녀는 "안녕하세요" 하고 나직하게 생기 없이 말했다.

"뭐라고 하셨지요, 부인?" 헨처드가 마치 못 들은 것처럼 물었다.

"안녕하시냐고 했어요." 그녀가 더듬거렸다.

"아 그랬군요— 안녕하세요, 부인?" 그가 다시 자기 모자를 잡으며 대답했다. "만나뵈어 반갑습니다, 부인." 루시타는 당황한 것 같았지만 헨처드는 계속했다. "여기 우리 별 볼일 없는 일꾼들은 교양 있는 부인께서 우리에게 관심을 보여주셔서 대단한 영광을 느낍니다."

그녀가 애원하다시피 그를 힐끗 쳐다봤다. 그의 빈정거림이 너무 불쾌하고 견디기 어려운 눈치였다.

"지금이 몇 시인지 말씀해주시겠어요, 부인?" 그가 물었다.

"네," 그녀가 서둘러 말했다. "4시 반요."

"고맙습니다. 일을 마치려면 아직도 한 시간 반이 남았네요. 아, 부인, 우리 같은 하층민은 부인 같은 분께서 즐기시는 행복한 여가에 대해서는 아무것도 모릅니다."

루시타는 그에게서 벗어날 기회가 오자 곧바로 엘리자베스-제인에게 고개를 끄덕여 인사하고, 울타리가 쳐진 작업 마당의 반대편 끝에 있는 남편에게 갔다. 그곳에서 그녀가 다시는 헨처드와 마주치지 않게 바깥쪽 문으로 멀리 남편을 데리고 가는 것이 보였다. 뜻밖의 일을 당해 깜짝 놀란 게 분명했다.

이 우연한 조우의 결과, 다음 날 아침 우체부가 헨처드의 손에 편지 하나를 전달해주었다.

"당신이," 루시타는 짧은 서신에다가 자기가 쓸 수 있는 최대한의 신랄한 표현을 동원했다. "어느 때고 내가 마당을 지날 때, 오늘 사용한 그런 비꼬는 저의로는 말하지 않겠다고 꼭 좀 약속해주지 않을래? 나는 당신에게 아무런 악감정이 없어. 당신이 내 사랑하는 남편에게 고용된 것도 무척 기뻐. 하지만 그냥 공정하게 날 그의 아내로 대해줘. 은밀한 조롱으로 날 비참하게 만들 생각은 하지 말고. 난 아무 죄도 저지르지 않았고 당신에게 피해를 입힌 것도 없어."

"불쌍한 바보 같으니!" 헨처드가 편지를 던지며 포악하고 맹목적인 애정에 사로잡혀 말했다. "이 따위 편지를 쓰는 데나 몰두하고 그 이상은 모르는군! 내가 이 편지를 그녀가 사랑한다는 남편에게 보여주면 어쩌려고? 빌어먹을!" 그는 편지를 불 속에 집어던졌다.

루시타는 다시는 건초 파트와 곡물 파트 사이로 가지 않도록 조심했다. 차라리 죽을망정 헨처드와 그처럼 가까운 공간에서 두 번 다시 조우하는 위험은 무릅쓰고 싶지 않았다. 그들 사이의 간격은 매일 더 벌어졌다. 파프레이는 실패한 자신의 지인을 늘 배려했으나, 예전의 곡물 상인을 다른 일꾼과 달리 대우하는 일은 더 이상 계속할 수 없었다. 헨처드는 이 사실을 알면서도 둔감한 듯 자신의 감정을 위장하며 숨겼다. 그러면서도 그는 매일 저녁 스리 마리너즈에서 더 자유롭게 마셔대며 자신의 속마음을 굳혔다.

엘리자베스-제인은, 헨처드가 독주를 마시지 않도록 하려는 그녀 나름의 노력으로, 5시가 되면 차를 담은 작은 바구니를 자주 그에게 가져갔다. 어느 날 그녀가 이 심부름을 하려고 도착했을 때 의붓아버지는 곡물 저장고의 꼭대기 층에서 클로버 씨앗과 평지 씨앗*의 양을 재고 있었다. 그에게 올라가며 보니 각 층에는 허공으로 뚫린 문이 닫고리 밑으로 나 있고, 고리에는 자루를 끌어올리기 위한 쇠줄이 매달려 있었다.

사다리로 올라가면서 엘리자베스는 위쪽 문이 열린 상태에서 의붓

* 서양 유채의 일종으로 양의 사료로 쓰기 위해 재배한다.

아버지와 파프레이가 대화를 나누고 있는 걸 발견했다. 파프레이는 아찔한 모서리 가까이 있고 헨처드는 약간 뒤에 떨어져 있었다. 그녀는 그들을 방해하지 않으려고 머리를 더 이상 높이 들지 않고 사다리 중간에서 멈췄다. 그렇게 기다리는 동안 그녀는 의붓아버지가 천천히 손을 들어 파프레이의 어깨 뒤까지 가져가 그의 얼굴을 손아귀에 쥐려는 듯한 동작을 취하는 걸 보았다. 아니면 어떤 공포를 느끼고 일상적인 동작을 그렇게 해석했는지 모른다. 젊은이는 그런 행동을 전혀 의식하지 못했다. 만약 파프레이가 그 모습을 보았더라도 그 동작이 매우 우회적이어서 그저 팔을 뻗는 것으로 여겨졌을 것이다. 그러나 상대적으로 가벼운 접촉만으로도 파프레이가 균형을 잃고 허공으로 거꾸로 떨어지게 만들 수 있었을 것이다.

엘리자베스는 그 장면이 무엇을 의미했는지 생각하면서 마음이 무척 아팠다. 그들이 몸을 돌리자 그녀는 바로 기계적으로 헨처드 앞에 차를 가져다 놓고 자리를 떴다. 그녀는 곰곰 생각해보고, 그 동작이 무의미한 기행일 뿐 그 이상은 아니라고 애써 스스로를 안심시키려 했다. 그러나 한편으로는, 자신이 한때 주인이던 시설에서 종속적인 지위로 추락한 게 헨처드에게 독약처럼 작용하고 있을지도 몰랐다. 마침내 그녀는 파프레이에게 주의를 환기해야겠다고 마음먹었다.

34

    그런 이유로 엘리자베스는 다음 날 아침 5시에 일어나 거리로 나섰다. 날은 아직 밝지 않았다. 짙은 안개가 깔린 시내는 어두운 만큼 조용했다. 다만 자치구의 골격을 이루는 직사각형의 넓은 가로수길에서 나뭇가지에 맺힌 물방울이 똑똑 떨어지며 내는 작은 소리가 합창처럼 들려왔다. 한번은 서쪽 산책로에서 들리고 또 한번은 남쪽 산책로에서 들리더니 이제 양쪽에서 동시에 들렸다. 그녀는 콘스트리트의 막다른 곳에 이르렀다. 파프레이가 움직이는 시간을 잘 아는 그녀가 채 몇 분을 기다리기도 전에 출입문이 쾅 닫히는 익숙한 소리가 들렸고, 이어서 그가 빠른 걸음으로 그녀 쪽으로 다가오는 소리가 들렸다. 그녀는 울타리 길의 마지막 가로수가 그 거리의 마지막 집 곁에 서 있는 지점에서 그를 만났다.

    그는 그녀를 거의 알아보지 못하다가 미심쩍은 듯 훑어보며 말했다. "아니— 헨처드 양, 이렇게 일찍 일어납니까?"

    그녀는 그처럼 부적절한 때에 그를 불러 세워서 미안하다고 말했다. "꼭 말씀드릴 게 있어서요." 그녀가 말했다. "하지만 댁으로 찾아가 파프레이 부인을 놀라게 하고 싶지 않았어요."

"그래요?" 그가 손윗사람다운 쾌활함을 보이며 말했다. "그런데 그게 뭘까요? 정말 친절하시군요."

그녀는 파프레이에게 닥칠지도 몰라 자신이 마음속 깊이 염려하는 그 일을 그에게 제대로 전달하기가 어렵다고 느꼈다. 그러나 어쨌든 그녀는 말을 시작했고 헨처드의 이름을 거론했다. "때때로 저는 두려워요." 그녀가 억지로 말했다. "아버지가 무언가에 현혹되어 어떤 시도를 할까 봐요. 당신에게 모욕을 주려고 말입니다."

"하지만 우리는 친구 중의 친굽니다."

"아니면 당신에게 몹쓸 장난을 칠지도 모르겠어요, 선생님. 아버지가 가혹하게 시달려왔다는 걸 기억했으면 해요."

"하지만 우리는 아주 친합니다."

"아님 무슨 일을 저지를지 모르죠. 당신을 해치거나, 상처를 주거나, 부상을 입히는 짓 말이에요." 단어마다 그 길이의 두 배만큼 고통이 돌아왔다. 그런데도 그녀는 파프레이가 아직도 믿지 않는다는 걸 알 수 있었다. 파프레이 생각에 자기가 고용한 가련한 남자 헨처드는 과거 자기를 지배하던 그 헨처드가 아니었다. 그럼에도 불구하고 헨처드는 과거와 동일한 남자일 뿐만 아니라, 예전에는 잠복해 있던 사악한 성질들이 스스로의 불규칙한 동요에 의해 빠르게 살아나는 남자이기도 했다.

행복에 겨워 나쁜 일은 생각하지 않는 파프레이는 그녀의 우려를 끝까지 가볍게 받아들였다. 그렇게 두 사람은 헤어졌고 그녀는 집으로 향했다. 날품팔이들이 거리로 나오고, 마부들이 수리를 맡긴 물건을 찾으러 마구상(馬具商)으로 가고, 농장의 말들은 편자 대장간으로 향하고, 노동자들도 대체로 분주해지는 시간이었다. 엘리자베스는 자기가 쓸데없는 짓을 했고, 허약한 경고의 말을 해서 바보 같은 인상만 남겼을 뿐이라고 생각하며 비참한 느낌으로 숙소에 돌아왔다.

그러나 도널드 파프레이는 작은 사건 하나도 절대 소홀히 하지 않는 남자였다. 그는 나중에 터득한 관점으로 처음 받은 인상을 수정했으며, 한순간의 충동적인 판단을 불변의 영구적인 판단으로 삼지도 않았다. 서리 내린 새벽길에 만난 엘리자베스의 진지한 얼굴 모습은 그날 여러 번 그의 머릿속에 떠올랐다. 옹골진 그녀의 성격을 아는 그는, 그녀의 귀띔을 모조리 쓸모없는 소리라고 흘려버리지는 않았다.

그렇다고 그가 바로 그 무렵 헨처드를 위해 열심히 준비하던 친절한 계획까지 단념하지는 않았다. 그날 늦게 도시의 법률고문 겸 서기관인 조이스를 만났을 때 그는 계획을 철회할 만한 어떤 일도 일어나지 않은 듯이 얘기했다.

"그 조그만 종묘 가게 말인데요." 그가 말했다. "교회 마당이 내려다보이는 가게, 세 주겠다는 그 가게를 원한 건 날 위해서가 아니라 불행한 동료이자 시민인 헨처드를 위해섭니다. 비록 작은 거지만 그에겐 새 출발의 발판이 될 수 있죠. 벌써 시의회에서 그의 사업 자금을 돕기 위해 시의원들에게 기부금을 갹출하겠다고 말했습니다. 그들이 50파운드를 채우겠다고 약속하면 내가 나머지 50파운드를 부담하겠습니다."

"그려, 그려. 나도 그렇게 들었제. 그 계획에 관해서는 달리 말할 게 없제." 도시의 서기관이 분명하고 솔직하게 대답했다. "그런데 파프레이, 당신이 모르는 걸 다른 사람들은 알고 있제. 헨처드는 당신을 미워해, 그럼, 당신을 미워하제. 당신은 그 사실을 알아야 혀. 나가 알기론 그가 어젯밤 스리 마리너즈에서 공공연하게 당신에 대해 그런 말을 했다아. 남자라면 다른 사람 말을 함부로 하면 안 되는데 말여."

"그래요? 아 그런 겁니까?" 파프레이가 바닥을 쳐다보며 말했다. "그가 왜 그래야 하죠?" 젊은이가 비통스럽게 덧붙였다. "나를 중상하려 한다니 내가 그에게 무슨 피해를 입혔죠?"

"하느님이 알고 계시것제!" 조이스가 눈썹을 치켜세우며 말했다. "그를 참아가면서 계속 고용하고 있다는 건, 당신의 인내심이 참 강하다는 증거랑게."

"하지만 한때 내 훌륭한 동료였던 사람을 쫓아낼 순 없어요. 여기 처음 왔을 당시 딛고 설 발판을 만들 수 있도록 한 사람을 내가 어찌 잊을 수 있겠어요? 아니지요, 안 됩니다. 내가 제공할 하루치의 일이 있는 한 그가 원하면 일을 하게 할 겁니다. 나는 그처럼 사소한 것까지 거절하는 사람이 아닙니다. 하지만 그를 그 가게에 앉히겠다는 계획은 일단 보류하고 좀더 생각해보겠습니다."

이 계획을 포기해야 한다는 생각에 파프레이는 대단히 슬펐다. 그러나 여기저기 떠도는 말들로 이미 계획의 기세는 꺾인 상태였으므로 그는 직접 가게로 가서 계획을 일단 철회했다. 마침 당시 가게 입주자가 같이 있었다. 파프레이는 계획을 철회하는 이유를 설명할 필요가 있다는 생각에서 헨처드의 이름을 언급하고 또 시의회의 의도가 변경되었음도 밝혔다.

크게 실망한 입주자는 헨처드를 보자마자 곧바로 시의회가 그를 위해 사업 자금을 모으려던 계획이 있었는데 그것이 파프레이 때문에 좌절되었다고 말했다. 그런 잘못된 정보가 헨처드의 적대감을 한층 더 키웠다.

그날 저녁 파프레이가 집 안으로 들어왔을 때 계란 반쪽 모양을 한 벽난로의 높은 선반 위에서 찻주전자가 노래하는 것처럼 끓고 있었다. 루시타가 요정처럼 가볍게 앞으로 달려 나와 그의 손을 잡았고 이어서 파프레이가 때맞춰 그녀에게 키스를 했다.

"저런!" 그녀가 창문으로 몸을 돌리며 장난삼아 외쳤다. "이것 봐, 블라인드를 내리지 않았어. 사람들이 들여다보겠어, 아이 창피해!"

촛불을 켜고 커튼이 쳐지고 두 사람이 차를 마시러 앉았을 때, 그녀가 그의 심각한 표정을 감지했다. 그녀는 이유를 직접 물어보지 않고 걱정스러운 시선으로 그의 얼굴을 살폈다.

"누구 왔었어?" 그가 멍하니 물었다. "나 찾아온 사람 있었어?"

"아니." 루시타가 말했다. "괜찮아, 도널드?"

"음, 언급할 만한 가치가 있는 일은 아냐." 그가 비통하게 대답했다.

"그럼 신경 쓰지 마. 당신은 견뎌낼 거야. 스코틀랜드 사람은 항상 운이 좋잖아."

"아냐, 항상 그렇지는 않아!" 그가 테이블 위에 떨어진 빵 부스러기를 응시하더니 고개를 우울하게 가로저으며 말했다. "나는 그렇지 못했던 사람들도 많이 알아! 샌디 맥팔레인, 그는 자신의 운명을 시험하기 위해 미국을 향해 출발했다가 익사했어. 또 아치볼드 리스, 그는 살해당했어! 또 가엾은 윌리 던블리즈와 메이틀런드 맥프리즈, 그들은 나쁜 방향으로 빠져서 그런 사람들의 전철을 밟았어!"

"이런, 어설픈 바보 같으니. 난 그냥 일반적 의미로 말했어. 당신은 항상 그렇게 융통성이 없어 탈이야. 이제 차는 다 마셨으니, 굽 높은 신발과 은색 꼬리표, 그리고 마흔한 명의 구혼자에 관한 그 재미있는 노래 좀 불러줘."

"안 돼, 싫어. 오늘 밤엔 노래를 부를 수 없어! 헨처드 때문이야. 그가 날 미워해서 내가 아무리 노력해도 그의 친구가 되지 못할 것 같아. 약간의 시기심이 있다는 건 나도 이해하려 해. 하지만 그가 느끼는 그

전반적인 분노가 무엇 때문인지 모르겠어. 루시타, 당신이라면 짐작할 수 있겠어? 사업상 나타나는 어떤 경쟁심이라기보다 연적 간의 구식 경쟁과 더 비슷해."

루시타가 약간 창백해졌다. "아니." 그녀가 대꾸했다.

"난 그를 고용하고 있어. 그것까지 내가 거절할 수야 없지. 하지만 그와 같이 열정적인 남자의 경우 행동이 제멋대로일 수 있다는 사실조차 모르는 체할 수는 없어!"

"무슨 말을 들었길래 그래? 오, 사랑하는 도널드." 루시타가 놀라며 말했다. 그녀의 입가에는 "나에 관한 어떤 말?"이 맴돌았다. 하지만 입 밖에 내지는 않았다. 그러나 그녀는 불안을 억누를 수 없었고 눈에는 눈물이 가득 고였다.

"아니, 아니, 당신이 상상하듯 그렇게 심각하진 않아." 그녀만큼 문제의 심각성을 잘 알고 있지 못하는 파프레이가 그녀를 달래며 분명하게 말했다.

"우리가 의논해오던 걸 당신이 실행하면 좋겠어." 루시타가 슬픔에 잠겨 말했다. "사업을 포기하고 우리 멀리 떠나. 우리에겐 돈이 많잖아, 여기 머물 이유가 뭐가 있어?"

파프레이는 다른 곳으로 떠나는 문제를 심각하게 의논할 의사가 있어 보였고 그래서 그들은 손님이 찾아왔다는 전갈을 받을 때까지 그 문제를 놓고 대화를 나눴다. 이웃에 사는 부시장 바트가 들어왔다.

"불쌍한 의사 초크필드의 사망 소식 들었제? 그래 오늘 오후 5시에 돌아갔제." 바트 씨가 말했다. 초크필드는 지난 11월에 시장직을 승계한 시의회 의원이었다.

파프레이가 그 소식을 듣고 애석해하자 바트 씨가 말을 이었다. "음,

우리는 그가 언젠가 세상을 떠나리라는 건 알고 있었고, 또 가족들도 아무 부족함 없이 사니께, 그냥 받아들이는 수밖에 없제. 지금 내가 방문한 건 물어볼 게 있어서여, 아주 은밀하게 말여. 만일 내가 당신을 시장 후임자로 추천하면, 특별한 반대는 없을 건디, 당신은 그 자리를 받을 생각이 있능가?"

"하지만 저보다 순서가 앞서는 사람들이 있습니다. 또 저는 너무 젊어서 주제넘게 나선다는 말을 듣지 않을까요?" 파프레이가 잠시 간격을 두고 말했다.

"천만에. 나는 내 혼자 생각을 말하는 게 아녀. 여러 사람이 당신을 지명했구먼. 거절하지 않겄제?"

"우리는 먼 곳으로 떠날 생각을 했어요." 파프레이를 근심스레 쳐다보면서 루시타가 끼어들었다.

"그건 단지 상상해본 거였지." 파프레이가 중얼거렸다. "만일 시의회의 존경할 만한 다수가 희망한다면 거절하지 않겄습니다."

"아주 좋제. 그럼 당신이 선출되었다고 간주혀. 우리는 너무 오랫동안 나이 먹은 시장만 뽑아왔지라."

그가 가고 난 뒤 파프레이가 생각에 잠겨 말했다. "자 이제, 우리보다 높은 권능에 의해 우리 자신이 지배되는 걸 보았어! 우리는 이것을 계획하지만 막상 실행은 저것을 하지. 사람들이 내가 시장이 되길 원하면 나는 이곳에 있을 거야. 그럼 헨처드는 틀림없이 화가 나서 고래고래 소리를 지르겠지."

이날 저녁 이후 루시타는 매우 불안했다. 만일 그녀에게 몸에 밴 경망함이 없었다면 하루 또는 이틀 뒤 그녀가 우연히 헨처드를 만났을 때 한 것처럼 행동하시는 않았을 것이다. 그 조우는 북적거리는 시장에서 일어났는데, 아무도 그들이 하는 얘기를 선뜻 주목할 수 없을 때였다.

"마이클." 그녀가 말했다, "내가 여러 달 전 당신에게 부탁했던 걸 다시 부탁해야겠어. 당신이 혹시 파기하지 않고 가지고 있는 내 편지나 서류가 있으면 모두 내게 돌려줘. 저지 섬에서 지낸 시간이 완전히 덮이는 게 모두를 위해 얼마나 바람직한지 당신은 잘 알 거야."

"이런, 세상에 뭐 어째? 나는 마차에 있는 당신에게 주려고 당신이 손으로 쓴 쪽지란 쪽지는 하나도 빼지 않고 싸가지고 나갔어. 그런데 정작 당신은 안 나타났어."

그녀는 이모가 갑자기 돌아가셔서 그날 여행할 수 없었다고 설명했다. "그럼 그때의 그 꾸러미는 어떻게 했어?" 그녀가 물었다.

그는 말할 수 없었다. 생각해봐야 했다. 그녀와 헤어진 다음 그는 지금은 파프레이가 살고 있는 자기 옛집 식당의 붙박이 금고에 필요 없는 서류 뭉치를 남겼다는 사실을 기억해냈다. 편지도 그 가운데 있을 것이다.

헨처드의 얼굴에 이가 드러날 정도로 괴기한 웃음이 스쳐갔다. 금고가 열린다면?

이런 일이 있은 바로 그날 저녁, 캐스터브리지에서는 종소리가 엄청나게 울리고, 금관악기, 목관악기, 현악기, 그리고 가죽으로 만든 악기로 구성된 밴드들이 그 어느 때보다도 더 풍부한 타악기 소리와 함께 시내를 돌면서 연주했다. 그 시작이 찰스 1세* 시대까지 거슬러 올라가는, 이 도시의 지배층을 뽑는 2백여 번째 선거로 파프레이는 시장이 되었고 아름다운 루시타는 선망의 대상이었…… 그러나 아뿔싸, 저 꽃봉오리 속의 벌레**인 헨처드, 그는 무엇을 말할 수 있을 것인가!

---

　* Charles the First: 1625~49년에 잉글랜드를 통치한 왕.
　** 원문은 that worm i' the bud: 셰익스피어의 「십이야*Twelfth Night*」에 나오는 표현.

헨처드는 그동안 자기에게 작은 종묘 가게를 맡기려는 계획을 파프레이가 반대했다는 잘못된 정보 때문에 가슴에 울분이 사무친 상태였다가 시장 선거 소식마저 듣게 되었다(이 선거는 파프레이가 상대적으로 젊은 데다 스코틀랜드 출신이라는 점에서 전례가 없다는 이유로 이례적인 관심을 끌었다). 몰락한 헨처드는 태머레인*의 트럼펫 소리처럼 커다란 타종 소리와 밴드의 연주를 듣는 게 말로 표현할 수 없을 정도로 괴로웠다. 그에게는 이제 자신을 축출하는 작업이 완성된 것으로 보였다.

이튿날 아침 헨처드는 여느 날처럼 곡물 마당에 출근했다. 11시경 파프레이가 초록 문을 통해 마당에 들어왔는데, 그는 자기가 고명한 사람이라는 티를 전혀 내지 않았다. 이번 선거 결과 한층 확실해진 그와 헨처드 사이의 지위 변화가, 겸손한 손아래 남자의 태도를 약간 당황스럽게 만들었다. 그러나 헨처드의 겉모습은 이 모든 것을 못 본 체 넘어가는 사람 같았다. 파프레이는 마당에서 당장 그의 공손함과 맞닥뜨렸다.

"자네에게 물어보려 했어." 헨처드가 말했다. "아마 식당에 있는 옛날 금고에 내가 남겨놓은 꾸러미가 하나 있을 듯한데." 그가 상세한 사항을 덧붙여 말했다.

"그렇다면, 그건 거기 그대로 있겠죠." 파프레이가 말했다. "아직 그 금고는 전혀 손대지 않았어요. 밤에 편안하게 자려고 전 제 서류를 은행에 보관합니다."

"아주 중요한 건 아니었어— 내겐." 헨처드가 말했다. "하지만 괜찮다면 오늘 저녁에 그걸 찾으러 가지."

헨처드가 약속을 이행하려고 집을 나선 것은 아주 늦은 시각이었다.

---

* Tamerlane: 몽골에서 터키까지의 광활한 지역을 정복한 몽골인 통치자 티무르 렌크(Timur Lenk, 1336~1405)의 영어식 이름.

요즈음 늘 그러듯 그로그를 실컷 마신 그는 그 집에 가까워질수록 마치 무시무시한 형태의 오락을 계획하는 것처럼 냉소적인 기분으로 입술을 삐죽거렸다. 그 심술이 무엇이든지 간에 집에 들어서도 나름의 활기가 예전보다 줄어들지 않았는데, 그의 입장에서는 주인으로 살다 떠난 이후 처음 그 집을 찾아온 것이었다. 그에게는 초인종 소리가 마치 그를 저버리려고 뇌물을 받은, 매일 틀에 박힌 지겨운 일을 하는 친숙한 사람의 목소리처럼 울렸다. 출입문들은 지나가버린 날이 다시 살아나는 것처럼 움직였다.

파프레이가 그를 식당으로 안내했다. 그곳에서 그는 당장 벽에 붙박이로 붙어 있는 철제 금고, 자신의 지시를 받고 솜씨 좋은 자물쇠 장수가 만든 바로 **자신**, 즉 헨처드의 금고를 열었다. 파프레이는 그것들을 돌려주지 않아 미안하다면서 금고에서 그 꾸러미와 다른 서류를 끄집어냈다.

"신경 쓰지 말게." 헨처드가 무미건조하게 말했다. "사실 이건 대부분 편지들이야…… 그렇지." 그가 앉아서 루시타의 열정적인 편지 뭉치를 풀며 말을 계속했다. "여기 있군. 이것들을 다시 보게 되다니!— 파프레이 부인은 어제의 행사 후에도 건강하시겠지?"

"약간 피곤했나 봅니다. 일찌감치 잠자리에 들었습니다."

헨처드는 다시 편지 뭉치로 돌아가 그것들을 흥미롭게 분류했는데, 파프레이는 식탁 맞은편 끝에 앉아 있었다. "자네도 물론 잊지 않았겠지?" 그가 다시 말했다. "내가 자네에게 말해준 내 과거의 그 별난 시기와 자네가 그 일에 관해 도움을 준 일을 말이야. 이 편지들은 사실 그 불행한 일과 관련이 있어. 지금은 고맙게도 모든 게 다 끝났지만."

"그 가련한 여성은 어찌 되었습니까?" 파프레이가 물었다.

"다행스럽게도 그녀는 결혼했어, 잘 결혼했어." 헨처드가 말했다. "그래서 그녀가 내게 퍼부었던 비난의 말들은 지금 내게 어떤 가책도 일으키지 않아. 그녀가 결혼하지 않았더라면 달랐겠지만…… 분노한 여자가 무슨 말을 하려는지 그저 들어나 보게!"

파프레이는 아무 관심도 없고 하품이 터질 것 같았지만 기꺼이 헨처드의 비위를 맞추려고 정중한 주의를 기울였다.

"'내게는,' 헨처드가 읽었다. "사실 전혀 미래가 안 보여. 난 관습에 전혀 얽매이지 않고 당신에게 헌신한 사람이야. 당신 아닌 다른 남자의 아내가 되는 건 불가능하다고 느끼면서도 당신에겐 아직도 거리에서 만나는 첫 여자 이상이 못 되는 그런 사람이야. 난 당신이 정말 날 속일 의도는 없었다는 걸 믿고 책임을 면제해주지만, 그럼에도 불구하고 당신은 내가 잘못된 행동을 하도록 만드는 바로 그 통로야. 당신의 현재 아내가 죽으면 나를 그 자리에 앉히겠다는 게 어느 정도 위안은 되지만 그 위안이 얼마나 오래가겠어? 난 이렇게 지내고 있어. 몇 안 되는 지인에게 버림받고, 당신에게 버림받은 채.'"

"이런 식으로 그녀가 내게 편지를 계속 보내왔지." 헨처드가 말했다. "이처럼 엄청나게 많은 말들을 말이야. 그것도 이미 저질러진 일들에 대해 내가 고칠 수 있는 게 없을 때."

"그렇습니다." 파프레이가 무심코 대답했다. "여자들은 다 그렇습니다." 그러나 사실 그는 남녀관계에 대해 아는 게 거의 없었다. 다만 자기가 흠모한 여자의 말투와 저 이방인 여자의 말투에 어떤 유사성이 있음을 감지하면서, 그는 아프로디테라면, 그녀가 상정하는 성격이 누구의 것이든, 그런 식으로 말했을 것이라고 판단했다.

헨처드가 또 다른 쪽지를 개봉하고 읽어 내려갔는데 먼저와 마찬가지로 서명이 있는 곳에서 멈췄다. "그녀의 이름은 말하지 않겠어." 그가 차분하게 말했다. "그녀가 나와 결혼하지 않고 다른 남자와 결혼했으니까 그녀에게 공평하려면 내가 절대로 그럴 순 없어."

"그렇죠, 암 그렇죠." 파프레이가 말했다. "헌데 선생님의 부인 수전이 돌아가셨을 때 왜 그녀와 결혼하지 않았습니까?" 이렇게 물으면서 파프레이는 몇 가지 질문을 더 던졌는데, 그의 말투는 자기는 이 일과는 관계가 아주 먼 사람이라는 듯 편안하고 무심했다.

"아, 자네가 그걸 묻는 게 무리는 아니지." 헨처드가 다시 입에 초승달 모양의 쓴웃음을 어렴풋이 드러내면서 말했다. "그녀의 모든 억지 항변에도 불구하고, 내가 관용을 베풀어 그렇게 하려고 나섰는데 그녀는 나를 위한 여자가 아니었어."

"그녀가 벌써 다른 사람과 결혼했습니까, 혹시?"

헨처드는 더 상세한 내용으로 들어가면 너무 아슬아슬하다고 생각하는 듯했다. 그가 대답했다. "맞아."

"그 젊은 여자는 틀림없이 옮겨 다니는 걸 아주 수월하게 견디는 심성이네요."

"그녀는 그랬어, 그랬지." 헨처드가 힘주어 말했다.

그는 세번째, 네번째 편지를 개봉해 읽었다. 이번에는 나머지 부분과 함께 정말 서명이 나올 것처럼 결론 부분으로 접근해갔다. 그러나 이번에도 서명 앞에서 멈췄다. 예상할 수 있듯이, 사실 그의 의도는 이 드라마의 정말 마지막 순간에 그 이름을 읽음으로써 커다란 재앙을 초래하는 것이었다. 그는 그것만 상상하면서 이 집으로 왔다. 그러나 그는 이 자리에 앉아서 냉혹하게 그 짓을 할 수는 없었다. 사람들의 가슴에 그렇게 못을 박는 것은 그에게조차 끔찍스러운 일이었다. 그의 성질로 말하자면 한창때에는 그 두 사람을 제거해버릴 수도 있을 정도였다. 그러나 독설로 그렇게 한다는 것은 그의 적개심이 아무리 대단하다 해도 불가능한 일이었다.

35

파프레이의 말대로 루시타는 피곤해서 일찍 자기 방에 들었다. 그러나 그녀는 잠자리에 눕지는 않고 침대 머리맡 의자에 앉아 책을 읽으며 그날 일어난 일들에 대해 생각했다. 헨처드의 초인종 소리를 들은 그녀는 비교적 늦은 시각에 찾아온 사람이 누굴까 궁금했다. 식당은 거의 그녀의 침실 밑에 있었다. 그녀는 누군가 그 방으로 들어가는 소리를 들었고 지금은 어떤 사람이 무언가를 읽는 불분명한 속삭임을 들을 수 있었다.

평상시 파프레이가 위층에 올라오는 시간이 이미 지났지만 아직도 그 읽기와 대화는 계속되었다. 그녀는 어떤 엄청난 범죄가 저질러져서 누군지 알 수 없는 그 방문객이 『캐스터브리지 크로니클』 특별판에 실린 그 범죄 기사를 읽고 있다고밖에는 달리 생각할 수가 없었다. 마침내 그녀는 방에서 나와 계단을 내려갔다. 식당 문이 약간 열려 있고 휴식을 취하는 집안 식솔들도 조용해서, 그녀는 아래쪽 층계에 도달하기 전에 그 목소리와 말을 분간할 수 있었다. 그녀는 얼어붙은 듯 제자리에 멈췄다. 자기가 쓴 글이 헨처드의 음성으로 마치 무덤에서 나온 영혼들처럼 그녀를 맞이했다.

루시타는 뺨을 부드러운 난간에 얹으면서, 마치 고통 속에서 그것을 친구 삼으려는 듯 계단의 작은 기둥에 몸을 기댔다. 이 자세로 굳어진 그녀의 귀에 점점 더 많은 말들이 잇따라 들어왔다. 그러나 그녀가 가장 놀란 것은 남편의 말투였다. 그는 단지 자신의 시간을 내 들어주고 있는 남자의 억양으로 말했다.

"한마디만 하겠습니다." 종이가 부스럭거리는 소리가 나는 것으로 보아 헨처드가 또 다른 편지를 펼치고 있는 게 분명한 가운데 파프레이가 말했다. "선생님만 보시라고 쓴 걸 낯선 사람에게 이리 장황하게 읽어주면, 이 젊은 여인의 기억에 대해 정말 온당한 일이 될까요?"

"음 그럼." 헨처드가 말했다. "여자의 이름을 말하지 않음으로써 나는 어느 특정인의 스캔들이 아니라 모든 여성에게 해당되는 하나의 본보기로 삼는 거야."

"제가 선생님이라면 그걸 모조리 파기했을 겁니다." 이제까지보다 그 편지들에 대해 더 깊이 생각하면서 파프레이가 말했다. "그 내용이 알려지면 딴 남자의 아내인 그 여자의 명예에 상처가 클 겁니다."

"아니 나는 이것들을 파기하지 않을 거야." 헨처드가 편지들을 집어넣으면서 낮은 목소리로 말했다. 그다음 그가 일어섰고 루시타는 더 이상 듣지 못했다.

그녀는 반쯤은 실성한 상태로 침실로 돌아왔다. 그녀는 엄청난 두려움에 옷을 벗지도 못하고 그저 침대 가장자리에 앉아 기다렸다. 헨처드가 작별 인사를 하며 비밀을 발설할 것인가? 그녀는 극도로 긴장했다. 파프레이와 처음 사귈 때 그에게 모든 사실을 고백했더라면, 한때 짐작했던 바와는 달리, 그는 아마 그 문제를 극복하고 그가 했던 대로 그녀와 결혼했을 것이다. 그러나 이제 와서 그에게 사실을 털어놓는 것은 그녀에게나 다른 누구에게나 치명적일 것이다.

출입문이 쾅 하고 닫혔다. 남편이 빗장을 거는 소리가 들려왔다. 그가 늘 하던 대로 주위를 돌아본 후 느릿느릿 계단을 올라왔다. 그가 침실 문 근처에 나타났을 때 그녀의 눈은 거의 생기를 잃었다. 그녀의 의심스러운 눈초리가 잠시 허공을 맴돌았다. 그러나 그녀는 그가 막 귀찮은 일에서 풀려난 사람처럼 활기찬 미소를 지으며 자기를 쳐다보는 모습에 기뻐 놀랐다. 더 이상 버틸 수 없었던 그녀가 발작적으로 흐느꼈다.

그녀가 안정을 되찾도록 보듬은 파프레이가 아주 당연히 헨처드에 대해 이야기했다. "방문객으로는 그가 어떤 사람보다도 최악이야." 그가 말했다. "게다가 내 생각에 그는 약간 정신이 나간 사람 같았어. 자기의 과거와 관련된 편지들을 길게 읽었는데, 난 그 짓거리를 듣고 받아주는 수밖에 없었거든."

이것으로 충분했다. 그렇다면 헨처드는 누설하지 않은 것이다. 헨처드가 문간에 서 있을 때 파프레이에게 마지막으로 한 말은 요컨대 다음과 같았다. "음, 잘 들어줘서 정말 고마워. 언젠가 때가 되면 그 여자에 대해 더 말해줄게."

경과를 알게 된 그녀는 헨처드가 이 문제를 거론한 동기가 도대체 무엇인지 몰라 매우 혼란스러웠다. 이런 경우 우리는 스스로나 친구에게서는 결코 찾을 수 없는 일관된 행동이 적에게서는 가능하다고 인정하고, 또 관용을 베풀 때뿐만 아니라 복수를 할 때에도 마음이 부족해 이런저런 시도가 허탕이 될 수 있다는 사실을 망각하기 때문이다.

다음 날 아침 루시타는 침대에 누워, 막 시작된 공격을 어떻게 받아넘길 것인지 곰곰 생각해보았다. 어렴풋이 생각하기에, 파프레이에게 사실대로 과감하게 털어놓는 것은 아직 지나친 모험이었다. 그렇게 했다가 세상의 다른 사람들처럼 그가 그 사건을 그녀의 불행이라기보다 그녀의 잘못이라고 믿게 될까 몹시 두려웠다.

그녀는 파프레이가 아니라 자신의 적인 바로 그 남자에게 설득 전술을 쓰기로 결심했다. 그것만이 여자인 자신에게 유일하게 남아 실행 가능한 무기로 보였다. 일단 계획을 세운 그녀는 침대에서 일어나 이처럼 자신을 애태우고 있는 그 남자에게 편지를 썼다.

"어젯밤 우연히 당신이 남편과 만나 얘기하는 소리를 들었어. 복수하겠다는 당신의 의도는 알았어. 그 생각만 하면 내가 슬픔으로 무너지고 허물어져. 고통 받는 여자가 불쌍하지도 않아? 당신이 내 모습을 보면 마음이 누그러질 거야. 최근에 내가 얼마나 근심해왔는지 당신은 몰라. 당신이 일을 마치는 해가 지기 직전의 시간에 맞춰 원형경기장으로 갈게. 그곳에 나와주면 고맙겠어. 당신을 만나 앞으로는 그런 짓궂은 장난질을 하지 않겠다는 말을 당신 입으로 직접 듣지 못하면 내가 편히 살 수 없어."

호소의 편지를 마무리하면서 그녀가 혼자 중얼거렸다. "눈물이나 애원이 강자와 싸우는 약자를 도와준 적이 있다면, 지금이 바로 그런 도움을 기대할 때야!"

이런 기대 속에서 그녀는 이제껏 해오던 것과 다른 화장을 했다. 이제까지 그녀는 화장으로 성인인 자신의 자연스러운 매력을 고조시키려고 변함없이 노력했고 이 분야에서는 풋내기가 아니었다. 그러나 지금 그녀는 그 매력을 무시할 뿐만 아니라 자연스러운 겉모습을 손상시키기 위해 애썼다. 원래 살짝 찡그린 표정인데다 전날 밤 거의 잠을 이루지 못한 덕분에 예쁘지만 나소 시신 그녀의 모습 위에 극심한 슬픔으로 늙어가는 얼굴이 만들어졌다. 그녀는 미리 계획하기도 했지만 정신이 없기도 해서, 가장 허름하고 평범하며 가장 오래 방치했던 옷을 골라 입었다.

그녀는 남이 알아보지 못하게 베일로 얼굴을 가리고 집에서 재빨리 빠져나왔다. 그녀가 원형경기장 맞은편 길로 올라섰을 때 태양은 눈꺼풀에 떨어진 한 방울의 피처럼 언덕 위에 머물러 있었다. 그녀는 서둘러 경기장으로 들어섰다. 경기장 안쪽은 어둑어둑했는데, 그 안에 살아 있는 것은 하나도 없다고 강조하는 것 같았다.

헨처드가 오기를 바라는 두려운 희망이 실망으로 변하지는 않았다. 헨처드가 꼭대기를 넘어 내려왔기 때문이다. 루시타는 숨을 죽이고 기다렸다. 그러나 경기장에 도착했을 때 그녀는 그의 태도가 달라진 것을 보았다. 그는 그녀에게서 약간 떨어진 곳에 잠자코 서 있었는데 그녀는 왜 그러는지 짐작할 수가 없었다.

아무도 알 수 없었을 것이다. 사실은 이랬다. 기분파에다가 침울하며 미신을 믿는 이 남자를 만나려고 루시타가 이 장소와 이 시각을 정한 것이, 자기도 모르는 사이에, 대화 이외에 사용할 수 있는 가장 강력한 무기로 자신의 애원을 뒷받침한 꼴이 되었다. 거대한 울타리 한가운데에 있는 그녀의 모습, 지나치게 검소한 그녀의 복장, 애원하고 호소하는 그녀의 자세는, 지난날 그곳에 그렇게 서 있었고 이제는 세상을 떠나 쉬고 있는, 또 다른 학대당한 여인의 기억을 헨처드의 마음속에 상기시켰다. 그는 용기가 꺾였고 그의 가슴은 그렇게 허약한 한 여성에게 보복을 시도한 스스로를 강력하게 책망했다. 그가 그녀에게 다가올 때, 그리고 그녀가 입을 떼기도 전에 그녀는 이미 목적의 절반은 이룬 셈이었다.

그는 냉소적이며 무관심한 표정으로 내려왔다. 그러나 지금 그는 험악한 미소를 지우고 친절하며 차분한 어조로 말했다. "잘 있었어? 당신이 날 보자고 해서 오니까 참 기뻐."

"아, 고마워." 그녀가 근심스럽게 말했다.

"당신이 그처럼 아파 보이는 게 정말 안됐어." 그가 숨김없이 뉘우치며 말을 더듬거렸다.

그녀가 고개를 가로저었다. "안됐다는 말이 나와?" 그녀가 물었다. "계획적으로 그런 상황을 만든 당신이?"

"뭐라고?" 헨처드가 불쾌하다는 듯 말했다. "내가 한 짓 때문에 당신이 그렇게 아파 보인다는 거야?"

"모두 당신이 한 짓 때문이지!" 그녀가 말했다. "내게 다른 고민은 없어. 당신이 위협만 하지 않으면 내 행복은 충분히 안전해. 마이클, 제발 이런 식으로 날 허물지 마. 이제 할 만큼은 했다고 여길 수도 있잖아! 내가 여기 처음 왔을 때는 젊은 여자였지만, 이젠 어느새 나이 든 여자가 되고 말았어. 남편이나 다른 남자나 아무도 오랫동안 날 관심 있게 바라보진 않을 거야."

헨처드는 무장해제되었다. 이 장소에 첫번째 여인과 꼭 닮은 사람으로 나타난 이 애원자에 의해 그가 오랜 기간 여성에 대해 지녀왔던 거만한 연민의 감정이 깊어졌다. 더군다나 불쌍한 루시타는 그녀가 겪은 모든 곤경의 원인인 그 경솔하고 앞을 내다볼 줄 모르는 본성을 아직도 지니고 있어서, 얼마나 위험한 짓인지도 모른 채 이런 남부끄러운 방식으로 그를 만나러 이곳에 온 것이다. 이런 여자는 사냥감이 되기 쉬운 아주 작은 사슴에 불과했다. 그는 수치스러웠고 루시타에게 창피를 주겠다는 모든 열정과 욕구가 사라졌다. 그는 더 이상 그녀의 남편 파프레이가 부럽지 않았다. 그는 단지 돈과 결혼했을 뿐 그 이상은 아니었다. 헨처드는 게임에서 손을 떼고 싶은 생각이 간절했다.

"자, 내가 어떻게 해주면 되겠어?" 그가 점잖게 말했다. "내가 분명하게 아주 기꺼이 당신 하자는 대로 할게. 내가 그 편지를 읽은 건 단지 짓궂은 장난이었어. 내가 폭로한 건 아무것도 없잖아."

"당신이 가진 편지든 서류든 뭐가 됐든 결혼 운운하는 내용이나 더 심한 걸 담고 있는 건 모두 내게 돌려줘."

"그렇게 하지. 일체의 쪽지를 당신이 갖게 될 거야…… 그런데 우리 사이니까 하는 얘긴데 루시타, 그가 조만간 그 일에 대해 무언가 알게 될 것 같아."

"아," 그녀가 떨리는 목소리로 간절하게 말했다. "내가 충실하고 가치 있는 아내라는 게 그에게 입증될 때까지는 그런 일이 없어야 될 텐데. 일단 그렇게 된 다음엔 그가 내 모든 잘못을 용서할 거야!"

헨처드가 조용히 그녀를 바라봤다. 그는 그처럼 간절한 사랑을 받는 파프레이를 다시 질투할 뻔했다. "음, 나도 그렇게 되길 바라." 그가 말했다. "어쨌건 당신은 틀림없이 그 편지들을 돌려받게 되고, 비밀은 지켜질 거야. 내가 맹세하지."

"당신은 참 훌륭한 사람이야! 그것들은 어떻게 받을까?"

그가 생각해보더니 다음 날 아침 보내주겠다고 말했다. "자, 이제 그만 의심해." 그가 덧붙였다. "약속 지킬게."

36

루시타가 헨처드를 만나고 돌아와 자기 집 출입문에 이르렀을 때 가장 가까운 가로등 옆에 한 남자가 서 있는 게 보였다. 그녀가 안으로 들어가려고 발을 멈춘 순간 그가 다가와 말을 걸었다. 조프였다.

그는 이렇게 말을 걸어 죄송하다면서 다음과 같이 말했다. 이웃의 곡물 상인이 노무 출자 사원* 한 사람을 추천해달라고 파프레이 씨에게 부탁하는 걸 들었는데, 그게 사실이면 파프레이 씨가 자신을 추천해주기 바란다. 자기는 보증금을 많이 낼 수 있고 이런 사연을 모두 편지로 써서 파프레이 씨에게 전했다. 그래도 루시타가 자기에게 유리한 말 한마디를 남편에게 건네준다면 매우 고맙겠다는 내용이었다.

"그건 나는 전혀 모르는 일이에요." 루시타가 차갑게 말했다.

"그렇지만 제 신용에 대해서는 누구보다도 잘 증명하실 수 있잖아요, 부인." 조프가 말했다. "저는 여러 해 동안 저지 섬에 살았고, 그곳에

---

* 돈이나 물자 대신 업무 집행이나 노무를 제공하는 공동 사업자.

서 당신과 안면이 있었죠."

"그랬군요." 그녀가 대답했다. "하지만 난 당신에 대해선 전혀 아는
게 없는데요."

"부인, 한두 마디만 해주시면 제가 간절히 원하는 일을 할 수 있게
된답니다." 그가 고집했다.

그녀는 그 일에 끼어들지 않으려고 끝까지 거절했다. 또 남편이 자기
를 찾기 전에 집 안에 들어가야 했기 때문에 그녀는 그의 말을 중간에
끊어버리고 그를 길에 세워둔 채 그 자리를 벗어났다.

조프는 루시타가 시야에서 사라질 때까지 주시하다가 자기 집으로
향했다. 집에 돌아온 조프는 불씨 없는 벽난로 옆에 앉아서 난로 안의
장작 받침대와 아침이 되면 주전자를 데우려고 받침대 위에 가로질러 쌓
은 장작을 바라보았다. 위층의 어떤 움직임이 그를 성가시게 했는데 헨
처드가 침실에서 내려온 것을 보니 위층에서 헨처드가 상자를 뒤진 것
같았다.

"도와줬으면 하는 일이 있네, 조프." 헨처드가 말했다. "내 말은 자
네만 가능하다면, 오늘 밤 이걸 파프레이 부인 집에 가져가서 그녀에게
전달해달라고 맡기게. 물론 내가 직접 가져가야겠지만 남들에게 보이는
게 싫어서 그래."

그가 갈색 종이로 포장해 밀봉한 묶음 하나를 넘겨줬다. 헨처드는
자신의 약속을 지켰다. 그는 집 안에 들어오자 곧바로 얼마 되지 않는
자신의 소지품을 뒤졌고 그중 루시타의 글씨가 들어간 걸 모두 모아 묶
음을 만들었다. 조프는 담담하게 그러겠노라고 했다.

"음, 오늘은 어떻게 지냈어?" 그의 하숙인이 물었다. "일자리를 얻을
전망은 보이나?"

"그러지 못해 걱정이죠." 조프가 말했는데 파프레이에게 부탁한 사연은 상대방에게 꺼내지 않았다.

"캐스터브리지에는 앞으로 일자리가 전혀 없을 거야." 헨처드가 단호하게 말했다. "더 멀리 떨어진 지역으로 나가봐야 할걸." 그는 조프에게 먼저 자겠다고 말하고는 그 집의 자기 거처로 돌아갔다.

조프는 자리에 앉은 채로 촛불 심지가 타면서 벽에 만들어내는 울렁이는 그림자에 시선을 빼앗겼다. 타고 있는 촛불을 보니 심지 머리가 작열하는 꽃양배추처럼 보였다. 그의 시선이 헨처드가 건넨 종이 묶음으로 옮겨갔다. 그는 헨처드와 지금의 파프레이 부인 사이에 구애와 관련된 어떤 과거가 있다는 걸 알고 있었는데 그 사연에 대한 그의 막연한 짐작은 다음과 같이 좁혀졌다. 헨처드가 파프레이 부인 소유의 서류 뭉치를 갖고 있는데 그것을 직접 그녀에게 돌려주지 못할 이유가 있다. 그 안에 뭐가 들었을까? 그렇게 추측하고 또 하다가 그는, 루시타의 거만함을 상기하며 저도 모르게 치솟은 분노와 그녀와 헨처드 사이의 거래에 어떤 약점이 있는지 알고 싶은 호기심에 고무되어 그 묶음을 자세히 살펴보았다. 펜이나 필기와 관련된 물건은 헨처드의 능력으로는 다루기 힘든 도구여서 그는 날인하지 않고 봉랍(封蠟)*을 붙였다. 그에게는 그러한 봉함 방식의 효력이 날인에 의존한다는 생각이 전혀 없었다. 조프는 초보자가 아니었다. 그는 작은 주머니칼로 봉랍 중 하나를 들어 올렸고 그렇게 생긴 끝 부분으로 안을 들여다보아 그 묶음이 편지 뭉치인 것을 알았다. 이 정도의 정보에 만족한 그는 왁스를 촛불로 부드럽게 녹여 간단하게 끝을 다시 밀봉했고, 요청받은 대로 그 꾸러미를 들고 집 밖으로 나

---

* 편지, 포장물, 병 등을 봉하여 붙이는 데 쓰는 수지질(樹脂質)의 혼합물.

왔다.

그는 도시 저지대의 강변 오솔길로 걸어갔다. 시내 중심가의 말단에 위치한 다리의 가로등 불빛이 미치는 지점에 그가 이르렀을 때, 다리 위에 느긋하게 서 있는 컥섬 할머니와 낸스 모크리지가 보였다.

"침대 속으로 기어들기 전에 피터즈 핑거에나 한번 가볼까 혀서 지금 막 믹센레인 길로 내려가던 참이제." 컥섬 할머니가 말했다. "거기선 바이올린과 탬버린 연주가 벌어지제. 이런, 세상에 뭐가 그리 바쁘당가? 당신도 우리랑 함께 가 조프, 5분이면 충분혀."

조프는 대체로 이들과 어울리지 않고 지냈다. 그러나 현재 상황이 그를 평상시보다 좀더 무모하게 만들었으므로 그는 군말 없이 그곳에 들렀다가 자신의 목적지로 가기로 결심했다.

더너버의 위쪽 지대는 주로 헛간과 농장 건물들이 흥미롭게 뒤섞인 곳이지만, 그 교구에는 그다지 아름답지 못한 측면도 있었다. 이것이 믹센레인이었는데, 지금은 대부분 허물어지고 없다.

믹센레인은 주변 모든 마을의 아둘람*이었다. 그곳에는 곤경에 처한 사람, 빚진 사람, 기타 온갖 곤란한 처지에 빠진 사람들이 은신했다. 농사일에 약간의 밀렵을 곁들이고, 밀렵에 약간의 언쟁과 술주정을 곁들였던 농장의 임금노동자와 여타 농사꾼들은 자신도 모르는 사이에 믹센레인에 와 있는 스스로를 발견하곤 했다. 너무 게을러 생산수단을 기계화하지 못한 시골 기술자들과 너무 반항적이어서 남의 시중을 들지 못하는 시골의 하인들도 떠돌다가 또는 어쩔 수 없이 믹센레인에 모여들었다.

---

* Adullam: 다윗이 사울 왕으로부터 피신해 있던 동굴(「사무엘상」 22: 1).

오솔길과 오솔길을 둘러싸며 뒤얽힌 초막(草幕)들이 마치 모래톱처럼 축축하고 안개 긴 저지대로 뻗어나갔다. 믹센레인에는 가련하고 저열하고 사악한 것들이 모여들었다. 범죄는 이웃집 출입문으로 제멋대로 들락날락거렸다. 지붕 아래에는 반쯤 허물어진 굴뚝뿐 아니라 무모함도 함께 기거했다. 수치심은 내닫이창으로 밀려났다. (궁핍할 때면) 도둑질은 갯버들 초막과 토담집에서도 벌어졌다. 도살조차 이곳에서는 모조리 은밀하지는 않았다. 샛길 하나 위의 오두막집 일대에 오래전의 질병을 기억하는 제단이 세워졌을 수도 있다. 헨처드와 파프레이가 시장이던 당시의 믹센레인은 그런 곳이었다.

그렇지만 튼튼하게 번성하는 캐스터브리지를 나무라고 하면 흰 곰팡이가 핀 잎사귀에 해당하는 이곳은 탁 트인 벌판 가까이 위치하고 있었다. 일렬로 선 웅장한 느릅나무에서 100미터도 떨어지지 않았고 높이 치솟은 고지대의 황야와 보리밭, 그리고 저명인사의 저택들을 넘어가는 전망도 좋았다. 개울 하나가 황야를 빈민 지역 안의 공동주택과 갈라놓았는데 겉으로 보기에는 개울을 건널 방법이 없어서 주택이 있는 곳으로 가려면 길을 돌아가야 했다. 그러나 주택 거주자들은 모두 계단 아래에 폭이 20센티미터 남짓한 용도를 알 수 없는 널빤지를 하나씩 가졌는데, 그 널빤지가 바로 비밀 다리였다.

만일 당신이 그 난민 거주자 중 하나인데, 어두워진 뒤에, 즉 이곳의 업무 시간이라고 할 무렵에 일에서 돌아온다면, 당신은 황야를 몰래 가로지르고, 앞서 언급한 개울의 경계에 다가가 당신이 소속된 주택의 맞은편에서 휘파람을 분다. 그 소리를 듣고 건너편에서 누군가 하늘을 향해 세로로 세운 다리를 들고 나타나 개울 위에 내린다. 다리를 건너가면 당신이, 이웃 영지에서 챙겨온 꿩이나 토끼들과 함께, 제대로 땅을 딛도록 손 하나가 도와준다. 당신은 이튿날 교활하게 그것들을 팔고, 그다음 날에는 치안판사 앞에 서고, 당신의 등에는 당신을 동정하는 모든 이웃들의 시선이 집중된다. 당신은 한동안 보이지 않는다. 얼마 뒤 다시 믹센 레인에서 소리 없이 살고 있는 당신이 보인다.

땅거미가 질 때 오솔길을 따라 걷는 이방인은 가는 길에 몇 가지 기이한 특징들과 마주치고 놀란다. 하나는 중간쯤 갔을 때 여관의 뒤쪽 구내에서 간간이 들려오는 우르릉 소리다. 이것은 구주회(九柱戱)*가 열린다는 의미다. 다른 하나는 다양한 주거지에서 아주 널리 퍼지는 휘파람 소리로 거의 모든 열린 문에서 무언가를 부는 소리가 흘러나온다. 또 하나는 출입문 부근의 여자들이 거무칙칙하고 긴 겉옷 위로 걸친 하얀 앞치마다. 아주 깨끗하기가 어려운 상황에서 하얀 앞치마는 의심스러운 복장이다. 나아가 하얀 앞치마가 표현하려는 근면과 청결은 그것을 입은 여인들의 자세와 걸음걸이에서 허위라는 것이 들통 난다. 그들의 손가락 관절은 대개 엉덩이에 놓이고(그들의 자세에서는 손잡이가 두 개 달린 머그잔의 모습이 연상되었다), 그들의 어깨는 문설주에 기댄 상태다. 그러다가 오솔길을 따라 남자의 발소리를 닮은 어떤 소음이라도 들려오면, 여자들은 특이한 민첩성으로 목 위로 머리를 숨김없이 돌려대며 자신들의 솔직한 시선을 빙글거린다.

이처럼 나쁜 게 많았지만 궁핍한 명사들에게는 어울리는 장소이기도 했다. 일부 지붕 아래에는 순전히 빈곤의 가혹한 통제 때문에 그곳에 오게 된 순수하고 고결한 사람들이 살았다. 쇠락한 촌락에서 옮겨온 가정들—한때는 덩치가 컸으나 이제는 거의 소멸된 '리비어즈' 또는 생애

---

* 아홉 개의 핀을 세워놓고 공을 굴려 쓰러뜨리는 경기로 오늘날의 볼링과 비슷하다.

소유자*라 불리는 촌락 사회의 가정들——과 이런저런 이유로 자기들의 마룻대**가 떨어져 나가 여러 세대에 걸쳐 삶의 터전이었던 시골을 떠날 수밖에 없었던 등본 보유자들*** 등등이, 길거리의 울타리 아래에 눕기로 작정하지 않는 한, 이곳으로 왔다.

피터즈 핑거라 불리는 여관은 믹센레인의 교회였다.

그것은 그런 시설들이 그래야 하듯 중심에 위치했고 스리 마리너즈와의 사회적 관계는, 스리 마리너즈가 킹스암즈와 맺고 있는 것과 거의 동일했다. 언뜻 보기에 그 여관은 헷갈릴 정도로 아주 점잖았다. 정문이 닫혀 있고 디딤판도 아주 깨끗해서 단지 일부 사람만이 사포로 닦은 그 표면을 밟고 들어간다는 것이 분명했다. 그러나 여관 모퉁이에는 여관을 옆 건물과 갈라놓을 뿐인 좁고 기다란 틈에 불과한 샛길이 있었다. 그 샛길 중간쯤에 수많은 손과 어깨가 비비고 문질러서 반짝거리고 페인트가 벗겨진 좁은 문이 있었다. 이것이 여관에 들어가는 실제 문이었다.

믹센레인을 지나가는 보행자가 보이다가 어느 순간 사라져, 그를 주시하던 사람은 레이븐스우드의 실종 장면을 본 애시턴****처럼 깜짝 놀라게 될 것이다. 그 보행인은 능숙하고 재빠른 동작으로 몸을 돌려 샛길로 들어갔고, 다시 비슷한 요령으로 샛길에서 여관으로 들어갔다.

---

* "liviers" or lifeholders: 한 가정의 구성원 또는 3대에 걸친 구성원 등 특정한 사람들이 살아 있는 동안에만 토지 등 재산에 적용되는 미약한 소유권(lifehold)을 보유한 사람들.

** 용마루 밑에 서까래가 걸리게 되는 긴 나무 막대.

*** 영지의 소작료, 소유재산 등을 기록한 법원 문서의 등본을 가짐으로써 토지에 대한 보유권을 인정받은 소작인.

**** 월터 스콧(Walter Scott, 1771~1832)의 소설 『라머무어의 새색시The Bride of Lammermoor』에서 애시턴Ashton 대령과의 결투 약속을 지키려 맬럽처 밭을 달리던 레이븐스우드Ravenswood가 갑자기 모래 속으로 사라지는 장면에서 따왔다.

스리 마리너즈에 모이는 무리 중 가장 신분이 낮은 부류가 피터즈에서 가장 신분이 높은 부류와 여러모로 연결된다는 것은 시인해야겠지만, 마리너즈에 오는 손님은 이곳에 모이는 손님에 비하면 양질이었다. 모든 종류의 부랑자가 이곳에서 빈둥거렸다. 주인 여자는 이런저런 범죄의 사후종범(事後從犯)*으로 여러 해 전 부당하게 감옥에 갔던 고결한 여자였다. 그녀는 열두 달을 견딘 뒤 순교자의 얼굴로 변했는데, 다만 자신을 체포한 경찰관을 만날 때는 예외적으로 윙크를 했다.

이제 여관에 조프와 그의 일행이 도착했다. 그들이 앉은 긴 나무의자는 가늘고 높으며 꼭대기가 몇 개의 노끈으로 천장 고리에 고정되었는데 그런 안전장치가 없으면 손님들이 난폭해질 때 의자들이 흔들리고 뒤집어질 위험이 있었다. 뒷마당에서는 나무공 소리가 천둥처럼 울리고, 굴뚝의 송풍 장치 뒤에는 도리깻열**이 걸리고, 그리고 대지주들에게 이유 없이 박해를 당했던 과거의 밀렵꾼과 사냥터지기가 서로 팔꿈치를 맞대며 앉았다. 지난날 한쪽은 형을 살게 될 때까지, 다른 쪽은 눈 밖에 나서 일자리를 잃을 때까지, 달빛 아래에서 만나 싸움질을 하던 사람들이 이곳에서는 평범한 수준으로 재회하여 지난날을 얘기하며 차분하게 앉아 있었다.

"가시덤불 하나로 물결을 일으키지 않고 어떻게 숭어를 해변으로 끌어당겼는지 물어봐도 되겠능가, 찰?" 쫓겨난 사냥터지기가 말했다. "듣기 거북허겠지만 내가 자넬 잡은 게 바로 그때였제."

"그건 아무래도 좋제. 허지만 내게 최악의 엉터리는 알베리 숲에서

---

* 정범(正犯)의 실행 행위가 끝난 뒤에 그를 도와주는 행위를 한 사람.
** 곧고 가느다란 나뭇가지 두세 개로 만드는 도리깨의 한 부분이다. 위아래로 돌리며 곡식을 두드려 낟알을 터는 데 사용한다.

의 꿩 사업이었제. 그때 자네 아내가 엉터리 맹세를 했제, 조. 아, 하느님 맙소사, 그녀가 그런 건 사실이제. 부인헐 여지가 없제."

"어떻게 된 얘긴데요?" 조프가 물었다.

"이런. 조가 나와 접전을 벌였고, 우리 둘 다 그의 정원 산울타리 가까이로 굴러 떨어졌제. 밖에서 들리는 소란에 그의 아내가 자루가 긴 오븐용 나무주걱을 들고 달려온 겨. 헌디 나무 밑은 어두워서 누가 위에 있는지 알 수가 없었지라. '당신 어디여, 조, 위여 아래여?' 그녀가 비명을 질렀제. '오 저런, 아래!' 그가 말했제. 그러자 그녀는 우리가 다시 몸을 뒤집을 때까지 내 머리, 등, 갈비를 나무주걱으로 두들겨대기 시작한 겨. '지금은 어디여, 조 당신, 아래여 위여?' 그녀가 또 괴성을 질렀제. 내가 정말로 당한 것은 그녀에게서제! 그러다가 우리가 현관에서 일어났을 때 그녀가 그 장끼는 자기가 사육하는 것 중 하나라고 말했어. 전혀 당신네 꿩이 아녔는데 말여 조. 그건 대지주 브라운의 꿩이었지라. 그게 누구 소유인지에 대한 답은 그랬제, 한 시간 전 그의 숲을 지날 때 우리가 쏘아 죽인 거여. 그렇게 심한 모욕을 당해 내 감정이 상처를 입었제! 아, 그렇지만 다 지나간 일잉게."

"난 아마 그 일이 있기 여러 날 전부터 자넬 보았제." 사냥터지기가 말했다. 나는 수십 번씩 자네와 몇 미터 이내에 있었제, 그 불쌍한 꿩보담은 더 좋은 시력을 가진 새들처럼 말여."

"맞아 세상이 낌새를 알아채는 건 우리의 가장 위대한 처신에 대해서가 아냐." 최근 이 변두리 빈민가에 자리를 잡은 우유밀죽 노파가 다른 사람들 사이에 끼어 앉아 말했다. 이제까지 살아오면서 아주 많은 곳을 다녔다는 이유로 그녀는 시야가 넓은 듯 허풍을 떨었다. 조프에게 지금 팔 아래에 그처럼 포근하게 끼고 있는 꾸러미가 뭐냐고 물어본 사람도 그녀였다.

"아, 이 안에는 커다란 비밀이 있죠." 조프가 말했다. "사랑의 격정이죠. 어떤 여인이 한 남자는 아주 극진히 사랑하고 다른 남자는 아주 무자비하게 미워한다고 생각해봐요."

"당신이 심사숙고하는 대상이 누군데, 선생?"

"지위가 높은 사람이죠, 이 도시에서요. 그녀에게 망신을 주고 싶어요! 목숨 걸고 말하는데 그녀가 쓴 연애편지를, 실크와 밀랍으로 잘난 척하는 쪽지들을 읽는 건 연극을 보는 것만큼 재미있을 거예요. 내가 여기 가진 게 그녀가 쓴 연애편지니까."

"연애편지라— 우리 그럼 그 착한 사람 편지를 한번 들어보드라고." 컥섬 할머니가 말했다. "자, 이봐, 리처드. 젊었을 때 우리가 얼마나 바보였제? 학생을 불러 대신 편지를 써달라 혔지. 그러고는 그 아이에게 1페니를 주면서, 괜찮다면, 편지에 쓴 걸 다른 사람에겐 말허지 말라고 부탁하지 않혔능가?"

이 무렵 이미 조프는 손가락을 봉랍 밑으로 밀어 넣어 편지 뭉치를 끄르고 뒤집어엎은 다음 임의로 하나를 골라내 큰 소리로 읽어나갔다. 편지 구절들은 루시타가 그토록 진정으로 묻혀 있길 소망했던 비밀을 바로 폭로하기 시작했다. 격식을 차린 편지들은 암시적일 뿐이어서 비밀이 모두 분명하게 드러나지는 않았다 하더라도.

"파프레이 부인이 쓴 거제!" 낸스 모크리지가 말했다. "우리 훌륭한 여자의 입장에서 보면, 같은 여성이 그럴 수 있었다는 게 초라한 느낌을 준당게. 게다가 지금 그녀는 다른 남자에게 결혼을 맹세혔잖여!"

"그녀에겐 훨씬 잘된 일이지." 나이 든 우유밀죽 노파가 말했다. "아, 내가 정말 나쁜 결혼을 할 뻔한 그녀를 구해냈구먼. 헌데 그녀는 전혀 내게 감사한 적이 없어."

"아이구 얼마나 좋은 조롱 행렬*감이랑가." 낸스가 말했다.

"정말 그렇제." 컥섬 부인이 생각에 잠겨 말했다. "이건 내가 여태껏 아는 것 중 조롱 행렬을 허기 아주 십상인 사건이제. 그냥 지나게 놔두면 안 되제. 캐스터브리지에서 그 행렬을 마지막으로 본 게 분명 10년은 넘었제. 그것도 단 하루였제라."

이 순간 날카로운 호각 소리가 나고 주인 여자가 찰이라 불리던 남자에게 말했다. "짐이 왔어. 당신이 나가 내 대신 다리 좀 내려줄겨?"

찰과 동료 조가 대꾸 없이 일어나 그녀에게서 랜턴을 받고 뒷문으로 나가 정원 사이의 좁은 길로 내려갔다. 그 길은 앞서 언급했듯이 개울과 맞닿으며 갑작스레 끝이 났다. 개울 너머가 확 트인 황야 지대인데, 그곳에서 불어오는 축축한 미풍이 걸어가는 그들의 얼굴에 와 닿았다. 둘 중하나가 준비 상태의 널빤지를 들어 올려 개울을 가로질러 내려놓았다. 널빤지의 반대쪽 끝이 바닥에 닿는 순간 그 위로 발걸음이 건너오면서 어둠 속에서 건장한 남자가 모습을 드러냈다. 그는 무릎에 보호대를 두르고 팔 아래로 쌍발총을 들었으며 등 뒤에 몇 마리의 새를 느슨하게 걸머지고 있었다. 그들이 그에게 운이 좋았느냐고 물었다.

"별로." 그가 그냥 무심하게 대답했다. "안에 있는 사람들 모두 별고 없제?"

그렇다는 대답을 듣고 그는 집을 향해 걸어갔다. 다른 둘도 다리를 다시 빼놓고 그를 뒤따라 돌아오기 시작했다. 그러나 집에 들어가기 전

---

* skimmity-ride: 부부관계에서 불성실하거나 학대 행위를 저지른 사람을 조롱하거나 증오할 목적으로 행하는 우스꽝스러운 행렬. 사람이 아닌 허수아비를 끌고 다니는 점이 '조리돌림'과는 다르다.

에 그들을 멈추게 하는 "이봐요" 하는 고함이 황야 지대에서 들려왔다.

고함은 반복되었다. 그들은 랜턴을 별채에 밀어놓고 개울가로 되돌아갔다.

"이봐요, 이쪽으로 가면 캐스터브리지가 나옵니까?" 반대쪽에서 누군가 물었다.

"뭐 꼭 그렇지는 않제만," 찰이 말했다. "당신 앞에 개울이 있제."

"그게 무슨 상관입니까? 그걸 건너려고 여기로 왔어요." 황야 쪽 남자가 말했다. "난 오늘 아주 지치도록 돌아다녔어요."

"그라믄 잠깐만 기다리쇼." 찰이 그 남자가 적대적이 아니라는 걸 눈치채고 말했다. "조, 널빤지와 랜턴 가져오드라고. 저기 저 사람이 길을 잃었구만. 이보쇼, 당신은 마차 전용도로를 쭉 따라 걷고 여긴 건너지 말어야 혔소."

"그래야 했군요, 이제야 알겠어요. 헌데 나는 여기 불빛을 보면서 혼잣말을 했죠, 저기 외딴 집이 있으니 그곳에 의지해야겠다고."

마침내 널빤지가 내려졌고 어둠 속에서 이방인의 모습이 나타났다. 그는 중년 사내였는데 머리카락과 구레나룻이 이미 허옇게 셌고 얼굴은 떡 벌어지고 인상은 다정했다. 그는 망설임 없이 널빤지 위로 건너왔는데 그러면서 전혀 이상한 느낌을 받지 않은 듯했다. 그는 감사 인사를 하고 그들과 함께 정원으로 올라갔다. "여기는 뭐 하는 곳이죠?" 일행이 문 앞에 이르자 그가 물었다.

"여관이오."

"아, 어쩌면 내가 묵기 알맞을 것 같네요. 자 이제 들어가죠. 당신들이 날 건너오게 해줬으니 내가 한잔 사지요."

그들은 그를 앞장세워 여관으로 들어갔다. 실내의 밝은 불빛에 환하게 드러난 그는 귀로 듣기만 할 때보다 눈으로 보니 더 지위가 높아 보였다. 그의 차림새는 모종의 어설픈 부유함을 풍겼다. 코트의 소재는 모피였고 머리에는 물개 가죽 모자를 썼는데, 밤에는 쌀쌀해도 제법 봄이 온 상태라서 그 차림이라면 낮 시간에는 틀림없이 더웠을 것이다. 손에는 끈으로 묶고 놋쇠로 고정한 작은 마호가니 케이스를 들고 있었다.

주방 문으로 실내에 들어간 그는 맞닥뜨린 집단을 보고 놀란 게 분명했다. 그는 즉시 그곳에 묵겠다는 생각을 포기했다. 그러나 그는 상황을 대수롭지 않게 받아들여 최고의 술을 주문하고 통로에 선 채로 계산을 마친 다음 정문으로 나가려고 몸을 돌렸다. 문은 잠겨 있었고 주인 여자가 문을 따고 있는 동안 휴게실에서 계속된 조롱 행렬에 대한 대화가 그의 귀에까지 들려왔다.

"조롱 행렬이 무슨 뜻이죠?" 그가 물었다.

"오, 손님." 주인 여자가 긴 귀고리를 흔들며 애원조의 겸손을 덧붙여 말했다. "그건 어떤 남자의 아내가 뭐랄까, 특별히 그 남자에게만 속하지 않을 경우, 이 고장 사람들이 작당해서 저지르는 낡은 바보 짓이제. 허지만 나 같은 점잖은 가구주(家口主)는 그런 짓을 부추기지 안 혀요."

"그런데도 저들은 곧 그걸 하려는가 보죠? 좋은 구경거리네요, 안 그래요?"

"글씨라 손님." 그녀가 바보처럼 웃었다. 그러더니 그녀가 갑자기 천진스럽게 눈을 흘기며 말했다. "세상에서 가장 재미난 일이제. 게다가 돈도 든당게."

"어, 나도 그 비슷한 얘길 들은 기억이 나요. 캐스터브리지에 2, 3주 더 있을 거니까, 그걸 꼭 구경해야겠군요. 잠깐만요." 그가 돌아서더니 휴게실 안으로 들어가 말했다. "자, 친구 여러분. 여러분이 의논하는 그 오래된 관습을 보고 싶고 또 기꺼이 도움이 되고 싶거든요. 이걸 받아줘요." 그가 1파운드짜리 금화를 테이블 위에 던지고 정문 옆의 주인 여자에게 다시 돌아왔다. 그는 그녀에게 시내로 가는 길을 물어본 다음 그곳을 떠났다.

"그거 꺼낼 때 보니께 여러 개가 더 있드라고." 누군가 금화를 집어 주인 여자에게 안전하게 보관하라고 넘길 때 찰이 말했다. "어쩌제, 그가 여기 있을 때 우리가 몇 개 더 챙겨야 혔는디."

"안 되아, 그라믄 안 되아." 주인 여자가 대꾸했다. "여긴 다행히도 점잖은 집이여. 나는 명예롭지 않은 짓은 절대로 못 허게 막을 겨."

"음," 조프가 말했다. "이제 일에 착수한 거라고 생각하자고, 곧 준비도 해나가고."

"그래야지." 낸스가 말했다. "친절한 웃음보다는 착한 웃음이 가슴을 더 따뜻하게 데워준당께. 그게 이 일의 진실이제."

조프가 편지들을 주워 모았다. 그리고 이제 시간이 좀 늦었으므로 그는 구태여 그날 밤 그것들을 파프레이의 집으로 가져가지 않았다. 그는 집에 돌아와 편지들을 먼저대로 밀봉하고 이튿날 아침 그 집으로 꾸러미를 배달했다. 루시타는 그 내용물을 받자 곧바로 태워버려 한 시간도 채 지나기 전에 그것들은 재가 되었다. 불쌍한 그녀는 바닥에 무릎을 꿇고 지난날 헨처드와 있었던 불행한 에피소드의 증거가 마침내 모두 제거되었음을 감사하고 싶었다. 그녀로서는 의도적이 아니라 차라리 부주의가 초래한 방종이었지만, 그 에피소드가 알려지면 자신과 남편 사이에 치명타가 될 가능성이 적지 않았기 때문이었다.

37

사태가 이렇게 진전되고 있을 때, 사회의 제일 밑바닥 계층에까지 영향을 미치는 대규모 행사가, 조롱 행렬 준비와 더불어 캐스터브리지의 뿌리까지 흔들면서, 모든 일상적 활동을 중단시켰다. 이 행사는, 마치 더운 여름이 나무줄기에 자신의 나이와 일치하는 나이테를 남기는 것처럼, 작은 시골 도시를 감동시킬 경우 도시의 연대기에 영구적인 흔적을 남기게 되는 그런 신나는 일 가운데 하나였다.

왕실의 저명인사가 저 멀리 서부 지역에서 열리는 어마어마한 토목 사업 기공식에 참석하기 위해 서쪽으로 이동하면서 이 자치도시를 막 통과할 참이었다. 그는 시내에 30분 정도 멈추어 캐스터브리지 시 자치단체로부터 청원을 받기로 동의했고, 시 자치단체는 농업의 대표적 중심 지역으로서, 그가 농업 기술의 과학적 기반을 강화하기 위한 사업을 열렬히 주창하여 농업과학과 농업경제학에 지대한 공헌을 했다는 그들 나름의 감사의 뜻을 그 청원에 표현하고 싶었다.

조지 3세* 시대 이후 왕족이 캐스터브리지를 방문한 적은 없었고,

당시에도 그 군주가 야간 여정에 말을 교체하기 위해 단지 몇 분간 킹스 암즈에서 촛불을 밝히고 정지했을 뿐이었다. 그런 까닭에 주민들은 뜻밖의 기회를 이용해 철저하게 대규모 축제**를 개최하기로 결정했다. 반시간의 체류가 길지 않은 건 사실이었다. 그러나 행사를 몇 개의 그룹으로 신중하게 나누면 짧은 시간에도 많은 것이 가능하다. 무엇보다 날씨만 좋다면.

청원서는 장식용 서체를 솜씨 있게 쓰는 화가가 양피지에 준비했고, 재료는 그 간판업자가 가게에 보유한 것 중 최상의 금박과 안료를 사용했다. 행사로 지정된 날에 앞선 화요일에 세부 절차를 조율하기 위해 시의회가 열렸다.

출입문이 열려 있던 까닭에 시의원들이 앉아 있는 대회의실에 계단으로 올라오는 묵중한 발소리가 들렸다. 그 소리가 복도를 따라 다가오더니 이내 헨처드가 회의실로 들어왔다. 그는 닳아 해지고 올이 드러난 초라한 옷을 입었는데 그것은 그가 시의원들 사이에 처음 앉던 시절에 즐겨 입던 바로 그 옷이었다.

"내 생각을 말하죠." 그가 테이블에 다가가 녹색 테이블보 위에 손을 얹으며 말했다. "저명한 손님을 영접하는 행사에 나도 참석하고 싶습니다. 여러분과 함께 걸을 수 있겠죠?"

시의원들 사이에 당황하는 시선이 오갔다. 침묵이 흐르는 동안 그로위는 자기 깃펜의 끄트머리를 너무 물어뜯어 거의 먹어치울 지경이었다. 직책상 커다란 의장석에 앉은 젊은 시장 파프레이는 직감적으로 좌중의 분위기를 알아채고 자기가 대표하여 그들의 생각을 표현할 의무를 느꼈

---

* George III: 재위 기간은 1760~1820년.
** 원문은 fête carillonnée(프랑스어): 종을 울리는 게 특징인 대규모 페스티벌을 의미함.

다. 물론 그 의무가 다른 사람의 혀에 떨어졌더라면 기뻤을 테지만.

"적절한 행동이라고 보긴 힘듭니다, 헨처드 씨." 그가 말했다. "의회
는 의회입니다. 더는 의회 구성원이 아닌 선생님이 그러시면 진행에 예외
를 인정하는 게 됩니다. 선생님을 포함시키면 다른 사람들은 왜 포함시
키지 못합니까?"

"내겐 그 의식에 도움이 되기를 바라는 특별한 이유가 있습니다."

파프레이가 주위를 돌아보며 말했다. "제가 이미 의회 전체의 의견
을 피력했다고 생각합니다만?"

"그려, 그리혔제." 의사 배스, 변호사 롱, 부시장 터버, 그 밖에도 몇
사람이 동의를 표시했다

"그럼 난 이 행사와 관련해 공식적으로는 어떤 일도 할 수 없다는
겁니까?"

"미안하지만 그렇습니다. 더 의논해봐야 정말 소용없는 일입니다. 물
론 선생님도 다른 구경꾼처럼 행사 전부를 관람할 순 있습니다."

헨처드는 명백하기 짝이 없는 제안에 대해 아무 대꾸도 없이 휙 돌
아서서 그곳을 떠났다.

단지 일시적인 바람에 불과하던 그의 생각은 반대에 봉착하자 단호
한 결심으로 굳어졌다. "내가 전하*를 환영할 거야. 다른 사람은 아무도
못해!" 그가 떠들어대기 시작했다. "내가 파프레이나 그 시시한 자식들
옆 의자에 단정히 앉아서 볼 사람인지 한번 두고 보라고."

문제의 그날 아침은 화창했다. 일찌감치 창밖으로 동쪽을 바라본
사람들은 둥근 태양과 마주하면서 모두 (날씨에 대해 전해 내려오는 지식

---

* Royal Highness: 왕족에 대한 경칭.

이 생활화되었으므로) 그 타오르는 빛깔에는 영속성이 있다고 생각했다. 시골 별장, 촌락, 멀리 잡목 숲과 외진 고지대로부터 방문객들이 떼 지어 모여들기 시작했다. 멀리서 온 사람들은 기름 묻은 부츠에 차양 보닛을 쓰고 환영 행사를 보려고 또는 보지 못하더라도 어쨌건 가까이 있으려고 왔다. 시내에 깨끗한 셔츠를 입지 않은 일꾼은 거의 없었다. 솔로몬 롱웨이즈, 크리스토퍼 코니, 버즈포드와 나머지 패거리는 자신들의 관례인 맥주 1파인트 음주 시각을 11시에서 10시 반으로 앞당김으로써 이번 행사에 대해 도리를 갖추었다. 그들은 나중에 다시 원래 시간으로 돌아가느라 여러 날 동안 어려움을 겪었다.

헨처드는 그날 일하러 나가지 않기로 결심했다. 그는 아침에 럼주 한잔을 실컷 마시고 길을 천천히 걸어내려가다가 엘리자베스-제인을 만났다. 일주일 만의 만남이었다. "참 다행이야." 그가 그녀에게 말했다. "이때가 오기 전에 내 맹세 기간 21년이 끝난 게. 그렇지 않았으면 난 그걸 실행할 배짱이 없었을 거야."

"뭘 실행해요?" 그녀가 깜짝 놀라 말했다.

"우리 왕실 귀빈에게 내가 드리려는 이 환영."

혼란스러워진 그녀가 말했다. "저랑 함께 가서 구경하시겠어요?"

"구경한다고! 나는 달리 할 일이 있어. 너는 구경해라, 볼만할 거야."

그게 무엇인지 밝힐 도리가 없는 그녀는 비통한 심정으로 나들이옷을 차려입었다. 행사 예정 시간이 가까워졌을 때 의붓아버지의 모습이 다시 보였다. 그녀는 그가 스리 마리너즈로 간다고 생각했다. 그러나 아니었다. 그는 환호하는 인파를 팔꿈치로 밀치며 뚫고 나가 포목상 울프리의 가게로 갔다. 그녀는 바깥의 군중들 속에서 기다렸다.

얼마 지나지 않아, 그는 놀랍게도 멋진 장미 모양 리본을 달고 나타났다. 더욱 놀라운 건 손에 깃발 하나를 들고 있는 것이었다. 약간 소박하게 만든 그 깃발은 오늘 시내에 차고 넘치는 작은 유니언잭* 하나를 소나무 막대기 끝에 고정한 형태였는데, 막대기는 아마도 옥양목 조각을 감았던 롤러 같았다.

갑자기 군중 가운데 키 큰 사람은 머리를 돌렸고 키 작은 사람은 발끝을 세웠다. 왕실의 행렬**이 다가왔다는 소리가 들렸다. 당시에는 철도가 캐스터브리지를 향해 한 팔을 뻗쳤지만 아직 이 지역에 이르려면 몇 킬로미터는 더 남은 상태였다. 그래서 그 몇 킬로미터는, 나머지 여정도 마찬가지지만, 옛날에 하던 대로 도로로 지나갈 예정이었다. 그리하여 사람들은 기다렸다. 지방의 명문가는 마차에 타고 대다수는 서서 종소리를 울리고 혀로 수다를 재잘거리며 멀리까지 뻗은 런던 간선도로를 바라보았다.

엘리자베스-제인은 뒤쪽에서 현장을 바라보았다. 이 굉장한 구경거리를 여자들도 볼 수 있게 의자가 배치되었고 맨 앞자리에는 방금 도착한 시장 부인 루시타가 앉았다. 그녀의 시선 아래에 있는 도로에 헨처드가 서 있었다. 그녀가 워낙 발랄하고 예쁘게 보여 헨처드는 은근슬쩍 자신을 알아봐주었으면 하고 잠시 엉뚱한 생각에 빠져들었다. 그러나 여인의 시선에 비친 그는 매력적인 것과는 매우 거리가 멀었다. 여자의 눈은 사물의 외관에 아주 크게 지배받기 때문이었다. 그는 예전처럼 보일 수 없는 날품팔이였을 뿐만 아니라 스스로도 억지로 잘 보이려는 것을 경멸했다. 다른 모든 사람들은, 시장에서 세탁부에 이르기까지, 각자 자기 형편대로 새 옷을 사 입어 빛이 났다. 그러나 헨처드는 완강하게 과거에 입

---

* union-jack: 영국 국기.
** 원문은 cortege(프랑스어).

던 닳아 해지고 온갖 풍상을 겪은 옷차림을 그대로 유지했다.

이런 이유로 과연 루시타의 시선은, 그럴 때 화사하게 차려입은 여자의 시선이 흔히 그러듯이, 그의 얼굴에 머무는 법이 없이 지나치며 이쪽저쪽으로 미끄러졌다. 그녀의 태도에서 아주 분명하게 나타난 것은, 공공장소에서는 더 이상 그를 아는 척하지 않겠다는 의도였다.

그러나 그녀는 파프레이를 쳐다보는 건 결코 싫증내지 않았다. 몇 미터 떨어진 곳에서 친구들과 활기차게 대화하고 있는 그는, 왕실을 상징하는 일각수에 두른 것처럼, 젊은 자신의 목에 커다란 정사각형 고리를 연결한 공식적인 황금 목걸이를 둘렀다. 그녀의 얼굴과 입술은 남편이 말할 때 보여주는 어떤 하찮은 감정도 모두 반사하여 그의 동작과 거의 복사판처럼 움직였다. 그녀가 살고 있는 것은 자신이 아닌 남편의 인생이었고, 그날도 파프레이가 아닌 그 누구의 상황에도 그녀는 관심이 없었다.

마침내 간선도로의 가장 먼 모퉁이, 즉 앞서 언급했던 그 두번째 다리 위에 배치된 남자가 신호를 보내왔다. 그러자 예복 차림의 시 자치단체 일행이 시청 정면에서 출발해 도시 입구에 세워진 아치형 출입문을 향해 전진해 갔다. 왕실 방문객과 수행원을 태운 마차가 먼지를 일으키며 그 지점에 도착했고 하나의 대열로 정렬하더니 전체 대열이 사람이 보통 걷는 속도로 천천히 시청을 향해 다가왔다.

이 지점이 관심의 초점이었다. 왕실 마차 바로 앞쪽에는 모래가 뿌려진 몇 미터의 빈 공간이 있었다. 이 공간으로 아무도 막지 못하는 사이에 한 남자가 발을 들여놓았다. 헨처드였다. 그는 사제 깃발을 펼친 상태에서 모자를 벗으면서 천천히 움직이는 마차 옆으로 비틀거리며 다가갔다. 그는 왼손으로 유니언잭을 앞뒤로 펄럭이면서 오른손을 그 저명한 명사를 향해 부드럽게 내밀었다.

여자들 모두 숨을 죽이며 말했다. "어머, 웬일이야!" 루시타는 기절할 뻔했다. 앞줄에 선 사람들의 어깨 사이로 엿보던 엘리자베스-제인은 무슨 일인지 알고 공포에 질렸다. 그러나 낯선 그 광경에 대한 흥미가 공포를 능가했다.

파프레이는 즉각 시장직의 권위를 걸고 그 위기에 대처했다. 그는 헨처드의 어깨를 잡고 뒤로 끌어당기며 꺼지라고 거칠게 말했다. 헨처드의 눈이 자신의 눈과 마주쳤을 때 파프레이는, 분노와 짜증에도 불구하고 헨처드의 험악한 눈빛을 감지했다. 한 순간 헨처드는 완강하게 버티다가 갑자기 이해할 수 없이 수그러지더니 물러났다. 파프레이가 여성 관중석을 힐끗 보니 자신의 칼푸르니아*의 뺨이 하얗게 질려 있었다.

"저런, 당신 남편의 옛 후원자네!" 루시타 옆에 앉은 이웃집 부인 블로우바디가 말했다.

"후원자라니요!" 파프레이의 아내가 화를 내며 말했다.

"파프레이 씨가 저 남자를 안다는 말이에요?" 옆에 있던 배스 부인이 물었는데 그녀는 최근에 의사와 결혼해 이 도시에 새로 온 신참이었다.

"남편 아랫사람이에요." 루시타가 말했다.

"아, 그게 전부군요. 소문에는 당신 남편이 처음 캐스터브리지에 왔을 때 발붙일 터전을 만들어준 사람이 그라고들 해요. 참 말들을 잘도 꾸며대네요!"

"사람들은 다 꾸며대요. 그런 일은 전혀 없었어요. 파프레이는 워낙

---

* Calphurnia: 로마 황제 시저(기원전 100~기원전 44)의 세번째 아내.

천재라서 어딜 가도 아무 도움 받지 않고 기반을 잡았을 거예요! 이 세상에 헨처드가 없었어도 남편은 똑같았을 거예요."

루시타가 이렇게 말한 것은 부분적으로는 파프레이가 도착했을 때의 상황을 몰랐기 때문이기도 했고 또 부분적으로는 의기양양한 이 순간에 모든 이가 작정을 하고 자신에게 모욕을 주려 덤비는 것 같은 느낌 때문이기도 했다.

사건은 잠깐 사이에 일어났으나 어쩔 수 없이 왕실의 명사에게 목격되었다. 그러나 경험이 풍부한 그는 달리 눈치채지 못한 척했다. 그가 마차에서 내리고, 시장이 앞으로 나아가고, 청원이 낭독되고, 그 저명한 명사가 답사를 하고, 그런 다음 그가 파프레이에게 몇 마디 말을 건네고, 그리고 시장의 부인인 루시타와 악수를 했다. 의식은 불과 몇 분 만에 끝났다. 일행을 태운 마차는 파라오의 마차처럼 심하게 덜커덩거리는 소리를 내며 콘스트리트를 내려간 다음 버드마우스로드에서 도시를 벗어나 해안을 향한 여정을 계속했다.

인파 속에는 코니, 버즈포드, 그리고 롱웨이즈도 서 있었다. "현재의 그와 스리 마리너즈에서 노래하던 당시의 그와는 약간 차이가 있제." 코니가 말했다. "그가 그 짧은 시간에 자기와 몫을 나눌 멋진 여자를 얻은 게 정말 놀랍제."

"사실이제. 게다가 사람들이 멋진 의복을 신봉하는 정도도 놀랍제. 지금 그녀보다 더 곱게 생겼어도, 거만하고 상스러운 그 자슥 헨처드와 혈족이라는 이유로, 아무도 전혀 주목하지 않는 여성도 있응게."

"그러콤 말하는 당신이 존경스럽당게, 버즈." 낸스 모크리지가 말했다. "나는 화려한 크리스마스 촛불에서 장식이 벗겨지는 꼴을 보고 싶구먼. 나는 자신의 악한 부분에 대해선 참지 못하지만 그녀가 자빠지는 상

황을 보기 위해서람 내 얼마 안 되는 은화를 전부 당신에게 줄 생각이
있어…… 아마 내가 곧 그래야 허겠지만." 그녀가 의미심장하게 덧붙였
다.

"그게 여자가 간직할 고결한 열정은 아녀." 롱웨이즈가 말했다.

낸스는 대꾸하지 않았지만 모두 그녀가 의미하는 바를 알았다. 피
터즈 핑거에서 루시타의 편지를 읽고 확산된 생각들이 하나의 스캔들로
응축되어 믹센레인 전역에 독기를 품어대는 안개처럼 퍼졌고 그 안개는
그곳에서부터 캐스터브리지의 뒷골목으로 올라오는 중이었다.

서로를 잘 아는 게으름뱅이들이 뒤섞인 이 집단은 이윽고 자연적 선
택 과정에 따라 두 개의 무리로 갈라졌다. 피터즈 핑거의 단골손님들은
자기들 대부분이 사는 믹센레인 방향으로 떠났고, 코니, 버즈포드, 롱웨
이즈, 그리고 그들과 연고가 있는 부류는 거리에 그대로 남았다.

"자네들 저 동네에서 무슨 수작이 꾸며지고 있는지는 알제?" 버즈
포드가 남들에게 알쏭달쏭한 말을 던졌다.

코니가 그를 바라보았다. "조롱 행렬 아녀?"

버즈포드가 고개를 끄덕였다.

"난 그것이 실행될지 의심스러워." 롱웨이즈가 말했다. "만일 저들이
그걸 실행할 생각이 있다면, 그 사실을 비밀로 지키것제."

"내 듣기엔 여하튼 저들이 보름 전에 모여 그 일을 계획했다던디."

"내가 그걸 확신한다면 고발허것제라." 롱웨이즈가 힘주어 말했다.
"그건 장난이라고 하기엔 너무 거칠고, 시내에서 폭동도 일어날 수 있제.
우리는 스코틀랜드 남자가 무척 올바른 사람이고 그의 여자 역시 이곳
에 온 이후 정말 올바른 여자였다는 걸 알제. 그러니께 만일 옛날에 그
녀에게 무언가 잘못된 일이 있었다 해도 그건 그들의 일이지 우리가 상

관할 바가 아녀."

코니가 곰곰이 생각했다. 파프레이는 여전히 지역사회에서 인기가 많았다. 그러나 일과 야망에 몰두하는 시장이자 재력가인 지금의 그가, 숲속의 새처럼 선뜻 민요를 부르던 무일푼의 유쾌한 젊은 사내 시절 더 가난한 주민들의 시선 속에 남겼던 무언가 경이로운 매력을 잃었다는 사실은 인정해야만 한다. 따라서 예전이라면 그를 골칫거리에서 빗겨나게 하고픈 생생한 염원이 있었겠으나 지금은 꼭 그렇지는 않았다.

"우리가 그걸 더 알아보드라고, 크리스토퍼." 롱웨이즈가 계속 말했다. "정말 무언가 있는 걸 발견하면, 가장 관계가 깊은 사람들에게 편지를 보내 비켜 있으라고 권고하는 게 어떨까?"

그들 일행은 그렇게 하자고 결정하고 헤어졌다. 버즈포드가 코니에게 말했다. "야 불알친구, 이리 와, 이제 가자고. 여기선 더 볼 게 없제."

이 선의의 사람들이 그 거대하고 우스꽝스러운 음모가 정말 얼마나 무르익었는지 알았더라면 놀라 자빠졌을 것이다. "그래, 오늘 밤이오." 조프가 믹센레인의 모퉁이에서 피터즈에서 모였던 일당들에게 말해둔 터였다. "이 타격은 왕실 명사의 방문에 대한 마무리로 매우 적합하죠. 그들이 오늘 무척 고무되어 있을 테니까 말입니다."

적어도 그에게는 이게 농담이 아니라 보복이었다.

38

사람을 들뜨게 만드는 세상의 쾌락에 완전히 물든 루시타로서는 행사가 짧았다, 너무 짧았다. 그럼에도 불구하고 행사는 그녀에게 커다란 승리감을 안겨주었다. 왕족의 손과 악수한 촉감이 아직도 그녀의 손가락에 남아 있었다. 또 그녀가 엿들은바, 남편이 어쩌면 명예로운 기사 작위를 받을 수도 있다는 덕담은, 예의상 해보는 말이겠지만 전혀 터무니없는 환상 같아 보이지 않았다. 자신의 스코틀랜드인 남편만큼 훌륭하고 매혹적인 사람들에게는 더 이상한 행운도 생겼으니까.

시장과 충돌한 뒤 헨처드는 여성 관중석 뒤로 물러났다. 그곳에 서서 그는 멍한 눈초리로 파프레이의 손에 잡혔던 코트의 접은 옷깃 부분을 쳐다보고 있었다. 그는 손을 그 부분에 얹고 자기가 한때 습관처럼 열정적으로 너그럽게 돌봐준 사람에게서 받은 모욕을 삭히고 있는 것 같았다. 이렇게 반쯤 얼이 빠진 상태에서 잠시 멈췄을 때 그의 귀에 루시타와 다른 여자들이 나누는 대화가 들려왔다. 거기서 그는 그녀가 그를 부인하는 말, 그가 파프레이를 도와준 적이 있고 그냥 평범한 날품팔이는 아니라는 사실을 부인하는 말을 분명하게 들었다.

그는 집으로 향하다가 불스테이크로 가는 아치형 직통로 입구에서 조프를 만났다. "결국 무시당했군요." 조프가 말했다.

"그래서 어쨌다는 건가?" 헨처드가 근엄하게 말했다.

"저도 한번 당했거든요. 그러니까 우리 두 사람은 똑같이 차가운 음지에 놓여 있습죠." 그는 루시타의 지원을 받으려고 자기가 시도했던 바를 간단하게 얘기했다.

헨처드는 그의 말을 그저 듣기만 할 뿐 심각하게 받아들이지는 않았다. 파프레이 및 루시타와 자신의 관계에 신경을 쓰느라 다른 모든 관계에는 별 관심이 없었다. 그는 혼자서 계속 중얼거렸다. "그녀는 자기가 필요할 때는 내게 애원을 했어. 그런데 지금 그녀의 혀는 날 인정하려 하지 않고 눈은 날 보려 하지 않아!…… 그리고 그 자식, 그가 얼마나 화를 냈던가. 그는 내가 마치 울타리를 부순 황소라도 되는 듯 나를 뒤쪽으로 몰아붙였어…… 나는 현장에서 해결될 일이 아닌 걸 알았기 때문에 양처럼 그가 하는 대로 봐뒀지. 그는 막 생긴 상처를 소금물로 문지를 인간이야!…… 그렇지만 그는 대가를 치르게 되고, 그녀는 수치스러워하게 될 거야. 몸싸움을 해야 해. 일대일로 정면에서 맞서는 싸움. 그러면 잘난 척하는 인간이 어떻게 진짜 사나이와 대적할 수 있는지 알게 될 거야!"

몰락한 상인은 더 이상 깊게 생각하지 않고 어떤 사나운 목적에 열중하여, 급하게 저녁 식사를 마치고 파프레이를 찾아 나섰다. 그에게서 경쟁자로서는 상처를 받고 일꾼으로서는 무시를 당한 이후, 마침내는 마지막을 장식하는 수모, 도시 사람 모두의 면전에서 부랑자로 멱살을 잡혀 흔들리는 수모까지 예비되어 있었다니.

인파는 흩어지고 없었다. 아직 그냥 서 있는 초록색 아치만 빼고 캐스터브리지는 보통의 모습으로 돌아와 다시 일상을 시작했다. 헨처드는 콘스트리트를 걸어내려가 파프레이의 집에 이르렀다. 그는 문을 두드리고 고용주가 편하게 올 수 있는 가장 빠른 시간에 곡물 저장고에서 자신을 만나주었으면 한다는 전갈을 남겼다. 그런 다음 그는 뒤쪽으로 돌아마당에 들어섰다.

그곳엔 아무도 없었다. 그가 알고 있듯이 노동자와 짐마차꾼들은 그날 아침의 행사 덕택에 반나절의 휴가를 즐기는 중이었다. 나중에 짐마차꾼은 말에게 먹이를 주고 짚을 깔아주기 위해 잠깐 돌아와야 했지만 말이다. 그는 곡물 저장고 계단을 막 오르려다가 혼잣말로 소리를 질렀다. "내가 그보다 힘이 더 세잖아."

헨처드는 다시 작은 헛간으로 가서 널려 있는 여러 개의 로프 중 짧은 것 하나를 골랐다. 그는 로프의 한쪽 끝을 못에다 걸고 다른 쪽 끝을 오른손으로 잡아 팔을 옆구리에 붙인 채로 자기 몸 전체를 빙그르르 돌렸다. 이 교묘한 재간으로 그는 팔을 효과적으로 묶었다. 그런 뒤 그는 사다리를 타고 곡물 창고의 꼭대기 층으로 올라갔다.

꼭대기 공간은 자루 몇 개를 빼고는 텅 비었고 반대쪽 끝에는 자주 언급했던 대로 자루를 끌어올리는 닻고리와 쇠줄 아래에 문이 허공으로 뚫려 있었다. 그는 문이 열려 있도록 고정시키고 문지방 너머 아래를 내려다보았다. 바닥까지 높이가 10미터도 더 되어 보였다. 이곳이 지난번 엘리자베스-제인이 그가 팔을 들어 올리는 것을 보면서 그것이 무엇을 예고하는 동작인지 아주 불안해할 때 그가 파프레이와 함께 서 있던 곳이다.

그는 다락으로 몇 발자국 물러나 기다렸다. 이 높은 자리에서 그는 주위의 지붕, 싹튼 지 일주일 남짓 된 잎사귀가 정교하게 매달린 밤나무의 화려한 상부, 밑으로 늘어진 라임나무 가지, 파프레이의 정원과 그 정원의 초록 출입문을 죽 훑어볼 수 있었다. 얼마나 지났는지 모르지만 이윽고 초록 문이 열리고 파프레이가 나타났다. 그는 여행을 떠나는 사람 같은 옷차림이었다. 그가 담 그늘을 벗어날 때 황혼 빛이 머리와 얼굴을 비춰 얼굴이 주황색으로 밝게 물들었다. 헨처드는 입을 꽉 다물고 그를 지켜보았는데 헨처드의 각진 턱과 옆얼굴의 수직선이 몹시 두드러졌다.

파프레이는 한 손을 주머니에 넣고, 가사 대부분을 외우고 있는 듯한 선율을 콧노래로 흥얼거리며 다가왔다. 그것은 그가 여러 해 전 스리 마리너즈에 도착해서 불렀던 노래의 가사였는데, 당시 그는 가난한 젊은 이로 어디로 가야 할지 모른 채 생명과 재산을 걸고 위험을 무릅썼다.

"여기 내 손을 잡아요, 믿음직한 친구여,

그리고 당신의 손도 내밀어요."

옛 선율만큼 헨처드를 감동시키는 것은 없었다. 그는 그대로 털썩 주저앉았다. "아냐. 내가 그렇게 할 순 없어!" 그의 가슴이 뛰었다. "저 지긋지긋한 바보가 하필 지금 왜 저 노래를 시작하는 거야!"

이윽고 파프레이는 조용해졌고 헨처드가 다락 문밖으로 머리를 내밀었다. "이리로 올라오겠어?" 그가 말했다.

"그럴게요." 파프레이가 말했다. "거기 있는지 몰랐습니다. 무슨 일이죠?"

잠시 후 그가 가장 아래쪽 사다리 위로 발을 올려놓는 소리가 들려왔다. 잠시 후 그가 2층을 거쳐 3층에 도착하고 다시 4층으로 올라오는 소리가 들렸다. 그의 머리가 계단 뒤에서 솟아올랐다.

"지금 시간에 여기 올라와 뭐하는 겁니까?" 그가 앞으로 나오며 물었다. "휴일인데 왜 남들처럼 안 쉽니까?" 그가 상당히 엄정한 어조로 말해 자기가 오전의 별난 사건을 기억하고 있고 또 당시 헨처드가 음주 상태였음을 확신한다는 게 드러났다.

헨처드는 아무 말 없이 뒤로 가더니 계단의 승강구 뚜껑을 닫고 그 위를 발로 꾹 눌러 틀에 꽉 끼어 넣었다. 그러고는 궁금해하는 젊은이를 향해 몸을 돌렸는데 젊은이는 그제야 헨처드의 팔 하나가 이미 그의 옆구리에 묶여 있는 것을 발견했다.

"지금," 헨처드가 조용히 말했다. "우린 서로 남자 대 남자로 얼굴을 맞댔어. 자네의 재산과 멋진 아내가 그동안 한 것처럼 자네를 내 위로 더 이상 들어 올리진 못해. 또 가난이 날 억압하지도 않아."

"도대체 무슨 말을 하는 겁니까?" 파프레이가 단도직입적으로 물었다.

"잠깐 기다려, 이 친구야. 자네는 아무것도 잃을 게 없는 사람에게 극단적인 모욕을 주려면 미리 한 번 더 생각했어야 해. 난 자네와의 경쟁을 참느라고 망하고 자네가 무시하는 걸 참느라고 초라해진 사람이야. 그렇지만 자네가 날 거칠게 떠밀어서 내 체면이 엉망이 됐어. 더 이상은 참지 못해!"

그의 말을 들은 파프레이의 마음에 약간의 동정심이 일었다. "그 행사는 선생님과는 상관없는 일이었어요." 그가 말했다.

"나도 자네 같은 사람들만큼은 상관이 있어. 애송이 주제에 감히 자네가 내 나이 사람에게 상관없는 행사라고 말해?" 그가 말하면서 분노가 솟구쳐 이마의 정맥이 부풀어 올랐다.

"선생님은 왕족을 모욕했습니다, 헨처드. 그런 행동을 제지하는 게 최고 행정관인 저의 의무였습니다."

"얼어 죽을 놈의 왕족." 헨처드가 말했다. "그 문제라면 나도 자네만 큼은 충성스러운 사람이야."

"더 언쟁하고 싶지 않습니다. 조금 참고 진정해보시지요. 홍분도 가라앉히고. 그럼 선생님도 제 생각에 공감할 겁니다."

"먼저 홍분을 가라앉힐 사람은 아마 자넬걸." 헨처드가 험악하게 말했다. "지금 상황을 말해주지. 자네가 오늘 아침 시작한 그 작은 씨름을 끝내기 위해 우리가 여기 이 정사각형 다락에 와 있어. 저기 지상에서 10미터 높이의 문 보이지. 우리 둘 중 하나가 상대방을 그 문밖으로 밀어버리는 거야. 이긴 자는 실내에 남고. 만일 원한다면 나중에 밑에 내려가 남들에게 상대방이 사고로 추락했다고 경보를 울려도 좋아, 아니면 진실을 말해도 좋고. 그건 각자 알아서 할 일이야. 자네보다 내 체력이 강하니까 균형을 맞추기 위해 내가 팔 하나는 묶었어. 알겠나? 음, 이제 자네가 당할 차례야."

헨처드가 갑자기 달려들었기 때문에 파프레이는 그와 마주 붙잡고 싸우는 수밖에 달리 대안이 없었다. 그것은 일종의 레슬링 시합으로 목표는 상대방을 뒤로 쓰러뜨리는 거였다. 헨처드의 목표는 의심할 나위 없이 상대방을 문밖으로 떨어뜨리는 것이었다.

처음에 헨처드는 유일하게 자유로운 오른손으로 파프레이의 왼쪽 멱살을 꽉 붙잡았다. 파프레이도 왼손으로 헨처드의 멱살을 쥐고 오른손으로는 상대의 왼팔을 잡으려 애썼다. 그러나 헨처드가 살결이 희고 호리호리한 상대방의 내리뜬 눈을 응시하면서 자신의 팔을 아주 교묘하게 뒤쪽에 계속 두었기 때문에 그러지 못했다.

헨처드가 첫발을 앞으로 내밀고 파프레이도 그에 엇갈리게 발을 내

412

밀었다. 그래서 지금까지 싸움은 발 부위에서 이뤄지는 일반 레슬링의 모습과 아주 유사했다. 이런 자세로 몇 분이 지나갔고, 두 사람은 강풍 속에 서 있는 나무처럼 흔들리며 몸부림쳤다. 두 사람 모두 침묵을 지켰 지만 이때쯤 이미 그들의 숨소리는 거칠어졌다. 그 순간 파프레이가 헨처 드의 다른 쪽 멱살을 잡으려 했고 체구가 더 큰 상대방은 온 힘을 다해 고통스럽게 움직이며 저항했다. 결국 이 부분의 싸움은 헨처드가 순전히 자신의 근육질 팔 하나로 파프레이를 눌러 강제로 무릎을 꿇리는 동작 으로 끝이 났다. 그러나 왼팔을 묶은 그가 파프레이를 계속 그렇게 누를 수는 없었다. 파프레이가 다시 일어났고 먼저와 같은 싸움이 다시 진행 되었다.

헨처드가 빙글 돌면서 파프레이를 난간 근처로 위험하게 몰아갔다. 자기 위치를 알게 된 스코틀랜드 남자는 처음으로 상대방을 껴안았고, 지금의 모습으로는 격노한 사탄*과 다를 바 없는 헨처드가 파프레이를 들어 올리거나 떼어놓으려고 기울이는 모든 노력은 한동안 무력했다. 마 침내 그가 비상한 노력으로 성공했을 때 이미 그들은 그 치명적인 문에 서 다시 멀리 떨어져 있었다. 헨처드는 용케도 파프레이를 완벽한 공중 제비로 넘겼는데 그의 왼팔이 자유로웠다면 그때 파프레이는 가망이 없 었을 것이다. 그러나 파프레이는 다시 일어나 헨처드의 팔을 상당히 세 게 비틀었고 헨처드는 날카로운 고통으로 얼굴에 경련을 일으켰다. 헨처 드는 곧바로 손아래 남자 파프레이의 왼쪽 엉덩이 앞쪽을, 보통 '끝장 돌 려차기'라고 부르는 동작으로 가격한 다음, 유리한 자세를 바탕으로 상 대를 문 쪽으로 거칠게 밀어붙였다. 파프레이의 머리가 문틀을 넘고 팔

---

* 원문은 Prince of Darkness

이 벽 너머에 매달릴 때까지 헨처드는 자신의 장악력을 풀지 않았다.

"자," 헨처드가 숨을 헉헉대며 말했다. "이것이 자네가 오늘 아침 걸어온 싸움의 결말이야. 자네 목숨은 내 손에 달렸어."

"그럼 마음대로 해요, 당신 마음대로!" 파프레이가 말했다. "당신이 아주 오랫동안 바라온 거니깐요!"

헨처드가 아무 말 없이 그를 내려다보았고 두 사람의 시선이 마주쳤다. "천만에, 파프레이 그건 사실이 아냐!" 그가 비통하게 말했다. "한때 내가 누구보다 자네를 아꼈다는 걸 하느님께서도 아셔…… 그리고 지금도 내가 자네를 죽여버리겠다는 생각으로 이곳에 왔지만, 내가 자네를 어떻게 다치게 하겠어! 자, 가서 날 고소해. 자네 하고 싶은 대로 해. 어차피 내가 저지른 일이니까 난 아무래도 좋아!"

그는 다락 뒤쪽으로 몸을 빼 팔을 느슨하게 푼 다음, 자포자기의 회한에 빠져 자기 몸을 구석에 놓인 자루 더미 위에 거칠게 내던졌다. 파프레이는 그의 행동을 말없이 지켜보다가 승강구로 걸어가 밑으로 내려갔다. 헨처드는 기꺼이 그를 다시 부르고 싶었으나 입이 떨어지지 않았고 젊은이의 발소리는 귀에서 멀어져갔다.

헨처드의 부끄러움과 자책은 최고조에 달했다. 갑자기 처음 파프레이와 만났던 장면들이 떠올랐다. 그때는 낭만과 검약이 기묘하게 결합된 젊은이의 기질에 자신의 마음이 온통 사로잡혀서 파프레이는 악기를 연주하듯 자신을 다룰 수 있었다. 기분이 바닥까지 가라앉은 그는 남자에게 드문, 더구나 그와 같은 남자에겐 특히 드문 웅크린 자세로 자루 더미 위에서 꼼짝하지 않았다. 아주 가차 없는 남성적 성격의 일면을 가진 인물에게 여성스러움이 비극적으로 도사리고 있었다. 아래쪽에서 대화하는 소리, 마차의 차고 문이 열리는 소리, 말을 마차에 연결하는 소리가 들려왔으나 그는 신경 쓰지 않았다.

좁은 그늘이 불투명한 어둠이 되어 넓게 번지고 다락문이, 주위에서 유일하게 보이는, 침침한 직사각형 빛이 될 때까지 그는 그곳에 머물렀다. 마침내 그가 일어나 옷에 묻은 먼지를 귀찮은 듯 털어내고 엉금엉금 승강구로 가서 손을 더듬으며 계단을 내려가 마당에 발을 내렸다.

"그가 한때는 날 높게 평가하기도 했어." 헨처드가 웅얼거렸다. "앞으로는 그가 날 영원히 미워하고 경멸하겠지!"

그는 오늘 밤 다시 파프레이를 만나, 필사적으로 애원함으로써 거의 불가능해 보이지만, 방금 있었던 자신의 정신 나간 공격을 용서 받고 싶은 아주 강렬한 소망에 사로잡혔다. 그러나 그는 파프레이의 집을 향해 걸으면서 자기가 망연자실한 상태로 저 위에 있을 때 신경 쓰지 않았던, 마당에서 들려오던 말들이 생각났다. 그가 기억하기에 파프레이는 마구간으로 가서 이륜마차에 말을 연결했다. 그러는 동안 휘틀이 그에게 편지 한 통을 전달했다. 그러자 파프레이는 당초 계획한 대로 버드마우스로 가지는 않겠으며 예기치 않게 웨더베리에서 오라고 하니 그곳으로 가다가, 가는 방향에서 2, 3킬로미터밖에 떨어지지 않은 멜스톡을 들러볼 생각이라고 말했다.

그는 처음 마당에 도착했을 때, 적대적 상황이 벌어지리라고는 예상하지 못한 채 길을 떠날 준비를 했던 게 틀림없었다. 또 그가 헨처드와 있었던 일을 아무에게도 말하지 않고 (비록 가는 방향은 달라졌지만) 마차를 몰고 떠난 것이 틀림없었다.

그러니 아주 늦은 시간이 되기 전에는 파프레이의 집을 찾아가도 소용없을 것이다.

홍분과 자책 상태에서 파프레이를 기다리는 게 그에게는 거의 고분에 가까운 일이었지만 파프레이가 돌아올 때까지 기다리는 것 말고 달리 도리가 없었다. 그는 시내 길거리와 변두리를 여기저기 거닐다가 이제는 익숙하게 찾아가는 장소가 된, 앞서의 석조 다리에 이르렀다. 그곳에서 그는 오랜 시간을 보냈다. 물이 강둑에 부딪치며 소용돌이치는 소리가 들렸고, 그리 멀지 않은 곳에서 캐스터브리지의 등불들이 희미하게 깜박거렸다.

그렇게 난간에 기대어 서 있을 때 시내 쪽에서 예사롭지 않은 소리가 들려와 내키지 않는 그의 관심을 일깨웠다. 리듬이 뒤죽박죽인 그 소음은, 소리를 되튕기고 가로막는 거리의 장애물 때문에 더욱 엉망이 되었다. 처음에 그는 쨍그랑쨍그랑 소리가, 저녁에 한바탕 화음을 터뜨려 기억에 남을 그날을 마무리하라는 지시를 받은, 타운 밴드가 내는 소리라고 무심코 생각했다. 하지만 그 생각대로라면 소음이 뒤섞인 저 소리들은 뭔가 앞뒤가 맞지 않았다. 그는 이해하기 어려웠지만 그래도 그 이상의 관심이 생기진 않았다. 그에게는 자기 비하의 감정이 너무 커서, 낯선 생각이 파고들 여지가 없었다. 그는 다시 먼저처럼 난간에 기대었다.

39

파프레이가 헨처드와 맞붙어 싸우느라 숨을 가쁘게 몰아쉬며 다락에서 빠져 내려왔을 때, 그는 잠시 땅바닥에 멈춰 서서 마음을 진정시켰다. (모든 일꾼들이 휴가 상태였으므로) 그는 직접 말을 이륜마차에 연결하고 말을 몰아 버드마우스로드의 마을로 갈 생각이었다. 끔찍한 싸움에도 불구하고 그는 예정대로 출장을 나가려 마음먹었는데, 일단 심신을 회복한 다음 집에서 루시타의 시선과 마주하고 싶었기 때문이었다. 그는 이처럼 심각한 경우를 당한 상황에서 앞으로 어떻게 해야 할지 생각해보고 싶었다.

그가 막 마차를 몰고 나가려는 순간, 휘틀이 주소가 엉망으로 쓰이고 겉면에 '긴급'이라는 단어가 적힌 편지 하나를 가지고 왔다. 편지를 개봉하면서 그는 아무 서명이 없는 것에 놀랐다. 편지는 현재 추진 중인 사업과 관련해 그가 그날 저녁 웨더베리로 와주었으면 한다는 간단한 요청을 담고 있었다. 파프레이는 그처럼 긴급한 사유가 무엇인지 아는 바 없었다. 그러나 어차피 외출하려던 차였으므로 그는 익명의 요청을 받아들였다. 어차피 멜스톡을 방문해야 할 일도 있었으니 이번 출장에 함께 포함시키면 되었다. 그래서 그는 휘틀에게 행선지를 바꾼다고 말했고 헨처드가 우연히 그 말을 들었으며 그렇게 그가 출발했던 것이다. 파프레이는 부하에게 행선지 변경 사실을 집안에 알리라는 지시를 하지 않았는데, 휘틀은 스스로 판단해 그걸 알려줄 위인은 못 되었다.

문제의 익명 편지는 파프레이와 가까운 롱웨이즈와 그 일당이 보낸 것이었다. 그날 저녁 그 빈정거리는 무언극이 시도되더라도 파프레이가 비켜서 있도록 하여 그 시도가 아무 호응을 얻지 못하도록 만들려는 선의에서 보낸 편지였으나 어설픈 조치였다. 파프레이에게 확실한 정보를 알려주면 이 소란스러운 구식 게임을 즐기는 패거리 중 누군가가 그들의 머리에 대고 앙갚음을 할 것이다. 그래서 간접적인 방법으로 선택한 게 파프레이에게 편지를 보내는 것이었다.

그들은 불쌍한 루시타를 위해서는 어떤 보호 조치도 취하지 않았는데 그들 역시 다른 대다수처럼 그 스캔들에 일부 진실이 담겨 있다고 믿었고 그 문제는 그녀가 온 힘을 다해 견뎌내야 할 일이라고 생각했다.

8시경이었다. 루시타는 혼자 거실에 앉아 있었다. 그녀는 밤이 되고 반시간 이상 지났는데도 촛불을 켜지 않았다. 그녀는 파프레이가 귀가하기 전에는 난로 불빛 옆에서 그를 기다리면서, 날씨가 너무 차갑지 않으면, 그가 오는 바퀴 소리를 빨리 들을 수 있도록 창문 하나를 약간 열어놓는 것을 좋아했다. 그녀는 의자 뒤로 몸을 기대고, 결혼 이후 즐겨온 것보다 더 희망적인 기분에 젖어 있었다. 아주 성공적인 날이었다. 헨처드의 뻔뻔스러운 허세가 그녀에게 일시적인 불안을 초래했지만 남편이 책망하자 그가 스스로 물러감으로써 불안감은 사라졌다. 그에 대한 자신의 우스꽝스러운 열정과 그 결과가 담긴 채 표류하던 증거도 모두 파기되었고, 그래서 이제 정말 그녀가 두려워할 이유 같은 건 없어 보였다.

멀리서 들려오는 왁자지껄한 소리가 이런저런 주제가 뒤섞인 그녀의 공상을 방해했다. 소리가 점점 더 커졌지만 그녀는 크게 놀라지 않았다. 왕족의 마차 일행이 다녀간 뒤 주민 대다수가 오후 시간을 여흥으로 보내고 있기 때문이었다. 그러나 갑자기 그녀의 관심이 소리에 고정되었는데, 그 이유는 이웃집 하녀가 위쪽 창에서 길 건너 더 높이 있는 다른 하녀에게 말하는 소리가 들려와서였다.

"그들이 이제 어느 길로 가고 있능겨?" 처음의 하녀가 흥미를 갖고 물었다.

"지금은 잠깐 안 보이는디." 두번째 하녀가 말했다. "맥아 제조 공장 굴뚝 때문에. 오 그래 다시 나타났어라, 보여. 원, 저런, 설마!"

"뭐여, 뭐여?" 먼저 하녀가 더 열광하며 물었다.

"그들이 어쨌든 콘스트리트로 올라오고 있구먼! 둘이 등을 맞대고 앉아 있제!"

"무어라 두 사람이라능겨, 사람 모습이 둘이 있능겨?"

"그려. 당나귀 위에 두 개의 그림이 탔지라. 서로 등을 맞대고, 서로 상대방의 팔꿈치를 끼고. 여자는 앞쪽을 향허고 남자는 뒤쪽을 향혔어."

"그게 특별한 사람을 의미하는 겨?"

"음, 그럴 겨. 남자는 푸른 코트와 캐시미어 레깅스 차림인디, 검정 구레나룻에 얼굴이 불그스름혀. 사람 모습으로 속을 채우고 가면을 씌웠구먼."

소음이 점점 커져가다 약간 작아졌다.

"저기 있는디— 결국 가버렸제!" 실망한 처음의 하녀가 외쳤다.

"뒷길로 접어들었당께. 그게 다여." 더 높은 다락의 위치를 차지하여

부러움을 사는 하녀가 말했다. "저기 있제, 지금 내겐 세로로 그들 모두가 잘 보인당께."

"여자가 누구 같은감? 그저 말만 혀봐. 그럼 내가 단박에 알아맞힐 수 있제, 만일 내가 생각하는 사람을 뜻하는 거람 말이제."

"음, 어쩜 차림새는 연극배우들이 시청에 왔을 적 맨 앞줄에 앉았던 **그 여자**가 입었던 것과 똑같제!"

루시타가 놀라서 벌떡 일어섰다. 거의 같은 순간에 방문이 부드러우면서도 신속하게 열렸다. 엘리자베스가 난로 불빛으로 다가갔다.

"당신을 만나러 왔어요." 그녀가 숨을 죽이고 말했다. "들어오기 전에 미리 노크하지 못했어요. 용서해줘요. 덧문을 닫지 않았네요. 창문도 열어놓고."

루시타의 대답을 기다리지 않고 그녀가 재빨리 가로질러 창문으로 가더니 덧문을 끌어당겼다. 루시타가 살며시 그녀 곁으로 다가갔다. 그러더니 엘리자베스의 손을 잡고 자기 손가락을 들어 올리며 건조한 음성으로 단호하게 말했다. "그냥 놔둬요, 쉿!" 그들의 소통은 아주 낮고 황급했으므로 바깥의 대화를 한마디도 놓치지 않았는데 그 대화는 계속 진행되고 있었다.

"목에는 두른 게 없어라. 머리카락은 밴드로 묶고 뒷머리엔 장식 빗을 꽂았구먼. 암갈색 실크를 입고 흰 스타킹에 색깔이 있는 구두를 신었제."

엘리자베스-제인은 다시 한 번 창문을 닫으려고 시도했다. 그러나 루시타가 전력을 다해 그녀를 붙잡았다.

"그건 나야." 그녀가 새파랗게 질린 얼굴로 말했다. "행렬— 스캔들— 내 허수아비, 그리고 그의 허수아비!"

엘리자베스는 루시타가 이미 사실을 알고 말았다는 표정을 지었다.

"이제 그만 창문을 닫죠." 소음과 웃음소리가 다가올수록 루시타의 굳고 사나운 표정이 더욱 경직되고 난폭해지는 걸 눈여겨보면서 엘리자베스-제인이 설득했다. "제발 좀 닫아요!"

"그게 무슨 소용이죠!" 루시타가 날카롭게 비명을 질렀다. "그 사람도 그걸 볼 테죠, 안 그러겠어요? 파프레이가 그걸 볼 거예요. 막 집에 돌아오는 길인데 그걸 보면 그의 가슴이 찢어지겠죠. 다신 나를 사랑하지 않겠죠. 오, 어떡하면 좋아, 나 죽을 것 같아요. 죽을 것만 같아!"

엘리자베스-제인은 지금 두려움에 제정신이 아니었다. "아, 저걸 어떻게 멈추게 할 수 없어요?" 그녀도 울부짖었다. "아무도 그럴 수가 없어요? 한 사람도 없어요?"

그녀가 루시타의 손을 놓고 문으로 달려갔다. 루시타는 앞뒤 가리지 않고 "내가 직접 봐야겠어!"라고 말하더니, 창 쪽으로 몸을 돌려 내리닫이창을 위로 밀고 발코니로 나갔다. 엘리자베스가 곧장 그녀에게 달려가 실내로 데리고 들어오려고 팔로 껴안았다. 루시타의 시선은 곧바로 지금 빠르게 전진하고 있는 묘하고 떠들썩한 그 행렬에 가서 꽂혔다. 두 허수아비를 둘러싼 무수한 불빛이 그것을 끔찍이 선명하게 부각시켰다. 그 한 쌍을 저들이 의도한 희생자들이 아닌 다른 사람으로 오해하기는 불가능했다.

"들어와요, 들어와요." 엘리자베스가 애원했다. "제발 내가 창문 좀 닫게 해줘요!"

"나야, 그 여자는 나야, 양산까지, 내 초록 양산까지 똑같아!" 루시타가 실내로 들어오며 격렬하게 웃고 또 울부짖었다. 그녀는 잠시 움직이지 않고 서 있더니 바닥으로 무기력하게 쓰러졌다.

그녀가 쓰러진 것과 동시에 순간 조롱 행렬의 저속한 음악이 멈추었다. 빈정대며 웃어대는 함성 소리가 잔물결로 잦아들고 사람을 짓밟아대는 행위도 힘 빠진 바람의 바스락거림처럼 사라져갔다. 엘리자베스는 간접적으로만 이런 사실을 의식했다. 그녀는 사람을 부르려 초인종을 울리고 고개를 루시타 위로 숙였는데, 루시타는 카펫 위에 쓰러진 채 간질성 발작의 경련을 일으키고 있었다. 그녀는 초인종을 울리고 또 울렸지만 소용이 없었다. 아마 하인 모두 광란의 안식일*을 실내에서보다 더 잘 보려고 집밖으로 뛰쳐나간 것 같았다.

드디어, 놀라서 입을 딱 벌리고 문 앞 계단에 서 있던 파프레이의 하인이 올라오고 뒤이어 요리사가 올라왔다. 엘리자베스는 서둘러 덧문을 꽉 밀어 닫았다. 등불을 가져오게 해 루시타를 침실로 옮기고 의사를 부르러 하인을 보냈다. 루시타는 엘리자베스가 옷을 벗기는 동안 잠시 의식을 회복했다가 방금 전의 일을 떠올리곤 다시 발작에 빠졌다.

뜻밖에도 의사는 금세 달려왔다. 그도 이게 무슨 소동인가 궁금하여 남들처럼 자기 집 앞에 서 있다가 달려왔다. 고통을 겪는 불행한 환자를 보자마자 그가 엘리자베스의 말없는 애원에 응답했다. "심각한 상태구먼."

"발작인 것 같아요." 엘리자베스가 말했다.

"그라제. 허지만 그녀가 현재의 건강 상태에서 발작하는 건 아주 위험하다는 의미여. 당장 파프레이 씨를 부르러 보내야 혀. 그 사람 어디 간 겨?"

"그분은 마차 타고 시골로 나갔어라, 의사 선상님." 하녀가 말했다.

---

* 원문은 Demoniac Sabbath.

"버드마우스로드에 있는 어떤 장소로 가셨어라. 머지않아 돌아오실 거구만요."

"걱정하지 말어. 그가 서둘러 집에 돌아오지 않을까 봐 대비혀서 보내야 하능 겨." 의사가 환자의 머리맡으로 다시 돌아갔다. 남자 하인이 임무를 맡았고 이어서 바로 그가 덜커덕 소리를 내며 뒷마당을 떠나는 소리가 들렸다.

이런 일들이 벌어지는 동안, 이미 언급한 그 자치도시의 저명한 시의원 벤저민 그로워 씨는 시내 중심가에 자리한 집 안에 앉아서 큰 식칼, 부젓가락, 탬버린, 키트,* 크라우드,** 훔스트룸,*** 세르팡,**** 램즈혼*****과 여타의 역사적 음악 유형이 뒤범벅이 된 불쾌한 소음을 들었다. 무슨 일인지 알아보려고 모자를 쓰고 외출한 그는 파프레이 집 가까운 모퉁이에서 곧바로 그 일련의 행위의 본질을 짐작했다. 이 도시의 토박이인 그는 예전에 그런 난폭한 장난질을 본 적이 있었다. 그가 당장 취한 행동은 여기저기 돌아다니면서 순경을 찾는 것이었다. 시내에는 잔뜩 움츠러든 두 명의 순경이 있었는데 그는 마침내 그들을 찾아냈다. 그들은 눈에 띌 경우 난폭한 공격을 받을 수 있다는, 전혀 근거가 없지만은 않은 걱정으로 평소보다 더 움츠러들어 뒷길에 숨어 있었다.

"힘없는 우리 둘로는 그렇게 많은 사람들을 당해낼 도리가 없어라!" 스터버드가 그로워의 질책을 받자 이의를 제기했다. "그들에게 솔깃한

* kit: (17~18세기에 댄스 교사들이 사용하던) 세 줄짜리 소형 바이올린.
** crouds: 고대 켈트 족의 여섯 줄 수금(竪琴). 19세기까지 웨일스 지방에서 사용했다.
*** humstrum: 손잡이를 돌려가며 연주하는 휴대용 풍금의 일종.
**** serpent: 19세기 중반까지 교회와 군대에서 사용한, 뱀처럼 길게 생긴 저음의 목관 악기.
***** rams-horn: 뿔피리, 각적(角笛).

건 그 사람이 우리 앞에서 자살*을 하는 것인디, 그거야 나쁜 짓을 저지른 사람의 죽음이겄지. 허지만 무슨 일이 있어도 한 인간이 죽는 이유가 우리가 될 순 없제, 우린 아니제."

"그럼 도움을 좀 받으랑게. 자, 내가 자네들과 함께 가능겨. 당국자의 몇 마디가 얼마나 힘이 있는지 알게 될 거제. 자 서둘러, 경찰봉 챙겼제?"

"우리는 법의 집행자로 주목받지 않길 바랐어라, 머릿수가 워낙 부족했으니께, 의원님. 그래서 우리는 경찰봉을 송수관에 밀어 넣었구면요."

"그거 꺼내들고 함께 가는 겨, 제발! 아, 여기 블로바디 선생이 오시는구먼. 잘되었제."(블로바디는 세 명의 자치도시 치안판사 중 세번째였다.)

"도대체 무슨 일인겨?" 블로바디가 말했다. "그들의 이름을 알아냈는감, 응?"

"아녀. 자." 순경 중 한 명에게 그로워가 말했다, "자네는 블로바디 씨와 올드워크 산책로를 돌아 길을 올라오능 겨. 나는 스터버드와 곧장 갈 테니께. 이 계획에서 얻은 정보는 우리들만의 비밀로 하는 겨. 그들의 이름만 입수혀. 공격허거나 방해허지 말고."

그래서 그들이 나섰다. 그러나 그로워 씨와 스터버드가, 앞서 소리가 지나갔던 콘스트리트에 들어섰을 때에는 놀랍게도 어떤 행렬도 눈에 띄지 않았다. 그들은 파프레이의 집 앞을 지나 길 끝 쪽을 쳐다보았다. 가로등 불빛이 흔들리고 산책로의 나무들이 바람결에 쏴쏴 소리를 냈으며

---

* 원문은 felo de se.

주머니에 손을 넣은 몇 사람이 어슬렁댔다. 모든 것이 평상시와 다름없었다.

"소란을 피우는 잡다한 무리 보았능가?" 이들 중 퍼스티언 재킷을 입고 무릎에 띠를 둘렀으며 짧은 파이프 담배를 피우는 한 사람에게 그로워가 고압적으로 물었다.

"뭐라고 하셨능겨, 어르신?" 질문을 받은 친구가 담백하게 말했는데, 그는 다름 아닌 피터즈 핑거의 찰이었다. 그로워 씨가 질문을 반복했다.

찰이 고개를 위아래로 또 양옆으로 흔들어댔다. "아뇨, 아무것도 못 봤는디요. 안 그려 조? 네가 여기 내 앞에 있지 않았능겨."

조도 대답하는 그 친구처럼 표정이 없었다.

"음, 그거 참 이상허제." 그로워 씨가 말했다. "아 나와 안면이 있는 점잖은 분이 바로 오는구먼. 자네." 다가오는 조프에게 그가 물었다. "자네도 조롱 행렬이나 그런 종류의 악마 같은 소리를 지르는 인간 무리를 못 본 겨?"

"아, 아뇨, 아무것도 못 보았습죠, 어르신." 조프가 마치 아주 이상한 소리를 듣는다는 듯 대답했다. "하지만 제가 오늘 밤엔 멀리까지 나가보질 않아서, 그러니까 아마도—"

"아니, 여기서 말여, 바로 이곳에서 말여." 치안판사가 말했다.

"이제 생각이 나는군요. 오늘 밤 산책로에 부는 바람 때문에 나무들이 특이하게 시적(詩的)으로 웅얼댄다는 걸 제가 알아냈습죠, 어르신. 보통 이상이었습죠. 그러면 아마 그것이었나 보죠?" 조프가 넌지시 말하면서 입고 있던 커다란 코트 주머니 속에서 손의 위치를 바꿨다(거기에서 그의 손은 조끼 밑으로 올려 끼운 부엌칼 두 자루와 쇠뿔 하나를 교묘하게 받치고 있었다).

"아니, 아니, 그게 아녀. 자네는 내가 바본 줄 아는 겨! 순경, 이쪽으로 와. 그들이 뒷길로 들어간 게 틀림없어."

그러나 뒷길에서도 앞길에서도 소란꾼들은 보이지 않았다. 이때 블로바디와 또 다른 순경이 올라왔는데 그들 역시 비슷한 정보를 얘기했다. 허수아비, 당나귀, 랜턴, 밴드 그 모든 것이 코머스의 일당*처럼 사라져버렸다.

"그렇담." 그로워 씨가 말했다. "이제 우리가 더 헐 수 있는 건 딱 한 가지밖에 없제. 도와줄 사람 대여섯 구해서 한 무리로 믹센레인의 피터즈 핑거로 쳐들어가라구. 거기서도 범인들에 대한 실마리를 찾지 못하면 내가 아주 틀린 거제."

행동이 서툰 법의 집행자들이 최대한 서둘러 도와줄 사람을 동원한 다음 전체가 무리를 지어 악명 높은 거리를 향해 진군했다. 밤이 늦어서 금방 도착할 수는 없었다. 창문의 커튼 틈새나 연기가 많은 실내 굴뚝 때문에 열어놓은 문틈으로 이따금 희미한 광선이 흘러나올 뿐, 그들이 가는 길을 밝혀주는 등불이나 어떤 종류의 깜박이는 빛도 없었다. 그들은 자기들 입장의 중요성에 걸맞게 한참 동안 정문을 소란스럽게 두드렸고, 마침내 그들은 그때까지 빗장이 걸렸던 정문을 통과해서 뱃심 좋게 여관에 입장했다.

큰방에는 안전장치인 당김줄로 천장에 고정시킨 긴 나무의자에 평범한 사람들의 무리가 평상시처럼 조각같이 조용한 태도로 술을 마시고 담배를 피우며 앉아 있었다. 주인 여자가 정직해 보이는 말투로 "어서 오셔라, 신사분들, 자리는 많아요. 잘못되는 일이 없음 좋겠구먼요"라고 말

* 밀턴Milton의 1634년 작품 「코머스Comus」에서 짐승 머리를 하고 소란을 피우던 인간들이 코머스의 지시에 따라 일시에 사라지는 걸 빗댄 표현이다.

하며 그 침입자들을 부드럽게 쳐다보았다.

그들이 방을 둘러보았다. "틀림없이," 스터버드가 남자 중 하나에게 말했다. "나는 당신을 좀 전에 콘스트리트에서 봤어. 그로워 씨가 댁에게 말을 건넸제?"

남자는 찰이었는데, 멍한 표정으로 고개를 가로저었다. "나는 지난 한 시간 동안 계속 여기 있었어라. 안 그려, 낸스?" 그가 가까이에서 생각에 잠겨 에일 맥주를 홀짝이는 여자에게 말했다.

"참말이제, 당신은 여기 있었제. 내가 조용하게 저녁 식사를 하며 반 파인트의 맥주를 마시고 싶어 여기 왔을 때 이미 와 있었제, 다른 모든 사람들맨치."

다른 순경이 벽시계의 케이스를 향하고 있다가 유리에 반사되는 주인 여자의 민첩한 동작을 보았다. 그가 재빨리 몸을 돌려 오븐의 문짝을 닫는 그녀를 붙잡았다.

"그 오븐 좀 보드라고, 아주머니?" 그가 앞으로 나아가 오븐을 살펴보고 열더니 그 안에서 탬버린 하나를 끄집어냈다.

"아," 그녀가 변명조로 말했다. "그건 이곳에서 소규모로 조용하게 춤출 일이 있음 사용하려고 보관한 거. 알고 있겄지만 축축한 날씨가 악기를 망치니께 건조한 상태를 유지하려고 거기 넣어둔 거제."

순경은 안다는 듯이 고개를 끄덕였지만 사실 그는 아는 게 하나도 없었다. 말도 없고 별로 모난 데도 없는 이 집단으로부터는 결코 아무것도 끌어낼 수가 없었다. 몇 분 뒤 조사관들은 바깥으로 나와 문에서 대기하던 보조 인력들과 합류한 후 다른 곳을 조사해보겠다고 떠났다.

40

이미 한참 전, 다리 위에서 심사숙고하다 지친 헨처드는 시내를 향해 걸음을 옮겼다. 그가 거리의 막다른 곳에 섰을 때 돌연 어떤 행렬이 바로 위 샛길에서 나와 돌면서 그의 시야에 들어왔다. 랜턴과 뿔피리, 그리고 수많은 사람들이 그를 놀라게 했는데, 말에 탄 이미지들을 본 그는 이 모든 게 무얼 뜻하는지 알았다.

그들은 길을 가로질러 또 다른 거리로 들어섰다가 사라졌다. 헨처드는 발길을 되돌려 몇 발자국을 가다가 심각한 상념에 빠져들었고 결국 잘 알려지지 않은 강변길을 이용해 집으로 갔다. 그러나 집에서 가만히 쉬고만 있을 수 없던 그는 의붓딸을 찾아갔고, 그곳에서 엘리자베스-제인이 파프레이 부인의 집으로 갔다는 말을 들었다. 그는 마법에 복종하여 행동하는 사람처럼, 형언할 수 없이 근심하면서 그녀가 간 방향을 똑같이 따라갔다. 흥청대던 사람들은 사라졌으므로 그녀를 따라잡을 수 있겠다는 희망이 있었다. 그러나 실망스럽게도 결국 따라잡지 못한 그는 최대한 예의를 갖추어 초인종 끈을 잡아당겼다. 그곳에서 그는 어떤 상황이 벌어졌는지 자세히 알게 되었고, 파프레이를 집으로 불러오라는 의사의 단호한 주문에 따라 사람들이 파프레이를 데려오려고 버드마우스 로드로 출발한 사실도 알게 되었다.

"아냐, 그는 멜스톡과 웨더베리로 갔어!" 말할 수 없을 정도로 슬픔에 빠진 헨처드가 외쳤다. "버드마우스로드 쪽은 절대 아냐."

그러나, 가엾도다! 헨처드. 그의 명성은 이미 손상되었다. 저들은 그가 하는 말을 듣기는 해도 무모하고 허황된 발언으로 받아들이며 그를 믿으려 하지 않을 것이다. 그 순간 루시타의 생명은 (그녀가 헨처드와 자신의 과거에 대한 과장 없는 진실을 전혀 모르게 될까 봐 극심한 정신적 고통에 시달렸으므로) 남편의 귀환에 달린 것처럼 보였음에도 불구하고 웨더베리 쪽으로 간 사람은 아무도 없었다. 지독한 불안과 회한 상태의 헨처드는 직접 파프레이를 찾아 나서기로 결심했다.

그는 목적 달성을 위해 서둘러 시내를 내려가 더너버 황야를 건너가는 동쪽 길을 따라 뛰었다. 황야 너머의 언덕에 오른 다음, 봄날 밤의 적당히 어두운 길을 계속 달려 두번째 언덕과 약 5킬로미터 밖의 세번째 언덕에 거의 도착했다. 그는 언덕의 발치인 얄베리 기슭에서 귀를 기울였다. 처음에는 자기 심장이 뛰는 소리와, 천천히 부는 바람이 얄베리 숲 양쪽 언덕에 빽빽하게 들어선 가문비나무와 낙엽송 사이를 지나가며 만드는 신음 소리밖에는 들리지 않았다. 그러나 이윽고 도로에 새롭게 깔린 돌조각과 바퀴의 가벼운 테두리가 날카롭게 부딪치는 소리가 들려왔다. 멀리서 깜박거리는 불빛도 보였다.

그는 소음이 풍기는, 말로 표현할 수는 없는 특유의 분위기에서 그것이 언덕을 내려오는 파프레이의 이륜마차인 것을 알았다. 그 마차는 자신의 물품을 판매하는 과정에서 그 스코틀랜드 친구에게 넘어가기 전까지는 자기 소유였다. 곧바로 헨처드는 얄베리 평원으로 왔던 길을 되짚어갔고 파프레이가 몰고 오는 이륜마차도 두 조림지(造林地) 사이에서 속도를 늦췄다.

그곳은 간선도로의 한 지점으로 그 근처에서 집 쪽 방향과 멜스톡 방면의 도로가 갈라졌다. 파프레이가 당초 의도한 대로 멜스톡 쪽을 택하면 그의 귀환은 아마 두 시간가량 지연될 것이다. 앞서 말한 쿠쿠레인 샛길 쪽으로 불빛이 틀어진 것은 멜스톡으로 가겠다는 그의 의도를 드러내는 것이었다. 파프레이가 탄 마차의 오른쪽 불빛에 헨처드의 얼굴이 번쩍거렸다. 그와 동시에 파프레이는 바로 얼마 전 대적했던 상대방을 알아봤다.

"파프레이, 파프레이 선생!" 헨처드가 가쁜 숨을 몰아쉬며 손을 번쩍 들고 외쳤다.

파프레이의 마차를 끄는 말이 샛길로 구부러들어 몇 발짝을 가다가 멈춰 섰다. 그는 말고삐를 당기고 어깨 너머로 "왜요?" 하고 마치 명백한 적군을 대하듯이 말했다.

"당장 캐스터브리지로 돌아가게!" 헨처드가 말했다. "자네 집에 자네가 돌아가야 할 나쁜 일이 생겼어. 자네에게 그 말을 해주려고 내가 일부러 여기까지 뛰어왔네!"

파프레이는 말이 없었다. 그의 침묵을 보고 헨처드는 그가 무슨 생각을 하는지 이해했다. 이렇게까지 행동하기에 앞서 왜 분명하기 짝이 없는 것을 생각하지 못했던가? 네 시간 전 생명을 건 몸싸움으로 파프레이를 유인했던 자기가, 지금은 늦은 밤 어둡고 외딴 도로 위에서, 공격을 받을 경우 방어하기에 더 나을 것 같은 당초 계획한 길로 가지 말고 상대의 공범이 있을지도 모를 특정한 길로 가라고 그에게 요청하고 있다.

헨처드는 파프레이의 마음속에 이러한 상황 인식이 스쳐가는 것을 감지할 수 있었다.

"난 멜스톡에 가야 합니다." 파프레이가 다시 출발하려고 말고삐를 늦추면서 차갑게 말했다.

"안 돼." 헨처드가 애원했다. "지금 상황은 멜스톡의 자네 사업보다 훨씬 심각해. 문제는 자네 아내야. 그녀가 많이 아파. 내가 함께 가면서 자세한 얘기를 해줄게."

헨처드의 갑작스러우면서 안절부절못하는 태도를 보고 파프레이는 그가 자기를 숲으로 유인하려고 계략을 부린다는 의심을 더 키울 수밖에 없었다. 그곳에서 헨처드는 그날 일찍이 작전상 혹은 용기 부족으로 실패했던 목적을 효과적으로 완수할 것이다. 파프레이는 말을 출발시켰다.

"자네가 무슨 생각을 하는지 나도 알아." 헨처드가 뛰어 따라가며 애원했다. 옛 친구의 눈에 자신이 부도덕한 악행의 화신으로 비친다는 것을 알았기에 그는 절망감으로 거의 머리를 조아렸다. "그렇지만 난 자네가 상상하는 그런 사람이 아냐!" 그가 목이 쉬도록 소리 질렀다. "날 믿어줘, 파프레이, 나는 전적으로 자네와 자네 아내를 도우려고 왔어. 그녀는 위험한 상황이야. 나도 더 이상은 모르지만 그들은 자네가 어서 돌아오길 원해. 자네를 부르러 보낸 하인은 제대로 몰라 다른 길로 갔어. 아, 파프레이, 날 의심하지 마. 난 비열한 인간이지만 그래도 자네에 대한 마음은 아직 진심이야!"

그러나 파프레이는 그를 완전히 불신했다. 파프레이가 알기로 아내가 임신 중이기는 하지만 몇 시간 전 자기가 떠나올 때 그녀는 완벽하게 건강한 상태였고, 헨처드는 지금과 같은 설명보다 배반 행위가 더 어울릴 만한 사람이었다. 그는 한때 헨처드의 입을 통해 지독하게 역설적인 말을 들었고 지금도 그런 역설적인 음모가 있을 것이다. 그는 말의 속도를 높여서 이내 그곳과 멜스톡 사이에 있는 높은 지대에 올라섰다. 헨처드가 뒤에서 발작하듯 뛰며 따라오는 것은, 그가 사악한 목적에서 그러는 것이라는 파프레이의 심증을 더욱 굳혀줄 뿐이었다.

헨처드의 눈에 이륜마차와 마부가 하늘을 배경으로 점점 작아지는 게 보였다. 파프레이에게 도움을 주고 싶은 그의 노력은 헛수고가 되었다. 회개하는 이 죄인에게 적어도 하늘나라의 기쁨은 없을 것이다.* 빈곤하지만 열정적인 사람이 마지막 정신적 버팀목인 자존심을 상실했을 때 그렇듯, 그는 용의주도함이 부족했던 욥처럼 자신을 저주했다.** 그가 이런 상태에 이른 것은, 인접한 산림지대의 그늘 때문이라고만 설명할 수는 없는 감정적 암흑의 시간을 겪은 뒤였다. 이제 그는 자신이 이곳에 도착할 때 지나왔던 길을 다시 돌아 걷기 시작했다. 여하튼, 파프레이가 나중에 집으로 돌아가다가 그를 거기 길 위에서 보더라도 더는 지체할 이유가 없을 것이다.

캐스터브리지에 도착하자마자 헨처드는 상황이 어떻게 되었는지 알아보려고 다시 파프레이의 집으로 갔다. 문이 열리자 곧바로 층계와 복도와 층계참에서 걱정스러운 표정들과 마주쳤다. 모두 비통하게 실망하며 말했다. "아, 그가 아녀!" 자신이 잘못 생각했다는 것을 깨달은 남자 하인은 이미 오래전에 돌아왔고 모든 희망이 헨처드에게 쏠려 있던 상태였다.

---

* 「누가복음」 15장 7절 "죄인 한 사람이 회개하면 하늘에서는 회개할 것 없는 의인 아흔아홉으로 말미암아 기뻐하는 것보다 더하리라"라는 구절을 빗댄 것이다.
** 욥이 결국 고난의 근원에 자신의 죄가 있음을 깨닫고 회개한 것(「욥기」 42: 6)에 비유한 것이다.

"그럼 그를 발견하지 못했능겨?" 의사가 말했다.

"발견했죠…… 당신에겐 말할 수 없어요!" 헨처드가 출입문 안쪽 의자에 맥없이 주저앉으며 대답했다. "그는 두 시간 이내에는 못 돌아와요."

"음." 외과 의사가 위층으로 다시 올라가며 신음 소리를 냈다.

"환자는 어떠니?" 헨처드가 모여든 사람 가운데 끼어 있는 엘리자베스에게 물었다.

"아주 위험한 상태예요, 아버지. 남편을 보고픈 열망으로 그녀가 매우 조바심치고 있어요. 불쌍해 죽겠어요. 그들 때문에 그녀가 죽는 게 아닌가 두려워요!"

헨처드는 마치 엘리자베스가 갑자기 자기에게 새로운 인상을 준 것처럼, 인정이 넘치는 그녀를 잠시 가만히 지켜보았다. 그러더니 더 이상 아무 말 없이 문밖으로 나가 자신의 쓸쓸한 작은 집으로 향했다. 그는 생각했다. 남자끼리의 경쟁은 그만하면 족하다. 굴의 살점은 죽음이 차지하고 파프레이와 나는 껍데기만 가질 것이다. 그러나 엘리자베스-제인을 생각하면, 내가 어둠 속을 헤맬 때 그녀는 한 줄기 불빛 같았다. 나는 그녀가 계단에서 대답할 때의 얼굴 표정을 좋아했었다. 그 표정 속에는 애정이 있었는데 지금 나는 착하고 순수한 마음에서 나오는 애정을 가장 갈망하고 있다. 그녀가 내 자식은 아니다. 그럼에도 불구하고 처음으로 내가 그녀를 자식으로 좋아하게 되리라는 희미한 꿈이 생겨났다. 그녀 또한 나를 계속 사랑한다면.

헨처드가 집에 도착했을 때 조프는 막 잠자리에 들려는 중이었다. 문으로 들어서는 헨처드에게 조프가 말했다. "파프레이 부인이 아프다니 참 안됐죠."

"그러게 말야." 헨처드는 그날 밤의 그 어릿광대짓을 조프가 공모했다고는 상상도 못 했지만, 조프의 얼굴에 근심스러운 주름이 생기는 건 충분히 볼 만큼 시선을 올리며 퉁명스럽게 대꾸했다.

"누군가가 나으리를 찾아왔습죠." 헨처드가 제 방으로 들어가며 문을 닫으려는 순간 조프가 계속 말했다. "일종의 여행자거나 선장 뭐 그런 부류 같았습죠."

"그래? 누구였을까?"

"잘 나가는 사람 같았습죠. 머리가 희게 세고 얼굴은 약간 넓고. 헌데 이름이나 메시지는 남기지 않았습죠."

"나도 그런 사람은 관심 없어." 이렇게 말하며 헨처드가 방문을 닫았다.

멜스톡으로 길을 벗어난 결과, 파프레이의 귀환은 헨처드가 추정한 두 시간과 아주 비슷하게 늦어졌다. 그가 빨리 돌아와야만 할 긴급한 이유 중 하나는, 다른 의사를 버드마우스로 부르러 보내려면 그가 결심해야 했기 때문이었다. 마침내 파프레이가 집에 돌아왔을 때 그는 자기가 헨처드의 진의를 오해한 걸 미칠 듯이 후회했다.

많이 늦긴 했지만 버드마우스로 전령이 떠나고, 밤이 더욱 깊어진 한밤중에 다른 의사가 도착했다. 파프레이가 도착하자 루시타는 상당히 진정되었다. 파프레이는 거의, 아니 한시도 그녀 곁을 떠나지 않았다. 그가 들어오자 그녀는 자신을 그토록 압박하는 비밀을 그에게 허쩔배기소리로 말하려 했다. 그러나 말하는 게 위험할지 모르므로 그는 모든 걸 말할 시간은 충분하다고 달래면서 그녀가 힘없이 말하는 걸 막았다.

이때까지도 그는 조롱 행렬이 있었던 사실을 전혀 몰랐다. 파프레이 부인이 위중한 상태인데다 유산했다는 소문은 곧 시내로 퍼져 나갔고, 사건을 주도한 자들은 그 원인을 불안하게 짐작했기에, 자기들이 저지른 난잡한 행동의 자세한 내용을 죽은 듯한 침묵으로 감췄다. 루시타 주변의 가까운 사람들 역시 그 일을 언급하여 감히 그녀의 남편을 더 고통스럽게 만드는 모험은 하지 않으려 했다.

그 슬픈 밤의 고독 속에 두 사람만 남게 되었을 때, 파프레이의 아내가 헨처드와 복잡하게 얽히고설킨 과거사에 대해 궁극적으로 무엇을 얼마만큼 그에게 설명했는지는 알 수 없다. 파프레이 자신의 언급으로, 그녀가 곡물상과 자신의 독특한 친교에 대해 가장 기본적인 사실을 그에게 말해준 것은 명백해졌다. 그러나 그 이후 있었던 그녀의 행적, 즉 헨처드와 결합하려고 캐스터브리지로 찾아온 그녀의 동기와, (실제로는 그녀가 다른 남자를 보고 첫눈에 엉뚱한 열정을 품은 것이 헨처드를 차버린 가장 큰 이유지만) 그녀가 헨처드를 두려워할 이유를 발견하고 그를 차버렸다는 주장의 정당성과, 첫째 남자에게 어느 정도 약조한 상태에서 둘째 남자와 결혼하고서도 양심과 타협하는 그녀의 방법 등에 비추어 볼 때, 그녀가 이들 사안을 어디까지 언급했는지는 파프레이 혼자만의 비밀로 남았다.

그날 밤 캐스터브리지에서 시간과 날씨를 큰 소리로 외치는 야경꾼 말고도 빈번하게 콘스트리트를 오르내리며 걸어 다닌 한 인물이 있었다. 그는 헨처드로, 잠을 자려고 시도하는 순간 바로 그 시도가 소용없다는 걸 깨달았다. 그래서 그는 잠자기를 포기하고 이리저리 돌아다니다가 수시로 환자의 상태를 물어보았다. 그는 루시타를 위하는 만큼 파프레이를 위해서 방문했고, 또 두 사람보다 더 엘리자베스-제인을 위해서 방문했다. 하나씩 차례차례 가진 것들을 모두 박탈당한 그의 인생은 최근까지 그가 존재 자체를 견디기 힘들어했던 의붓딸에게 집중되는 것 같았다. 루시타의 상황에 대해 물어볼 때마다 그 집에서 그녀를 보는 것이 그에게는 위안이 되었다.

그의 마지막 방문은 새벽이 강철처럼 푸르스름한 아침 4시경이었다. 샛별이 더너버 황야를 가로질러 여명 속으로 희미하게 스며들고, 참새가 방금 길거리에 내려앉고, 암탉이 헛간에서 꼬꼬댁 소리로 울기 시작했다. 그가 파프레이의 집까지 불과 몇 미터를 남겨두었을 때, 출입문이 부드럽게 열리더니 하녀가 손을 들어 현관문 두드리는 고리쇠에 감겨 있던 천 조각을 풀었다. 그는 길을 건넜다. 그가 옆으로 지나가도 도로의 쓰레기에 앉은 참새들은 거의 날아오르지 않았다. 그렇게 이른 시간에 인간의 공격이 있으리라곤 믿지 않기 때문이었다.

"왜 그걸 풀지?" 헨처드가 물었다.

하녀는 그의 출현에 놀라 잠깐 동안 대답을 하지 않다가 누구인지를 알아보고 말했다 "방문객들이 원하는 대로 문을 크게 두드리게 하려는 거제요. 파프레이 부인은 이제 그 소리를 더는 못 들을 거니께요."

41

헨처드는 집으로 돌아왔다. 아침은 완전히 밝아 있었다. 그는 난로에 불을 지피고 그 옆에 멍하니 앉았다. 앉고서 얼마 지나지 않아 온화한 발소리가 집으로 다가와 복도에 들어서더니 손가락 하나가 가볍게 문을 두드렸다. 그것이 엘리자베스의 동작임을 아는 헨처드의 얼굴이 밝아졌다. 방에 들어서는 그녀의 모습은 파리하고 비통했다.

"들으셨어요?" 그녀가 물었다. "파프레이 부인 소식? 그녀가— 죽었어요! 정말로 말예요— 한 시간쯤 전에."

"나도 알고 있다." 헨처드가 말했다. "나도 거기서 방금 돌아왔어. 내게 직접 찾아와서 말해주다니 정말 착하구나. 너도 꼬박 밤을 새웠으니 얼마나 피곤하겠니? 오늘 아침엔 여기서 나랑 있자. 다른 방에 가서 쉬어도 좋아. 아침 식사가 준비되면 부르마."

최근 그가 보여준 친절한 행동에 놀라고 또 고마워하던 외로운 소녀는, 그를 기쁘게 해주고 자기 자신도 쉬고 싶어서 그가 하자는 대로 따랐다. 헨처드가 옆방에다 긴 의자를 붙인 일종의 침상을 급조했고 그녀가 거기에 드러누웠다. 그가 식사 준비를 하느라 왔다 갔다 하는 소리가 들려왔지만 그녀의 마음은 아주 강렬하게 루시타를 향해 달려갔다. 인생이 그렇게 충만할 때 그리고 그토록 즐겁게 엄마가 된다는 희망 속에 살던 그녀가 죽은 것은 소름 끼치는 뜻밖의 일이었다. 곧 그녀는 잠에 빠져들었다.

그동안 의붓아버지는 바깥방에서 아침 식사 준비를 마쳤지만 엘리자베스가 잠든 것을 발견하고 그녀를 깨우지 않은 채 기다렸다. 그는 그녀가 자기 집에 있는 게 마치 하나의 명예라도 되는 듯, 주부같이 섬세하게 난롯불을 살피고 주전자 물은 계속 끓게 놔두었다. 사실 그에게는 그녀와 관련해 대단히 큰 변화가 생긴 상황이었다. 그는 마치 그래야만 행복이 가능한 것처럼, 그녀가 자식이라는 존재가 되어 미래를 밝혀주는 꿈을 키워가고 있었다.

문을 두드리는 노크 소리가 그의 상념을 방해했다. 바로 그때 누군가가 찾아왔다는 게 상당히 성가셨지만 그는 문을 열려고 일어섰다. 입구에는 통통한 체구의 남자가 서 있었다. 모습과 태도가 생경하고 낯설어서 국제적 경험이 있는 사람이라면 식민지풍이라고 부를 그런 분위기를 풍겼다. 피터즈 펭거에서 길을 묻던 그 남자였다. 헨처드가 고개를 끄덕이며 무슨 일이냐는 표정을 지었다.

"안녕하세요, 안녕하세요." 이방인이 활기 넘치는 목소리로 말했다. "저와 얘기하고 계신 분이 헨처드 선생님 맞습니까?"

"네, 제가 헨처드입니다만."

"그럼 제가 때마침 선생님을 댁에서 뵙는군요. 잘되었습니다. 아침 시간이라 바쁘시리라 짐작됩니다만 몇 마디 말씀을 좀 나눌 수 있을까요?"

"아무렴요." 헨처드가 대답하면서 안으로 들어오라는 시늉을 했다.

"절 기억하실지 모르겠는데요?" 방문객이 앉으며 말했다.

헨처드가 남자를 무심하게 바라보다 고개를 가로저었다.

"음, 아마 기억 못 하실지도 모르지요. 제 이름은 뉴슨입니다."

헨처드의 얼굴과 시선에서 맥이 빠져나가는 것 같았지만 상대방은 눈치채지 못했다. "그 이름 잘 압니다." 바닥을 쳐다보며 마침내 헨처드가 입을 열었다.

"저도 그러시리라 확신합니다. 음, 사실 그대로 말하면 지난 2주 동안 선생님을 찾아다녔어요. 제가 헤이븐풀 항구에서 내려 캐스터브리지를 지나 서남부 항구도시 팰머스로 갔는데, 그곳 사람들이 말하기를 선생님이 여러 해 전부터 캐스터브리지에 살았다고 하더군요. 그래서 제가 다시 돌아왔어요. 사륜마차를 타고 급히 왔지만 늦어서 10분 전에야 이곳에 도착했어요. 사람들이 '저 아래 방앗간 옆에 살아요'라고 일러줘서 온 겁니다…… 음, 제가 찾아오게 된 건 20여 년 전 우리 사이에 있었던 거래와 관련이 있습니다. 그건 아주 특이한 사건이었고, 당시엔 제가 지금보다 젊었습니다. 헌데 아마 어떤 의미에선 그 일에 대해선 가급적 언급을 줄이는 게 더 낫겠죠."

"특이한 사건이라. 음, 그건 특이하기보다 나빴지요. 그때 당신이 만난 사람이 나라는 걸 난 인정할 수 없어요. 나는 당시 온전한 정신이 아니었어요. 온전한 정신 상태였어야 그 사람이죠."

"당시에는 우리가 어리고 경솔했지요." 뉴슨이 말했다. "하지만 제가 여기에 온 건 논쟁을 벌이려는 게 아니라 상황을 바로잡기 위한 겁니다. 불쌍한 수전, 그녀와 함께 보낸 시간은 낯선 경험이었습니다."

"그랬군요."

"그녀는 마음이 따뜻하고 소박한 여자였습니다. 그녀는 소위 약삭빠

르거나 예민한 사람이 결코 아니었죠. 그런 사람들보다는 훨씬 훌륭했습니다."

"그녀가 그런 사람은 아니었죠."

"선생님이 십중팔구 알고 있듯, 그녀는 거래에 일종의 구속력이 있다고 생각할 만큼 순진했습니다. 그 특정 불법행위에 관한 한 그녀는 천상의 성자처럼 결백합니다."

"나도 알죠, 그건 나도 알아요. 그렇다는 걸 나도 바로 알았어요." 헨처드가 여전히 시선을 피하며 말했다. "그 사실에 내 가슴이 아주 쓰렸습니다. 그녀가 진상을 제대로 알았다면 결코 날 떠나지 않았을 테죠, 결코. 그런데 그녀가 제대로 알기를 어떻게 기대하겠어요? 그녀에게 유리한 게 뭐가 있었어요? 아무것도 없었어요. 그녀는 자기 이름만 쓰는 수준이고* 그 이상은 몰랐거든요."

"글쎄, 그런 행동을 하면서도 저는 그녀의 그릇된 생각을 깨우쳐주려는 마음이 없었어요." 선원이 지난날에 대해 말했다. "전 그녀가 저와 함께 살면 더 행복할 거라고 믿었고, 그런 생각을 하면서도 별로 자만심이 들지 않았답니다. 그녀는 꽤 행복해했고 저는 죽을 때까지 그녀가 진실을 깨닫게 하지 않았을 겁니다. 선생님의 아이는 죽었고 그녀는 새 아이를 낳았죠. 만사가 잘 돌아갔습니다. 그러나 때가 왔어요— 뭐랄까, 항상 때는 찾아오는 법입니다. 우리 셋이 미국에서 돌아오고 얼마 뒤였어요. 그녀가 스스로 털어놓은 사연을 들은 사람이 그녀에게 말했죠. 그녀에 대한 저의 권리는 가짜이며 제 권리의 존재를 믿는 그녀가 어리석다고요. 그 이후 그녀는 저와 함께 있으면서 결코 행복한 적이 없었어요.

---

* 이 부분은 수전이 엘리자베스-제인의 생부를 밝히는 상세한 편지(193~94쪽)를 헨처드에게 남긴 것과 모순된다.

계속 수척해졌고 한숨만 내쉬었죠. 그녀가 절 떠나야겠다고 말했어요. 그러자 아이를 어찌해야 할지가 문제가 되었죠. 그때 어떤 사람이 제가 어떻게 해야 하는지 충고했는데 저는 그 충고가 최선이라고 생각해서 그의 말을 따랐습니다. 저는 팰머스에서 그녀와 작별하고 선원이 되어 바다로 나갔어요. 제가 대서양의 반대편에 도착했을 무렵 폭풍이 불었고 사람들은 저를 포함한 선원 상당수가 파도에 쓸려갔다고 여겼습니다. 저는 뉴펀들랜드에 상륙했는데 그때 저 스스로에게 어떻게 해야 하나 물었어요. 기왕 이곳에 왔으니 이곳에서 살리라, 스스로 그렇게 생각했답니다. 이제 그녀가 날 싫어하니, 내가 실종된 것으로 믿게 하는 게 그녀를 위한 최선의 친절일 것이다. 그녀는 우리 둘이 다 살아 있다고 생각하는 한 불행하겠지만, 내가 죽었다고 생각하면 먼저 남편에게 다시 돌아가고 아이는 가정을 갖게 될 거라고 저는 생각했어요. 저는 한 달 전에야 이 나라에 다시 돌아왔어요. 돌아온 후 저는 추측했던 대로 그녀가 선생님에게 갔고 딸도 엄마와 동행했다는 사실을 알게 되었죠. 팰머스 사람들은 제게 수전이 죽었다고 말해줬어요. 그렇지만 제 아이 엘리자베스-제인, 그 아이는 어디 있죠?"

"죽었어요, 그 아이도." 헨처드가 무뚝뚝하게 말했다. "분명히 그 말도 듣지 않았나요?"

선원은 깜짝 놀라 일어서더니 방 안에서 무기력하게 한두 발짝 거닐었다. "죽었다니!" 그가 낮은 소리로 말했다. "그렇다면 돈이 있어도 무슨 소용이 있죠?"

헨처드는 대꾸하지 않고 그것은 자기가 아니라 뉴슨 자신에게 물어볼 질문이라는 듯 고개를 저었다.

"아이는 어디에 묻혔죠?" 여행객이 물었다.

"제 엄마 곁에요." 헨처드가 똑같이 둔감한 어조로 말했다.

"언제 죽었나요?"

"일 년 전, 아니 그보다 전에." 상대방이 주저 없이 대답했다.

선원은 계속 서 있었다. 헨처드는 결코 바닥에서 눈을 떼어 올려다보지 않았다. 마침내 뉴슨이 말했다. "여기까지 일부러 찾아온 게 허사가 되었군요. 올 때처럼 바로 떠나는 게 좋겠네요!…… 제게는 당연한 인과응보입니다. 더 이상 폐를 끼치지 않겠습니다."

헨처드는 뉴슨의 발자국이 모래투성이 바닥 위로 멀어지는 소리, 기계적으로 문의 걸쇠를 들어 올리는 소리, 좌절하고 기가 꺾인 남자에게 당연한, 천천히 문을 여닫는 소리를 들었다. 그래도 그는 고개를 돌리지 않았다. 창문으로 뉴슨의 그림자가 스쳐갔다. 그는 가버렸다.

그 순간 헨처드는 자기가 저지른 짓에 깜짝 놀라, 의자에서 벌떡 일어났다. 제정신에서 한 짓이라고 믿을 수가 없었다. 그렇게 대응한 것은 순간적인 충동이었다. 헨처드는 최근 엘리자베스를 달리 보면서, 그녀가 스스로 믿는바 자신의 실제 딸로 자랑스러워할 만한 존재가 될 수 있으리라는 소망을 새롭게 키워나가던 터였다. 그 소망이 뉴슨의 예기치 않은 방문에 자극을 받아 그녀에 대한 탐욕스러운 독점욕을 드러내고 말았다. 그래서 그녀를 잃을 수도 있다는 갑작스러운 두려움이, 어떤 결과를 초래하게 될지 완전히 무시하고, 그에게 아이처럼 미친 거짓말을 하게 만든 것이다. 그는 상대의 질문이 꼬리를 물고 이어지면 자신의 거짓말이 5분이면 들통 나리라고 예상했는데, 그런 일은 벌어지지 않았다. 하지만 분명 언젠가는 들통이 날 것이다. 뉴슨은 다만 일시적으로 떠난 것뿐이다. 그가 시내에서 물어보면 모든 걸 알게 될 테고, 그러면 다시 돌아와 자신을 저주하며 자신의 마지막 보물을 데려가지 않겠는가?

그는 서둘러 모자를 쓰고 뉴슨이 떠나간 방향을 향해 바깥으로 나왔다. 금방 길 위쪽에서 불스테이크를 건너는 뉴슨의 뒷모습이 보였다. 헨처드는 뒤를 따라가 방문객이 킹스암즈에 멈추는 것을 보았다. 그곳은 그를 데려왔던 아침 마차가 그곳을 교차하는 또 다른 마차를 30분간 기다리는 장소였다. 뉴슨이 타고 온 마차가 막 다시 움직이려 했다. 뉴슨이 올라타고 그의 짐이 실렸으며 몇 분 만에 마차는 그와 함께 사라졌다.

뉴슨은 뒤도 돌아보지 않고 떠났다. 그 행동은 헨처드의 말을 순진하게 신뢰한다는 표시였다. 너무 순진해서 거의 숭고하다고 할 만한 신뢰였다. 20년도 더 된 지난날, 순간적인 충동에서 비롯된 그 경매에서 단지 얼굴만 힐끗 보고 수전 헨처드를 데려갔던 젊은 선원은, 반백의 여행객이 된 지금까지도 자신의 말을 철석같이 믿었던 그때처럼 행동해서, 헨처드는 이렇게 서서 그를 바라보고 있는 자신이 부끄러울 정도였다.

한순간의 뻔뻔스러운 거짓말로 엘리자베스-제인이 자기 딸로 남게될 것인가? "아마 오래가지 않겠지." 헨처드가 중얼거렸다. 뉴슨은 길동무들과 대화를 나눌 것이고 그들 중에는 캐스터브리지 주민도 있을 것이다. 속임수는 발각날 것이다.

이 개연성이 헨처드를 방어적인 자세로 이끌었다. 잘못을 바로잡고 엘리자베스의 생부(生父)가 단번에 진실을 알도록 하는 최선의 방법을 고민하는 대신, 그는 자기가 우연하게 얻은 지위를 지킬 방법을 고민했다. 젊은 엘리자베스에 대한 그의 애정은 그녀에 대한 자신의 권리가 새로운 위험에 처할 때마다 더욱 빈틈없이 강해졌다.

그는 멀리 간선도로를 지켜보면서, 진실을 알게 되어 분노한 뉴슨이 아이를 내놓으라고 걸어 돌아오는 모습을 볼 것이라 기대했다. 그러나 아무도 나타나지 않았다. 아마 그는 마차에 탄 사람들과 아무런 말도 나누지 않고 슬픔을 가슴에 묻었나 보다.

그의 슬픔, 그것은 무엇인가. 그것은 결국 헨처드가 그녀를 잃을 때 느끼게 될 바로 그 슬픔이었다. 세월이 흐르며 식을 대로 식은 뉴슨의 애정이, 꾸준히 엘리자베스와 함께 살아온 그의 애정과 같을 수 없다. 그래서 시기심 많은 그의 마음은 생부와 아이를 떼어놓으려고 그럴듯한 억지를 부렸다.

헨처드는 절반쯤은 엘리자베스가 떠났으리라 기대하며 집에 돌아왔으나 그렇지 않았다. 그가 도착했을 때 여전히 그곳에 머물러 있던 그녀가 막 안쪽 방에서 나오는 중이었다. 눈꺼풀 위에 잠을 잔 흔적이 남았지만 전체적으로는 유쾌한 표정이었다.

"오, 아버지." 그녀가 미소 지으며 말했다. "눕자마자 잠이 들었어요. 그럴 생각이 아니었는데! 불쌍한 파프레이 부인에 대한 연민이 커서 혹시 그녀 꿈을 꿨나 생각해봤는데 안 꿨더군요. 가장 최근에 일어난 사건들은 우릴 열중하게 만들면서도 꿈에는 잘 나타나지 않으니 얼마나 이상한지 몰라요."

"네가 잠을 잘 수 있어서 기쁘구나." 헨처드는 그렇게 말하면서 엘리자베스에 대한 자신의 불안한 소유권이 떠올라 그녀의 손을 잡았는데, 그 행동이 그녀에게는 뜻밖의 기쁨이었다.

그들이 아침 식사를 위해 앉았을 때 엘리자베스-제인은 다시 루시타 생각에 잠겼다. 깊은 생각에 잠겨 있을 때면 늘 아름다운 그녀의 얼굴이지만 슬픔에 젖은 모습이 매력을 더했다.

"아버지." 그녀가 뒤늦게 식탁을 쳐다보며 말했다. "아버지가 손수이 멋진 식사를 차리셨다니 정말 고마워요. 전 그동안 게으르게 잠만 잤는데."

"매일 하는 일인데 뭐." 그가 대꾸했다. "너도 날 떠났고, 모두가 내게서 멀어졌어. 살아가려면 내 손으로 해야지."

"무척 외로우시죠, 그렇죠?"

"물론 그렇지, 얘야. 네가 전혀 짐작할 수 없을 정도야. 다 내 잘못때문이지. 요 몇 주 동안 내 가까이에 있어준 사람은 너뿐이야. 하지만이제 너도 더 이상은 안 오겠지."

"왜 그런 말씀을 하세요? 전 꼭 다시 올 거예요. 아버지가 절 보고싶으시다면요."

헨처드가 의심스럽다는 몸짓을 했다. 비록 최근에 엘리자베스-제인이 다시 자기 집에서 딸로 살기를 바라게 됐지만 지금 그녀에게 그렇게하자고 부탁하진 않을 것이다. 어느 때고 뉴슨이 돌아올 수 있고 그를속인 자신을 엘리자베스가 어떻게 생각할지 알 수 없다. 이런 점을 고려하면 그녀에게서 떨어져 견디는 게 최선일 것이다.

아침 식사가 끝난 뒤에도 의붓딸은 여전히 서성거렸다. 헨처드가 하루 일을 시작하기 위해 집을 나설 순간이 되었다. 그제야 그녀가 일어서서 꼭 다시 오겠다는 약속을 하고는 곧바로 아침 햇빛이 비치는 언덕길을 걸어 올라갔다.

"지금 이 순간 나를 대하는 저 아이의 애정이 저 아이에 대한 나의애정처럼 따뜻하구나. 저 아이는 내가 부탁하기만 하면 여기 이 초라한작은 집에서 나와 함께 살려고 할 거야! 하지만 어쩌면 저녁이 오기도전에 그가 올지 몰라. 그럼 저 아이는 날 경멸하게 되겠지."

헨처드가 꾸준히 자신을 향해 반복한 이 생각은 하루 종일 어디에가든지 그를 따라다녔다. 그의 기분은 더 이상 불운을 겪은 사람의 반항적이고 빈정대는 난폭한 심기가 아니라, 오히려 인생을 슬섭게 만들서

나 적어도 견딜 만하게 만들 수 있는 모든 수단을 상실해버린 사람의 무기력한 침울이었다. 그에게는 자랑스러워할 사람, 용기를 북돋아줄 사람이 아무도 남지 않을 것이다. 머지않아 엘리자베스-제인도 단지 낯선 사람이 되고 둘의 관계가 더 나빠질 것이기 때문이다. 수전, 파프레이, 루시타, 엘리자베스, 모두 헨처드 자신의 잘못이나 불운 때문에 하나하나 떠나갔다. 그들을 대신해줄 어떤 흥미도, 취미도, 열망도 그에게는 없었다. 헨처드에게 음악은 제왕과 같은 힘이 있었으므로, 그가 자신을 돕도록 음악을 불러낼 수만 있다면 그는 지금 같은 상황도 충분히 견뎌냈을 것이다. 트럼펫이나 오르간은 가장 단순한 음조로도 그를 충분히 감동시켰고 풍부하고 진지한 음악은 그의 실체를 고양시켰다. 그러나 불행하게도 막상 곤경에 빠지면 그는 이 신성한 영혼을 불러올 수 없는 운명이었다. 그의 앞에 놓인 천하는 암흑 그 자체와 같았다. 올 것도 없고 기다릴 것도 없었다. 그럼에도 불구하고 인생의 당연한 과정으로 그는 앞으로도 30년이나 40년을 더 이 지상에 머물러야 할 것이다. 비웃음을 당하고, 잘해야 동정이나 받으며.

이런 생각을 하면 참을 수가 없었다.

캐스터브리지의 동쪽에는 황야 지대와 초원이 있고 그사이로 많은 개울이 흘렀다. 이 방향으로 배회하는 사람이 고요한 밤에 잠시 조용히 멈춰 서면, 물들이 마치 등불 없는 오케스트라처럼 황야 가까이서 또 멀리서 아주 잡다한 음조로 연주하는 뛰어난 교향악을 들을 수 있었다. 썩은 어살* 구멍에선 레치타티보**를 연주하고, 지류를 이루는 시냇물이 석

---

* 싸리, 참대, 장나무 따위로 물속에 울타리를 친 다음 그 가운데 그물 등을 설치하여 그 안에 물고기가 들어가 잡히도록 만든 장치.
** recitative 또는 recitativo: 오페라에서 낭독하듯 노래하는 부분.

조 흉벽 위로 떨어질 때는 명랑하게 지저귀는 소리를 냈다. 아치 밑에서는 금속성의 심벌즈 소리를 내고 더너버홀에서는 쉬익 소리를 냈다. 그들의 악기 편성이 가장 큰 소리로 올라가는 지점은 '열 개의 수문'이라고 불리는 장소로, 수원(水源)의 수위가 높을 때는 그곳에서부터 바로 여러 음의 푸가*가 연주되었다.

이곳의 강물은 깊고 언제나 물살이 강했다. 그 때문에 수문은 톱니 여럿과 하나의 엘L 자형 손잡이로 올려지고 내려졌다. 작은 길 하나가 두 번째 다리에서부터 (매우 자주 언급된) 간선도로를 지나 수문들로 이어졌는데, 발원지에서 개울을 건너는 길은 좁은 나무 판자 다리였다. 그러나 해가 진 다음에는 인적이 드물었다. 블랙워터는 수심이 깊은 곳으로만 가는 길인데다, 좁아서 위험하기 때문이었다.

그러나 헨처드는 동쪽 도로로 시내를 벗어나 두번째 석조 다리까지 간 뒤 개울가 코스를 따라 이 한적한 길로 들어섰다. 그는 열 개 수문의 검은 형체들이 아직 서쪽에 남은 희미한 빛을 반사하는 수면 위의 빛무리를 잘라낼 때까지 계속 걸어갔다. 순식간에 그는 수심이 가장 깊은 어살 구덩이 옆에 섰다. 그가 앞뒤로 살펴보았지만 눈에 띄는 사람은 없었다. 그는 코트와 모자를 벗고 두 손을 움켜쥔 채 물줄기 바로 앞에 섰다.

그가 아래의 수면 쪽으로 고개를 숙였을 때 여러 세기에 걸친 침식으로 형성된 둥근 웅덩이에 무언가 떠 있는 것이 조금씩 눈에 들어왔다. 그가 스스로 임종의 자리로 마음먹었던 바로 그 웅덩이였다. 처음에는 제방 그림자 때문에 무언지 불분명했지만 나중에 모습을 드러내며 형체를 갖춘 그것은 수면 위에 빳빳하게 굳어 누워 있는 사람의 모습이었다.

---

* fugue 또는 fuga: 하나의 성부(聲部)가 주제를 나타내면 다른 성부가 그것을 모방하며 대위법에 따라 좇아가는 악곡 형식.

중앙의 물살에 의해 갈라지면서 소용돌이치는 물결 속에서 그 형체가 앞으로 나와 그의 눈 밑으로 지나갔다. 그때 그는 그것이 **자기 자신**이라는 것을 알아보고 경악했다. 어느 정도 닮은 남자가 아니라, 모든 면에서 그의 판박이, 그와 실제로 꼭 닮은 한 사람이 죽은 듯 '열 개의 수문'의 구덩이에 떠 있었다.

초자연적인 것에 대한 미신이 강한 비참한 이 남자는, 실제로 엄청난 기적을 경험한 사람이 그랬을 것처럼 고개를 돌렸다. 그는 눈을 가리고 머리를 조아렸다. 그는 물줄기를 다시 바라보지 않고 벗었던 코트와 모자를 걸친 다음 천천히 걸음을 옮겼다.

자기도 모르게 그는 자기 숙소 문 앞에 도착했다. 놀랍게도 엘리자베스-제인이 서 있었다. 그녀는 그에게 다가오며 먼저와 똑같이 그를 아버지라고 불렀다. 그렇다면 뉴슨은 아직 돌아오지 않은 것이다.

"오늘 아침에 아주 슬퍼 보이셨어요." 그녀가 말했다. "그래서 걱정이 돼서 다시 왔어요. 제 자신이 결코 슬프지 않아 그러는 건 아녜요. 하지만 모든 사람 모든 사물이 아버지에게 무척 불리해 보여요. 고통이 크신 걸 저도 알아요."

어쩜 이 여성은 이렇게도 상황을 잘 간파하는가. 그렇지만 아직도 그녀는 극단적인 전모까지는 알지 못했다.

그가 그녀에게 말했다. "넌 아직도 기적이 일어난다고 생각하니, 엘리자베스? 나는 아는 게 많지 않아. 내가 원하는 만큼 알지 못해. 살면서 늘 꼼꼼히 읽고 배우려 했지만 더 알려 하면 할수록 점점 더 무식해지는 것 같아."

"저는 요즘에도 기적이 일어난다고 꼭 믿지는 않아요." 그녀가 말했다.

"예를 들어 자포자기하려는 속마음이 보여도 개입하지 않아? 음, 아마 직접적으로는 안 그러겠지. 아마 안 그럴 거야. 하지만 나랑 함께 걸어볼까. 내가 무슨 말을 하는 건지 보여주마."

그녀는 기꺼이 동의했다. 그는 간선도로를 지나, '열 개의 수문'으로 가는 한적한 길로 그녀를 데려갔다. 마치 그녀에게는 보이지 않는 어떤 잊지 못할 유령이 주위에서 맴돌며 그가 쳐다보는 걸 방해하는 듯 그는 허둥대며 걸었다. 그녀는 자진해서 루시타에 대해 언급할 수도 있었으나 그를 어지럽게 만들까 두려워 그러지 않았다. 어살 가까이 도착했을 때 그가 멈춰 서더니 그녀에게 더 앞으로 나아가 웅덩이를 들여다보고 무엇이 보이는지 말해달라고 부탁했다.

그녀가 앞으로 나아갔다가 곧바로 돌아왔다. "아무것도 안 보여요." 그녀가 말했다.

"다시 가봐." 헨처드가 말했다. "주의 깊게 들여다봐."

그녀가 두번째로 강의 벼랑 끝으로 나아갔다. 시간을 조금 끌다가 돌아온 그녀는 그곳에 무언가 떠서 빙글빙글 도는 걸 보았지만 자기는 그게 무언지 분간할 수 없었다고 말했다. 일단은 낡은 옷들의 꾸러미처럼 보였다고 말했다.

"그게 내 옷들 같았니?" 헨처드가 물었다.

"음, 그랬어요. 이를 어째! 잘 모르겠어요, 아버지, 우리 이제 그만 돌아가요."

"한 번만 더 가서 보거라. 그런 다음 집으로 가자."

그녀가 다시 가서 상체를 웅크려 머리를 웅덩이 가장자리 가까이까지 가져가는 것이 그에게 보였다. 그녀가 놀라 일어서더니 서둘러 그의 곁으로 돌아왔다.

"자," 헨처드가 말했다. "말해봐라. 뭐였지?"

"집에 가요."

"그러지 말고 말해줘. 말해라. 거기 떠다니는 게 뭐니?"

"허수아비." 그녀가 허둥지둥 대답했다. "치안판사들이 찾아낼까 겁이 나서 범인들이 그걸 없애려고 강의 상류까지 올라가 블랙워터에서 버드나무들 사이로 던진 게 분명해요. 그래서 여기까지 떠내려온 게 틀림없어요."

"그렇지. 틀림없이 내 인형로구나! 그런데 다른 건 어디 있지? 왜 내 것만 있나…… 그놈들의 못된 짓거리가 그녀는 죽이고 나는 살려두었구나!"

그들이 왔던 길을 되짚어 도시로 돌아오는 길에 엘리자베스-제인은 그가 말한 "나는 살려두었구나"를 생각하고 또 생각해보다가, 마침내 그 의미를 짐작해냈다. "아버지, 저는 아버지를 이렇게 혼자 내버려두지 않겠어요!" 그녀가 흐느끼며 말했다. "제가 아버지와 함께 살면서 예전처럼 아버지를 보살펴드려도 될까요? 저는 아버지가 가난한 건 신경 쓰지 않아요. 오늘 아침에도 제게 물어보시면 오겠다고 동의할 생각이었어요. 그런데 아버지가 제게 부탁하시지 않더라구요."

"내게 오겠다고?" 그가 씁쓸하게 말했다. "엘리자베스, 날 놀리지 마! 네가 어떻게 오겠니!"

"전 그럴 거예요." 그녀가 말했다.

"예전에 내가 네게 저지른 그 모든 난폭함을 어떻게 네가 용서하겠니? 넌 그러지 못해!"

"저는 다 잊어버렸어요. 그 얘긴 더 이상 하지 마세요."

그녀는 그렇게 그를 안심시켰다. 그리고 재결합을 위해 서로의 계획을 조율한 다음 마침내 각자 집으로 돌아갔다. 이제 헨처드는 아주 여러 날 만에 처음으로 면도를 하고 깨끗한 흰 속옷을 입고 머리도 빗었다. 그때부터 그는 다시 태어난 남자 같았다.

이튿날 아침 엘리자베스-제인이 말했던 바가 사실로 밝혀졌다. 소 치는 어느 목동이 그 허수아비를 발견했고 루시타의 허수아비도 같은 물줄기의 상류에서 발견되었다. 그러나 그 일은 가능한 한 아무에게도 발설되지 않았고 허수아비들은 은밀하게 파괴되었다.

이처럼 자연스럽게 미스터리가 해결되었는데도, 헨처드는 그 형체가 그곳에서 떠다녔던 것을 하나의 (초자연적인)* 개입이라고 여겼다. 엘리 자베스-제인은 그가 "나처럼 타락한 놈이 어디 있어! 그럼에도 불구하고 나 같은 놈조차도 그분의 손 안에 놓여 있는 것 같아!"라고 말하는 소리 를 들었다.

---

* 괄호 안은 옮긴이가 덧붙인 내용이다.

42

그러나 자신이 그분의 손 안에 놓여 있다고 헨처드가 느끼는 확신
은, 시간이 흐르면서 그런 느낌을 갖게 했던 사건이 서서히 잊혀감에 따
라, 헨처드의 가슴에서도 사라지기 시작했다. 그 대신 뉴슨의 유령은 그
를 괴롭혔다. 뉴슨은 분명 다시 올 것이다.

그러나 뉴슨은 오지 않았다. 루시타의 시신은 교회 경내의 길옆으로
옮겨졌다. 캐스터브리지는 마치 그녀가 전혀 산 적이 없었던 것처럼 도시
의 일상으로 돌아가기에 앞서 마지막으로 그녀에게 시선을 돌렸다. 엘리
자베스는 헨처드와 자신의 관계에 대한 믿음이 흔들리지 않았고 그래서
지금은 그의 집에서 함께 살았다. 결국 뉴슨은 어쩌면 영원히 가버렸는
지도 몰랐다.

아내와 사별한 파프레이는 오래지 않아 루시타의 병과 사망의 직접
적 원인이 무엇인지 알게 되었다. 그러자 아주 당연하게도, 당장 못된 짓
을 저지른 범인들을 법의 이름으로 처단해야겠다는 충동이 생겼다. 그는
장례식이 끝날 때까지 기다렸다가 행동을 개시하기로 굳게 결심했다. 행

동할 시간이 되자 그는 곰곰 생각에 빠졌다. 결과는 처참했지만 그 결과가 쓰레기 같은 행렬을 주선한 그 경솔한 무리가 예상하거나 의도한 건 결코 아니었다. 그가 아는 한에서는, 지도적 위치에 있는 인사의 체면을 손상시킨다는 솔깃한 가능성, 바로 그 지도층의 발아래 짓밟혀 몸부림치는 사람들이 맛보게 될 최고로 흥미진진한 향락의 전망이 그들을 고무한 것이었다. 그가 그렇게 생각한 것은 조프의 선동에 대해서 아는 바가 없었기 때문이다. 그는 다른 사항들도 고려했다. 루시타는 죽기 전 그에게 모든 것을 고백했다. 그녀의 내력을 두고 소란을 떠는 것은 그녀를 위해서나 헨처드를 위해서나 자기 자신을 위해서나 전혀 바람직하지 않았다. 파프레이는 그 사건을 뜻밖에 일어난 사고로 간주하는 것이 죽은 자를 추모하기 위해 가장 진실한 배려이자 최선의 철학이라고 보았다.

헨처드와 파프레이는 서로 마주치기를 꺼렸다. 헨처드는 엘리자베스를 위해 자존심을 포기했다. 그래서 그는 파프레이의 주도 아래 시의회 사람들이 자신에게 새 일자리를 주려고 사들인 작은 종묘-뿌리 상점을 맡기로 했다. 그가 오직 자신만 생각하는 과거의 헨처드였다면, 자기가 그토록 몹시 괴롭힌 남자가 아주 약간이라도 간여한 도움은 틀림없이 거절했을 것이다. 그러나 엘리자베스의 공감은 바로 그의 생존 자체에 필요한 듯했다. 그녀 때문에 자존심이 겸손이라는 옷을 입었다.

이곳에 그들이 자리를 잡았다. 일상생활에서 헨처드는 매일 엘리자베스의 모든 소망을 미리 알아 처리하면서도 경계심을 누그러뜨리지 않았았다. 경쟁을 두려워하는 강렬한 질투가 부성애를 고조시켰다. 그렇다 해도 뉴슨이 지금 당장 캐스터브리지로 돌아와 그녀를 딸이라고 주장할 것이라는 상상은 별로 근거가 없었다. 뉴슨은 방랑자에 이방인이며 거의 외국인에 가까웠다. 그는 여러 해 딸을 보지 못했으며 그녀에 대한 애정은 보통 세상 일이 그렇게 돌아가듯 예민할 수 없었다. 다른 관심사들이 아마 그녀에 대한 그의 회상을 머지않아 흐릿하게 만들고, 그녀가 아직 살아 있음을 발견하게 해줄 과거사에 대한 새로운 질문도 막을 것이다. 헨처드는 자기 양심을 어느 정도 만족시키기 위해 스스로에게 거듭 말했다. 탐나는 보물을 계속 간직하도록 해준 그 거짓말은 자기가 그런 목적에서 의도적으로 속인 게 아니라, 어떤 결과가 초래될지 전혀 모르는 상태에서 절망감이 내뱉은 반항의 언어였다고. 나아가 그는 마음속에서, 어떤 뉴슨이라 하더라도 자기만큼 그녀를 사랑할 순 없고 자기만큼 인생의 최후까지 기꺼이 그녀를 보살피려 하지는 않을 것이라고 항변했다.

그렇듯 그들은 교회 경내가 내려다보이는 상점에서 살아갔다. 그해의 나머지 날들에 특별하게 표시할 만한 사건은 일어나지 않았다. 그들은 가끔 외출하긴 했지만 드물었고 장날에는 결코 외출하지 않았다. 그래서 도널드 파프레이를 보는 것은 아주 가끔씩이었고 그것도 대부분 멀리 떨어진 거리를 지나는 모습이었다. 그래도 파프레이는 평소의 사업을 계속 꾸려나가고 있었다. 사별한 사람들이 얼마 지나면 그러듯이, 동료 상인들에게 기계적으로 미소를 던지고, 흥정하는 사람들과 논쟁을 벌이면서.

"자신만의 회색 스타일의 시간"*은 파프레이에게, 루시타의 사실이었던 모든 것과 사실이 아니었던 모든 것에 대한 경험을 어떻게 평가할지 가르쳐주었다. 이 세상에는 자신이 우연히 간직하게 된 어떤 이미지나 명분에 대해, 그것이 드문 게 아니고 오히려 반대임을 스스로 판단하고 긴 시간이 지난 뒤에, 완강한 신의를 고집하는 사람들이 있다. 그런 사람들이 없으면 훌륭한 사람들의 집단은 불완전하다. 그러나 파프레이

---

* 영국의 낭만주의 시인 셸리(Percy Bysshe Shelley, 1792~1822)의 시집 『에피사이키디온*Epipsychidion*』(1821)에 나오는 구절.

는 그런 부류의 사람이 아니었다. 상처로 인해 막다른 골목으로 몰린 그를 그의 천성적인 통찰력이나 활기, 그리고 민첩성이 구해내는 건 불가피했다. 그는 루시타의 죽음에 의해 자신에게 어렴풋이 나타나던 불행을 단순한 슬픔으로 바꾸게 되었다는 사실을 깨닫지 않을 수 없었다. 어떤 상황에서도 조만간 그녀의 내력은 폭로되었을 테고, 그러면 그 이후 전개되었을 그녀와의 결혼생활에 더 큰 행복이 있었으리라고 믿기는 어려웠다.

그러나 그러한 사정에도 불구하고, 루시타의 이미지는 아직도 그에게 생생한 기억으로 남아 있었다. 그녀의 단점에 대해선 가장 부드러운 비판만 떠올랐고, 자신에게 진실을 감춘 그녀에 대해 이따금 떠오르는 분노도 그녀가 겪은 고통을 생각하면 일시적인 불꽃처럼 사그라들었다.

한해가 끝날 무렵까지 헨처드의 소규모 종묘-뿌리 소매상점은, 찬장보다 별로 크지 않은 장소인데도 거래 규모가 상당히 늘어났고, 의붓아버지와 딸은 상점이 자리 잡은 쾌적하고 양지바른 곳에서 아주 평온한 생활을 즐겼다. 이 시기의 엘리자베스-제인은 내면적 활력이 충만하면서도 조용하게 지내는 것이 특징이었다. 그녀는 일주일에 두세 번씩 대부분 버드마우스 쪽의 전원으로 긴 산책을 나갔다. 그녀가 상쾌하게 산책을 마치고 저녁에 동석할 때 헨처드는 가끔 그녀가 다정하기보다는 오히려 정중하다는 인상을 받았다. 그러면 그는 괴로웠다. 처음 그녀에게서 받은 소중한 애정을 자신이 가혹한 자기검열로 차갑게 식도록 만든 후회스러운 경험이 있는데, 거기에 쓰라린 후회가 한층 더해지기 때문이었다.

이제 그녀는 매사를 자기 뜻대로 했다. 오고 가거나 사고 팔거나 그녀의 말이 곧 법이었다.

"너 새로운 머프가 생겼구나, 엘리자베스." 어느 날 헨처드가 아주 정중하게 말했다.

"네, 하나 샀어요." 그녀가 말했다.

탁자 위에 놓인 그 물건을 그가 다시 바라보았다. 모피는 반짝이는 갈색이었고, 그가 그런 물건을 평가할 입장은 아니었지만, 그녀가 가지기에는 유별나게 훌륭한 물건처럼 보였다.

"아주 비싸게 주었겠구나, 애야, 그렇지 않았니?" 그가 틀릴 셈 치고 추측해보았다.

"제 몸매에 비하면 꽤 고급이죠." 그녀가 조용히 말했다. "하지만 화려하진 않아요."

"천만에." 그녀의 기분이 조금도 상하지 않길 간절히 바라면서 그가 그물에 걸린 사자처럼 말했다.

얼마 뒤 새봄이 왔을 때 그가 그녀의 빈 침실 앞을 지나다 발을 멈췄다. 지난날 그녀가 자신의 혐오와 엄격함을 견디지 못하고 콘스트리트의 크고 멋진 자신의 집에서 나간 뒤, 지금처럼 그녀의 방을 들여다보던 기억이 났다. 지금의 방은 그때보다 훨씬 수수했지만 그는 어디에나 널려 있는 많은 책을 보고 충격을 받았다. 책의 양과 질에 비해 그것을 떠받치는 빈약한 가구가 우스꽝스럽고 균형이 맞지 않아 보였다. 많은 책들은 분명 최근에 구입한 것들이었다. 도리상 그녀에게 책을 사보라고 격려하긴 했지만, 그는 얼마 되지 않는 소득에 비추어 그녀가 스스로 타고난 열정을 그처럼 폭넓게 충족시키는 줄은 전혀 짐작하지 못했다. 그는 처음으로 그녀가 낭비한다는 생각이 들어 상처를 조금 받았고, 그래서 이 문제에 대해서는 그녀에게 한마디 해야겠다고 마음먹었다. 그러나 미처 말할 용기가 생기기 전에 그의 생각을 아주 다른 방향으로 옮기게 만든 사건이 벌어졌다.

바쁜 종자 매매의 시간이 끝나고 건초 거래 시즌은 아직 오지 않은,

조용한 몇 주간이 되었다. 장터에는 나무 갈퀴, 노랑-초록-빨강의 새 짐마차, 어마어마하게 큰 낫, 작은 가족을 꿰어 올릴 정도로 뾰족한 끝을 가진 쇠스랑이 가득 모여들어 캐스터브리지에 특별한 흔적을 남겼다. 평소 습관과는 반대로 어느 토요일 오후, 헨처드는 자기가 예전에 승승장구하던 장소를 몇 분이라도 지나가보고 싶은 호기심이 생겨 장터로 나갔다. 그와 아직 상대적으로 서먹서먹한 파프레이는, 이맘때면 자신이 일반적으로 머무는 곳인 곡물 거래실 문에서 몇 발짝 아래에 서 있었는데, 약간 떨어진 곳에 있는 무언가를 쳐다보며 생각에 잠긴 것 같았다.

파프레이가 쳐다보는 곳으로 헨처드의 시선이 따라갔다. 그리고 그는 파프레이가 응시하는 대상이, 견본을 보여주는 농부가 아니라 길 맞은편 상점에서 막 나온 자신의 의붓딸이라는 걸 알았다. 그녀는 파프레이가 자신을 쳐다보고 있다는 것을 전혀 의식하지 못했다. 이 점에서 그녀는 언제든 시야에 그럴듯한 구애자가 들어오면 바로 자신의 깃털에 주노의 새의 깃털처럼 아르고스의 눈이 장착되는* 그런 젊은 여인들만큼 행운이 따르지는 못했다.

헨처드는 그 순간에는 파프레이가 엘리자베스-제인을 쳐다본 것을 그다지 중요하게 여기지 않고 그곳을 벗어났다. 그러나 그 스코틀랜드 남자가 언젠가 엘리자베스에게 지나가는 식으로 다정한 관심을 보인 일을 잊을 수가 없었다. 그러자 처음부터 헨처드의 행동을 지배해왔고 현재의 그를 만든 특이한 성격이 곧바로 표출되었다. 그는 자신의 소중한 의붓딸과 정력적으로 번창하는 파프레이의 결합이 그녀와 자신의 행복을 위

---

* 주피터의 아내 주노는, 흰 암소로 변한 주피터의 연인 이오를 감시하도록 아르고스를 배치했는데 주피터의 명령을 받은 머큐리가 아르고스를 죽이자 아르고스의 눈을 신성한 자신의 새의 꼬리 깃털에 달았다.

해 바람직하다고 생각하는 대신, 그들이 결합할 수 있다는 가능성 자체를 증오했다.

그가 그런 본능적인 반대를 바로 구체적 행동으로 옮기던 때도 있긴 했다. 그러나 지금 그는 과거의 헨처드가 아니었다. 그는 다른 경우와 마찬가지로 이 사안에서도 그녀의 의사를 절대적으로 또 확실하게 받아들이겠다고 다짐했다. 그는 그녀를 가까이에 두고 그녀의 반감을 사는 것보다 따로 떨어져 살면서 그녀의 배려를 유지하는 게 낫다고 느끼면서, 자기의 헌신으로 되찾은 그녀의 배려를 적대적인 단어 한마디 때문에 잃을까 두려워했다. 그러나 그렇게 떨어져 사는 것은 생각만 해도 몹시 화가 나는 일이었다. 그래서 그날 저녁 그가 긴장하며 조용히 물었다. "오늘 파프레이 씨 만났니, 엘리자베스?"

엘리자베스-제인은 그 질문을 듣고 놀랐다. "아뇨"라고 대답하긴 했지만 약간 혼란스러운 눈치였다.

"아 그래, 그랬구나…… 우리 둘 다 거리에 있을 때 그가 보였길래 그냥 물어봤어." 그렇지 않아도 그는 최근 그녀의 산책 시간이 긴 것과 자기를 아주 놀라게 만든 새 책들이 파프레이와 어떤 연관이 있지 않나 의심하던 터였다. 그녀의 당황하는 모습은 그의 의심을 더욱 굳힐 만했다. 그녀는 속 시원히 말해주지 않았고, 그는 그녀가 침묵 상태에서 지금처럼 다정한 두 사람의 관계에 해가 되는 생각을 할까 봐 얼른 화제를 바꿨다.

헨처드는 천성적으로 선한 일이든 악한 일이든 은밀하게 행동하는 사람이 아니었다. 그러나 마음에 께름칙한 두려움*이 있는 그의 사랑이,

---

* 원문은 solicitus timor(라틴어).

즉 자신이 거절했던 (또는, 다른 의미에서 자신이 구하려 다가갔던) 엘리자베스의 배려에 자신이 의존하게 된 것이, 그의 본성을 바꾸었다. 그는 자주 몇 시간에 걸쳐 그녀의 이런저런 행동이나 표현의 의미를 비교하고 따져보려 했다. 예전이라면 그는 문제를 직설적으로 해결하려 했을 것이다. 그런데 지금은, 파프레이를 연모하는 마음이 자식으로서 아버지인 자신을 생각하는 온화한 마음을 모조리 앗아갈지도 모른다는 불안감에서 그녀의 왕래를 더욱 주의 깊게 살폈다.

엘리자베스의 거동에 습관적인 신중함에서 비롯되는 것 이상으로 감추는 것은 없었다. 그리고 두 사람이 우연히 마주쳤을 때 가끔 파프레이와 대화를 나눈 것 또한 그녀 쪽에서 말을 걸었다고 그녀가 설명했다. 버드마우스로드로 산책을 나가는 이유가 무엇이든 그녀가 산책에서 돌아오는 시간은, 파프레이가 바람이 강한 그 간선도로 위에서 20분간의 몸털기를 하려고 콘스트리트 쪽에서 나타나는 시간과 자주 일치했다. 그의 말대로라면 차를 마시기 전에 자기 몸에서 종자와 왕겨를 키질하는 시간이었다. 원형경기장에 가다가 이런 사실을 알게 된 헨처드는 울타리에 몸을 감춘 채 그 도로를 계속 지켜보다가 마침내 둘이 만나는 것을 목격했다. 그의 얼굴은 극심한 고통으로 일그러졌다.

"그가 내게서 엘리자베스까지 빼앗아가려 하는구나!" 그가 속삭였다. "하지만 그에겐 그럴 권리가 있어. 내가 끼어들 일이 아니지."

그 만남은 사실상 때 묻지 않은 만남이었고 아직까지 두 젊은이의 관계는 헨처드가 시기하며 가슴 아프게 추리하는 것처럼 진전되지는 않은 상태였다. 그저 지나가는 말 같은 그들의 대화를 그가 들을 수 있었다면 그도 그렇게 이해했을 것이다.

그 "이 길로 산책하는 걸 좋아하나 봐요, 헨처드 양, 그렇죠?"(그녀를 살피는 듯 사려 깊은 눈길로 스코틀랜드 억양이 심하게 실린 말로 물었다.)

그녀 "네, 그래요. 최근 들어 이 길을 선택했어요. 그렇다고 뭐 대단한 이유가 있진 않아요."

그 "그렇지만 그렇게 한 게 다른 사람에겐 이유가 될 수도 있어요."

그녀 (얼굴을 붉히며) "그런 건 몰라요. 하지만 변변한 것은 못 되지만 내게 이유가 있다면 매일 바다를 잠깐이라도 보고 싶다는 거예요."

그 "왜 그러는지 말해줄 순 없습니까?"

그녀 (마지못해) "네."

그 (자기 고향의 발라드 중 하나에 등장하는 비애를 담아) "나는 비밀에 무슨 쓸모가 있는지 모릅니다! 비밀 하나가 내 인생에 깊은 그늘을 던졌지요. 당신은 그게 무엇인지 잘 알고 있습니다."

엘리자베스가 알고 있다고 시인했다. 그러나 왜 바다가 자기 마음을 끌어당기는지에 대한 고백은 삼갔다. 그녀 자신도 그 이유를 충분히 설명할 수는 없었다. 이전에 자신이 바다 근처에 살았다는 사실에 더하여 선원의 혈통이라는 것이 바로 그 비밀이라는 걸 모르기 때문이었다.

"새 책들 고맙습니다, 파프레이 씨." 그녀가 수줍게 덧붙였다. "그렇게 많이 받아도 되는 건지 모르겠어요!"

"그럼요! 뭘 걱정합니까? 당신이 그 책들을 가져 기쁜 것보다 당신에게 그 책들을 구해준 내 기쁨이 더 크죠!"

"그런 말이 어디 있어요!"

그들은 도로를 따라 함께 걸었다. 시내에 도착한 뒤 그들은 각자의 길로 갈라졌다.

그들의 진행 방향이 무엇을 의미하든 간에 헨처드는 방해하지 않고 그들의 뜻에 맡기기로 맹세했다. 그가 그녀를 빼앗길 운명이라면 그렇게 되는 걸 막을 도리는 없다. 그들의 결혼이 만들어낼 상황에서 자신에게 인정된 입장*같은 건 전혀 없을 것이다. 파프레이는 아주 거만하게 헨처드를 인정하지 않을 것이다. 헨처드의 과거 행동 못지않게 그가 가난하다는 사실이 반드시 그렇게 만들 것이다. 마찬가지로 엘리자베스도 헨처드에게 점점 서먹해져서 헨처드의 인생은 친구 하나 없이 고독하게 끝날 것이다.

그럴 가능성이 가까이 다가오는 상황에서 그는 경계할 수밖에 없었다. 사실, 일정한 범위에서 그는 엘리자베스가 피해를 입지 않도록 지켜볼 임무이자 권리가 있었다. 그들에게는 매주 특정한 날 만나는 것이 당연한 일이 되어가는 것 같았다.

마침내 그가 완벽한 증거를 잡았다. 그는 파프레이가 그녀와 조우하는 장소와 가까운 어느 담 뒤에 서 있었다. 파프레이가 그녀에게 "사랑하는 엘리자베스-제인"이라 부르고, 그런 다음 키스하는 소리가 들렸다. 엘리자베스는 가까이에 아무도 없다는 것을 확인하기 위해 재빨리 주위를 돌아보았다.

그들이 떠난 뒤 헨처드가 담 뒤에서 나왔다. 그는 슬픔에 잠긴 채 그들의 뒤를 따라 캐스터브리지로 갔다. 어렴풋이 보이기 시작하는 이 결혼의 가장 큰 골칫거리는 사라지지 않았다. 파프레이와 엘리자베스 두 사람은, 다른 사람들과는 달리, 엘리자베스를 헨처드의 실제 딸로 여겨야 한다. 왜냐하면 헨처드 자신이 그렇게 믿고 주장하기 때문이다. 또 파프레이는 틀림없이 헨처드를 용서해서 아무 반대 없이 장인으로 삼겠지

---

* 원문은 locus standi(라틴어).

만, 헨처드와 파프레이는 결코 친밀해질 수 없는 관계다. 그러므로 헨처드의 유일한 친구인 엘리자베스는 남편의 영향을 받아 서서히 헨처드에게서 멀어지고 심지어 경멸하게 될 것이다.

그녀가, 헨처드 자신과 경쟁하고 저주하고 기백이 꺾이기 며칠 전에는 목숨까지 걸고 몸싸움을 벌였던 그 남자가 아닌 다른 남자와 사랑에 빠졌다면, 헨처드는 "나는 만족한다"고 말했을 것이다. 그러나 지금 눈앞에서 벌어지는 그림에서는 그런 만족을 찾기가 어려웠다.

인간의 두뇌에는 인정되지도 않고, 필요하지도 않고, 손해만 되는 종류의 생각이 때때로 그 출처를 떠나기 전에 잠시 배회하도록 허락되는 하나의 외부 공간이 있다. 이런 생각 중의 하나가 지금 헨처드의 시야 속으로 들어왔다.

자기가 파프레이에게, 그와 결혼을 약속한 여자가 마이클 헨처드의 자식이 아니라는, 법적으로는 아무의 자식도 아니라는 사실을 알려준다고 상상해보라. 그 올곧고 지도적인 시민은 이 정보를 어떻게 받아들일 것인가? 그는 어쩌면 엘리자베스-제인을 포기할 것이다. 그러면 그녀는 다시 의붓아비의 소유가 될 것이다.

헨처드가 몸서리를 치며 소리 질렀다. "하느님은 그런 나쁜 짓을 금지하셨어! 지금 아주 열심히 악마를 쫓아내려 애쓰고 있는 내게 왜 아직도 이처럼 악마가 찾아오고 있단 말인가!"

43

헨처드가 그렇게 일찌감치 목도했던 광경은 얼마 지나지 않아 아주 자연스럽게 다른 사람들의 눈에도 띄었다. 파프레이 씨가 "여러 여자들을 놔두고, 파산한 헨처드의 의붓딸과 함께 산책했다"는 말은 시내에서 공공연한 화제가 되었다. 이 일대에서 그런 식으로 떠도는 말은 구혼을 의미했기 때문에, 캐스터브리지에 거주하는 열아홉 명의 젊고 아리따운 여성, 각자 자신이 바로 그 상인 겸 시의원을 행복하게 해줄 유일한 여자라고 여기다가 화가 난 나머지, 파프레이가 출석하던 교회에 나가는 걸 중단하고 의식적으로 꾸미고 다니던 것도 중단했으며 한밤의 기도에서 그를 자신의 혈연관계 속에 끼워넣던 것도 중단했다. 요컨대 그들은 자연스러운 생활로 되돌아갔다.

어렴풋이 현실화되는 스코틀랜드 사람의 선택에 순수하게 만족한 주민은 롱웨이즈, 크리스토퍼 코니, 빌리 윌즈, 버즈포드 씨 등 철학에 통달한 스리 마리너즈의 파티 멤버들뿐이었다. 여러 해 전 이 젊은 남녀가 캐스터브리지 부대에 소박하게 처음 등장하는 것을 목격한 장소가 스리 마리너즈였으므로 그들은 두 사람이 좋은 관계를 맺어가는 걸 지켜보는 데 재미를 붙였는데, 아마도 그것은 가까운 장래에 자신들이 축하 잔치의 대접을 받을 거라는 전망과도 관련이 있었다. 어느 날 저녁 스태니지 부인은 큰 응접실로 구르듯 들어가서, '도시의 기둥'인 파프레이 씨 같은 남자는 전문가나 개인 별장을 가진 인사의 딸 중 하나를 선택할 수 있을 텐데도 그처럼 겸손하게 몸을 낮춘 게 놀랍다고 말했다. 코니는 대담하게 그녀의 의견에 동의하지 않았다.

"아녀요 부인, 전혀 놀랄 일이 아니제라. 그에게 몸을 낮춘 건 그녀구먼요. 그게 내 의견이제. 젊고 책을 탐독하는 여성, 자유로운 몸이고 인기가 있는 이 여성에게 홀아비, 그것도 첫째 아내가 전혀 자랑스럽지 못했던 그 남자가 무슨 소용이 되겠능겨? 하지만 나는 상황을 깔끔하게 수습하는 수단으로는 이게 큰 도움이 된다고 생각혀요. 그가 한 것처럼 남편이 돌아간 부인을 위해 최상의 대리석 무덤을 세우고 실컷 운 다음 모두 끝났다 생각하며 혼자서, '다른 사람이 나를 받아들였제. 내가 먼저 알던 사람이고, 배우자로 삼기 합당한 사람이제. 지금 상류사회에는 믿을 수 있는 여자가 없제'라고 중얼거리는 거제. 음, 그녀가 마음이 약한데도 붙잡지 못한 그는 이 세상에서 더 어리석은 짓은 못할 거구먼요."

그들은 그렇게 마리너즈에서 수다를 떨었다. 하지만 우리는, 예상되는 그 혼사가 대단한 센세이션을 불러일으키고 온갖 짓궂은 소문들이 돌아다녔다는 투의 틀에 박힌 언급은, 비록 그런 표현이 가난하기만 한 우리 여주인공의 인생을 어느 정도 화려하게* 꾸며줄 수 있겠지만, 너무

---

* 원문은 éclat(프랑스어).

함부로 사용하지 말아야 한다. 분주하게 소문을 퍼뜨리는 자들이 할 얘기를 다 쏟고 나면, 사람들은 자기와 직접 관련이 없는 일에 대해서는 피상적이고 일시적인 관심만 기울일 뿐이다. 캐스터브리지는 (열아홉 명의 젊은 여자 말고는 거의) 그 소식에 잠깐 귀를 기울이고는 더 이상 주의를 기울이지 않았으며, 파프레이 집안의 계획에 대해서는 일말의 관심도 없이, 일하고 먹고 아이 키우고 죽은 자를 묻고 하는 생활을 계속했다고 말하는 게 더 정확한 묘사일 것이다.

엘리자베스 자신은 의붓아버지에게 결혼에 대해 언급하지 않았고 파프레이 역시 그랬다. 헨처드는 그들이 자신에게 결혼 얘기를 꺼내지 않는 이유를 생각해보다가, 애정이 깊어진 두 남녀가 자신을 과거의 잣대로 평가해서 결혼 얘기를 꺼내기를 두려워하고, 자신을 정말 피하고 싶은 성가신 장애물로 간주하기 때문이라고 결론 내렸다. 사회에 대해 쓰라린 적의를 품고 있던 터라 스스로에 대한 이 침울한 시각이 헨처드를 점점 더 깊숙하게 붙잡았다. 마침내 그는 사람들, 그중에서도 특히 엘리자베스-제인과 일상적으로 마주쳐야 하는 일이 너무 견디기 힘들어졌다. 건강이 기울고 병적으로 예민해졌다. 그는 자기를 원하지 않는 사람들에게서 도망쳐, 자신의 존재를 영원히 감추고 싶었다.

그러나 만일 자기 생각이 틀렸고, 그녀가 결혼하더라도 자신을 그녀에게서 꼭 분리시켜야 할 필요가 없다면 어찌 되는 건가?

그는 대안의 모습을 상상해보았다. 자신은 의붓딸이 주인인 집 뒷방 언저리에서 이빨 빠진 사자처럼 살아가고, 이 거슬리지 않는 늙은이에게 엘리자베스는 다정한 미소를 지어주고 사위는 착한 마음씨로 인내한다. 그의 자존심에는 그처럼 추락하는 자신의 모습을 상상하는 것조차 끔찍스러웠다. 그러나 소녀를 위해서라면 어떤 일도 참아야 할 것이다. 파프레이에게 받게 될 것, 냉대와 능수능란한 혀끝에서 나오는 채찍질까지도 참아야 할 것이다. 그녀가 사는 집에서 함께 지내게 되는 특혜가 개인적으로 감당해야 할 수치를 능가할 것이다.

이것이 희미한 가능성에 불과하든지 아니면 반대이든지 간에, 현재 분명히 진행되고 있는 두 사람의 교제는 그에게 초미의 관심사였다.

이미 말한 대로 엘리자베스는 자주 버드마우스로드로 산책 나갔고, 파프레이 역시 그곳에서 그녀와 우연히 만나는 걸 편하게 생각했다. 3킬로미터 밖, 그 간선도로에서 400미터 떨어진 곳에 마이 던Mai Dun이라 불리는 선사시대의 요새가 있었다. 그 요새는 규모가 거대하고 성루(城壘)가 여럿이어서, 도로에서 보면 울타리 내부나 위에 있는 사람은 하나의 사소한 반점에 불과했다. 헨처드는 이곳을 자주 드나들었다. 그는 손에 쥔 망원경으로 로마 제국의 부대들이 설계한 원래의 산울타리가 없는 길*을 3, 4킬로미터 떨어져서 훑어보았다. 그의 목적은 파프레이와 그를 매혹하는 여인 사이에 어떤 진전이 있는지 관찰하는 것이었다.

어느 날 헨처드가 이 지점에 있을 때 버드마우스에서 오는 길에 한 남자가 나타나 서성거렸다. 헨처드는 망원경을 눈에 대며 평소처럼 파프레이의 모습이 보이길 기대했다. 그러나 렌즈에 나타난 남자는 엘리자베스의 연인이 아니었다.

그는 상선(商船)의 선장 차림이었다. 그가 길을 자세히 살피려 몸을 돌리며 얼굴을 드러냈다. 헨처드는 그 얼굴을 보는 순간 숨이 멎는 것 같았다. 뉴슨이었다.

---

* 원문은 Via(라틴어).

466

헨처드는 망원경을 떨어뜨리고 한동안 미동도 하지 않았다. 뉴슨이 기다렸고, 그리고 헨처드도, 만일 얼어붙은 상태도 기다림이라 부를 수 있다면, 기다렸다. 그러나 엘리자베스-제인은 오지 않았다. 그녀는 그날 이런저런 이유 때문에 습관적인 산책을 하지 않았다. 어쩌면 파프레이와 그녀가 다양성을 추구하고자 다른 길을 선택했는지도 모른다. 그러나 그래서 달라진 게 무엇인가? 그녀가 내일 이곳에 올 수도 있고, 어쨌거나 뉴슨이 그녀를 개인적으로 만나 진실을 알려주려고 열심이라면 곧 그에게는 그런 기회가 생길 것이다.

그렇게 되면 뉴슨은 그녀에게 자신이 생부라는 말뿐만 아니라, 한때 자기를 속여 그냥 돌아가게 만든 계략에 대해서도 얘기할 것이다. 엘리자베스의 엄격한 천성은 처음으로 의붓아버지를 경멸할 것이고, 천하의 사기꾼이 된 자신의 이미지를 뿌리째 지워버릴 것이며, 그래서 자기 대신 뉴슨이 그녀의 가슴속에 군림할 것이다.

그러나 그날 오전에 뉴슨은 엘리자베스와 연관된 아무것도 보지 못했다. 뉴슨은 잠시 조용히 서 있다가 결국 자기가 왔던 길로 되돌아갔다. 헨처드는 몇 시간의 유예를 받은 사형수가 된 느낌이었다. 그가 집에 돌아왔을 때 엘리자베스는 집에 있었다.

"저, 아버지." 그녀가 천진스럽게 말했다. "제가 편지를 한 통 받았는데 이상해요. 서명이 없어요. 누군가 자기를 만나달라고 요청하는데, 오늘 정오 버드마우스로드나 저녁 때 파프레이 씨 집에서 만나자고 해요. 그 사람이 말하기를, 자기가 얼마 전에도 저를 만나러 왔다가 속임수에 빠져서 못 만났대요. 그 말이 이해가 안 돼요. 우리끼리 하는 얘기지만, 제 생각엔 도널드가 수상한 일을 꾸민 것 같아요. 또 무언가 의견을 전달하고 싶어 하는 사람도 그가 고른 자기 친척이고요. 그런데 전 아버지를 뵙기 전에는 가고 싶지 않았어요. 제가 가야 할까요?"

헨처드가 근엄하게 대답했다. "그럼, 가야지."

뉴슨이 현장으로 접근해옴에 따라 헨처드로서는 더 이상 캐스터브리지에 계속 남아 있을 것인지를 고민할 필요가 없어졌다. 헨처드는 자신을 겨냥해 쏟아질 확실한 비난을 견딜 만한 사람이 아니었다. 그는 조용히 괴로움을 인내하는 노련한 사람이면서 동시에 도도했으므로, 자신의 조치는 즉각 행동으로 옮기는 한편 자신의 의도는 최대한 무시하겠다고 마음먹었다.

그는 이 세상에서 자신의 전부라고 여겼던 젊은 여성에게 마치 자기가 더는 마음을 쓰지 않는다는 듯 말해 그녀를 놀라게 했다. "나는 캐스터브리지를 떠날 작정이다, 엘리자베스-제인."

"캐스터브리지를 떠나다니요!" 그녀가 외쳤다. "그럼 제게서도 떠나나요?"

"응, 이 작은 상점은 너 혼자서도 우리 둘이 했던 만큼 잘 꾸려나갈 수 있어. 나는 가게와 길거리와 사람들에게는 관심이 없다. 차라리 혼자 시골로 내려가 눈에 띄지 않게 나 혼자만의 인생을 살고, 너는 널 아끼는 사람들에게 남겨주려고 한다."

그녀가 고개를 숙이더니 조용히 눈물을 떨어뜨렸다. 그녀에게는 자신이 파프레이에게 애정을 보인 것 때문에 아버지가 떠나겠다고 결심한 것으로 보였고, 어쩌면 당연한 결과일 수도 있었다. 그녀는 감정을 절제하면서 분명한 말로 파프레이에 대한 자신의 애정을 드러냈다.

"아버지가 이런 결심을 하셨다니 제가 민망해요." 그녀가 힘들어 하면서도 단호하게 말했다. "곧 파프레이 씨와 결혼하게 되리라고 생각했는데 아버지가 그 결혼을 못마땅해하는지 미처 몰랐어요!"

"나는 네가 하고 싶어 하면 무슨 일이든 찬성해, 이지."* 헨처드가 쉰 목소리로 말했다. "내가 찬성하지 않는다 해도 문제 될 건 없어! 나는 멀리 떠나가고 싶구나. 내가 여기 있는 게 앞으로 상황을 불편하게 만들 수 있어. 요컨대 내가 떠나는 게 최선이다."

그녀가 아무리 애정을 담아 설득한다 해도 그가 결심을 바꾸도록 만들지는 못했을 것이다. 자기가 모르는 것을 설득할 수는 없기 때문이다. 즉 그가 의붓아버지라는 자격 말고는 그녀와 아무런 연관이 없음을 알게 되어도 그를 경멸하지 않을 것이고, 또 그가 그녀를 감추려고 무슨 짓을 했는지 알게 되어도 그를 미워하지 않을 것이라고 설득할 도리는 없었다. 그는 그녀가 그렇게까지 자제하지는 않을 거라고 확신했다. 아직까지 그 확신을 지워버릴 그 어떤 말이나 사건도 없었다.

"그러면," 그녀가 마침내 말했다. "제 결혼식에도 못 오시겠네요. 그건 바람직하지 못한데요."

"그 결혼식 보고 싶지 않구나, 난 보고 싶지가 않아!" 그가 소리치더니 조금 부드럽게 덧붙여 말했다. "그렇지만 앞으로 살아가면서 이따금 내 생각도 해주렴. 그렇게 해주겠니, 이지? 이 도시에서 가장 부자이자 가장 중요한 남자의 아내로 살아가면서 날 생각해줘. 그리고 **네가 모든 걸 알게 되었을 때**, 비록 뒤늦긴 했지만 내가 널 아주 사랑했다는 걸, 내가 저지른 죄악 때문에 완전히 잊게 되진 않았으면 해."

"도널드 때문이네요!" 그녀가 흐느꼈다.

"난 네가 그와 결혼하는 걸 막지 않아." 헨처드가 말했다. "날 아주 잊어버리지는 않겠다고 약속하렴, 그때가 와도—" 헨처드는 뉴슨이 오는

---

* Izzy: 엘리자베스의 애칭.

때를 의미했다.

그녀는 불안해하며 기계적으로 약속했다. 그날 저녁 황혼이 깃들 무렵 헨처드는 자기가 여러 해 동안 발전의 중심적 역할을 했던 그 도시를 떠났다.

낮 시간에 그는 새로운 연장 바구니 하나를 샀고, 오래된 건초 절단용 칼과 송곳을 닦았으며, 새 레깅스와 가죽제 무릎 커버와 코듀로이 등 젊은 시절 작업복 차림으로 돌아갔다. 그러면서 그는, 자신이 몰락한 뒤 캐스터브리지 거리에서 자기에게도 좋은 시절이 있었음을 특징적으로 보여주던, 그 허세로 충만한 직물 정장과 낡은 실크 모자를 영원히 벗어던졌다.

그의 출발은 수많은 지인 중 아무도 알아채지 못하는 가운데 은밀하게 이루어졌다. 누군지 알 수 없는 손님과 파프레이 집에서 만나기로 약속한 시간이 아직 남은 엘리자베스-제인은 그를 간선도로의 두번째 다리까지 배웅했다. 그녀는 진정한 불안과 슬픔 속에서 마지막으로 1, 2분 정도 그를 껴안았다가 그와 작별했다. 그녀는 황야 지대를 넘어 작아지는 그의 모습을, 그가 등에 멘 노란 골풀 바구니가 발걸음마다 오르락내리락 움직이는 모습을, 그의 무릎 뒤편 주름들이 번갈아 나타났다 사라졌다 하는 모습을, 그것들이 더 이상 보이지 않을 때까지 지켜보았다. 그녀는 모르는 사실이었지만, 헨처드는 이 순간 자기가 거의 사반세기 전 최초로 캐스터브리지에 들어설 때 보여주었던 것과 아주 똑같은 모습을 연출했다. 다만, 만만찮게 더해진 나이 때문에 성큼성큼 걷던 발걸음의 탄력이 상당히 줄었고, 절망적 상태가 그를 약화시키고 어깨에 전달되어 마치 바구니의 무게 때문인 듯, 눈에 띄게 구부정한 것이 그때와 확연히 다른 점이었다.

첫번째 이정표에 도착할 때까지 그는 계속 걸어갔다. 가파른 언덕을 절반쯤 올라가자 제방에 이정표가 있었다. 그는 이정표 돌기둥 머리 위에 바구니를 놓고 팔꿈치를 걸치며, 더는 참지 못하고 발작적으로 씰룩거리기 시작했는데, 그 동작은 아주 격렬하고 건조해서 흐느낌보다 더 심각했다.

"옆에 그녀를 둘 수만 있었다면, 그럴 수만 있었다면!" 그가 중얼댔다. "그랬다면 힘든 일도 내겐 별게 아닐 텐데! 그러나 그럴 수 없는 운명이었어. 나 카인*은 당해 마땅하게도 추방된 인간, 방랑자로 홀로 가고 있어. 하지만 내가 받은 형벌이 내가 견딜 수 없을 정도는 **아냐!**"

그는 비통한 마음을 단호하게 가라앉히고 어깨에 바구니를 멘 다음 다시 출발했다.

그동안 엘리자베스는 그가 간 방향으로 한숨을 짓고는 평정을 되찾았다. 얼굴을 캐스터브리지 방향으로 돌려 걸어가던 그녀는 첫번째 집이 나오기도 전에 도널드 파프레이와 마주쳤다. 그날 그들이 처음 만난 것은 분명 아니었다. 두 사람은 격의 없이 손을 잡았고 파프레이가 걱정스레 물었다. "그가 떠났습니까? 그리고 그에게 말했습니까? 다른 사안에 대해서요, 우리 일 말고."

"떠났어요. 그리고 내가 당신 친구에 대해 아는 건 모두 말했어요. 도널드, 그분은 누구예요?"

"자, 자, 당신이, 곧 알게 될 겁니다. 헨처드 씨도 멀리 가지 않으면 그 소식을 들을 거예요."

"아버지는 멀리 간다고 했어요. 스스로 보이지도, 들리지도 않는 사

---

* 동생 아벨을 죽여 천벌을 받은 아담과 하와의 첫 아들(「창세기」 4: 12~13).

람이 되려고 애쓰고 있어요!"

그녀는 애인과 나란히 걸었다. 두 사람이 교차로이자 구부러진 길에 도착하자, 그녀는 곧장 자기 집 문 쪽으로 가지 않고 방향을 틀어 파프레이와 함께 콘스트리트로 접어들었다. 그들은 파프레이의 집 앞에서 멈춰 집 안으로 들어갔다.

파프레이가 "그분이 기다리고 계십니다"라고 말하며 1층 응접실 문을 열어젖혔고 엘리자베스가 안으로 들어갔다. 안락의자에는 1, 2년 전 잊을 수 없는 아침에 헨처드를 방문했다가, 도착한 지 반 시간도 안 되어 마차에 올라 떠나는 것을 헨처드가 확인했던, 얼굴이 넓적하고 다정한 남자가 앉아 있었다. 리처드 뉴슨이었다.

엘리자베스가 6년 전에 죽은 줄 알고 헤어졌던 쾌활한 아버지와 재회하는 장면을 자세하게 얘기할 필요는 없겠다. 부성의 문제를 떠나 그 만남은 감동적이었다. 헨처드가 떠난 이유도 바로 설명되었다. 진실을 접하고 그녀가 뉴슨에 대한 오래된 믿음을 회복하는 것은 예상보다 어렵지 않았다. 헨처드의 행동 자체가 뉴슨의 말이 진실이라는 증거였기 때문이다. 더구나 그녀는 뉴슨에게서 아버지의 보살핌을 받으며 성장했다. 그러므로 헨처드가 사실상 아버지였다 하더라도, 어릴 적 옛집에서 자라나던 시절의 이 아버지는, 그녀와 헨처드의 이번 작별 사건이 퇴색될 무렵에도, 그 사실을 헨처드에 대한 중요한 반박 논거로 삼았을 것이다.

성장한 그녀를 보고 뉴슨은 이루 표현할 수 없을 정도로 자부심을 느꼈다. 그는 그녀에게 입맞춤하고 또 입맞춤했다.

"네가 나를 만나기 위해 찾아올 수고를 내가 덜어주었어 하하!" 뉴슨이 말했다. "사실대로 말하면 여기 이 파프레이 군이, 뉴슨 선장님 제게 와서 하루 이틀 지내세요, 그러시면 제가 그녀를 데려오겠습니다, 라고 말했거든. 나는, 정말 그렇게 하지, 라고 말했어. 그래서 내가 여기 있게 된 거다."

"드디어 헨처드는 떠났습니다." 파프레이가 문을 닫으며 말했다. "모두 그가 자발적으로 했어요. 엘리자베스에게서 들은 건데 그가 그녀에게는 아주 잘해줬어요. 저는 꽤 불안했지만 모두 사필귀정이죠. 이제 우리에게 더 이상의 어려움은 결코 없을 겁니다."

"음, 나도 바로 그렇게 생각했어." 뉴슨이 두 사람의 얼굴을 번갈아 쳐다보며 말했다. "눈치채지 않게 아이를 슬쩍 보려고 했을 때 스스로에게 수도 없이 다짐했네. '내 딸이 틀림없어. 더 확실한 증거를 잡을 때까지 며칠 동안 지금처럼 조용히 지내는 게 최선이다'라고. 이제 나는 자네가 모두 옳다는 걸 알았어. 내가 더 바랄 게 뭐 있겠나?"

"아, 뉴슨 선장님, 전 이제 매일 어른을 봬도 즐거울 겁니다. 전혀 해가 될 게 없을 테니 말입니다." 파프레이가 말했다. "그리고 쭉 생각해봤습니다만, 결혼식은 제 집에서 올리는 게 좋겠어요. 집이 크고 또 어른 혼자 묵고 계시니 말입니다. 그렇게 하면 수고도 많이 덜고 비용도 많이 절약되지 않겠습니까? 또 결혼식이 끝난 다음 집에 가려고 멀리 움직일 필요도 없어 편리하겠죠."

"전적으로 동감이네." 뉴슨 선장이 말했다. "자네 말처럼, 전혀 해가 될 게 없으니까. 이제 가련한 헨처드도 떠났으니. 나로선 그와 다르게 할 생각도 못하고 전적으로 그가 하자는 대로 따랐을 거야. 왜냐하면 나도 정중하게 참아야 할 만큼 이미 그의 가정사를 침범한 인생을 살았기 때문이지. 그런데 당사자인 우리 젊은 여성은 어떤 의견인가? 내 딸 엘리자베스야, 여기로 와서 우리가 무슨 얘길 하는지 귀 좀 기울여라. 마치 안 듣는 사람처럼 바깥만 바라보며 참지 말고."

"도널드와 아버지가 정하는 대로 할게요." 엘리자베스는 아직도 길 거리의 작은 사물을 세밀하게 살펴보며 낮은 목소리로 말했다.

"자 그럼," 뉴슨이 철저하게 주제에 집중하는 얼굴 표정으로 새삼 파프레이에게 몸을 돌리며 말했다. "자네 뜻대로 하세. 그리고 파프레이 군, 자네가 그렇게 많은 걸 준비하고, 또 집 안의 공간이나 그런 것들을 제공하겠다니, 나도 나 나름의 역할을 하겠네. 내가 럼과 스키담*을 맡지. 열두 병 정도면 충분할 거야. 하객의 상당수가 숙녀일 테고, 그들이 설마 음주 경연 대회에서 우승할 정도로 심하게 마실 리는 없지 않은 가? 하지만 역시 자네가 제일 잘 알겠지. 나는 일꾼과 선원들에게는 주량의 몇 배씩 충분히 주었지만, 평소에 술을 마시지 않는 여자가 이런 예식에서 그로그를 몇 잔이나 마실지에 대해선 어린아이처럼 무식하네."

"아니요, 술은 그렇게 많이 필요 없을 거예요. 정말입니다." 파프레이가 고개를 저으며 아주 근엄한 표정으로 말했다. "모든 건 제게 맡겨주세요."

그들이 세부 사항에 대해 더 논의를 하려는데 뉴슨이 의자 뒤로 몸을 기대고 천장을 향해 생각에 잠긴 미소를 지으며 말했다. "파프레이 군, 그때 내가 눈치채지 못하게 하려고 헨처드가 어떻게 행동했는지 내가 아직 말해주지 않았지, 아님 말해주었던가?"

그는 선장이 무엇을 암시하는지 모르겠다는 표정을 보였다.

"아, 생각해보니 안 했군. 내 기억으로, 내가 헨처드 이름에 상처를 내지 않으려고 그 말은 하지 않겠다는 다짐을 했어. 하지만 이제는 그가 떠났으니 자네에게 말할 수 있네. 그러니까, 자넬 찾아낸 지난주보다 아

---

* schiedam: 네덜란드 서남부의 도시 스키담이 원산지인, 향기가 강한 진gin.

홉 달이나 열 달 전*에 내가 캐스터브리지에 오지 않았겠나. 자네를 만나기 전에 여기에 두 번 왔었던 거지. 처음엔 서쪽으로 가면서 이 도시를 통과했어. 그땐 엘리자베스가 여기 사는지 몰랐지. 그런데 어딘지 잊었지만 어느 곳에선가 헨처드라는 이름의 남자가 여기 시장이었다는 말을 듣고 다시 돌아왔네. 어느 날 아침 그의 집을 방문했는데 늙어빠진 악당 같으니! 글쎄 그자가 엘리자베스-제인이 여러 해 전 죽었다고 말하는 거야."

엘리자베스는 그의 이야기에 진지한 관심을 보였다.

"그런데 나는 그 작자가 거짓말을 하고 있다는 생각이 전혀 들지 않았어." 뉴슨이 계속했다. "그리고, 믿기 어렵겠지만, 너무 슬퍼진 나는 곧장 타고 온 마차로 되돌아가서 이 도시를 떠났다네. 30분도 머무르지 않았던 거야. 하하— 그건 그야말로 그럴듯한 농담이었고 제대로 효과를 보았어. 나는 그에게 그런 자질이 있다는 걸 인정해!"

그 말을 들은 엘리자베스-제인이 경악했다. "농담이라니요? 오, 그럴 수가!" 그녀가 외쳤다. "그렇다면 그 사람이, 아버지가 이곳에 있을 수도 있었던 여러 달 동안, 제게서 아버지를 떼어놓은 거예요?"

아버지가 상황이 그랬다고 인정했다.

"그렇게까지는 하지 말아야 했어요!" 파프레이가 말했다.

엘리자베스가 한숨을 쉬었다. "저는 그에게 결코 잊지 않겠다고 말했어요. 그런데, 아! 이제는 그를 지워버려야겠다는 생각이 드네요!"

이상한 인간들과 이상한 도덕률에 둘러싸인 수많은 방랑자와 체류자들처럼, 뉴슨은 자신이 헨처드로 인해 가장 큰 고통을 받았음에도 불

---

* 472쪽의 '1~2년 전'과는 모순되며 뉴슨의 기억이 부정확함을 시사한다.

구하고 헨처드가 저지른 범죄의 심각성을 인식하지 못했다. 실제로 그는, 부재중인 그 죄인에 대한 공격이 심각하게 커지자 헨처드 편을 들기 시작했다.

"음, 결국 그가 말한 건 단어 열 개 미만이었어." 뉴슨이 변호했다. "또 내가 자기를 믿을 만큼 얼간이일 거라는 걸 그가 어떻게 알 수 있었겠어? 불쌍한 그 친구만큼 내 잘못도 커!"

"아녜요." 역겨운 감정으로 엘리자베스-제인이 단호하게 말했다. "그는 아버지의 성향을 알았어요. 아버지, 아버진 항상 지나치게 사람을 믿었어요. 엄마가 그렇게 말하는 걸 저는 수백 번도 더 들었어요. 그는 아버지를 속이려고 그런 거예요. 자기가 내 아버지라 말하며 다섯 해 동안이나 나를 아버지에게서 떼어놓고 또 이런 짓을 해선 안 되죠."

그렇게 그들은 대화를 나눴다. 엘리자베스 앞에서 부재중인 죄인의 속임수에 대해 정상을 참작하려는 사람은 아무도 없었다. 헨처드가 출석했다 하더라도, 자기 자신이나 자신의 이름을 소중하게 생각하지 않는 그는 정상참작을 애원하지 않았을 것이다.

"자, 자 신경 쓰지 마. 모두 다 끝난 일이고 지나간 일이야." 뉴슨이 사람 좋은 표정으로 말했다. "이제 다시 결혼식에 대해 얘기하자."

44

그동안 그들의 화제가 된 남자는 동쪽으로 고독한 발걸음을 계속 옮겼고 마침내 피로가 엄습하자 주위에 쉴 곳을 찾아보았다. 엘리자베스와 헤어진 고통으로 너무 가슴이 아파서 그는 여인숙이나 가장 소박한 종류의 가정조차 마주볼 수가 없었다. 그래서 그는 들판으로 나가 건초더미 밑에 누웠다. 아무것도 먹고 싶지 않았다. 영혼을 누르는 무거운 중압감이 그를 깊은 잠으로 이끌었다.

이튿날 아침 일찍 그루터기 너머 그의 눈에까지 비쳐드는 밝은 가을 햇살이 그를 깨웠다. 그가 바구니를 열어 전날 저녁에 먹으려 준비했던 음식물을 꺼내 아침 식사로 먹으면서 바구니 속의 다른 물건들을 점검해보았다. 가져온 물건은 모두 등에 짊어지고 가야 하는 부담이 있었지만, 그는 자기 연장들 속에다가 엘리자베스-제인이 던져버린 일부 소지품, 즉 장갑, 구두, 그녀가 쓴 종이쪽지 등을 은밀하게 간직했다. 호주머니 속에는 그녀의 곱슬곱슬한 머리카락 한 가닥도 있었다. 그는 이것들을 본 다음 다시 바구니에 집어넣고 계속 길을 걸었다.

이후 이어진 닷새 동안 헨처드의 어깨에 매달린 골풀 바구니가 간선 도로의 울타리 사이를 지나갔다. 가끔 지나치는 들판 노동자가 산울타리 틈으로 흘깃 볼 때, 시선을 사로잡는 것은 골풀의 산뜻한 황색과 나그네의 모자, 머리, 고개 숙인 얼굴, 그리고 그것들 위로 끝없이 열을 지어 움직이는 잔가지의 그림자였다. 이제 그의 여정이 웨이든프라이어즈로 향하는 것이 분명해졌다. 그는 여섯째 날 오후에 그곳에 도착했다.

여러 세대에 걸쳐 매년 대규모 가축 시장이 열리던 유명한 언덕은 이제 인적이 끊기고 거의 아무것도 없었다. 양 떼 몇 마리가 근처에서 풀을 뜯고 있다가 헨처드가 정상에 멈추자 그놈들도 달아났다. 그는 잔디 위에 바구니를 내려놓고 서글픈 마음으로 주위를 두리번거렸다. 마침내 그는 25년 전 아내와 함께 높은 지대에 접어들며 통과한, 두 사람 모두에게 아주 의미 있는 길을 발견했다.

"그래, 우리가 저 길로 올라왔었어." 그가 자신의 위치를 확인해보고 말했다. "그녀는 아기를 안고 있었고, 나는 발레 악보를 읽고 있었어. 그러고는 저 길을 건너 이 근처에 왔지. 그녀는 아주 슬프고 지친 상태였지만 나는 가증스러운 자부심과 가난으로 인한 수치심 때문에 그녀와 거의 말을 나누지 않았어. 그때 우리 눈에 천막이 들어왔어. 그건 틀림없이 더 이쪽이었어." 그는 다른 지점으로 걸어갔다. 그곳은 실제로 천막이 서 있던 곳은 아니지만 그에게는 그렇게 보였다. "여기서 우리가 천막 안으로 들어갔고 이쯤에 앉았지. 나는 이쪽을 향했지. 그러고는 내가 마셔댔고 죄를 저질렀어. 그녀가 그와 함께 떠나기에 앞서 내게 마지막 말을 하며 서 있던 곳은 바로 저 요정의 고리* 위였던 게 분명해. 난 지금 그들

---

* pixy-ring: 주위와 다른 색깔로 원주 모양의 테두리를 이루는 풀. 곰팡이류의 성장으로 생성된다.

478

의 소리, 그녀가 흐느끼며 말하는 소리를 들을 수 있어. '오 마이클, 당신이란 인간과 여러 해를 살았지만 내가 얻은 거라곤 더러워진 성깔 말고 아무것도 없어! 이제 당신과 난 더 이상 상관이 없어. 나는 다른 곳에 가 행복을 찾겠어.'"

야심적이었던 행보를 회상하면서, 그는 감정적으로 희생한 것이 물질적으로 얻은 것만큼의 가치가 있었음을 알게 된 남자의 비통함을 경험했을 뿐만 아니라, 잘못을 물리려던 바로 그 시도가 수포가 되는 걸 목격하는 더 큰 쓰라림을 경험했다. 그는 오랫동안 이 모두를 애석하게 생각했다. 그러나 그의 야심 그 자체처럼, 야심을 사랑으로 대체하려던 그의 시도는 완전히 좌절되었다. 부당한 대우를 받았던 그의 아내가, 너무 단순해서 미덕이 될 뻔했던 기만적인 술수로 그의 시도를 좌절시켰다.

사회 규범에 어긋나는 이 모든 조작으로부터 자연의 꽃 엘리자베스가 온 것은 특이한 귀결이었다. 인생에서 손을 씻고 싶은 그의 소망은 부분적으로는 인생의 심술궂은 모순을 인식한 데서 비롯되었다. 그것은 정통성이 없는 사회 원칙이라도 기꺼이 뒷받침하려는 의기양양한 자연을 인식한 것이기도 했다.

그는 속죄를 위해 찾아온 이 장소에서 출발해 완전히 다른 시골로 들어가버릴 생각이었다. 그러나 그는 엘리자베스와 그녀가 사는 지평선 너머 지역에 대한 생각을 지울 수가 없었다. 이 미련 때문에, 세상에 대한 권태로 생긴 원심력이 의붓딸을 사랑하는 구심력의 저항을 받게 되었다. 그 결과, 헨처드는 똑바른 길을 따라가 캐스터브리지에서 더 멀어지는 대신, 거의 무의식적으로 처음 의도했던 직선에서 점점 더 벗어났다. 마침내 그의 방랑은, 캐나다의 숲사람*처럼, 서서히 캐스터브리지가 중심에 있는 동그라미의 일부가 되었다. 어떤 언덕을 올라가더라도 그는 해, 달, 또는 별의 도움으로 가능한 한 가까이에서 방위를 확인하고 캐스터브리지와 엘리자베스-제인이 있는 정확한 방향을 자기 마음속에 새겼다. 스스로의 약점을 비웃으면서도 그는 매시간, 아니 몇 분 간격으로, 앉고 일어서는 동작, 가고 오는 동작 등 그녀가 그 순간 하고 있을 행동을 짐작해보았다. 그러면 반대쪽인 뉴슨과 파프레이의 영향력이 연못 위에 부는 찬바람처럼 생각나며 그녀의 이미지를 지워버렸고 그제야 그는 혼자 중얼거리곤 했다. "바보야, 이 모든 게 네 딸도 아닌데 딸이라고 생각해서 하는 멍청한 짓이야!"

마침내 그에게 옛 직업인 건초 묶는 일꾼 자리가 생겼다. 가을철에는 그런 일꾼을 찾는 사람이 많기 때문이었다. 그가 고용된 현장은 오래된 서쪽 간선도로 부근의 한 목축 농장이었는데, 그 간선도로가 지나가는 코스는 번화한 신생 중심부와 멀리 웨섹스 자치구 사이를 연결하는 각종 의사소통의 경로였다. 그가 동맥과 같은 이 도로의 이웃을 선택한 것은 비록 80킬로미터나 떨어진 거리지만 이곳에 자리 잡으면, 거리는 절반밖에 안 되어도 도로가 없는 지점보다 자기가 행복하기를 바라는 소중한 그녀에게 사실상 더 가깝게 있는 것이라는 생각에서였다.

그리하여 헨처드는 정확하게 사반세기 전과 똑같은 지위에 다시 놓인 자기 자신을 발견했다. 외면적으로는 그가 오르막 경사에서 새 출발을 하는 데, 그리고 새로운 재능에 힘입어 미완성 상태의 정신일 때보다

---

* Canadian woodsman: 존 로윈John Rowan의 『캐나다의 이민자와 운동선수*The Emigrant and Sportsman in Canada*』(London, 1876)에 나오는 "캐나다 삼림에서 나침반이 없이는 최고의 숲사람도 직선을 지키지 못하고 원을 그리며 걷는다"는 내용에서 따왔다.

더 높은 성과를 올리는 데 아무런 지장이 없었다. 그러나 인간의 개선 가능성을 최소한으로 줄이려고 하늘이 고안해낸 천재적 장치가 모든 걸 방해했다. 그것은 하고자 하는 지혜는 하고자 하는 정열의 출발과 보조를 맞추어* 와야 한다고 조율하는 장치다. 그에게는 자기에게 단지 공허한 현장이 되어버린 세상을 다시 한 번 하나의 활동 무대로 만들고 싶은 소망이 없었다.

달콤한 향기를 풍기는 풀줄기를 건초 나이프로 삭삭 베어내면서 그는 매우 빈번하게 인간에 대한 생각을 스스로에게 말하곤 했다. "가족, 국가, 세계가 그들을 원하는데 사람들은 천지사방에서 마치 서리 내린 잎사귀처럼 죽어가고 있어. 헌데 외톨이인 나는 거추장스러운 인간, 아무도 원하지 않고 모두가 경멸하는 인간인데도 내 의지와는 반대로 살아 있어."

그는 그 도로로 지나가는 사람들의 대화에 자주 귀를 열심히 기울였다. 그가 일반적 호기심에서 그런 건 결코 아니고, 캐스터브리지와 런던을 오가는 이들 여행자 중 조만간 캐스터브리지에 대해 얘기하는 사람이 나올 것이라는 희망 때문이었다. 그러나 그의 갈망을 쉽게 채워주기에는 거리가 너무 멀었다. 길가를 오가는 단어에 주의를 기울인 최상의 결과는 어느 날 경장(輕裝) 마차의 마부가 언급한 '캐스터브리지'라는 지명을 그가 정말 들은 것이었다. 헨처드는 자기가 일하던 들판의 문으로 달려 나가 말한 사람을 불러 세웠는데 그는 이방인이었다.

"맞아요, 제가 거기서 왔어요, 선생님." 그가 헨처드의 질문에 대답하며 말했다. "있잖아요, 전 여기저기 장사를 다닙니다. 그런데 요즘엔

---

* 원문은 pari passu(라틴어).

말을 타지 않고 돌아다니는 게 아주 흔해져서 이 짓도 곧 종을 칠 것 같아요."

"그 오래된 도시에 무슨 특별한 움직임이 있나요?"

"모두 평상시와 똑같죠."

"먼저 시장이던 파프레이 씨가 결혼한다는 소문이 들리던데. 그게 사실인가요 아닌가요?"

"아무리 생각해도 저는 들은 게 없네요. 오, 아닐 거예요, 제 생각엔 당연히 안 그럴 겁니다."

"아니, 그럴 거라 했어, 존. 당신이 까먹었어." 마차의 차양 안에서 한 여자가 말했다. "금주 초에 우리가 그곳에 싣고 간 짐 꾸러미가 뭐였지? 결혼식이 곧 성 마르틴 축일에 있을 거라고 분명히 말들 하지 않았어?"

남자는 자기는 아무것도 기억나지 않는다고 단언했고 마차는 덜커덩거리며 언덕을 넘어갔다.

헨처드는 여자의 기억력이 제대로 역할을 했다고 확신했다. 양쪽에서 미룰 이유가 없으니 그 날짜는 지극히 그럴 법했다. 그 문제는 직접 엘리자베스에게 편지로 물어볼 수도 있지만 그의 고립 본능 때문에 그렇게 하기 어려웠다. 하지만 작별하기 전 그녀는 그가 결혼식에 불참하는 것은 자기가 바라는 바가 아니라고 말하지 않았던가.

그 기억이 나자, 자신을 그들에게서 밀어낸 것은 엘리자베스와 파프레이가 아니라 더 이상 머무는 게 바람직하지 않다는 자신의 오만함이었다는 생각이 그의 머릿속에서 계속 빙빙 돌았다. 자신은 선장이 정말 돌아온다는 확실한 증거도 없이 뉴슨이 돌아올 것으로 가정했고, 더 적은 증거만으로 엘리자베스-제인이 그를 환영할 것으로 가정했으며, 그리고 아무 증거도 없이 그가 돌아오면 그들 곁에 머무를 것이라고 가정했다.

만일 자신의 가정이 틀렸다면 어떻게 되는가. 만일 사랑하는 그녀에게서 자신을 완전히 분리하는 문제가 이 뜻밖의 사건들과 연루될 필요가 없었다면? 한 번 더 그녀에게 가까이 가려고 시도하는 것, 즉 돌아가서 그녀를 만나 그녀의 면전에서 자기가 왜 그랬는지 변호하고, 자신의 기만 행위에 대해 용서를 빌고, 그녀의 사랑 속에서 자기 자리를 지키려고 열심히 노력하는 것, 그것은 정녕 인생을 거는 위험을 감수하더라도 해볼 만한 가치가 있는 일이었다.

그러나 자신의 모순된 언행을 그들 부부가 경멸하지 않도록 하면서 동시에 자신이 앞서 했던 결심을 모두 뒤집는 행동을 어떻게 시작할 것인지에 생각이 미치자 그는 몸이 떨리면서 근심에 빠져들었다.

그는 이틀 동안 건초를 자르고 또 잘랐다. 그런 다음 그는 망설임에 종지부를 찍고, 결혼 축하행사에 참석하겠다는 갑작스러우면서도 무모한 결심을 했다. 그는 편지도 메시지도 보내지 않을 것이다. 그러나 엘리자베스가 참석하지 않겠다는 그의 결심을 안타까워했으므로, 그가 예기치 않게 참석하면 아마도 그가 없을 경우 그녀의 진심 속에 자리 잡게 될 약간의 불만스러운 구석이 채워질 것이다.

유쾌한 행사와 어울리는 거라곤 하나도 드러낼 게 없는 자신의 개성이 결혼식 행사를 최대한 방해하지 않도록, 그는 저녁이 될 때까지 모습을 드러내지 않기로 작정했다. 저녁때면 딱딱함도 사라지고 모두의 가슴 속에 과거는 그저 지나간 일로 잊어버리자는 온화한 소망이 들어차게 될 것이다.

그는 성 마르틴 축일을 이틀 남긴 아침 도보로 길을 나섰다. 결혼식 날도 하루로 잡아, 사흘 동안 매일 약 30킬로미터씩 걸어가기로 했다. 그가 가는 방향에는 제법 중요한 도시로 멜체스터와 쇼츠포드 두 곳이 있었는데, 그는 두번째 밤을 보내기 위해 쇼츠포드에서 멈췄다. 쉬기 위해서뿐만이 아니라 그다음 날 저녁을 준비하기 위해서였다.

그에게는 두 달 동안 함부로 입어 얼룩지고 구겨진 지금 입고 있는 작업복 말고는 다른 옷이 없었다. 그래서 그는 어쨌든 내일의 전반적인 분위기와 자신의 겉모습을 조금이라도 어울리게 해줄 옷을 사러 가게에 들어갔다. 그는 촉감은 거칠어도 보기에는 흉하지 않은 코트와 모자, 새 셔츠와 목도리를 샀다. 이제 적어도 자기가 외관상으로는 그녀를 불쾌하게 만들지 않을 것이라고 스스로 만족하면서, 그는 그녀에게 줄 선물을 사는 더욱 흥미로운 과제로 옮겨갔다.

어떤 선물이 적당할까? 그는 가장 사주고 싶은 선물이 자신의 비참한 호주머니 사정을 초과하면 어쩌나 하는 우울감 속에서 거리를 왔다 갔다 하며 가게 진열장에 전시된 물건들을 미심쩍게 바라보았다. 마침내 새장 속에 갇힌 오색방울새 한 마리가 그의 눈에 들어왔다. 새장은 평범하고 작았으며 가게는 수수했다. 가격을 물어보니 달라는 대로 줄 수 있을 만큼 비싸지도 않았다. 신문지 한 장으로 그 작은 생물이 있는 철사 감옥을 두르고 묶었다. 헨처드는 포장된 새장을 손에 들고 그날 밤 묵을 곳을 찾아 나섰다.

이튿날 그는 마지막 여정에 올랐다. 그는 곧 지난날 자신의 사업 터전이던 지역에 들어섰다. 그는 남은 거리의 일부를 장사꾼용 소형 짐마차에 올라 뒤쪽의 가장 어두운 구석에 앉아 이동했는데, 마차 승객의 대부분은 단거리를 오가는 여자들이었다. 그들은 헨처드 앞에서 타고 내리면서 그 고장 소식을 많이 떠들었는데 그 상당 부분은 자기들이 다가가는 도시에서 그 순간 축하행사가 진행 중인 결혼식에 대한 것이었다. 그들의 설명에 따르면 이브닝 파티를 위해 타운 밴드를 불렀지만, 밴드가 자기 기량을 넘어 지나치게 쾌활하게 연주하지 않도록 버드마우스의 현악단을 추가로 불러 필요할 경우에는 화음을 기댈 여지를 만든 것 같았다.

그러나 그가 이미 알고 있던 것 이상의 자세한 내용은 거의 들리지 않았다. 이동 중의 승객들에게 가장 깊은 관심을 끈 것은 짐마차가 바퀴의 제동장치를 내리려고 얄베리 언덕의 정상에 멈췄을 때 들려온 캐스터브리지의 은은한 종소리였다. 그때는 정오가 막 지난 시간이었다.

그 선율은, 매사가 잘 진행되고 이번 결혼식에 실수는 없었으며 엘리자베스-제인과 도널드 파프레이가 부부가 되었다는 하나의 신호였다.

종소리를 들은 헨처드는 수다를 떨어대는 일행과 더 이상 마차를 같이 타고 싶지 않았다. 종소리는 정말로 그의 기력을 쑥 빼놓았다. 그는 파프레이와 신부가 자기 때문에 당황하지 않도록 저녁때까지는 캐스터브리지의 길거리에 나타나지 않을 계획이었으므로, 옷 꾸러미와 새장을 들고 이곳에서 내렸다. 곧바로 그는 넓고 하얀 간선도로 위에 서 있는 외톨이가 되었다.

그곳은 거의 2년 전 그가 파프레이를 만나 아내 루시타의 위중한 상태를 전달하려고 기다리던 장소 부근의 언덕이었다. 그때와 달라진 것은 없었다. 동일한 낙엽송들이 동일한 탄식을 했다. 그러나 파프레이는 새 아내, 그것도 더구나 헨처드가 아는 바와 같이 더 나은 아내를 얻었다. 그의 유일한 소망은 엘리자베스-제인이 지난날보다 더 나은 가정을 꾸리는 것이었다.

그는 나머지 오후 시간을 극도의 긴장 속에 보냈다. 그녀를 곧 만나게 된다는 생각과, 그 생각으로 인해 머리 깎인 삼손처럼 자기 감정을 슬프게 자조하는 것 말고는 달리 할 게 없었다. 결혼식이 끝나고 바로 신랑과 신부가 도시에서 야반도주하는, 캐스터브리지의 관습을 깨는 그런 획기적 사건은 없겠지만, 만일 그런 일이 있다 해도 그는 그들이 돌아올 때까지 기다릴 작정이었다. 이 점을 스스로 다짐하기 위해 그는 자치도시에 가까워졌을 때 만난 상인에게 새로 결혼한 부부가 떠났느냐고 물었고 곧바로 그런 일은 없다는 대답을 들었다. 모든 설명을 종합하면 그 시간 그들은 콘스트리트에 있는 자기네 집에서 꽉 들어찬 손님을 접대하고 있었다.

헨처드는 강가에서 구두의 먼지를 털어내고 손을 씻은 다음, 희미한 불빛을 받으며 시내로 걸어 올라갔다. 그가 굳이 물어볼 필요도 없었다. 파프레이의 거처에 가까워지자 구태여 살피지 않아도 실내는 축제 분위기가 넘치고 파프레이 자신도 그 기분을 만끽하는 게 분명했다. 자기가 그토록 사랑하면서도 다시 돌아가보지 못한 소중한 고향을 힘차게 노래하는 그의 음성이 길까지 분명하게 들렸다. 집 앞 보도에는 구경꾼들이 빈둥대며 서 있었고, 그들의 눈에 띄지 않기를 바라는 헨처드는 재빨리 그들을 스쳐 문으로 갔다.

문은 활짝 열려 있었다. 현관에는 화려한 조명이 불을 밝히고 있고, 사람들이 계단을 오르락내리락했다. 그는 정작 중요한 고비에서 용기가 나지 않았다. 저 화려함의 한가운데로 아픈 발에 짐까지 든 초라한 복장으로 입장하는 것은, 그녀의 남편에게 퇴짜 맞기를 자초하는 짓은 아니더라도, 사랑하는 그녀에게 불필요한 수치를 주는 일이다. 그래서 그는 자기가 아주 잘 아는 뒷길을 빙 돌아 정원으로 들어갔고, 부엌을 통해 조용히 실내에 들어섰다. 자기가 도착했다는 어색함을 덜기 위해 새와 새장은 잠깐 바깥에 있는 관목 아래에 두었다.

독거와 비애가 헨처드를 아주 나약하게 만들었다. 그는 예전이라면 경멸했을 상황을 지금은 두려워했다. 그래서 그는 이런 중요한 시점에는 자기 혼자의 판단으로 오지 말았어야 했는데, 하고 후회하기 시작했다. 그렇지만 그의 계획은 예기치 않게 쉽게 진전되었다. 그는 부엌에 혼자 있던 나이 지긋한 여자를 발견했는데, 그 여자는 바로 그때 법석을 떨고 있는 파프레이 집안에서 잠정적으로 우두머리 가정부 역할을 하는 듯했다. 그녀는 어떤 일에도 놀라지 않는 그런 종류의 사람이었다. 그가 전적으로 낯선 인물이고 그의 요청이 이상하게 들렸을 것임에도 불구하고, 그녀는 기꺼이 위층으로 올라가 집 주인 내외에게 "초라한 옛 친구 하나"가 왔다고 알리겠다고 자원하며 나섰다.

그녀는 다시 생각하더니 그에게 부엌에서 기다리지 말고 위층으로 올라가 아무도 없는 뒤쪽의 작은 응접실에 들어가는 게 좋겠다고 말했다. 그 말에 그가 그녀를 따라갔고 그녀는 그곳에 그를 남겨두고 나갔다. 가장 훌륭한 응접실의 문으로 통하는 층계참을 그녀가 건너가자마자 춤곡이 연주되기 시작했다. 그녀가 다시 돌아와서 파프레이 부부 두 사람 다 춤을 추고 있으니 곡이 끝나기를 기다렸다가 그의 방문 사실을 알리겠노라고 말했다.

앞방의 문은 공간을 넓히려고 경첩을 뗀 상태였고 헨처드가 앉은 방도 문이 약간 열려 있어서 춤추는 사람들이 돌면서 출입구 가까이 오면, 주로 드레스의 옷자락과 굽이쳐 흘러내리는 머리카락의 모습으로 그들 일부가 보였다. 또 밴드의 약 5분의 3이 옆모습으로 보였는데, 바이올린 연주자의 쉬지 않고 움직이는 팔꿈치 그림자와 첼로의 뾰족한 활 끝도 보였다.

그 흥겨움이 헨처드의 기분에 거슬렸다. 그는, 파프레이가 아직 아주 젊으며 춤과 노래로 금방 열정에 빠져들기 시작한다는 사실에도 불구하고, 아주 냉정해진 홀아비이며 나름대로 시련을 겪은 파프레이가 왜 그 모든 분위기를 좋아하는지 정말로 이해할 수 없었다. 게다가 침착한 엘리자베스, 오래전 온건한 가치를 기준 삼아 인생을 평가했고 또 처녀임에도 불구하고 결혼이 단지 춤추는 행사에 불과한 게 아님을 아는 사람이, 흥청대며 먹고 마시는 이 파티에 열을 올리는 게 그는 한층 더 놀라웠다. 결국 그는, 젊은 사람들이 꼭 나이 먹은 사람과 같을 수는 없고 풍습의 힘은 막강하다고 이해했다.

춤이 무르익으면서 춤을 추는 사람들이 좀더 넓은 공간으로 퍼졌다. 그때 그는 한때 자신의 멸시를 받았으나 자기를 지배했고 자기 마음을 아프게 만든 딸을 처음으로 얼핏 보았다. 무슨 천인지 구별할 만큼 가깝지는 않았지만 그녀는 실크 또는 새틴 소재의, 우유나 크림 색 기미가 전혀 없는 눈처럼 하얀 드레스 차림이었다. 그녀의 얼굴 표정은 흥겹다기보다는 간결한 기쁨을 드러냈다. 이번에는 파프레이가 돌면서 나왔는데 활력이 넘치는 스코틀랜드 풍 움직임이 단번에 그를 부각시켰다. 부부가 한 쌍으로 춤추지는 않았으나 춤 동작이 바뀌어 한순간 그들이 짝이 되었을 때마다 그들의 감정이 다른 때보다 아주 더 미묘한 정수를 발산하는 것을 헨처드는 알아볼 수 있었다.

헨처드는 어떤 사람이 파프레이를 한결 능가하며 역동적으로 격렬하게 춤추고 있는 것을 알게 되었다. 참 이상한 일이었고 파프레이를 무색케 하는 그 등장인물이 엘리자베스-제인의 춤 파트너라는 것은 더욱 이상했다.

헨처드가 그를 처음 보았을 때 그는 미끄러지듯 화려하게 돌고 있었는데, 머리를 떨면서 아래로 낮췄고, 두 다리는 엑스 자 모양을 했으며, 등은 문을 향했다. 다음에 그는 다른 방향으로 돌며 다가왔는데 흰 조끼가 얼굴보다 먼저 나오고 흰 조끼보다 발가락 부분이 먼저 나왔다. 저 행복한 얼굴. 그 얼굴에 헨처드의 더할 수 없는 낭패가 겹쳐졌다. 그것은 뉴슨의 얼굴이었다. 그가 정말로 이곳에 와서 헨처드 대신 들어앉은 것이다.

헨처드는 문으로 다가갔다. 그러고는 몇 초 동안 전혀 움직이지 않았다. 일어선 채 "융기(隆起)된 자신의 영혼이 드리운 그늘"*에 의해 흐려진, 컴컴한 폐허처럼 멈췄다.

그러나 그는 더 이상 이 역전을 냉정하게 견딜 남자가 아니었다. 그가 받은 충격은 매우 컸고 그는 기꺼이 떠나려 했다. 그러나 그가 미처 떠나기 전에 춤이 끝났고, 가정부가 엘리자베스-제인에게 그녀를 기다리는 낯선 손님이 있다고 알렸으며, 그녀는 곧바로 그 방으로 들어왔다.

"어머 이런, 헨처드 씨!" 엘리자베스가 깜짝 놀라 뒤로 물러서며 말했다.

"뭐라고, 엘리자베스?" 그가 그녀의 손을 잡으며 소리쳤다. "뭐라고 불렀니? 헨처드 **씨**? 제발, 그런 식으로 날 비참하게 만들지 마라. 날 그냥 쓸모없는 늙은 헨처드라고 불러, 아무렇게나. 하지만 이처럼 냉정하게 굴지는 마라! 애야 네게 다른 아버지가 있는 거 안다. 나 말고 진짜 아버지. 지금 넌 모든 걸 알게 되었어. 그렇지만 네 마음 모두를 그 사람에게 주지는 마! 아주 조금만이라도 날 생각해줘!"

그녀는 얼굴이 빨개져서 살며시 자기 손을 뺐다. "나는 당신을 평생 사랑할 수 있었어요. 나는 그랬을 거예요, 기쁜 마음으로." 그녀가 말했다. "그렇지만 당신이 날 그렇게 속인 걸, 그렇게 심하게 기만한 걸 알면서 어떻게 내가 그리할 수가 있겠어요. 당신은 내 진짜 아버지를 아버지

* 영국의 낭만주의 시인 셸리의 장편시 『이슬람의 반란Revolt of Islam』(1818)에서 따온 구절이다.

가 아니라고 믿게 했어요. 여러 해 동안 내가 진실을 모르며 살아가도록 방치했어요. 그러고서도, 그분이, 내 다정한 진짜 아버지가 날 찾아왔을 때, 사악하게도 날 저 세상 사람으로 만들며 잔인하게 돌려보냈어요. 그렇게 그분을 비탄에 빠뜨렸어요. 아, 이런 식으로 우리 부녀를 대접한 사람을 내가 어떻게 예전처럼 사랑할 수가 있어요!"

헨처드의 입술이 설명을 시작하려고 반쯤 벌어졌다. 그러나 그는 바이스*처럼 입술을 꽉 물고 아무 소리도 내지 않았다. 어떻게 그가 지금 이 자리에서 자기가 저지른 엄청난 잘못에 대해 핑계를 대겠다고, 별 효과도 없을 임시방편의 변명을 그녀 앞에 늘어놓을 수 있겠는가? 자기 자신도 처음엔 그녀의 신원에 대해 속고 지내다가 그녀 엄마의 편지에서 비로소 자신의 실제 자식이 죽은 것을 알게 되었다는 사실을, 또 두번째 비난에 대해서도 자신의 거짓말은 자기 자신의 명예보다 그녀의 애정을 더 갈구했던 한 도박꾼이 마지막으로 던진 필사적인 주사위였다는 사실을 어찌 말할 수 있겠는가? 그가 끈질긴 호소나 정교한 주장으로 자신의 고통을 줄이려는 노력에 충분히 가치를 두지 않았다는 사실이, 그런 항변을 방해하는 여러 장애물 중 하나는 결코 아니었다.

그런 식으로 그는 자기 방어의 권리는 포기하면서 단지 그녀의 불안한 심리에만 주목했다. "나 때문에 고민하지 마라." 그가 자존심 있는 윗사람의 태도로 말했다. "나는 네가 그러길 원치 않아, 그것도 지금 같은 시간에! 내가 널 보러 온 게 잘못이다. 내 잘못이 뭔지 내가 안다. 그러나 이번 한 번뿐이니 용서해라. 다시는 괴롭히지 않으마, 엘리자베스-제인. 절대 안 그러마. 내가 죽는 날까지. 가마, 잘 있거라!"

---

* vice 또는 vise: 기계 공작에서 공작물을 끼워 고정하는 기구.

그 말을 한 뒤 헨처드는 그녀가 미처 생각을 가다듬기 전에 그녀의 방에서 나갔다. 그는 올 때처럼 뒷길을 이용해 그 집을 떠났다. 그녀가 그를 본 것은 그게 마지막이었다.

45

앞선 장(章)의 장면처럼 매듭지은 그날 이후 한 달 정도가 흘렀다. 엘리자베스-제인은 차츰 자신의 새로운 상황에 적응해갔다. 파프레이의 일상 중 예전과 유일하게 달라진 점이 있다면, 예전에는 업무 시간이 끝나고도 얼마간 더 일하는 버릇이 있었는데 지금은 아주 재빨리 서둘러 집으로 온다는 것이었다.

뉴슨은 결혼 파티(그 파티의 흥겨움은, 다들 짐작하듯이, 결혼한 당사자 부부의 작품이라기보다는 뉴슨의 작품이었다) 이후 사흘 동안 캐스터브리지에 머물렀다. 그는 이 시대에 돌아온 로빈슨 크루소라도 된 듯 주민들의 주목과 존경을 받았다. 그러나 캐스터브리지는 반년마다 세상을 놀라게 하는 사형집행과 범죄인의 대척지* 추방 등이 일어나는 순회재판소 도시가 된 지 이미 여러 세기가 지났으므로, 극적인 귀환이나 실종 따위로는 어떻든 쉽게 흥분하지 않았고 주민들도 그 사람 때문에 완전히

---

* 지구상의 정반대 지점. 여기에선 범죄자를 집단 이송하던 호주를 의미한다.

평정심을 잃지는 않았다. 넷째 날 아침 그가 어디에서든 바다를 어렴풋이라도 보고 싶은 갈망에서 외롭게 언덕을 올라가는 것이 보였다.

바닷물에 인접해 지내는 것이 그에게는 생존을 위한 하나의 절실한 필수품이었다. 그래서 그는 다른 도시에 딸이 속한 사회가 있음에도 불구하고, 자기가 앞으로 살아갈 곳으로 버드마우스를 골랐다. 그는 그쪽으로 가서 초록색 덧문이 있는 작은 집에 셋방을 얻었다. 그 방에는 바깥으로 충분히 돌출된 내닫이창이 있어서, 누구든 창을 열고 몸을 넉넉하게 앞으로 구부려 바라보면, 양쪽에 서 있는 높은 집들 사이의 좁은 골목길로 수직 방향의 가늘고 긴 조각처럼 드러난 푸른 바다를 얼핏 볼 수 있었다.

엘리자베스-제인은 위층 응접실 한가운데에 서 있었다. 그녀가 가구들을 재배치하기 위해 고개를 한쪽으로 갸우뚱하며 꼼꼼히 따져보고 있을 때 하녀가 소식을 전하러 들어왔다. "저, 사모님, 새장이 어떻게 거기 놓이게 되었는지 마침내 알아냈어라."

파프레이 부인은 신혼생활 첫 주에 자기의 새로운 보금자리를 답사했다. 그녀는 아주 만족스러운 시선으로 산뜻한 이 방 저 방을 둘러보고, 어두운 지하 저장고 속으로 조심스레 잠입해보기도 하고, 이제 가을 바람에 낙엽들이 흩날리는 정원에 신나게 나가 발걸음을 얌전하게 옮겨보기도 하면서, 지혜로운 육군 원수처럼, 자기가 막 살림살이 작전을 개시하려는 그 현장의 장래성을 가늠해보았다. 그러다가 그녀는 정원의 한쪽 구석 가려진 곳에서, 신문지를 두른 새것으로 보이는 새장과 새장 바닥에 둥글게 웅크린 작은 깃털 모양의 오색방울새 한 마리의 시체를 발견했다. 가엾은 작은 명금(鳴禽)*이 굶어 죽은 것은 분명했지만, 어떻게 새

---

* 고운 소리로 우는 새.

와 새장이 그곳에 있게 되었는지 설명할 수 있는 사람은 아무도 없었다. 그 슬픈 사건은 그녀에게 깊은 인상을 남겼다. 그녀는 파프레이의 상냥하고 정감 어린 농담에도 불구하고 며칠 동안 그 사건을 잊지 못했다. 그러다가 거의 잊게 된 지금 다시 그 사건이 살아났다.

"저, 사모님, 새장이 어떻게 거기에 놓이게 되었는지 알아냈어라. 결혼식 날 저녁에 왔던 그 농부 차림의 남자 있지라. 그가 거리를 올라올 때 새장을 손에 들고 있는 걸 본 사람이 있어라. 그 남자가 용건을 보려고 집 안에 들어오면서 그걸 내려놓았다가, 어디에 뒀는지 잊어버리고 그냥 간 거 같어라."

이것만으로도 엘리자베스가 상념에 빠져들기는 충분했다. 그녀는 단번에 여성적인 직감으로 새장 속의 새는 헨처드가 그녀를 위한 결혼 선물이자 참회의 표시로 가져왔다는 생각에 사로잡혔다. 헨처드는 그가 지난날 저지른 잘못에 대해 어떤 후회나 변명도 그녀에게 늘어놓지 않았다. 오히려 어떤 잘못에 대해서도 변명을 하지 않고 자기 스스로를 가장 냉혹한 고발자의 입장에 놓고 살아가는 것이 그의 천성의 일부였다. 그녀는 정원으로 나가 새장을 바라보다가 굶어 죽은 작은 명금을 땅에 묻어주었다. 그 순간 이후 스스로를 소외시킨 그 남자를 향한 그녀의 마음은 온화해졌다.

남편이 집에 들어왔을 때 그녀는 새와 새장의 미스터리가 어떻게 풀렸는지 설명하고, 헨처드가 어디로 사라졌는지 자기가 최대한 빨리 찾아내도록 도와달라고 간청했다. 그렇게 함으로써 그녀는 헨처드와 화해하고 지내면서 그가 덜 소외되고 더 잘 견딜 수 있는 인생을 살게 돕고 싶었다.

파프레이는 헨처드가 자기를 좋아했던 것만큼 헨처드를 결코 그렇게 열렬하게 좋아한 적은 없었지만, 한편으로는 자기 옛 동료가 그랬던 것처럼 그렇게 열렬하게 그를 미워하지도 않았다. 그래서 그는 엘리자베스-제인의 칭찬받아 마땅한 계획을 도와주는 것이 조금도 언짢치 않았다.

그러나 헨처드를 찾아나서는 일은 결코 쉽지 않았다. 그는 파프레이 부부의 집을 떠나자마자 종적을 감추었다. 엘리자베스-제인은 그가 예전에 죽으려고 시도했던 일이 생각나 몸이 떨렸다.

그러나 그녀는 몰랐지만 헨처드는 그때 이후 다른 사람이 되어 있었다. 감성적 기초의 변화가 군이 이처럼 급진적인 표현을 정당화할 수 있다면 말이다. 그러므로 그녀는 두려워할 필요가 없었다. 파프레이의 탐문 작업이 며칠 만에 찾아낸 정보에 따르면, 헨처드를 아는 사람이 그날 밤 12시에 멜체스터 간선도로를 따라 꾸준히 동쪽으로 걸어가는 그를 보았다는 것이다. 다시 말해 그는 왔던 길 위의 자기 발자국을 되짚어 간 것이다.

이 정보면 충분했다. 이튿날 아침 파프레이가 이륜마차를 몰고 캐스터브리지를 떠나 헨처드가 간 방향으로 떠나는 게 눈에 띄었을 것이다. 그의 옆에는 엘리자베스-제인이 탔는데 당시에 유행한 두툼하고 평평한 모피로 에워싼 그녀의 안색은 예전보다 약간 윤택했고 얼굴에는 마나님다운 위엄이 막 자리 잡고 있었다. 그 위엄은 "제스처가 정신과 함께 환히 빛나는"* 인물의, 미네르바처럼 고요한 시선이 만들어낸 것이었다. 적어도, 인생의 더 지독한 골칫거리를 벗어나 미래가 밝은 낙원에 도착한 그녀로서는, 헨처드가 자기와 어느 정도 비슷한 평온 상태에 놓이도록 만드는 게 목표였다. 지금 상태대로 놔두면 그는 더 저급한 인생으로 추

---

* 셸리의 장편시 『이슬람의 반란』의 제1편 제54절의 시구.

락할 가능성이 아주 컸다.

간선도로를 따라 몇 마일을 달린 후 그들은 다시 수소문했다. 그 부근에서 여러 주일째 일하고 있는 도로 보수원 하나가 그런 남자를 그들이 언급하는 무렵에 보았다고 했다. 그는 그 남자가 웨더베리에서 멜체스터 간선도로를 벗어나, 그 지점에서 갈라져 에그돈 히스의 북쪽을 스치는 다른 간선도로로 들어섰다고 말했다. 그들은 그 도로를 향해 말머리를 돌렸고 곧 미끄러지듯 아주 오래된 그 지역을 건너가고 있었는데, 그 지표는 최초의 부족들이 발길을 스친 이래 토끼들이 긁어댄 것 이외에는 손가락 하나 깊이만큼도 흔들린 적이 없었다. 그 부족들이 남긴 흔적인, 회갈색의 헤더*가 무성하게 자란 봉분들이 마치 그곳에 반듯하게 누워 펼쳐진 다이아나 멀티마미아**의 통통한 젖가슴인 것처럼 고지대에서 하늘을 향해 둥글게 솟아 있었다.

에그돈을 뒤졌지만 헨처드는 없었다. 파프레이는 계속 마차를 몰았고 오후에는 앵글베리 북쪽으로 약간 뻗어 나간 황야 근처에 도착했다. 그들은 황량한 전나무 숲이 두드러져 보이는 언덕의 정상 아래를 곧 통과했다. 그들은 이 지점까지는, 자기들이 따라온 도로가 헨처드가 걸었던 길이라고 분명히 확신했다. 그러나 지금부터는 나뭇가지 모양으로 갈라진 길들이 드러나기 시작해서, 올바른 방향으로 더 진행하려면 순전히 추측에 의존해야 했다. 파프레이는 아내에게 몸소 찾아다니는 것은 포기하고 그녀의 의붓아버지에 대한 소식을 얻을 수 있는 다른 방법을 찾아보자고 강력하게 권유했다. 지금 집에서 적어도 30킬로미터는 떨어져 있

---

* heather: 낮은 산이나 황야 지대에 나는, 보라색·분홍색·흰색의 꽃이 피는 야생의 작은 관목.
** Diana Multimammia: 가슴이 여럿인 다이아나, 다산의 여신.

지만, 방금 가로지른 마을에서 말에게 두 시간가량 휴식을 주면 당일로 캐스터브리지에 돌아가는 것은 가능할 터였다. 집에서 훨씬 더 멀어지면 그들은 밖에서 야영을 할 수밖에 없고 "또 그건 돈이 많이 들 거요"라고 파프레이가 말했다. 그녀가 현재의 위치에 대해 깊이 생각해보더니 그의 의견에 동의했다.

그래서 그는 말고삐를 당겼다. 그러나 그들은 방향을 되돌리기에 앞서 잠시 멈추고 높은 위치에서 볼 수 있는 광활한 지대를 별 생각 없이 죽 둘러보았다. 그들이 바라보는 순간 한 외딴 인간의 형체가 나무들의 덤불에서 나오더니 그들보다 앞질러 건너갔다. 그 사람은 일종의 인부였는데 걸음걸이는 어기적거렸고, 시선은 마치 눈가리개 가죽을 쓴 것처럼 자기 앞으로 고정되었으며, 손에는 막대기 몇 개가 들려 있었다. 그는 도로를 건너더니 좁은 골짜기로 내려갔는데 그곳에 작은 집 하나가 나타났고 그가 그 집으로 들어가는 게 보였다.

"캐스터브리지에서 이처럼 멀리 떨어진 곳이 아니라면 나는 저 사람이 틀림없이 그 불쌍한 휘틀이라고 말할 거예요. 그와 꼭 닮았어요." 엘리자베스-제인이 말했다.

"그가 휘틀일 수도 있어요. 그가 아무 말도 없이 사라져서, 최근 3주일 동안 전혀 일하러 오지 않았거든요. 아직 내가 그에게 줄 이틀치 품삯이 남았는데 누구에게 지불해야 할지도 몰라요."

그가 정말 휘틀인지 확인하기 위해 그들은 마차에서 내려 그 작은 집에 가서 물어보기로 했다. 파프레이가 문기둥에 고삐를 맸고 그들은 초라한 거처 중에서도 분명 가장 초라한 그 집으로 다가갔다. 반죽된 점토로 만든 벽은 원래는 흙손으로 겉치장을 해 평평했으나 여러 해 빗물에 씻겨나간 낡은 표면은 울퉁불퉁하게 부스러지고 홈이 나 움푹 가라앉았으며, 잎이 무성한 담쟁이 줄기 하나가 무엇을 하려는 목적인지 알 수 없게 회색의 균열을 여기저기에 뭉쳐놓았다. 서까래는 가라앉았고 지붕을 엮은 이엉은 누더기가 되어 구멍이 뚫렸다. 울타리에 있던 나뭇잎이 출입구 구석으로 날아가 그곳에 조용히 내려앉았다. 문은 약간 열려 있었다. 파프레이가 문을 두드렸다. 그들 앞에 나타난 사람은 그들이 추측했던 대로 휘틀이었다.

그의 얼굴 표정에는 깊은 슬픔이 가득했고, 그의 시선은 초점 없이 그들을 응시하며 반짝였다. 그는 아직도 자기가 바깥에 나왔을 때 모았던 몇 개의 막대기를 손에 들고 있었다. 그들을 알아보자마자 그가 깜짝 놀랐다.

"이게 웬일이야, 에이벌 휘틀, 당신이 여기서 산단 말이야?" 파프레이가 말했다.

"예, 그려라, 주인님! 아실능가 모르지만, 그분은 지 엄니가 여기 아래 사실 적에 엄니께 친절했제라, 제겐 거칠게 대혔지만."

"누굴 말하는 거지?"

"오, 주인님 헨처드 씨요! 모르셨능거? 그분이 막 돌아가셨지요. 반 시간쯤 전에, 해가 떠 있을 땐데 제겐 시계가 없으니께요."

"아니 저런, 돌아가시다니?" 엘리자베스-제인이 비틀거렸다.

"그렀어라 부인, 그분이 돌아가셨제라! 그분은 엄니가 여기 아래 사실 때 엄니께 친절혔대요. 최고급 수입 석탄을 보내주었는디 그 석탄에선 재가 거의 나오지 않았응게. 또 비싸지는 않아도 엄니한테 아주 긴요한 물건들도 보내주었당게. 지는 고명하신 당신이 시방 옆에 계신 숙녀와 결혼허던 날 밤, 그분이 길을 걸어 내려가는 모습을 봤어라. 그분은 기운도 없어 뵈고 비틀거리는 것 같았구먼요. 그려서 제가 그레이즈 다리 너머까지 따라갔지라. 그러자 그분이 뒤로 돌아서더니 제게 말했어요. '돌아가!' 그래도 저는 따라갔고, 그분은 다시 돌아서서 말했지라, '내 말 안 들려, 제발 돌아가!' 그러나 저는 그분이 기운이 빠진 걸 보았응게 또 계속 따라갔지라. 그러자 그분이 말하기를, '휘틀, 내가 돌아가라고 이렇게 몇 번씩 말했는데도 도대체 뭘 바라고 따라오는 거야?' 그래서 제가 말했죠. '왜냐하믄요, 나리, 나리의 상태가 나쁘다는 걸 제가 알지라. 또 나리가 제겐 거칠게 대했지만 엄니에게는 친절했잖어요. 저도 기꺼이 나리에게 친절을 베풀고 싶구먼요.' 그리고 또 그분은 계속 걷고 저는 따라갔어라. 그분은 더 이상 제게 불평하지 않았고 우린 그런 식으로 밤새 계속 걸었다니께요. 그리고 아침이 아직 채 밝지 않아 푸른빛이 감돌 때 제가 앞을 바라보니 그분은 비틀거리면서 거의 걷지도 못혔어요. 그 무렵 우리는 여기를 이미 지나쳤는디, 제가 지나가면서 이 집이 빈집인 걸 보았걸랑요. 그래서 제가 그분을 다시 데리고 돌아왔지라. 제가 창문에서 판자를 뜯어내 그분이 안으로 들어가게 도왔구먼요. '휘틀, 왜' 그분이 말혔어요. '나처럼 비열한 인간을 보살필 만큼 정말 그런 가엾고 어리석은 바보가 되고 싶은 거야?' 그러콤 해놓고 저는 좀더 갔지라. 친절한 나무꾼들이 제게 침대 하나, 의자 하나, 그리고 약간의 다른 세간을 빌려주고 함께 그것들을 이리로 가져와서 가급적 그분을 편안하게 만들었지라. 그려도 그분은 힘을 차리지 못혔어라. 왜냐하면 저, 부인, 그분은 먹질 못혔어라. 아니, 식욕이 전혀 없어 그렇게 계속 몸이 쇠약해졌어라. 그러다가 오늘 돌아가셨어라. 이웃 사람 하나가 그분의 관을 짤 사람을 구허러 갔는디."

"저런 어떻게 그런 일이!" 파프레이가 말했다.

그러나 엘리자베스는, 그녀는 입을 열지 않았다.

"침대 머리맡에 그분이 종이에 뭔가를 써서 꽂았어라." 에이벌 휘틀이 계속 말했다. "허지만 전 일자무식이라 그걸 읽을 수도 없고 뭔지도 모른당게요. 그걸 가져와서 보여드리겠어라."

그가 작은 집 안으로 달려 들어가는 동안 그들은 말없이 서 있었다. 그는 순식간에 구겨진 종잇조각 하나를 들고 돌아왔다. 종이에는 연필로 다음과 같이 쓰여 있었다.

"마이클 헨처드의 유언장.
엘리자베스-제인 파프레이에게는 내 죽음을 알리지 말고, 나 때문에 애도하게 만들지 마시오.
– 나를 축성(祝聖)된 땅에 묻지 마시오.
– 교회지기에게 종을 쳐달라고 부탁하지 마시오.
– 아무에게도 내 시신을 보여주지 마시오.
– 장례식에서 아무도 내 뒤를 따르지 마시오.
– 내 무덤에 꽃을 심지 마시오.
– 아무도 나를 기억하지 마시오.
이 유언장에 내가 서명한다.
마이클 헨처드."

"이제 우리 어떻게 하지요?" 파프레이가 쪽지를 그녀에게 건네준 다음 말했다.

그녀는 분명하게 말할 수 없었다. "오 도널드." 마침내 그녀가 눈물을 흘리며 말했다. "이 얼마나 비통한 일인가요! 아, 마지막 이별의 순간에 내가 그렇게 냉대하지 않았다면 이렇게까지 마음이 아프지는 않을 텐데!…… 그런데 이젠 되돌릴 수가 없어요, 어찌할 도리가 없어요."

　엘리자베스-제인은 헨처드가 죽어가면서 극심한 고뇌 속에서 쓴 유
언장의 내용을 최대한 존중하고 실행했다. 그것은 유언을 신성하다고 보
고 있는 그대로 따른 것이 아니라, 유언을 쓴 헨처드가 자신의 언어로 무
엇을 의도했는지에 대해 그녀가 독자적으로 이해한 바에 따른 것이었다.
그녀는 그 당부 사항들이 그의 전 생애를 구성한 동일한 재료의 한 부분
이며 따라서 그것들을 마음대로 건드려 자신이 애절한 기쁨을 느끼거나
자기 남편이 넓은 도량을 인정받도록 해서는 안 된다는 것을 알았다.

　마침내 모든 것이 끝났다. 그녀는 마지막으로 찾아왔던 그를 오해
했던 것과 또 그를 더 일찍 찾아 나서지 않았던 것을 꽤 오랜 기간 깊이
후회했지만, 그런 감정조차도 결국은 모두 흘러 지나갔다. 이때부터 엘리
자베스-제인은 자신이 평온한 인생의 테두리 속에서 살고 있음을 깨달
았다. 인생 그 자체가 온화하고 쾌적할 뿐만 아니라, 이전의 몇 해를 가
버나움*에서 소모한 자기로서는 더욱 그렇다고 느꼈다. 신혼 생활의 생
기 넘치며 재기발랄한 감정과 차분한 평온함이 결합된 그녀는, 한정된
기회밖에 없는 삶을 참고 견디는 비결을 (한때 자신이 배운 것처럼) 힘든
인생을 살아가는 주변 사람들에게 찾아주는 훌륭한 천성적인 행동을 할
수 있었다. 그녀는 그들이 자신들의 헌신을 통해 얻는 미세한 형태의 만
족감을, 현실적 고통을 겪지 않는 모든 이에게 일종의 현미경 같은 처리
로 정교하게 확장하는 것이 기회이며, 그렇게 확장된 기회는, 피상적으로
받아들여진 더 큰 이해관계와 거의 마찬가지로, 인생을 활기차게 격려하

---

* Capharnaum 또는 Capernaum: 갈릴리 호수 북서해안 지역으로 한때 예수의 활동 본
　거지이자 여러 기적이 행해졌던 곳으로 여기서는 캐스터브리지를 시사한다.

는 효과가 있다고 생각했다.

그녀의 가르침은 스스로에게 반사작용을 일으켰다. 그래서 그녀는 캐스터브리지의 하층민들의 존경을 받는 것과 사교계의 최상단에서 칭송을 받는 것 사이에 어떤 대단한 개인적 차이를 의식할 수 없다고 생각하게 되었다.

그녀는 흔한 말로, 감사할 것을 정말 눈에 띌 정도로 많이 누리는 지위에 있었다. 그럼에도 그녀가 뚜렷하게 고마움을 표현하지는 않았는데 그게 그녀의 탓은 아니었다. 옳게든 그르게든 그녀의 경험이 가르친 것은, 비참한 세상을 잠깐 관통해 지나가는 어정쩡한 영광에 대해선, 그녀의 경우처럼 그 길목의 중간 지점이 풍부한 햇살을 받아 갑자기 환하게 밝혀질 때조차도, 과장되게 감정을 표현할 필요가 거의 없다는 사실이었다. 그러나 그녀는 자기든 다른 누구든 주어진 만큼은 받을 가치가 있다는 건실한 생각을 했으므로, 훨씬 더 많이 받을 자격이 있으면서도 적게 받는 타인들이 있다는 사실을 외면하지 않았다. 또 그녀는 자신이 행복한 계층에 강제로 편입되는 과정에서 예상치 못했던 일들이 집요하게 계속되는 상황에 놀라움을 멈추지 못했다. 그런데 성인 단계에서 그처럼 온전한 평온을 누리게 된 사람은 '일반적으로 고통스러운 인생 드라마에서 행복이란 단지 일시적인 에피소드에 불과하다'는 사실을 자신의 젊은 시절에 배운 듯한 바로 그녀였다.

저항하지 못한 운명적 응징

캐스터브리지

소설 『캐스터브리지의 시장』은 1830년 무렵 시골 가축 시장에서 만취 상태의 일꾼 헨처드가 아내 수전을 다른 남자에게 팔아넘기는 사건에서 출발해 25년 후 그가 외롭게 죽어가는 사건으로 끝난다. 도입부의 시간과 공간은 전체 45장 중 제2장까지만 해당되며, 제3장부터 시간은 빅토리아 시대(1837~1901) 초반으로 20년 가까이 건너뛰고, 공간은 웨섹스 주(州)의 작은 자치도시 캐스터브리지로 이동한다.

캐스터브리지는 작가 토머스 하디Thomas Hardy가 자신의 고향인 잉글랜드 도싯Dorset의 주도(州都) 도체스터Dorchester를 약간 변형시킨 대안적 지명이다. 주변 농촌에서 생산되는 곡물 등 각종 농산물이 집중적으로 거래되는 곳이어서 토요일마다 정기적으로 장마당이 열리고 농산물 거래와 관련된 각종 인프라가 구비되었으며 농산물과 더불어 사람과 마차와 소문이 모여드는 곳이다. 말하자면 캐스터브리지는 이 일대 경제

활동의 중추신경인 셈이다.

그렇지만 캐스터브리지 주민의 일상은 아직 과거의 기억과 전통의 지배를 받는다. 도시 공간은 시골 한가운데에 외딴 정사각형 모습으로 위치했고(제4장) 그 때문에 아직 산업혁명과 근대화의 물결이 제대로 도달하지 못한 구식의 도시다. 원형경기장(제11장)과 묘지(제20장) 등 도시에 산재한 로마 시대의 유적들은 과거와의 유대를 강조하고, 절망한 주민들이 즐겨 찾는 두 개의 다리(제32장)와 인생 낙오자들이 드나드는 인근 부락 믹센레인(제36장)은 그 과거의 어두운 은신처 역할을 한다.

주인공 헨처드

소설의 사건은 대부분 캐스터브리지에서 벌어지지만 막상 사건의 주체는 거의 외지인들이다. 헨처드가 그렇고 그의 라이벌 파프레이, 선원 뉴슨, 조프 등 남자 인물은 물론, 헨처드의 아내 수전, 의붓딸 엘리자베스-제인, 연인 루시타, 우유밀죽 장수 노파 등 여자 인물도 캐스터브리지 출신이 아니다. 예전부터 캐스터브리지를 지켜온 현지인들은 때로는 사건에 개입하기도 하지만 기본적으로는 외지인 중심으로 전개되는 사건과 상황을 제3자의 입장에서 관찰하고 평가하는 구경꾼이다.

과거를 건너뛴 제3장에서 성공한 곡물중개상이자 캐스터브리지의 시장으로 나타나는 주인공 헨처드는 (나중에 밝혀지지만) 그때 이미 인생의 정점을 지나가고 있다. 소설의 도입부에서 일자리조차 구하지 못하던 그의 성공담은 전혀 언급되지 않는다. 그가 캐스터브리지에서 꾸려나가는 새 인생은 잠시 순조롭게 보이지만, 파프레이와 파트너를 이뤄 사업이 번창하는 기간도, 그가 다시 결혼한 수전과 행복한 가정생활을 누리는 기간도 그리 길지 못하다. 그는 주위 사람과 하나둘 결별하면서 고립되는데, 제일 먼저 파프레이를 해고하고(제17장) 이어서 병약한 수전과 사별하며(제18장), 수전의 편지를 읽은 다음에는 엘리자베스-제인을 미워하고 구박하며 마음이 멀어진다(제19장). 연인 루시타와는 불필요한 밀고 당기기를 하다 신뢰와 기회를 모두 잃어버린다(제22장). 그는 경제적으로도 무리한 곡물 매점(買占)의 승부수를 던지다가 회복 불능의 타격을 입고 파산 상태로 침몰한다.

그가 추락하는 과정에는, 길항하는 다중적 성격과 운명적 요소가 동시에 작용한다. 당당하고 건장한 체격의 그는 쉽게 분노하고 즉흥적으로 일을 저지르는 성격이지만 그의 본성은 사실 단순하고 유약하며 선량하기까지 하다. 이러한 본성은 여러 장면에서 분명하게 드러나는데, 그는 아내를 팔아넘긴 후 진심으로 후회하며 "이제껏 살아온 햇수만큼" 금주를 맹세하기도 하고(34쪽), 일꾼 휘틀의 어머니에게 겨울철이면 남모르게 땔감을 보내기도 하며(156쪽, 499쪽), 채권자들에게 자기의 금시계와 지갑까지 내놓기도 한다(334쪽). 파프레이를 죽이려 덤벼들다가 결정적 순간에 포기하며 자책하기도 하고(414쪽), 이미 남의 아내가 된 루시타를 살리겠다는 일념에 파프레이를 쫓아 달려가기도 하며(429쪽), 마지막으로 보고 싶어 찾아간 엘리자베스-제인에게 문전박대를 당하고도 한마디 변명 없이 물러난다(490쪽). 그럼에도 불구하고 매번 중요한 순간에 튀어나오는 조급하고 격렬한 분노와 만용(蠻勇), 그리고 종종 드러내는 기회주의적 모습(예를 들어 파프레이에게 엘리자베스-제인을 다시 만나도 좋다고 보내는 쪽지, 210쪽) 때문에 그의 선량한 측면은 별로 인지되지 못한다.

헨처드가 열여덟 살에 결혼한 수전을 3년 만에 이름도 모르는 선원에게 팔아넘긴 일은 20년이 지난 후에도 여전히 원죄(原罪)처럼 그의 인생을 압박한다. 금주 맹세를 실천하며 속죄와 참회의 세월을 보내고, 수전과 재결합해 아내와 딸을 정성스럽게 보살펴도 그를 사면(赦免)해주려는 운명의 조짐은 없다. 그를 "단죄할 목적으로 작정하고 덤비는 어떤 사악한 영(靈)"(196쪽)은 경축일 행사(제16장)와 대규모 곡물 거래(제26장)에서 두 번씩이나 변덕스러운 날씨로 그를 좌절시키더니, 급기야는 아내 판매에 깊이 간여한 두 사람의 인물을 캐스터브리지로 불러와 헨처드에게 치명타를 날린다. 헨처드를 만취 상태로 유인했던 우유밀죽 장수 노파는 치안재판에서 아내를 팔아넘긴 그의 소행을 만천하에 폭로하고(308쪽), 죽은 줄 알았던 엘리자베스-제인의 생부 뉴슨은 갑자기 그의 앞에 나타나 당황한 헨처드로 하여금 엉겁결에 그녀가 죽었다는 거짓말을 하게 만든다(제41장).

이 거짓말로 헨처드는 끝내 엘리자베스-제인과 캐스터브리지를 떠나지 않을 수 없다. 캐스터브리지에서 쌓은 인간관계와 재산과 명예를 모두 잃고 다시 자신의 원점으로 회귀한 그는 캐스터브리지에서 멀리 떨어진 초라한 오두막에서 고독했던 일생을 마감한다. 그런 식으로 그는 자신에 대한 응징을 체념하고 받아들인다.

헨처드와 수전

소설의 첫 장면은 어린 딸을 둔 부부가 아무 대화도 없이 그저 습관적으로 걷는 모습을 보여주며 두 사람의 불길한 미래를 암시한다(12쪽).

불길한 예감은 곧바로 아내 판매라는 터무니없는 사건으로 현실화되지만(제1장) 이미 언급한대로 그들은 캐스터브리지에서 다시 극적으로 재회하고 재결합해 불행한 과거가 일단 치유의 수순을 순탄하게 밟아가는 것처럼 보인다(제14장).

그러나 수전이 죽기 전 (나중에 열어보라며) 남긴 편지로 그녀의 본심을 알게 된 헨처드는 엄청난 배신감에 빠진다(195쪽). 수전의 본심은 애초부터 엘리자베스-제인을 상승시킬 경제적 능력을 확보하는 것이었고(46쪽), 그래서 헨처드를 찾아오고 재결합하게 된 것이다. 만일 수전이 편지를 남기지 않고 죽었더라도 진실을 모르는 헨처드는 아무 의심 없이 엘리자베스-제인을 사랑하고 보호했을 것이다. 그걸 모를 리 없는 수전이 헨처드에게 편지를 남긴 동기는 그도 진실을 알아야 한다는 인간적 양심 때문이거나, 자기 인생을 망친 그에 대한 복수심 때문이거나, 두 가지 모두일 수 있다. 그러나 자신을 팔아넘긴 행위마저 순종하려 했던 단순한 품성에 비추어 그녀에게 적극적인 복수의 동기가 있었다고 보긴 무리다. 아마도 진실은 밝혀야 한다는 막연하기 그지없는 양심적 동기가 편지를 쓰게 만들었을 것이다.

헨처드 역시 수전에 대한 참회만으로 재결합한 건 아니다. 그의 우선순위 역시 수전이 아니라 (친딸로 짐작한) 엘리자베스-제인이었을 것이다. 거의 잊고 지내던 수전의 편지를 다시 꺼내 읽는 계기도 엘리자베스-제인에게 자신이 생부임을 입증할 서류를 찾기 위해서였다. 그는 평소 수전을 무시하던 타성대로, 엘리자베스-제인이 결혼한 후 개봉하라는 수전의 당부를 가볍게 생각하고 편지를 열어본다(제19장).

진실을 존중하려는 수전의 막연한 동기와 지극히 무심한 헨처드의 편지 개봉 행위가 결합해 비극이 완성된다. 편지를 나중에 열어보라는 수전의 당부도, 헨처드의 편지 개봉도 한결같이 엘리자베스-제인의 행복을 염두에 두었지만, 그들의 희망과는 정반대로 그 이후 엘리자베스-제인은 허다한 고통과 우여곡절을 겪게 된다. 어떠한 동기와 과정에서든 진실이 밝혀지고 노출되었을 때, 그것이 감춰지고 묻혀 있는 상황보다 당사자들이 더 불행하고 불안해진다면 과연 진실은 밝혀져야 하는가. 진실을 모르고 누리는 행복과 평화는 진실이 밝혀져 감당해야 하는 불행과 불안보다 부도덕한 것일까. 우리는 곤혹스러울 정도로 자주 이런 질문과 마주치게 된다.

이 소설에서 편지의 존재는 매우 파괴적으로 작동한다. 수전의 편지처럼 소설의 종반에는 루시타의 편지가 그녀의 비참한 종말을 자초한다(제36장). 두 경우 모두 허술하게 봉인된 편지가 예기치 않은 경로로 개봉된다는 공통점이 있다.

헨처드와 파프레이

헨처드와 파프레이는 전혀 다른 인간적 유형이다. 헨처드가 주먹구구식의 낡은 인물로 전근대적인 사고와 생활방식을 대변한다면, 파프레이는 치밀하고 합리적 인물로 근대적 사고와 생활방식을 대변한다. 헨처드는 막일꾼 출신이라는 자격지심과 시대적 변화에 둔감하다는 열등의식이 있지만 그렇다고 근대적 인생을 동경하지는 않는다. 오히려 그는 근대적 속성이 몸에 배어 종이에 메모하고 세세한 부분까지 따져보는 파프레이에게 동정 어린 시선을 보낸다(120쪽).

만일 헨처드가 파프레이만큼 근대적 인간이라면 처음 만나는 파프레이가 향후 자기를 위협하지 않도록 충분히 경계하고 대비할 것이다. 그러나 고독하게 지내던 헨처드는 파프레이를 만나자마자 매료되어 바로 신뢰하고 자신의 과거사까지 모두 털어놓는다(123~26쪽). 그는 그 이후에도 한참 동안 파프레이를 사업상 라이벌로 생각하기는커녕 자신의 사업에서 파프레이가 주역으로 떠오르는 것을 간파하지 못한다. 그는 뒤늦게 부하 휘틀의 징계 사건(제15장)을 겪으며 파프레이를 위협적 존재로 깨닫고, 국경일 행사에서 일방적 망신을 당하자 즉흥적으로 분풀이하듯 파프레이를 해고한다(167쪽). 훗날 그가 파프레이의 후임으로 (최악의 선택인) 조프를 고용하는 과정 역시 즉흥적이기 짝이 없다(281쪽).

헨처드와 결별한 파프레이는 캐스터브리지를 떠나지 않을뿐더러 도리어 헨처드의 사업 분야에 뛰어든다. 고객을 놓고 가급적 헨처드와 경쟁하지 않겠다는 파프레이의 입장은 얼핏 윤리적인 듯 보이지만(176~77쪽) 사실상 파프레이는 한 번도 헨처드가 자신의 경쟁 상대라고 여긴 적이 없다. 헨처드에게는 이미 파프레이 쪽으로 기울기 시작한 경쟁 추를 회복할 대안이 없다. 그가 가진 건 파프레이에 대한 적개심과 어떻게 해서든 누르고 싶다는 거친 욕망뿐이다(282쪽).

날씨에 성패를 거는 매점매석의 성공 확률은 절반이라 할 수 있다. 그러니 곡물을 다량으로 매점해 파프레이에게 완승하겠다는 헨처드의 생각 자체가 잘못은 아니다. 그가 이 전략에서 실패해 재기불능의 파국에 빠진(제26장) 이유는 아이디어가 나빴기 때문이 아니라 변덕스러운 날씨 때문이다. 일찍이 국경일 행사에서처럼 이번에도 그에게 가혹한 운명의 손길이 감지된다. 그에게 유독 적대적인 날씨는 반대로 파프레이에게는 매우 우호적이다(제16장, 제23장). 파프레이라고 남달리 과학적으로 날씨를 예측하고 의사를 결정하지도 않는다. 남다른 것은 그저 그의 투기적 센스뿐이다.

헨처드와 파프레이의 오랜 애증 관계는 소설 종반의 어느 하루 중요한 사건들이 한꺼번에 일어나면서 극적으로 정리된다. 우유밀죽 장수 노파의 과거사 폭로와 루시타의 배신(제29장)으로 위신과 권위가 밑바닥까지 추락한 헨처드는 그날 무리하게 왕족의 방문 행사에 끼어들다가 파프레이에게 모욕적인 제지를 받는다(403쪽). 그는 극도의 적개심을 이기지 못하고 파프레이를 헛간 창고로 불러내 생명을 건 몸싸움을 벌이지만, 파프레이를 죽일 수 있는 마지막 순간에 자신이 파프레이에게 지녀왔던 애착과 연민을 상기하고 싸움에서 물러선다(414쪽). 먼저 싸움을 걸었다가 먼저 용서하고 먼저 후회하는 헨처드의 우스꽝스러운 모습이 다시 재현된 것이다.

파프레이는 끝까지 자신을 향한 헨처드의 순수한 진의(眞意)를 외면한다. 그는 조롱 행렬의 충격에 쓰러진 루시타를 살리러 어서 집으로 돌아가라는 헨처드의 간절한 호소를 오히려 의심하고 경계한다. 끝내 반대 방향으로 말을 돌리는 파프레이를 그가 뒤쫓아 뛰어가다 결국 포기하고 멈춰 서는 참담한 장면(432쪽)은, 그의 파프레이에 대한 애착이 늘 일방적이었다는 사실을 새삼 환기한다.

헨처드와 엘리자베스-제인

헨처드와 엘리자베스-제인의 진정한 관계는 의붓아버지와 의붓딸 사이지만, 헨처드가 자기가 생부(生父)라고 고백한 날이면서 동시에 우연히 수전이 남긴 편지를 읽게 된 날(제19장)을 전환점으로 그들의 관계는 혼돈 상태가 된다. 그날 이후 그녀를 친딸로 오해하던 그는 친딸이 아니라는 진실을 받아들여야 하는 고통에 빠지고, 그가 의붓아버지라는 진실대로 살던 그녀는 갑자기 그를 친아버지로 오해해야 하는 혼란에 빠진다. 특히 엘리자베스-제인은 헨처드가 친아버지라고 고백하고는 바로 자기를 심하게 구박하는 상황이 당혹스럽기 짝이 없다(제20장).

그러나 진실과 오해의 매듭을 풀어가는 두 사람의 태도는 현저하게 다르다. 헨처드는 친딸이 아님을 확인한 순간부터 엘리자베스-제인을 냉대하다가 자기가 성취한 거의 모든 것을 잃고 나서야 그녀의 소중한 가치를 깨닫고 매달리는 기회주의적 태도를 보인다. 그는 친딸이 아님을 확인한 즉시 그녀에게 진실을 정정해주지 않을뿐더러 뉴슨에게 말한 거짓 때문에 캐스터브리지를 떠나야 하는 순간까지도 그녀에게 진실을 숨긴다. 그는 사실 꽤 오랫동안 엘리자베스-제인의 인격을 무시하고 그녀를 자기 계략에 이용하기까지 한다. 앞서의 언급대로 파프레이에게 그녀와 사귀지 말라는 위압적 편지를 보냈다가(176쪽) 자기가 생부가 아님을 확인한 후 태도를 돌변하여 다시 교제하기를 사실상 종용한다거나, 이사해 나가겠다는 그녀의 계획을 내심 반가워하다가 루시타에게 간다는 말에 갑자기 당황하는 그의 언동은(225쪽) 교활하기까지 하다. 뉴슨에게 불쑥 튀어나온 거짓말도 그런 관성의 연장선일 것이다.

헨처드와는 정반대로 천성이 착하고 희생적인 엘리자베스-제인은 자신이 이해할 수 없는 냉대를 받으면서도 헨처드를 친아버지로 신뢰하고 존중한다. 그녀는 주위 사람들이 모두 그의 곁을 떠난 뒤에도 혼자 남아 그를 정성껏 보살핀다. 그녀가 그의 집에서 나와 루시타의 집으로 옮긴 것조차 그를 떠난 게 아니라 그의 사랑을 다시 받고 싶어서이다(제20장). 파산 후 조프의 오두막에서 칩거하는 그를 찾아가 다시 사람들 속의 일상으로 그를 나오게 만든 것도 그녀의 순수하고 헌신적인 사랑이 있었기 때문이다(제32장).

그런 그녀였기에, 재회한 생부 뉴슨으로부터 헨처드가 자신을 기만했다는 사실을 확인한 순간 그녀가 받은 충격과 배신감은 엄청나다(475쪽). 그때의 분노가 표출된 것이 파프레이와의 결혼식 날 그녀를 찾아온 헨처드에 대한 그녀의 차가운 질책과 거부다(489쪽). 그녀가 그를 비난하고 절망에 빠뜨리는 것은 그때가 처음이자 마지막이다.

지금껏 헨처드를 대해온 그녀의 훌륭한 인격과 선량한 성품을 감안하면 그녀가 그날 당장 그와의 관계를 청산해도 절대로 비난 받을 일이 아니다. 그러나 그녀의 인격은 훨씬 더 고결하다. 그녀는 헨처드가 남기고 간 새장 속에 웅크려 죽은 작은 새를 보고, 고독과 고통 속에 살아온 헨처드의 모습을 연상하며 그의 거짓과 잘못에 대한 분노를 푼다(494쪽). 그리고 그가 비극적으로 죽어간 현장을 확인한 그녀는 오히려 결혼식 날 그의 마지막 애원을 거절한 죄책감에 비통해한다(500~01쪽).

마지막 순간까지 그녀의 이해와 용서에 대한 소망을 버리지 않았던 헨처드는 자신의 기대가 터무니없었음을 확인한 순간 아무 변명도 건네지 않음으로써 그녀에게 최후의 속죄를 한다. 그러나 엘리자베스-제인이 결국 그를 용서하였으니, 사후적으로 보면 그의 소망이 지나친 것은 아니었다.

헨처드와 루시타

루시타는 선명한 용모의 아름다운 여성이다. 수전보다는 많이 어리고 엘리자베스-제인보다는 조금 나이가 들었다. 소설에는 캐스터브리지 시장이 되기 이전의 헨처드의 행적이 거의 언급되지 않지만, 그가 저지 섬에서 어린 루시타와 사랑을 나눈 사이였음은 분명하게 밝힌다. 다만 두 사람이 어느 정도로 가까운 연인 관계였는지는 분명하지 않다.

편지는 두 사람을 이어주는 핵심적 고리다. 캐스터브리지에 오기 전이나 후나 루시타는 헨처드와의 소통 수단으로 변함없이 편지를 선호한다. 헨처드는 저지 섬 현지에서 보내오는 루시타의 편지를 읽으며 그녀와 결혼할 결심을 굳혔다가, 수전이 캐스터브리지로 찾아오면서 그 결심을 바꾼다(125~26쪽). 편지에는 자신에 대한 비방(誹謗)의 고통에 시달리던 루시타의 격정적 사연과 사랑이 담겨 있어서 훗날 그녀를 조롱하고 죽음에 이르게 하는 화근이 된다.

저지 섬에서의 과거를 청산하고 새 출발을 하려는 루시타는, 그와의 흔적을 지우기 위해 편지를 돌려달라고 요청하고 헨처드도 그 요청에 응하지만, 막상 그녀가 약속 장소에 나가지 못함으로써 편지는 여전히 헨처드의 수중에 놓인다(181~83쪽). 이로써 영원히 헨처드에게서 해방될 수 있는 기회가 사라지고 그녀는 편지와 함께 헨처드에게 계속 묶이게 된다. 그러다가 수전의 죽음이 헨처드에게서 독립하려는 그녀의 다짐을 수포로 만든다. 루시타와 만나본 적조차 없는 수전이 두 번이나 결정적으로 루시타의 인생에 개입하는 것이다. 살아서는 루시타와 헨처드가 결혼하려는 시점에 나타나 두 사람을 분리시키더니, 죽어서는 그녀가 헨처드와 결별하려는 의지를 꺾어버린다.

루시타가 캐스터브리지로 이주하는 것은 과거와 해후하면서 동시에 과거와 단절하려는 목적에서다. 해후하고 싶은 과거는 헨처드와의 격렬한 사랑이고, 단절하려는 과거는 저지 섬에 얽힌 자기의 신분과 부끄러운 추억이다. 캐스터브리지는 막대한 상속재산을 가진 그녀가 지난날을 세탁할 장소로 안성맞춤이다.

그러나 헨처드와의 해후는 그의 하찮은 자존심 때문에 지연된다 (231쪽). 그러다가 두 사람이 막 재회하려는 순간, 그녀 앞에 파프레이가 등장하고(제23장) 그녀의 마음이 동요하기 시작한다. 우연하면서도 결정적인 루시타와 파프레이의 이 조우(遭遇)는 사실 헨처드가 만들어준 것이나 다름없다. 파프레이가 루시타의 집을 찾아간 것은 엘리자베스-제인을 만나기 위해서였고 그러려는 생각은 먼저 언급한대로 헨처드의 (그녀와 다시 사귀어도 참견 않겠다는) 기회주의적 쪽지가 촉발한 것이다. 헨처드의 메시지가 없었더라면 파프레이가 루시타의 거처를 찾아가는 일은 없었을 테고, 아마 루시타는 파프레이와 조우하는 대신 헨처드와 격렬하게 포옹하며 재회의 기쁨을 즐겼을 것이다. 이번에도 헨처드의 엉성하고 교활한 계략이 자신에게 불리한 상황을 자초한다.

이 조우 이후 루시타의 관심은 급속하게 파프레이 쪽으로 이동하고 그만큼 헨처드와의 관계는 비틀어진다. 하지만 루시타에게 필수적인 과거와의 '단절'은 그녀가 헨처드를 선택해야만 달성 가능하다. 루시타가 파프레이를 연인으로 선택하는 순간, 단절하고 싶은 그녀의 과거는 고스란히 노출될 위험에 놓인다. 그녀의 변심을 간파하고 극도의 배신감을 느낀 헨처드는 그녀에게 과거를 미끼로 협박하여 강압적으로 결혼 약속을 받아낸다(300~02쪽).

진퇴양난에 빠진 루시타를 구하는 사람은 오래전 가축 시장에서 헨처드를 만취하게 만든 우유밀죽 장수 노파다. 이미 언급한 바 있지만, 캐스터브리지에 흘러 들어온 노파가 치안재판에서 폭로한 헨처드의 과거 비행(非行)은 루시타에게 헨처드와의 약속을 파기할 심리적 구실을 제공한다(322쪽). 노파는 헨처드와 끔찍한 악연이다. 노파는 그의 배우자 수전뿐만 아니라 배우자가 될 뻔한 루시타를 그와 분리시키는 데 결정적 역할에 한다.

파프레이와 결혼한 루시타는 신혼 생활의 불안 요인을 근본적으로 없애기 위해 헨처드의 여린 감성을 파고드는 전략을 택한다. 헨처드 못지않게 즉흥적이고 감성적이지만 그보다 덜 순수하고 더 영리한 루시타는, 원형경기장에서의 기막힌 연출로 그의 분노를 해제시키고 편지를 돌려주겠다는 약속을 받아낸다(380~82쪽). 헨처드가 곧장 약속을 이행하고 그녀도 편지를 받자마자 없애버리지만, 그녀가 편지를 받은 시점은 이미 믹센레인에서 조프가 편지 내용을 공개한 다음이다.

루시타의 비극적 종말에는 편지 뭉치를 엉성하게 봉인하고 또 불성실한 조프에게 배달 심부름을 시킨 헨처드의 책임이 크다. 그러나 이미 원형경기장에서 루시타를 용서하고 포기한 헨처드는 별다른 미련이나 분노가 남아 있지 않으므로 그의 실수를 탓하기는 어렵다. 루시타가 파프레이의 품에 안겨 죽어가면서 헨처드와의 과거를 어디까지 고백했는지는 모르지만(435쪽), 그녀가 눈을 감는 순간까지 그녀를 진정으로 아끼고 사랑한 사람은 아마도 파프레이가 아닌 헨처드였을지 모른다.

파프레이와 엘리자베스-제인과 루시타

파프레이와 엘리자베스-제인의 인연은 캐스터브리지에 같은 날 도착하고 같은 여관에 투숙하는 것으로 시작된다(67쪽, 제6장). 두 사람은 소설의 초반에서 막바지까지 다양한 사건으로 서로 가까워지기도 하고 멀어지기도 하다가 마침내 결혼하지만 그들의 관계가 진행되는 모습은 여느 연인들과는 달리 그저 덤덤하다. 루시타의 사망 이전에는 엘리자베스-제인의 일방적 사모였고 그 이후에도 서로 절절한 구애는 보이지 않는다. 애초부터 파프레이는 엘리자베스-제인이 침착하고 다정한 여성인 줄은 알지만, 헨처드로부터 교제를 끊어달라는 주문이 오자마자 그대로 따를 정도로, 그녀는 연애 대상이 아니었다. 그러나 엘리자베스-제인은 파프레이를 처음 마주친 순간부터 사모하면서 연정을 키워나간다. 다만 전혀 내색하지 않는 냉정한 짝사랑이었을 뿐이다.

우연한 조우 이후 급속도로 가까워져 결혼식까지 올린 파프레이와 루시타의 입장은 서로 많이 다르다. 루시타는 결혼하기까지 우여곡절이 많았고 헨처드와의 과거사를 계속 숨겨야만 행복한 결혼생활이 유지되지만, 파프레이는 그저 사랑하는 사람과의 평범한 결혼이고 결혼생활이다. 만일 루시타가 미리 파프레이에게 자신의 과거를 고백했더라면 어땠을까. 이번에는 수전의 편지와는 달리 진실을 밝히는 것이 당사자들을 더 안전하고 행복하게 만들었을지 모른다. 진실은 양날의 칼이다. 인간은 진실을 밝히든 안 밝히든 선택만 할 수 있고 선택의 결과에 대해서는 순응할 수밖에 없다.

엘리자베스-제인과 루시타의 관계는 독특하다. 둘은 헨처드 및 파프레이와 각각 다른 유형의 사랑으로 엮인 처지다. 두 사람은 비슷한 연배로 고민을 나누는 동지이자 친구지만 인격적으로는 연하인 엘리자베스-제인이 연상의 루시타보다 훨씬 성숙하고 헌신적이다. 루시타는 헨처드와의 밀회를 즐기기 위해 엘리자베스-제인에게 동거(同居)를 제안하듯이 처음부터 이기적 동기로 그녀에게 접근하고 이용하려 들지만, 엘리자베스-제인은 루시타의 속셈을 뻔히 읽으면서도 그녀의 철없는 언행을 너그럽게 받아 주고 인격적으로 대우한다.

그러한 엘리자베스-제인도 두 번 루시타에게 단호한 자신의 입장을 표명한다. 루시타가 (비록 강압에 의한 것이지만) 헨처드와의 약혼을 파기하고 파프레이와 결혼한다고 말할 때와, 결혼한 파프레이가 자기 집에 들어와도 이전처럼 함께 기거하자고 제의할 때다. 그녀는 루시타의 말에 부정적으로 반응하는데, 헨처드에 대한 연민과 파프레이에 대한 원망 때문이라기보다는, 자신의 윤리적 정의감에 너무 미달하는 루시타의 경솔한 언행을 보다 못해 직설적으로 질책한 것이다.

엘리자베스-제인은 루시타가 파프레이와 결혼한 이후에도 변함없이 두 사람과 진실한 관계를 유지한다. 그렇듯 그녀는 파프레이에게 헨처드의 위험성을 경고하고, 루시타에게 '조롱 행렬'을 보지 못하게 막으려 애쓰며, 충격을 받아 쓰러진 루시타를 눈을 감는 순간까지 곁에서 간호하고 지킨다.

사실상의 주인공 엘리자베스-제인

엘리자베스-제인은 이 작품의 주요 등장인물 중 나이가 가장 어리지만 어느 누구보다도 침착하고 인격적이다. 그녀는 경제적으로 어려운 환경에서 자라면서도 단정하고 훌륭한 소녀로 성장한다. 겸손과 성실이 체화되었고, 남을 위해 자신을 희생하며, 자기가 취약하다고 여기는 부분은 꾸준히 고치려고 노력한다.

소설 전반부에서 그녀는 사건에 직접 끼어들기보다는 사건을 가까운 수변에서 객관적 시선으로 바라보고 평가할 때가 많다. 그녀의 시선은 따뜻하고 인간적이면서도, 상황의 정곡을 정확하게 짚어낸다. 때때로 그녀는 내레이터narrator의 역할을 대신하여 작가의 생각을 직접 독자에게 전달하기도 하는데, 근대화의 진행으로 사라져가는 전통사회의 낭만과 생활방식을 아쉬워하는 장면이 그런 사례다(261~62쪽).

엘리자베스-제인이 차지하는 비중은 소설의 종반부에 들어가면서 계속 고조된다. 그녀는 헨처드만큼 소설에 등장하는 중요 인물 모두와 관계를 맺고 그들 각각의 마지막 장면에 간여한다. 그러나 헨처드가 타인과의 관계에서 계속 실패하여 고립되어가는 전형적 인간이라면, 대조적으로 그녀는 상대가 누구라도 신뢰와 사랑 속에 끊임없이 인간관계를 지속한다. 그녀는 수전과 루시타가 세상을 떠날 때 가장 가까운 여성이었을 뿐만 아니라 헨처드가 죽어가면서도 잊지 못한 여성이다. 파프레이도 한때 루시타에게 매료되어 결혼까지 하지만 결국은 가장 신뢰할 수 있는 배우자인 그녀의 품으로 돌아온다. 이렇듯 그녀는 소설의 줄거리가 진전될수록 가장 사랑스럽고 이상적인 인격체로 완성되어간다. 죽어가는 루시타를 마지막 순간까지 최선을 다해 돌보고, 헨처드의 유언장을 집행하면서 그의 의도를 존중하는 엘리자베스-제인의 모습에서 독자는 선하고 아름다운 성녀(聖女)를 연상한다. 마침내 작가 하디는 소설의 마지막 단락을 헨처드가 아닌 엘리자베스-제인에게 할애함으로써, 그녀를 제목과는 달리 사실상 이 소설의 주인공으로 격상시킨다.

토머스 하디와 『캐스터브리지의 시장』

토머스 하디는 시인이자 소설가로 1840년에 잉글랜드 서남부 도싯주(州)의 하이어 보캠턴Higher Bockhampton에서 태어나 1928년까지 살았다. 『캐스터브리지의 시장』을 발표한 해는 1886년으로 그가 어느 정도 소설가로서의 입지를 구축한 시기다. 그는 나중에 자신의 산문(소설 및 단편)을 세 가지 유형으로 나누고*이 소설을 다른 대표작 『원주민의 귀향The Return of the Native』(1878), 『더버빌가(家)의 테스Tess of d'Urbervilles』(1891), 『무명의 주드Jude the Obscure』(1895) 등과 함께 '인물과 주위 환경에 대한 소설(Novels of Character and Environment)'로 분류한다.

하디는 작가 생활 초기부터 시대적 관행과 어긋나는 다소 파격적인 성향을 드러낸다. 첫 소설 『가난한 남자와 숙녀The Poor Man and the Lady』(1867)는 정치적 논란에 대한 우려 때문에 출판사를 찾지 못하고 끝내 출간되지 못하지만, 1871년 첫번째 출간 작품인 『필사적 해법 Desperate Remedies』을 발표한 이후 당시의 사회적 풍조와 전통적 기대에 부응하는 소설을 쓰면서 그의 평판은 계속 상승한다.

『캐스터브리지의 시장』은 그가 다시 전통적 관행에서 벗어나기 시작하는 작품이다. 그는 '아내 판매'라는 충격적 소재를 등장시키고, 당시의 소설에 으레 등장하던 귀족이나 젠트리 계층을 아예 배제함으로써 독자들에게 상당한 긴장을 유발한다. 이러한 하디의 과감성과 파격성은 후속 작품에 계속 이어져 『더버빌가의 테스』와 『무명의 주드』에 이르러서는 소재나 주제와 관련해서 출판계에 격렬한 찬반 논쟁을 초래한다. 그는 이들 두 작품에 대한 대중의 반응에 혐오감을 느끼고 더 이상은 소설을 쓰지 않겠다고 선언하여 결국 『무명의 주드』는 그의 마지막 소설이 된다.

---

* 'Collected Wessex Edition'(1912~1913)

사투리 번역

　외국 문학 작품의 번역 과정에서 원작의 사투리를 우리말로 정확하게 옮기기는 지극히 어렵다. 그렇다고 원작자가 의도적으로 삽입한 사투리 표현을 아무 고민 없이 무시하고 우리의 표준말로 옮기는 것 역시 성실하고 올바른 자세로 보기는 어렵다.

　작가의 의도를 존중하여 번역하는 하나의 대안으로, 원작이 사투리로 표현한 부분을 우리말 사투리로 번역하는 방식이 있을 수 있다. 이 방식은 이미 유명숙 님이 하디의 다른 작품(『더버빌가의 테스』, 문학동네, 2012)을 번역하며 보여준 바 있다.

　『캐스터브리지의 시장』에서 작가 하디가 가장 두드러지게 사투리로 표현한 부분은 파프레이의 대사이다. 옮긴이는 번역 초안에서 파프레이의 대사를 우리 특정 지역의 사투리로 옮겨보았으나, 독자들이 그 특정 사투리에 대해 지니고 있는 이미지와 분위기 때문에 원작의 의도나 의미가 왜곡될 가능성과 오히려 독자들의 몰입을 방해할 수도 있다는 우려가 제기되었다. 그래서 옮긴이는 파프레이의 말은 우리 표준말로 번역하되, 캐스터브리지를 국토 서남부인 전라도 지역으로 대입하여 현지 주민의 발언을 전라도 사투리로 번역함으로써 작가의 의도를 일부나마 살려보려고 시도했다.

판본*

　옮긴이의 번역 원본은 웨섹스 판본 *The Life and Death of the Mayor of Casterbridge: A Story of a Man of Character*(Wessex Edition, 1912)다. 원래 이 소설은 1886년 1월 2일부터 5월 15일까지 영국의 주간지 『그래픽*Graphic*』과 미국의 주간지 『하퍼스 위클리*Harper's Weekly*』에 *The Mayor of Casterbridge*로 공동 연재되었고, 같은 해에 영국과 미국에서 각각 단행본으로 출간되면서 일부 내용이 수정되었다. 이후 다시 몇 차례의 판본을 거치면서 제목과 내용이 바뀌다가 1895년의 웨섹스 소설 판본(Wessex Novels collected edition)에서 600군데 이상의 비교적 큰 손질을 거친 다음 1912년 최종적인 웨섹스 판본에 이른다.

　당시 영국의 소설은 먼저 주간지나 월간지 등 잡지에 일정 기간 연재물로 발표한 후 단행본으로 발간하는 게 일반적 순서였다. 따라서 작가('을')는 자기 소설을 연재해줄 잡지사('갑')를 찾는 게 급선무였는데, 작품의 주제와 내용이 당시의 사회적 분위기와 독자들의 성향에 부응하지 못하면 잡지사를 구하기가 매우 힘들었다.

　하디는 잡지사에 보낼 원고를 준비하면서 다양한 줄거리를 시도해본다. 예를 들어 최초의 원고에서는 헨처드와 수전 사이에 두 딸이 있고 두 사람이 헤어질 때 그중 하나를 헨처드가 맡았으며 엘리자베스-제인은 어려서 죽지 않고 성인이 되어 실제 헨처드의 딸로 재회하는 반면 뉴슨은 실제로 죽고, 루시타와 헨처드는 저지 섬에서 6년 동안 성관계를

---

* 이 부분은 번역 저본인 OXFORD WORLD'S CLASSICS의 *The Mayor of Casterbridge, Thomas Hardy*(2008)에 원작과 함께 수록된 'Note on the Text, Dale Kramer'(1987)의 판본 관련 부분을 참조했다.

맺는다. 또 나중 원고에서는 수전이 캐스터브리지에 도착하기 전에 헨처드와 루시타가 잠깐 결혼 생활을 한다거나, 뉴슨이 헨처드에게 나타나기 전 한동안 엘리자베스-제인과 은밀하게 만나는 내용이 포함된다. 그러나 마지막으로 완성된 연재물 원고는 웨섹스 판본과 크게 다르지 않은데, 그것은 인간관계에서 성적(性的)인 구성 요소를 인정하기 부끄러워하는 당시 독자들의 정서에 부응하고 풍부한 사건들로 연재물을 채우려는 잡지사들의 선호를 의식한 것이다.

　　1886년의 영국판 단행본에서 하디는 연재물의 줄거리 일부를 과감하게 바꾸었다. 그 판본에서는 엘리자베스-제인이 뉴슨의 생존 사실을 모르며 또 헨처드가 그녀의 결혼식에 참석하러 캐스터브리지로 돌아오는 사건도 삭제했는데 하디는 소설의 막바지에 헨처드가 두 번씩이나 이 도시를 떠나는 것이 이야기의 구조를 약화시킬까 우려했다. 그러나 그는 1895년 전반적으로 손질한 웨섹스 소설 판본에 이들 내용을 다시 복원시킴으로써 이후 그 줄거리가 마지막 판본으로 남았다.

1840	6월 2일 잉글랜드 남부 도싯Dorset의 주도(州都) 도체스터Dorchester 부근 하이어 보캠턴Higher Bockhamton에서 석공 겸 건축업자인 아버지 토머스 하디Thomas Hardy와 독서를 좋아하는 어머니 제미나 핸드 Jemima Hand 사이에서 2남2녀의 장남으로 출생.
1848~56	도싯에서 학교에 다님. 라틴어, 수학, 프랑스어 등에서 성적이 뛰어났음.
1856~62	도체스터의 건축가 존 힉스John Hicks의 도제를 거쳐 조수로 일함. 1850년대 말, 케임브리지 출신의 중산층으로 여덟 살 위인 호러스 모울Horace Moule과 깊은 우정 관계를 맺음. 모울은 지적 멘토로 그에게 고전(古典)의 독학을 권장함.
1862	런던으로 가서 건축가 아서 블롬필드Arthur Blomfield의 제도사로 취직. 런던 생활에서도 영국 작가들에 대한 독서 등 독학을 계속하며 시인의 꿈을 키움.
1867	건강 악화로 도싯으로 돌아와 건축가 존 힉스의 교회 복원 작업에 참여함.
1868	첫 소설 『가난한 남자와 귀부인The Poor Man and the Lady』을 탈고했으

나 주제가 정치적 논란을 일으킬 것이라는 이유로 출판사들이 출간을 거절함.

1870   북부 콘월Cornwal 주에 있는 성 줄리엇St Juliot 교회에 수리 견적을 내러 방문했다가 교구 신부의 처제이자 미래의 아내인 에마 래비니어 기포드Emma Lavinia Gifford를 만남.

1871   출판사(Tinsley Brothers)의 요구에 따라 보증금 75파운드를 납입하고 익명으로 『절박한 해법Desperate Remedies』을 출간했으나 평단의 반응은 신통치 않음.

1872   익명으로 『푸른 숲 나무 밑에서Under the Greenwood Tree』를 출간. 먼저 작품보다 호의적 반응을 받고 보증금도 내지 않음. 잡지 연재 제의를 받고 전업작가의 길에 들어섬.

1873   (에마와의 만남과 연애 경험을 담은) 『한 쌍의 파란 눈A Pair of Blue Eyes』을 자신의 이름으로 월간지 『틴슬리 매거진Tinsley's Magazine』에 연재.
       알코올 중독과 우울증을 앓던 호러스 모울이 케임브리지에서 자살.

1874   월간지 『콘힐 매거진Cornhill Magazine』에 익명으로 연재한 『성난 군중으로부터 멀리Far From the Madding Crowd』가 큰 관심과 주목을 받음. 웨섹스Wessex 지방이 소설의 배경으로 처음 등장.
       집안의 반대 속에 에마와 결혼하여 런던의 서비턴Surbiton에서 신혼생활을 시작함. 결혼 초기에는 행복했으나 자식이 없었으며 에마는 하디의 가족과 끝내 잘 어울리지 못함.

1875   에마와 하디가 도싯의 스와니지Swanage로 귀환.
       월간지 『콘힐 매거진』에 『에셀버타에게 청혼하기The Hand of Ethelberta』를 연재.

1876   『에셀버타에게 청혼하기』 출간.

1878   월간지 『벨그라비아Belgravia』에 연재했던 『토박이의 귀환The Return of

the Native』을 출간하면서 소설가로서의 입지를 굳힘. 미출간 첫 소설의 일부가 계간지 『뉴 쿼털리 매거진*New Quarterly Magazine*』에 실린 『상속녀 인생의 무분별한 행동*An Indiscretion in the Life of an Heiress*』에 포함됨(전집에는 포함되지 않음). 런던 투팅*Tooting*으로 이사.

1880 나폴레옹 전쟁을 배경으로 하는 『나팔장(長)*The Trumpet-Major*』을 월간지 『굿워즈*Good Words*』 연재 후 출간. 병석에서 몇 달을 보냄.

1881 『냉담한 사람*A Laodicean*』을 월간지 『하프스 뉴 먼슬리 매거진*Harper's New Monthly Magazine*』 연재 후 출간. 도싯으로 귀환해 처음에는 윔본 Wimborne에 거주함. 안전 자전거의 특허 취득을 계기로 하디와 에마가 자전거에 심취.

1882 『탑 위의 두 사람*Two on a Tower*』을 월간지 『애틀랜틱 먼슬리*Atlantic Monthly*』 연재 후 출간.

1883 고향에 영주하기로 결정하고 도체스터 교외에 직접 설계한 집의 건축을 시작함. 하디의 동생이 건축을 담당.

1884 도체스터의 치안판사 직을 맡음.

1885 도체스터 외곽에 완공한 맥스 게이트Max Gate로 마지막 이사를 감.

1886 『캐스터브리지의 시장*The Mayor of Casterbridge*』을 대중적 주간지 『그래픽*Graphic*』에 연재 후 출간.

1887 『삼림지대 사람들*The Woodlanders*』을 월간지 『맥밀런스 매거진*Macmillan's Magazine*』에 연재 후 출간.

1888 최초의 단편집 『웨섹스 이야기*Wessex Tales*』를 출간. 파리를 방문.

1889 『더버빌가(家)의 테스*Tess of the d'Urbervilles*』의 미완성 원고를 주요 잡지사에 보내 연재 가능성을 물색했으나 부적절한 소재라는 이유로 거절당함.

1891 『더버빌가의 테스』를 주간지 『그래픽』에 연재 후 출간. 소설가로서의 명망과 함께 성적(性的) 행동에 대한 진보적 입장이 물의를

빚음.

두번째 단편집 『한 무리의 귀부인들A Group of Noble Dames』을 출간.

1891~92 하디의 가족과 에마 사이의 불화가 심해져 부부관계도 냉각되고 별거가 늘어남.

1892 아버지 사망.

『경애(敬愛) 받는 사람The Well-Beloved』의 연재본이 월간지 『일러스트레이티드 런던 뉴스Illustrated London News』에 '경애를 받으려고(The Pursuit of the Well-Beloved)'라는 제목으로 게재됨(나중에 출간되는 단행본과는 사실상 다른 소설임).

1892~3 미국 정기간행물 『하우스홀드The Household』에 청소년을 위한 장편 『웨스트 폴리에서의 업적Our Exploits at West Poley』을 연재.

1893 사교계 여성인 플로렌스 헤니커Florence Henniker를 만나 깊은 우정 관계가 시작됨. 『실재하는 유령The Spectre of the Real』을 그녀와 공동으로 작업함(1894년 출간).

1894 세번째 단편집 『인생의 사소한 아이러니들Life's Little Ironies』을 출간.

1895 불온한 내용을 삭제하고 월간지 『하퍼스 뉴 먼슬리 매거진Harper's New Monthly Magazine』에 연재했던 『무명의 주드Jude the Obscure』를 삭제 부분을 복원해 출간. 찬사와 독설적 비평을 동시에 받음. 비판에 대응해 더 이상 소설을 쓰지 않겠다고 선언. 이 작품의 결혼에 대한 공격이 에마와의 관계를 악화시킴.

1895~96 16권으로 된 최초의 선집 '웨섹스 소설들The Wessex Novels' 출간. 『무명의 주드』의 첫 출간본도 포함됨.

1897 1892년 연재본을 다시 쓴 『경애(敬愛) 받는 사람』을 출간. '웨섹스 소설들' 선집의 제17권으로 추가함.

1898 1860년대에 쓴 시들을 포함하여 최초의 시집 『웨섹스 시편(詩篇) Wessex Poems and Other Verses』을 직접 그린 삽화를 넣어 500부 한정판

으로 출간. 하디와 에마는 맥스 게이트에 계속 살면서도 이제 완전한 '별거 상태'에 들어감.

1901   『과거와 현재의 시편*Poems of the Past and the Present*』을 출간(출간 연도는 1902년으로 표기).

1902   맥밀런Macmillan이 전속 출판사가 됨.

1904   나폴레옹에 대한 서사시극『제왕들*The Dynasts*』제1부를 발표함. 어머니 사망.

1905   미래에 두번째 부인이 되는 당시 26세의 동화작가 플로렌스 에밀리 더그데일Florence Emily Dugdale을 만남. 그녀는 곧바로 하디와 에마의 친구이자 하디의 시간제 비서가 됨.

1906   『제왕들』제2부를 발표함.

1908   『제왕들』제3부를 완성, 완간.

1909   시집『시간의 웃음거리*Time's Laughingstocks and Other Verses*』를 출간.

1910   왕실로부터 공로대훈장Order of Merit 받음(이전에 기사작위를 거절한 바 있음). 도체스터 시민권 받음.

1912   11월 27일 별거 중이던 에마가 갑작스럽게 사망. 그녀의 죽음에 충격을 받고 그의 최고의 애정 서정시로 평가되는『1912~1913년 시편*Poems of 1912~1913*』을 쓰기 시작함. 이 시편은 에마의 고향 콘월을 방문하고 두 사람이 행복했던 시절을 회상함. 비서로 일해온 플로렌스 더그데일이 맥스 게이트에 입주함.

1912~13   주요 소설 및 시를 망라한『웨섹스 선집*The Wessex Edition*』24권 출간. 자신의 작품을 세 가지 유형으로 분류함.

인물과 주위 환경에 대한 소설, 10권:

The Poor Man and the Lady(1867, unpublished and lost),

Under the Greenwood Tree: A Rural Painting of the Dutch School(1872, 익명),

Far From the Madding Crowd(1874),

The Return of the Native(1878),

The Mayor of Casterbridge(1886), *The Woodlanders*(1887),

Wessex Tales(1888, a collection of short stories),

Tess of the d'Urbervilles: A Pure Woman Faithfully Present-ed(1891),

Life's Little Ironies(1894, a collection of short stories),

Jude the Obscure(1895)

연애와 상상 이야기, 5권:

A Pair of Blue Eyes: A Novel(1873),

The Trumpet-Major(1880),

Two on a Tower(1882),

A Group of Noble Dames(1891, a collection of short stories),

The Well-Beloved: A Sketch of a Temperament(1897, first published as a serial from 1892)

기발한 소설, 3권:

Desperate Remedies: A Novel(1871, 익명),

The Hand of Ethelberta: A Comedy in Chapters(1876),

A Laodicean: A Story of To-day(1881)

1913	마지막 단편집 『변화한 사람*A Changed Man and Other Tales*』 출간. 케임브리지 대학에서 명예박사 학위를 받음.
1914	1912~1913년 시편이 포함된 『정황에 따른 풍자시편*Satires of Circumstance*』을 출간. 『제왕들: 프롤로그와 에필로그*The Dynasts: Prologue and Epilogue*』를 출간. 2월 10일 플로렌스 더그데일과 재혼함.
1916	『시선집*Selected Poems*』을 출간.

1917	시집 『비전의 순간들Moments of Vision and Miscellaneous Verses』을 출간.
1919~20	37권으로 된 『멜스톡편(編) 소설과 시Melstock Edition of novels and verses』를 출간.
1920	옥스퍼드 대학에서 명예박사 학위를 받음. 순례지로 맥스 게이트를 찾는 방문객이 늘어남.
1922	『후기와 초기의 서정시편Late Lyrics and Earlier with Many Other Verses』을 출간.
1923	단막극 「콘월 여왕의 유명한 비극The Famous Tragedy of the Queen of Cornwall」이 공연됨. 깊은 우정을 나눠온 플로렌스 헤니커가 사망.
1924	「테스」가 도체스터에서 연극으로 공연됨. 테스 역을 맡은 지방 여배우 거투르드 버글러Gertrude Bugler에 심취함.
1925	시집 『인간전람회Human Shows, Far Phantasies, Songs and Trifles』 출간.
1928	1월 11일 사망. 심장은 도체스터의 스틴스퍼드Stinsford에 있는 에마의 묘지 곁에 묻히고 유골은 웨스트민스터 성당에 안치됨. 사후에 시집 『겨울 이야기Winter words in Various Moods and Metres』 출간.
1928~30	하디의 자서전이 두번째 부인 플로렌스 더그데일에 의해 완성되어 (그의 지시에 따라) 그녀의 이름으로 발간됨.
1937	하디의 두번째 부인 플로렌스 사망.

'대산세계문학총서'를 펴내며

2010년 12월 대산세계문학총서는 100권의 발간 권수를 기록하게 되었습니다. 대산세계문학총서의 발간은 앞으로도 계속될 것이고, 따라서 100이라는 숫자는 완결이 아니라 연결의 의미를 지니는 것이지만, 그 상징성을 깊이 음미하면서 발전적 전환을 모색해야 하는 계기가 된 것은 분명합니다.

대산세계문학총서를 처음 시작할 때의 기본적인 정신과 목표는 종래의 세계문학전집의 낡은 틀을 깨고 우리의 주체적인 관점과 능력을 바탕으로 세계문학의 외연을 넓힌다는 것, 이를 통해 세계문학을 바라보는 우리의 시각을 전환하고 이해를 깊이 해나갈 수 있도록 한다는 것이었다고 간추려 말할 수 있습니다. 그리고 궁극적으로는 우리의 인문학을 지속적으로 발전시켜나갈 수 있는 동력이 될 수 있기를 희망하는 것이었습니다. 이러한 기본 정신은 앞으로도 조금도 흩트리지 않고 지켜나갈 것입니다.

이 같은 정신을 토대로 대산세계문학총서는 새로운 변화의 물결 또한 외면하지 않고 적극 대응하고자 합니다. 세계화라는 바깥으로부터의 충격과 대한민국의 성장에 힘입은 주체적 위상 강화는 문화나 문학의 분야에서도 많은 성찰과 이를 바탕으로 한 발상의 전환을 요구하고 있습니다. 이제 세계문학이란 더 이상 일방적인 학습과 수용의 대상이 아니라 동등한 대화와 교류의 상대입니다. 이런 점에서 대산세계문학총서가 새롭게 표방하고자 하는 개방성과 대화성은 수동적 수용이 아니라 보다 높은 수준의 문화적 주체성 수립을 지향하는 것이며, 이것이 궁극적으로 한국문학과 문화의 세계화에 이바지하게 되리라고 믿습니다.

또한 안팎에서 밀려오는 변화의 물결에 감춰진 위험에 대해서도 우리는 주의를 게을리하지 말아야 할 것입니다. 표면적인 풍요와 번영의 이면에는 여전히, 아니 이제까지보다 더 위협적인 인간 정신의 황폐화라는 그늘이 짙게 드리워져 있는 것이 사실입니다. 대산세계문학총서는 이에 대항하는 정신의 마르지 않는 샘이 되고자 합니다.

'대산세계문학총서' 기획위원회